ullstein

JULIE HEILAND

Die Freundinnen vom Strandbad

Wellen des Schicksals

ROMAN

Ullstein

Besuchen Sie uns im Internet:
www.ullstein.de

Originalausgabe im Ullstein Taschenbuch
1. Auflage Juni 2022

Umschlaggestaltung: bürosüd° GmbH, München
Titelabbildung: © SZ Photo / Scherl / Bridgeman Images
Gesetzt aus der Albertina powered by *pepyrus*
Druck und Bindearbeiten: CPI books GmbH, Leck
ISBN 978-3-548-06559-5

Anmerkung

Auch wenn dieser Roman vor dem Hintergrund wahrer politischer Ereignisse spielt, handelt es sich hierbei um eine fiktionale Erzählung.

Prolog

1956

Martha

Feierabend im Strandbad Müggelsee, schrieb Martha auf ihren Block und unterstrich die Überschrift.

17.45 Uhr: Das Strandbad leert sich, notierte sie. *Eine junge Mutter packt Badetücher, Spielsachen und Sonnencreme in ihren Korb.*

17.50 Uhr: Die Gymnastikgruppe macht Kniebeugen am Ufer.

17.51 Uhr: Uschi, Angestellte im kleinen Kiosk, ordnet die Auslage. Sie dreht das Radio lauter. Der Sprecher kündigt eine gewisse Mona Babtiste an.

»Heut liegt was in der Luft, in der Luft, in der Luft«, sang diese Mona.

17.52 Uhr: Uschi schwingt die Hüften.

Martha verlor sich im Anblick des Fischreihers, der am Rande der Anlage, dort, wo die Nackten lagen, am Wasser entlangstakste.

»Natürlich darfst du heute Nachmittag ins Strandbad Müggelsee«, hatte ihre Mutter gesagt. »Da spricht nichts dagegen, denn ich kenne mein kleines Mädchen und weiß, dass du so gewissenhaft bist, dort zu lernen. Vergnügen sollte immer mit Pflicht verbunden werden.«

»Protokolliere doch das Geschehen«, hatte ihr Vater vorgeschlagen. Wie immer hatte er großes Talent dafür bewiesen, in die Tageszeitung vertieft zu sein und sich trotzdem am Gespräch zu beteiligen. »Beobachte die Leute ein bisschen, hör hin, was sie untereinander reden. Du schreibst doch gern. Das ist sicher eine gute Übung. Ich würde das Protokoll dann auch lesen und dir Tipps geben.«

Martha mochte es, »Augen und Ohren offen zu halten«, wie ihr Vater sie angewiesen hatte. Sie stand nicht gern im Mittelpunkt, sondern beobachtete lieber. Nur leider schien sie immer das Falsche aufzuschnappen. »Fischreiher und Mode sind nicht von Interesse. Nimm dir doch ein Beispiel an deinem Bruder Ronny. Er weiß, welche Details man wie zusammenfasst«, würde es heute Abend wieder heißen.

Aber ihr ging es auch gar nicht darum, fremde Gespräche zu belauschen. Rezepte von Eisbein mit Erbspüree und Sauerkraut, Beschwerden über unfreundliche Verkäuferinnen oder halb leere HO-Läden waren nicht gerade das, was sie interessierte. Ihr ging es um die Menschen. Sie wollte ihr Verhalten ergründen, wollte unter die Oberfläche blicken.

»Ich könnte weinen und lachen und lauter Unsinn machen«, sang Uschi mit und traf die Töne eher schlecht als recht. »Heut liegt was in der Luft, ein ganz besonderer Duft, der so verlockend ruft!«

Es duftete wirklich verlockend, und zwar nach dem Prasselkuchen, den Uschi heute im Angebot hatte. Martha lief das

Wasser im Mund zusammen. Sie seufzte, dann kratzte die Spitze ihres Füllers wieder über das Papier.

17.55 Uhr: Drei Frauen kommen von den Umkleiden. Sie tragen dasselbe gepunktete Kleid, aber an jeder von ihnen sieht das Modell ganz anders aus. Sie hakten sich beieinander ein, kicherten über etwas und stiegen die Freitreppe hinauf zur Dachterrasse. Wäre sie doch nur schon erwachsen, dann könnte sie auch hohe Schuhe und Lippenstift tragen und sich die Haare beim Friseur legen lassen, und Männer würden ihr die Tür aufhalten. Und ganz sicher würde sie ganz oft den Sonnenuntergang am Müggelsee bewundern, vielleicht sogar an einer der »wilden« Badestellen abseits vom Strandbad, die keine Öffnungszeiten kannten. Ihre Eltern hatten ihr natürlich verboten, dort schwimmen zu gehen.

17.57 Uhr: Ein Mädchen taucht an der großen Freitreppe auf und lässt den Blick schweifen.

Betty Reinhart. Tochter des Strandbad-Leiters.

Marthas Mutter predigte immer, dass im Sozialismus alle Menschen gleich seien. Aber das stimmte nicht. Betty war … Sie war wertvoller als alle anderen. Wenn sie den Schulflur entlanglief, dann waren die Wände nicht mehr ganz so grau, und auch das Rot des Pionierhalstuchs sah an ihr leuchtender aus als an allen anderen. Betty war stets von einer Blase von Mädchen umgeben. Wenn die Sportlehrerin in der Schule fragte, ob sie zum Abschluss Völkerball oder Volleyball spielen wollten, sahen sie alle zu Betty hin, und was sie sagte, wurde gemacht. Steckte eine hübsche Spange in Bettys dickem blonden Haar, sah man am nächsten Tag überall im

Schulflur Haarspangen, die meisten aus Suralin oder bunter Pappe selbst gebastelt.

An diesem Nachmittag trug Betty einen gepunkteten Badeanzug mit Rüschen an den Seiten. Eigentlich war Martha stolz auf ihr dunkelblaues Modell gewesen, das ihre Mutter vor zwei Wochen ergattert hatte. Der Moment, als Martha die Überraschung aus der Tüte gezogen hatte, war wie Geburtstag und Weihnachten gleichzeitig gewesen! Aber jetzt kamen ihr der gewöhnliche Schnitt und die Einfarbigkeit langweilig vor. Wo bitte bekam man einen solchen Badeanzug her? »Die kaufen bestimmt im Westen ein«, würde ihre Mutter sagen.

17.59 Uhr: Der letzte Dampfer des Tages schippert vorüber. Ein angenehmer Wind überzieht den See mit feinen Rillen, die ans Ufer rollen. Ich schiebe meine nackten Füße in den Sand. Meine Haut spannt leicht von dem Tag in der Sonne.

Sie strich die letzten zwei Zeilen durch. Wie oft hatte ihr Vater ihr gepredigt: »Deine persönlichen Befindlichkeiten tun nix zur Sache! Das interessiert niemanden!«

Weiter.

Eine Gruppe Jungs spielt Wasserball, wobei sie sich eigentlich nur gegenseitig nass spritzen. Laut, ungehemmt. Schräg von ihnen zwei junge Frauen. Beide splitterfasernackt. Das lange Haar reicht ihnen bis zum Po. Sie sitzen im Sand, ohne Decke, ohne alles, wie gestrandete Nixen. Nur eine Gitarre haben sie dabei, auf der die eine zupft, die andere singt dazu. Es dauert nicht lange, bis eine ältere Dame sie darauf hinweist, dass sie gern in Ruhe ihr Rätsel lösen würde, aber die beiden zucken gleichgültig mit den Schultern und lachen laut.

Ganz schön dreist! Für eine freche und respektlose Reaktion wie diese würde Martha von ihrem Vater eine saftige Ohrfeige kassieren, bei der danach Sternchen vor ihren Augen tanzen würden. Die Frau guckte zu Martha, woraufhin sie geflissentlich den Kopf schüttelte, so wie ihre Mutter es immer tat, wenn man schon wusste, wie ihr nächster Satz lauten würde: »Über manche Menschen kann man sich nur wundern!« Aber eigentlich verstand sie nicht, was so schlimm an ein bisschen fröhlichem Gesang war.

Weiter im Protokoll.

18.02 Uhr: Ein Pärchen schlendert an dem bunt bepflanzten Beet mit der Statue einer nackigen Frau darin vorbei und das Gebäude entlang, das sich als flacher Bogen an das leicht abschüssige Gelände anpasst. »Kleiderbügel« nennt man das Gebäude wegen seiner Form, und ebenso wenig wie ein Kleiderbügel etwas Besonderes ist, ist dieses Gebäude etwas Besonderes. Es ist ein Zweckbau, dessen Zweck es ist, den Menschen einen Ort zu schenken, wo sie zusammenkommen, entspannen und ihre Freizeit genießen können. Und weil es mit dem Café auf der Dachterrasse aus Stahlbeton sowie dem Laden für Badebedarf im Erdgeschoss diesen Zweck wunderbar erfüllt, ist es eben doch etwas ganz Besonderes.

»*Von Martha Asseln*«, vollendete sie ihren Text und spürte lächelnd der Gänsehaut nach, die ihre Unterarme überzogen hatte und nun langsam wieder verschwand. Dieses Gefühl, wenn die Worte regelrecht Besitz von ihr ergriffen und nur so aus ihr herausströmten, war berauschend. Es gab sie eben doch, die Magie des geschriebenen Wortes, auch wenn ihr Vater darüber immer despektierlich lachte. Er war der Ansicht, das geschriebene Wort wäre allein dafür da, etwas zu dokumentieren, und zwar am besten so sachlich und knapp wie möglich.

Auf einmal legte sich ein Schatten auf ihr Notizheft. Martha zuckte vor Schreck zusammen, aber es war nur Uschi, die ihr ein Stück Prasselkuchen brachte, weil das Bad in einer Stunde schloss und sie noch so viel übrig hatte. »Du bist ja von einem Sommer zum anderen ein richtijes Frollein geworden«, sagte sie. »Haste denn schon deine Jugendweihe jehabt?«

»Ich bin doch erst dreizehn«, antwortete Martha. »Die Jugendweihe hat man mit vierzehn.«

»Na denn. Bist immer so fleißig«, sagte Uschi und wischte sich die Hände an ihrer Schürze ab. »Die anderen Kinder vergnügen sich im Wasser, und du sitzt hier auf der Bank und lernst. Bist 'n braves Mädchen.«

Martha lächelte. Was sollte sie auch darauf erwidern? Eigentlich würde sie viel lieber im Wasser Ball spielen. Aber ihr wurde allein bei der Vorstellung, die Jungs zu fragen, ob sie sich ihnen anschließen durfte, mulmig zumute. Am Ende passierte ihr noch etwas Tollpatschiges, und alle würden sie auslachen.

Platsch. Schon wieder hatte das Mädchen vom Ende des langen Stegs einen Köpper ins Wasser gemacht. Schon seit einer halben Stunde ging das so. Sie konzentrierte sich, sprang, kletterte wieder auf den Steg, konzentrierte sich, sprang … Trainierte sie für einen Schwimmwettbewerb?

Die Sportgruppe beendete nun ihre Stunde. Ein Chor aus *»Mach's jut, Gudrun! Mach's besser, Heike! Bis nächste Woche! Immer schön fit bleiben!«*, setzte ein.

»Was is mit dir, Horst?«, rief eine der älteren Frauen.

»Ick bleib noch, Mädels«, antwortete er. »Ick will mir noch 'n bisschen im Wasser abkühlen.« Horst kam vom Ufer zurück und stolzierte mit eingezogenem Bauch und erhobenem Kopf zu einer Frau, die in einem blauen Trägerkleid und Clogs schon abreisebereit war. Wie ein echter Gentleman hob er ihren Dederonbeutel mit bunten großen Plaste-Druckknöpfen auf, klopfte mit der Hand den Sand ab und bot ihr den Arm, um sie die Freitreppe hinaufzubegleiten, aber davon wollte sie nichts wissen.

Horst, das Müggelsee-Urgestein. Jeder hier kannte ihn. Er erzählte gern Geschichten von früher, und alle begannen sie mit: »Ick bin hier schon schwimmen jejangen, da war allet noch Wildnis! Da war von 'nem Strandbad noch keene Rede!«

Oft hatte er wirklich spannende Geschichten auf Lager. Entweder saugte er sich all die Abenteuer aus den Fingern und war ein hervorragender Schwindler, oder in den Tiefen des Müggelsees lagen wirklich so einige unglaubliche Geheimnisse verborgen …

»Dann sei mal lieber vorsichtig, wenn du noch 'ne Runde schwimmen willst, wa? Du bist auch nich mehr der Jüngste.«

»Nu werd mal nich frech!«

»Na, so alt wie det Strandbad bist du zumindest. Du sagst doch immer, dass du tüchtig jeholfen hast, die ersten schilfgedeckten Holzhäuser auf dem Gelände zu bauen. Det war ja noch vor dem Ersten Krieg.«

»Det hast du junges Huhn alles nich erlebt«, erwiderte Horst und zog seine Badehose hoch, die auch schon einige

Sommer erlebt hatte und immer wieder verrutschte, weil der Bund ausgeleiert war und Schlüpfergummi Mangelware. »Du kennst det Strandbad ja nur picobello.«

»Ja, ja, Horst«, sagte die Frau. »Aber eh du mir wieder erzählst, dass das Gebäude ursprünglich aus den Zwanzigern ist – ich muss los. Mein Mann wartet. Wir sehn uns nächste Woche.«

»18 Uhr, die Rentner-Sportgruppe löst sich auf«, seufzte Martha und wollte ihre Beobachtung festhalten, aber der Füller kratzte nur auf dem Papier. Die Tinte war eingetrocknet. Das kam davon, wenn man nicht bei der Sache war! Sie befeuchtete die Spitze mit Spucke.

Platsch. Wie lange wollte dieses Mädchen denn noch Kopfsprünge üben? Wurde ihr nicht langsam schwindelig? Sie ging in Marthas Parallelklasse, aber sie sprach mit niemandem. Ihr Haar war rostrot und reichte ihr gerade mal bis knapp über die Ohren. Dazu dieser sehr gerade, kurze Pony.

Die Tochter des Strandbad-Leiters warf ihre dicken blonden Zöpfe über die Schultern, zog eine Zeitschrift aus ihrem Campingbeutel und machte es sich in einem der Strandkörbe bequem. Martha hatte es noch nie gewagt, sich in einen der Strandkörbe zu setzen. Irgendwie hatte sie immer gedacht, dass sie den Erwachsenen vorbehalten waren.

Martha griff nach ihrer Waldmeister-Limonade, die neben ihr auf der Holzbank stand, und fischte den Strohhalm heraus, der etwas tief gerutscht war.

Auf einmal sah sie etwas auf sich zufliegen. Keine Sekunde später wurde sie von einem Ball getroffen. Die Limonade landete auf ihrem Heft, ein blauer Fleck breitete sich auf dem Papier aus. Dahin war die Arbeit von Stunden. Oh nein! Ihr Vater würde unzufrieden mit ihr sein, selbst wenn sie ihm die Seite zeigte und ihm erklärte, dass sie nichts dafür konnte …

»'tschuldigung«, sagte jemand.

Martha sah von ihrem Heft auf. Vor ihr stand ein Junge. Leuchtend rote Badehose. Braune Haut. Blaue Augen.

»Tut dir was weh?«, fragte er. Die schräg stehende Sonne ließ sein nasses blondes Haar glitzern.

Sie schüttelte den Kopf. »Nein.«

Er deutete auf ihr Heft. »War das wichtig?«

Erneut schüttelte sie den Kopf. Klemmte sich eine Haarsträhne hinters Ohr. »Nein.«

Sie wollte etwas Lockeres sagen, etwas wie: »Ach, war nur für die Schule, nicht weiter wichtig«, aber ihr Kopf war wie leer gefegt.

Er deutete auf sein Kinn. »Du hast da Tinte.«

»Oh.« Hastig befeuchtete Martha ihren Zeigefinger mit Spucke und wischte über ihr Kinn.

»Also dann«, sagte der Junge. »Viel Spaß noch.« Er nahm den Ball und ging weg.

»Pass halt besser auf, Alex«, wies Betty ihn zurecht. War der Junge ihr Bruder? Alex war also sein Name.

Alex katapultierte eine Ladung Sand mit dem Fuß auf Betty. Ja, definitiv Geschwister.

»Du bist so doof! Das sage ich Papa!«

»Mach doch, Petze!« Er gab seinen Freunden ein Zeichen, und die Clique zog ab zu Uschis Kiosk.

Platsch. Wann gab dieses Mädchen endlich auf? Nahm sie

denn nicht wahr, dass sich das Strandbad leerte? Und wo war überhaupt Horst? Martha suchte das Wasser ab. Kein alter Mann weit und breit. Oder halt … Sie kniff die Augen zusammen, um besser sehen zu können. Weit draußen ruderte doch jemand hilflos mit den Armen! Sie sprang auf und rief: »Hilfe! Da ertrinkt jemand!«

Wo waren nur all die Erwachsenen auf einmal?! Oder die Jungs?

Platsch. Das Mädchen war ins Wasser gesprungen und kraulte dem Ertrinkenden entgegen. Alleine wäre sie niemals stark genug, ihn die ganze weite Strecke aus dem Wasser zu ziehen. Gemeinsam jedoch könnten sie es schaffen.

Martha rannte los. Erst über den Strand, dann bis ans Ende des Stegs. Kopfsprung ins Wasser. Horst strampelte panisch mit Armen und Beinen. Immer wieder verschwand der alte Mann unter der Wasseroberfläche. Was, wenn sie es nicht rechtzeitig schafften?

Kurzes Aufatmen, als das Mädchen ihn erreichte. Doch Horst klammerte sich an ihr fest und drückte sie unter Wasser.

»Horst! Lass sie los!«, rief Martha verzweifelt.

Das Mädchen schlug um sich, traf Horst am Kopf, und er ließ von ihr ab. Keuchend tauchte sie wieder auf. Der alte Mann schluckte eine Ladung Wasser. Hustete. Er klang fürchterlich, so, als würde er ersticken.

Endlich erreichte auch Martha die beiden. »Horst, ich bin's! Martha! Beruhige dich!«, rief sie in sein Gepaddel und Gekeuche hinein. »Wir helfen dir!«

»Fieser … Krampf …«, presste er hervor.

»Wir sind jetzt bei dir. Gemeinsam schaffen wir es ans Ufer.« Das war ja Betty! Wo kam sie denn plötzlich her?

»Ich packe Sie jetzt unter den Achseln«, erklärte das Mädchen eindringlich, »und dann schwimmen wir gemeinsam auf dem Rücken ans Ufer. Verstanden?«

Eine an je einem Arm, eine bei den Beinen, und immer wieder mussten sie schnaufend innehalten – mit vereinten Kräften gelang es ihnen tatsächlich, Horst an Land zu hieven. Der alte Mann sank vor Martha auf den Sand, wo er mit schmerzverzerrtem Gesicht seinen Unterschenkel rieb und keuchte.

Im nächsten Moment war alles voller Leute. Uschi schrie, jemand solle einen Arzt rufen. Martha zitterte. Ihr Körper bebte richtig. Ihre Beine waren ganz weich. Neben ihr hockten die beiden anderen Mädchen. Irgendwie hatten sich ihre Hände gefunden. Sie hielten einander fest. Sahen mit an, wie zwei Sanitäter mit einer Trage auf sie zueilten. Wie Horst sich weigerte, ins Krankenhaus zu fahren. »Det war doch nur ein dummer Krampf!«, schimpfte er. »Unfug! Ich fahre nirgendwohin!«

Uschi sagte: »Ihr Süßen braucht jetzt Zucker. Ich hole euch was aus meinem Laden.«

Herr Reinhart, der Leiter des Strandbads, sagte: »Das war sehr tapfer von euch. Geht's euch gut?«

Sie nickten.

Und schon waren alle wieder verschwunden, den Sanitätern und dem fluchenden Horst hinterher.

»Wie können die uns denn allein lassen?« An Bettys Lidern stauten sich Tränen, die sie tapfer fortblinzelte. »Wo ist Vati?«

»Die kommen sicher gleich wieder.« Martha wagte es, Betty tröstend über den Rücken zu streichen, und erinnerte sich an einen Satz, den sie vor ein paar Wochen in einem Roman gelesen hatte. Er hatte ihr besonders gut gefallen. Er hatte bedeutungsvoll gewirkt. »Und solange haben wir einander.«

Sie sah die Bank, auf der sie vorhin noch friedlich, ja sogar ein wenig gelangweilt gesessen hatte. Sah den Strandkorb, in dem Betty vor ein paar Minuten noch in einer Zeitschrift geblättert hatte. Sah den Steg, von dem das Mädchen wieder und wieder einen Köpper ins Wasser gemacht hatte, ohne auch nur einmal richtig durchzuatmen. Eine Blonde, eine Rothaarige, eine Brünette – ihre Leben waren in unterschiedlichen Bahnen verlaufen, doch von einer Sekunde auf die andere hatte das Schicksal sie zusammengeworfen. Und nun kauerten sie nebeneinander auf dem Boden, verbunden durch den Schock, dem Tod begegnet zu sein, und der Erleichterung darüber, dass alles gut gegangen war.

»Ich kann noch immer nicht glauben, was gerade passiert ist«, brachte Betty mit unsicherer Stimme hervor.

Martha nickte. Sie sehnte sich nach einer Umarmung. Sie stellte sich vor, wie sie nach Hause kam und erzählte, was vorgefallen war. Würde ihr Vater stolz auf sie sein? Wahrscheinlich würde er davon ausgehen, dass sie maßlos übertrieb. Ihre Mutter würde ihr Mitgefühl dadurch ausdrücken, dass sie Martha die restlichen Hausaufgaben erließ und ihr gestattete zu lesen.

Martha nahm die Wärme wahr, die die Mädchen zu ihren beiden Seiten ausstrahlten, und wurde tatsächlich etwas ruhiger. Erging es ihnen vielleicht gerade ähnlich? Sehnten sie sich nach dem Schutz und der Geborgenheit ihres Zuhauses? Sie stellte sich Bettys Eltern wie aus der Bino-Werbung vor: Familie Reinhart versammelt am Esstisch in einem hübschen Haus, das mit modernen, hellen Plastemöbeln eingerichtet war.

Und das fremde Mädchen? Sie hatte die Hände auf ihre angewinkelten Knie gelegt und starrte aufs Wasser hinaus.

Martha wusste nichts über sie. In der Schule war sie wie ein Schatten. Sie war da, aber man nahm sie kaum wahr. Nur einmal war sie Martha deshalb aufgefallen, weil Mitschüler sie gehänselt hatten. Fast jeden Tag hatte sie ein anderes Buch dabei, in dem sie in der Pause las, anstatt Anschluss zu suchen. Sie war auch nicht bei den Pionieren, was Martha nicht in den Kopf wollte. Es machte doch Spaß, gemeinsam zu basteln, zu singen oder Ausflüge in die Natur zu unternehmen.

»Jemand sollte sich auch um dich kümmern«, fiel Betty auf einmal ein. »Du wurdest unter Wasser gedrückt. Du hast sicher …«

»Schon gut«, unterbrach das Mädchen sie. Jäh erhob sie sich vom Boden, klopfte sich den Sand von den Beinen und sagte: »Ich muss los.«

»Was?« Aus einem Reflex heraus griff Martha nach ihrem Handgelenk. Sie konnte jetzt nicht einfach gehen. Nicht nach dem, was sie miteinander erlebt hatten. »Wie heißt du denn eigentlich?«

Das Mädchen sah sie an, die Augenbrauen zwei misstrauische Striche. Ihr Blick ging durch und durch, und kurz befürchtete Martha, etwas Falsches gefragt zu haben, doch da huschte so etwas wie ein Lächeln über ihre Lippen. »Clara.«

»Ich bin Betty«, sagte das beliebteste Mädchen der Schule. Dabei wusste doch jeder, wie sie hieß.

Martha hatte gar nicht gemerkt, dass Betty erneut ihre Hand genommen hatte. Als sie aufstand, zog Martha sie mit auf die Beine. Der Boden unter ihren Füßen hatte aufgehört zu schwanken.

»Und ich bin Martha«, sagte sie. »Ich bin froh, dass wir drei gleichzeitig zur Stelle waren. Wir sind die drei tollen Lebensretterinnen vom Müggelsee.«

Betty nickte, holte tief Luft, und als sie sprach, hatte ihre Stimme an Sicherheit gewonnen. »Sind wir denn jetzt Freundinnen?«

Martha konnte kaum glauben, was sie da gerade gehört hatte. Hatte Betty Reinhart sie wirklich gefragt, ob sie Freundinnen waren?

»Freundinnen«, wiederholte Clara leise.

»Ich könnte mir nichts Schöneres vorstellen, als dass ihr meine Freundinnen seid«, sagte Martha.

Später fuhr Bettys Vater Clara und sie in seinem Wagen nach Hause. Martha dankte, stieg aus und sah den Wagen davonfahren. Eine wohlvertraute Melancholie überkam sie.

Als sie am nächsten Morgen den Schulhof betrat, sah, dass Betty wie immer von ihrem Gefolge umgeben war und Clara ihren Kopf in ein Buch steckte, sagte eine Stimme in ihr: *Du hast es doch gewusst.*

Sie drückte ihr Mathematikbuch fester an die Brust und wollte sich ins Klassenzimmer zurückziehen, als Betty sie bemerkte. Sie winkte ihr, sagte etwas zu den Mädchen, die sie umringten, und kam dann auf Martha zu. »Endlich, ich habe schon auf dich gewartet. Ah, dort drüben sitzt Clara. Lass uns zu ihr gehen.«

Martha entging nicht der verstohlene Blick aus dem Augenwinkel, den Clara ihnen zuwarf. Als sie vor ihr standen, fragte Betty: »Was liest du da?«

Clara klappte ihr Buch zu. *Das Universum* stand darauf.

»Ah.« Betty nickte. »Wollen wir gemeinsam nach der Schule zum Strandbad fahren?«, schlug sie vor.

Wieder dieser scheue, aber auch neugierige Blick. Clara steckte ihr Buch in ihre Schultasche. Das erste Mal überhaupt sah Martha sie lächeln.

»Das würde mich sehr freuen«, sagte sie förmlich, als wäre sie eine erwachsene Frau und nicht ein Mädchen knapp vor der Jugendweihe.

Gemeinsam betraten sie das Schulgebäude, und es war Martha, als würde sie die beiden Mädchen an ihrer Seite schon seit Jahren kennen.

I

1960

Betty

Das Meer von Berlin. Betty rekelte sich zufrieden in der Sonne. Ihr Vater hatte den Ausdruck stolz aus einem Zeitungsartikel vorgelesen. Darin war über das Strandbad, das er seit zehn Jahren leitete und das sein Ein und Alles war, berichtet worden. »Das Meer von Berlin« – das klang nach Urlaub, nach Salz auf der Haut, nach Sand zwischen den Seiten einer Zeitschrift und langen, lauen Nächten mit geflüsterten Liebesbeschwörungen. Da konnte man fast vergessen, dass dahinter nur ein See im Südosten der Stadt Berlin steckte, wenn auch der größte.

In der Ferne schipperten Boote über den Müggelsee. Wie die Sardinen lagen die Besucher des Strandbads nebeneinander im Sand, schwitzten in der prallen Sonne oder beobachteten, wie ihre Kinder vergnügt am Ufer planschten. Die alten Leutchen standen in ausgeblichenen Badesachen bis zu den Waden im Wasser, um sich abzukühlen, die jungen Damen schlenderten das Ufer entlang und benetzten ihre Dekolletés mit ein paar Tropfen. Von Uschis Kiosk her duftete es nach

Bratwurst. Dazu der Geruch der Sonnencreme, mit der Clara gerade ihre durchscheinende bleiche Haut einschmierte. Und so viele Geräusche! Der Ausflugsdampfer in der Ferne hupte zweimal laut, Schlagermusik vom Kiosk-Radio, Kinderlachen, ein paar Enten flogen quakend über das Bad hinweg, dazu das Rauschen unzähliger Gespräche. *Ist denn det Restaurant* Neu-Helgoland *an der Müggelspree noch so jut wie vor ein paar Jahren? Am Ostbahnhof gibt's jerade Schleifpapier zu kaufen! Überall sind die Gummiringe für Einweckgläser aus, wie soll ick denn jetzt Marmelade kochen?*

Nicht zu vergessen der alte Horst, der zwar nicht mehr ins Wasser ging, aber noch jede Menge Geschichten auf Lager hatte. »Gar nich weit von hier ham se während des Bombenkrieges so 'ne Art künstliche silberne Inseln ins Wasser montiert«, erzählte er gerade einem Jungen, der eine Sandburg baute. »Det waren Radarfallen. Die sollten die Orientierung der alliierten Streitkräfte stören, denn die mussten sich ja bei Nachtangriffen auf ihren Radar verlassen. Durch Metallplatten haben die aber 'nen völlig anderen Eindruck vom Gelände bekommen, und det viele Metall haben die außerdem für ein kriegswichtiges Ziel gehalten. Ick will nich wissen, wie viele Bomben auf dem Grund des Müggelsees liegen!«

Der Junge hatte inzwischen aufgehört, feuchten Sand in seinen kleinen Eimer zu schaufeln. Gerade als Horst mit »Später hat die Rote Armee det Strandbad dann als Lazarett jenutzt …« weitermachte, rauschte die Mutter des Jungen heran und baute sich vor Horsts Campingstuhl auf.

»Sie schüchtern meinen Jungen ja komplett ein mit Ihren Räuberpistolen.«

»Der Sommer gibt sein Bestes«, dröhnte das Radio aus Uschis Kiosk über die gepflasterte Terrasse des Strandbads. »Das Thermometer ist heute auf heiße einunddreißig Grad gesprungen, und das geht in den nächsten Tagen so weiter! Und nun tanzen Sie zu Bärbel Wachholz' *Das ist so wunderbar* in den wohlverdienten Feierabend.«

»Können die denn nicht mal ordentliche Musik im Radio spielen?« Betty blätterte die Seite in der *Sibylle* um. Die neue Frauenzeitschrift war beliebt und schwer zu ergattern, die Mode-Fotografien darin unschlagbar! Und in den Texten versuchte man ihr nicht weiszumachen, dass Mode praktisch und pflegeleicht zu sein hatte anstatt, wie der Name eigentlich ausdrückte, modisch.

»Also meine Mutter sagt immer, Bärbel Wachholz ist eine tolle Künstlerin«, sagte Martha, die dabei war, ein Kreuzworträtsel zu lösen.

»Na, wenn deine Mutter das sagt.« Betty zwinkerte ihrer Freundin zu. »Ich hör lieber Peter Kraus aus'm Westen. *Sugar Baby* ist ein echter Ohrwurm! Aber sag's nicht weiter. Apropos Westen: Habt ihr eigentlich schon den Fragebogen ausgefüllt, der für das Abitur im nächsten Jahr ausgegeben worden ist? Da wird gefragt, ob wir Verwandte im Ausland haben. Muss ich da meine Tante in München reinschreiben?«

»Dann schreib aber bitte dazu, dass diese Tante erst seit dem siebten Oktober 1949 im Ausland lebt.« Clara zog vielsagend die Augenbrauen hoch und drückte eine Ladung Sonnencreme auf ihre Unterschenkel.

Was würde ich dafür geben, auch eine solche Alabasterhaut zu haben, dachte Betty.

Mit ihren grazilen Bewegungen, auf die sie sich im Gegensatz zu Betty nicht konzentrieren musste, sondern die bei ihr unbeabsichtigt und ganz natürlich waren, erinnerte Clara an eine Katze. Aber vor allem mit diesen intensiven grünbraunen Augen. Clara redete wenig, ließ eher Blicke sprechen. Sie hatte etwas ganz Besonderes an sich.

»Ich lasse es lieber«, seufzte Betty. »Nicht, dass ich mir damit am Ende noch meine Zukunft verbaue.«

Durch ihre rot umrandete Sonnenbrille sah sie alles intensiver. Das Wasser war eine gigantische Ansammlung funkelnder Diamanten, der Himmel leuchtete blau, wie mit Glanzlack überzogen, und die Wolken waren rosarot schimmernde Wattebäusche.

»Oh Mist, hatten wir nicht in Mathe was auf?«, fiel ihr auf einmal siedend heiß ein. Sie rollte sich auf den Rücken und schenkte ihren beiden Freundinnen ihr bezauberndstes Lächeln. *Bei wem darf ich abschreiben?*, fragte dieses Lächeln.

»Wenn du magst, kannst du mich nach Hause begleiten, dann gebe ich dir mein Heft mit«, bot Clara an.

»Und wie soll sie den Stoff dann für die Prüfung können?«

Martha meinte es nur gut, trotzdem streckte Betty ihr die Zunge raus. Sie konnte sich nicht daran erinnern, dass ihre Freundin auch nur einmal die Hausaufgaben vergessen hatte oder nicht vorbildlich für eine schriftliche Arbeit vorbereitet gewesen war. Neben Martha war jeder faul und Betty ganz besonders.

»Ist doch wahr.« Martha hatte ihre Brille abgenommen

und putzte sie mit dem Zipfel ihres Sommerkleids, das sie sorgsam auf ihrem Campingbeutel zusammengelegt hatte. »Eine Woche vorher gerätst du dann wieder in Panik, und deine Mutter muss dir eine Entschuldigung schreiben und darum bitten, dass du die Prüfung nachholen kannst.«

Sie hatte ja recht … Trotzdem. »Was interessiert mich Mathe? Oder was nützt es mir, wenn ich russische Gedichte auswendig kann?«

Martha gab nicht auf. »Na ja, Clara beispielsweise braucht beides, weil sie davon träumt, irgendwann mit den Russen ins Weltall zu fliegen. Tagsüber berechnen sie Flugbahnen, und nachts unterhalten sie sich damit, dass sie einander Gedichte vortragen.«

»Ich träume nicht davon, ins Weltall zu fliegen«, verbesserte Clara sie und setzte sich kerzengerade hin. »Ich *werde* ins Weltall fliegen. Und mit welcher Nation, ist mir egal.«

Betty bewunderte Clara für ihr Selbstbewusstsein. War Martha hauptsächlich fleißig, war Clara fleißig *und* klug. Ein wandelndes Lexikon. Sie las auch jeden Tag das *Neue Deutschland*. Bettys Vater sagte immer, für Frauen wäre es nicht gut, die Zeitung zu lesen. Es würde ihr zartes Gemüt nur aufwühlen, und am Ende kämen sie noch auf dumme Gedanken, wie diese Flintenweiber, die behaupteten, Frauen wären unterdrückt. »Sieh dir deine Mutter an. Tut den lieben langen Tag, was ihr Spaß macht. Morgens zieht sie eines ihrer hübschen Kleider an, geht einkaufen, kocht und dekoriert die Wohnung. Ist sie etwa unterdrückt?«

Clara war so schlau, dass sie leicht ein Jahr hätte überspringen können, aber das wusste man an ihrer Schule zu ignorieren. Betty ahnte den Grund: Claras Eltern waren weder in der Partei, noch war ihre Freundin in der FDJ.

Betty kam sich nicht selten dumm vor neben den beiden Überfliegerinnen, mit denen sie befreundet war. Dabei hatte sie durchaus auch ihre Qualitäten. Sie musste sich nur darauf besinnen. Sie verschränkte die Hände unter dem Kopf und blickte in den wolkenlosen Himmel. »Eines Tages wird Clara ins Weltall fliegen und ich nach Hollywood. Denn das ist das Universum, für das *ich* mich interessiere.«

Als wäre es gestern gewesen, erinnerte sie sich an den Tag, an dem sie das erste Mal in einem Kino gewesen war. *Das kalte Herz* war gezeigt worden. Es war einer der schönsten Tage ihres Lebens gewesen: Die mit Samt bezogenen Sitze, die riesige Leinwand, der glänzende Vorhang davor und dann der Gong, als das Licht erlosch und der Film begann! Sie hatte mit dem armen Peter gelitten, der die schöne Lisbeth liebte, aber keine Chance bei ihr hatte. Hatte gezittert, als er mit dem bösen Geist einen Pakt geschlossen hatte. Und am Ende war sie völlig erschöpft nach Hause gegangen, als hätte sie selbst dieses Abenteuer erlebt. An diesem Tag hatte sie gewusst, dass sie Schauspielerin werden wollte.

Martha zeichnete Wellenlinien in den Sand. »Im Vergleich zu euch beiden, mit euren besonderen Träumen, komme ich mir schrecklich gewöhnlich vor.«

Betty stupste sie aufmunternd in die Seite. »Aber du bist alles andere als gewöhnlich. Du wirst die beste Lehrerin sein, die sich Schüler nur wünschen können.«

»Viel besser als die Langweiler, mit denen wir uns jetzt rumschlagen müssen«, pflichtete Clara ihr bei.

»Ich könnte meine Fähigkeiten ja an dir testen und mit dir Mathe lernen«, schlug Martha Betty grinsend vor. »Ich muss später eh noch mal in die Schule zur Lernpatenschaft. Begleite mich doch einfach. Komm schon, in ein paar Wochen sind Ferien, bis dahin lernen wir gemeinsam.«

Martha war die Klassenbeste, weshalb sie von Frau Schubert, der Schuldirektorin, dazu angeregt worden war, schwächeren Schülern unter die Arme zu greifen. Eine Aufgabe, die sie mit Stolz erfüllte.

»Danke, ein andermal vielleicht.« Betty ließ den Blick schweifen, erfreute sich kurz am Anblick eines jungen Mannes, der mit einem Sonnenschirm kämpfte, und bemerkte dann ihren Vater, der mit einer jungen Frau die Freitreppe hinabschlenderte. Er führte sie wohl im Strandbad herum, denn er wies zunächst auf das Café auf der Dachterrasse und deutete dann, als sie am Fuß der Treppe angelangt waren, auf den gebogenen Gebäudekomplex, in dem die Wandelhalle lag, mit den Umkleiden, dem Kiosk und den kleinen Läden mit Bademode, Strandmatten und Sonnencreme. »Die Architektur des Gebäudes spiegelt exakt den Geist unserer Zeit wider«, dozierte er. »Nüchterne, klare Formen, Sachlichkeit anstelle des Theatralischen. Große Linien, weiter Raum. Die Parabel, die das Flugzeug beschreibt. Die Bahn, auf der das Auto gleitet.«

Die Frau ist hübsch, deshalb bekommt sie natürlich eine private Führung des Strandbad-Leiters, dachte Betty bitter. Wäre sie alt und dick, würde ihr Vater sie nicht beachten. Und ganz sicher würde er sie nicht am Oberarm berühren, woraufhin sie sich kokett eine Haarsträhne hinters Ohr klemmte.

Betty konnte es ihr nicht verübeln. Ihr Vater war charismatisch und für sein Alter noch immer sehr attraktiv. Nur leider musste er sich seiner Wirkung auf Frauen regelmäßig versichern.

»Alles in Ordnung?«, fragte Martha. »Du bist auf einmal blass.«

»Alles bestens«, log Betty. In der Familie Reinhart war immer *alles bestens*. »Die Mathe-Hausaufgaben stressen mich nur.«

Sie wandte sich ab, erfüllt von einer Mischung aus Wut, Enttäuschung und auch Scham. War das zu glauben? Sie schämte sich dafür, dass ihr Vater ständig ohne den leisesten Anflug von schlechtem Gewissen jungen Frauen schöne Augen machte!

Betty ließ sich von den Jungs ablenken, die im Wasser tobten, sich gegenseitig nass spritzten und Schlamm vom Grund des Sees holten, um sich damit zu bewerfen. »Wie kann es sein, dass das alles ist, was unsere Schule an halbwegs brauchbaren Jungs zu bieten hat? Ich befürchte, mir bleibt gar nichts anders übrig, als irgendwann einen Mann aus dem Westen zu heiraten und mit ihm auszuwandern.«

»Sag das lieber nicht zu laut.« Martha sah sich um. Doch die Einzigen, die sie hätten hören können, waren ein Mann, der sich seinen Hut aufs Gesicht gelegt hatte und leise schnarchte, sowie ein Pärchen, das mit Küssen beschäftigt war. »Was soll bei denen da drüben überhaupt besser sein?«

Betty wackelte mit den Zehen im Sand. »Na, die fahren schicke Autos. Und die Läden drüben sind voll mit der neuesten Mode.«

Martha runzelte die Stirn. »Papa sagt immer, die im Westen sind alle Kapitalisten oder arme, ausgebeutete Schlucker. Nichts dazwischen.«

Clara streckte ihre langen, schlanken Beine aus und schlug sie übereinander. »Ich für meinen Teil will eh nicht heiraten. Wir leben erstmals in Zeiten, in denen Frauen ihr Leben allein bestreiten können. Wir können arbeiten gehen und Geld verdienen. Wir können uns Essen und eine eigene Wohnung leisten. Wir können alles, was Männer auch können.«

»Das ist vielleicht bei uns in der DDR so«, meinte Martha. »Drüben im Westen sind die Frauen, was das angeht, wieder in der Vorkriegszeit angekommen und stehen mit Schürze in der Küche. Das sagt meine Mutter.«

»Auch das wird sich hoffentlich bald ändern, einfach, weil es der Zeitgeist ist. So viele tolle Frauen haben es vorgemacht. Nimm Marie Curie, die zwei Nobelpreise für ihre Forschung bekommen hat, oder Amelie Beese, die bereits um die Jahrhundertwende die erste Pilotin Deutschlands geworden ist. Und ich will die erste Frau sein, die in den Kosmos fliegt.«

Martha lachte, verstummte aber schnell, als sie begriff, wie ernst es Clara war.

»Warum sollte ich weniger wollen?«, fügte Clara beinahe trotzig hinzu. »Wäre ich ein Mann, würdest du nicht lachen, du würdest Respekt vor meinen Plänen haben. Lieber denke ich zu groß als zu klein. Aber was ich eigentlich deutlich machen wollte: Wir brauchen nicht unbedingt einen Mann, um etwas darzustellen oder glücklich zu sein.«

Betty hatte auf einmal ein seltsames Gefühl. So als wäre

ihre Haut dünn wie Seidenpapier. Sie straffte sich, strich sich Sand von den Unterschenkeln und warf dann ihr langes, blondes Haar hinter die Schultern. »Aber Männer sind nun mal leider unterhaltsam. Sie bringen einem Blumen, laden einen zum Essen ein und machen einem Komplimente.«

Clara rollte mit den Augen, konnte sich aber ein Schmunzeln nicht verkneifen. »Du hast zu viele Liebesfilme gesehen. Und jetzt denkst du, dass es den Prinzen auf seinem schneeweißen Pferd wirklich gibt. Aber diese mit Schlamm schmeißenden Knalltüten im Wasser sind die Realität. Nicht die Männer im Film.«

»Bist du dir da so sicher?« Betty legte den Kopf schief. »Vielleicht steckt ja in einer dieser Knalltüten im Wasser doch ein Prinz? *Euer* Prinz. Wie, ihr glaubt mir nicht? Vielleicht müssen wir die Kandidaten nur mal genauer unter die Lupe nehmen.« Sie schob ihre Sonnenbrille auf die Nasenspitze. »Da wäre einmal Fritz Hallberger, siebzehn Jahre alt. Sein Vater ist ein hohes Tier bei der Nationalen Volksarmee.«

Sie erwähnte nicht, wie sehr Fritz Bettys Onkel Theodor Kaiser verehrte, der Modedesigner war und in der Republik als »Der rote Dior« galt. Dass er Mode so sehr liebte, hatte Fritz ihr anvertraut, als er einmal im Sportunterricht wegen eines Sonnenstichs hatte aussetzen müssen und Betty sich um ihn gekümmert hatte. Sie hütete sein Geheimnis wie einen Schatz.

»Dann wäre da noch Thomas Kubina«, fuhr Betty fort. »Ebenfalls siebzehn, von allen Waste genannt. Er ist absolut musikbesessen und handelt heimlich mit Platten.«

Wenn man ihn fragte, ob er die neue Scheibe von Elvis

Presley besorgen konnte, bekam man grundsätzlich zur Antwort: »Was haste denn zu bieten?«, und aus seinem Genuschel war irgendwann der Spitzname Waste entstanden. Er benahm sich wie der König vom Kiez, stolzierte mit Nietenhosen herum, das lange Deckhaar mit Brillantine nach hinten gekämmt. Er wurde oft von der Polizei aufgehalten und musste sich ausweisen. Definitiv kein Vorzeigebürger – aber interessant.

»Und dann wäre da noch Tom …«, sagte Betty und spürte einen Stich in ihrer Brust.

Tom war der beste Freund ihres Bruders und so etwas wie der Anführer der Clique gewesen. Er hatte die sensationellsten Schuldiskos organisiert. Wenn Betty sich in der großen Pause bei der Schulspeisung eine Schokomilch geholt hatte, hatte er sich manchmal neben sie in die Warteschlange geschmuggelt und mit seinem Lächeln ihr Herz höherschlagen lassen. Eines Tages hatte er sie angesehen und gesagt: »Es ist längst überfällig, dass ich dich mal ausführe. Auch wenn Alex mich wahrscheinlich dafür umbringen wird. Das Risiko ist es mir wert.«

Aber dazu war es nie gekommen, denn von einem Tag auf den anderen war Tom spurlos verschwunden gewesen. Die verschiedensten Gerüchte kursierten. Der eine behauptete, ihn und seine Familie mit einem Koffer in der Hand im Zug nach Westen gesehen zu haben. Ein anderer meinte gehört zu haben, seine Eltern und er wären von der Staatssicherheit verhaftet worden. Wahrscheinlich würden sie nie herausfinden, was geschehen war. Wie jedes Mal, wenn Toms Name fiel, kriegte Betty kaum Luft.

Sie schüttelte die Trauer ab. »Und schließlich haben wir noch meinen werten Bruder Alexander Reinhart im Angebot.«

Der tauchte wie auf Kommando aus dem Wasser auf.

Auch Martha konnte sich nun endgültig von ihrem Kreuzworträtsel lösen und rollte sich auf den Rücken. »Heiliger Bimbam, hat dein Bruder sich den Winter über nur in der Turnhalle aufgehalten? An seinem Körper könnte ein Anatomiestudent problemlos sämtliche Muskeln studieren.«

Im Gegensatz zu Betty war Alex schon immer sportlich gewesen. Ihr Vater lag ihm die ganze Zeit in den Ohren, welch glänzende Aussichten ein Sportler in der DDR hatte, wenn er sich nur genug anstrengte. Eigentlich hatte Alex das nie groß interessiert, doch seit geraumer Zeit trainierte er fast jeden Tag wie ein Verrückter. Das war wohl seine Art, mit Toms Verschwinden umzugehen. Neuerdings tauchten auch ständig neue Freundinnen bei ihnen zu Hausc auf. Betty hatte aufgehört, sich die Namen zu merken.

Alex winkte und joggte aus dem Wasser auf sie zu. Martha richtete sich auf, hob die Hand, um seinen Gruß zu erwidern – da begriff sie, dass er gar nicht sie angesehen hatte, sondern ein Mädchen, das am Fuß der Treppe stand und sich mit den zarten Riemchensandalen nicht in den Sand wagte. Als würde sie nichts wiegen, hob Alex sie hoch, drehte sich einmal mit ihr und küsste sie dann.

Marthas Anblick brach Betty das Herz.

»Hat dein Bruder schon wieder eine neue Freundin?«, fragte Martha. »Die geht nicht mal auf unsere Schule …«

Betty schob ihre Sonnenbrille wieder vor die Augen, damit sie die Neue von ihrem Bruder unauffällig beobachten konnte. »Ich gebe ihr höchstens drei Monate. Sie sieht genauso aus wie seine letzte Freundin. Hübsch, aber nichts Besonderes.«

»Interessiert mich eh nicht die Bohne.« Martha hob ihr Kreuzworträtsel vor ihr gerötetes Gesicht. »See in der UdSSR mit sechs Buchstaben …«

»Vielleicht meint der Himmel es ja gut mit uns und schickt uns einen neuen Schüler in die Klasse«, dachte Betty laut nach. »Einen, der das gewisse Etwas hat. Was meinst du dazu, Clara?«

»Baikal«, antwortete sie.

»Was?«

»See in der UdSSR mit sechs Buchstaben.«

»Nein, was sagst du zu den Jungs in unserer Klasse?«

»Jungs halt.« Clara sah sie verständnislos an, zuckte mit den knochigen Schultern und griff dann nach ihrem Kleid, um es sich über den Bikini zu ziehen. »Ich sollte langsam nach Hause. Ich habe meiner Mutter versprochen, ihr beim Entkernen der Mirabellen zu helfen.«

»Ich muss auch los. Der Lernkreis wartet.« Martha klappte das Rätselbuch zu und verstaute es in ihrem Campingbeutel.

»Ja, ich werde auch schon erwartet«, log Betty. Sie machte eine wegwerfende Handbewegung, als würde sie sagen: »Wie konnte ich das nur vergessen?«

»Ist wirklich alles gut bei dir?«, sorgte Martha sich, als sie vor dem Eingang des Strandbads standen und Clara sich bei ihr auf den Gepäckträger setzte.

»Wirklich. Es geht mir gut.«

Clara spreizte ihre langen Beine, damit ihre Füße nicht über den Boden schleiften, und dann fuhr Martha mit ihr in leichten Schlangenlinien davon. Betty winkte und sah ihnen nach, bis sie verschwunden waren. *Du sagst, es geht dir gut. Du behauptest, alles ist bestens. Warum sträubt sich dann etwas in dir, nach Hause zu fahren?*

Es war ihr, als legte sich eine kalte Faust um ihr Herz.

Klaviermusik war zu hören, als sie die Wohnungstür aufschloss. Die *Mondscheinsonate.* Hoffentlich gab das nicht schon wieder Ärger mit den Nachbarn in dem hellhörigen Neubau. Betty ließ ihre Tasche von den Schultern gleiten und überwand sich dann, ins Wohnzimmer zu gehen, wo ihre Mutter am schwarzen Flügel saß und so versunken in ihr Spiel war, dass sie ihre Tochter nicht bemerkte. Betty lehnte sich gegen den Türrahmen und lauschte der melancholischen Melodie. Rüschenvorhänge, Trockenblumen auf dem Tisch, an den Wänden kitschige Bilder in Pastellfarben, mit niedlichen Hunden oder Katzen darauf. In der Mitte des Raums ein bequemes Sofa mit Zierkissen. *Alles bestens,* behauptete auch das Wohnzimmer.

Auf dem Klavier eine Sammlung gerahmter Fotos. Die Bilderbuchfamilie, gekleidet in Weiß, Rosa und Hellblau und alle mit strahlendem Lächeln. Daneben ein Foto von Alex mit einem Sportpokal. Betty in Pionierbluse und rotem Halstuch. Zu den Pionieren war sie damals noch freiwillig gegangen, der FDJ hatte sie sich hingegen nur angeschlossen, um an die Erweiterte Oberschule zu kommen. Letzte Woche hatte sie sich einen Ruck gegeben und den Posten der FDJ-Schriftführerin in ihrer Klasse übernommen. Für ihren Traum, Schauspielerin zu werden, tat sie alles.

»Liebes! Du bist schon von der Schule zurück«, bemerkte ihre Mutter nun. Ihr Lächeln wirkte unbeteiligt.

»Es ist ja schon fast Abend«, antwortete Betty.

Jäh hörte ihre Mutter auf zu spielen. »Herrje. Ich habe die Zeit völlig vergessen. Der Makkaroni-Auflauf ist noch gar nicht im Ofen!«

»Nicht schlimm. Ich habe eh noch keinen Hunger.« Dabei hatte sie eigentlich einen ordentlichen Kohldampf. »Ich stelle den Ofen an, dann können wir später gemeinsam essen. Wann kommt Papa nach Hause?«

Ihre Mutter nahm einen Schluck der bernsteinfarbenen Flüssigkeit, die neben den Notenblättern stand. »Wer weiß das schon …«, seufzte sie und beugte sich wieder über das Instrument. »Der Arme hat doch immer so viel zu tun.«

Ja, mit den ganzen jungen Frauen um ihn herum … Betty gab sich einen Ruck, setzte sich neben ihre Mutter auf den breiten Klavierhocker und stimmte in ihr Spiel ein. »Wo hast du eigentlich so gut Klavier spielen gelernt?«

»Deine Oma hat es mir beigebracht.«

»War es nicht immer dein Traum, auf der großen Bühne zu spielen? So gut, wie du bist, hättest du leicht auftreten können.«

Ihre Mutter hielt inne. Ihre Augen waren auf einmal leer. Langsam, wie in Zeitlupe klappte sie die Abdeckung über die Tasten. Sie schwieg so lange, dass Betty schon dachte, sie würde nicht mehr antworten, doch dann sagte sie: »Ich war in etwa so alt wie du, als dieser schreckliche Krieg begann, und zweiundzwanzig, als er endete. Ich war heilfroh, als man deinen Vater mit nicht mehr als einem Beinschuss nach Hause schickte, und hätte den Teufel getan, ihn allein zu lassen, um mir eine Karriere aufzubauen.« Sie lächelte. *Alles bestens.* »Sei so gut, und stell schnell den Herd an, Liebes.«

Die Haustür fiel zu. Ihr Vater war heute früh nach Hause gekommen. Sämtliche Muskeln in ihr spannten sich an. *Noch kannst du dich in dein Zimmer zurückziehen.* Aber wenn sie anwesend war, würden ihre Eltern vielleicht nicht streiten.

Schritte kamen näher. Betty senkte das Kinn.

Dann war er da. »Wie geht es meinen beiden Damen?« Er sah das Glas, das vor ihrer Mutter auf dem Klavier stand, und sein Blick verfinsterte sich. »Gut, wie ich sehe.« Er fuhr mit dem Finger unter seine Krawatte und lockerte sie. »Was um alles in der Welt ist so schlimm an deinem Leben? Du kannst mein Geld ausgeben. Musst nicht arbeiten gehen. Kannst tun und lassen, was du willst. Und als Dank komme ich von der Arbeit nach Hause, und es ist nicht mal der Tisch gedeckt! Soll ich das etwa auch noch übernehmen?«

Etwas in Betty hoffte, ihre Mutter würde sich zur Wehr setzen. Aber sie schenkte ihm ihr befremdliches Mona-Lisa-Lächeln. Sagte: »Das Essen steht gleich auf dem Tisch, mein Liebster.«

Betty zog sich in ihr Zimmer zurück, ihren Zufluchtsort aus rosafarbenen Kissen, weichen Decken und Teddybären. Ihr Kleiderschrank war über und über beklebt mit Theaterkarten sowie Zitaten berühmter Schauspielerinnen. *»Ich habe* *die Schauspielerei nicht gewählt, sie hat mich gewählt«*, stand dort in ordentlicher Handschrift. Und darunter: *Ingrid Bergman.*

Sie sank auf den Stuhl vor ihrem Schminktisch und kämmte sich ihr langes Prinzessinnenhaar, wie ihre Mutter es genannt hatte, als sie klein gewesen war. Vor ihrem Spiegel waren, nach Farben sortiert, Haarspangen aufgereiht, die sie je nach Gefühlslage trug. Die schwarzen benutzte sie eigentlich kaum. Sie nahm die rosa Spange, die dezent glitzerte, und steckte sich damit die blonde Lockenpracht zurück.

Alles bestens.

Betty liebte ihre Mutter von ganzem Herzen, aber sie durfte nicht so enden wie sie. Eher würde sie sich die Pulsadern aufschneiden. Dass ihr etwas so Grausames auch nur in den Sinn gekommen war, bestürzte sie und machte ihr Angst.

Im Spiegel sah sie das Plakat von Audrey Hepburn, das über dem verschnörkelten Gestell ihres Betts hing. Daneben Artikel aus Westzeitschriften über Marlene Dietrich und Marilyn Monroe. Wenn man diese Frauen sah, dann fielen einem Begriffe ein wie *wunderschön. Mysteriös. Elegant. Stilvoll. Sinnlich. Erotisch.* Männer begehrten sie, Frauen wollten sein wie sie.

Müsste sie sich beschreiben, dann würden Worte fallen wie hübsch. Lieb. Faul.

Sie war weit davon entfernt, eine Frau wie diese Ikonen zu sein. Wie sollte sie es jemals schaffen, Schauspielerin zu werden?

Ihr Blick fiel auf den Zeitschriftenstapel am Rand ihres Schminktischs. Die Frauen, die darin gezeigt wurden, waren alle wunderschön. Gertenschlank. Makellos. Vor ihrem inneren Auge stellte Betty sich vor, wie sie ein perfektes Leben führten. Glücklich verheiratet waren. In einem schönen Haus wohnten. Vielleicht sogar ein Auto fuhren und dann und wann Urlaub machten. Und natürlich waren sie auch in ihrem Beruf erfolgreich.

Betty öffnete ihr Schmuckkästchen und holte zwei mit Kunstperlen besetzte auffällige Ohrringe daraus hervor, die ihr vor etwa einem halben Jahr auf einem Markt gut gefallen hatten, die sie aber nie zu tragen gewagt hatte. Sie steckte sie in ihre Ohrlöcher und betrachtete sich. Dann nahm sie einen roten Lippenstift zur Hand und trug ihn auf. Ihre Lippen wirkten durch die Farbe noch voller. Sie sah anders aus, aber ihr gefiel, was sie sah. Sie wirkte erwachsener. Fraulicher. Ein bisschen mehr wie die Stars in den Zeitschriften oder die Ikonen an ihrer Wand.

Sie sah in ihre blauen Augen und gab sich selbst ein Versprechen: Ab heute würde sie alles daransetzen, wie diese Frauen zu sein. Sie würde an sich arbeiten, um perfekt zu werden.

Und wer konnte ihr dabei besser unter die Arme greifen als der »Rote Dior«, der Modezar des Ostens, ihr wunderbarer Onkel Theodor?

2

Clara

Ein Geräusch. Stimmen. So laut und deutlich, als stünde jemand in ihrem Zimmer.

Clara blinzelte. Klopfte da jemand an ihre Tür?

»Raus aus den Federn!«, weckte sie die vom Rauchen raue Stimme ihrer Mutter.

Clara murrte und zog sich die Decke über den Kopf.

Geschirrklirren. Waren die Wände in dieser Wohnung denn aus Pappe?!

»Clärchen, heute ist doch der große Tag, und es is schon nach sieben!«

Was?! Sie fuhr in ihrem Bett hoch. Mist! Ausgerechnet heute, wo doch der Wissenswettbewerb an ihrer Schule war, verschlief sie! Sie sprang aus dem Bett, verhedderte sich in etwas und knallte gegen die Schrankwand, die kaum zwei Schritte von ihrem Klappbett entfernt war. Ein auf dem Boden liegender Pullover war ihr zum Fallstrick geworden. Oft genug ermahnte ihre Mutter sie, dass sie endlich lernen musste, Ordnung zu halten. Aber wie hatte Einstein so schön gesagt? Das Genie beherrscht das Chaos.

Sie war völlig gerädert. Dunkel kam die Erinnerung an

die vergangene Nacht zurück … Ihr Opa, der auf einmal ängstlich und verwirrt in ihrem Zimmer stand. Seine Schlafanzughose war im Schritt nass. Es hatte Ewigkeiten gedauert, ihn zu beruhigen und sein Bettlaken zu wechseln. Als er endlich wieder eingenickt war, war sie hellwach gewesen. Kein Auge hatte sie zugetan und war erst wieder in einen leichten Schlaf gesunken, als die Arbeiter aus dem Viertel zur Frühschicht aufgebrochen waren. Dabei hing ihr Leben von diesem Tag ab, zumindest fühlte es sich so an.

Sie klatschte sich mehrmals gegen die Wangen. Vielleicht würde kaltes Wasser helfen, sie einigermaßen wach zu bekommen.

»Der lügt doch wie jedruckt!«, schimpfte ihre Mutter in der Küche und fuchtelte dabei mit dem Messer in der Luft. Die Lockenwickler in ihrem Haar wippten bei jeder Bewegung. Dazu trug sie den alten braunen Bademantel, der wohl schon Großvater gehört hatte. »Det sieht doch 'n Blinder mit Krückstock, Herr Kommissar!«

Clara verstand nur Bahnhof. Sie hatte das Gefühl, als würde ein ganzes Bienenvolk in ihrem Kopf schwirren. »Was?«, murmelte sie.

»Na, der Gärtner hat die alte Hausherrin bestohlen!«

Ach ja, ihre Mutter mutierte jeden Morgen zur Kriminalhauptkommissarin und ermittelte bei den Radiohörspielen, mit denen die Bevölkerung der ruhmreichen Deutschen Demokratischen Republik unterhalten wurde, fleißig mit. Das waren also die Stimmen gewesen, die sie geweckt hatten.

»Wie geht's Opa?«, fragte sie.

»Ich hab det Laken jesehen. Dank dir. Der schläft tief und

fest. Dass det ausgerechnet heute Nacht passieren musste, wo's doch heut um deine Zukunft geht! Verkalkt ist er ja schon lange, aber dass er jetzt auch oft so ängstlich ist, der Arme …« Sie seufzte und schüttelte den Kopf dabei. »Danke, dass du dich gekümmert hast.«

Bad gab's keins, und die Toilette lag eine halbe Treppe tiefer. Für ihren Großvater war das eine Katastrophe, denn mit seinen stattlichen einundachtzig Jahren schmerzte ihn jeder Schritt.

Clara wusch sich mit eiskaltem Wasser über der Spüle, um wach zu werden. Mit Spangen schob sie ihr kurzes, rostrotes Haar zu beiden Seiten aus dem Gesicht und prüfte dann ihren Anblick in dem kleinen Spiegel im Flur neben der Wohnungstür. Entschlossen erwiderte sie den Blick des Mädchens, das ihr entgegensah, und ging zurück in die Küche. Verinnerlichte noch mal die Bedeutung dieses Tages. Beim Wissenswettbewerb traten die Klassenbesten gegeneinander an. Wenn sie gewann, dann würden ihre Lehrer nicht länger ignorieren können, dass sie klug war. Und mit etwas Glück wäre sogar der Direktor einer der Eliteschulen anwesend, um Talente herauszufischen. Ihre Mutter hatte also recht, wenn sie sagte, es ginge heute um ihre Zukunft.

»Du wirst gewinnen«, sagte sie sich selbst immer wieder. »Man wird auf dich aufmerksam werden. Du wirst studieren dürfen, auch wenn du nicht in der FDJ bist. Du musst dich nicht anpassen, um erfolgreich zu sein.«

Die Mutter brühte derweil duftenden Bohnenkaffee auf, und es roch außerdem noch nach Bienenwachs, denn auf dem Tisch brannte die Familienkerze, eine dicke, hohe Kerze, die nur zu besonderen Anlässen angezündet wurde – an Geburtstagen oder eben vor wichtigen Prüfungen.

Eigentlich musste sie los, aber ihre Mutter drückte ihr eine Tasse in die Hand, aus der heraus es verführerisch dampfte. Ein paar Schlucke Kaffee mussten schon drin sein, ansonsten würde sie in der Schule einschlafen. Sie nippte an der heißen, labberigen Flüssigkeit, bei ihnen gab es immer Blümchenkaffee, weil ihre Mutter mit dem Pulver sparte. Nebenbei versuchte sie im Flur, mit der freien Hand ihre Schultasche zu packen, Bücher und Hefte hineinzustopfen, die sie für den Tag brauchen würde, und sich im Kopf aufzuwärmen, indem sie das große Einmaleins durchging.

»Du jewinnst heute, det hab ich im Urin!« Ihre Mutter brachte die Büchse mit den Stullen und herzte Clara dann so heftig, dass sie Mühe hatte, nichts von dem Kaffee zu verschütten. »Du wirst es mal besser haben als deine Eltern und nich in so ’ner kleenen Bude hausen.«

Mehrmals hatte Clara sich im Namen der Mutter um eine größere Wohnung beworben, aber eine Antwort hatte sie nie erhalten. Nur Auto und Ausreisegenehmigung waren in der DDR noch schwerer zu bekommen als eine Wohnung. Vor allem, wenn man nicht in der Partei war.

Jetzt musste sie aber wirklich los.

»Aber du hast doch noch nix im Bauch! So viel Zeit muss sein.« Ihre Mutter drückte ihr eine der Stullen in die Hand und nickte auffordernd. »Wenigstens einmal abbeißen.«

Da wurde die Wohnungstür aufgeschlossen, und ihr Vater kam von der Arbeit nach Hause. »Tag zusammen! Unsere Clara ist ja auch noch hier! Mhm, det duftet nach Koffein!«

»Warst die janze Nacht malochen. Da weiß ick doch, dass mein Heinrich 'nen Kaffee braucht.«

Ihre Mutter rollte die Lockenwickler aus den Haaren und legte sie in der Obstschale auf der Flurkommode ab. »Wie war's denn heut Nacht?«

»Jut war's! Ick hab 'nen Neuen.« Ihr Vater hängte seine Jacke auf, grinste spitzbübisch und rieb sich die Hände. »Also herhören, meine Damen: Warum ist die Banane krumm? Na, weil se 'nen Bogen um die Republik macht!«

»Heinrich!« Mit panischem Blick schloss ihre Mutter die Wohnungstür, die der Vater wie immer sperrangelweit offen gelassen hatte.

Das war die eigentliche Stärke der Staatssicherheit: Zu schaffen, dass Millionen Menschen sich ängstlich und misstrauisch duckten. Ihre Mutter war dafür ein Paradebeispiel. Sie verhielt sich stets so unauffällig und vorsichtig wie nur möglich. Trotzdem konnte sie es nicht lassen, hin und wieder mit der Bahn in den Westen rüberzufahren und von dort unter Todesängsten die *Brigitte* oder die *Burda* nach Hause zu schmuggeln. Dann wurde die Nähmaschine ausgepackt, und die schicken Kleider darin wurden nachgeschneidert, die sie sich dann aber nie traute, auf der Straße anzuziehen, und in den Tiefen ihres Kleiderschranks versenkte.

»Was bitte sagt det denn über denen ihr System aus, wenn schon ein kleiner Witz an ihrem Stolz kratzt?«, erwiderte ihr Vater. »Wir sind ehrenwerte Bürger. Ick hab mein Leben lang nur Anständiges getan. Was gibt's denn Anständigeres als 'nen Pfarrer? Ick war aus Prinzip nie in der Partei, schon bei den Braunen nich und jetzt bei den Roten auch nich. Der Einzige, der mir was zu sagen hat, ist der da.« Er deutete mit dem Zeigefinger nach oben. »Schmeißen die mich einfach aus meiner eigenen Kirche raus, in der ick immer ein offenes Ohr für all meine Schäfchen hatte.«

Ihr Vater hatte einmal zu oft in seiner Predigt betont, dass die Liebe zu Gott das ganze Herz beanspruchte. Und weil darin seiner Meinung nach kein Platz mehr für eine politische Ideologie war, hatte man kurzen Prozess mit ihm und seinem Herzen gemacht. Jetzt arbeitete er als Straßenbahnfahrer und musste deshalb oft zu nachtschlafender Zeit aufstehen, aber er ließ den Mut nicht sinken.

Er war ein intelligenter und geduldiger Mann, der Clara früh das Lesen und Schreiben beigebracht hatte. Die Menschen seiner Gemeinde hatten ihn um Rat gefragt und auf seine Meinung vertraut. Clara wusste es nicht genau, aber sie war sicher, dass er auch als Straßenbahnfahrer toll war – mit den Leuten redete, wartete, wenn noch einer angerannt kam, und auch an den grauesten Regentagen gute Laune verbreitete.

Er gähnte herzhaft und ließ sich in der Wohnstube auf das Sofa fallen. So eng die Wohnung auch war – dieses monströse, wuchtige Ungetüm aus wulstigen Armlehnen, weichen Kissen und einer tiefen, einnehmenden Federung hatte trotzdem Platz und wurde von allen geliebt.

»Hat unser Mädchen nicht heute diesen Wettbewerb?«, rief er.

»Ja, hat sie«, antwortete Clara mit vollem Mund, spülte den Bissen vom Butterbrot mit einem Schluck Kaffee runter und versuchte gleichzeitig, sich ihre leichte Sommerjacke überzuziehen.

»Den ganzen Morgen is unsere Clara schon janz unruhig«, sagte ihre Mutter.

»Wenn det jemand schafft, dann du, meine Kleene! Aber vergiss nicht, dass es auch noch was anderes im Leben gibt als Bücher. Du solltest mehr unter Leute gehen.«

Clara war verwirrt. »Ich hab doch Betty und Martha.«

»Ja, det sind auch zwei wirklich nette Mädels, aber du bist doch 'n hübsches Ding.«

Worauf wollte er hinaus?

»Dein Vater will wissen, wie's denn mit Jungs ist.« Aus der Art, wie ihre Mutter erwartungsvoll die Augenbrauen hochzog, leitete Clara ab, dass ihre Eltern über das Thema gesprochen hatten. Es war ihr schrecklich unangenehm.

»Keine Zeit. Ich muss mich doch auf meine Zukunft konzentrieren!«, rief sie, stellte ihre Tasse auf der Kommode im Flur ab und schnappte sich ihre Schultasche. Jetzt war es wirklich höchste Zeit zu gehen.

Gerade rechtzeitig zum Klingeln kam sie an. Ihr Herz schlug kräftig in ihrer Brust.

Betty stellte sich auf die Zehenspitzen und winkte Clara zu sich und Martha. »Mann, du siehst ja aus, als wärst du auf einer illegalen Studentenparty gewesen. Was hast du denn heute Nacht getrieben?«, wollte sie wissen.

»Ach, frag nicht …«, murmelte Clara matt. Ihr fiel auf, dass Betty recht stark geschminkt war. Ihr Mund war mit leuchtend rotem Lippenstift betont, und sie hatte sogar Ohrringe angelegt. Zweifelsfrei stand ihr beides gut.

»Vielleicht habe ich Puder dabei, damit könnten wir deine Augenringe überdecken.« Betty kramte in ihrer Tasche.

Martha drückte ein Mathebuch an ihre Brust. »Hast du die ganze Nacht gelernt?«, fragte sie Clara.

»Schön wär's. Und du?«

Martha nickte. »Ich habe mir bis Mitternacht wichtige Daten aus unserer Geschichte eingebläut.«

»Na, ihr drei?« Alexander trat zu ihnen. Seine Schultasche hing locker an nur einer Schulter.

Er lächelte auf eine Weise, die Martha zu verunsichern schien. Sie überkreuzte die Beine, legte den freien Arm um ihren Leib und sah insgesamt aus, als würde sie am liebsten verschwinden. Schon ein paarmal war Clara aufgefallen, dass Martha auf diese Weise reagierte, wenn Alex ihnen Gesellschaft leistete, aber ihr wollte sich nicht erschließen, warum. Clara mochte Bettys Bruder, er war ziemlich entspannt. Doch schien er außer Sport nicht viel im Kopf zu haben.

»Wo warst du heute Morgen?«, fragte Betty ihren Bruder und begann, mit der Puderquaste unter Claras Augen herumzutupfen. »Ich saß mit Mama und Papa allein beim Frühstück.«

»Tut mir leid, aber ich musste was erledigen.« Er wich ihrem Blick aus.

»Oh nein, Alex. Ernsthaft?« Betty rollte mit den Augen. »Du hast schon wieder mit deiner Freundin Schluss gemacht? Wie hieß sie noch gleich? Sandra? Simone?«

»Susanne. Es hat einfach nicht gepasst. Sie war ja nett,

aber …« Er schien angestrengt nach den richtigen Worten zu suchen. »Sie war einfach …«

»Ja?« Martha hing gebannt an seinen Lippen.

»Ach, keine Ahnung. Ist ja auch egal.«

Clara legte den Kopf schief und betrachtete ihn aufmerksam. So, wie seine Schultern herabsanken und er die Zähne zusammenbiss, wirkte es fast, als wäre er enttäuscht von sich selbst. Eine Seite an ihm, die ihr zuvor noch nicht aufgefallen war.

Auf einmal herrschte Trubel auf dem Schulhof. Sämtliche Blicke waren in den Himmel gerichtet. Wie Laubblätter segelten unzählige bedruckte Zettel auf sie herab. Jemand musste sie aus einem der Fenster in den oberen Stockwerken geworfen haben. Schön sah das aus.

Alex pflückte einen der Zettel aus der Luft und las vor: *»Radio Freigeist – verboten gut!«*, stand in dicken Lettern darauf. *»Schaltet alle ein! Sonntag von neun bis vierzehn Uhr! Wir spielen die Musik, die ihr wirklich hören wollt!«*

Darunter stand klein gedruckt: *»Sobald ihr den Zettel gelesen habt, vernichtet ihn.«*

»Ein neuer Radiosender?«, fragte Betty.

»Ein *verbotener* Radiosender«, betonte Alex, grinste breit und war wieder ganz der Alte. »Knorke!«

Martha schüttelte verständnislos den Kopf. »Aber wenn er so verboten ist, warum dann diese Maßnahme? So ist es doch nur noch eine Frage der Zeit, bis man den Sender entdeckt.«

»Früher oder später wird es sich eh rumsprechen«, sagte

Clara. »Und wie sollte irgendwer anhand dieser Zettel herausfinden, wo die Sendestation liegt?«

»Also lieber nur einmal Werbung machen, und dann richtig.« Alex warf sich in die Brust, als würde er höchstpersönlich hinter der Aktion stecken, und zwinkerte ihr dann zu, was sie leicht verwirrte. Sein Nicki lag an den Oberarmen eng an, und Clara wurde den Verdacht nicht los, dass er seine Muskeln anspannte, um ihnen zu imponieren.

»Zettel weg!«, rief einer. »Die Direktorin ist auf dem Weg! Alle in die Aula!«

»Die übliche Montags-Schikane«, murmelte Clara leise.

Nach Klassen geordnet stellten sie sich im großen Saal auf. Clara schielte zur Bühne: Wo sonst der Schulchor sang oder Theaterstücke aufgeführt wurden, standen nun vier Pulte, die von Scheinwerfern angeleuchtet wurden. Ihr Herz beschleunigte. Unter DDR-Flagge und Grotewohl-Porträt positionierte sich aufrecht die Direktorin der Schule, Frau Schubert. Das aschblonde Haar war zu einem strengen Dutt gebunden. Sie trug dasselbe schlichte graue Kostüm wie jeden Tag. Ihre Stimme hallte durch die Aula: »Antreten zum Fahnenappell!«

Sie verwechselte die Schüler gerne mal mit Rekruten. Körperliche Züchtigung war für sie ein probates Erziehungsmittel. Wer nicht zackig in Reih und Glied stand, musste schon mal im Winter draußen im Schulhof in kurzen Sportklamotten ein paar Runden laufen.

»Meine lieben Schüler der Oberstufe, wie ihr wisst, ist heute ein besonderer Tag.« Sie rückte ihre rechteckige Lesebrille zurecht. »Der Wissenswettbewerb der elften Klassen findet statt.« Mit einer ausladenden Bewegung wies sie auf einen fremden Mann, der an einem Tisch vor der Bühne saß. Er hätte nicht ausdrucksloser dreinblicken können. »Es ist mir eine große Freude, euch mitteilen zu können, dass uns zu diesem Anlass der Direktor der Technischen Hochschule mit seinem Besuch beehrt.«

Hatte Clara richtig gehört? Da wurde Spitzenförderung betrieben! Wer dort studieren durfte, aus dem wurde was.

Sie war so aufgeregt, dass sie kaum etwas vom Fahnenappell mitbekam. Wenn sie den Wettbewerb gewinnen würde, wenn der Direktor auf sie aufmerksam würde, dann würde sie vielleicht delegiert – und damit stand der Zukunft, von der sie träumte, nichts mehr im Weg. Sie würde den Kosmos erforschen.

Martha, die FDJ-Leitung ihrer Klasse, trat nach vorne, um Meldung zu machen. *Vierundzwanzig Schüler anwesend, davon dreiundzwanzig FDJ-Mitglieder.* Jeder wusste, wer kein Mitglied war: Clara. Betty griff nach ihrer Hand und drückte sie sanft, doch heute machte ihr die Demütigung kaum etwas aus. Sie stand völlig unter Strom. Ihr war auch leicht schwindelig, aber zumindest war sie inzwischen hellwach.

Dann die zwölften Klassen. Auch da schien jemand kein Blauhemd zu sein. Das war neu.

»Das ist doch gleich eine wunderbare Gelegenheit, euch einen neuen Mitschüler vorzustellen: Michael Kröger«, bellte Frau Schubert. Treten Sie einen Schritt vor, Herr Kröger, wir beißen nicht.«

»Herr Kröger« ließ an einen altbackenen Mann mit Filzpantoffeln denken, aber natürlich trat ein Junge aus der Reihe der zwölften Klassen hervor. Er hatte warme, haselnussbraune Augen, ordentlich geschnittenes braunes Haar und ein zurückhaltendes Lächeln. Er wusste nicht, wohin mit seinen Händen.

»Na ja, umwerfend ist er nicht, aber er wirkt sympathisch«, flüsterte Betty. »Wer trägt denn schon zur Schule Hemd und Hose mit Bügelfalte? Fehlen nur noch Krawatte und Jackett.«

»Heißen wir Herrn Kröger herzlich willkommen«, sagte Frau Schubert. »Freundschaft.«

»Freundschaft«, ertönte es im Chor.

»Und nun zum Wissenswettbewerb«, sagte Frau Schubert, und der Junge, wie auch alle anderen Schüler, verkrümelte sich erleichtert zu seinem Stuhl.

Martha und Clara nahmen hinter den Pulten ihren Platz ein, auf denen Zettel mit ihren Namen klebten. Außerdem nahm noch ein Junge am Wettbewerb teil, der ihnen kameradschaftlich die Hand schüttelte. Claras Sinne waren überempfindlich. Die grellen Lichter. Und dann dieser ganz spezielle Geruch, den man nur in Schulen finden konnte, nach stickiger Luft und unzähligen Körpern Heranwachsender. Sie fröstelte leicht, sie hatte ja kaum geschlafen. Gleichzeitig waren ihre Hände feucht.

»Ich werde euch zunächst ein paar Fragen zur Geschichte unserer Republik stellen, dann geht es ans Kopfrechnen«, erklärte Direktorin Schubert und ließ einen Kugelschreiber klicken. »Sobald ich euch eine Frage gestellt habe, betätige ich den Auslöser einer Stoppuhr. Ihr habt eine halbe Minute Zeit, um zu antworten. Nun gut, verlieren wir keine Zeit. Martha

Asseln, wann wurde die Deutsche Demokratische Republik gegründet?«

»Am siebten Oktober 1949«, antwortete Martha.

»Richtig.«

»Clara Vogel, wann wurde Wladimir Iljitsch Lenin geboren?«

»Am 22. April 1870«, antwortete Clara.

»Richtig.«

Nach etwa zwanzig Minuten höchster Konzentration verkündete die Direktorin, dass sie sich nun dem Fachbereich Mathematik zuwenden würden. Der Junge war inzwischen ausgeschieden. »Nenne mir die binomische Formel.« »Unter der Zahl Pi versteht man …?« Es ging Schlag auf Schlag.

Unauffällig wischte Clara den dünnen Schweißfilm über ihrer Oberlippe fort. Langsam ließ das Adrenalin nach, und ihr Körper forderte den verlorenen Schlaf ein. Sie zwickte sich fest in den Unterarm. *Reiß dich zusammen,* sagte sie sich scharf, wie ein Dompteur, der die Peitsche knallen ließ. Aus dem Augenwinkel sah sie, wie Martha einen Schluck aus ihrem Wasserglas nahm und sich dann verkrampft an ihrem Pult festhielt.

»Frau Asseln, was ist die Wurzel aus 196?«

Keine Antwort. Clara konnte sehen, wie sich Marthas Brustkorb hob und senkte. Glaubte sogar, die Ratlosigkeit in den Augen ihrer Freundin sehen zu können.

»Frau Asseln, wissen Sie die Antwort?«

Die Zeiger der Stoppuhr tickten immer lauter. *Fünfundzwanzig, sechsundzwanzig, siebenundzwanzig …*

»Sechzehn«, brachte Martha in der letzten Sekunde hervor. Ihre Stimme war dünn, völlig verunsichert.

»Sind Sie sich sicher?«, hakte Frau Schubert nach.

Clara schüttelte kaum merklich den Kopf, aber zu spät. Martha hatte genickt.

»Leider ist diese Antwort falsch«, sagte Frau Schubert konsterniert. »Damit geht die Frage an Ihre Mitstreiterin. Wissen Sie die Antwort, Frau Vogel?«

Clara hatte das Gefühl, als hinge ihre komplette Zukunft von diesem einen Moment ab. Sie sah den Direktor der Hochschule, der sie genau im Visier hatte. Sah Frau Schubert, deren Blick Clara einen kalten Schauer den Rücken hinabjagte. Sah die unzähligen Gesichter der Schüler, die auf ihre Antwort warteten. Sah sich vor ihrem inneren Auge die Hochschule betreten, mit Kommilitonen ihren Abschluss feiern, sah sich vor einem echten Raumschiff stehen, das sie mitentwickelt hatte! Sah das Mädchen am Pult neben ihr. Dieses Mädchen war nicht irgendwer, es war ihre Freundin. Ebenso wie Clara träumte sie davon, eine erstklassige Ausbildung zu erhalten.

Martha lächelte ihr zu. *Du weißt die Antwort. Los, sag sie. Ich bin dir nicht böse,* sagte dieses Lächeln.

Clara senkte den Blick. »Die Antwort lautet vierzehn.«

Totenstille.

Dann: »Das ist richtig. Nun gut, dann werten wir jetzt den Punktestand aus.«

Frau Schubert neigte sich vertraulich zum Direktor der Hochschule, redete mit gesenkter Stimme auf ihn ein. Quälende Minuten verstrichen. Dabei war die Sache doch eigentlich klar. Martha hatte eine Frage falsch beantwortet, Clara keine einzige.

Schließlich nickte der Direktor einmal entschieden, und Frau Schubert richtete sich auf. »Die Gewinnerin des diesjährigen Wissenswettbewerbs ist …«

Claras Herz drohte ihr aus der Brust zu springen.

»Martha Asseln.«

Zaghafter Beifall aus den Stuhlreihen.

Clara war wie erstarrt.

Wie von fern Frau Schuberts Stimme: »Herzlichen Glückwunsch, Frau Asseln.«

Clara sah mit an, wie die Direktorin auf die Bühne trat und Martha eine Medaille umhängte. »Sie haben heute bewiesen, dass Sie eine fleißige, verantwortungsbewusste und kluge junge Frau sind. Als Belohnung dürfen Sie die Leitung der Müggelsee-Freunde übernehmen, einer FDJ-Gruppe, die ganz frisch in Zusammenarbeit mit dem Strandbad gegründet wurde.«

Clara ballte die Hände zu Fäusten. Sie war die rechtmäßige Gewinnerin! Es war nicht das erste Mal, dass sie zu spüren bekam, kein richtiges Mitglied der Schülerschaft zu sein. Dass sie ausgegrenzt und benachteiligt wurde, nur weil sie nicht wie alle anderen Schüler in der FDJ war. Aber das hier war noch mal etwas anders, denn es ging um ihre Zukunft. Um ihren Traum.

Sie sollte sich wehren, sollte kämpfen. Doch die Worte ihrer Eltern kamen ihr in den Sinn. »Clara, du hast ’nen wachen Geist. Det is einerseits ein Segen, aber in einem Land wie unserem kann es auch ein Fluch sein. In der Schule wirst du manchmal Dinge hören, die sich von dem unterscheiden, wat deine Eltern hier zu Hause sagen, aber dann darfst du nicht aufbegehren. Du musst schweigen. Hier zu Hause können wir in Ruhe darüber sprechen. Aber draußen, in der Schule oder in der Kaufhalle oder wo auch immer, musst du still sein. Fall einfach nicht auf, einverstanden?«

Und daran hatte sie sich stets gehalten. Sie hatte gelernt, Widerworte runterzuschlucken und zu verdrängen, wenn ihr Unrecht widerfahren war. Tränen stiegen ihr in die Augen. *Wehe, du heulst jetzt. Zeig nicht, wie verletzt du bist. Das wollen die doch nur.* Die goldene Regel ihrer Familie lautete: Sie könnten dir alles nehmen, aber eines bekommen sie niemals, und das ist deine Würde.

Und so stimmte sie mechanisch in den Beifall ein.

»Halt!«, rief auf einmal jemand aus den Zuschauerreihen.

Alle sahen den Jungen an, der gesprochen hatte und sich nun zögerlich, als würde er auf hauchdünnem Eis stehen, von seinem Platz erhob. Zu ihrem Erstaunen war es Alex. Sein Mund stand offen, als wäre ihm erst jetzt die Tragweite seiner Handlung bewusst geworden. »Entschuldigen Sie bitte die Störung. Aber wenn mich nicht alles täuscht, ist doch Clara die rechtmäßige Siegerin des Wettbewerbs.«

Die Direktorin wandte sich ihm zu. »Alexander Reinhart, richtig?«

Er nickte.

»Ich danke Ihnen für den Hinweis«, erwiderte sie süßlich. »Aber wie Sie sicher wissen, Jugendfreund, ist eines der großen Ziele des Sozialismus, das Kollektiv zu stärken. Frau Vogel hat sich noch nie darum bemüht, sich der Gesellschaft anzuschließen. Im Gegenteil. Nun fiel sie sogar Frau Asseln in den Rücken. Eine Rücksichtslosigkeit wie diese kann ihre Wurzeln nur im Gedankengut des Klassenfeinds haben, nicht in der marxistisch-leninistischen Weltanschauung. Diese beispiellose Verunglimpfung der Solidarität kann nicht geduldet werden. Welche Schlüsse würden die Schüler daraus ziehen, würde ich so jemanden zum Sieger küren?«

Clara sah in die Schülermenge. Es war, als würde sie vor allen hingerichtet werden.

Alex trat von einem Fuß auf den anderen und dachte einen Augenblick lang nach. »Dass es hier gerecht zugeht«, antwortete er schließlich. Sprach's und setzte sich hin, als hätte er nicht soeben die Schulleiterin vorgeführt.

Clara war tief berührt von seiner Loyalität.

Die Direktorin blinzelte verwirrt, ehe sie sich wieder fing. »Die Siegerin steht fest. Es tut mir leid für Sie, Frau Vogel. Ich hoffe, Sie werden für die Zukunft eine Lehre daraus ziehen.«

Clara hielt ihrem Blick stand. »Keine Sorge. Das werde ich.«

Noch vier quälende Schulstunden musste Clara absitzen. In ihr brodelte es. So stark, dass sie sogar aus Versehen im Matheunterricht die Spitze ihres Bleistifts abbrach. Sie redete sich ein, dass es besser war, nicht gewonnen zu haben. Sie wollte Anerkennung für ihre Leistungen – aber sich von diesem menschenverachtenden System ehren zu lassen, machte sie doch automatisch zur Mitläuferin, oder etwa nicht?

Als es endlich zum Ende der letzten Stunde läutete, sprang sie von ihrem Platz auf, stopfte ihr Heft in ihre Tasche und stürmte nach draußen. Wie sollte sie nur ihren Eltern erklären, dass sie nicht gewonnen hatte? Sie würden sich Sorgen um die Zukunft ihrer Tochter machen. Aber lügen wollte sie auch nicht.

Alles war grau. Der Himmel. Die Fassaden der Mietshäuser. Der Kiosk, an dem ihre Freundinnen und sie sich manchmal Brause holten. Sogar das Wasser der Dahme. Eigentlich konnte Clara immer darauf zählen, dass ihr eine rettende Idee kam. Aber gerade war es ihr unmöglich, auch nur einen klaren Gedanken zu fassen. Ihre Tasche mit all den Heften und Büchern darin fühlte sich schwer an.

Auf einmal legte jemand eine Hand auf ihre Schulter. Es war Martha. Sie war völlig aus der Puste. »Willst du über das reden, was passiert ist?«, fragte sie keuchend und hielt sich die Seite.

Clara schüttelte den Kopf. Sie wollte einfach nur nach Hause. Nachdenken. Sich abreagieren. Die Medaille um Marthas Hals und ihr mitleidiger Blick hoben ihre Stimmung nicht gerade.

»Bitte sei nicht wütend auf mich«, flehte Martha. »Es tut mir so leid.«

»Ich bin nicht wütend. Zumindest nicht auf dich«, erwiderte Clara. »Ich freue mich für dich, ehrlich, aber trotzdem ist es ungerecht. Ich bin so dumm, dass ich mir ernsthaft Hoffnungen gemacht habe. Dieses ganze elendige System …«

»Ich weiß, dass für dich viel von dem Wettbewerb abhing. Aber du hast es auf die Erweiterte Oberschule geschafft, und du wirst es auch noch auf die Uni schaffen.«

Doch genau das bereitete Clara Sorgen. Eigentlich war es schon ein Wunder, dass sie so weit gekommen war. Hätte die Abteilungsleiterin im Ministerium für Volksbildung sich damals nicht so sehr für sie eingesetzt, dann würde Clara jetzt wohl lustlos eine Lehre zur Facharbeiterin für Schreibtechnik machen oder irgendwo Schrauben sortieren.

»Alles wird gut.« Martha griff nach ihrer Hand, aber Clara riss sich los.

»Und was, wenn nicht?« Ihr Tonfall war schärfer als beabsichtigt.

Martha gab noch nicht auf. »Die da oben sorgen schon für Gerechtigkeit. Dafür gibt es in unserem Land ein Werkzeug, das immer funktioniert: Eingaben schreiben.«

Da schoss es auf einmal wie ein Blitz durch Clara. Sie hatte eine Idee.

»Clara, ich kenne diesen Blick. Wenn du so guckst, ist dir alles zuzutrauen. Was hast du vor?«

Doch Clara hörte ihre Freundin nur noch wie von fern. Vielleicht war sie völlig verrückt geworden, aber Genie und Wahnsinn lagen bekanntlich eng beieinander. Eine Eingabe zu schreiben und darauf zu warten, dass sie bearbeitet wurde, dauerte ihr zu lange. Sie würde ihre Beschwerde direkt vortragen. Warum war sie nicht früher darauf gekommen? Es hatte doch schon einmal funktioniert … Damals vor zwei Jahren, als sie gebibbert hatte, von der Polytechnischen auf die Erweiterte Oberschule übertreten zu dürfen. Es war einer Frau zu verdanken, dass dieser Schritt möglich gewesen war. Einer einflussreichen Frau, die sich nicht für Claras politische Gesinnung interessiert hatte, sondern nur für ihr Können. Die an sie geglaubt hatte und dadurch zu ihrer persönlichen Heldin geworden war. Ihr Name war Mechthild Kremm.

Martha berührte sie am Oberarm und riss sie damit aus ihrem Gedankenstrudel. »Du machst mir Angst, Clara.«

»Du hast recht, alles wird gut – solange ich mir keine Angst machen lasse. Angst schreibt nicht die Art von Leben, auf die man irgendwann mit Stolz zurückblickt.« Hoffnung rauschte in ihrem Blut. »Deshalb darf man sich nie aus Angst gegen sein Herz entscheiden, das einen fühlen lässt, was eigentlich möglich wäre.«

Sie hielt sich an den Trägern ihrer Schultasche fest, spürte die Bücher, das Gewicht des Wissens, und straffte sich, bereit, für ihre Zukunft zu kämpfen.

3

Martha

Regen, der an der Fensterscheibe kratzt. Der Wasserhahn in der Küche tropft. Schwaches goldenes Licht fällt von der Straßenlaterne durch das kleine Fenster in die dunkle Wohnung herein.

Da ist eine Frau. Sie legt den Zeigefinger auf die Lippen. *Sei leise.*

Eine Faust hämmert gegen die Tür. »Machen Sie sofort auf.«

Die Frau sieht Martha an. Der Blick ihrer großen Augen jagt Martha einen Schauer durch den Körper. In dem Blick steht Verzweiflung. Panik.

Martha kann ihren eigenen Herzschlag hören.

Das Poltern vor der Wohnung wird lauter. Im nächsten Moment kracht die Tür auf.

Martha schreckte hoch. Es dauerte mehrere heftige Atemzüge, bis ihr dämmerte, wo sie war, nämlich in ihrem Zimmer. Herrjemine, war sie etwa auf dem Sofa eingeschlafen? Schon wieder hatte dieser Albtraum sie verfolgt, aus dem sie einfach nicht schlau wurde … Es war immer dasselbe. Eine fremde Wohnung. Eine fremde Frau. Männer, die hereinstürmten.

Sie rieb sich über die Stirn und richtete sich umständlich auf. Etwas rutschte von ihrem Bauch. Ein Block. Ach ja, sie hatte an der Rede gearbeitet, die sie zu ihrem Einstand vor den Müggelsee-Freunden halten wollte. Viel hatte sie bisher noch nicht zu Papier gebracht, gerade mal einen Satz.

»Liebe Müggelsee-Freunde, der Sozialismus ist …«, las sie laut und sank in sich zusammen. Das klang viel zu förmlich. Damit würde sie allenfalls Frau Schubert beeindrucken. Der Einstieg ihrer kleinen Rede sollte locker sein, vielleicht sogar den einen oder anderen zum Lachen bringen.

Locker. Witzig. Nicht gerade deine Stärke, sagte eine höhnische Stimme in ihr.

»Der Sommer gibt sein Bestes, und das werden auch wir!«

Auch nicht wirklich besser. Sie war für so etwas einfach nicht gemacht. Überhaupt war schon den ganzen Tag der Wurm drin.

Auf dem Weg von der Schule nach Hause hätte sie eigentlich vor Freude hüpfen sollen, immerhin hatte sie den Wissenswettbewerb gewonnen. Aber ihr Sieg fühlte sich falsch an. Und für einen Platz an der Technischen Hochschule war sie offenbar nicht gut genug gewesen. Das würde zumindest ihr Vater denken.

»Da wolltest du sowieso nicht hin«, hatte Betty versucht, sie aufzumuntern, »du willst doch schreiben«, und Martha hatte sich tatsächlich kurz besser gefühlt.

Es war eine Ehre, die Müggelsee-Freunde leiten zu dürfen.

Das würde sie beim Abendessen ihrem Vater gegenüber einfach betonen.

Trotzdem war diese Stimme in ihr, die gehässig flüsterte: *Clara ist besser als du gewesen, und das weißt du. So, wie du weißt, dass Betty immer hübscher und unterhaltsamer als du sein wird.*

Und zu allem Überfluss war es Alexander gewesen, der Frau Schubert darauf aufmerksam gemacht hatte, dass die Medaille eigentlich Clara überreicht werden sollte. Ausgerechnet er! Es war demütigend gewesen. Als würde sie nackt vor der gesamten Schülerschaft stehen.

Auch wenn Martha vor ihren Freundinnen leugnete, für Alexander zu schwärmen, Betty hatte sie durchschaut. Clara hingegen konnte man alles erzählen, sie hatte keinen Blick für Jungs. Es war nicht so, dass Martha sich ihren Freundinnen nicht anvertrauen wollte, eigentlich erzählten sie sich ausnahmslos alles. Aber sie schämte sich … Gefühlt jedes Mädchen an der Schule war in Alexander Reinhart verliebt. Wie sollte sie da auch nur ansatzweise eine Chance haben?

Noch immer leicht benommen von ihrem Albtraum, setzte sie sich in den Schneidersitz. *Kein Wunder, dass Alex sich nicht für dich interessiert. Du bist absolut gewöhnlich.* Bettys Wände waren tapeziert mit Schauspielikonen, und Clara hatte sich aus Gips ein Mobile aus bunten Planeten und einem Raumschiff in der Mitte gebastelt. Marthas Zimmer? Das war eine Klappcouch, eine Anbauwand mit ihren Büchern und einem nigelnagelneuen *Sternchen*-Radio darin, sowie ein praktischer höhenverstellbarer Tisch mit Globus und Schreibmaschine darauf. Daneben ein Stapel A4-Blätter. Eine angefangene Erzählung, die sie wohl nie zu Ende bringen würde. Einmal in der Woche war Chorprobe, alle zwei Wochen fand der Literaturklub statt, daneben gab es allerlei zu organisieren, wie etwa Klassenfahrten ins Zeltlager oder Wanderausflüge. »FDJ-Freizeitstress«, nannte Betty das. Da blieb keine Zeit, um an ihrer Geschichte zu feilen, redete Martha sich ein. Aber die Wahrheit war, dass sie schlichtweg nicht wusste, was sie schreiben sollte. Zumindest wollte ihr nichts einfallen, das Bedeutung oder Tiefgang hatte.

An der Wand klebten Notizen und Listen mit Dingen, die sie erledigen wollte. *Referat vorbereiten. Termin beim Augenarzt vereinbaren. Bücher in die Bibliothek zurückbringen.* Daneben ein Kalender, außerdem eine Fotocollage. Die meisten Bilder zeigten sie mit Betty und Clara. Auf einem waren sie noch ganz jung, gerade mal dreizehn Jahre alt. Arm in Arm standen sie nebeneinander. Martha musste immer schmunzeln, wenn sie das Foto ansah, das Bettys Vater von ihnen gemacht hatte. An dem Tag hatten sie Horst im Strandbad Müggelsee vor dem Ertrinken gerettet. Der Beginn ihrer Freundschaft.

Der tröstliche Duft von Skuwanki kam unter ihrer Zimmertür hindurch. Die Klöße aus Kartoffelteig, die in Fett ausgebacken und mit Mohn und Puderzucker bestreut wurden, waren ihre absolute Lieblingsspeise. Ihre Mutter machte sie nur an besonderen Tagen.

Ohne anzuklopfen, steckte auf einmal ihr Bruder Ronny den Kopf in ihr Zimmer. »Da ist ja unser Genie! Herzlichen Glückwunsch.« Er holte eine Papiertüte unter seinem kurzärmeligen Hemd hervor und überreichte sie Martha feierlich.

Sie konnte kaum glauben, was sie darin sah: Lakritze! »Wo hast du denn die her?«

»Wir haben heute 'ne unangemeldete Grillfeier am Müggelsee gesprengt. Du glaubst nicht, was diese Ratten an Süßkram aus dem Westen hatten! Mein Kollege und ich haben alles beschlagnahmt. Aber für dich habe ich meine Gewissensbisse überwunden und die Lakritze heimlich aus dem Revier geschmuggelt.« Er grinste und ließ seine Augenbrauen tanzen.

Martha rollte eine der Schlangen auf. Als sie ihrem Bruder davon anbot, schüttelte er den Kopf.

»Wie läuft's denn mit deiner Ausbildung bei der Polizei?«, fragte sie.

»Alles paletti! Am liebsten mag ich die Tage, an denen ich arbeiten darf und wir auf Streife sind. Du glaubst ja gar nicht, was in dieser Stadt alles los ist. Die Leute dort draußen denken doch wirklich, die Polizei schläft! Aber nicht mit mir! Auf der Wache nennen sie mich den Spürhund.«

Einerseits war Martha stolz auf ihren Bruder, andererseits wollte es sich ihr nicht erschließen, was so verwerflich an Süßigkeiten von drüben sein sollte. Wenn man einmal Schokolade aus dem Westen probiert hatte, dann erschien einem alles, was man hier kaufen konnte, nur noch wie ein trauriger, unbefriedigender Abklatsch.

»Woher wusstest du eigentlich, dass ich gewonnen habe?«, wechselte sie das Thema.

»Das wusste ich nicht. Ich hab nur keine Sekunde dran gezweifelt.« Er strubbelte ihr durchs Haar. »Ich lass die Tür offen. Du weißt doch, dass Mutti geschlossene Türen nicht leiden kann.«

Wie jeden Abend kam ihr Vater pünktlich um halb sieben von seiner Arbeit bei der Post nach Hause. Er nahm den Hut von seinem kahlen Kopf, hängte Aktentasche und Mantel auf und wusch sich wie üblich erst mal ausgiebig im Badezimmer die Hände mit Seife. Dann zog er sich ins Arbeitszimmer zurück, das im ersten Stock am Ende des Flurs lag. Martha hatte diesen Raum noch nie betreten, es war ihr strengstens verboten. Ihrem Bruder hingegen nicht, was sie ungerecht fand. Lag es daran, dass Ronny ein Junge war und sie nur ein Mädchen? Oder bedeutete es, dass ihr Vater ihn lieber mochte? Als sie noch ein kleines Mädchen gewesen war, hatte ihr Vater sogar versucht, ihr weiszumachen, dass in dem Raum Ungeheuer lauerten. Ein paarmal hatte sie gesehen, wie ihr Vater den Schlüssel zum Arbeitszimmer unter dem Teppichboden vor der Tür hervorholte, bevor er hineinging.

»Na, wie war euer Tag?«, fragte er, als er eine halbe Stunde später die Treppe wieder herunterkam.

»Martha hat doch tatsächlich den Wissenswettbewerb gewonnen«, rief ihre Mutter aus der Küche.

Martha, die gerade dabei war, den Tisch zu decken, spürte, wie sich etwas in ihr versteifte. Auf einmal legte sie großen Wert darauf, das Besteck, die Gläser und die Schalen mit Apfelkompott perfekt anzuordnen, aber eigentlich wartete sie nur auf die Reaktion ihres Vaters.

»Schön«, war alles, was er dazu zu sagen hatte.

Enttäuschung machte sich in ihr breit. War es denn so schwer, sie nur einmal zu loben? Ihr zu gratulieren, sie vielleicht sogar zu umarmen?

Gemeinsam trugen ihre Mutter und sie das Essen auf,

während ihr Vater am Tisch die Zeitung las. Ihr Vater las das *ND*, nicht die *Berliner Zeitung*. Ersteres war Partei-Propaganda, das andere lag bei Clara zu Hause auf dem Tisch und war ein Lokalblatt mit großem Anzeigenteil.

Sie wohnten in einem hübschen Haus mit kleinem Vorgarten in Friedrichshagen, am Rand von Berlin. Was für ein Glück das war, wurde ihr immer bewusst, wenn sie Clara besuchte, deren Zimmer die Größe einer Abstellkammer hatte. Allein das Wohnzimmer von Marthas Familie versprach: *Hier wohnt eine mustergültige DDR-Familie!* Das bequeme Sofa, platziert in der Mitte des Raums, war ausgerichtet auf die Carat-Schrankwand. Darin war der Fernseher untergebracht, außerdem eine Reihe bunter Matrjoschkas sowie Spiele. Das Meißner-Porzellan durfte erst auf den zweiten, vielleicht sogar dritten Blick zu sehen sein. Man wollte ja nicht angeben. An den Wänden hingen Landschaftsmalereien sowie selbstverständlich ein gerahmtes Bild von Walter Ulbricht. Nicht zu vergessen der obligatorische MuFuTi, also der »Multifunktionstisch«, auf dem stets eine rote Nelke in einer Vase zu stehen hatte. Als Martha einmal im Blumenladen keine bekommen hatte, hatte ihr Vater sie angeguckt, als hätte sie im Zeugnis in Betragen nur eine Drei bekommen. »Das kann ich mir nicht vorstellen«, hatte er gesagt. »Du hast bestimmt nicht richtig geschaut.«

Sie setzten sich. Martha konnte es kaum erwarten, die Skuwanki zu probieren.

»Lasst uns auf Marthas Erfolg anstoßen«, sagte ihre Mutter und hob ihr Weinglas an.

Sie sah erschöpft aus von ihrer Arbeit als Leiterin eines

Kindergartens, aber war bemüht, sich diese Erschöpfung nicht anmerken zu lassen. Nicht nur einmal hatte Martha vor dem Spiegel gestanden und sich gefragt, warum sie nicht die vornehmen Wangenknochen und die großen blauen Augen ihrer Mutter geerbt hatte. Das Beeindruckendste an ihr war jedoch ihre Ausstrahlung. Sie war eine stolze Frau, die wusste, was sie wollte. Mühelos schaffte sie den Spagat zwischen mütterlicher Fürsorge und einschüchternder Strenge.

Ronny, der neben Martha saß, legte einen Arm auf ihre Rückenlehne. Sie fühlte sich leicht eingeengt, schwieg jedoch.

»Erfolg liegt wohl in der Familie«, meinte er und prostete ihr mit seinem Bier zu.

Martha verstand den leicht aufmüpfigen Tonfall nicht, den er in letzter Zeit ihren Eltern gegenüber oft hatte. Und noch weniger verstand Martha den eisigen Blick ihrer Mutter, der Ronny klar in seine Schranken wies.

»Dann hast du also einen Studienplatz sicher?«, fragte ihr Vater. »Dem Wettbewerb wird doch gewiss ein Stellvertreter einer der angesehenen Hochschulen beigewohnt haben.«

So schnell konnte es also gehen, dass einem der Appetit verging, dachte Martha. »Nein …«, sagte sie. Sie wollte noch etwas hinzufügen, eine Erklärung oder Rechtfertigung, aber ihr fiel nichts ein, deshalb sagte sie noch einmal: »Nein.«

Ihr Vater ließ sein Glas wieder sinken. »Und worauf stoßen wir dann an?«

»Gert …«, ermahnte ihre Mutter ihn. »Mit ihrem Sieg heute beim Wettbewerb, ihren vorbildlichen Noten und ihrem Engagement wird Martha leicht zum Pädagogikstudium delegiert.«

»Wobei ich mir auch ein Ökonomie- oder Politikstudium für sie vorstellen könnte.« Ihr Vater zerdrückte seine Skuwanki so lange, bis sie mit dem Apfelmus einen ekligen Brei bildeten.

Sie sprechen über dich, als wärst du gar nicht da, dachte Martha. In ihr begann es zu brodeln. Immer öfter hatte sie in letzter Zeit dieses Gefühl – als braute sich in ihr etwas zusammen. Ein mächtiges Donnergrollen.

Und auf einmal hörte sie sich sagen: »Um ehrlich zu sein, würde ich gern Journalismus studieren.«

Es wurde so still am Tisch, dass man eine Nadel hätte fallen hören können.

Ihr Vater legte seine Gabel auf dem Teller ab und verschränkte die Finger. »So. Journalismus willst du also studieren. Ans Rote Kloster kommen nur die Allerbesten, politisch gefestigt und eingeschworen auf den Kampf gegen die Zersetzung durch den Klassenfeind. Das traust du dir zu? Mach mal halblang, Mädchen.«

»Aber …«

»Was dein Vater damit sagen will, ist: Wenn du Journalismus als Studienwunsch angibst, riskierst du am Ende noch, überhaupt keinen Platz zu bekommen«, versuchte ihre Mutter zu vermitteln.

»Lass sie doch, Valerie.« Die Stimme ihres Vaters triefte vor Sarkasmus. »Lass sie all das zerstören, was wir ihr mühevoll ermöglicht haben.«

»Studiere doch lieber etwas Sinnvolles. Du könntest dann

später noch immer Wirtschaftsjournalistin werden«, schlug ihre Mutter vor.

»Ist gut«, erwiderte Martha. Sie bereute es, aufmüpfig gewesen zu sein und nun den Rest des Abends den missbilligenden Blick ihres Vaters ertragen zu müssen. Das Donnergrollen in ihr nahm zu. Sie spießte einen der süßen Kartoffelklöße auf. Schob ihn sich in den Mund. Kaute, ohne etwas zu schmecken.

»Volkswirtschaft oder Pädagogik kannst du beides in Moskau studieren.«

»Vielleicht will sie da ja gar nicht mehr hin.« Ihr Vater wies mit der flachen Hand auf Martha und sah sie verächtlich an.

Konnte er etwa Gedanken lesen? Die Vorstellung, so weit weg von zu Hause zu sein, machte Martha ein bisschen Angst.

»Bestimmt ist das der Einfluss ihrer beiden Freundinnen«, hörte sie ihren Vater brummen.

Martha biss die Zähne zusammen, ballte die Fäuste unter dem Tisch. Warum musste ihr Vater ihr ständig das Gefühl geben, dass alles an ihr falsch war?

Ronny schien zu merken, wie viel Beherrschung es sie kostete, nicht erneut Widerworte zu geben. Er legte unter dem Tisch beruhigend eine Hand auf ihren Oberschenkel. Sie schob die Hand weg.

Einen Moment lang wirkte er wie vor den Kopf gestoßen, dann nahm er dieselbe Haltung an wie ihr Vater, eine Hand in die Seite gestützt, in der freien Hand die Gabel. »Was haben eigentlich deine beiden Freundinnen nach der Schule vor?

Clara soll doch so ein Ass sein.« Er spießte zwei Skuwanki auf und schob sie sich in den Mund.

Martha konnte sich nicht daran erinnern, das erwähnt zu haben. »Ja, sie ist außergewöhnlich schlau. Eigentlich hätte sie den Wettbewerb heute gewinnen sollen. Sie war besser als ich.« Sie hatte locker geklungen, dabei war ihr voll und ganz bewusst, dass sie mit dem Feuer spielte.

»Wie … wie meinst du das?«, fragte ihre Mutter konsterniert.

»Sie hat eine Aufgabe richtig gelöst, die ich falsch beantwortet hatte. Damit hatte sie einen Punkt mehr als sich.«

»Dann hat sie ja wirklich was auf dem Kasten.« Ihr Vater lud etwas von seinen zerdrückten Skuwanki auf seinen Löffel. »Nur wird sie nie etwas daraus machen können. Nicht bei diesen Eltern.«

»Herr und Frau Vogel unterstützen ihre Tochter, wo es nur geht«, verteidigte Martha Claras Eltern. »Ich bin gerne bei ihnen zu Hause. Frau Vogel ist sehr herzlich, und Herr Vogel erzählt gerne Witze und …«

»Ach ja?«, horchte ihr Vater auf. »Auch wir lachen gern, nicht wahr, Valerie? Erzähl doch mal einen seiner Witze.«

Noch immer brodelte es in ihr, aber inzwischen hatte ein anderes Gefühl überhandgenommen. Das Gefühl, auf der Hut sein zu müssen. Sie rutschte auf ihrem Stuhl hin und her. »Ich kann keine Witze erzählen …«

»Ach, doch. Streng dich an. Wir sind unter uns.«

»Gert …«

Ihr Vater ließ nicht locker. »Und diese Betty? Deren Eltern

sind zwar offiziell in der Partei, zeigen jedoch keinerlei Engagement. Die klassischen Mitläufer.«

»Vor zwei Wochen habe ich ihre Mutter in der Schlange vor einem Schuhgeschäft getroffen, und ich könnte schwören, dass sie nach Alkohol gerochen hat«, berichtete ihre Mutter. »Das arme Mädchen … Hat Betty sich dir vielleicht anvertraut?«

»Nein …«, sagte Martha. Sie kam kaum noch hinterher. War sich nicht mal sicher, ob sie sich das einbildete oder ob es wirklich leicht angebrannt roch.

In letzter Zeit war ihr hin und wieder aufgefallen, dass Betty mit den Gedanken woanders gewesen war oder ihr Lächeln aufgesetzt wirkte. Sie nahm sich fest vor, ihre Freundin bei der nächsten Gelegenheit darauf anzusprechen.

Ihr Vater hatte die Augen zu Schlitzen verengt. »Hat diese Clara dir gegenüber mal erwähnt, dass …«

»Die restlichen Skuwanki!«, rief Martha auf einmal aus.

Sie hatten ganz vergessen, dass noch ein paar Kartoffelklöße in der Küche in Butter brutzelten. Schon war sie von ihrem Platz aufgesprungen, erleichtert, diesem seltsamen Gespräch zu entkommen. Es hatte sie eingeschüchtert. Aber warum? Das hier war doch ihre Familie.

Sie lud die Kartoffelklöße auf einen Teller, streute noch etwas Puderzucker drüber und beschwichtigte sich, dass der Tag heute sehr aufwühlend gewesen war. Deshalb spielten ihre Gefühle vermutlich verrückt.

Fast hatte sie das Wohnzimmer wieder erreicht, da hörte sie Ronny mit ihren Eltern flüstern. Sie hielt inne. Viel verstand sie nicht, eigentlich nur ein besorgtes »Was würde das denn ändern?« von ihrer Mutter und ein wütendes »Ihr könnt es nicht ewig hinauszögern« von Ronny.

Martha blinzelte. Hatte ihr Gefühl sie also doch nicht getäuscht. Irgendetwas ging hier vor sich, nur hatte sie keinen blassen Schimmer, was das war. Eines stand jedoch fest: Ihre Familie hatte Geheimnisse vor ihr.

4

Betty

Betty trug mit dem Pinsel etwas Rouge auf und versuchte, ebenso verführerisch mit den getuschten Wimpern zu klimpern wie Marilyn Monroe in *Wie angelt man sich einen Millionär*. Die Hollywood-Ikone war elegant, sexy und selbstbewusst zugleich. Betty wollte wie sie sein. Vielleicht würde dann ja ein Regisseur auf sie aufmerksam werden! Sie hatte das Gefühl, dass heute Abend alles möglich war.

Gemeinsam mit ihrem lieben Onkel Theodor würde sie das Theater am Schiffbauerdamm besuchen. Sie würden die Schauspieler und Schauspielerinnen auf der Bühne bewundern, am Ende des Stücks in den tosenden Beifall einstimmen, und anschließend würden sie mit den Künstlern und ausgewählten Gästen feiern. Betty konnte ihr Glück kaum glauben. Vor Aufregung hatte sie den ganzen Tag keinen Bissen runterbekommen.

Sie erhob sich von ihrem Stuhl und genoss das Gefühl ihres seidigen Unterkleides auf der nackten Haut. Sie tänzelte durch den Raum und drehte sich einmal schwungvoll mit ausgebreiteten Armen.

Es klopfte an ihrer Zimmertür, und ihre Mutter kam herein. Ein paar Atemzüge lang blieb sie stehen, dann trat sie näher und nahm Bettys Hände in die ihren. »Wie hübsch du nur bist. Bestimmt wirst du heute Abend alle verzaubern.«

»Warum kommst du nicht einfach mit? Du liebst doch das Theater, und ich könnte deine Unterstützung gebrauchen. Ohne dich werde ich mich sicher schrecklich allein fühlen.«

Ihre Mutter legte eine Hand an Bettys Wange. Nur der Hauch einer Berührung. »Du hast doch deinen Onkel an deiner Seite. Und ich habe in der Wohnung noch viel zu erledigen.«

Sie wussten beide, dass das eine Ausrede war, oder vielleicht glaubte ihre Mutter inzwischen sogar daran.

»Ich muss unbedingt etwas hermachen. Hoffentlich bringt Onkel Theodor mir wie versprochen eines seiner schönen Kleider mit«, sagte Betty und wandte sich ab, denn der Anblick ihrer Mutter tat weh.

»Früher ist Linda eine richtige Schönheit gewesen«, pflegte ihr Onkel oft zu erzählen, und Betty vermutete, dass auch er darüber traurig war, dass von dem Licht, mit dem seine Schwester einst ganze Säle erhellt hatte, nun nur noch ein schwaches Flackern übrig war. Wenn man ihr in die Augen sah, fand man dort keine Freude, und das machte Betty Angst. Aber manchmal blitzte noch etwas von ihrem alten Ich auf, vor allem, wenn man sie mit etwas überraschte. Sei es auch nur die Frage, ob sie Lust auf einen Spaziergang hatte. Dann lächelte sie, und Betty war traurig, weil ihre Mutter sich so sehr über eine Kleinigkeit freute.

»Es wäre unglaublich, wenn ich ein paar Leute kennenlernen und Kontakte knüpfen könnte.«

Ihre Mutter nahm die Bürste von Bettys Schminktisch und betrachtete sie versonnen. »Dann vergiss nicht, immerzu zu lächeln.«

»Ich weiß, Mama.«

Da klingelte es schon.

Betty war bereits in den Flur geeilt, als sie sich daran erinnerte, dass sie nur ein Unterkleid trug. Sie kehrte um und rannte zurück in ihr Zimmer, wo sie sich hastig ihren Bademantel überzog. Kaum hatte sie die Wohnungstür aufgerissen, schlang sie auch schon die Arme um ihren Onkel. »Onkel Theodor!«

»Na, na, na!«, lachte er. »Das nenne ich mal eine stürmische Begrüßung.«

»Damit musst du rechnen, wenn du dich so selten bei uns blicken lässt. Ich freue mich, dich zu sehen!«

»Wenn meine liebste Nichte mir schreibt, sie braucht meine Hilfe, dann lasse ich alles stehen und liegen und eile herbei!«

Betty hatte ihrem Onkel einen Brief geschrieben, in dem sie ihn darum gebeten hatte, ihr zu zeigen, wie man eine richtige Dame wurde. Er müsse ohnehin mal wieder in seinem Modeatelier in Berlin vorbeischauen, und das wäre doch eine gute Gelegenheit, Betty ins Theater auszuführen und ihr ein paar wichtige Leute vorzustellen, hatte er geantwortet. Betty hatte ihr Glück kaum glauben können. Das war mehr, als sie sich erhofft hatte.

Ihr Onkel mit dem klangvollen Namen Theodor Kaiser

war wie ein Gentleman aus einer vergangenen Zeit. Selbst wenn er nur ins Lebensmittelgeschäft um die Ecke wollte, trug er einen maßgeschneiderten Anzug, dazu Fliege und Lederhandschuhe. Er hatte nie geheiratet, sondern lebte glücklich und zufrieden mit zwei Katzen in einem Haus an der Ostsee, wo er seine Kollektionen entwarf. Wenn er hin und wieder Visite in seiner Berliner Mode-Werkstatt machte, besuchte Betty ihn dort in der Friedrichstraße. Dann konnte sie sich kaum sattsehen an all den feinen Stoffen, den extravaganten Schnitten und der Vielzahl an bunten Hüten, Schuhen und Schmuck. Das Atelier erschien Betty wie der Himmel auf Erden. Das meiste war viel zu elegant für den Alltag in diesem Land, aber allein die Wunderwerke aus Seide, Chiffon oder Leinen betrachten zu dürfen, ließ Betty träumen. Vielleicht würde sie eines Tages eines der extravaganten Modelle auf dem roten Teppich tragen.

Onkel Theodor begrüßte seine Schwester mit Küsschen auf die Wangen. Hinter ihm kam der Taxifahrer die Treppe herauf und brachte ein Kleid, das in feinstes Papier eingehüllt war. »Wie versprochen habe ich dir etwas aus meiner aktuellen Kollektion mitgebracht.«

Betty hüpfte vor Freude. »Danke, danke, danke!«

Vorsichtig trug sie das Kleid in ihr Zimmer. Sie löste das Papier und strich ehrfürchtig über den rosafarbenen Seidenstoff. Ihr kam der Gedanke, dass ein solches Kleid zu schön und wertvoll für sie war, aber eine solche Einstellung erlaubte sie sich heute nicht.

Als sie in den Flur trat, schlug ihre Mutter eine Hand vor den Mund und betrachtete Betty mit einem Ausdruck von

Rührung und Stolz. Die schmal geschnittene Taille schmeichelte ihre Sanduhrfigur, und der runde Ausschnitt zauberte ihr ein atemberaubendes Dekolleté.

»Das Kleid ist ein Traum«, sagte Betty.

»Es ist nur ein Rahmen, der deine Schönheit hervorhebt«, schmeichelte Onkel Theodor ihr.

Im Taxi spielte Betty unablässig am Träger ihrer kleinen Handtasche oder strich den Stoff des Kleides glatt. »Erzähl mir davon, wie du Modeschöpfer geworden bist«, bat sie ihn, um sich ablenken zu lassen.

Im Juli 1945 war er aus dem Krieg nach Hause zurückgekehrt. Er war so jung eingezogen worden, dass er keinerlei Berufsausbildung gehabt hatte. »Schneidern war das Einzige, was ich konnte«, erinnerte er sich, während sie mit dem Taxi in Richtung des Zentrums glitten, hin und wieder funkelte ihnen aus der Dunkelheit eine Leuchtreklame entgegen, ein, zwei Mal hörten sie Musik aus einem offenen Fenster. »Das Schneider n hatte mir meine Mutter beigebracht. Ich habe es geliebt, ihr dabei zuzusehen, wie sie aus alten Klamotten neue machte, wie geschickt sie mit Nadel und Faden umging, wie sie häkelte und strickte und Löcher stopfte.« Er lachte. »Na ja, und eines Tages fand ich in den Trümmern eine Nähmaschine und habe angefangen, Uniformen für die Rote Armee zu reparieren. Das kam so gut an, dass ich bereits im Herbst 1945 die *Kaiser Bekleidungswerkstätten* gegründet habe. Nach den Armeeaufträgen begann die Fertigung von normaler Bekleidung.«

Weil ihr Onkel unterwegs noch einen Stoff abholen

musste, fuhren sie am Humboldthafen vorbei, wo die Grenze verlief. Eine unsichtbare Grenze, abgesehen von Schildern, die darauf hinwiesen, dass hier der Osten endete. Möwen kreisten über der Spree, nicht ahnend, wie gut sie es hatten, flogen sie doch einfach vom russischen Sektor Berlins in den britischen und wieder zurück.

Auf einmal fiel ein dunkler Schatten über das Gesicht ihres Onkels. Gedankenversunken blickte er aus dem Fenster. »Aber es wird nicht mehr lange dauern, dann werden sie mein Unternehmen verstaatlichen«, sagte er leise.

Schon ein paarmal hatte Betty Geschichten wie diese gehört, und jedes Mal beschlich sie Unbehagen. Es erschien ihr einfach nicht richtig, Menschen zu enteignen und ihnen wegzunehmen, was sie sich mühsam aufgebaut hatten. Martha behauptete zwar, die Verstaatlichung von Geschäften und Firmen wäre gerecht, aber Betty wurde den Verdacht nicht los, dass sie nur nachplapperte, was ihre Eltern predigten. Herr und Frau Asseln waren Fanatiker, wie ihr Vater betonte, und deshalb konnte man sie nicht ernst nehmen.

»Das wäre furchtbar«, sagte Betty.

»Ja, das wäre es. Ich verhalte mich einfach unauffällig und schwimme mit dem Strom. Mit etwas Glück lassen sie mich auf diese Weise noch ein paar Jahre gewähren. Und dann kann ich eh nicht mehr.«

Die Charité war hell erleuchtet, in so ziemlich jedem Zimmer brannte Licht. Dann erreichten sie den Schiffbauerdamm, wo Mücken im Schein der Laternen schwirrten.

»Berliner Ensemble« stand auf dem Schild, das auf dem spitzen Turm saß. Während des Zweiten Weltkriegs war das

Gebäude beschädigt und etwas vereinfacht wieder aufgebaut worden. Und gleich würde sie darin die Premiere des Stücks *Der aufhaltsame Aufstieg des Arturo Ui* von Bert Brecht sehen. Seine Frau Helene Weigel war die Intendantin des Theaters.

Das Taxi hielt.

Eine Hand bereits am Türgriff, hörte Betty ihren Onkel sagen: »Na, na, na. Lektion eins: Eine Dame ist nie in Eile. Ihr die Wagentür zu öffnen ist Aufgabe des Gentlemans, der sie begleitet.«

»'tschuldigung«, murmelte Betty.

Sie hatten Plätze in einer eigenen Loge und damit beste Sicht. Betty sah das Stück nicht nur, sie *fühlte* es. Fühlte die Verzweiflung, die Brutalität, die Machtgier, die Angst und die Arroganz der Charaktere auf der Bühne. Als die Aufführung vorbei war, setzte tosender Beifall ein, und Betty konnte sich nicht zurückhalten, sprang von ihrem Platz auf und klatschte. Sie pfiff sogar laut, was ihren Onkel amüsierte, auch wenn er den Kopf schüttelte.

Anschließend zogen ausgewählte Gäste ins Souterrain des Theaters um. Dank ihres Onkels, der hin und wieder Kostüme für das Theater entwarf, gehörten sie zu jenen Privilegierten. Betty schob ihren Arm unter den ihres Onkels, und sie stiegen gemeinsam die breiten Stufen hinab und schlenderten durch das in schummriges Licht getauchte Gewölbe. Der Raum war bereits voller Leute. Es gab eine kleine Bühne, auf der Trompeten, Piano, Kontrabass und Schlagzeug für flotte Jazzmusik sorgten. Zwei hübsche Frauen schwirrten kichernd an Betty vorbei. Ihnen folgte ein junger Kellner mit einer Kiste voller Erdbeeren. An der Bar herrschte Gedränge wie sonst nur, wenn es irgendwo … Erdbeeren … gab.

Die Band machte einen Tusch. Applaus setzte ein, denn Margot Keller war hinter dem Vorhang der Bühne hervorgekommen. Wie beeindruckend sie den Gangsterboss Emanuele Giri gespielt hatte! Sogar ihre Stimme war tief und rau gewesen. Der aufgeklebte Bart war nun jedoch verschwunden, und den Anzug hatte sie ersetzt durch ein schillerndes, mit unzähligen Pailletten besetztes Kleid. Sie verneigte sich vor dem applaudierenden Publikum, hauchte ein paar Luftküsse in die Menge und schritt dann auf ihren hohen Absätzen zur Bar, wo man ihr sogleich ein Glas Champagner reichte.

»Das Kleid ist von dir, nicht wahr?«, fragte Betty ihren Onkel.

»Selbstverständlich.« Er wirkte zufrieden. »Ich hole uns Sekt.«

Ehe Betty protestieren konnte, er solle sie nicht allein lassen, war er schon von der Menge verschluckt worden.

Sie hielt sich an ihrer Handtasche fest. Spürte den gierigen Blick eines Mannes auf sich, überspielte ihre Unsicherheit und versuchte auszusehen, als warte sie auf jemanden, was ja auch stimmte, und nicht, als kenne sie hier keine Menschenseele, was leider ebenfalls stimmte. Sie hatte das Gefühl, eine völlig fremde Welt betreten zu haben, deren Regeln ihr noch nicht vertraut waren. *Also beobachte. Und finde die Regeln heraus.*

Ein paar stark geschminkte Frauen schräg vor ihr schafften es eine Zeit lang, bei einer Gruppe Männer im Mittelpunkt zu stehen, indem sie sich ständig ihr langes Haar über die Schultern warfen und ihre schlanken Körper in Szene setzten. Nach einer Weile wurde ihnen langweilig, und sie stolzierten davon, durch das tosende Meer aus Stimmen, Lachen und Gläserklirren hindurch, auf das bunte Licht der Bar zu. Betty fiel auf, dass die Gruppen sich rasch veränderten, auflösten, neu bildeten oder zusammenwuchsen. Jeder plauderte mit jedem. Innerhalb von Sekunden wurde ausgelotet, ob jemand von Bedeutung war oder nicht. Die Luft schien zu flirren. Inzwischen wurde getanzt. Männer wirbelten junge Frauen durch den Raum, dass ihre Röcke aufflatterten und die Rüschen ihrer Unterwäsche zu sehen waren. Ein Paar kam etwas aus dem Gleichgewicht und stolperte auf Betty zu. Gerade noch konnte sie zur Seite springen.

Da bemerkte sie, dass Margot Keller ganz in ihrer Nähe stand und sich mit einem Mann unterhielt. Mit seinem langweiligen braunen Mantel und dem dazu passenden Hut, den er in den Händen hielt, passte er nicht hierher.

»Ihnen steht eine große Karriere bevor, so etwas spüre ich«, schmeichelte er ihr.

Sie ließ sich von ihm Feuer geben, nahm einen Zug und blies den Rauch langsam aus. »Sie sind also ein Kunstkenner?«, fragte sie.

»Ein *Liebhaber* der Kunst«, betonte er. »Deshalb ist es mir ein großes Anliegen, talentierte Künstler zu unterstützen, wo ich nur kann.«

»Und wie definieren Sie Talent?«, fragte sie spitz. »Geht es darum, *was* ich in den Theaterstücken sage oder *wie* ich es sage?«

Sein Lächeln war kurz nervös, aber dann schien er sich

daran zu erinnern, dass er hier den Ton angab. »Wissen Sie, es ist doch so: Die Partei braucht den Künstler, aber der Künstler braucht die Partei noch viel mehr.«

»Im Klartext heißt das: Sie bestimmen, wer gespielt wird, wer spielen darf und wer inszeniert.« Margot Keller lächelte kühl. »Ich wünsche Ihnen noch einen schönen Abend, Genosse Petzke.« Sie drehte sich auf dem Absatz um und ließ ihn stehen.

Endlich kam ihr Onkel zurück, aber nicht allein, sondern mit einem jungen Mann an seiner Seite. »Betty, darf ich dir Kurt Weiler vorstellen, einen neuen Stern am Regiehimmel.«

Betty schüttelte Kurt die Hand. »Freut mich sehr, Sie kennenzulernen.«

Dünner Schal, einmal locker um den Hals geschlungen, offenes, sandfarbenes Jackett, Wildlederschuhe. Und Kurt hatte Sommersprossen. Bisher hatte Betty noch keinen Mann getroffen, bei dem sie Sommersprossen attraktiv fand, aber bei ihm waren sie etwas Besonderes.

Ihr Onkel verlor keine Zeit. »Du wirst demnächst einen neuen Kurzfilm drehen, nicht wahr, Kurt?«

»Ganz richtig. Einen Vierzigminüter«, erzählte der junge Regisseur, zog ein silbernes Etui aus der Innenseite seines Jacketts und ließ eine Zigarette herausgleiten.

Onkel Theodor gab ihm Feuer und legte dann einen Arm um Bettys Schultern. »Meine hübsche Nichte möchte später einmal Schauspielerin werden.«

»Ach ja?« Kurt zog an seiner Zigarette. Dabei kniff er die Augen zusammen, als würde er in die Sonne blinzeln.

Auf einmal war ihr Kopf wie leer gefegt. »Ja, ich liebe die Schauspielerei«, hörte sie sich sagen.

»Wie schön.« Kurt lächelte höflich. So, wie man eben lächelte, wenn man etwas schon hundertmal gehört hatte. »Nun, entschuldigt mich. Dort drüben ist eine Schauspielerin, die ich gerne begrüßen würde.«

Der Sekt, der eben noch so angenehm geprickelt hatte, schmeckte auf einmal schal. *Freut mich sehr, Sie kennenzulernen. Ich liebe die Schauspielerei.* Langweiliger hätte sie sich wohl kaum präsentieren können! Warum hatte ihr Onkel sie nicht vorgewarnt? Aber wenn sie ehrlich zu sich selbst war, dann traf ihn keine Schuld. Ihr fehlte es einfach an Schlagfertigkeit und Charme.

Bald wurde immer ausgelassener getanzt, lauter gelacht, irgendwo ging ein Glas zu Bruch – der Abend ging einfach weiter, aber sie würde es nicht zulassen, dass ihr die Chance, ihrem Traum ein Stück näher zu kommen, entglitt. Sie würde nicht wie ihre Mutter enden, die einsam und allein die Mondscheinsonate auf dem Flügel spielte und sich dabei ausmalte, wie ihr Leben wohl verlaufen wäre, wäre sie Pianistin. Betty war dafür geboren, Schauspielerin zu sein. Gewiss waren noch andere Regisseure anwesend, dann würden eben die auf sie aufmerksam werden. Aber damit man sie wahrnahm, musste sie ins Rampenlicht treten. Nur wie? Sie sah sich um. Sollte sie einfach ein paar Leute ansprechen?

Da blieb ihr Blick bei der Kapelle hängen.

Sie straffte sich. Drückte ihrem Onkel ihr Glas und ihre Tasche in die Hand und sagte: »Entschuldige mich kurz, Onkel Theodor.«

Zielstrebig steuerte sie den Musikern entgegen, die gerade ein Lied beendeten. »Darf ich?«, fragte sie den Pianisten so kokett wie möglich. Sie ließ ihm keine Zeit zu antworten, sondern setzte sich einfach neben ihn auf den Hocker.

»He«, sagte er, stand aber trotzdem auf. Seine Kollegen zuckten nur mit den Schultern. *Lass sie halt mal machen. Sie wird schon wissen, was sie tut.*

So wirklich wusste Betty das nicht, aber jetzt war es zu spät. *Selbst wenn die Leute dich ausbuhen, kann dir das egal sein, denn höchstwahrscheinlich wirst du sie nie wiedersehen*, machte sie sich selbst Mut. Dann würde sie diesen Abend als Erfahrung verbuchen. Sie schlug die Tasten an. Das Stück, das sie ausgesucht hatte, bestach durch seinen flotten Rhythmus. Es hieß *Weil ich jung bin* und war von Bärbel Wachholz. Gleich am Anfang verspielte sie sich, aber niemand schien es zu bemerken. Inzwischen hatten sich ihr etliche der Anwesenden zugewandt. Sie nahm sich fest vor, wieder öfter mit ihrer Mutter zu üben. In letzter Zeit hatte sie das schleifen lassen und war lieber mit Martha und Clara ins Strandbad gefahren. *Egal, Augen zu und durch!*, sagte sie sich.

Ihr fiel auf, dass ein paar Gäste begonnen hatten, im Takt zu klatschen. Das machte ihr Mut, und sie begann zu singen. Sie hatte eine gute Stimme, und die Stunden bei ihrer Mutter hatten auch nicht geschadet.

Ich weiß genau, wie wunderbar die erste Liebe ist, sang sie. *Weil ich jung bin, weil ich jung bin.*

Der letzte Akkord verklang, das Lied war zu Ende. Zwei Herzschläge lang herrschte Stille. Dann setzte Applaus ein. Ihr Onkel pfiff laut, wie sie es vorhin nach der Aufführung getan hatte. Betty hatte das Gefühl, vor Glück ein paar Zentimeter über dem Boden zu schweben. So elegant wie nur möglich erhob sie sich und verneigte sich langsam und tief, lachte kokett.

»Ich bin stolz auf dich«, sagte ihr Onkel, als sie wieder zu ihm trat. Er reichte Betty ihre Tasche sowie ihr Glas. Diesmal konnte sie den Sekt genießen.

Eine über und über mit Perlen behängte Frau beglückwünschte Betty zu ihrem Auftritt und nahm dann den Onkel beiseite.

Betty überlegte, sich zur Feier des Tages ein weiteres Glas Sekt zu genehmigen, da hörte sie neben sich jemanden sagen: »Schön gesungen.« Es war Kurt Weiler.

»Danke«, sagte sie, schwenkte den letzten Schluck in ihrem Glas und ließ ihren Augenaufschlag, den sie lange vor dem Spiegel geübt hatte, auf den attraktiven Regisseur wirken.

Sein Lächeln war schief und auch leicht gefährlich. »Wie war Ihr Name noch mal?«

»Betty«, sagte sie. »Mein Name ist Betty Reinhart.«

5

Clara

Clara schob die Hand unter den Träger ihrer Schultasche und blickte an dem Gebäude hinauf, das zu Hitlers Zeiten das Reichserziehungsministerium beherbergt hatte. Genau danach sah das dreistöckige Bauwerk auch aus. Es hatte ein bisschen was von einer Festung. Aber davon würde sie sich nicht einschüchtern lassen.

Heutzutage befand sich in dem Gebäude das Ministerium für Volksbildung. Sie stellte sich vor, wie hinter den hohen Fenstern Sekretärinnen hin und her wuselten, Blätter lochten und abhefteten oder Telefonate entgegennahmen. Wie irgendwelche hohen Tiere hinter ihren wuchtigen Schreibtischen thronten, wichtige Briefe unterzeichneten und über die Zukunft junger Menschen entschieden. Auch über ihre Zukunft.

Sie stieg die paar Stufen hoch und drückte die schwere Tür auf. Es war kühl im Ministerium für Volksbildung, was wie ein scharfer Kontrast zu ihrem noch immer erhitzten Gemüt war. Es war gerade mal einen Tag her, dass man ihr in der Schule klar zu verstehen gegeben hatte, wer hier das Sagen hatte und wie leicht es war, ihre Träume zerplatzen zu lassen.

Es genügte, an die enttäuschten Gesichter ihrer Eltern zu denken, als sie ihnen gestern mitgeteilt hatte, dass sie den Wissenswettbewerb an ihrer Schule verloren hatte, und schon begann ihr Blut erneut zu kochen. Inzwischen verfolgte die Wut sie wie ein ständiges Donnergrollen. Es ging ihr nicht um die Demütigung, die sie empfunden hatte, nachdem Frau Schubert Martha als Gewinnerin des Wettbewerbs ausgerufen hatte. Viel schlimmer war für sie die Tatsache, dass ihre Leistungen in diesem Land keine Rolle spielten, solange sie sich nicht in ein Schema pressen ließ. Sicher hatte Frau Schubert beabsichtigt, ihr klarzumachen, dass man sie nicht studieren lassen würde, solange sie nicht in der FDJ war. Und kein Studium bedeutete, dass ihr Traum, bei der Erforschung des Kosmos mitzuwirken, in unerreichbare Ferne rückte.

Allein bei dem Gedanken schloss sich eine eiskalte Faust um Claras Herz. Seit sie denken konnte, hatten ihre Eltern sie ermahnt, in diesem Land allen Menschen mit einem gesunden Misstrauen zu begegnen. So war sie zur Außenseiterin geworden. Hinzu war gekommen, dass sie im Unterricht ständig unterfordert gewesen war und die anderen Schüler sie aus Neid darüber, wie leicht sie sich mit allem tat, gehänselt hatten. Damals hatte Clara sich schon für das Universum interessiert und sich immer öfter ausgemalt, in ein Raumschiff zu steigen und alles hinter sich zu lassen. Die Planeten waren zu ihren Freunden geworden – bis Betty und Martha sich ihrer angenommen hatten.

Eines Tages war eine junge, engagierte Lehrerin auf sie aufmerksam geworden. Sie hatte ein paar Tests mit ihr gemacht und dann ihren Eltern mitgeteilt, dass Clara hochintelligent sei. Ihre Familie war natürlich unendlich stolz gewesen. Und sie selbst hatte auch das Gefühl gehabt, endlich etwas wert zu sein. Mehr als Intelligenz hatte sie nicht zu bieten. Wenn man sie daran hindern würde, zu studieren und ihren Kopf sinnvoll zu gebrauchen, dann wäre sie wieder ein Nichts.

Einen Tag hatte Clara nach dem verlorenen Wettbewerb verstreichen lassen, in der Hoffnung, etwas gefasster zu sein, wenn sie der Abteilungsleiterin im Ministerium für Volksbildung gegenübertrat. Martha hatte sie unbewusst auf die Idee gebracht. »Die da oben« würden für Gerechtigkeit sorgen, hatte sie gesagt. Mal sehen, ob sie recht behielt. Aber es hatte schon einmal funktioniert.

Als wäre es gestern gewesen, erinnerte Clara sich daran, wie sie vor zwei Jahren das erste Mal das Ministerium betreten hatte. Damals war sie in die neunte Klasse gegangen. Ihr Direktor hatte zu ihr gesagt, dass sie mit ihrer mangelhaften Einstellung keine Chance darauf hätte, die Erweiterte Oberschule besuchen zu dürfen. »Dieses Privileg ist nur linientreuen Mitgliedern unserer sozialistischen Gesellschaft vorbehalten«, hatte er gesagt.

Clara war schrecklich wütend gewesen. Kurzerhand war sie in die S-Bahn gestiegen und zum Ministerium für Volksbildung gefahren, wo man sie ins Büro der Abteilungsleiterin Frau Kremm gebracht hatte. Dort hatte Clara sich alles von der Seele geredet. Frau Kremm, eine Mittvierzigerin mit rotbraunen lockigen Haaren, hatte Kekse bringen lassen und hin und wieder nachgefragt, hatte ansonsten nur zugehört und immer wieder genickt. Am Ende war sie es gewesen, die Clara den Übertritt an die Erweiterte Oberschule ermöglicht hatte. Frau Kremm war seitdem für sie so etwas wie eine Heldin. Der Beweis, dass es in diesem Land doch gerecht zugehen konnte. Hoffentlich würde die Abteilungsleiterin auch ein Auge darauf haben, dass man Clara zum Studium zuließ. Deshalb war sie hier.

Der Pförtner bedeutete ihr, auf einer Bank Platz zu nehmen. Ihre Schuhe drückten und waren an den großen Zehen schon leicht ausgebeult. Aber bis Weihnachten würden sie schon halten, dann würde ihr Vater vielleicht eine Jahresendprämie bekommen, und ihre Mutter könnte wieder beim Weihnachtsmarkt am Alexanderplatz aushelfen, und von dem Geld könnten sie ihr dann zu Heiligabend neue Schuhe schenken.

Nach nicht mal einer Minute kam der Pförtner zurück, aber er hatte keine guten Neuigkeiten, Frau Kremm arbeitete nicht mehr im Ministerium.

»Aber warum?«, fragte Clara, woraufhin der Mann ihr trocken zu verstehen gab, dass das weder ihn noch sie etwas anginge.

»Und wo arbeitet sie jetzt?«

»Det weeß ick nich.«

Sie übersah seinen genervten Gesichtsausdruck. »Gibt es denn eine Adresse, wo ich sie aufsuchen kann? Bitte. Es ist wirklich wichtig … Wir kennen uns, von früher.«

Ihr Glück war, dass die Zeiger der Uhr auf der Zwölf standen und der Mann in seine Mittagspause wollte. Er seufzte und verschwand dann in seinem Büro, um mit einem kleinen

Buch zurückzukommen, in dem er im Gehen blätterte. »Da. Kremm. Elsenstraße zwölf. Wobei ick nich weeß, ob sie da noch wohnt.«

Clara dankte dem Mann überschwänglich.

Etwa zwanzig Minuten später stand sie vor einem kleinen Haus mit verwahrlostem Vorgarten. Der Briefkasten quoll über vor Post, und von den Fensterläden blätterte der Lack ab. Es war nur schwer vorstellbar, dass die elegante Frau Kremm hier wohnte.

Sie klingelte. Kurz kam ihr der Gedanke, dass die Abteilungsleiterin verärgert darüber sein würde, dass Clara sie zu Hause aufsuchte. Aber der Mut der Verzweiflung hatte sie hergebracht, und jetzt würde sie das durchziehen. Zunächst blieb es still, doch als Clara erneut klingelte, waren schlurfende Schritte zu hören. Die Tür wurde geöffnet, und vor ihr stand Frau Kremm – beziehungsweise eine Frau, die aussah, wie ihre Heldin, die jedoch einen zerschlissenen Bademantel trug. Zwischen Zeige- und Mittelfinger hielt sie eine Zigarette, von der Rauch aufstieg. Das rotbraune Haar hing ihr wirr ins Gesicht, die Dauerwelle war herausgewachsen. »Clara Vogel«, sagte sie mit dieser tiefen, rauchigen Stimme, die Clara unter hundert anderen sofort erkannt hätte.

Clara fasste sich. Wahrscheinlich hatte sie die ehemalige Abteilungsleiterin nur an einem schlechten Tag erwischt. Vielleicht war jemand, den sie gernhatte, verstorben.

Sie machte einen kleinen, spielerischen Knicks. »Frau Kremm. Sie erinnern sich also an mich?«

Frau Kremm schmunzelte leicht, nahm einen Zug an ihrer Zigarette und blies den Rauch langsam aus. »Natürlich. Du siehst noch immer so seltsam aus wie vor zwei Jahren. Was verschafft mir die Ehre?«

Clara sah die ehemalige Abteilungsleiterin fest an. Jetzt kam es drauf an. »Sie waren die Einzige, die voll und ganz hinter mir stand und mir den Übertritt auf die Erweiterte Oberschule ermöglicht hat.«

»Deine Intelligenz hat mich damals nun mal sehr beeindruckt. Hätte ich zulassen sollen, dass diese Holzköpfe dir die Zukunft verbauen? Dass ein Genie wie du sein Leben lang Kaffee kocht und als Schreibkraft in einem stickigen Büro versauert?«

Ein *Genie*. Clara fühlte sich geschmeichelt. »Nur leider sehe ich mich aktuell mit demselben Problem wie damals konfrontiert. Man legt mir Steine in den Weg. So wie ich meine Lage einschätze, wird man mich nicht zum Studium zulassen.«

Frau Kremm nahm einen erneuten Zug und sagte dann: »Komm erst mal rein.«

Sie führte Clara ins rauchgeschwängerte Wohnzimmer. Die Vorhänge waren vergilbt, und die Topfpflanzen welkten vor sich hin. Sie ließ sich schwer auf das Sofa sinken, drückte die Zigarette im Aschenbecher auf dem niedrigen Couchtisch aus und sah Clara aufmerksam an.

Clara setzte sich neben sie auf den Rand des Sofas und legte die Hände ordentlich in den Schoß. Ihr war leicht unbehaglich zumute. In ihrer Vorstellung hatte die Abteilungsleiterin in einem schicken Haus gewohnt mit nigelnagelneuer Schrankwand und einem Trabant in der Einfahrt.

»Ich weiß nicht mehr weiter«, sagte sie. »Ich brauche Ihre Hilfe. Bitte.«

»Ich wüsste nicht, was ich für dich tun kann. Ich arbeite nicht mehr im Ministerium für Volksbildung, wie du offenbar weißt, denn sonst wärst du nicht hier.«

»Könnten Sie nicht eine Empfehlung schreiben?«, wagte Clara zu fragen. »Oder haben Sie Kontakte, die ich nutzen könnte?«

Die Abteilungsleiterin faltete die Hände. »Das würde nichts nützen.«

Auf einmal bäumte sich etwas in Clara auf. »Aber ich schade doch niemandem, wenn ich studiere! Ganz im Gegenteil! Wenn ich mir meinen Traum erfüllen und als Raketen-Konstrukteurin arbeiten könnte, würde ich die Sowjetunion dabei unterstützen, den Wettkampf ums Weltall gegen die USA zu gewinnen. Das ist es doch, was die Sowjetunion will! Dann würde kein Zweifel mehr daran bestehen, dass das kosmische Zeitalter gleichsam die Epoche des Sozialismus einleitet.« Sie hatte sich so in Rage geredet, dass sie vom Sofa aufgesprungen war.

»Und warum sollte die Regierung ihr Vertrauen in dich setzen, wenn du dich weigerst, ein Teil der sozialistischen Gemeinschaft zu werden? Ich gehe doch recht in der Annahme, dass du noch immer nicht in der FDJ bist?«

»Sie sagen mir also, ich soll in die FDJ eintreten?« Clara schüttelte entschieden den Kopf. »Das geht nicht. Das kann ich meinem Vater nicht antun. Heute wie damals nicht. Die Nazis haben seine Familie getötet. Die Hitlerjugend hat die NSDAP maßgeblich unterstützt, indem sie die jungen Leute nach den Vorgaben der Partei ausbildete – und das macht die FDJ genauso.«

»Du solltest vorsichtig mit derartigen Vergleichen sein«, ermahnte Frau Kremm sie und wirkte auf einmal nahezu finster. »So etwas will ich in meinem Haus nicht hören.«

Clara war verwirrt. Vor zwei Jahren hatte sie das Gefühl gehabt, die Abteilungsleiterin würde sie verstehen. Würde ähnlich denken wie sie.

»Aber es ist die Wahrheit! Die FDJ lockt ja sogar auf dieselbe Weise, mit pompösen Demonstrationen, inklusive Fackelzügen und riesigen Tribünen, von denen aus die großen Genossen feierlich winken und Reden halten.«

»Nur gibt es einen Unterschied: Damals geschah es für den Krieg, heute geschieht es für den Frieden und für den Aufbau«, erinnerte Frau Kremm sie.

»Verlangt die SED denn etwa nicht von der heranwachsenden Generation, sich ihrem Ideal anzupassen? Wird die Jugend denn nicht militärisch ausgebildet? In Wehrkunde lernen wir militärisches Grundwissen. Die Jungs lernen, mit Handgranaten und Gasmasken umzugehen, Mädchen lernen Erste Hilfe und Evakuierung. Das macht doch sehr den Eindruck, als würde man uns auf einen Krieg vorbereiten wollen. Und die Kinder, die einem solchen Unterricht fernbleiben, verlieren die Chance auf einer weiterführenden Schule aufgenommen zu werden.«

»Es will sicher niemand einen Krieg beginnen, Clara. Dieser Schrecken liegt gerade erst hinter uns. Der Freien Deutschen Jugend geht es allein darum, eine antifaschistische, demokratische und sozialistische Republik aufzubauen. Du musst über die Äußerlichkeiten hinwegsehen, der Inhalt ist das Entscheidende.«

Clara grub die Fingernägel in ihre Handballen. »*Offiziell* geht es der FDJ darum«, merkte Clara an. »Und wer aus der Reihe tanzt, wird unschädlich gemacht. Nur weil ich mich nicht anpasse, verbaut man mir meine Zukunft. Jegliche Individualität wird ausgerottet.«

Frau Kremm stand vom Sofa auf und schloss das Fenster. Daran, dass sie eine weitere Zigarette aus der Packung gleiten ließ, sie anzündete und zwei lange Züge nahm, erkannte Clara, dass sie nervös war. Warum?

»Clara, ich verstehe deine Verzweiflung, aber du musst vorsichtig sein mit dem, was du von dir gibst«, sagte sie eindringlich.

Da fiel Clara die blaue Cordjacke auf der Sessellehne auf. Sie hatte das Parteiabzeichen am Revers. Und da war auch ein großes, gerahmtes Porträt von Walter Ulbricht an der Wand über dem Esstisch.

»Ich verstehe«, sagte Clara und nickte in die Richtung.

»Nichts verstehst du. Gar nichts.« Frau Kremm wandte sich ab. Als sie Clara wieder ansah, wirkte sie um Jahre gealtert. Mit gesenkter Stimme sagte sie: »Hör auf, es dir selbst schwer zu machen, indem du rebellierst.«

»Dann soll ich mich also lieber anpassen? Mich in diesen Käfig sperren lassen, in dem keiner eine Meinung hat, in dem es keine Träume gibt?«

»Rebellion ist doch auch nur ein Käfig, in den man sich selbst sperrt. Lass mich dir einen guten Rat geben: Du kannst diesen Kampf nur verlieren. Sie werden dir alles nehmen …

bis du aufgibst.« Ihr Ausdruck wurde sanfter, als sie fortfuhr: »Du bist noch so jung. Dein ganzes Leben liegt vor dir. Verbau dir das nicht. Glaub mir, ich weiß, wovon ich rede. Ich habe davon geträumt, jungen Menschen wie dir zu helfen, und jetzt sieh, was aus mir geworden ist. Sie haben mir sukzessive alles genommen. Erst meine Arbeit, dann haben sie Misstrauen zwischen meinem Mann und mir gesät, und jetzt ist das alles, was noch von mir übrig ist.« Sie deutete mit der Zigarette auf ihren Morgenmantel und ihre Schlappen.

Clara fühlte sich wie ein Ballon, der sämtliche Luft verloren hatte und nun in sich zusammengefallen auf dem Boden lag. »Warum kann ich nicht einfach mit meinem Wissen überzeugen?«

Frau Kremm lächelte sie traurig an. »Weil das in der Welt, in der du lebst, leider nicht genügt.«

»Also muss ich mich selbst verleugnen, wenn ich studieren möchte«, sagte Clara.

»Ich befürchte«, erwiderte Frau Kremm, »diesmal hast du keine andere Wahl.«

6

Martha

Du schaffst das schon, sagte Martha sich, strich einmal mehr über ihr Blauhemd, straffte sich und versuchte, den leichten Druck im Bauch zu ignorieren. Sie stand auf der Terrasse des Strandbads, die Hände auf das Geländer gelegt, und blickte auf den weiten See. Es war mitten in der Woche, deshalb war bis auf ein paar Rentner und Jugendliche kaum jemand da.

Heute war ihr erster Tag als Leiterin der Müggelsee-Freunde. Alles war perfekt vorbereitet. Sie beherrschte ihre Rede und hatte ein lustiges Kennenlern-Spiel geplant. Und sie wusste von sich, dass sie für diese Funktion geeignet war. Sie war zuverlässig, diszipliniert und engagiert.

Sie war nicht enttäuscht, dass sie – obwohl sie den Wissenswettbewerb an ihrer Schule offiziell gewonnen hatte – nicht auf die Technische Hochschule delegiert wurde. Dafür hatte Frau Schubert ihr die Leitung über die frisch gegründete FDJ-Gruppe übertragen, und das war auch viel wert. Sie würde neue Leute kennenlernen und Erfahrungen sammeln. Zudem war es eine Ehre, eine FDJ-Gruppe leiten zu dürfen, gesellschaftliche Aktivitäten dieser Art würden ihre Chancen auf einen Studienplatz in der UdSSR erhöhen, was zumindest ihre Eltern zufrieden stimmte. Sie hingegen bekam Bauchschmerzen bei der Vorstellung, irgendwo in der Sowjetunion völlig auf sich allein gestellt einen neuen Lebensabschnitt zu beginnen. Ohne ihre besten Freundinnen und umgeben von Menschen, die ihr fremd waren, die nicht mal ihre Sprache redeten. Aber zum Glück war ja noch Zeit. Jetzt würde sie sich erst mal voll und ganz auf ihre Arbeit als Leiterin der Müggelsee-Freunde konzentrieren. Heute Morgen, als sie sich die Haare zu einem ordentlichen Zopf geflochten hatte, war sie sogar ein kleines bisschen stolz auf sich gewesen.

Doch dann hatte sie die Liste zur Hand genommen, in die sich die Schüler eingetragen hatten, die sich für die neue Gruppe anmelden wollten. Ihr Herz hatte einen Schlag ausgesetzt. *Alexander Reinhart,* hatte sie gelesen.

Auf einmal war sie sich all ihrer Fehler und Makel bewusst gewesen. Da war ein Pickel mitten auf ihrer Stirn. Sie trug eine Brille. Ihre Spitzen gehörten dringend mal wieder geschnitten. Oh, wie sie Clara um ihr so besonderes rostrotes Haar oder Betty um ihre weizenblonde Mähne beneidete. Ihr Haar war einfach nur braun, und sie war klein und würde vermutlich auch nicht mehr wachsen, und unlustig war sie auch.

Martha ärgerte sich über ihre Kopflosigkeit. Warum war sie nicht von selbst darauf gekommen, dass Alex sich für die Müggelsee-Freunde anmelden würde? Immerhin leitete sein Vater das Strandbad, noch dazu arbeitete er in seiner Freizeit hier als Rettungsschwimmer. Der Posten war eingerichtet worden, nachdem Horst damals fast ertrunken wäre.

Aber was hätte das geändert, hätte sie Bescheid gewusst? Sie hätte höchstens Clara und Betty angefleht, sich doch noch für die neue FDJ-Gruppe zu melden. Das hätte ihr zumindest ein klein wenig das Gefühl von Sicherheit geschenkt. So aber hatten beide einen Grund gehabt, den Müggelsee-Freunden fernzubleiben. Clara wollte aus Prinzip nicht, und Betty sonnte sich lieber am Strand. Sie beide verpassten etwas. Martha hatte ein tolles Programm ausgearbeitet, und Frau Schubert hatte ihre Ideen wohlwollend abgesegnet. Sie würden gemeinsam Ausflüge mit dem Boot machen, würden Kraulen und Rückenschwimmen lernen oder in Zelten am Strand übernachten.

Vor ihrem inneren Auge sah sie vor sich, wie Alex sie im Sonnenuntergang über den See ruderte. Sie hatte selbst gebackenen Spritzkuchen eingepackt, weil er den so gern mochte und schnell Hunger bekam. Das wusste sie natürlich nicht, aber in ihrer Vorstellung war es so. Sie würden lange Gespräche führen und die Zeit vergessen. Er würde ihr tief in die Augen schauen und endlich begreifen, dass all die Mädchen nur Zeitvertreib gewesen waren. »Aber nicht du«, würde er sagen.

Martha zuckte vor Schreck zusammen, als auf einmal Frau Schubert neben ihr auftauchte. In ihrem strengen Kostüm und auf ihren hohen Schuhen wirkte sie im Strandbad fehl am Platz. »Ich habe gerade Herrn Reinhart gesprochen, den Leiter des Strandbads. Er sagte, zwei Boote müssen frisch lackiert werden. Wäre es nicht eine nette Idee, wenn ihr diese Aufgabe heute, an deinem ersten Tag als Leiterin der Müggelsee-Freunde, gemeinsam bewältigt?«, schlug Frau Schubert vor. »Das schweißt euch enger zusammen.«

Im wahrsten Sinne des Wortes, dachte Martha, denn die Sonne knallte nur so vom wolkenlosen Himmel herab und wurde von den hellen Steinplatten der Dachterrasse reflektiert. Sie hatte das Gefühl, in ihrem Blauhemd zu zerfließen. Warum stand nicht eine einzige Schweißperle auf Frau Schuberts Stirn?

»Ich dachte eigentlich, dass wir an unserem ersten Tag etwas Spaßiges machen könnten«, wagte Martha zu sagen. »Ich hatte ein Spiel geplant.«

»Boote zu streichen ist doch etwas Spaßiges. Und eure Gruppe ist immerhin auch für die Instandhaltung des Strandbads verantwortlich«, erinnerte sie Martha. »Neben der Hütte dort hinten sind die zwei betreffenden Boote aufgebockt.«

Frau Schubert verschränkte die Hände hinter dem Rücken und sah zu der kleinen Gruppe, die sich bereits vor der Bootshütte zusammengefunden hatte. Sie hatte etwas von einem General, der auf seine Armee blickt. Etwas an ihrem harten Ausdruck sagte Martha, dass es besser war, nicht noch einmal Bedenken zu äußern.

»Wie macht sich der neue Junge?«

Diese Frage kam so unvermittelt, dass Martha einen Moment brauchte, um überhaupt herauszufinden, von wem die Rede war. »Micha? Um ehrlich zu sein, habe ich bisher kaum etwas mit ihm zu tun gehabt.«

Frau Schubert nickte nachdenklich. »Er ist ja auch eine Klasse über dir. Aber er scheint Anschluss zu suchen, sonst wäre er wohl nicht hier, um Mitglied der Müggelsee-Freunde zu werden. Wir bringen ihn schon auf Linie.«

Martha war sich nicht sicher, wie das genau zu verstehen war, deshalb schwieg sie lieber, bevor sie noch etwas Unpassendes sagte.

»Er kommt ursprünglich aus Leipzig, an seiner ehemaligen Schule hat er durchschnittlich gute Noten geschrieben«, begann Frau Schubert zu berichten. »Seine Mutter ist Krankenschwester, gemeinsam mit ihr lebt er bei seinen Großeltern. Sein Vater soll Gerüchten nach Politiker sein, aber er will sich nicht zu seinem Sohn bekennen.«

Es war Martha unangenehm, so viele private Details über Micha zu erfahren, wo sie ihn doch noch kaum kannte. Sollte er ihr das nicht selbst erzählen, wenn ihm danach war?

Sie spürte, dass Frau Schubert sie ansah, aber Martha hielt den Blick weiterhin auf die Gruppe gerichtet, denn sie hatte das seltsame Gefühl, einem Test unterzogen zu werden.

»Diese Informationen vertraue ich dir nur an, damit du seine Situation verstehst«, erklärte die Direktorin. »Als vorbildliche Kameradin solltest du ein Auge auf ihn haben, um zu verhindern, dass er aufgrund seiner prekären familiären Situation auf Abwege gerät.«

Martha nickte. Ihr fiel auf, dass sie unbewusst dieselbe Haltung wie die Direktorin angenommen und die Arme hinter dem Rücken verschränkt hatte.

»Schau sie dir genau an.« Frau Schubert kniff die Augen zu zwei Schlitzen zusammen. »Diese vier verbergen etwas.«

Martha sah einfach nur vier gewöhnliche siebzehn-, achtzehnjährige Jungs: Micha hockte im Schatten vor der Bootshütte, Fritz malte gelangweilt mit dem nackten Fuß in den Sand, Waste lag lang ausgestreckt auf dem Holzsteg, der seitlich um die Hütte herumführte. Und dann war da noch Alex, der Liegestütze machte.

»Für so etwas habe ich einen siebten Sinn«, hörte sie Frau Schubert wie von fern sagen, während Martha den Blick nicht von Bettys Bruder lösen konnte, vom Spiel seiner ausgeprägten Rückenmuskulatur, vom Schweiß, der auf seiner gebräunten Haut glänzte …

Das Klimpern eines Schlüsselbundes, der auf einmal vor ihren Augen baumelte, holte sie ins Hier und Jetzt zurück. »Mit dem kleinen Schlüssel kommst du in die Bootshütte«, erklärte die Direktorin. »Darin findet ihr Lack, Handschuhe und Pinsel. Ihr solltet die Boote vorher etwas abschleifen.« Sie senkte das Kinn und sah Martha eindringlich über den Rand ihrer Brille hinweg an. »Ich vertraue dir.«

»Das können Sie«, erwiderte Martha und verspürte ein Gefühl der Wichtigkeit. Man hatte ihr eine bedeutende Aufgabe anvertraut, und sie war bereit, die Verantwortung zu übernehmen und ihr Bestes zu geben.

Auch nachdem die Direktorin sie ihrem Schicksal überlassen hatte, wurde Martha das Gefühl nicht los, beobachtet zu werden. Aus der Tasche ihres Rocks zog sie die Rede, die sie vorbereitet hatte, und überflog noch mal die Zeilen. Sie hatte ihre Brille zu Hause gelassen, weil sie sich so hübscher fühlte, dafür musste sie nun die Augen leicht zusammenkneifen, um die Zeilen entziffern zu können. Als sie über den Strand in Richtung der Bootshütte ging, hatte sie das Gefühl, sich durch knietiefen Sand voranarbeiten zu müssen. Mit jedem Schritt, der sie den Jungs näher brachte, wurde ihr noch deutlicher bewusst, was ihre Funktion als Leiterin der Müggelsee-Freunde bedeutete. Ja, sie bedeutete Ansehen. Aber sie bedeutete auch, dass sie von nun an jeden Mittwoch mit Alex verbringen würde. Dass sie schöne Dinge gemeinsam erlebten, die sie miteinander verbanden. Dass er sie endlich wahrnehmen würde. *Richtig* wahrnehmen würde, als Frau und nicht nur als eine von Bettys Freundinnen. Jetzt bereute sie es, sich für den praktischen Rock mit den Taschen an den Seiten entschieden zu haben, aber immerhin hatte sie einen Spritzer Maiglöckchenparfüm aufgelegt, und kleine Kreolen baumelten von ihren Ohrläppchen.

In ihrer Vorstellung hatten die Jungs sich wie zum Fahnenappell ordentlich in einer Reihe aufgestellt und konzentriert ihren Worten gelauscht. Aber die Realität sah anders aus. Außer Micha, der sich von seinem Platz erhoben hatte, schien niemand sie wahrzunehmen.

»Freundschaft!«, begrüßte sie die Gruppe.

Auch die anderen Jungs reagierten nun. Waste stützte sich auf dem Bootssteg auf die Unterarme. Fritz stand stramm und legte spaßeshalber wie beim Militär eine Hand an die Schläfe. Alex beendete seine Kniebeugen, richtete sich auf und klopfte sich den Sand von den Händen. Sie hatte große Mühe, nicht seinen nackten Oberkörper anzustarren.

Martha räusperte sich und begann mit erhobener Stimme ihren Text aufzusagen. »Liebe Müggelsee-Freunde. Der Sommer gibt sein Bestes und …«

»Kann ich mir am Kiosk was zu trinken holen?«, fiel Waste ihr ins Wort. »Ich habe Durst.«

»Jetzt nicht«, antwortete Martha. »Später, in Ordnung?«

Wo war sie stehen geblieben? »Der Sommer gibt sein Bestes, und auch wir, die Müggelsee-Freunde werden unser …«

»Kommt denn noch jemand, oder sind es nur wir?« Diesmal war es Fritz, der sie unterbrochen hatte.

»In der Liste, die ich in der Schule ausgehängt hatte, habt nur ihr euch eingetragen. Wir sind also eine kleine Gruppe. Aber wer weiß, vielleicht stößt noch jemand zu uns.«

»Na toll«, stöhnte Waste. »Ich hatte gehofft, dass wenigstens 'ne Schnecke dabei ist.«

Bitte? Hatte sie sich verhört, oder hatte er gerade wirklich *Schnecke* gesagt? Ein kleiner, eitler Teil nahm beleidigt zur Kenntnis, dass er sie offenbar nicht für eine Schnecke hielt.

»Können wir ins Wasser?«, fragte Waste. »Es ist echt heiß heute.«

War das zu glauben? Strahlte sie denn so wenig Autorität aus, dass es offenbar nicht mal möglich war, ihr nur fünf Minuten zuzuhören?! Sie bemühte sich, erwachsen zu klingen. »Direktorin Schubert hat uns eine Arbeit aufgetragen. Wir sollen zwei Boote lackieren, die neben der Hütte aufgebockt sind.«

Sie nahm den Schlüssel zur Hand, den Frau Schubert ihr übergeben hatte, und schloss auf. Die Tür knarzte. Zum Glück war es hier drinnen etwas kühler als draußen in der prallen Sonne. Dafür roch es jedoch stark nach Farbe und altem Holz. Im Dunkel der fensterlosen Hütte sah Martha Regale voller Werkzeug sowie ein Boot, das im Wasser vertäut lag.

»Ich dachte, wir machen was Lustiges«, stöhnte Fritz. »Kein Wunder, dass sich sonst niemand für die Müggelsee-

Freunde gemeldet hat. Hätte ich das mal vorher gewusst.« Schmollend schob er die Unterlippe vor.

»Boote zu lackieren kann Spaß machen«, wiederholte sie, was Frau Schubert zu ihr gesagt hatte, und ärgerte sich im nächsten Moment über sich selbst. Die Situation schien ihr zu entgleiten, und alles, was sie konnte, war, etwas nachzuplappern, das sie selbst fragwürdig fand.

»Ist es nicht. Es ist Knochenarbeit«, meinte Waste. »Alle anderen FDJ-Gruppen erleben gemeinsam Abenteuer oder sind kreativ. Und wir müssen uns die Hände mit Lack schmutzig machen.«

»Das stimmt so nicht ganz. Es gibt auch FDJ-Gruppen, die gemeinsam Müll sammeln«, entgegnete sie.

Daraufhin zog Waste die Augenbrauen hoch und verschränkte die Arme vor der Brust. »Der Vergleich bringt es ziemlich gut auf den Punkt.«

Hilfe suchend blickte Martha zu Alex, der sich bis jetzt rausgehalten hatte.

»Tut mir leid, aber Boote lackieren ist echt lahm«, sagte er mit einem entschuldigenden Lächeln. »Hast du denn noch eine Alternative auf Lager?«

»Ich hätte eigentlich ein lustiges Kennenlernspiel mit Wasserbällen geplant gehabt, aber Frau Schubert …«

»Lustiges Kennenlernspiel?« Waste verzog das Gesicht. »Mir war nicht klar, dass das hier 'ne Kindergartengruppe ist. Leute, tut mir leid, aber ich bin raus.«

Ein kalter Blitz durchzuckte sie. Waste durfte nicht gehen, denn wenn er hinschmiss, würden die anderen sie auch im Stich lassen. Frau Schubert würde denken, die Aufgabe hätte sie überfordert, und ihr Vater würde sie für eine Versagerin halten, die es nicht mal schaffte, eine Gruppe Jugendlicher zu motivieren. Aber am unerträglichsten war der Gedanke, nicht mit Alex beim Sonnenuntergang über den See zu rudern, obwohl das Ziel greifbar nah gewesen war.

Kurzerhand stellte sie sich Waste in den Weg. »Nein, bitte bleib.«

»Jungs, kommt schon«, versuchte Alex zu vermitteln. »Es ist unser erster Tag.«

Marthas Herz lief über vor Dankbarkeit – zumindest bis er hinzufügte: »Ich hätte ja eine Idee, was wir mit den Booten anstellen könnten.«

Dieses abenteuerlustige Funkeln in seinen Augen verhieß nichts Gutes.

»Lasst uns damit irgendwo hinrudern«, sagte er.

»Oh ja!«, rief Fritz begeistert. »Ein Ausflug! Ich liebe Ausflüge!«

Wieso war es nicht möglich, ihnen klarzumachen, dass ihr die Hände gebunden waren? Dass es nicht ihre Idee gewesen war, die Boote zu lackieren? »Und wohin soll's gehen?«, fragte sie höhnisch und stemmte die Arme in die Seiten. Sie dachte nicht ansatzweise daran, sich Frau Schubert zu widersetzen und mit den Jungs einen Bootsausflug zu machen.

»Wie wär's mit Müggelwerder?«, schlug Waste vor.

»Müggelwerder?!« Jetzt war er wohl verrückt geworden. »Es ist strengstens verboten, die Halbinsel zu betreten.«

Alex' Neugier war geweckt. »Hat da nicht die Stasi ein Geheimquartier?«

»Das erzählt zumindest der alte Horst«, antwortete Waste.

Die Halbinsel war seit einiger Zeit verlassen. Früher hatte es dort mal ein Hotel und das Müggelschlösschen gegeben, ein beliebtes Ausflugslokal, das über viertausend Gäste beherbergen konnte, aber wenige Monate vor Kriegsende war es bei einem Bombenangriff beschädigt worden und niedergebrannt. Seitdem war es Sperrgebiet. War am Ende etwas dran an dem Gerücht, dass in Baracken um das ehemalige Hotel herum unter strenger Geheimhaltung die Stasi am Werk war?

Waste hatte sich eine Taschenlampe von einem der Regale geschnappt und leuchtete damit sein Gesicht in der Dunkelheit gespenstisch an. »Um Müggelwerder ranken sich einige Gruselgeschichten, allen voran die vom alten Horst, der eines Tages beschloss, mit seinem Paddelboot rüberzurudern. Er schlug sich durchs Gestrüpp und sah, dass da Baracken aufgebaut worden waren. Er nahm all seinen Mut zusammen, warf einen Blick durch eines der Fenster, und was sah er da?«

Sein Blick galt insbesondere Martha, die sich eingestehen musste, gespannt auf die Antwort zu warten. Sie hoffte, er würde sie von selbst geben, wenn sie nur lange genug wartete, doch als das nicht geschah, hakte sie widerwillig nach. »Ja, was sah er da?«

»Im Haupthaus der Baracken arbeiteten Forscher!«

Gänsehaut überzog Marthas Arme. Sie zuckte zusammen, als Waste jäh die Arme hochriss und die Taschenlampe wie eine Waffe auf sie gerichtet hielt. »Auf einmal stand ein Mann mit einem Gewehr vor ihm.«

Als er die Taschenlampe ausknipste, hüllte wieder dichtes Dämmerlicht sie ein.

»Ist das wahr?«, fragte Martha.

»Du kennst doch Horst. Seit er damals fast ertrunken wäre, ist er nicht mehr ganz richtig im Kopf«, versuchte Fritz sie zu beruhigen.

»Lasst uns doch einfach nachsehen, ob Horst die Wahrheit gesagt hat.« Alex zuckte mit den Schultern. Martha war empört. Er musste ja auch nicht seinen Kopf hinhalten. Sie war es, die beim Fahnenappell nach vorn gerufen wurde und einen Anschiss bekam.

»Das Beste ist doch: Wenn an Horsts Geschichte was dran ist, dann kannst du deinem Vater auf Müggelwerder einen Überraschungsbesuch abstatten.« Waste boxte ihr kumpelhaft gegen die Schulter.

»Was?« Martha wartete auf die Pointe, doch die blieb aus. »Warum sollte mein Vater dort sein?«

»Der arbeitet doch bei der Firma Horch und Guck.«

Es traf sie, dass Waste grundlos so etwas behauptete, noch dazu vor den anderen. »Tut er nicht. Er arbeitet bei der Post.«

»Dein Vater hat ein Auto, sagte Fritz, als würde das alles erklären.

»Na und? Andere haben auch ein Auto und sind deshalb trotzdem nicht bei der Stasi.«

»Überzeugen wir uns doch einfach selbst«, sagte Alex.

»Wer als Erster im Boot ist!«, rief Waste. Schon war er ins

Boot gesprungen, das vertäut im Wasser lag. Fritz kletterte vorsichtig hinterher.

»Komm schon, Martha, gib dir ’nen Ruck«, sagte Alex. »Wir kommen rechtzeitig wieder und streichen die Boote einfach danach. Aber heute ist unser erster Tag, wir sollten etwas Besonderes machen. Also, was sagst du?«

Bei seinem Blick wurden ihre Knie ganz weich. Sie sah auf ihre nackten Füße hinab. »Wir missachten nicht nur den Auftrag der Schuldirektorin, sondern tun auch noch etwas Verbotenes.« Sie konnte selbst hören, dass ihr Widerstand bröckelte.

»Etwas Verbotenes zu tun macht nun mal leider ziemlich viel Spaß«, sagte er. »Hast du denn überhaupt schon mal was Verbotenes getan?«

»Nein«, murmelte sie kleinlaut, weil sie vermutete, dass fernsehen, wenn die Eltern bei einer Versammlung waren, nicht zählte. Außerdem war sie erwischt worden. Der Fernseher war warm gewesen, als ihr Vater die Hand darauf gelegt hatte. Drei Tage Stubenarrest.

»Dann wird es aber höchste Zeit.« Dieses schiefe Lächeln … Er hielt ihr die Hand hin. Nur einmal ihre Finger mit den seinen verschränken. Einmal seine Haut auf ihrer spüren …

Ihr Herzschlag beschleunigte sich.

Als sie ihre Hand in seine legte, durchfuhr Elektrizität sie, und auf einmal kam ihr der Gedanke, das Leben verschlafen zu haben und erst jetzt wirklich aufzuwachen. Sie wollte etwas sagen, aber ihr Kopf war wie leer gefegt. Sie versank völlig im Blau seiner Augen, die in der Dunkelheit noch viel intensiver wirkten. Sie hörte kaum, wie Fritz vor Begeisterung klatschte, weil sie sich hatte weichklopfen lassen und sich von Alex helfen ließ, ins Boot einzusteigen.

Erst, als er ihre Hand losließ und sich daranmachte, das Seil zu lösen, kam sie wieder zur Besinnung und erinnerte sich daran, dass ja eigentlich noch jemand Teil der Gruppe war.

»Was ist mit Micha?« Er war so still gewesen, dass sie ihn völlig vergessen hätte.

Er stand im Eingang des Schuppens, die Hände in den Hosentaschen. »Fahrt ohne mich«, sagte er.

Sollte nicht gerade er, der Neuling, sich bemühen, im Kollektiv Anschluss zu finden?

»Gib dir 'nen Ruck, das wird sicher lustig«, versuchte Fritz, ihn zu überzeugen.

»Lieber nicht. Ich kann mir keinen Ärger erlauben. Tut mir leid. Viel Spaß euch.«

»Wie du meinst!« Waste stieß sie ab.

»Was hat er denn?«, wunderte Martha sich, als sie die Bootshütte verlassen hatten und außer Hörweite waren. Sie sah ihn in der Ferne am Ufer entlangspazieren und Steine übers Wasser schnippen.

Alex hatte sich wie selbstverständlich die Ruder geschnappt. Mit kräftigen Zügen ruderte er sie auf den See hinaus und schien dabei kein bisschen außer Atem zu kommen. »Wahrscheinlich ist er einfach nicht der Mutigste. Aber ich mag ihn. Er scheint in Ordnung zu sein«, sagte er.

»Sein Musikgeschmack ist jedenfalls erste Sahne«, meinte Waste.

Martha genoss die Sonne, die ihr ins Gesicht schien, genoss das Plätschern, wenn die Ruder ins Wasser ein- und wieder auftauchten, und lachte über die Kommentare und Witze der Jungs. Den Gedanken, dass sie gleich an ihrem ersten Tag als Leiterin der Müggelsee-Freunde sämtliche Regeln brach, schob sie beiseite. Obwohl Alex am Bug und ihr damit direkt gegenübersaß, erlaubte sie es sich nicht, ihm ins Gesicht zu sehen. Sie befürchtete, sie würde, wenn er das Wort an sie richtete, in Ohnmacht fallen und aus dem Boot kippen. Aber sie nahm alles wahr. Nahm wahr, dass seine Haut an den Unterarmen und im Nacken dunkler war als an den Stellen, die meistens von Stoff geschützt waren. Sie fragte sich, ob seine Haut an diesen Stellen weicher war. Durch halb geschlossene Lider sah sie eine kleine Bewegung, ein Schweißtropfen, der über seine Brust lief. Und obwohl sie Schweiß für gewöhnlich abstoßend fand, erschrak sie über den Wunsch, den Tropfen von seiner Haut zu lecken. Sie spürte am ganzen Körper, wie er sich ihr jedes Mal, wenn die Ruder hinter ihm aus dem Wasser auftauchten, mit seinem Oberkörper entgegenbeugte.

Ganze zwanzig Minuten lang führte sie einen inneren Kampf, nicht noch tiefer in diesen dunklen Strudel aus Begehren zu versinken. Sie kannte sich so nicht, war zittrig und schämte sich dafür und atmete erleichtert auf, als sie endlich Müggelwerder erreichten und es Ablenkung gab. Wasserpflanzen und Schilf erschwerten das Rudern vor der Halbinsel. Sie wollte sich gar nicht ausmalen, welche Tiere sich zwischen den Algen durchschlängelten. Ein paar Enten flatterten schnatternd auf, als sie sich dem Ufer näherten. Dieser

Nachmittag war bisher die reinste Achterbahnfahrt der Gefühle gewesen, doch nun mischte sich auch noch die Angst vor dem Ungewissen hinzu. Worauf hatte sie sich hier nur eingelassen? Was, wenn Horsts Geschichte der Wahrheit entsprach und die Staatssicherheit wirklich ein geheimes Quartier auf der Halbinsel hatte? Wäre es dann nicht absoluter Wahnsinn, sich vorzuwagen? Was, wenn sie erwischt wurden? Bei all dem Gestrüpp könnten sie nie schnell genug zum Boot zurückflüchten! Was, wenn einem von ihnen etwas zustieß? Ihr Herz raste. Wenn das so weiterging, würde sie noch einen Herzkasper bekommen. Doch die Spielverderberin zu sein und aufs Umkehren zu drängen war ausgeschlossen. Deshalb übersah sie bewusst die Schilder am Ufer, auf denen »Sperrgebiet – Betreten verboten« stand.

»Vorsicht«, warnte Alex sie, und Martha wich gerade noch rechtzeitig zur Seite aus, um nicht von Ästen das Gesicht zerkratzt zu bekommen.

Das Gelände war verwildert, deshalb war es schwer, eine geeignete Stelle zum Anlegen zu finden. Ähnlich musste es auch im Urwald aussehen, dachte Martha. Neben einem umgestürzten Baum, der ins Wasser ragte, war etwas weniger Gestrüpp am Ufer. Dort kletterten sie nacheinander aus dem Boot und zogen es ein Stück weit an Land.

Zwischen den alten Kastanien und Ahornbäumen lauerten überall Büsche und Dornensträucher, die ihr die nackten Beine aufkratzten. Hier und da waren sogar noch Fundament-Reste vom Müggelschlösschen zu sehen.

Plötzlich raschelte es neben ihnen. »Hilfe«, flüsterte Alex, aber es war nur eine Wildtaube, die aufflatterte. Es dauerte einen Moment, bis ihr Herz wieder ruhig schlug. Doch kaum hatten sie sich erneut in Bewegung gesetzt, wartete bereits der nächste Schreck auf sie. Baracken tauchten hinter den Bäumen auf. Es war also wahr.

Wenn hier wirklich die Stasi arbeitete, dann sollten sie schleunigst von hier verschwinden! »Jungs, ich finde, wir …«

Alex legte den Zeigefinger auf den Mund und nahm ihre Hand, um sie weiterzuziehen, nicht ahnend, dass er sie durch seine Berührung nur noch mehr aufwühlte. Ihre Hand war schweißnass. Sie entzog sie ihm und ließ Alex vorangehen. Waren da Stimmen zu hören, oder bildete sie sich das nur ein?

Auf einmal ging alles viel zu schnell. Wie aus dem Nichts war ein Mann unweit von ihnen aufgetaucht. »He, was macht ihr hier?«

»Los, weg!«, rief Waste noch, und dann rannten sie, schlugen Äste und Sträucher beiseite.

Martha verfluchte sich dafür, ihre Brille zu Hause gelassen zu haben. Sie sah eine Wurzel zu spät und stürzte der Länge nach hin. Schmerz schoss in ihr Knie. Im nächsten Moment war Alex neben ihr und half ihr auf. »Kannst du gehen?«

Sie nickte. Stützte sich auf ihn. Jeder Schritt tat weh, aber das Adrenalin trieb sie an.

»Da vorne sind ein paar Jugendliche!«, rief der Mann.

Folgte er ihnen etwa?

Endlich sah sie zwischen den Bäumen hindurch Sonnenlicht auf dem See funkeln. Waste und Fritz hatten das Boot bereits ins Wasser geschoben. Alex half ihr einzusteigen und sprang dann selbst hinein.

»Verdammt, wo sind die Ruder?«, rief Waste.

Im nächsten Moment hörte Martha es platschen. Alex war ins Wasser gesprungen, watete durch die Algen zurück ans Ufer und schnappte sich die Ruder, die neben dem umgestürzten Baumstamm gelegen hatten. Schon war er wieder bei ihnen, zog sich ins Boot, und dann ruderte er wie ein Verrückter. Martha wartete nur darauf, dass auf der Halbinsel ein Alarm losging oder Motorboote sie jagten.

Erst als sie weit genug von Müggelwerder entfernt waren, fiel die Anspannung von ihr ab. Sie vergrub das Gesicht in den Händen. War das zu glauben? Vor zwei, drei Minuten hatte sie noch Todesangst durchgestanden, und jetzt schien alles um sie herum, als wäre nie etwas geschehen. Boote schipperten gemächlich an ihnen vorbei, Enten quakten, und in der Ferne genossen ein paar Glückliche eine Fahrt auf dem Dampfer.

Auf einmal sprudelte ein Lachen aus ihr hervor. Sie konnte nichts dagegen tun. Sie lachte, als wäre sie verrückt geworden, und konnte sich nicht mal bremsen, als Alex zu rudern aufhörte und sie betrachtete, als würde er sie das erste Mal sehen. Und dann ließ er sich von ihr anstecken. Und ehe sie sichs versah, lachten sie alle gemeinsam. Martha verspürte so etwas wie Triumph. Fühlte man sich so, wenn man einen Marathon gelaufen war, als Erster das Ziel erreicht hatte, völlig erschöpft war und sein Glück nicht fassen konnte?

»Ich glaube, wir könnten eine Abkühlung gebrauchen!«,

schlug Waste vor, schälte sich aus seinen Klamotten und warf sich im nächsten Moment bereits kopfüber ins Wasser. Martha wurde von einem Schwall Wasser getroffen.

Auch Fritz legte Klamotten und Armbanduhr ab und hüpfte mit angezogenen Beinen in den See, Alex folgte ihm mit einem gekonnten Köpper.

Der Abend zog langsam herauf, sie bewunderte, wie das kupferfarbene Licht der Sonne auf dem bewegten Wasser funkelte – und inmitten dieses Funkelns tauchte Alex auf, strich sich das nasse Haar aus dem Gesicht und rief: »Na komm schon.«

Kurz erinnerte sie sich an die Anweisung der Direktorin: Daran, dass sie eigentlich die Boote zu lackieren hatten. Aber es war so viel verführerischer nachzugeben, ihr Blauhemd aufzuknöpfen und den Rock über die Beine zu streifen. Das Boot schwankte leicht, als sie sich von der Bank erhob. Und dann sprang sie. Sie spürte das angenehm kühle Wasser um sich, tauchte auf und ließ sich auf dem Rücken treiben.

Sie malte sich aus, wie sich Betty und Clara morgen in der Schule ärgerten, nicht dabei gewesen zu sein. Das erste Mal würde Martha wirklich etwas zu erzählen haben. Etwas, das sie nicht nur als Zuschauerin betrachtet, sondern woran sie teilgenommen hatte.

Und dann dachte sie an ihren Vater, sah seinen missbilligenden Gesichtsausdruck vor sich. Aber erstaunlicherweise ließ die Vorstellung sie kalt. Mehr noch. Es hatte sogar etwas Berauschendes, sich zu widersetzen und einfach mal zu tun, worauf man Lust hatte.

Martha lächelte. Sie befürchtete, dass sie auf den Geschmack gekommen war.

Erstaunlich, wie schnell sich eine Gruppe auflösen konnte, dachte Martha später. Eigentlich hatte sie es bereits geahnt, als Fritz einen Blick auf seine Armbanduhr geworfen und gejammert hatte: »Mist, wir haben völlig die Zeit vergessen! Es ist ja schon nach sieben! Mein Vater reißt mir den Kopf ab, wenn ich schon wieder später als vereinbart nach Hause komme!«

Kaum legten sie in der Hütte am Steg an, sprang er aus dem Boot, schnappte sich seinen Campingbeutel und war auf und davon.

Waste folgte als Nächster. »Meine Mutter erwartet mich auch schon zum Abendessen.«

Warum hatte sie nicht darauf gedrängt, eher zurückzukehren? Sie hatte doch sonst stets alles unter Kontrolle. *Weil du diesen Nachmittag viel zu sehr genossen hast,* sagte eine Stimme in ihr. *Weil du gehofft hast, dich mit den Jungs anzufreunden und durch ihre Freundschaft etwas Besonderes zu sein.* Sie hatte sich insgeheim schon ausgemalt, wie sie einander in der Schule begrüßten und vielleicht sogar gemeinsam mit Betty und Clara im Speisesaal Gräupchen aßen. Sie hatte den Neid in den Augen ihrer Klassenkameradinnen gesehen. Endlich nicht mehr das unscheinbare Mädchen sein, dessen Namen keiner kannte. Sie ärgerte sich über sich selbst, dass ihr das offenbar wichtig war. War sie denn so bedürftig?

Doch vielleicht fügte sich gerade auch alles zum Besten. Nun, wo Waste und Fritz weg waren, würde sie mit Alex allein sein. Sie würden die zwei Boote lackieren, hätten endlich Zeit, sich in Ruhe kennenzulernen. Später würde nur der Mond ihnen Licht spenden, Martha würde ein wenig frieren, und Alex wäre Gentleman genug, ihr seine Jacke zu leihen.

Doch dann sah sie seinen zerknirschten Gesichtsausdruck und wusste, dass auch er sie im Stich lassen würde. Immerhin war er noch so anständig, ihr die Hand zu reichen und ihr aus dem Boot zu helfen. Diesmal erfüllte seine Berührung sie nicht mit diesem aufregenden Kribbeln, das sich zuvor in seiner Nähe stets eingestellt hatte.

»Nein, nicht du auch noch«, sagte sie.

»Ich muss.« Er schwang seinen Campingbeutel über die Schulter. »Wenn ich zu spät nach Hause komme, weiß mein Vater gleich, dass wir was angestellt haben. Wir streichen die Boote morgen in Ruhe zusammen. Versprochen.«

Damit ging auch er. Fassungslos trat Martha aus der Hütte und sah ihm nach. Als er weit genug weg war, nahm sie eine Ladung feuchten Sand und schleuderte sie ihm hinterher. Doch davon bekam er nichts mit, weil er längst die Treppe hinaufeilte, immer zwei Stufen auf einmal nehmend.

Eigentlich sollte es bei den Müggelsee-Freunden doch darum gehen, zu einem Kollektiv zusammenzuwachsen. Oder Freunde zu werden, wie der Name bereits andeutete. Aber Freunde ließen einander nicht hängen.

Warum machte sich keiner der Jungs Gedanken darüber, was für sie auf dem Spiel stand? Was, wenn Frau Schubert morgen einen Kontrollbesuch im Strandbad machte? Wenn sie dann sah, dass die Boote nicht lackiert waren, würde sie enttäuscht von Martha sein. Und Menschen zu enttäuschen war Martha unerträglich. Gut möglich, dass sie ihr wegen zu wenig Einsatzbereitschaft die Funktion als Leiterin der Müggelsee-Freunde sogleich wieder aberkannte. Und was machte das wohl für einen Eindruck in ihrem Zeugnis?

Dahin war das Glücksgefühl. Ihr würde wohl nichts anderes übrig bleiben, als die Boote allein zu lackieren. Sie atmete aus und ging auf die andere Seite der Hütte, wo die zwei heruntergekommenen Boote aufgebockt waren. Sie wunderte sich noch über den intensiven Geruch, der in der Luft lag, und traute ihren Augen kaum, als sie sah, dass auf dem Holz frischer Lack glänzte.

»Wie ist das möglich?«, murmelte sie.

Hinter einem der beiden Hecks tauchte Micha auf. Sein Haar war leicht zerzaust. In einer Hand hielt er einen Pinsel, mit der anderen schlug er nach den Mücken, die ihn gierig umschwirrten. »Da seid ihr ja wieder.« Er sagte es ohne jeglichen Vorwurf und lächelte sogar dabei.

Martha fühlte sich miserabel. Sie hatte ihn völlig vergessen! Sie war die schlechteste FDJ-Gruppenleiterin, die man sich vorstellen konnte.

Sie ging um die zwei Boote herum. »Hast du das alles ganz allein gemacht? Das Schleifen und Lackieren?«

Er zuckte mit den Schultern. »Ich hatte ja Zeit.«

»Das hättest du aber nicht machen müssen.«

»Es hat mir nichts ausgemacht. Die Arbeit hatte irgendwie was Beruhigendes.«

Warum war er nicht wütend auf sie oder enttäuscht?

»Du hättest mitkommen sollen«, sagte sie.

»Mutproben sind nichts für mich.«

War das wirklich eine Mutprobe gewesen? Wenn ja, hatte sie diese doch bestanden, oder?

Micha ging in die Hocke, legte den Pinsel in der Schüssel ab und drückte den Deckel auf den Lacktopf.

»Lass nur, ich räume auf. Das ist das Mindeste, das ich tun kann«, gab sie kleinlaut von sich.

»Gut«, sagte er. »Ich sollte los, sonst macht sich meine Mutter noch Sorgen.«

An einem rostigen Nagel an der Hüttenwand hing sein Rucksack. Er war speckig und sah aus, als hätte er bereits Michas Großvater gehört. Bevor er ging, wandte er sich noch einmal zu ihr um und fragte: »War dein erster Tag als Leiterin der Müggelsee-Freunde denn so, wie du ihn dir vorgestellt hast?«

Sie wiegte den Kopf. »Anders.«

»Gut oder schlecht anders?«

Sie dachte daran, wie aufregend es sich angefühlt hatte, einfach mal nicht das zu tun, was man von ihr erwartete. Sie kannte diese rebellische Seite an sich gar nicht, aber sie gefiel ihr irgendwie. Allein deshalb würde sie diesen Nachmittag nicht missen wollen.

»Auf gute Weise«, antwortete sie.

»Das freut mich für dich. Also dann. Wir sehen uns in der Schule.«

»Danke noch mal.«

Martha sah ihm nach, wie er gemächlich über den Strand davonging, beide Hände an seinen Schultern unter die Träger seines Rucksacks geschoben.

Als sie an diesem Abend in ihrem Bett lag, war sie viel zu aufgewühlt, um auch nur ein Auge zuzumachen. Sie ließ den Nachmittag mit den Jungs noch einmal vor ihrem inneren Auge Revue passieren, wie einen Film, den man sich ein zweites Mal anschaute, um kleine Details zu entdecken, die einem vorher entgangen waren. Sie kostete ihr gemeinsames Abenteuer voll und ganz aus, spürte all den Gefühlen nach, die heute in ihrer Brust getobt hatten. Und nicht nur einmal ärgerte sie sich über etwas, das sie gesagt oder getan hatte, und wünschte sich, mehr von Bettys koketter Art und Claras Schlagfertigkeit zu haben.

Früher hatten stets die anderen Kinder Abenteuer erlebt, und Martha hatte sie dabei beobachtet. Oder sie hatte sich in ihrem Zimmer Abenteuergeschichten ausgedacht und aufgeschrieben. Als sie sich dann mit Betty und Clara angefreundet hatte, hatte sie plötzlich weniger Zeit gehabt, um in ihre Fantasie abzutauchen, weil sie ständig mit den beiden unterwegs gewesen war. Gemeinsam hatten sie all die größeren und kleineren Dramen erlebt, die man als junges Mädchen eben durchstehen musste. Der erste Herzschmerz, der erste BH, die erste Periode. Die beiden waren wie Familie für sie.

Doch der heutige Tag hob sich von all den Geschichten, die sie mit ihren beiden Freundinnen teilte, ab. Er war wie aus einem Roman gewesen. Sie fühlte sich wie eine der Protagonistinnen der Geschichten, die sie früher zu Papier gebracht hatte. Das war ein gutes Gefühl. Ein Gefühl, als hätte sie endlich die Hauptrolle in ihrem Leben übernommen.

Zweifelsfrei hatte sich etwas in ihr in Bewegung gesetzt. Es war ihr, als hätte sie eine Tür geöffnet, auf der eigentlich groß »Betreten verboten« stand. Das machte ihr ein bisschen Angst, wusste sie doch nicht, was hinter dieser Tür lag.

Claras Worte kamen ihr in den Sinn: »Angst ist nie ein guter Ratgeber. Man darf nicht zulassen, dass man sich aus Angst gegen sein Herz entscheidet. Angst schreibt nicht die Art von Leben, auf die man irgendwann mit Stolz zurückblickt.«

7

Betty

»Junge Leute brauchen Liebe, ohne Liebe kann doch keiner leben«, sang Helga Brauer aus dem hellblauen Wartburg heraus, der neben dem Bus hielt, in dem Betty gerade den Tränen nahe war.

»Du hast mir doch vor deiner Abreise noch geschworen, mich zu heiraten …«, schluchzte sie. »Mist, verfluchter …« Sie warf einen Blick auf den Text, den Kurt ihr geschickt hatte. »Mich zur Frau zu nehmen«, verbesserte sie sich.

Ein älterer Mann stand vor ihr, hielt sich an der Stange fest und beäugte sie irritiert.

Betty lächelte peinlich berührt. »Ich übe für ein Vorsprechen«, erklärte sie.

Sie hatte ihr Glück kaum glauben können, als Kurt sie angerufen und eingeladen hatte. »Es ist nur eine Nebenrolle, aber du würdest optisch gut passen.«

Der Busfahrer hupte und gestikulierte laut schimpfend. Na wunderbar, dachte Betty, Hupen würde das Problem da vor ihnen auf der Straße sicher auf magische Weise lösen. Unruhig rutschte sie auf ihrem Platz hin und her. Dieses Verkehrschaos hatte ihr gerade noch gefehlt! Sie war doch ohnehin schon spät dran! Eigentlich hatte sie sich nur kurz bei Clara aufhalten wollen, um ihrer Freundin ihr FDJ-Hemd zu leihen. Aber dann war die Zeit nur so verflogen, und jetzt noch dieser verfluchte Unfall da vorn, an dem sie nicht vorbeikamen!

Kurzerhand schnappte sie sich ihre Tasche, rutschte vom Sitz und taumelte zum Fahrer nach vorn, denn natürlich fuhr der Bus just in diesem Moment wieder an. »Hinsetzen, Frollein!«, schimpfte er.

»Können Sie mich rauslassen?«

»Sieht det hier aus wie 'ne Haltestelle? Ick darf niemanden einfach so rauslassen, det is Vorschrift«, erklärte er ihr ruppig.

»Bitte«, bettelte sie. »Es ist ein Notfall!« Betty ließ ihrem schauspielerischen Talent freien Lauf und quetschte ein paar Tränen hervor.

Er seufzte. »Det is doch kein Grund zum Flennen. Na los, raus mit dir.«

Kaum hatte der Bus gehalten, sprang Betty nach draußen und rannte trotz ihrer Pfennigabsätze los. Weit konnte es nicht mehr sein. Trotzdem würde sie mit Sicherheit ganz zerzaust und verschwitzt ankommen. Warum musste es auch ausgerechnet heute so heiß sein?

Auf der Rückseite des Textauszugs hatte sie die Adresse notiert. *Wilhelmstraße 116 in Potsdam-Babelsberg.* Da vorne musste es sein! Vor dem mehrstöckigen Gebäude blieb sie stehen und nahm sich die Zeit, um tief durchzuatmen. Was hatte Kurt am Telefon gesagt? Zweiter Stock. Sie eilte die Treppe hoch, schwang sich am Geländer ums Eck – und krachte in einen jungen Mann. Etwas Heißes verbrannte ihr Dekolleté und sog sich in ihre weiße Bluse. Es war Kaffee, wie der Duft unschwer erkennen ließ, ebenso die braune Farbe und der blaue Porzellanbecher, der auf dem Boden lag.

Am liebsten hätte sie den Kerl einen Kopf kürzer gemacht, einfach nur um Dampf abzulassen, aber der Arme konnte ja nichts dafür.

Kicherte da jemand? Die zwei einander gegenüber aufgebauten Stuhlreihen waren besetzt mit vollbusigen Blondinen. Sie waren wohl alle für die Rolle hier, für die auch Betty vorsprach. Es war fast angsteinflößend, wie sehr sie einander glichen. Die beschränkte Kleiderauswahl dieses Landes machte es nicht gerade besser.

»Oooh, unschöner Fleck«, hörte sie eine kichern. »Eine Konkurrentin weniger.«

Wie ein Licht am Ende des Tunnels kam auf einmal Kurt den Flur entlang auf sie zu. Er hielt so abrupt inne, dass sein Assistent fast in ihn hineinrannte, und ließ konzentriert den Blick über die Ansammlung von blonden Frauen schweifen. Betty winkte ihm zögerlich, um ihn auf sich aufmerksam zu machen. Hoffentlich schreckte der Kaffeefleck auf ihrer Bluse ihn nicht ab! Doch ihre Sorge war umsonst, denn Kurt schien völlig durch sie hindurchzusehen. Als wäre sie Luft. Dieser Tag wurde immer schlimmer. Schließlich massierte Kurt sich die Nasenwurzel, seufzte resigniert, deutete auf eine der jungen Frauen und wies sie an, ihm zu folgen.

Kurz kam ihr der Gedanke, sich auf dem Absatz umzudrehen, nach Hause zu fahren und sich in ihrem Bett zu verkriechen. Aber das wäre feige, und sie würde es ihr Leben lang bereuen. Deshalb lächelte sie tapfer und fragte die nächstbeste Blondine: »Wo sind die Toiletten?«

Ihr war danach, mit dem Fuß gegen den Mülleimer zu treten. Zum Glück konnte sie sich zurückhalten, denn in einer der Kabinen wurde die Spülung betätigt. Ein weiteres Double kam heraus und stellte sich neben sie, um sich die Hände zu waschen.

»Du hast da einen Fleck«, sagte das Mädchen und deutete auf Bettys Bluse.

Sie meint es nur gut, versuchte Betty sich zu beruhigen. »Danke«, erwiderte sie.

Sie stützte sich auf dem Waschbecken ab. Holte tief Luft. Sie hatte sich extra hübsch gemacht für diesen Tag, war gestern beim Friseur gewesen, hatte eine Gurkenmaske aufgelegt und sich heute aufwendig geschminkt. Sie würde das hier durchziehen. Und sie würde Kurt beweisen, dass sie Talent hatte. Diese jungen Frauen dort draußen im Flur sahen vielleicht aus wie sie, aber sie waren nicht sie. Betty Reinhart gab es nur einmal.

Kurzerhand zog sie ihre mit Kaffee getränkte Bluse aus und stopfte sie in ihre Tasche. Ihre Mutter würde vermutlich tot umfallen, wenn sie wüsste, dass Betty nur noch ihr Baumwollunterhemd trug, unter dem sich deutlich ihr Busen abzeichnete. Aber ihre Mutter war nicht hier, und besondere Situationen verlangten besondere Maßnahmen. Außerdem hatte es einen hübschen Spitzenbesatz, deshalb sah man ohnehin erst auf den zweiten oder dritten Blick, dass es ein Unterhemd war. Sie kühlte ihr erhitztes Dekolleté mit etwas

Wasser. Ein letzter Blick in den Spiegel, dann ging sie erhobenen Hauptes raus.

»Betty Reinhart«, rief eine junge Frau mit Klemmbrett sie gerade auf.

»Das bin ich!« Betty lief an den anderen vorbei, die prompt die Köpfe zusammensteckten und über ihr freizügiges Äußeres lästerten.

Du schaffst das, sagte sie sich. *Du hast die ganze Nacht geprobt. Du beherrschst deinen Text.*

Der Raum, in den man sie führte, war recht unspektakulär. Eigentlich gab es darin nur einen langen Tisch mit etlichen Stühlen, auf einem saß Kurt, neben ihm eine junge Frau, die anderen waren leer. Nicht ein Bild hing an der Wand. Aber wahrscheinlich war das Absicht, damit die Schauspieler nicht abgelenkt waren. Es roch nach Kaffee und Schmalzgebäck.

»Betty«, begrüßte Kurt sie. Er erhob sich von seinem Stuhl, und sie streckte ihm die Hand hin. Doch er schüttelte sie nicht wie erwartet, sondern deutete einen Handkuss an. Dabei blieb sein Blick kurz an ihrem Ausschnitt hängen, wie ihr nicht entging.

»Schön, dass es geklappt hat. Betty, das ist meine Assistentin Cordula. Sie wird deine Anspielpartnerin sein. Also wirklich, die Luft hier drin ist ja total verbraucht. Cordula hängt schon lethargisch in ihrem Stuhl. Betty, sei so lieb und mach doch ein Fenster auf. Und der Mann, der sich hinter der Kamera versteckt, ist übrigens Günter. Er wird dein Vorsprechen aufzeichnen. So, dann lasst uns keine Zeit verlieren.« Er klatschte in die Hände, und Cordula zuckte zusammen.

Betty öffnete das Fenster einen Spaltbreit. Das Schnurren eines Motorrads war zu hören, dann ging ein paar Häuserblocks weiter eine Sirene los. Betty wollte fragen, ob sie das Fenster nicht lieber wieder schließen sollte, da bemerkte sie, dass an der Kamera bereits ein rotes Licht leuchtete. Wurde etwa schon aufgezeichnet?

Sie beeilte sich, auf ihre Position zurückzukommen, zu dem X aus zwei Klebestreifen auf dem Boden. Sie holte tief Luft und stellte sich vor, die Liebe ihres Lebens stünde vor ihr. Sie war noch nie wirklich verliebt gewesen, deshalb hatte sie sich heute Nacht einfach in ihrer Fantasie ausgemalt, sie hätte ein wunderbares Liebesabenteuer mit James Dean erlebt, und nun würde er ihr das Herz brechen.

»Ich habe dich so vermisst«, begann sie, ihren Text aufzusagen. »Wenn ich morgens aufwache, denke ich an dich, und wenn ich abends ins Bett gehe, schlafe ich mit dir in meinen Gedanken ein.«

Jetzt war Cordula dran. Gelangweilt, als hätte sie den Satz heute schon hundertmal gesagt, was wahrscheinlich der Fall war, brummte sie: »Ich muss dir ein Geständnis machen. Ich habe jemanden kennengelernt.«

»Was sagst du?!« Betty wandte sich ab. Spürte, dass Tränen in ihr aufstiegen. Es war so real, dass sie alles um sich herum vergaß, Cordula, die Kamera, den Straßenverkehr, der durch das offene Fenster zu hören war, ja sogar Kurt, der sich Notizen machte. »Du hast jemanden kennengelernt? Wer ist sie? Seit wann? Du hast mir doch noch vor deiner Abreise geschworen, mich zur Frau zu nehmen!« Sie wischte sich die Tränen von der Wange. »Oh, ihr aus dem Westen seid doch alle gleich! Nichts bei euch ist für die Ewigkeit, alles ist austauschbar!«

Kurt begann mit Cordula zu flüstern. Das verwirrte sie. Irgendwo war ein Telefon zu hören. *Konzentrier dich!*, ermahnte sie sich. »Du wolltest, dass ich für dich mein Land verlasse, und kurz habe ich darüber nachgedacht – für dich. Aber meine Wurzeln sind hier, und Blut ist dicker als …«

Die Tür ging auf, und der junge Kerl, der den Kaffee über Bettys Bluse gekippt hatte, kam herein. »Herr Weiler, Telefon für Sie.«

Kurt erhob sich von seinem Stuhl. »Das genügt.«

»Wir melden uns bei dir«, sagte Cordula mechanisch und ohne Betty anzusehen.

Vermutlich hieß das: »Danke, aber du hast uns nicht überzeugt.«

War ihr Spiel so schlecht gewesen? So langweilig? Cordula redete inzwischen mit Günter. »Ich komme um vor Hunger. Glaubst du, in der Kantine gibt's noch was zu essen?«

Sie konnte wohl nach Hause gehen.

Mit hängenden Schultern lief Betty den Flur entlang, an den anderen Bewerberinnen vorbei. Hoffentlich würde wenigstens bald ein Bus zurück ins Zentrum fahren …

»Betty!«, rief auf einmal jemand hinter ihr. Es war Kurt. »Was machst du jetzt?«

»Ich fahre nach Hause«, antwortete sie.

»Ich bringe dich.«

Sie war verwirrt. »Danke, aber musst du nicht arbeiten? Ich möchte auch keine Umstände bereiten. Der Bus …«

»Keine Widerrede«, unterbrach er sie. »Du musst dich nur eine halbe Stunde gedulden, dann bin ich bei dir.«

Eigentlich war ihr das überhaupt nicht recht, aber schon war Kurt wieder in dem Raum verschwunden, in dem das Vorsprechen stattfand. Die Mädchen schauten ungläubig zu ihr her. Die halbe Stunde, die sie warten musste, war ihr egal. Aber ungern wollte sie Kurt sehen lassen, wo sie wohnte, nämlich in einem dieser neuen Plattenbauten. »Wie ein riesiger Brotröster«, so hatte Clara das Gebäude mal beschrieben. Die meisten Menschen würden sich die Finger nach einer modernen Wohnung wie ihrer lecken, aber in Bettys Augen fehlten ihr Charme und Charakter. Ihrer Mutter schien es ähnlich zu gehen, denn wenn sie beispielsweise beim Friseur gefragt wurde, wo sie lebte, antwortete sie stets: »In Friedrichshagen, mit Blick auf den Müggelsee.« Das war nicht mal gelogen, aber den See sah man nur vom obersten der insgesamt fünf Stockwerke aus. Ihre Wohnung lag jedoch im Erdgeschoss. Von ihren Mitschülern wussten nur Clara und Martha sowie Alex' Freunde, wo sie wohnte. Der Rest ging wie selbstverständlich davon aus, dass die privilegierte Familie Reinhart in einem Haus mit Vorgarten lebte. Und das nur, weil Bettys Vater das Strandbad leitete. Menschen waren so leicht zu täuschen. Sie glaubten immer das, was sie glauben wollten. Betty würde Kurt einfach eine andere Adresse nennen.

Da sie noch immer die neidischen und missbilligenden Blicke der anderen Mädchen auf sich spürte, zog sie sich ins Treppenhaus zurück und setzte sich dort auf die unterste Stufe.

Aus der halben Stunde wurden dann doch fünfzig Minuten. Betty wartete geduldig, das Kinn auf die Faust gestützt, und fühlte sich mies.

Zwei der Blondinen stolzierten an ihr vorbei die Treppe hinab. »Flittchen«, zischte eine von ihnen.

Hatte sie Betty gemeint? »Ich bin kein Flittchen!«, rief sie ihnen hinterher, doch da fiel bereits die Eingangstür hinter den beiden zu. »Ich habe doch noch nicht mal einen Mann geküsst«, sagte sie leise zu sich selbst.

Sie zog den Ausschnitt ihres Unterhemds höher und überlegte, ihre Bluse trotz Kaffeefleck anzuziehen. Endlich näherten sich Schritte. Als Kurt ums Eck bog, war es bestimmt schon nach sechs. Schwer zu sagen, ob ihre Eltern sich bereits Sorgen machten. Ihre Mutter vielleicht, wenn sie nüchtern war, aber ihr Vater war sicher noch bei der Arbeit. Ihr musste anzusehen sein, wie unwohl sie sich fühlte, denn Kurt zwinkerte ihr aufmunternd zu, setzte sich aufs Treppengeländer, rutschte darauf herunter und kam elegant neben ihr auf. Seine kleine Einlage zeigte Wirkung. Betty schmunzelte.

»Mein Wagen steht im Hof«, sagte er. Er sah ziemlich gut aus in seinem hellen Jackett und dem lockeren Schal. Ein richtiger Künstler.

Kurt war ein Gentleman und hielt Betty die Tür seines Wartburgs auf. Im Wagen roch es nach Kunstleder. Als er sie fragte, wohin er sie bringen sollte, nannte sie ihm kurzerhand eine Straße in einem der Villenviertel in Friedrichshagen.

»Erzähl mal ein bisschen was über dich«, sagte Kurt, als er auf die Hauptstraße abbog.

»Nun ja, ich bin siebzehn Jahre alt, gehe auf die Erweiterte Oberschule und …«

»Nicht den langweiligen Kram. Von was träumst du? Wovor hast du Angst?«

»Oh, seit heute habe ich definitiv vor Blondinen Angst!«

Kurt lachte.

Sie plauderten über Filme und ihren Onkel Theodor und darüber, dass sie vor Kurzem fast verzweifelt wäre, weil sie unbedingt rote Lederhandschuhe hatte haben wollen, aber in ganz Berlin nur ein und dasselbe langweilige schwarze Modell zu finden gewesen war.

»Wir sind ja schon da«, staunte Betty auf einmal. »Das Haus mit dem schmiedeeisernen Tor ist es.«

Wie oft hatte sie vor der wunderschönen kleinen Jugendstilvilla gestanden und sich ausgemalt, wie es sein musste, darin zu leben. Man durfte ja noch träumen, hatte sie sich gesagt.

Kurt brachte den Wagen am Straßenrand zum Stehen. Als er den Motor abstellte, erlosch auch das Licht. In der Dunkelheit konnte sie ihn nur noch grob ausmachen, seinen Kehlkopf, der sich bewegte, als er schluckte, sein markantes Kinn, seine Lippen … Seine blauen Augen wirkten umso intensiver.

»Du hast wirklich gut gespielt«, lobte er sie.

Betty hielt sich an ihrer Tasche fest. »Danke.«

»Ich werde natürlich alle Aufzeichnungen noch mal sichten, aber wer weiß, vielleicht klappt es ja.« Er zwinkerte ihr zu. Ihr war bereits aufgefallen, dass er das oft tat.

Betty konnte kaum glauben, was er da gerade gesagt hatte. »Wirklich? Das wäre … das wäre einfach nur unglaublich!«

Kurt lächelte. Auf einmal streckte er seine Hand aus, um Betty eine Haarsträhne hinters Ohr zu klemmen. Ihr Puls beschleunigte sich. Würde er sie küssen? Wollte sie das überhaupt?

Ehe sie zu einer Entscheidung gekommen war, beugte er sich schon zu ihr und legte seine Lippen auf ihre.

Ihr erster richtiger Kuss.

Betty wusste nicht recht, was sie tun sollte. Kurt war so viel erfahrener als sie, das schüchterte sie ein. Er war ein Mann, der mitten im Leben stand, der erfolgreich war, galant, gutes Geld verdiente … Ihr ganzer Körper wurde von einem Prickeln erfasst. Sie rückte näher an ihn heran, und er legte eine Hand auf ihr Knie.

Sie hätte noch ewig Kurts Lippen auf den ihren spüren können, und das schien er zu wissen, denn als er sich von ihr löste, lachte er leise. »Wir sehen uns, Betty«, sagte er.

Sie stieg aus, Kurt zündete den Motor und fuhr davon. Betty hatte das Gefühl, ein paar Zentimeter über dem Boden zu schweben. Sie war so glücklich, dass sie fast das Gartentor der Villa geöffnet hätte, als würde sie tatsächlich hier wohnen. Hinter einem der Fenster bellte ein Hund, und sie kam wieder zur Besinnung. Kurz war ihre gute Laune getrübt, als sie daran dachte, wie weit ihr Weg nach Hause von hier aus sein würde. Seufzend setzte sie sich in Bewegung, doch dann blieb sie noch einmal stehen und sah zu der Villa zurück. Vielleicht war es ja doch gar nicht so abwegig, dass sie irgendwann einmal in einem wunderschönen Zuhause wie diesem wohnen würde. Mit einem erfolgreichen Mann wie Kurt an ihrer Seite schien alles möglich zu sein.

8

Martha

Es war gerade Pause, und Martha stand auf dem Schulflur am Fenster. Unzählige Stimmen dröhnten durch den Gang. Hier und da schnappte sie ein paar Fetzen auf. Zwei Jungs in Trainingsanzügen schmiedeten Pläne für die Ferien, die in ein paar Tagen beginnen würden. Hinter ihnen kam eine Gruppe Mädchen aus dem Kunstraum und schwärmte von einem Ferienlager, in das sie gemeinsam fahren würden.

Betty trat zu ihr, lehnte sich an die Wand und spielte an einer Haarsträhne herum. »Du glaubst nicht, was vorhin passiert ist. Frau Schubert hat mich angesprochen und gefragt, warum ich so auffällige Ohrringe trage. Ob ich mich etwa von der Gruppe abheben will. Wir reden hier von Ohrringen!« Sie trug lange Hänger, die sie aus bunten Plastikperlen und selbstgehäkelten Blumen gebastelt hatte.

Martha ertappte sich dabei, ihr nur halb zuzuhören. Sie hielt nach Alex Ausschau. Über eine Woche lag ihr kleiner Ausflug nach Müggelwerder bereits zurück. Seitdem hatte sie die Jungs kaum gesehen. Auch dem letzten Treffen der Müggelsee-Freunde waren sie ferngeblieben. Dafür hatten sich der FDJ-Gruppe zwei neue Mitglieder angeschlossen, aber

Martha hatte sich kaum darüber freuen können. Ihre Enttäuschung, die Jungs nicht zu sehen, *ihn* nicht zu sehen, war zu groß gewesen.

Dabei war es eigentlich nicht weiter verwunderlich, dass die Jungs keine Zeit hatten, immerhin steckten sie gerade mitten in den schriftlichen Abiturprüfungen. Trotzdem bedrückte es sie jeden Tag aufs Neue, wenn sie einem von ihnen im Flur oder im Speisesaal begegnete und sie nicht mehr als einen flüchtigen Gruß austauschten. Micha war der Einzige der Clique, der zumindest dann und wann kurz Zeit fand, um mit ihr zu plaudern. Hatte sie es sich am Ende nur eingebildet, wie gut sie sich mit den Jungs an jenem Nachmittag im Strandbad verstanden hatte?

Clara bahnte sich ihren Weg zwischen all den Schülern hindurch auf sie zu, ein paar Bücher an die Brust gedrückt. Seit sie bei der Abteilungsleiterin für Volksbildung gewesen war, hatte sich etwas an ihr verändert. Sie war angespannt und leicht reizbar, aber Martha verstand nur zu gut, dass sie auf ihre Weise versuchte, ihre Enttäuschung und ihre Zukunftsangst zu verbergen. »Ich beneide die Jungs darum, dass sie ihr Abitur schreiben dürfen«, sagte sie. »Ich wünschte, ich könnte für sie in die Prüfungen marschieren.«

»In einem Jahr wirst du an der Reihe sein«, versuchte Betty sie aufzumuntern.

In letzter Zeit hatte Clara Bettys gut gemeintem Rat vertraut, die ihr schon lange damit in den Ohren lag, sie solle ihr schönes, rostrotes Haar nicht immer von ihrer Mutter so kurz schneiden lassen. Inzwischen reichte es ihr bis zur Schulter, wo es sich sanft einrollte. Sie sah hübsch aus. Zwar

war sie keine klassische Schönheit wie Betty, das würde sie auch nie sein, aber mit diesem intensiven Blick ihrer grünbraunen Katzenaugen hatte sie eine besondere Ausstrahlung.

Auf einmal tauchte jemand an Marthas freier Seite auf. Ihr Herz setzte einen Schlag aus, als sie sah, dass es Alex war. »He«, sagte er.

Ein schiefes Lächeln von ihm, und sie hatte ihren Körper nicht mehr unter Kontrolle. In ihrem Kopf rauschte das Blut, und sie hatte völlig vergessen, wie man redete.

Zum Glück verschaffte ihr Betty eine kleine Verschnaufpause, indem sie ihren Bruder nach den Prüfungen fragte.

»Solange ich nicht durchfalle, läuft alles gut«, erwiderte er. Aber dann galt seine volle Aufmerksamkeit auf einmal Martha. »Ich wollte dich was fragen. Hast du kurz Zeit?«

Hier? Jetzt? Sie blinzelte ein paarmal. »Klar, worum geht's?«

»Unter vier Augen, wenn's dich nicht stört.«

Betty nahm Clara beim Oberarm. »Wir gehen schon mal zum Klassenzimmer vor.«

Um nicht vor Liebe gegen ihn zu sinken, versuchte Martha, sich vor Augen zu führen, wie er sie im Strandbad einfach hatte stehen lassen, anstatt beim Lackieren der Boote zu helfen. Eigentlich sollte sie wütend auf ihn sein.

Als hätte er ihre Gedanken gelesen, sagte er: »Erst mal wollte ich mich bei dir entschuldigen. Es war nicht fair, wie wir dich alle nach unserem Ausflug nach Müggelwerder stehen gelassen haben.«

»Nett war das wirklich nicht«, erwiderte sie vorsichtig.

Er beugte sich zu ihr hinab und senkte leicht die Stimme.

»Auf jeden Fall hast du bewiesen, dass wir dir trauen können.« Würde er noch ein Stück näher kommen, würde sie wahrscheinlich in Ohnmacht fallen. »Deshalb möchten die Jungs und ich dich in ein Geheimnis einweihen.«

Ein Geheimnis. Ihre Knie schlackerten. Sie kreuzte die Finger. »Ehrenwort.«

Alex lächelte, als wäre er sich seiner Wirkung auf sie genau bewusst. »Dann treffen wir uns Sonntag früh um neun Uhr bei Waste zu Hause.«

»Passt perfekt«, log Martha.

Jetzt musste sie sich eine Ausrede einfallen lassen, weshalb sie am Sonntag doch keine Zeit für den Fahrradausflug hatte, auf den ihre Mutter sich schon so sehr freute.

Marthas Finger lag bereits auf der Klingel, da hielt sie doch noch mal inne und warf einen Blick auf ihre Armbanduhr, die ihre Eltern ihr letztes Jahr zum Geburtstag geschenkt hatten. Zehn Minuten vor neun. Wirkte es, als hätte sie sonst nichts zu tun, wenn sie so früh hier aufschlug?

Aus einer alten Gewohnheit heraus blickte sie an dem dreigeschossigen Mietshaus aus rotem Backstein entlang nach oben, zum Dach. Eine Eigenheit, die sie als kleines Mädchen von ihrem Vater übernommen hatte. Tatsächlich war es ihm eines Tages aufgefallen, und er hatte ihr anerkennend mit seiner Pranke auf die Schulter geklopft. »Aus dir wird ja vielleicht doch noch was.«

Sofort bemerkte Marthas geschulter Blick die Antenne auf dem Dach. Irgendjemand guckte hier also Westfernsehen. Früher hätte sie das in einem der Protokolle vermerkt, die sie zu Übungszwecken schreiben und ihrem Vater zum Verbessern hatte geben müssen. Zum Glück waren diese Zeiten vorbei, seit er bei der Post befördert worden war und mehr arbeiten musste, oftmals sogar am Wochenende.

Die Eingangstür des Gebäudes war nur angelehnt, Martha drückte sie auf und stieg langsam die Treppe hinauf. Es roch nach Sonntagsbraten und Bohnerwachs. Sie schwitzte, und das lag nicht nur an den Temperaturen draußen. Unaufhörlich zupfte sie am Nagelbett ihres Daumens, so aufgeregt war sie. Alex hatte ein Geheimnis erwähnt. Ihr albernes Herz hatte sich nachts natürlich allerlei romantische Szenen ausmalen müssen, in denen Alex ihr im Beisein seiner Freunde seine Liebe gestand. Das würde wohl kaum geschehen, aber man durfte ja noch träumen. Doch was wollten ihr die Jungs anvertrauen? Ihr Leben war ganz schön aufregend neuerdings.

Erster Stock, links, hatte Alex gesagt. Sie strich über ihren Rock. Er war weiß-blau gestreift und unauffällig elegant, wie sie fand, vor allem in Kombination mit der kurzärmligen, weißen Bluse, die sie dazu trug. Sogar Schmuck hatte sie angelegt, dezente Ohrringe und eine dazu passende Kette, die sie günstig auf einem Flohmarkt erstanden hatte. Die Verkäuferin hatte sie aus Apfelkernen selbst gemacht.

»Das ist aber keine praktische Kleidung«, hatte ihre Mutter prompt bemerkt. Kleidung hatte stets praktisch zu sein, das war ihr oberstes Gebot. Für Marthas Eltern musste alles praktisch und platzsparend sein. Ein Fahrrad? Wie wäre es mit einem Klappfahrrad?! Ein neuer Tisch? Dann aber höhenverstellbar und ausziehbar!

»Steht heute etwas Wichtiges in der FDJ an?«, hatte ihre Mutter nachgebohrt. »Oder warum hast du dich so rausgeputzt?«

»Ja, wir haben FDJ-Leitungssitzung.«

Ihre Mutter hatte eine Hand unter Marthas Kinn gelegt, ihren Kopf leicht angehoben und sie angesehen, als könnte sie ihre Gedanken lesen. »Warum lügst du mich an?«

Martha war es heiß und kalt zugleich gewesen. An ihrer Mutter war eine Kriminalkommissarin verloren gegangen. »Ich … Ich treffe mich mit Freunden.«

»Und mit wem?«

»Mit den Müggelsee-Freunden. Bei Waste zu Hause.«

»Welcher Arbeit gehen die Eltern von diesem *Waste* nach?« Sie machte kein Hehl daraus, wie befremdlich sie diesen Spitznamen fand.

»Ich weiß es nicht, Mutti.«

»Und was macht ihr bei ihm zu Hause?«

»Nichts Besonderes. Uns unterhalten.«

»Unterhalten«, wiederholte ihre Mutter, als wäre das ein unanständiges Wort wie Beatmusik oder Kapitalismus. »Nun gut. Meinetwegen. Aber du bist spätestens zum Abendessen wieder zu Hause.«

Auf einmal ging die Wohnungstür auf, und Martha wurde so plötzlich aus ihrer Erinnerung gerissen, dass sie zusammenzuckte. »Wie lange willst du noch vor der Tür warten?«

»Hallo, Alex«, stammelte Martha. »Ich … ich bin zu früh.«

»Ist doch gut, dann haben wir mehr Zeit. Hereinspaziert!«

Würde sie jemals normal vor ihm stehen können, ohne

dass ihre Knie weich wurden? Würde sie sich jemals an seinem Lächeln sattgesehen haben?

Sie schaffte es, jenes Lächeln zu erwidern, doch der Moment zerplatzte wie eine Seifenblase, als Waste hinter Alex auftauchte und die Arme vor der Brust verschränkte. Mit seinem bunt geblümten Hemd und der Cordhose mit Schlag sah er zugegebenermaßen dufte aus. Im Gegensatz dazu wirkte sie wie eine Klosterschülerin.

»Und du bist dir sicher, dass sie vertrauenswürdig ist?«, fragte Waste.

Von einer Sekunde auf die andere fühlte Martha sich so unwohl wie sonst nur, wenn im Sportunterricht Mannschaften gewählt wurden. Für gewöhnlich ging es da weniger um sportliches Können als um Beliebtheit. Die Auswahl schrumpfte kontinuierlich, während Panik in ihr aufstieg, als Letzte gewählt zu werden. Jedes Mal betete sie innerlich, dass dieser Fall bloß nicht eintreten würde, aber eigentlich konnte sie sich darauf verlassen, dass am Schluss entweder die dicke Sibylle oder Clara übrig blieb, was ihr wiederum für die beiden schrecklich leidtat.

»Ich kann auch wieder gehen«, sagte sie kleinlaut.

»Kommt nicht infrage.« Alex zog sie am Handgelenk in die Wohnung. »Sie hat bewiesen, dass wir ihr vertrauen können.«

Waste brummte etwas Unverständliches.

Lächle einfach tapfer, sagte sie sich. »Danke für die Einladung.«

Sie schlüpfte aus ihren Sandalen und stellte sie auf den Schuhständer. Dabei fiel ihr Blick in die Küche: Im offenen

Regal stand eine Packung Kaffee, darunter eine Dose Südfrüchte. Offenbar hatte da jemand Verwandte im Westen. Auffällig war auch das Telefon, das auf einem extra Beistelltisch neben einem Sessel am Fenster präsentiert wurde. Was arbeitete Wastes Vater? War er Arzt oder bei der Feuerwehr oder bei der Partei?

»Soll ich dir eine kleine Privatführung durch unsere Wohnung geben?«, sagte Waste und wies wie ein Museumsführer in den Flur: »Meine Damen und Herren, bitte folgen Sie mir zu Wastes Zimmer. Darin werden Sie neben einem Stuhl mit einem Haufen Klamotten darauf, die mal in die Wäsche müssten, eine Überraschung erleben!«

»Haha, sehr witzig.«

»Ich meine ja nur. Ist nicht gerade unauffällig, wie du alles observierst.«

»Dann sollte ich mir wohl dringend bei meinem Stasi-Vater Unterricht geben lassen.« So langsam hatte Martha seine Sticheleien satt.

Sie führten einen stillen Kampf mit ihren Blicken. »Meine Mutter arbeitet bei Siemens«, erklärte Waste unerwartet. Also arbeitete sie im Westen. »Da bringt sie hin und wieder ein paar Sachen mit.«

Sie folgte den beiden Jungs an einer Reihe gerahmter Fotos vorbei durch den Flur. Waste in Pionierhemd, Waste an der Ostsee, ein Hochzeitsfoto seiner Eltern. Sie bemühte sich, nicht mehr allzu genau hinzusehen.

Und dann stand sie auf einmal in seinem Zimmer. Ein richtiges Jungszimmer. Danach roch es auch. Nicht unbedingt schlecht, aber zumindest so, als könnte mal gelüftet werden.

»Martha!«, rief Fritz freudig über die Musik hinweg.

Zu ihrem Erstaunen war auch Micha da. Ihr war nicht entgangen, dass die Jungs ihn mochten, aber sie hatte nicht mitbekommen, wie schnell sie ihn in ihren Kreis aufgenommen hatten. Dabei hatte er nicht mal die Mutprobe bestanden, mit ihnen nach Müggelwerder zu rudern. Micha winkte ihr mit dem für ihn typischen schüchternen Lächeln, die Lippen aufeinandergelegt und die Augen leicht geschlossen, als würde er in die Sonne blicken. Martha winkte zurück.

»Wer singt das?«, wagte sie zu fragen. Dieses Lied stammte nicht aus der Republik, sie hatte es noch nie gehört. Und mit der Musik des Klassenfeinds kannte sie sich nicht sonderlich gut aus.

»Roy Orbison«, antwortete Fritz und ließ sich auf Wastes ungemachtes Bett fallen, vor die mit Bravo-Postern tapezierte Wand, für die Waste entweder ein halbes Vermögen hingeblättert oder die er von Verwandten aus dem Westen bekommen hatte. Besonders stach Elvis ins Auge, mit seinem Schlafzimmerblick und der Schmalzwelle. Am Kopfende lag eine Gitarre.

Micha hatte sich wieder der Technik auf Wastes Schreibtisch zugewandt und verband ein Kabel mit einem großen Kasten, der Ähnlichkeit mit einem Plattenspieler aufwies. Nur wirkte dessen Bedienung aufgrund der zahlreichen Knöpfe und Schalter wesentlich komplizierter. Außerdem waren da noch … ein Mikrofon, ein paar andere Geräte, sehr viele Kabel und sehr viele Tasten. Auf einmal durchfuhr es sie wie ein Blitz. Konnte es sein, dass …?

»Ihr hört heimlich Leute ab?«, schoss es aus Martha heraus. Sie hätte sich auf die Zunge beißen mögen.

»Nein! Spinnst du?« Waste verzog beleidigt das Gesicht. »Das ist ein Radio-Studio.«

»Ihr habt ein Radio-Studio in deinem Zimmer eingerichtet?!«

Die Musik, die Poster, ja sogar die Sammlung kleiner Matchboxautos aus dem Westen … Alles in diesem Zimmer war verboten! Verherrlichung des Klassenfeinds. Bis hin zu der offenen Packung Katzenzungen! Westschokolade. Und jetzt erfuhr sie auch noch, dass die Jungs ein Radio-Studio eingerichtet hatten? Bestimmt nicht, um DDR-Schlager zu spielen.

»Jetzt kennst du also unser Geheimnis. Wir haben einen Radiosender gegründet, und zwar nicht gerade einen, der die Kulturabteilung der SED freuen würde«, bestätigte Alex.

Waste öffnete das Fenster, setzte sich seelenruhig aufs Fensterbrett und zog eine Packung Zigaretten aus der Brusttasche seines Hemdes. Er ließ eine herausgleiten, steckte sie sich in den Mund und zündete sie an. Er musste verrückt geworden sein. Bestimmt war die Musik durch ganz Köpenick zu hören, und gleich würde die Polizei mit Blaulicht angerückt kommen!

»Diese vier verbergen etwas«, kamen Martha auf einmal die Worte ihrer Direktorin in den Sinn. Ihr Instinkt hatte sie also nicht getäuscht.

Da fiel es Martha wie Schuppen von den Augen. »Sagt bloß, ihr steckt hinter *Radio Freigeist*?!«

Waste nickte. »Du hast es erfasst. Unser Programm besteht aus Hits, die wir beim Bayerischen, Hessischen und Norddeutschen Rundfunk aufzeichnen. Also keine sechzig/vierzig.«

In was war sie hier nur hineingeraten? »Das ist verboten.«

»So was von verboten!« Fritz grinste breit und ließ die Augenbrauen dabei tanzen.

»Aber … wie?«

»Das erklärt dir unser Technik-Genie hier«, sagte Alex und klopfte Micha auf die Schulter.

»Viel gibt es da nicht zu sagen«, murmelte Micha verlegen und schob die Hände zwischen die Knie. »Wir nutzen die Funksequenzen des deutschen Soldatensenders. Die Jungs haben den Grundstein gelegt und erst mal nur für die Hausgemeinschaft eine Hitparade gesendet, aber inzwischen haben wir den Radius erweitert. Je nach Wetterlage erreichen wir auf der Mittelwellenfrequenz 800 kHz den gesamten Stadtteil und manchmal noch ein paar Häuserblocks darüber hinaus.«

»Deshalb die drehbare Antenne auf dem Dach«, murmelte Martha.

Waste war anzusehen, dass ihm ein Kommentar auf der Zunge lag, aber auf Alex' warnenden Blick hin hob er abwehrend die Hände: *Ich sag nichts!*

»Wir senden jeden Sonntag von neun bis vierzehn Uhr«, erklärte Alex.

»Und woher habt ihr all die Technik?«

»Ich hatte noch etwas Geld von der Jugendweihe übrig und habe die Bauteile für das erste Tonbandgerät und ein Radio davon gekauft.« Waste nahm einen Zug an seiner Zigarette und blies den Rauch nach draußen.

»Was, wenn ihr erwischt werdet? An der Schule reden alle davon! Für so was kommt man in den Jugendwerkhof.«

»Letztens fuhr hier schon ein Peilwagen der Deutschen Post durch die Gegend, aber sie haben unser Studio nicht entdeckt«, erzählte Fritz.

Wie war es möglich, dass er auch noch stolz darauf war? Martha schüttelte fassungslos den Kopf. Wenn sie das schon hörte! *Peilwagen*! Sie tippte sich an die Stirn, ging zum Plattenspieler und nahm die Nadel von der Scheibe. Roy Orbison verstummte. »Das ist doch absoluter Wahnsinn! Ihr riskiert eure Studienplätze! Waste, was, glaubst du, sagen deine Eltern, wenn sie nach Hause kommen und …«

»Werden sie nicht«, fiel er ihr ins Wort. »Die helfen sonntags immer ehrenamtlich in der Kirche aus. Und selbst wenn sie uns erwischen würden, dann wäre es ihnen egal. Wahrscheinlich würden sie uns sogar noch loben und Kekse bringen.«

Micha war ihre letzte Hoffnung. »Und du? Du weigerst dich, mit uns nach Müggelwerder zu fahren, machst aber hier mit. Dabei ist dieser Radiosender noch tausendmal verbotener!«

Waste schnippte seine Zigarette nach draußen. »Ich habe euch doch gesagt, dass wir ihr besser nichts erzählen.«

»Und ich habe lediglich gesagt, dass das hier verboten ist, nicht, dass ich euch verpfeife.«

»Dass das verboten ist, wissen wir selbst«, erwiderte Micha. »Aber das heißt nicht automatisch, dass es etwas Schlechtes ist. Im Gegenteil. Ich finde, wir tun etwas Gutes. Die Leute haben ein Recht darauf, die Musik zu hören, die sie hören wollen. Sie sollten frei entscheiden dürfen, ob sie lieber Lutz Jahoda oder Frankie Avalon hören wollen. Durch unseren Sender geben wir ihnen ein Stück Freiheit.« Er sprach ganz ruhig, so wie jemand, der sich seiner Sache sicher ist.

»Komm schon, Martha. Die haben doch Wichtigeres zu tun, als sich für unser kleines Radio zu interessieren«, sagte Alex.

Doch nicht mal der Blick von Alex' blauen Augen konnte sie besänftigen.

»Jedenfalls brauchen wir eine Frau hinter dem Mikrofon«, sagte Waste. »Wegen der Emanzipation und so. Wir brauchen eine weibliche Stimme. Eine Co-Sprecherin.«

Alle Augen waren auf sie gerichtet.

»Was?«, entfuhr es Martha. »Ihr denkt doch nicht etwa an mich?« Nicht nur, dass sie eingeweiht war – jetzt sollte sie sogar noch aktiv daran teilnehmen? »Ausgeschlossen. Das geht nicht.«

»Wieso nicht?«, fragte Waste.

»Es gibt einen Grund, weshalb die Staatsführung Musik aus dem Westen verbietet. Westliche Musik ist ein Instrument, um sozialistische Länder mit imperialistischem Gedankengut zu infiltrieren.« Martha wiederholte die Worte, die bei ihnen am Abendbrottisch nicht nur einmal gefallen waren. »Wenn uns jemand erwischt, dann bekommen wir nicht mal mehr eine Anstellung in einem HO-Laden in Grünheide. Unser Leben wäre vorbei!«

Alex trat dicht vor sie und sah sie eindringlich an. »Schließ die Augen«, sagte er, und als sie zögerte: »Komm schon, vertrau mir.«

Marthas Lider senkten sich. Sie spürte einen Luftzug. Hörte, wie die Nadel auf eine Platte gesetzt wurde. Kurz darauf erklang erneut Musik. Elvis Presley sang.

When I feel like this and I want to kiss you
Baby, don't say don't

Martha hatte keine Ahnung, was Elvis da sang, dafür war ihr Englisch nicht gut genug. Aber seine Stimme war wie … süßer Kakao. Wie Tanzen unter dem Sternenhimmel. Wie sich an die Brust eines Jungen schmiegen, seinen Duft einatmen und sich sicher und geborgen fühlen.

Sie hörte das Rascheln von feinem Papier. »Und jetzt mach den Mund auf.« Alex' warmer Atem streifte sie. Wie nah war er ihr?

»Na los.«

Sie konnte hören, dass er schmunzelte.

Widerwillig löste sie ihre Lippen voneinander und schmeckte im nächsten Moment Schokolade. Ein Stück von den Katzenzungen. Ein wohliger Seufzer entwich ihr. Sie öffnete die Augen. Ihr Herz schlug ganz schnell. Am liebsten würde sie die Packung heimlich in ihrem Campingbeutel schmuggeln, das Papier aufheben, es zwischen Buchseiten pressen, es ab und zu in die Hand nehmen und sich ewig an diesen Tag erinnern.

»Wie kann etwas, das so gut ist, verboten sein?«, fragte Alex sie. »Etwas, das dich so zufrieden seufzen lässt – wie kann man das den Menschen vorenthalten? Und mit der Musik ist es doch dasselbe. Micha hat recht. Mit unserem Radiosender schenken wir den Menschen etwas, das ihr Leben schöner macht. Wir schenken ihnen ein kleines Stück Freiheit.«

»Gut.« Es war nur ein Hauch. Ihr Mund hatte sich verselbstständigt, das Wort ohne ihr Zutun ausgesprochen.

»Gut im Sinne von ›Gut, ich bin dabei‹?«

Sie nickte.

»Bombe!«, rief Fritz.

Allein dieses Lächeln, das Alex ihr schenkte, war jedes Risiko wert. »Ich wusste, wir können auf dich zählen! Such dir einen Decknamen aus.« Er warf Wastes Klamottenberg vom Stuhl und zog ihn für Martha heran. »Ich beispielsweise nenne mich ›der Musikpoet‹.«

Martha runzelte die Stirn. »Ihr habt richtige Decknamen? Wie in einem Ganovenfilm?«

Waste grinste. »Wir sind ja auch Ganoven.«

Auf Kommando kreativ zu sein war nicht gerade Marthas Stärke. »Ich weiß nicht …«

»Wie wäre es mit Fräulein Sonne?«, schlug Alex vor. »Weil du immer gut drauf bist und einem mit deiner Art ein Lächeln ins Gesicht zauberst.«

Ihr Herz pochte so kräftig, dass er es eigentlich hören musste.

»Leute, es ist schon eine Minute vor neun«, mahnte Waste. »Wir müssen loslegen. Seid ihr bereit?«

»Immer bereit!«, rief Fritz und führte spaßeshalber wie beim Pioniergruß eine Hand über den Kopf.

Waste und Fritz machten es sich auf dem Bett bequem, Alex und Martha nahmen vor den beiden Mikrofonen Platz. Micha nickte und drückte dann einen Knopf, woraufhin ein rotes Licht aufleuchtete. Worauf hatte sie sich hier nur eingelassen?

»Mahlzeit, da draußen im schönen Berlin, an diesem Bilderbuch-Sonntag«, sprach Alex in sein Mikrofon. »Ich bin der Musikpoet. Und heute unterstützt mich das bezaubernde Fräulein Sonne.«

Sein Blick sagte: »Jetzt bist du an der Reihe.«

»Hallo«, sagte sie leise. »Danke, dass ich dabei sein darf. Ich bin etwas aufgeregt.«

Alex' Lächeln fing sie auf. »Das war ich anfangs auch. Ich habe sogar Frank Sinatra mit Michael Holliday verwechselt.«

Martha lachte, dabei hatte sie noch nie von diesem Holliday gehört.

»Damit unsere Zuhörer dich ein bisschen besser kennenlernen, eine Frage an dich vorab: Stell dir vor, man würde dich auf eine einsame Insel schicken, und du dürftest nur eine einzige Platte mitnehmen – welche wäre das?«

Einen Moment lang dachte sie nach. »Das wäre wohl eine Platte von den Kolibris.«

Ihr entging nicht, wie Waste eine Hand vor die Augen legte, aber sie hatte sich ihre Antwort zuvor genau überlegt und löste den Witz auf: »Bei der Musik würden mich mit Sicherheit die Eingeborenen in Ruhe lassen.«

Als Alex lachte, war es ihr, als hätte sie einen wichtigen Preis überreicht bekommen. »Ganz schön schlagfertig, unser Fräulein Sonne. Schauen wir doch mal, was sie zu den Crickets mit *Oh Boy* sagt.«

Er gab Micha ein Zeichen, der daraufhin einen Knopf drückte. Der Rhythmus des Liedes ging sofort ins Blut. Die Jungs hatten recht. Diese Musik machte gute Laune, wie konnte man das verwerflich finden?

Mit jedem Song wurde Martha ein bisschen lockerer, bis sie schließlich sogar mit dem Fuß wippte. Viel zu schnell war die Zeit verstrichen. Sie konnte es kaum glauben, als Alex sagte: »Und schon sind wir wieder am Ende unserer Sendung angekommen. Wie immer gibt's zum Abschluss ein Lied von mir selbst.«

Deshalb also die Gitarre. Waste reichte ihm das Instrument.

»Ich wusste ja nicht, dass du singen und Gitarre spielen kannst!« Inzwischen hatte Martha völlig ausgeblendet, dass sie Zuhörer hatten. Sie hatte das Gefühl gehabt, allein mit ihm zu sein.

»Verrat's nicht meinem Vater.« Er zwinkerte ihr zu. »Ihm wäre lieber, dass ich trainiere und er mit der Stoppuhr im Ziel steht.« Er strich sich verlegen über den Nacken und sagte dann: »Das Lied, das ich heute singe, habe ich letzte Woche geschrieben. Es heißt: *Das Versprechen*.«

Alex zupfte die Saiten, und alles um Martha herum verblasste. Es war, als wären sie allein, als würde er nur für sie singen, mit dieser perfekt unperfekten Stimme, die direkt ins Herz traf. Es war ganz still geworden, als würden auf der Straße sämtliche Autos ehrfurchtsvoll stehen bleiben, die Bäume nicht mehr rascheln, die Vögel nicht mehr zwitschern. Als würde die Welt innehalten. Sie hätte nicht gedacht, dass es möglich war, aber sie verliebte sich noch mehr in ihn.

Er sang über ferne Städte – Paris, Mailand und Madrid.

Sang über den Dschungel in Lateinamerika und die Wüste in Australien.

Darüber, wie viel diese Welt wohl zu bieten hatte und dass er sich das alles eines Tages ansehen würde.

Aber ich geb dir ein Versprechen,
ich komm wieder zurück
Zu dir, oh, zu dir.
Denn weil du mich nicht festhältst,
schenkst du mir die Welt.

Der letzte Ton verklang. Micha schob einen Hebel nach unten, drückte einen Knopf, und das rote Licht erlosch. Zwei Atemzüge lang wagte es keiner, etwas zu sagen, dann begann Waste zu klatschen. Martha hatte das Gefühl zu glühen, eine vibrierende Energie auszustrahlen. Sie lachten gemeinsam, und auf einmal lag sie in Alex' Armen. Er fühlte sich so gut an, so richtig, als wäre ihr Kopf für seine Schulter gemacht. Seine Wärme. Sein Herzschlag. Der angenehme Duft des Waschmittels, der an seinem Nicki haftete. Das leichte Beben, als sich seine Brust hob und senkte, weil er noch immer glücklich lachte.

Allein für diesen einen Augenblick war sie auf dieser Welt.

»Und? Können wir auch nächste Woche auf dich zählen?«, fragte Alex.

Martha zögerte. Vorhin, als Alex sein selbst geschriebenes Lied vorgetragen hatte, war ihr eine Idee gekommen. Konnte sie es wagen, oder würden die Jungs sie für komplett meschugge halten?

Los, gib dir 'nen Ruck!

»Unter einer Bedingung«, sagte sie.

»Hallo, Mama, hallo, Papa«, rief Martha und schlüpfte aus ihren Schuhen. »Ich bin wieder zu Hause.«

»Wie war's denn?« Offenbar war ihre Mutter gerade in der Küche. Dort brutzelte es vielversprechend, und es roch verführerisch nach Kohlrouladen. Ihr Magen knurrte fordernd. Martha konnte sich nicht daran erinnern, schon mal so einen Hunger gehabt zu haben.

»Schön!«, antwortete Martha. »Wir haben uns zusammen ein Informationsprojekt ausgedacht und gesungen.« So konnte man das auch formulieren. »Ich werde mich kurz hinlegen, ich bin müde.«

»Mach das, aber in einer Stunde gibt's Essen!«

Von wegen kurz hinlegen. Es juckte ihr in den Fingern, das Erlebte zu Papier zu bringen, ansonsten würde sie morgen glauben, dass sie das alles nur geträumt hatte. Außerdem musste sie sich etwas einfallen lassen, was sie nächste Woche vor dem Mikrofon vortragen könnte. Das war die Bedingung gewesen, die sie gestellt hatte. Nie würde sie die kurze Stille vergessen, die daraufhin geherrscht hatte. Alle hatten erwartungsvoll zu Alex gesehen. »Abgemacht«, hatte er gesagt, ihr die Hand geschüttelt, als wären sie Geschäftspartner, und sie angelächelt. »Ich bin gespannt, von was dein Text handeln wird.«

Und ich erst, hatte sie gedacht. Oh Mann, was hatte sie sich da nur eingebrockt? Worüber sollte sie schreiben? Was würde Alex gefallen? Etwas Lustiges? Sie war nicht lustig, das würde nur in die Hose gehen. Also etwas Tiefgründiges? Sie wollte um keinen Preis langweilig wirken …

Martha drückte ihre Zimmertür hinter sich zu, lehnte sich mit dem Rücken dagegen und schloss die Augen. Sie befühlte mit dem Zeigefinger ihre Lippen, die Alex' Atem gestreift hatte.

»Martha, Liebes, du weißt, dass ich geschlossene Türen nicht leiden kann«, kam es prompt aus der Küche.

»Ja, Mutti, entschuldige.«

Martha öffnete die Tür einen Spaltbreit und ließ sich dann auf ihr Bett fallen. Nur ganz kurz die Augen schließen, dann würde sie sich an den Schreibtisch setzen und in die Tasten ihrer Schreibmaschine hauen … Sie hatte nicht geahnt, wie schön und aufregend es sein konnte, ein Geheimnis zu hüten. Ihr Körper fühlte sich schwer an, als hätte sie den ganzen Vormittag über Sport gemacht. Ihr Atem wurde tief. Sie dachte noch, dass sie nicht einschlafen durfte, es gab doch auch gleich Essen. Sie sah Alex vor sich, seine langen, dunklen Wimpern, seine schönen, gepflegten Hände, seine blauen Augen, in denen sie sich heute gespiegelt gesehen hatte …

Doch auf einmal löste Alex sich auf, und an seiner Stelle tauchte eine Frau auf. Wer diese Frau war, wusste Martha nicht, und doch fühlte sich ihre Gegenwart vertraut an.

»Vergiss nie, wer du bist«, hauchte die Fremde. Tränen liefen über ihre Wangen.

»He, Schlafmütze!«

Martha schreckte hoch. Sie fühlte sich, als hätte ihr jemand einen Eimer eiskaltes Wasser über den Kopf gekippt. Ihr Bruder stand in ihrem Zimmer. »Oh Mann, Ronny!«

Er hob abwehrend die Hände. »Ich habe geklopft! Was kann ich dafür, wenn du träumst?«

Martha rieb sich die Augen. *Vergiss nie, wer du bist …*, hallten die Worte der fremden Frau in ihr nach. Der Traum hatte einen seltsamen Nachgeschmack hinterlassen.

»Na, was sagst du?« Ihr Bruder präsentierte ihr eine Cordhose mit Schlag. Dazu trug er ein gestreiftes Hemd. »Hab ich mir neu gekauft. Ich will heute Abend mit ein paar Freunden was trinken gehen, und vielleicht danach noch ein bisschen das Tanzbein schwingen.« Er tänzelte auf sie zu, was sie zum Schmunzeln brachte, und ließ sich dann mit Schwung neben sie fallen. »Komm doch mit!«

»Es ist Sonntag, Ronny. Und ich bin noch nicht volljährig.«

»Na und? Ich pass doch auf dich auf. Noch vor zwölf liegst du in deinem Bettchen. Und nach 'nem Ausweis fragt dich keiner, wenn du mit so duften Kerlen unterwegs bist.«

»Sagt ausgerechnet derjenige, der Polizist werden will«, neckte Martha ihren Bruder.

Er zupfte an ihrer Bluse. »Hast dich ja heute ordentlich schick gemacht. Etwa für diesen Alexander Reinhart?«

Etwas an der Art, wie er sie fragte, stieß Martha sauer auf. »Nein«, log sie. »Ich war ja auch nicht nur mit ihm unterwegs, sondern mit allen Müggelsee-Freunden.«

»Du solltest dir wirklich andere Freunde suchen«, sagte er wütend.

Die Atmosphäre im Raum hatte sich auf einmal aufgeladen.

»Und du hast mir nicht vorzuschreiben, mit wem ich befreundet bin«, erwiderte sie gereizt. »Noch dazu, wo du die Jungs überhaupt nicht kennst.«

Sie bereute bereits, was sie gesagt hatte. Bestimmt würde ihr Bruder sie bei ihren Eltern verpetzen.

»Da täuschst du dich. Ich kenne sie sehr wohl«, erwiderte er geheimnisvoll. Mit einem strengen, fast gebieterischen Ausdruck, den sie so zuvor noch nie an ihm gesehen hatte, erhob er sich von ihrem Bett. »Es gibt Essen. Ich rate dir, Mutti und Vati gegenüber nicht so aufmüpfig zu sein.« Vor dem Spiegel an ihrem Wandschrank blieb er noch mal stehen, richtete den Kragen seines Hemdes und ging dann hinaus.

Während des Abendessens prahlte ihr Bruder mit Heldentaten, die in Marthas Augen keine waren. »Gestern durfte ich wieder auf Streife mitfahren. Wir haben ein Ehepaar geschnappt, das rübermachen wollte«, erzählte er. »Die hatten sogar 'nen Koffer dabei, so dreist waren die. Jetzt müssen sie erst mal sitzen.«

Früher war Martha stolz auf ihren Bruder gewesen. Die DDR blutete aus. Wie sollte der Sozialismus eine Chance haben, wenn so viele Menschen nicht bereit waren, die Ärmel hochzukrempeln und für ihr Land Opfer zu bringen? Da musste man doch einen Riegel vorschieben!

So hatte sie gedacht, bevor Clara sie zum Nachdenken gebracht und ihr die Augen geöffnet hatte. »Stell dir vor, du müsstest deine Heimat verlassen«, hatte sie gesagt. »Den Ort, an dem du aufgewachsen bist. Der dich geprägt hat. Wo deine Familie ist, wo all deine Freunde sind. Die Heimat zu verlassen muss sich anfühlen, wie die eigenen Wurzeln aus dem Boden zu reißen. Das macht niemand leichtfertig. Die Menschen, die in den Westen fliehen, müssen also einen zwingenden Grund haben.«

Seitdem fühlte sie sich schäbig, wenn sie Ronnys selbstzufriedenes Grinsen sah, während er seine Geschichten von Verhaftungen ausschmückte und wie sie die Menschen dabei drangsalierten. Wenn ihre Eltern dann noch betonten, wie stolz sie auf ihn waren, wurde ihr fast übel. Dann drängte es sie, aufzuspringen und sich in ihrem Zimmer zu verkriechen. *Toll, Ronny, dass du Familien auseinandergerissen hast. Spitze, dass du wieder Menschen ins Gefängnis gesperrt hast, die nichts verbrochen haben. Die sich einfach nur ein neues Leben aufbauen wollten.*

Vielleicht gehörte das zum Erwachsenwerden dazu, dass man die Dinge, die einem jahrelang eingetrichtert worden waren, nach und nach zu hinterfragen begann. Doch das Gefühl, wenn Martha schweigend am Tisch saß, mechanisch aß und versuchte wegzuhören, war ein anderes. In diesen Momenten war es ihr, als wäre ihre Familie ihr fremd.

Und immer öfter ertappte sie sich bei der Frage: Wenn sie zuhörte und nicht widersprach, machte sie sich dann nicht gewissermaßen schuldig? Damit stimmte sie doch stillschweigend zu, dass man das Leben von Menschen zerstören durfte, die einfach nur auf der Suche nach etwas Glück waren.

Vergiss nicht, wer du bist …, hallten noch immer die Worte der fremden Frau in ihr nach.

Wer war sie denn überhaupt?

Oder lautete die Frage vielmehr: Wer wollte sie sein?

9

Clara

Clara stand vor dem Spiegel im Schlafzimmer ihrer Eltern und strich über den festen Stoff des Blauhemds, das Betty ihr geliehen hatte. Seit ihrem Besuch bei der ehemaligen Abteilungsleiterin für Volksbildung saß in ihrer Brust ein fester Knoten. Die Frau, zu der sie einst aufgeblickt hatte, die für sie der Beweis gewesen war, dass man es in diesem Land zu etwas bringen konnte, ohne sich verbiegen zu müssen, war nicht mehr wiederzuerkennen gewesen.

Der Eindruck, den sie an diesem Nachmittag gewonnen hatte, war ihr eine Warnung gewesen. *Das passiert mit dir, wenn du nicht spurst.* Sie fühlte sich verpflichtet, den Rat ihrer einstigen Heldin ernst zu nehmen und zu befolgen. Als wäre sie ihr das schuldig nach dem, was diese Frau durchlitten hatte. Sie würde Mitglied der Freien Deutschen Jugend werden. Sie musterte ihr Gesicht im Spiegel. Es sah aus wie immer. Dabei hatte sie alles verraten, woran sie glaubte. Und das nur, damit sie studieren konnte.

Martha hatte tatsächlich vor Freude einen kleinen Sprung gemacht, als sie ihr mitgeteilt hatte, dass sie beim nächsten Treffen der Müggelsee-Freunde dabei sein würde.

Zusätzlich hatte sie sich noch für eine jener mustergültigen Gruppen der Freien Deutschen Jugend entschieden, die sich nur aus sozialistischen Engeln zusammenzusetzen schien, sich um die Alten und Kranken kümmerte, für sie einkaufen ging und ihnen Gesellschaft leistete.

Das Blauhemd spannte leicht an der Brust. Neuerdings starrten Männer sie in der Straßenbahn an oder wenn sie abends noch mal in den Konsum geschickt wurde. Sie hasste das.

Betty hatte darauf bestanden, ihr auch einen hellblauen Rock zu leihen, der zur Bluse passte. »Irgendwann gehen wir zusammen Klamotten einkaufen«, hatte sie verkündet. »Ehrlich, du kannst nicht immer die alten Sachen deiner Mutter anziehen.«

»Ich bekomme auch neue Sachen.«

Wenn es irgendwo Kleidung gab, schleifte ihre Mutter Clara dorthin. Natürlich durfte nicht viel kosten, was sie sich aussuchte, da war egal, ob es mausgrau war oder eine Nummer zu groß. »Grau ist zeitlos«, hieß es dann. Oder: »Da wächst du rein.«

»Oder zieh doch mal eines der hübschen Kleider an, die deine Mutter näht«, beharrte Betty.

»Das sind Modelle, die sie mit Schnittmustern aus Westzeitschriften schneidert. Hin und wieder probiert sie eines davon daheim vor dem Spiegel an, um es dann doch wieder nur ganz schnell in den Tiefen ihres Schranks verschwinden zu lassen. Sie würde sich niemals trauen, eins der Kleider auf der Straße zu tragen.«

»Dann ziehst eben du sie an!«

Clara seufzte. Der Rock reichte gerade mal bis über die Knie. Clara musterte die blauen Flecken an ihren Beinen. Sie hatte Hochsprung trainiert und sich die Beine an der Latte angeschlagen.

Sie versuchte ein Lächeln. Betty wurde jedes Mal noch strahlender, wenn sie lächelte, und Martha mit ihrem fransigen Pony, der Brille und der kleinen Stupsnase war einfach nur niedlich. Clara lachte nicht oft. Aber vielleicht konnte sie das ändern. Seufzend ließ sie sich aufs Bett fallen und versuchte, sich von ihrem selbst gebastelten Weltraum-Mobile hypnotisieren zu lassen. *Du schaffst das. Dein Leben wird leichter. Du wirst Spaß haben. Deine Eltern werden Verständnis für deine Entscheidung aufbringen.*

Sie schloss die Augen, fühlte sich, als würde sie ihre Familie verraten. Ihr Großvater hatte zwei Weltkriege überlebt, und ihre Eltern hatten unter Hitlers Herrschaft machtlos mitansehen müssen, wie ihre jüdischen Nachbarn fortgebracht wurden. Wie ein paar mächtige Männer darüber entschieden, wer leben durfte und wer nicht. In Claras Familie war es außerhalb jeglicher Vorstellung, ein System zu unterstützen, das nicht auf freien demokratischen Wahlen beruhte. Das Menschen aufgrund ihrer Gesinnung oder Religion ausschloss und zersetzte. Als Angehöriger der Kirche war ihr Vater in diesem Land nicht gern gesehen. Dass sie der FDJ beitrat, war für ihre Eltern ein Schlag ins Gesicht.

»Kleene«, rief ihre Mutter aus der Küche. »Dein Vater und ick sitzen jerade an ’ner Bewerbung für ’ne größere Wohnung. Unsere platzt ja aus allen Nähten. Lies mal drüber, ob det so jut klingt.«

Clara erhob sich vom Bett, ging zum offenen Fenster und lehnte sich hinaus. Sie prüfte ihre Chancen, die Regenrinne an der Hauswand hinabzuklettern. Sie wohnten im ersten Stock, also nicht allzu hoch, aber hoch genug, um sich ordentlich wehzutun, sollte sie stürzen.

Mach nicht so ein Theater!, sagte sie sich selbst. *Deine Eltern werden sich vielleicht nicht gerade freuen, wenn sie dich im Blauhemd sehen, aber sie werden es verstehen. Sie wollen doch, dass du studierst!*

Also Augen zu und durch.

»Bringt doch eh nix«, hörte sie ihren Vater brummen. »Jedenfalls nich, solange wir nich denen ihre Stiefel lecken und an Feiertagen die Fahne raushängen oder unser Clärchen in der FDJ is. Darauf können die bei uns lange warten! Wir haben nämlich Charakter.«

Vielleicht sollte sie doch lieber durchs Fenster aussteigen. Clara setzte sich aufs Fensterbrett. Ihr schwindelte leicht, als sie einen Blick nach unten in den Hof des Mietshauses warf, dabei hatte sie doch sonst keine Höhenangst. *Mach einfach langsam*, sagte sie sich, *Schritt für Schritt.*

»Wo steckt denn unsere Kleene?«, wunderte sich ihre Mutter. »Ick hab se doch eben noch in ihrem Zimmer jehört.«

Jetzt musste es schnell gehen. Clara stellte einen Fuß auf die breite Schraube, die aus der Regenrinne herausragte, umfasste die Metallröhre und schwang sich nach draußen. Mit dem anderen Fuß tastete sie nach etwas, auf das sie sich stützen könnte.

Auf einmal wurde schräg über ihr ein Fenster aufgemacht. Frau Brügge streckte den Kopf nach draußen und schüttelte einen Teppich aus. Staub rieselte auf Clara herab, und sie musste niesen. Frau Brügge schrie auf, als sie Clara sah, Clara rutschte ein Stück an der Regenrinne nach unten und plumpste hart mit dem Hintern voraus auf den Asphalt.

Schmerz schoss in ihren Rücken. Aber sie konnte aufstehen, also schien zum Glück nichts gebrochen zu sein.

»Alles gut, Frau Brügge. ’tschuldigung für die Aufregung«, rief sie, rieb sich die Hüfte und humpelte schleunigst davon.

Ein kleines bisschen freute Clara sich sogar auf das FDJ-Treffen. Sie würde etwas Sinnvolles tun. Etwas Gutes. Treffpunkt war der Bahnhof in Köpenick. Ihre Tram hatte zwei Minuten Verspätung, deshalb kam sie etwas außer Atem bei den Jungs und Mädels an.

»Oh nein«, murmelte sie, als sie das Mädchen mit dem hexenroten Haar sah. Miriam. Die hatte ihr gerade noch gefehlt! Miriam ging mit ihr in eine Klasse, war der Liebling sämtlicher Lehrer und absolut FDJ-fanatisch. Clara hatte den Verdacht, dass sie sogar im Blauhemd schlief.

Schwungvoll wirbelte Miriam zu Clara herum, sodass ihr langes Haar wehte. »Schön, dass du uns auch noch beehrst.«

Clara beschloss, dass es das Beste wäre, den Seitenhieb einfach zu übergehen. »Freundschaft«, begrüßte sie alle.

»Freundschaft«, entgegnete Miriam, aber bei ihr klang es eher wie eine Kriegserklärung. »Um ehrlich zu sein, wundert es mich, dass du Interesse an der Freien Deutschen Jugend zeigst. Bisher bist du nicht gerade durch deinen Kampf gegen das imperialistische System oder eine marxistisch-leninistische Grundhaltung aufgefallen.«

Den Satz hatte sie wahrscheinlich daheim vor dem Spiegel geübt.

»Sieh mich als verirrtes Schaf, das endlich zu seiner Herde findet«, erwiderte sie dramatisch und rollte mit den Augen, woraufhin Miriam die Arme vor der Brust verschränkte und sie angriffslustig anfunkelte.

»Na dann hoffe ich, dass du dich auch deines Blauhemds würdig erweist.«

»Natürlich.«

»Gut.« Miriam reckte ihr Kinn. »Dank deiner Verspätung hatten wir ausgiebig Zeit, darüber zu sprechen, wie wir uns auf die Haushalte verteilen, die Hilfe brauchen. Du kommst mit mir.«

Na großartig. »Aber …«

»Keine Widerrede. Ich muss überprüfen, wie du dich machst.« Wie ein Soldat marschierte sie vor den zwei Jungs und drei Mädchen auf und ab, die Hände hinter dem Rücken verschränkt. »In drei Stunden treffen wir uns wieder hier. Ich möchte Erfolge sehen, ist das klar? Also strengt euch gefälligst an. Abrücken!«

Clara sah den zwei Gruppen nach, wie sie mit ihren Leiterwagen davonzogen. »Du weißt schon, dass wir hier nicht beim Militär sind?«

»Ich motiviere das Kollektiv.«

»Du schüchterst es ein.«

Miriam stöhnte genervt und marschierte auf ihren Riemchensandalen los.

Sie liefen ein ganzes Stück. So langsam fing Clara an, sich zu wundern, wann sie denn mal an einer Haustür läuten und ihre Hilfe anbieten würden. Vor einem Haus saß sogar eine Gruppe Senioren und spielte Karten, aber Miriam beachtete sie nicht. Stattdessen galt ihr Blick den Dächern.

Clara blieb stehen. »Was machen wir hier eigentlich? Und jetzt erzähl mir nicht, dass wir uns um die alten Leutchen in dieser Gegend kümmern. Ich bin nicht doof. Ich will wissen, was hier los ist, sonst bin ich weg.«

Wütend funkelte Miriam sie an. Dabei schien sie jedoch abzuwägen, ob sie Clara die Wahrheit anvertrauen oder es riskieren sollte, auf einmal allein dazustehen. »Also gut«, gab sie schließlich nach. »Wir überprüfen die Dächer, genauer gesagt die Antennen. Ist dir bewusst, wie viele DDR-Bürger heimlich jeden Abend Westfernsehen gucken? Sie bauen sich spezielle Antennen auf die Dächer, und schwupp …« Sie schnippte vor Claras Gesicht. »… entwischen sie vor unseren Augen in den Westen. Im Handel sind Fachbücher für den Antennenbau frei erhältlich.«

Clara behielt wohl besser für sich, dass bei ihnen zu Hause das *Antennenbuch* von Karl Rothammel im Regal stand, weil ihr Vater davon träumte, eines Tages stolzer Besitzer eines Fernsehers zu sein, um damit Westfernsehen gucken zu können. »Und was machen wir, wenn wir eine Antenne finden?«

»Wir kriegen raus, wem sie gehört, und melden die Leute, ist doch ganz klar. Wir säubern die Stadt. Und dank eines aufmerksamen FDJ-Mitgliedes haben wir einen heißen Tipp bekommen.« Wie eine Museumsführerin wies Miriam auf ein Backsteinhaus links vor ihnen. »Drei Stockwerke à zwei Wohnungen, und in einer dieser Wohnungen geht etwas Illegales vor sich. Die Antenne auf dem Dach schreit geradezu nach dem ABV.«

Clara wurde mulmig zumute. Sie wollte helfen und nicht etwa jemanden bei der Polizei anschwärzen.

Wie ein Raubtier schien Miriam zu wittern, was in Clara vorging, sie verschränkte die Arme und fixierte sie herablassend.

»Wenn du dich heute beweist, könnte ich so nett sein und ein gutes Wort bei Frau Schubert für dich einlegen.«

Wenn sie sich *bewies*? Was sollte das bedeuten? Sollte sie auf das Dach kraxeln und die Antenne persönlich abbauen?

Miriam klimperte mit ihren langen Wimpern. »So, und nun ans Werk. Ich fange unten an, du knöpfst dir den ersten Stock vor und kriegst raus, ob denen die Antenne gehört.«

Als sie die Treppe hinaufstieg, spürte sie Miriams Blick im Rücken. Sie fühlte sich schäbig, stellte sich vor, was wohl ihr Vater von ihr halten würde, wenn er wüsste, was sie hier tat. Sie klingelte, verschränkte die Hände vor dem Bauch und versuchte, möglichst unbeteiligt dreinzuschauen.

Die Tür ging auf. Zwei Sekunden lang stand Clara einfach nur da und blinzelte verwirrt. Dieses Gesicht kannte sie doch. Vermutlich sogar besser als ihr eigenes.

Martha fand als Erste die Sprache wieder. »Was …«

Doch bevor sie ihren Satz vollenden konnte, legte Clara ihr aus einem Instinkt heraus eine Hand auf den Mund, machte einen entschiedenen Schritt in die Wohnung hinein und stieß mit dem Fuß die Tür hinter sich zu. »Tut mir leid, aber das musste sein. Was machst du in dieser Wohnung? Diese FDJ-Gruppe, bei der ich mich gemeldet habe, ist gerade unterwegs, um Haushalte zu kontrollieren. Sie haben die Antenne auf dem Dach entdeckt.« Sie flüsterte, verhaspelte sich vor Aufregung, weil Miriam jede Minute kommen konnte, um zu überprüfen, wie sie sich als Spitzel machte.

»Mist«, zischte Martha. Clara hatte sie noch nie fluchen gehört.

»Hast du etwa was damit zu tun? Was machst du hier überhaupt? Wem gehört die Wohnung?«

Die Frage erübrigte sich, denn in diesem Moment kam Waste aus einem der Zimmer und sagte: »Wir sollten uns unbedingt einen Antennenverstärker besorgen, dann wächst unsere Reichweite. Unsere Zuhörer …« Er verstummte, als er Clara sah.

Dann tauchte Micha auf. »So was kann man selber bauen.«

Genau wie Waste blieb auch er starr stehen, als er die Anspannung im Flur wahrnahm.

Es war, als wäre das hier das Ende einer Theateraufführung und die Schauspieler würden nacheinander die Bühne betreten, um sich unter dem Applaus des Publikums zu verbeugen, denn nun folgte auch noch Fritz. »Oh. Hallo.«

Und zu guter Letzt trat Alex aus einem der Zimmer. »Clara. Das ist ja eine Überraschung. Eine schöne natürlich.«

Reichweite. Zuhörer. Antennenverstärker. Während Martha ihren Freunden flüsternd zusammenfasste, was sie gerade erfahren hatte, versuchte Clara schlau aus allem zu werden. Warum benahmen die sich so verdächtig? Und weshalb hatte sich ihre Freundin so auffallend hübsch gemacht? Ihr braunes Haar, das sie für gewöhnlich zu einem Zopf flocht, fiel offen über ihre Schultern, und sie trug ein geblümtes Kleid, das ihrer zierlichen Figur schmeichelte.

Es wurde leise geflucht und durcheinandergeredet, und Clara drohte der Kopf zu platzen. Ihnen lief die Zeit davon. Jederzeit konnte Miriam klingeln, und was sollten sie ihr dann sagen?

»Kann mir jemand mal erklären, was hier los ist?«, fiel Clara in das Durcheinander ein.

Wie von fern klang Wastes letzter Satz in ihr nach. »Gleich auf Sendung …«

Da fiel es ihr wie Schuppen von den Augen. »Ihr steckt hinter *Radio Freigeist?*«

Martha war ganz blass geworden. Sie nickte schwach. »Ja. Was machen wir denn jetzt? Was, wenn Miriam dahinterkommt?«

»Die Frage lautet wohl eher: Was machst *du* jetzt?«, sagte Waste. Sein Blick war messerscharf und galt Clara. »Ich befürchte, du hast uns in der Hand.«

Eher würde Clara sich eine Hand abhacken, als ihre Freunde zu verpfeifen. Nicht mal, wenn sie sich dafür selbst in ein gutes Licht rücken konnte. »Stimmt, das habe ich«, erwiderte sie. »Deshalb seid ihr mir auch etwas schuldig, wenn ich euch helfe, aus diesem Schlamassel rauszukommen.«

»Und wie willst du das machen?«, fragte Waste mutlos. »Miriam hat die Antenne auf dem Dach doch schon gesehen. Wie ich die kenne, gibt sie keine Ruhe, ehe sie herausgefunden hat, wer dahintersteckt.«

»Aber was, wenn sich alles als dummer Irrtum herausstellt?«, dachte Clara laut nach. »Was, wenn Miriam sich getäuscht hat und auf dem Dach gar keine verbotene Antenne ist?«

Es war Alex, der sogleich verstand, worauf sie hinauswollte. Ihr war bereits aufgefallen, dass er der Einzige war, der wirklich ruhig blieb und sie die ganze Zeit über fest angesehen hatte, als wäre er davon überzeugt, dass sie eine Lösung für ihr Dilemma finden würde. »Du meinst, dass wir die Antenne abbauen.«

»Exakt. Ist das denn möglich?«

»Klar«, sagte Micha. »Ich gehe aufs Dach und erledige das.«

»Und ich werde versuchen, Miriam so lange abzulenken. Ihr verhaltet euch einfach ruhig.«

Tür auf. Die Luft im Hausflur war rein. Tür zu. Als Micha die Holztreppe hinaufhuschte, knarzten die Stufen verräterisch laut.

Kaum war er außer Sichtweite, ging im Erdgeschoss eine der Türen auf, und Miriam kam aus der Wohnung. »Aber ich wundere mich schon über die Urlaubsfotos an der Wand. Sie waren offenbar in Amerika?«

»Det war unsere Hochzeitsreise vor dreißig Jahren!«, blökte eine ziemlich genervt klingende Männerstimme, dann knallte die Tür vor ihrer Nase zu.

»Die Leute werden immer unhöflicher«, sagte Miriam zu sich selbst, stieg die Treppe hoch und bemerkte dann, dass Clara sie bereits im ersten Stock erwartete.

»Hier scheint alles sauber zu sein«, log Clara.

»Bist du dir sicher? Du glaubst gar nicht, wie dreist Menschen lügen können.«

Clara versuchte, möglichst überzeugend zu klingen, als sie sagte: »Ich bin mir ziemlich sicher.«

Miriam blieb auf der obersten Stufe stehen und musterte sie so aufmerksam, als hätte sie die besondere Fähigkeit, Gedanken zu lesen, wenn sie nur intensiv genug starrte. »Ich werde mich trotzdem selbst überzeugen. Du bist noch neu in der Gruppe und deshalb wahrscheinlich leicht zu beeinflussen.«

Miriam hatte den Zeigefinger bereits auf der Klingel, als Clara sich beeilte zu sagen: »Bist du dir überhaupt sicher, dass das auf dem Dach wirklich eine illegale Antenne war? Um ehrlich zu sein, hab ich keine gesehen.«

Zwei Sekunden lang stand Miriam der Mund unvorteilhaft offen. »Natürlich bin ich mir sicher. Und du bist meine Zeugin.«

»Wie gesagt, ich habe keine Antenne gesehen.« Clara zuckte mit den Schultern, um ihren Worten eine gewisse Lockerheit zu verleihen.

Miriam schüttelte ungläubig den Kopf. »Was redest du denn da?«

Sie klingelte.

Langsam öffnete sich die Tür. Waste sah Miriam mit grimmigem Gesichtsausdruck an. »Miriam«, brummte er. »Was willst du denn hier?«

»Das ist ja eine Überraschung! Du wohnst hier? Interessant.« Sie zog die Augenbrauen hoch und sah Clara an. »Warum hast du mir das verschwiegen?«

»Ich hielt es nicht für wichtig.«

»Du hieltest es nicht für wichtig«, wiederholte Miriam.

Ihr Blick ging zur Decke. Als sie schließlich lächelte, jagte Clara ein kalter Schauer den Rücken hinab. »Clara hat dir bestimmt mitgeteilt, dass wir eine Antenne auf dem Dach gesehen haben«, sagte sie zu Waste.

Waste übertrieb es ein wenig in seinem Spiel des Fassungslosen. »Eine Antenne? Das glaube ich nicht. Nicht in unserem ehrenwerten Mietshaus!«

Miriam nickte, als hätte sie mit dieser Reaktion gerechnet. Sie zupfte einen Fussel von ihrem Blauhemd und ließ ihn auf den Boden fallen. Dann sagte sie: »Lasst mich raten: Wenn ich gleich das Gebäude verlasse, ist die Antenne auf dem Dach tatsächlich verschwunden. Weil jemand sie abmontiert hat. Ihr haltet mich wohl für dumm.«

Claras Hals war ganz trocken. Sie schluckte. »Niemand hält dich für …«

»Das stinkt zum Himmel«, fiel Miriam Clara ins Wort und stemmte einen Arm in die Taille. »Irgendetwas geht hier nicht mit rechten Dingen zu, und du, Clara Vogel, scheinst Waste zu decken.«

Zum Glück konnten Blicke nicht wirklich töten, dachte Clara, denn ansonsten wäre das hier ihr letzter Atemzug gewesen.

»Du hast gerade einen schweren Fehler begangen. Du hast dich gegen mich gestellt.« Drohend kam sie auf Clara zu. »Ich werde dafür sorgen, dass jeder Lehrer an unserer Schule erfährt, dass du uns verraten hast. Ich werde alles daransetzen, dass du dich nie wieder irgendwo einschleusen kannst, um mit deinen perfiden Machenschaften an den Säulen unseres Landes zu sägen.«

Damit stolzierte sie die Treppe hinab und knallte die Eingangstür hinter sich zu.

Clara legte eine Hand auf die Stirn. Sie versuchte, zu verarbeiten, was gerade geschehen war. Das war's dann wohl mit ihrem Versuch, nicht mehr negativ aufzufallen. Mehr noch. Sie befürchtete, ihre Lage verschlimmert zu haben. Als sie merkte, dass sie zitterte, schob sie die Hände in die Taschen ihres Rocks.

Inzwischen waren Alex, Fritz und Martha herausgekommen. Auch Micha stieß wieder zu ihnen. Er hielt die Antenne in der Hand, die er abgebaut hatte.

Martha umarmte Clara fest. »Danke.«

»Klar doch«, erwiderte sie matt.

In Gedanken ging sie noch mal alles durch, was geschehen war, überlegte, ob es eine Möglichkeit für sie gegeben hätte, den Kopf aus der Schlinge zu ziehen. *Halt dich einfach aus allem raus,* hatten ihre Eltern ihr immer eingetrichtert.

Martha, die genau zu spüren schien, was in Clara vorging, nahm ihre Hand. »Ich bin dir unendlich dankbar für das, was du getan hast. Ich denke, wir alle wissen das zu schätzen. Ich weiß, dass du nicht an Schicksal glaubst, aber ich bin mir sicher, dass es so was wie eine himmlische Fügung war, dass du dich ausgerechnet heute Miriams Gruppe angeschlossen hast.«

Alex nickte. »Du warst unser Schutzengel.«

Die Worte der beiden berührten Clara auf unerwartet heftige Weise. Als wäre ein schwerer Stein, der auf ihrer Brust gelegen und ihr das Atmen erschwert hatte, zu Staub zerfallen. Sie blinzelte die Tränen fort, die in ihre Augen gestiegen waren.

Da erinnerte sie sich an etwas, das die FDJ-Hexe in einem Nebensatz erwähnt hatte. »Miriam meinte, jemand hätte ihr wegen der Antenne einen Tipp gegeben.«

Auf einmal war die Atmosphäre im Flur aufgeladen.

»Mir würde da ja jemand einfallen, der uns verpfiffen haben könnte«, sagte Waste und blickte Martha giftig an.

»Was?«, brachte Martha hervor und trat einen Schritt von ihm weg. »Du … du glaubst, ich stecke dahinter? Aber ich sitze mit euch im selben Boot, schon vergessen? Ich *helfe* euch bei eurem Radiosender!« Ihre Stimme überschlug sich.

»Vielleicht hast du dich nur eingeschlichen, um herauszufinden, was wir hier tun!« Die Hand, mit der er dann auf Alex deutete, war zur Faust geballt. »Ich habe dir gesagt, dass es zu riskant ist, noch eine Person einzuweihen. Vor allem eine, deren Vater bei der Staatssicherheit arbeitet.«

Auf einmal ging alles ganz schnell. Martha stürzte sich auf Waste und stieß ihm mit beiden Händen gegen die Schultern, sodass er zwei Schritte zurücktaumelte. Noch nie hatte Clara ihre Freundin so wütend erlebt. Nicht mal, als ihr Bruder Ronny vor ein paar Jahren heimlich ihr Tagebuch gelesen hatte. »Hör auf, das immer zu behaupten!«, schrie sie.

»Leute, beruhigen wir uns«, versuchte Alex zu schlichten und stellte sich zwischen die beiden. »Unser Radio hat immer mehr Zuhörer gefunden, rein theoretisch könnte es jeder von denen gewesen sein.«

»Nicht jeder«, merkte Fritz an. »Es muss jemand gewesen

sein, der unsere Stimmen im Radio erkannt hat und weiß, wo Waste wohnt.«

»Jedenfalls sollten wir uns nicht einschüchtern lassen«, sagte Alex. »Wir machen weiter, wir müssen nur besser aufpassen.«

»Und ihr solltet euren Radiositz verlegen«, gab Clara zu bedenken.

Alex nickte. »Ja, wahrscheinlich ist das das Beste. Und früher oder später werden wir das Rätsel, wer uns verpfiffen hat, schon lösen.«

10

Martha

Martha umklammerte die Träger ihres Campingbeutels so fest, dass ihre Knöchel weiß hervortraten. Das Blut rauschte ihr noch immer in den Ohren. Wieder und wieder ging sie die Geschehnisse der letzten halben Stunde durch. Wie konnte Waste auch nur ansatzweise annehmen, dass sie den geheimen Radiosender verraten hatte? Die Jungs waren ihre Freunde.

Zum Glück begleitete Clara sie zur Tram. So konnte sie zumindest etwas Dampf ablassen, ansonsten würde sie am Ende noch vor lauter Zorn gegen einen Papierkorb treten. Dieses heftige Donnergrollen in ihr machte ihr ein klein wenig Angst. So kannte sie sich gar nicht. Martha Asseln – das war ein freundliches, ordentliches und schüchternes Mädchen. Ein Mädchen, das kaum je Widerworte gab und schon gar nicht die Beherrschung verlor. Sie schauderte, wenn sie daran zurückdachte, wie sie sich auf Waste gestürzt hatte.

»Ich verstehe einfach nicht, warum er immer wieder behauptet, mein Vater wäre bei der Staatssicherheit!«, schimpfte sie und schob die Fäuste tief in die Taschen ihrer leichten Sommerjacke.

»Ignorier ihn einfach«, sagte Clara.

Martha wäre es lieber gewesen, zu hören, dass Waste es bestimmt nicht so gemeint und nur im Eifer des Gefechts etwas Unüberlegtes von sich gegeben hatte.

»Ich finde nur, dass er seine Energie lieber darauf verwenden sollte, herauszufinden, wer uns wirklich verraten hat, anstatt mich grundlos zu beschuldigen.«

Zu allem Überfluss stieg sie auch noch nur wenige Schritte vor der Tramstation mit ihren zarten Riemchensandalen in eine Pfütze. Sie fluchte leise.

»Wartet!«, rief auf einmal jemand.

Sie wandten sich um, und ein Stein fiel Martha vom Herzen. Alex joggte auf sie zu. Bestimmt wollte er sich für Waste entschuldigen und ihr versichern, dass er auf ihrer Seite stand. Immerhin war er es gewesen, der sie ins Boot geholt hatte. Sie strich sich übers Haar. Es hätte sie nicht gewundert, wenn es nach all der Aufregung elektrisch aufgeladen gewesen wäre und von ihrem Kopf abgestanden hätte.

»Ihr beiden habt ja ein Tempo drauf«, sagte er.

Er wirkte irgendwie verlegen, wie er sich so mit einer Hand über den Nacken fuhr. *Habe ich diese Wirkung auf dich*, wagte Martha sich zu fragen.

Doch sein Blick blieb auf Clara ruhen. »Ich wollte mich noch mal persönlich bei dir bedanken. Das war vorhin ziemlich mutig von dir.«

Augenblicklich verfluchte Martha sich dafür, in der angespannten Lage nicht wie Clara einen kühlen Kopf bewahrt, sondern stattdessen die Kontrolle verloren zu haben. Erst war sie den Tränen nahe gewesen, dann hatte sie sich von

Waste provozieren lassen und völlig hysterisch reagiert. Hätte sie in Claras Lage so viel Mut bewiesen? *Natürlich*, sagte sie sich selbst.

Doch tief in ihrem Inneren meldete sich eine zweite Stimme zu Wort: Ach ja? Bist du dir da so sicher? Oder hättest du nicht aus Angst vor dem Ärger, den du dir einhandeln könntest, getan, was von dir verlangt wird, und die Gruppe gemeldet? Weil du es gewohnt bist, zu befolgen, was man dir sagt.«

»Eigentlich habe ich nicht viel gemacht«, wehrte Clara ab.

Es war Martha unbegreiflich, wie man diesen attraktiven und netten Kerl so ernst, ja fast skeptisch, ansehen konnte.

»Doch, das hast du«, sagte er. »Du hast viel riskiert, indem du uns gewarnt hast. Davor habe ich großen Respekt. Das war ernst gemeint, als ich gesagt habe, dass du heute unser Schutzengel warst.«

Etwas in Claras Ausdruck wurde weich. »Danke«, hauchte sie überrumpelt.

Marthas Blick huschte zwischen Alex und Clara hin und her. Die beiden hörten nicht auf, einander anzusehen. Sie fühlte sich wie das fünfte Rad am Wagen.

Die Tram kam angefahren. Martha stieg ein.

»Gehst du zu Fuß?«, hörte sie Alex Clara fragen.

Ihre Freundin nickte. »Ich wohne nicht weit von hier.«

Martha sah, wie Alex' Kehlkopf auf und ab hüpfte. Wie er sich einen Ruck gab und sich dann zu fragen traute: »Darf ich dich begleiten?«

Röte stieg von Claras Hals in ihre Wangen. Sie klemmte

sich eine Haarsträhne hinters Ohr. »Ähm, ja. Wenn du nichts Besseres zu tun hast.«

Und auf einmal war es Martha, als würde der Himmel über ihr einstürzen.

»Wir sehen uns morgen in der Schule«, sagte sie mit letzter Kraft und hörte selbst, dass sie verzweifelt klang. Am liebsten wäre sie aus der Tram gesprungen und hätte sich zwischen die beiden geworfen.

Es ist doch nichts dabei, redete sie sich gut zu. Alex ist einfach nur ein höflicher Mensch.

»Bis morgen.« Clara winkte ihr. »Und mach dir keinen Kopf!«

Dann schlossen sich die Türen vor Martha, und die Tram setzte sich in Bewegung.

Der letzte Schultag war stets ein magischer Tag für Martha. Acht Wochen ohne Hausaufgaben und Pauken lagen vor ihnen, alle waren gut gelaunt, und selbst Klassenkameraden, mit denen Martha sonst kaum etwas zu tun hatte, plauderten mit ihr, erzählten von dem Ferienlager, in das sie fahren würden, und wünschten ihr eine tolle Zeit. Vielleicht mochte man Menschen immer ein klein wenig lieber, wenn man sich von ihnen verabschiedete.

Nachmittags lag sie mit Betty und Clara auf der Wasserinsel des Strandbads. Es roch nach See, warmem Holz und Bettys Sonnencreme. Sie wünschte, sie könnte aus genau diesem Geruch ein Parfüm anfertigen. Sie stellte sich vor, dass es wie ein Zauber wirkte. Wann immer sie es auftrug, würde sich sogleich das wohlige Gefühl einstellen, das sie in diesem Moment empfand.

Seit sie denken konnte, kam sie ins Strandbad Müggelsee. Wenn man so wollte, war es ihr zweites Zuhause. Noch viel wichtiger war jedoch: Das Strandbad hatte ihr ihre zwei besten Freundinnen geschenkt.

Von fern war das Toben am Ufer zu hören. Die Wellen der vorbeifahrenden Boote wiegten sie und gluckerten leise, wenn sie gegen das Holz trafen, und die Sonne kitzelte Martha ein Lächeln ins Gesicht.

Clara hatte eine Hand im Wasser hängen, auf der anderen lag ihr Hinterkopf. Sie wirkte, als würde sie schlafen. Betty neckte sie, indem sie ein paar Tropfen Wasser auf sie spritzte, woraufhin Clara jammerte. Dann kicherten die beiden, und Martha wurde klar, dass dieses wohlige Gefühl, als würde sie die Sonne direkt im Herzen spüren, allein der Anwesenheit ihrer beiden Freundinnen zu verdanken war. Das Strandbad war nur eine Kulisse für ihre Freundschaft oder eine Art Rahmen, der dieses Gefühl hervorhob. Aber in diesem Moment war Martha sich sicher: Egal, wo sie war, ob in der Schule oder der hektischen Stadt – solange Clara und Betty an ihrer Seite waren, war alles gut. Seit vier Jahren, seit sie Horst mit vereinten Kräften aus dem Wasser gezogen hatten, gab es sie nur noch zu dritt. Und das, obwohl sie nicht unterschiedlicher sein könnten. Betty, die strahlende Blondine, die den Jungs den Kopf verdrehte und ohne Zweifel eine berühmte Schauspielerin werden würden. Clara, der hochintelligente, zielstrebige Rotschopf mit den faszinierend grünen Katzenaugen. Und sie selbst? Sie war die unscheinbare Brünette. Die mit der Brille.

»Fühlt sich fast wie Freiheit an«, seufzte Betty zufrieden.

Martha schirmte ihre Augen mit der Hand vor dem intensiven Licht ab. »Tu nicht, als wärst du den Sommer über hier eingesperrt. Ihr fahrt doch bestimmt wieder an die Ostsee.«

»Freiheit bedeutet für mich, reisen zu können, die Welt zu entdecken.« Betty schob den Träger ihres gepunkteten Bikinis zur Seite, um zu prüfen, ob sie schon braun geworden war. Im Haar trug sie eine dazu passende gepunktete Schleife. Vielleicht sollte Martha doch mal mit ihr einkaufen gehen und sich von ihr beraten lassen, wie Betty schon so oft angeboten hatte. Selbst angesichts des überschaubaren Angebots an Kleidung fand sie einfach immer etwas, was gut aussah.

»Und wo würdest du zuerst hin?«, murmelte Clara. Die Augen hatte sie wieder geschlossen.

»Nach Paris, in die Stadt der Liebe!«, schwärmte Betty. »Ach, wie gerne würde ich Französisch sprechen.«

»Dann musst du wohl in den Westen rüber«, seufzte Clara. »Fremdsprachen sind in den Augen der Partei- und Staatsführung nicht förderungswürdig.«

»Wir lernen doch Russisch«, hielt Martha dagegen. Nur leider verlor »die schöne Sprache Tschechows«, wie ihre Lehrerin immer zu betonen pflegte, durch den Zwang ihren Reiz.

»Aber weder Englisch noch Französisch oder sonst eine andere Sprache«, insistierte Clara. Sie war aus ihrer Lethargie erwacht und stützte sich auf die Unterarme. »Damit signalisiert das Bildungssystem eindeutig, wofür man die viel gepriesene Völkerverständigung in Wahrheit hält: nämlich für sinnlosen Luxus.«

Betty blinzelte in die Sonne und war mit ihren Gedanken noch immer in Paris. »Nur einmal durch die kleinen Gassen schlendern, vom Wein berauscht. Überall sind exquisite Restaurants. Und die Menschen dort müssen so elegant sein! Die Läden sind voll mit der neuesten Mode. Das erzählt zumindest Onkel Theodor.«

Wahrscheinlich würde Martha sich unter all den vornehmen, modern gekleideten Franzosen gar nicht wohlfühlen. Außerdem konnte das doch nicht gesund sein, immer den neuesten Trends hinterherzuhetzen! Das machte nur oberflächlich. Martha nutzte ihre Zeit lieber sinnvoll und lernte. Da hatte man was fürs Leben. Und war es nicht eigentlich erschütternd, dass es im Westen einerseits Leute gab, die einmal im Monat ihren Kleiderschrank auffrischten, und andererseits, so berichtete zumindest die *Aktuelle Kamera,* so viele Menschen Hunger litten? Da lief doch ganz offensichtlich etwas falsch.

»Dieser Konsumwahn ist nichts für mich«, sagte sie. »Ich glaube auch nicht, dass das glücklich macht.«

»Ein paar neue Riemchenschuhe oder ein neuer Bikini sind noch lange kein Konsumwahn und würden mich persönlich schon glücklich machen«, meinte Betty unbeschwert.

»*Wirklich* glücklich«, betonte Martha.

Betty setzte sich in den Schneidersitz. »Wohin würdet denn ihr reisen, wenn ihr könntet?«

»Warum sollte ich von hier wegwollen? Hier habe ich

doch alles, was ich brauche.« Noch ehe sie den Satz vollendet hatte, merkte sie, dass sie einfach nur das wiederholte, was ihre Eltern sagten.

Und was ist mit dem Roman über Italien, den du vor ein paar Wochen geradezu verschlungen hast?, fragte diese kritische Stimme in ihr, die sich in letzter Zeit immer öfter zu Wort meldete. Martha hatte die uralten, romantischen Städte genau vor ihrem inneren Auge gesehen. Hatte die frische Pasta und den Wein geschmeckt, den warmen Sand unter den Füßen gespürt, das Rauschen des ewig weiten, leidenschaftlichen Meeres gehört und die *Amore* gefühlt, um die es in dem Roman eigentlich gegangen war.

Betty wandte sich an Clara. »Und du?«

»Mhm, schwer zu sagen. Vielleicht würde ich mich einfach treiben lassen und sehen, wo ich strande. Hauptsache, ich kann mich frei bewegen.«

Martha fühlte sich provoziert. »Und du glaubst, im Westen kannst du frei sein? Da drüben verhungern Menschen, weil die Schere zwischen Arm und Reich immer größer wird! Bei uns kostet ein Brot zehn Pfennig. Eine Dreiraumwohnung siebzig Mark. Das nenne ich Freiheit!«

Clara schien nicht recht zu wissen, wie sie mit Marthas unerwartet scharfem Tonfall umgehen sollte. »Ich habe doch gar nicht vom Westen gesprochen«, erwiderte sie.

»Aber du hast an den Westen gedacht.«

»Mädels, nicht streiten!«, ermahnte Betty sie.

Martha rieb sich über die Stirn. »Du hast recht, tut mir leid. Irgendwie bin ich in letzter Zeit nicht ganz ich selbst. Ich weiß auch nicht …«

Clara legte den Kopf schief. »Ist es wegen *Radio Freigeist?*«

Inzwischen war auch Betty eingeweiht. Sie war aus allen Wolken gefallen, als Martha ihr anvertraut hatte, dass ihr Bruder mit seinen Freunden einen illegalen Radiosender auf die Beine gestellt hatte und sie neuerdings Teil davon war. Aktuell jedoch lag *Radio Freigeist* erst einmal auf Eis. Nachdem Miriam ihnen fast auf die Schliche gekommen war, mussten die Jungs sich nach einem anderen Ort für das Studio umsehen. Martha tröstete sich damit, die gewonnene Zeit zum Schreiben nutzen zu können. Sie feilte an dem Text, den sie das nächste Mal auf Sendung vortragen wollte. Bisher hatte sie jedes Mal die Seiten aus der Schreibmaschine gezogen, zusammengeknüllt und in den Papierkorb geworfen. Das Geschriebene hatte sich einfach nicht richtig angefühlt, eher als würde sie krampfhaft etwas erzwingen wollen. Es war zum Verzweifeln. Mehr Spaß machte es, all das zu Papier zu bringen, was sie bisher mit den Jungs erlebt hatte. Sie tauchte wieder ein in den Nachmittag, als sie gemeinsam nach Müggelwerder gerudert waren, schrieb darüber, wie kühn und lebendig sie sich gefühlt hatte. Oder wie aufregend es war, mit *Radio Freigeist* das Gesetz zu brechen. Diese Seiten lasen sich wie ein Roman. Natürlich mussten sie gut versteckt werden. Nicht auszudenken, was geschehen würde, wenn ihre Mutter sie zufällig beim Hausputz fand und las … Aber unter ihre Matratze würde sie wohl nicht so schnell einen Blick werfen.

»Auch …«, sagte Martha und ließ den Blick über das mit Sonnenschirmen, Handtüchern und Strandkörben bunt getupfte Ufer schweifen.

Sie konnte Clara ja schlecht die Wahrheit sagen. Nämlich, dass es wehgetan hatte, zu sehen, wie Alex sie vor einer Woche nach Hause begleitete. Noch immer nagte der Anblick an ihr. Ihr war vollkommen klar, dass sie kein Recht hatte, wütend auf ihre Freundin zu sein. Es war ja nicht mal was passiert! Alex war einfach nur ein Kavalier gewesen. Trotzdem war Martha seitdem leicht reizbar.

Heute, am letzten Schultag, war das Strandbad brechend voll. Die Strandkörbe sowie die Tische auf der Dachterrasse waren allesamt belegt.

»Vielleicht bin ich nur ein wenig melancholisch, weil heute der letzte Schultag ist.« Martha zuckte mit den Schultern.

Die Sonne verschwand hinter einer großen Wolke.

Betty nickte und ließ die Füße im Wasser baumeln. »Und nach den Ferien werden wir im Abschlussjahrgang sein. In einem Jahr halten wir unser allerletztes Zeugnis in den Händen. Ist das nicht verrückt?«

Wie würde es dann weitergehen?, fragte sich Martha. Würden sie sich noch genauso im Strandbad auf der Wasserinsel sonnen? Oder wäre Betty dann bald eine berühmte Schauspielerin und hätte kaum noch Zeit für sie? Und Clara? Bei Clara war alles möglich. Am Ende machte sie noch in den Westen rüber. Bei der Vorstellung schloss sich eine kalte Faust um Marthas Herz. Und sie selbst? Sie würde ihr Abitur machen und in Moskau Pädagogik studieren, so jedenfalls der Plan. Aber in den letzten Wochen hatte sie völlig neue Seiten an sich entdeckt. Seiten, die aufregend waren. Bei ihrem Ausflug mit den Jungs nach Müggelwerder hatte sie Blut geleckt. »*Etwas Verbotenes zu tun macht nun mal leider ziemlich viel Spaß*«, hatte Alex gesagt. Und er hatte recht gehabt. Sonst hätte sie sich auch nie auf *Radio Freigeist* eingelassen.

»Lasst uns aus unserem letzten Schuljahr etwas Besonderes machen«, sagte sie auf einmal zu ihren Freundinnen.

»Und was schwebt dir da vor?«, fragte Betty belustigt.

»Lasst uns neue Dinge ausprobieren! Lasst uns etwas Verrücktes tun, etwas Verbotenes!«

»War dir *Radio Freigeist* noch nicht verboten genug?«, sagte Clara mit süffisantem Grinsen.

»*Radio Freigeist* war erst der Anfang«, verkündete Martha mit einer weit ausholenden Geste. »Lasst uns ausgehen. Nachts länger aufbleiben als erlaubt. Lassen wir die Puppen tanzen!«

Sie war aufgestanden und lief auf der kleinen Holzinsel auf und ab, sodass Betty und Clara wie auf einem Schiff schwankten. Die Sonne kam nun wieder hinter der Wolke hervor und leuchtete wie ein Scheinwerfer auf Martha herab. »Ich rede von einen über den Durst trinken, von leidenschaftlichen Küssen am Strand …«

»Apropos Küssen …« Betty hatte ihren Hundewelpenblick aufgesetzt, den sie beherrschte wie niemand sonst. Mit ihren blonden Wellen, den riesigen Augen und der natürlichen Röte auf den Wangen sah sie aus wie ein Engel. »Ich muss euch noch was erzählen. Ich war doch vor Kurzem auf diesem Vorsprechen, zu dem mich Kurt eingeladen hat.«

»Das so katastrophal war«, sagte Martha. »Stichwort Unterhemd.«

»Ja, das war katastrophal. Aber danach hat Kurt mich mit

seinem Wagen nach Hause gebracht und …« Betty holte tief Luft, atmete aus und stieß dabei hervor: » … geküsst.«

»Wirklich?« Martha konnte es kaum glauben. »Und das erzählst du erst jetzt?«

Clara schmunzelte. »Du solltest dich wirklich schämen!«

Martha spürte einen dumpfen Druck im Bauch, als hätte sie etwas Schlechtes gegessen. Sie freute sich für Betty. Doch da war auch diese Angst in ihr, dass ihre beiden Freundinnen sie allein zurücklassen könnten. Sie fühlte sich, als wäre sie nun hintenan oder als würde sie etwas verpassen, während alle um sie herum allerhand Schönes, Großartiges und Aufregendes erlebten.

»Dein erster Kuss«, sagte sie leise. Sie stellte sich diesen Kuss einfach nur perfekt vor. Die perfekte Betty, und vor ihr ein perfekter Kavalier mit einem perfekten Auto. »Wie war's?«, wollte sie wissen.

»Und lass nichts aus. Wir bestehen darauf, alles im Detail zu erfahren.« Clara zwinkerte Betty zu.

»Kurt ist wirklich ein toller Mann. Wir saßen in seinem Wagen, und auf einmal beugt er sich zu mir und küsst mich einfach.«

Irgendetwas an der Art, wie Betty das erzählte, ließ die Romantik, die Martha sich gerade noch ausgemalt hatte, verpuffen.

Auch Clara grinste nicht mehr: »Und wolltest du den Kuss denn auch?«, fragte sie.

»Natürlich!«, erwiderte Betty. »Er war wirklich schön. Ich kann Küssen nur empfehlen. Ich würde es durchaus öfter tun.«

»Ihr beiden erlebt ja Sachen!« Clara pustete sich eine Haarsträhne aus dem Gesicht. »Martha macht bei einem illegalen Radiosender mit, und Betty angelt sich einen aufstrebenden Regisseur …«

»Und als Nächste bist du dran!«, sage Martha entschlossen. »Aber dafür müssen wir neue Wege gehen. Deshalb lasst uns einander versprechen, dass wir in unserem letzten Schuljahr mutig sind. Dass wir nichts verpassen! Dass das der Sommer unseres Lebens wird!«

Sie streckte die Hand aus, Betty legte ihre darauf, und schließlich, nach kurzem Zögern, schloss sich auch Clara an. »Abgemacht«, sagte sie. »Solange es nichts ist, womit ich das Gesetz breche. Ich stehe in diesem Land ohnehin schon auf der schwarzen Liste.«

Betty zeigte sich motiviert. »Und womit beginnen wir?«

Sie zuckten zusammen, als Alex direkt vor ihnen auftauchte, sich auf die Holzinsel stemmte und Wassertropfen auf sie regnen ließ, als er sich schüttelte.

»Oh Mann, Alex!« Betty legte eine Hand auf ihr Brustbein. »Ich hätte fast einen Herzinfarkt bekommen!«

»'tschuldige, Schwesterchen.«

Martha vergaß alles um sich herum. Sah nur noch seine gebräunte Haut, den leichten Flaum unterhalb seines Bauchnabels. Mit jeder Wasserperle, die aus seinem Haar auf seine flache Brust tropfte, wurde ihr Körper von einer elektromagnetischen Stoßwelle erfasst. Wäre es leichter, endlich über ihn hinwegzukommen, wenn er nicht so gut aussehen würde? Wahrscheinlich nicht, denn ihr gefiel auch seine Art: seine Lockerheit, die Leichtigkeit, mit der er durchs Leben zu gehen schien. Er sah gut genug aus, um es sich erlauben zu können, ein Trottel zu sein, aber er war es nicht. Er war stets zu allen nett.

»Ich wollte euch einladen«, sagte er und strich sich dabei sein nasses Haar aus dem Gesicht. »Die Jungs und ich planen eine Party bei Fritz. Er hat sturmfrei, und wir müssen doch unseren Abschluss gebührend feiern. Also, seid ihr dabei?«

Das nenne ich Schicksal, dachte Martha. »Wir sind so was von dabei«, antwortete sie.

II

Martha

»Mache ich das so richtig?«, fragte Martha. Das erste Mal in ihrem Leben trug sie Wimperntusche auf.

Die Bücher und Schulnotizen waren von ihrem Schreibtisch geräumt, stattdessen stand darauf nun der rechteckige, holzgerahmte Spiegel, den sie aus dem Schlafzimmer ihrer Eltern geklaut hatte.

»Du kannst nichts falsch machen. Sorg einfach dafür, dass deine Wimpern schwarz sind und nicht verklumpen«, erwiderte Betty, die in Marthas Schallplattensammlung stöberte. Die meisten davon waren alte Scheiben von ihren Großeltern mütterlicherseits. Ihre Eltern hatten sie verschenken wollen, aber Martha hatte gebettelt, sie behalten zu dürfen. Wenn sie Heinz Rühmann auflegte, dann war sie wieder sechs Jahre alt, sah ihre Oma vor sich, wie sie in der Küche Plinsen briet, meistens ohne Fett, lecker waren sie trotzdem. Dabei summte sie zu *Ich brech' die Herzen der stolzesten Frau'n* mit und ließ Martha vom rohen Teig naschen.

»Leichter gesagt als getan …«, seufzte Martha.

Betty half ihr dabei, sich für die Fete heute Abend hübsch zu machen. Clara würde etwas später zu ihnen stoßen. Wie immer wertete Bettys Anwesenheit Marthas Zimmer auf. Ein Poet würde schreiben: *Der Mond, der durch das Fenster schien, übergoss Betty mit seinem silbernen Licht, um ihre Schönheit hervorzuheben.*

Neuerdings fiel auch Clara den Jungs auf, wie Martha bemerkt hatte. Ihr Mund hatte einen besonderen Schwung, als würde ihr eine spöttische Bemerkung auf den Lippen liegen. Deshalb wagte es wohl auch niemand, sie anzusprechen. Einen Versuch bei Betty zu wagen und sich von ihr eine Abfuhr zu holen war unter den Jungs an ihrer Schule fast Ehrensache. Es war etwas, das sie miteinander verband. Dann klopften sie sich gegenseitig auf die Schulter und sagten: »Du hast es wenigstens versucht.«

Auch Martha war schon mal von einem Jungen im Strandbad gefragt worden, ob er sie auf ein Eis einladen dürfe, und Martha hatte eingewilligt. Hauptsächlich deshalb, weil sie nicht hatte unhöflich sein wollen. Eigentlich war die kurze Zeit, die sie nebeneinander auf dem Steg gesessen und ihr Eis geschleckt hatten, überraschend nett gewesen. Der Junge war nicht auf den Kopf gefallen und hatte sie ein paarmal zum Lachen gebracht. Doch immer wieder war Marthas Blick zum Rettungsschwimmerturm gewandert, in dem Alexander Reinhart saß, den Blick achtsam über den See schweifen ließ und aufpasste, dass niemand ertrank. Ein richtiger Held. Da hatte sie gewusst, dass sie – solange er auf dieser Erde weilte – nie Augen für einen anderen haben würde.

»Viel Auswahl hast du ja nicht gerade«, sagte Betty, die eine Amiga-Platte herausgezogen hatte und sie skeptisch betrachtete. Das Label wählte seine Künstler nach den staatlichen Vorgaben der DDR-Kulturpolitik aus.

»Dafür habe ich aber das hier!« Martha ließ ihre Augenbrauen tanzen und zog aus ihrer Schreibtischschublade eine Schallplatte hervor. »Mit den heißesten Hits aus dem Westen.«

Bettys Grinsen hatte etwas Verwegenes. »Neuerdings schaffst du es immer wieder, mich zu überraschen.«

»Die hat mir Micha geschenkt. Er hat sie vermutlich von Waste bekommen.«

Martha war völlig überrumpelt gewesen, als Micha sie an seinem letzten Tag in der Schule beiseitegenommen, einen Blick über die Schulter geworfen und dann den Tonträger, getarnt in einer *Amiga-Express*-Hülle, aus einem Seitenfach seiner Schultasche gezogen hatte. »Damit du hin und wieder an uns und unser *Projekt* denkst.«

Martha war so gerührt gewesen, dass sie ihn umarmt hatte, aber gleichzeitig hatte sie auch einen Stich verspürt. *Damit sie hin und wieder an Radio Freigeist dachte* … Das klang, als würde er nicht daran glauben, dass ihr verbotener Sender eine Zukunft hatte. Die Suche nach einem neuen Studiositz gestaltete sich offenbar schwierig.

»Wie süß von ihm.« Betty legte die Platte auf. »Und deine Eltern sind sicher nicht da?«

»Sie sind heute Abend ins Theater gegangen. Und Ronny muss arbeiten.«

Die Musik erklang, und Betty wippte mit den Füßen im Takt des sehnsuchtsvollen Liedes. »Wer singt das?«

»*There Goes My Baby* von The Drifters«, wusste Martha.

Dank der Jungs hatte sie inzwischen einiges über Musik aus dem Westen gelernt. »Und das Kleid steht mir wirklich?«

»Du siehst umwerfend aus!«, versicherte ihr Betty. »Das helle Blau harmoniert wunderbar mit deinem braunen Haar.«

Martha trug einen Traum aus Seidenchiffon mit Silberfadenstickereien am Ausschnitt. Der Großteil der Modelle in ihrem Schrank war aus Polyester, weil das Material pflegeleicht und strapazierfähig war. Das Kleid, das Betty in einer speziellen Schutzfolie zu Martha transportiert hatte, damit es auch ja nicht beschmutzt wurde oder knitterte, war ärmellos und figurbetont und hatte um die Taille einen Gürtel mit zwei übergroßen Knöpfen drauf. Sie würde den ganzen Abend über den Bauch einziehen müssen.

»Danke, dass du mir das Kleid leihst. Es ist wirklich atemberaubend schön.« Martha strich über den Stoff. »Das klingt vielleicht doof, aber … ich wusste gar nicht, dass es solche leuchtenden Farben bei uns überhaupt gibt.«

»Gibt es auch eigentlich nicht«, antwortete Betty. »Doch zum Glück ist mein Onkel ein berühmter Modezar und schenkt mir jedes Jahr zu meinem Geburtstag eines seiner Modelle. Onkel Theodor schimpft auch immer darüber, dass die meisten schönen Stoffe in die BRD verkauft werden.«

Betty holte Rouge aus ihrer Handtasche, strich mit einem Pinsel darüber und streifte dann damit über Marthas Wangen. »So, fertig. Du wirst heute Abend sämtlichen Kerlen den Verstand rauben.«

Dabei wollte Martha doch nur einem Einzigen gefallen … Sie betrachtete sich im Spiegel. Ihre Wangen hatten einen dezenten Schimmer, als hätte ihr jemand ein Kompliment gemacht und sie dadurch zum Erröten gebracht. Betty hatte vorhin auch etwas silbernen Lidschatten bei ihr aufgetragen, und nun leuchteten ihre Augen richtig. Ihre Füße steckten in Schuhen mit hohem Absatz. Sie waren etwas zu groß, deshalb hatte sie die Spitzen mit Toilettenpapier ausgestopft. Hoffentlich würde sie darin gehen können und sich nicht blamieren.

»Martha«, sagte Betty und lehnte sich mit der Hüfte gegen den Tisch. »Du hast in den letzten Wochen viel Zeit mit meinem Bruder verbracht, nicht wahr?«

Oh. Was würde denn jetzt kommen?

»Du leugnest es zwar immer wieder, aber ich weiß, dass du ihn magst. Findest du nicht, dass du ihm das sagen solltest? Du kannst ihn nicht auf ewig still und heimlich anhimmeln.«

Marthas Kinn sank auf ihre Brust. »Aber was, wenn er mich abweist? Oder sogar auslacht? Dann wäre unsere Freundschaft ruiniert.«

»Er mag dich, Martha. Er spricht neuerdings viel von dir.«

Hoffnung blühte in ihr auf. »Ehrlich?«

»Ganz ehrlich. Und sieh dich an, wie hübsch du bist.«

»Weil du mich geschminkt hast …«

»Sieh die Schminke als einen Rahmen, der das hervorhebt, was dich eigentlich ausmacht. Du bist klug und witzig und hast ein großes Herz. Und wenn mein Bruder das nicht sieht, dann hat er dich überhaupt nicht verdient.«

Martha legte die Hände vors Gesicht. »Jetzt musst du aber aufhören, sonst weine ich noch, und dann verläuft alles!« Sie erhob sich von ihrem Stuhl und umarmte ihre Freundin. »Danke für deine lieben Worte und die Unterstützung.«

»Hallihallo!«, rief Clara. Zwei Sekunden später fiel die Haustür zu. Martha hatte sie für ihre Freundin nur angelehnt gehabt. »Entschuldigt die Verspätung, ich musste noch – oh, Martha, du siehst ja flott aus! Hast du vor, sämtlichen Jungs auf der Feier den Kopf zu verdrehen?«

»Wohl eher der ganzen Stadt«, verbesserte Betty sie.

»Nicht dass uns die Volkspolizei noch aufhält und kontrolliert, weil so eine Schönheit doch nur aus dem Westen kommen kann.«

Martha hatte das Gefühl, als würde ihr Blut wie Sekt blubbern. »Habt ihr euch mal gesehen? Die Leute werden denken, ich bin mit zwei Fotomodellen unterwegs!«

Sie kicherten, bis ihnen die Bäuche wehtaten. Das nächste Lied hatte einen ziemlich flotten Rhythmus, und Betty schnappte sich Martha und begann, mit ihr zu tanzen. Sogar Clara, die sich auf Schulfeiern und Geburtstagsfeten stets von der Tanzfläche fernhielt, schloss sich ihnen an. Schon bald war Martha aus der Puste, aber sie dachte gar nicht daran, aufzuhören! Es war ihr, als wäre sie in einer anderen Zeit, einem anderen Raum. Als wäre sie ein anderer Mensch.

»Was ist denn hier los?!«, hörte sie auf einmal ihre Mutter sagen.

»Mutti! Was machst du denn schon hier?« Es war Martha unangenehm, dass ihre Mutter sie so ausgelassen erlebt hatte.

Betty und Clara begrüßten ihre Mutter höflich.

Valeries Hand ballte sich so fest um den Träger ihrer Tasche, dass die Knöchel hell hervortraten. »Macht sofort diese Musik aus.«

Es war Clara, die reagierte, während Betty wie erstarrt stehen blieb. Ohne die Musik war es schrecklich still.

»Was wird das hier?« Der Blick ihrer Mutter blieb an Marthas hohen Schuhen hängen. »Und wie siehst du überhaupt aus?«

»Wir gehen doch heute Abend auf die Abschlussfeier des Jahrgangs über uns«, sagte Martha.

Die Reaktion ihrer Mutter war ihr vor ihren beiden Freundinnen unangenehm. In Momenten wie diesen wusste sie, warum sie sich meistens bei Betty oder Clara trafen, obwohl Martha im Gegensatz zu den beiden in einem richtigen Haus wohnte, das sogar einen Garten hatte. Vor allem bei Clara ging es ziemlich locker zu, und man konnte ganz man selbst sein. Martha hatte es immer geliebt, wenn Frau Vogel zum Abendessen eine große Platte ins Wohnzimmer getragen hatte, auf der sich die dick mit Mettwurst oder Kochkäse beschmierten Brote nur so türmten. Sie hatten die Stullen auf dem Sofa verputzen dürfen, was bei Martha zu Hause undenkbar wäre. Gegessen wurde am Tisch.

»In diesem Aufzug? Kommt nicht infrage«, entgegnete ihre Mutter. »Ich bin schwer enttäuscht von dir, Martha. Kaum gehe ich mit deinem Vater einmal aus, scheinst du deine gute Erziehung zu vergessen. Du schminkst dich, kleidest dich wie eine von drüben und hörst diese verwerfliche Musik.«

»Die Musik macht gute Laune. Wir haben nur ein bisschen Spaß. Ehrlich, es ist nichts dabei.« Sah ihre Mutter denn nicht, dass sie glücklich war? Dass sie ein breites Lächeln im Gesicht hatte?

Als auch noch ihr Vater hinzukam, hatte Martha das Gefühl zu schrumpfen. In seinem Anorak und dem Hut hatte er etwas Einschüchterndes. »Und offenbar führt diese Musik dazu, dass du deiner Mutter gegenüber aufmüpfig wirst. Du bleibst heute Abend hier. Keine Diskussion.«

Martha wurde es ganz heiß. »Aber alle meine Freunde sind auf der Feier und …«

Er streifte seine Lederhandschuhe von den Fingern und sagte dabei: »Daran hättest du denken sollen, bevor du uns hintergangen hast. Du hast die Abwesenheit deiner Eltern schamlos ausgenutzt.« Eine Ader trat an seiner Stirn hervor.

»Ich habe es gespürt. Die Aufführung hatte gerade begonnen, da habe ich zu Gert gesagt: Irgendetwas stimmt nicht, ich möchte nach Hause.« Ihre Mutter war in der Zwischenzeit zum Plattenspieler gegangen und hatte die Scheibe an sich genommen. »Die wird entsorgt. Es ist nur zu deinem Besten.«

»Zu meinem Besten?!«, wiederholte sie fassungslos. Zorn stieg in ihr auf. Innerhalb von Sekunden wurde sie, die sie doch sonst stets beherrscht und folgsam war, zu einem brodelnden Vulkan. »Gut, von mir aus. Dann nehmt mir die Platte weg. Aber ihr könnt mich nicht davon abhalten, heute Abend auf die Feier zu gehen. Meine Freunde sind mir wichtig. Ich will sie nicht enttäuschen. Betty, Clara, kommt.«

Es hätte sie nicht gewundert, hätten ihre Eltern sich ihr in den Weg gestellt. Aber dafür waren sie wohl zu fassungslos über den Ton ihrer Tochter. Sie traten sogar zur Seite, als sie hocherhobenen Hauptes auf sie zuhielt. Es war ihr, als würde gar nicht sie selbst diese Szene durchleben oder als wäre sie wie ferngesteuert. Sie erkannte sich selbst kaum wieder. Sie handelte und dachte sich im selben Atemzug: *Das passiert doch gerade nicht wirklich. Ich träume. So muss es sein.*

Erst als die Haustür laut hinter ihnen zuknallte, erfassten sie die Ausmaße ihres Benehmens mit voller Wucht. Der Ärger am nächsten Tag würde gewaltig sein. Doch jetzt gab es kein Zurück mehr.

»Ich würde verstehen, wenn dir nicht mehr danach ist, auf die Abschlussfeier zu gehen«, sagte Betty, als sie bereits mehrere Meter auf dem Müggelseedamm hinter sich gebracht hatten. »Wir können auch einfach zu mir fahren, Süßigkeiten naschen und darüber reden, was gerade passiert ist.«

»Danke, das ist lieb. Aber jetzt will ich noch viel mehr auf diese Feier«, erwiderte Martha entschlossen.

Bereits an der Ecke zur Bölschestraße schmerzten Marthas Füße in den hohen Schuhen. *Stell dich nicht so an,* sagte sie sich und biss die Zähne zusammen. Sie wollte ihren beiden Freundinnen den Abend nicht noch mehr vermiesen.

Als sich Motorengeräusche näherten, wandte Betty sich um und bedeutete dem Fahrer zu halten. Hinter dem Lenkrad saß eine Frau mittleren Alters, die sich über den Beifahrersitz beugte und das Fenster herunterkurbelte.

»Wären Sie so lieb und würden drei junge Mädels mitnehmen?«, fragte Betty.

»Na los, rein mit euch in den Wagen!«

Ein weiterer Vorteil jahrelanger Freundschaft: Die anderen wussten, was in einem vorging, ahnten, was einem guttun würde, was man brauchte, oftmals sogar noch, bevor man sich selbst darüber klar war.

Martha nahm kaum die Lichter der Stadt wahr, die an ihnen vorbeizogen. Ihr graute vor dem, was sie erwartete, wenn sie zu ihren Eltern an den Frühstückstisch treten würde. Sie hatte das Gefühl, als wäre dies ihr letzter Abend. Warum waren ihre Eltern derart streng? Warum vertrauten sie ihr nicht? Allem Anschein nach hatten sie die Aufführung früher verlassen, um Martha zu überprüfen. Das war doch nicht normal! Sie hatte kaum je etwas Verbotenes getan. Sie sollten wissen, dass keine Gefahr bestand, dass ihre Tochter auf die schiefe Bahn geriet.

Der Wagen hielt vor dem Haus, das Fritz' Eltern gehörte. Sie bedankten sich mehrmals und stiegen aus. Martha hörte ein Gitarrensolo hinter den erleuchteten Fenstern kreischen, roch den würzigen Duft von Fleisch, das allem Anschein nach im Garten hinter dem Haus gegrillt wurde.

Im Grunde gab es doch nur zwei Möglichkeiten: Entweder sie würde den Abend über Trübsal blasen und grübeln, was nur mit ihren Eltern los war, oder sie stürzte sich ins Getümmel und versuchte, sich abzulenken. Wenn morgen ihr Leben endete, dann wäre das hier ihre letzte Nacht. Und dann wiederum war es doch fast schon ihre Pflicht, diese in vollen Zügen zu genießen. Sie straffte sich, hakte sich bei ihren beiden Freundinnen ein und sagte: »Mädels, sorgen wir dafür, dass dieser Abend legendär wird.«

Es kam einem Wunder gleich, dass jemand bei der lauten Musik die Klingel hörte. Es war Micha, der ihnen öffnete. »He.«

»Hallo.« Betty trat ein und schob das Band eines Luftballons zur Seite, einer von scheinbar unzähligen, die sich im Flur an der Decke sammelten. Ihre Augen funkelten wie die eines kleinen Mädchens an Weihnachten. »Wir wussten ja schon immer, dass die Jungs einen leichten Knall haben, aber diese Ausmaße sind neu.«

Die Küche war zu einer Bar umfunktioniert worden, in der Waste im knallroten Karohemd und mit großer Sonnenbrille Cocktails zauberte. Martha überlegte, ob es besser war, Waste heute Abend zu meiden, wo sie so dünnhäutig war. Insgeheim hatte sie Waste noch immer nicht verziehen, dass er sie beschuldigt hatte, eine Art Spitzel zu sein.

Doch er selbst schien keinen Gedanken mehr daran zu verschwenden, schob seine Sonnenbrille auf seine Nasenspitze und wies mit der Hand über die Reihe Flaschen. »Ladys, was darf ich euch anbieten?«

Goldbrand, Timms Saurer und *Sambalita*. Nicht gerade das, was junge Frauen gerne tranken. Aber in ihrem Magen hatte sich ein Knoten gebildet, den nur Alkohol lösen konnte.

»Gibt's denn bloß Schnaps?«, fragte Martha.

»He, das meiste davon ist von mir mühsam rangeschaffte Tauschware! Wir sind nun mal Schnapsdrosseln. Notgedrungen! Wie sagt man so schön? Nirgends ist das Warenangebot so bunt und vielseitig wie im Schnapsregal.«

Wahllos deutete Martha auf eine der Flaschen. »Gib mir einfach was von dem da.«

»Der *Blaue Würger*, sehr gute Wahl«, sagte Waste im Tonfall eines Kenners und schenkte ihr großzügig ein.

Martha nippte an der klaren Flüssigkeit und verzog sogleich das Gesicht. »Jetzt weiß ich, woher der *Blaue Würger* seinen Namen hat.« Das Zeug brannte in der Kehle!

Sie wandte sich um – und da war er. Alex. Er saß im Wohnzimmer auf der Rückenlehne des Sofas und lachte. Es war genau so, wie ihr Herz es sich heimlich ausgemalt hatte: Als hätte er ihre Anwesenheit gespürt, sah er auf einmal zu ihr. Mit dem Kopf machte er eine Bewegung, die wohl hieß: »Komm rüber.«

Ihre Beine reagierten erst, als Betty ihr einen kleinen Stoß gab.

»Martha ist in meinem Team«, verkündete Alex gerade, als sie bei ihm ankam, und legte einen Arm um sie.

Es war ein erhebendes Gefühl, dass er ihre Nähe zu suchen schien. Bettys Worte kamen ihr in den Sinn: *»Er mag dich, Martha. Er spricht neuerdings viel von dir.«*

»Oh, ein Spiel!«, freute sie sich. »Aber ich befürchte, ich muss euch warnen. Beim Rommé macht mir so schnell niemand etwas vor.«

Alex schmunzelte. »Wir spielen ein Trinkspiel.«

»Oh.« Martha spürte, dass ihre Wangen heiß wurden.

»Es heißt *Ich hab noch nie*«, sagte Fritz. Das Prinzip ist simpel. Jemand aus der Runde nennt eine Aktivität«, erklärte er dabei. »Wenn du die betreffende Sache schon mal gemacht hast, musst du trinken. Wir beginnen mit netten Fragen, aber je mehr der Pegel steigt, desto gemeiner werden die Fragen. Verstanden?«

Nicht so ganz, aber dennoch nickte sie. Sie spürte bereits die paar wenigen Schlucke Alkohol in ihrem Blut kreisen.

Fritz fing an: »Ich habe mich noch nie zweimal in derselben Schlange angestellt, um ein Produkt zu horten.«

Ich hab noch nie war Marthas Spiel! Sie hatte wirklich noch nichts von den Sachen gemacht, die die anderen nannten. Sie hatte weder Ulbricht-Witze gerissen, noch hatte sie Lebensmittel geschmuggelt. Innerhalb kurzer Zeit waren Fritz und sein Spielpartner ordentlich angetrunken.

Martha amüsierte sich, genoss die Musik, die lockere Stimmung. Sie unterhielt sich sogar kurz mit ein paar Leuten, die sie gar nicht kannte. Und doch gab es für sie heute Abend nur ihn. Alex.

»Wir sind ein ziemlich gutes Team«, sagte er, aber die Art, wie er es sagte, war besonders. So, als würde er versuchen, ihr durch die Blume etwas zu verstehen zu geben. Oder bildete sie sich das nur ein? Hochspannung schoss durch ihren Körper.

Dann die nächste Frage. Martha hatte Mühe, den Blick von Alex' Gesicht zu lösen.

»Ich war noch nie in jemanden aus meinem Freundeskreis verliebt«, sagte Fritz, wobei er bereits ordentlich lallte. »Erst zu dir, Martha. Na? Hat mal ein Kumpel dein Herz schneller schlagen lassen?«

Sämtliches Blut schoss in Marthas Kopf. Ihr Mund klappte auf, aber es kam kein Ton hervor. Was sollte sie darauf nur antworten? Es war ihr, als würde sie an einer Wegkreuzung stehen, die über den Rest ihres Lebens entschied.

»Dein Zögern hat dich schon verraten!«, rief Fritz. »Heilige Maria Mutter Gottes, ich glaub's nicht! Endlich muss Martha trinken!«

Er verschüttete eine ordentliche Ladung auf dem Sofatisch, als er ihr vom *Blauen Würger* einschenkte. War es am Ende Schicksal, dass ihr ausgerechnet diese Frage gestellt wurde? Ein Wink mit dem Zaunpfahl, dass sie Bettys Rat beherzigen und Alex heute Nacht ihre Gefühle gestehen sollte? Er saß neben ihr auf der Sofalehne, und ihr war aufgefallen, dass er ihr immer näher gekommen war.

Martha kippte den Schnaps auf einmal runter. Sie würde sich Mut antrinken müssen, wenn sie heute wirklich ihr Glück wagen und mit Alex reden wollte.

»Und was ist mit dir, Alex?« Fritz bohrte seinem Kumpel den Zeigefinger in die Brust.

»Ich befürchte, ich muss auch trinken«, gestand er.

War das der Alkohol, der ihre Welt schwanken ließ, oder hatte jener eine Satz diese Wirkung? Alex war also schon mal in jemanden aus seinem Freundeskreis verliebt gewesen. War es vielleicht sogar noch.

»Sag schon, wer ist es?«, sprach Fritz die alles entscheidende Frage aus.

Es war geradezu bewundernswert, wie ruhig Alex blieb. »Ich hole mir noch was zu trinken, und zwar Wasser«, wich er aus. »Ihr Knalltüten entlockt mir am Ende noch all meine wohlgehüteten Geheimnisse.«

Als er von der Sofalehne aufstand, berührte er Martha am Ellenbogen. Ausgerechnet an der Stelle, an der ihre Haut rau war und nicht weich und geschmeidig. »Kann ich dich kurz sprechen? Unter vier Augen?«, fragte er mit gesenkter Stimme.

Das Herz drohte ihr aus der Brust zu springen. Wie von

einem unsichtbaren Seil hochgezogen, erhob sie sich von ihrem Platz auf der Couch und folgte Alex. *Unter vier Augen* war im Erdgeschoss ein Ding der Unmöglichkeit, denn selbst in der Speisekammer trafen sie auf ein knutschendes Pärchen. Also führte Alex Martha die Treppe hoch. Das obere Stockwerk war den Partygästen eigentlich verboten, aber Alex war einer von Fritz' besten Freunden und nahm sich heraus, über das Verbot hinwegzugehen. Als sie hinter ihm die Stufen hinaufstieg, wölbte sie unauffällig die Hand vor dem Mund und atmete aus, um zu überprüfen, ob ihr Atem frisch war. Seit ihrer Einschulung war sie nicht mehr so nervös gewesen.

Alex hielt auf einen Raum am Ende des Flurs zu. Er knipste das Licht an, und kurz blinzelte Martha verwirrt. Sie sah sich mit geballter Männlichkeit konfrontiert. Eine ganze Ausstellung an Propagandaplakaten bedeckte die Wände, die Zusammenstellung wirkte allerdings leicht obszön: Arbeiter mit freiem Oberkörper, deren Muskeln sich geradezu übertrieben hervorhoben. Oder junge Männer mit dem Hammer, Zirkel und Ährenkranz auf dem Hemd, die mit ihren attraktiven Gesichtern und ihrer vernünftigen Aura Jungwähler für die Nationale Front begeistern sollten.

Aber Martha kam nicht dazu, sich darüber zu wundern, denn ihr Blick fiel auf das Bett. Sie hörte, dass Alex hinter ihnen die Tür zudrückte. Jetzt waren sie völlig allein. Nur er und sie.

»Also, über was wolltest du mit mir reden?«, fragte sie betont locker.

»Um ehrlich zu sein, weiß ich nicht, wie ich anfangen soll.« Er strich sich mit der Hand über das Gesicht. Schüttelte den Kopf, als könnte er nicht glauben, was er da gerade tat. »Wie dir vielleicht aufgefallen ist, habe ich die letzte Frage bei Fritz' Spiel nicht beantwortet. Die Wahrheit ist: Sie hat bei mir ziemlich ins Schwarze getroffen. Es gibt da jemanden, den ich gernhabe. Der in meinen Augen etwas ganz Besonderes ist.«

Die Art, wie sich seine Brust hob und senkte, zeigte ihr, dass auch er aufgeregt war.

Sie verstand, wie schwer es für ihn sein musste, und wollte es ihm etwas leichter machen. »Es gibt da auch jemanden, den ich sehr gerne habe.«

»Ja? Dann kannst du ja vielleicht nachvollziehen, wie es mir geht. Denn die Situation, in der ich steckte, ist kompliziert. Das Mädchen, das ich nicht aus dem Kopf bekomme, ist eben leider mit mir befreundet.«

»Aus Freundschaft kann Liebe werden«, hauchte Martha und begegnete seinem Blick.

»Meinst du?«

Sie sah Hoffnung in seinen Augen aufleuchten. Langsam kam er auf sie zu. Es hätte nicht mehr viel gefehlt, und sie hätte die Augen geschlossen und die Lippen gespitzt, bereit, von ihm ihren ersten Kuss geschenkt zu bekommen. Doch da begriff sie, dass er auf das Fenster hinter ihr zuging.

»Sie ist wirklich etwas ganz Besonderes …«, sagte er, doch es schien, als spreche er mit sich selbst.

Martha wandte sich um. Ihr Blick fiel aus dem Fenster. Sie erstarrte.

Im Garten stand Clara, umgeben von zarten Hortensien, Rosen und Sommerflieder und übergossen von silbernem

Mondlicht. Eine Elfengestalt. Sie war völlig versunken in den Anblick des Sternenhimmels.

»Es ist Clara«, sagte sie mechanisch, und Alex nickte.

»Sie ist klug und mutig und …« Er schüttelte den Kopf, als wäre er enttäuscht von sich, dass er keine besseren Worte fand. »Aber das allein ist es nicht. Sie hat einfach etwas an sich, das mich nicht loslässt. So etwas habe ich noch nie erlebt.«

Martha konnte keinen klaren Gedanken mehr fassen. Sie legte eine Hand auf ihre Stirn, und einen furchtbaren Moment lang dachte sie, sie würde anfangen zu weinen.

Sie holte tief Luft und fing sich wieder. »Und warum wolltest du mit mir darüber sprechen?«

»Ich weiß nicht, was ich tun soll. Ich kann sie nicht einschätzen. Manchmal habe ich das Gefühl, dass ich sie geradezu nerve. Ich traue mich einfach nicht, sie zu fragen, ob sie mal mit mir ins Kino gehen möchte oder so.«

»Clara interessiert sich nicht für Jungs«, sagte Martha, woraufhin Alex verwirrt die Stirn runzelte. »Sie hat nur den Weltraum, Planeten und Sternenkonstellationen im Kopf.«

»Das heißt also, dass ich keine Chance bei ihr habe?«

Kurz war Martha versucht, ihm zu sagen, dass er sich an Clara die Zähne ausbeißen würde. Aber das wäre gelogen. Ihr war nicht entgangen, dass Claras Gesicht neuerdings weicher wurde, wenn Alex anwesend war. Genau genommen seitdem er sich beim Wissenswettbewerb für sie eingesetzt hatte.

»Doch, vielleicht hast du eine Chance bei ihr. Du musst dir auf jeden Fall etwas Besonderes einfallen lassen.«

Martha hatte Alex noch nie derart strahlen gesehen.

»Danke, Martha.« Er nahm ihre Hände. »Ist es zu viel verlangt, wenn ich dich darum bitte, bei ihr ein gutes Wort für mich einzulegen?«

Es war ihr, als steckten bereits mehrere Giftpfeile in ihrer Brust, und Alex hätte nun noch ein Messer direkt in ihr Herz gerammt. Aber sie hielt sich tapfer auf den Beinen. »Mach ich.«

»Und wer ist der Glückliche, der dein Herz gewonnen hat?«

Sie entzog ihm ihre Hände. Was sollte sie ihm denn jetzt sagen? Ihr Kopf war ein einziges Durcheinander. Deshalb nannte sie ihm einfach den erstbesten Namen, der ihr in den Sinn kam. »Micha.«

»Stille Wasser sind tief, sage ich da nur.« Wie auch immer er das meinte. »Micha ist echt in Ordnung. Gute Wahl.« Er klopfte ihr kumpelhaft auf die Schulter. »Sollen wir wieder runtergehen?«

Martha hatte nicht geahnt, dass ein gebrochenes Herz derart wehtun konnte. Sie musste raus an die frische Luft, ehe sie noch vor allen zu heulen anfing.

Draußen kochte auf einmal etwas in ihr hoch, etwas Heftiges, ein Gebräu aus Enttäuschung, Wut, Frust und Selbsthass, weil sie so dumm, so unendlich dumm gewesen war, zu glauben, dass jemand wie Alex Reinhart sich für sie interessieren könnte!

»Verdammter Mist!«, fluchte sie und trat nach einer Gießkanne, die im Vorgarten stand. »Ich bin so dämlich!«

»Ich lass dich mal lieber allein«, sagte jemand.

Martha fuhr herum und sah, dass Micha still und leise auf der Bank neben dem Hauseingang saß.

»Entschuldige. Ich habe dich nicht gesehen.« Sie legte die Hände vors Gesicht. *Einatmen. Ausatmen. Einatmen. Ausatmen.* Das half ein bisschen. »Was machst du denn allein hier draußen?«

»Es sind ziemlich viele Menschen da drin«, sagte er, und sie glaubte zu verstehen, was er meinte.

Niedergeschlagen sank sie neben ihn auf die Bank. »Ich muss wie eine Furie auf dich wirken.«

»Gar nicht. Meine Mutter ist auch oft ziemlich wütend und frustriert, und dann klingt sie genauso.«

»Und was machst du, wenn sie so ist?«

»Dann frage ich sie, was sie bedrückt. Ganz einfach«, antwortete er. »Magst du mir denn sagen, was dich so aufwühlt?«

»Ich habe gerade die schönste Liebeserklärung meines Lebens gehört«, sagte sie. »Nur leider galt sie nicht mir.«

Micha schwieg einen Moment lang. Dann erwiderte er: »Ich bin mir sicher, dass es jemanden gibt, der genauso schöne Worte für dich finden würde.«

»Und warum sagt er sie mir dann nicht?«

»Würdest du ihm denn zuhören?«

»Natürlich. Warum nicht?« Aber sie wusste selbst, dass das nicht ganz der Wahrheit entsprach.

»Weil wir uns doch immer lieber auf das konzentrieren, was wir nicht haben können«, sagte Micha. »Als würden wir uns dadurch bestätigen wollen, dass wir nicht mehr verdienen.«

Martha legte den Kopf in den Nacken und ließ den Sternenhimmel und Michas Worte auf sich wirken. War das denn so? Glaubte sie, nicht mehr zu verdienen, als still und leise vor Liebeskummer zu vergehen? Warum sonst hatte sie den anderen Jungs, die dann und wann Interesse gezeigt hatten, keine Chance gegeben?

»Die Liebe ist verflixt kompliziert«, seufzte Martha.

»Eigentlich nicht. Wir machen sie nur kompliziert. Ich denke, die Liebe kann auch ganz leicht sein, wie ein Frühlingsspaziergang. Wenn all der dramatische Herzschmerz wegfällt, das ewige Warten, Leiden und Hoffen. Wenn die Gefühle einfach ganz natürlich wachsen, dann ist es auch richtig.«

Micha klang wie ein alter, weiser Mann in einem Jungenkörper. »Wie viele Leben hast du denn schon hinter dir?«, scherzte sie.

Martha fiel auf, dass er goldene Sprenkel in seinen hellbraunen Augen hatte.

Micha lächelte. »Komm, schauen wir mal, was die da drin so anstellen«, sagte er dann.

Martha folgte ihm ins Haus und sah gerade noch, wie Betty auf einen Mann zusteuerte, den sie noch nie zuvor gesehen hatte.

12

Betty

Niemand schien diesen Kerl zu kennen, der die meiste Zeit über im Wohnzimmer im Sessel saß und die anderen beobachtete. Er war ein seltsamer Kauz, fand Betty. Ausgefranste Levi's, wo auch immer er die hier im Osten aufgetrieben haben mochte. Schwarzes, leicht gewelltes Haar. Weites, schlichtes Hemd. Jesuslatschen. Außerdem trug er eine Mütze, obwohl Sommer war. Jemand wie er wurde vermutlich jeden zweiten Tag auf der Straße von Polizisten angehalten und musste seinen Personalausweis vorzeigen.

Einmal stand er auf, plauderte kurz mit Waste und ließ dann den Blick über die Bücher im Wandschrank schweifen. *Irgendetwas ist doch an dem faul,* dachte Betty.

Als er dann auch noch ein kleines Heft aus der hinteren Tasche seiner Nietenhose holte und darin etwas notierte, lief das Fass über. Betty steuerte zielstrebig auf ihn zu und baute sich vor ihm auf.

»Was schreibst du da?« Sie stellte sich auf die Zehenspitzen und versuchte, einen Blick auf seine Notizen zu erhaschen.

Er schlug das Buch so knapp vor ihrer Nase zu, dass sie

den Luftzug spürte. »Ich glaube nicht, dass dich das etwas angeht.«

»Schon verdächtig.« Sie verschränkte die Arme vor der Brust.

»Du meinst, so verdächtig wie die Tatsache, dass du mich schon den ganzen Abend über beobachtest?«

Sie fochten einen stummen Kampf mit Blicken aus, den sie verlor, weil ihr auf einmal etwas bewusst wurde: nämlich, dass er recht hübsch war. Er hatte ebenmäßige Züge und ein herzförmiges Muttermal schräg über seinen geschwungenen Lippen. Aber am faszinierendsten waren seine blaugrauen Augen, denn die hatten etwas erschütternd Direktes. Es waren Augen, die tiefer blickten.

»Und was machst du bitte mit einem Notizbuch auf einer Party?«, fragte sie.

Er lachte fassungslos. »Ich spioniere hier alle aus, ist doch ganz klar. Morgen marschiere ich direkt ins Büro meines Führungsoffiziers, um ihm zu melden, dass gestern Abend bei einer heimlichen Feier alkoholisierter Jugendlicher *The Everly Brothers* gehört wurden. Besonders auffällig war eine junge Blondine mit dem Namen …« Er sah sie auffordernd an.

»Betty.«

Er streckte ihr die Hand hin. »Charlie.«

Sie schüttelte seine Hand und errötete dabei. Das musste man ihm lassen: Es war ihm geradezu spielerisch gelungen, ihr ihren Namen zu entlocken.

Betty reckte ihr Kinn. »Also, was hast du geschrieben?«

»Ich habe mir Kleinigkeiten notiert, die mir aufgefallen sind«, antwortete er.

»Kleinigkeiten. Was zum Beispiel?«

Er legte den Kopf schief. »Also gut, stell dich neben mich, dann siehst du, was ich meine. Die Sportskanone dort drüben, dein Bruder, glaube ich, ist verliebt. Schau, wie sein Blick immer wieder zu einem ganz bestimmten Mädchen wandert.«

Betty stellte sich neben diesen mysteriösen Fremden und versuchte, zu sehen, was er gesehen hatte. Alex nahm gerade von Waste einen frisch gemixten Cocktail entgegen und ließ dann den Blick über die Leute schweifen. Als er schließlich fand, wonach er gesucht hatte, nahm sein Gesicht einen verklärten Ausdruck an. Er betrachtete eine junge Frau. Nur leider war diese junge Frau nicht Martha, sondern Clara, die etwas abseits auf einem Stuhl saß und sich wie immer schwertat, Anschluss zu finden.

»Oh nein! Was hat sich denn Amor nur dabei gedacht?«, murmelte sie leise. »Mein Bruder ist in Clara und nicht in Martha verliebt?«

Charlie schmunzelte. »Ausgezeichnet, Sherlock.«

»Und wofür brauchst du diese ›Kleinigkeiten‹, die du dir notierst?«, fragte sie.

»Ich schreibe. Gerade arbeite ich an einem Theaterstück.«

»Dein Hobby?«

»Ein Hobby ist etwas, das man hin und wieder zur Entspannung, Unterhaltung oder zum Zeitvertreib tut. Glaub mir, ich habe ein ganz anderes Hobby, das ich dir aber sicher nicht verrate. Das Schreiben ist meine Arbeit. Meine Leidenschaft. Mein Leben.«

»Und für welchen Regisseur arbeitest du?«

»Für Charlie Bischof.«

»Du arbeitest für dich selbst? Ich bin beeindruckt.«

»Besser, als von jemandem abhängig zu sein, der mir Vorschriften macht, was ich zu schreiben habe.«

»Und bezahlst du dich auch gut?«

»Dein Kontingent an Fragen ist für heute aufgebraucht. Mich würde jetzt nämlich brennend interessieren, was die Dame selbst macht.«

»Ich bin Schauspielerin.«

»Ach ja? Dein Gesicht kam mir gleich so bekannt vor. In welchem Film hast du noch mal mitgespielt?«

Autsch. Betty presste den Kiefer zusammen, setzte dann ein Lächeln auf und sagte: »Vielleicht bekomme ich demnächst eine kleine Rolle in einem Kurzfilm.«

»Herzlichen Glückwunsch. *Vielleicht. Kurzfilm.* Das erklärt natürlich, warum du so auf mich herabblicken kannst.«

Sie stemmte die Arme in die Taille. Eigentlich konnte es ihr egal sein, was dieser Kerl von ihr hielt, wahrscheinlich würde sie ihn nie wiedersehen. Doch auf einmal hörte sie sich fragen: »Und steht in deinem Notizbuch auch etwas über mich?«

Er lächelte nur, und dabei hob sich das Muttermal schräg über seinem Mund ein Stück.

Gerade, als er etwas erwidern wollte, tauchte wie aus dem Nichts Alexander neben ihr auf. »Hier steckst du.« Kurz musterte er Charlie mit dem Blick eines großen Bruders: *Wer bist du? Warum redest du mit meiner kleinen Schwester?* Aber anscheinend befand er, dass dieser fremde Kerl in Ordnung war, und nickte ihm als Begrüßung zu. Dann sagte er zu Betty: »Wir haben was vor.«

»Jetzt?«

»Ja, jetzt. Inzwischen sind eh nur noch wenige Leute da. Den Rest werfen wir raus, und dann los!«

»Und was bitte haben wir vor?«

»Sag ich dir nicht.«

»Alex, es ist nach Mitternacht.«

»Keine Sorge, es wird lustig. Und du wirst morgen für deinen Freund trotzdem hübsch aussehen.«

»Du hast einen Freund?«, fragte Charlie.

Hätte sie Kurt erwähnen sollen? Zwischenzeitlich hatte sie daran gedacht, doch aus irgendeinem Grund hatte sie nicht gewollt, dass Charlie von ihm wusste. Warum auch? Streng genommen konnte sie nicht mal sagen, ob sie mit Kurt wirklich zusammen war. Vor einer Woche hatte er sie angerufen, und Betty hatte die Hoffnung gehabt, er würde ihr sagen, sie hätte die Rolle bekommen, für die sie vorgesprochen hatte. Stattdessen hatte er sie gefragt, ob er sie zum Essen ausführen dürfe. *Auch nicht schlecht*, hatte sie sich gesagt, hatte ein figurbetontes Kleid angezogen, sich die Wimpern getuscht, Schmuck angelegt und Parfüm aufgetragen. Sie wollte unbedingt so etwas wie seine Muse werden, aber dafür musste sie auch entsprechend was hermachen. Schließlich war sie zu der Jugendstilvilla gegangen, an der er sie nach dem Casting abgesetzt hatte, und hatte dort auf ihn gewartet. Als er sie nach einem angenehmen Abend, an dem sie die ganze Zeit über wie gebannt an seinen Lippen hing, »nach Hause« brachte, hatte er sie in seinem Wagen erneut geküsst. Aber was bedeutete das heutzutage schon?

»Das ist deinem Detektivblick also entgangen?«, erwiderte sie kokett und ging los, um ihre Jacke zu holen.

Kurz spielte sie mit dem Gedanken, Charlie zu fragen, ob er mitkommen wollte. Und das, obwohl sie ihn kein bisschen kannte. Doch als sie wieder zurück ins Wohnzimmer kam, war er spurlos verschwunden.

13

Clara

Hätte jemand Clara zuvor gesagt, was sie an jenem Abend erleben würde, sie hätte es nicht geglaubt. Oder aber sie wäre vernünftig gewesen und sicherheitshalber zu Hause geblieben.

Eigentlich hatte alles mit dem Streit zwischen Martha und deren Eltern begonnen. Sie hatte sich schwer zurückhalten müssen, Martha nicht zu verteidigen und damit womöglich alles nur schlimmer zu machen. In ihren Augen war Martha die beste Tochter, die man sich wünschen konnte. Ihre Eltern konnten sich glücklich schätzen und sollten wissen, dass sie Martha vertrauen konnten. Sie würde schon nicht sturzbetrunken mit einem Wildfremden nach Hause torkeln. Dass die beiden so extrem darauf reagiert hatten, dass Martha ausging, war befremdlich. Aber irgendwie passte es auch ins Bild, das Clara von Marthas Eltern hatte. Doch da war noch etwas an diesem Streit, das Clara beschäftigte. Ihr Instinkt sagte ihr, dass hier etwas nicht stimmte. Wieso hatten die Eltern die Theatervorstellung verlassen und waren heimgekommen? Und sie wurde den Verdacht nicht los, dass Martha etwas in sich hineinfraß, denn seit geraumer Zeit war sie angespannt und leicht reizbar.

Es war der Blick von Herrn Asseln, über den Clara wieder und wieder nachdachte. Darin hatte Zorn gelegen, aber auch etwas Hintergründiges. Ein Ausdruck, als würde er sich bestätigt sehen. Als würde er seiner Frau stumm mitteilen: »Ich habe es dir immer gesagt.«

Zum Glück bot die Abschlussfete der Jungs ausreichend Ablenkung. Clara musste zugeben, dass sie sich amüsierte. Sie hatte noch kaum Erfahrungen mit hochprozentigen Getränken, aber ihr gefiel, wie viel lockerer der Schnaps sie werden ließ. Vorhin hatte sie wirklich und wahrhaftig mit ein paar Leuten *geplaudert,* dabei versetzte ein Gespräch mit einer fremden Person sie sonst in Stress. Worüber sollte sie reden? Nicht nur einmal hatte sie sich gewünscht, in dieser Hinsicht mehr wie Betty zu sein. Plaudern war zweifelsfrei eines ihrer größten Talente. Ihrer Freundin fiel immer ein Gesprächsthema ein, und sie konnte zu allem Fragen stellen, egal, mit wem sie sich unterhielt, sei es ein Mitschüler, die Schuldirektorin oder ein völlig Fremder. Clara dagegen interessierte sich im Grunde nur für den Kosmos. Wenn es aber um Mode oder Fußball ging, war sie aufgeschmissen. Hinzu kam, dass ihre Eltern ihr eingetrichtert hatten, bloß nie zu viel über sich zu verraten, man wollte ja nicht, dass die Staatssicherheit auf einen aufmerksam wurde. Das hemmte sie.

Es war faszinierend, wie schnell an diesem Abend die Zeit verflog. Eigentlich war Clara davon ausgegangen, wie üblich gegen Mitternacht zu Hause zu sein. Doch wie durch einen Zauber hatten die Zeiger der Wanduhr auf einmal einen Sprung gemacht, und es war schon halb zwei. Und trotzdem willigte sie ein, mit zum Strandbad aufzubrechen und sich in dieser erstaunlich warmen Nacht im Müggelsee etwas Abkühlung zu verschaffen.

Aber Alex hatte ihr auch keine Wahl gelassen. Als sie gezögert hatte, hatte er hinzugefügt: »Ein Nein kann ich nicht akzeptieren.«

»Dann muss ich mich wohl meinem Schicksal ergeben.«

Dass er Wert auf ihre Gesellschaft legte, wunderte sie. Als er sie vor zwei Wochen nach Hause begleitet hatte, hatte sie kaum ein Wort rausgebracht. Bestimmt hatte er sie entweder für schrecklich langweilig oder für abweisend gehalten.

Fritz wohnte nur wenige Gehminuten vom See entfernt. Er und Waste waren sturzbetrunken und benahmen sich, als wären sie allein auf der Welt. Als Fritz sich bei Waste einhakte und *Devil or Angel* von Bobby Vee anstimmte, legte Betty ihm eine Hand auf den Mund, damit er endlich leiser war.

»*Devil or angel please say you'll be mi-i-ine*«, grölte er und machte sich los.

Alex und Micha liefen vorneweg, unterhielten sich und schienen von dem Lärm hinter ihnen nichts mitzubekommen. Martha hielt sich an Claras Seite, doch irgendwie wollte kein Gespräch zustande kommen. So langsam wurde Clara den Verdacht nicht los, dass etwas zwischen ihnen stand. Aber sie hatte keine Ahnung, was das sein konnte. Eigentlich war es ein ungeschriebenes Gesetz ihrer Freundschaft, sofort anzusprechen, wenn einen etwas störte oder man sich verletzt fühlte.

Erst als sie vor dem Eingangstor des Strandbads standen, ging ein Ruck durch Martha. Ihre ganze Haltung veränderte sich, und es schien, als hätte sie sämtliche Fesseln abgeworfen, als wäre ihr auf einmal alles egal. »Hat jemand einen Schlüssel?«, fragte sie.

»Die Schlüssel bewacht unser Vater mit Argusaugen«, erwiderte Alex.

»Wir könnten einfach an einer der wilden Stellen ins Wasser gehen«, schlug Clara vor.

»Ne, lasst uns was Verbotenes tun!«, widersprach Waste. »Ich will zur Wasserinsel schwimmen.«

»Und an den wilden Uferstellen sind bestimmt Schlangen«, meldete sich Fritz zu Wort.

Martha zog die Augenbrauen hoch. »Und wie kommen wir ins Strandbad rein?«

»Beiseitetreten bitte!« Betty zog eine Nadel aus ihrem hohen Pferdeschwanz und fuhrwerkte damit im Schloss herum.

Insgeheim zweifelte Clara daran, dass Betty das Schloss tatsächlich mit einer Haarnadel öffnen konnte. Doch da klackte es leise, Betty richtete sich triumphierend auf, drückte die Klinke runter und öffnete das Tor. »Tadaa! Nach Ihnen, die Herrschaften.«

Dieser Abend war jetzt schon legendär.

Betty strahlte bis über beide Ohren und errötete leicht, als ihr bewusst wurde, dass alle über sie staunten. »Das habe ich mal in einem Film gesehen und zu Hause heimlich an unserer Tür geübt.«

»Ich hätte gedacht, ich weiß alles über meine Freundinnen, aber ihr beiden überrascht mich in letzter Zeit immer wieder«, lachte Clara.

»Ich glaube, ich habe mich gerade in deine Schwester verliebt«, scherzte Waste, woraufhin Fritz wirkte, als hätte man ihm in den Bauch geboxt.

Clara spürte den lauen Nachtwind in ihrem Rücken, der sie dazu antrieb, ihren Freunden zu folgen, die bereits die Dachterrasse überquerten.

Hinter ihr fiel mit einem Klirren das Tor ins Schloss, und schlagartig war sie nüchtern. Das hier war Einbruch. Was, wenn man sie erwischte? Dieser Staat kannte bei Strafdelikten keine Gnade, vor allem wenn sie von Außenseitern begangen wurden, wie sie einer war. Man würde sie von der Schule verweisen, ihr das Abitur verweigern, und von einem Studienplatz wäre nur noch zu träumen …

»Was ist?« Betty war stehen geblieben.

»Ich kann nicht«, hauchte Clara. »Ich gehe lieber nach Hause.«

»Stimmt was nicht?« Auch Martha war zurückgekommen.

»Clara sagt, dass sie nach Hause will.«

»Kommt nicht infrage«, entgegnete Martha entschlossen. »Wir gehen nicht ohne dich.«

»Aber was, wenn ein Streifenwagen zufällig am Strandbad vorbeifährt und uns ertappt? Oder wenn wir mit dem Lärm, den wir gemacht haben, jemanden gestört haben und derjenige uns bei der Polizei verpfeift? Ihr zwei seid vorbildliche Bürgerinnen der DDR, bei euch werden sie ein Auge zudrücken. Aber ich stehe auf der schwarzen Liste.«

Betty ließ sich von Claras Angst anstecken. »Vielleicht hat sie recht, und …«

»Mädels, wir hatten uns vorgenommen, dass das hier der Sommer unseres Lebens wird«, erinnerte Martha sie. »Und Clara, du hast selbst gesagt, dass Angst nicht die Art von Leben schreibt, auf das man irgendwann mit Stolz zurückblickt.«

»Dabei habe ich aber nicht an nächtliche Einbrüche in Strandbäder gedacht. Ich kann das nicht tun. Nicht für den Preis, vielleicht alles zu verlieren.«

Martha nickte, und kurz dachte Clara, sie würde nachgeben, doch ihre Freundin überraschte sie einmal mehr. »Du hast recht, wenn du sagst, dass hier bei uns alles reglementiert, geplant und vorgeschrieben ist. Bei so gut wie allem, was wir sagen oder tun, müssen wir uns fragen, ob wir uns damit vielleicht unser Leben verbauen könnten. Und trotzdem sind wir Lebenskünstler. Wir reißen uns sonntags die Klamotten vom Leib, springen nackt in den See und fühlen uns frei! Freiheit liegt nicht im Westen. Freiheit ist kein Ort, an den man gehen kann. Freiheit ist hier«, sagte sie und legte eine Hand auf ihr Herz. »Und das werden wir heute Nacht beweisen. Diese Nacht wird legendär. Aber dafür brauchen wir dich, denn nur zu dritt sind wir komplett.«

Clara sah die Jungs im Wasser toben. Sah Alex.

Nur einmal verrückt sein. Einmal alles vergessen. Eine Nacht lang frei sein.

Der Vollmond warf einen langen silbernen Streifen auf das Wasser. Sie schloss die Augen, atmete tief die köstliche

Nachtluft ein, und als sich ihre Lider wieder hoben, sagte sie: »Wer zuerst im Wasser ist!«

Im Rennen knöpfte Clara ihre Bluse auf. Am Fuß der Treppe schlüpften sie aus ihren Schuhen, folgten barfuß der Spur aus den Hosen und Hemden der Jungs, bis sie das Ufer erreichten. Der Sand war angenehm kühl.

»Umdrehen!«, rief Betty, als Waste einen Blick riskierte.

»Ich stand noch nie nur in Unterwäsche vor einem Jungen«, sagte Martha und lachte überdreht.

»Glaubst du, wir?«, erwiderte Betty. »Auf drei lassen wir gemeinsam die Hüllen fallen. Eins, zwei, drei!«

Clara öffnete den Reißverschluss ihres Rocks, spürte den Stoff über ihre Beine gleiten, ließ auch ihre Bluse in den Sand fallen. Dann fassten sie einander an den Händen und rannten gemeinsam ins Wasser. Clara tauchte unter, und als sie die Wasseroberfläche wieder durchbrach, war es ihr, als hätte sie alle Zweifel, die sie eben noch belastet hatten, abgestreift. Dass ihre Eltern wohl nie eine größere Wohnung zugeteilt bekommen würden. Dass ihr Vater bis ins hohe Alter auch nachts würde schuften müssen. Dass sie wahrscheinlich nicht zum Studium zugelassen wurde. All das trugen die sanften Wellen davon. Sie ließ sich auf dem Rücken treiben. Ihr Körper fühlte sich schwerelos an. Die anderen schwammen zur Wasserinsel, aber Clara genoss die Ruhe der Nacht. Fühlte sich so Freiheit an? Wenn man allen Ballast abgeworfen hatte?

Sie setzte sich am Ufer in den Sand, zog die Beine an und schlang die Arme darum, gab sich ganz dem sanften Rhythmus dieser Nacht hin, dem Wind, dem Ruf eines Käuzchens, dem leisen Wellenrauschen, und sah den Jungs eine Weile dabei zu, wie sie sich gegenseitig von der Insel ins Wasser schubsten. Dann legte sie den Kopf in den Nacken, um die Sterne über ihr zu betrachten.

Auf einmal nahm sie neben sich eine Bewegung wahr. »Darf ich dir Gesellschaft leisten?«, fragte Alex.

»Klar.«

Er setzte sich neben sie in den Sand. Einen Moment lang schien er nicht zu wissen, was er sagen sollte. Ihr ging es nicht anders. Noch nie war sie mit einem Jungen wirklich allein gewesen. Schon gar nicht nachts. Und schon gar nicht mit nichts am Leib als Unterwäsche!

»Martha hat mir erzählt, dass du dich für den Weltraum interessierst.«

Darüber zu sprechen war für sie sicheres Terrain. »Ja, die Endlosigkeit des Universums fasziniert mich. Ich träume davon, eines Tages ins Weltall zu fliegen.« Sie spürte, dass ihre Wangen heiß wurden. »Und mir hat Martha erzählt, dass du Gitarre spielst«, wechselte sie das Thema.

»Hat sie?« Auch er wirkte verlegen, so wie er sich das nasse Haar aus dem Gesicht strich. »Ja, ich spiele ein bisschen. Und ab und zu schreibe ich auch Lieder.«

»Sie hat gesagt, du wärst ziemlich gut. Aber warum Musik? Ich meine, du machst doch schon so viel Sport und hast damit sicher genug zu tun.«

»Musik ist immer ehrlich.«

»So wie die Nacht«, sagte sie. Ein Gedicht von Ricarda Huch, das ihr besonders gefiel, kam ihr in den Sinn. Auf einmal, ohne dass sie wirklich wusste, was sie da tat, sprach sie ihre Lieblingsverse daraus: »Uralter Worte kundig kommt die Nacht. Sie löst den Dingen Rüstung ab und Bande, sie wechselt die Gestalten und Gewande.«

Alex lächelte sanft.

»Nachts fühle ich mich immer mehr wie ich selbst«, gestand Clara.

»Ja.« Er nickte. »So geht es mir, wenn ich singe. Musik verbindet Menschen. Und Musik ist Hoffnung. Warum sonst sind Menschen bereit, so viel dafür zu riskieren? Der Schwarzmarkt, die gefälschten Plattenhüllen mit der böhmischen Blasmusik drauf, Bravo-Poster, die ein halbes Lehrlingsgehalt kosten, illegale Radiosender … Weil es eben doch nicht *nur* Musik ist. Jedes Lied, das das Wort ›frei‹ enthält, wird im Herzen derjenigen, die es hören, zum Protestsong.«

Clara mochte es, ihm zuzuhören. Er überraschte sie, so hatte sie ihn noch nie erlebt. In ihren Augen war er stets der sportliche und beliebte Schönling gewesen, der zwar nett war, aber nicht sonderlich tiefgründig. Sie hatte ihn, ohne ihn wirklich zu kennen, in eine Schublade gesteckt. Und er hatte recht.

»Bücher werden nicht veröffentlicht, oder die Einfuhr wird verhindert. Aus der Traum«, fuhr Alex fort. »Lieder aber können durch die Luft kommen und sind unkontrollierbar. Wenn die ersten Leute eine Melodie auf der Straße summen und irgendwer die Noten aufschreibt, ist es für die Stasi zu spät. Songs, die westliche Radiostationen verlassen, setzen sich wie feiner Staub in die Gehörgänge unserer Leute hier.« Er sah sie an. »Wie Sternenstaub.«

»Das klingt schön«, hauchte sie.

Ihre Blicke hielten einander fest, als würden sie beide versuchen, etwas herauszufinden, als würden sie sich vortasten.

Plötzlich reflektierte der Sand ein künstliches Blau.

»Verdammt! Die Polypen!«, zischte Alex.

Auf einmal ging alles ganz schnell. Panisch sammelten sie ihre Klamotten ein. Clara schlüpfte in ihren Rock. Ihre Hände zitterten so sehr, dass es ihr nicht gelang, die Knöpfe der Bluse zuzumachen. Inzwischen war auch der Rest der Gruppe aus dem Wasser zu ihnen gestoßen.

»Mist, verdammter!«, fluchte Waste. »Was zur Hölle machen die hier?!«

Alex hatte ihre Schuhe geholt und reichte sie ihr. »Versteckt euch«, sagte er. »Ich übernehme die Verantwortung.«

»Kommt nicht infrage, dass du das alleine ausbadest«, erwiderte Waste. »Ich bleibe bei dir.«

»Wir alle stehen das gemeinsam durch«, schloss auch Fritz sich an.

»Dann verschwindet wenigstens ihr«, sagte Alex zu Clara. »Los, bevor es zu spät ist!«

»Aber …«

»Das ist keine Bitte. Du musst an deine Zukunft denken und meine Schwester an ihre Karriere als Schauspielerin. Und Martha …«

»Ich bleibe«, sagte Martha und wirkte für den Bruchteil einer Sekunde, als wäre sie überrascht von sich selbst. Doch dann nickte sie und sagte noch einmal: »Ich bleibe bei euch. Wir stehen das gemeinsam durch.«

Alex gab sich geschlagen. Es war ohnehin keine Zeit mehr zu diskutieren. »Los!«, drängte er Betty und Clara.

Das Adrenalin trieb sie an. So schnell sie konnten, rannten sie hinter das Gebäude und duckten sich. Sie sahen, wie das Licht zweier Taschenlampen über den Strand glitt. Hörten eine Männerstimme durch ein Megafon: »Sofort stehen bleiben! Mit erhobenen Händen herkommen!«

»Wir werden keinen Ärger machen«, rief Alex. »Mein Vater leitet das Strandbad. Wir haben nichts Schlimmes getan.«

»Nüscht Schlimmes jemacht?«, lachte einer der beiden Polizisten. »Selbst wenn dein Vati das Strandbad leitet, so ist es immer noch staatliches Gelände. Hände auf den Rücken. Mitkommen.«

Clara konnte nichts tun, als mitanzusehen, wie ihre Freunde sich ergaben und den zwei Polizisten folgten. Kurz darauf hörten sie Autotüren zuschlagen. Ein Motor wurde gestartet. Das Blaulicht verschwand.

Betty gab einen wimmernden Laut von sich. Clara bemerkte, dass sie sich bei den Händen hielten. Eine gefühlte Ewigkeit verharrten sie so, bis sie wirklich sicher waren, dass die Luft rein war.

»Was wird denn jetzt aus den anderen?«, schluchzte Betty.

Clara stieß Luft aus, die sich in ihren Lungen gestaut hatte. »Ich weiß es nicht. Immerhin leitet euer Vater das Strandbad. Er wird sie schon rausboxen.« Sie drückte Bettys Hand. »Komm, gehen wir nach Hause. Uns bleibt nichts anderes übrig.«

Betty wischte sich die Tränen aus dem Gesicht.

»Ich begleite dich.« Clara versuchte sich an einem Lächeln. »Und auf dem Weg erzählst du mir, wer denn eigentlich dieser fremde Kerl war, mit dem du dich so lange unterhalten hast.«

14

Martha

Martha fühlte sich wie ein Sträfling, der von zwei Wachmännern zur Zelle gebracht wird. Rechts von ihr ihre Mutter. Das *Klack, Klack, Klack* ihrer hohen Absätze hallte im langen Flur des Schulgebäudes wider. Schlichtes blaues Kostüm, das eisblonde Haar sorgsam frisiert – sogar Schmuck hatte sie angelegt, dezent und unauffällig. Sie sah aus wie eine Mutter, die alles unter Kontrolle hatte.

Zu Marthas Linker war ihr Vater, in Anzug, Krawatte und Schuhen aus butterweichem Leder. Wenn man ihm so begegnete, war es schwer, zu glauben, dass er nur ein einfacher Angestellter bei der Post war.

Auch Martha trug die weißeste Bluse sowie den ordentlichsten Rock, den ihr Schrank zu bieten gehabt hatte. Nie würde sie den Anblick ihrer Mutter vergessen, als diese die beiden Kleidungsstücke gebügelt hatte. Wie es gedampft und gezischt hatte, als sie mit dem heißen Eisen über den noch von der Wäsche feuchten Stoff gefahren war. Dabei hatte sie kein Wort gesprochen.

Noch nie war es vorgekommen, dass ihre Eltern von der Schuldirektorin vorgeladen worden waren. Schon gar nicht in den Ferien. Es war anzunehmen, dass es um den nächtlichen Einbruch ins Strandbad vor drei Tagen ging. Martha wappnete sich innerlich, von der Direktorin ermahnt zu werden. Vielleicht würde sie auch eine kleine Strafe bekommen. Aber schlimmer würde es doch nicht werden, oder? Immerhin hatte sie sich zuvor nie etwas zuschulden kommen lassen oder war auch nur negativ aufgefallen. Das musste Frau Schubert ihr doch zugutehalten, oder?

Zudem hatte Alex' Vater sie alle dazu verdonnert, einmal in der Woche nachmittags im Strandbad auszuhelfen. Natürlich einzeln, jeder an einem anderen Tag. Unkraut zwischen den Steinfliesen zupfen, Toiletten säubern, Regale im Kiosk einräumen … Wenigstens kam sie so hin und wieder raus, denn sie hatte die ganzen Ferien über Hausarrest.

Sie erreichten das Büro, das am Ende des langen Flurs lag. Martha straffte sich, strich mit beiden Händen über ihren Rock und betastete prüfend ihren Zopf. Als sie den Arm wieder senkte, spürte sie, wie feucht ihre Achseln waren.

Ihr Vater klopfte.

Frau Schubert saß hinter ihrem Schreibtisch und sah von einem Brief auf, den sie gerade verfasste. »Schön, Sie sind pünktlich«, sagte sie und wies mit der Hand auf die drei Stühle, die bereitstanden.

Für gewöhnlich hatte Martha das Büro der Direktorin betreten, wenn es um etwas wie die Planung des Schulweihnachtsmarktes oder das Sammeln von Spenden gegangen war. Wie üblich roch es in dem kleinen Raum intensiv nach süßem Parfüm. Von den Fenstern aus hatte die Schulleiterin den perfekten Blick über den Innenhof des Gebäudes.

Auf möglichst schickliche Weise nahm Martha auf dem äußersten der drei Stühle Platz.

Frau Schubert verschränkte die Hände auf ihrem wuchtigen Bürotisch. »Es ist das erste Mal, dass ich mich gezwungen sehe, eine Schülerin in den Ferien zum Gespräch zu bitten. Und dann noch ausgerechnet dich, Martha.«

Martha schob die Finger unter ihre Oberschenkel. Sie hatte das Gefühl zu schrumpfen. Dabei hatten ihre Eltern und die Polizisten auf der Wache sie ohnehin schon einen Kopf kürzer gemacht.

»Als ich hörte, dass Ihre Tochter an einem Einbruch beteiligt gewesen sein soll, bin ich aus allen Wolken gefallen«, fuhr Frau Schubert dramatisch fort. »Umso größer war meine Enttäuschung, als mir die Polizei bestätigte, dass eine meiner besten Schülerinnen mitten in der Nacht ins Strandbad eingebrochen ist.«

Woher wusste sie überhaupt davon?, wunderte Martha sich. Hatte die Polizei es ihr mitgeteilt? Oder Alex' Vater? Immerhin leitete Martha eine FDJ-Gruppe in seinem Strandbad. Mit Schrecken dachte sie an die Nacht zurück, die sie mit den Jungs auf der Wache verbracht hatte. Herr Reinhart hatte sie schließlich alle erlöst. »Ich habe meinem Sohn erlaubt, wann immer er Lust hat, ins Strandbad zu gehen. Das hat der Lümmel wohl etwas zu ernst genommen. Aber keine Sorge, Herr Wachtmeister, ich werde mir schon eine angemessene Strafe für die jugendlichen Straftäter ausdenken. Überlassen Sie das ganz mir.«

So waren sie mit einem blauen Auge davongekommen. Nach wie vor bereute Martha ihre Entscheidung, sich gemeinsam mit den Jungs gestellt zu haben, kein bisschen. Sie hatte sich mutig und auch leicht verwegen gefühlt, als sie auf der Wache gesessen hatten. Einmal hatte ihnen der Polizist den Rücken zugewandt, um ein Formular aus einem Schrank zu holen, da hatte Alex ihr ein aufmunterndes und verschwörerisches Lächeln geschenkt, und das hatte sie für den Ärger entlohnt, den diese Nacht ihr beschert hatte. Es mochte erbärmlich sein, mit welcher Verzweiflung sie nach wie vor auf ein Zeichen von ihm wartete, dass er ihre Gefühle auch nur ansatzweise erwiderte, und das, obwohl er ihr doch anvertraut hatte, dass er eine andere liebte. Gut möglich, dass es ihr auch ein klein wenig gefiel, zu leiden und unglücklich zu sein, wie in einem dramatischen Liebesroman. Aber vielleicht hatten sich die Karten nun neu gemischt. Alex hatte ihr selbst gesagt, dass er Clara für ihren Mut bewunderte, doch sie hatte sich in jener Nacht versteckt, während Martha ihre Angst überwunden hatte.

»Wir sind ebenso schockiert über Marthas Benehmen. So kennen wir sie gar nicht. Doch seit geraumer Zeit stellen wir fest, dass sich ihr Verhalten zum Negativen verändert. Genau genommen seit sie die Leitung der Müggelsee-Freunde übernommen hat.« Der Ton ihrer Mutter war höflich, aber kühl. Sie hielt ihre Handtasche an den Bauch gedrückt.

»Sie glauben, dass Martha mit der Aufgabe überfordert war?«

»Das gewiss nicht. Wir glauben eher, dass der Umgang mit gewissen jungen Männern sie negativ beeinflusst hat.«

»Soweit wir wissen, stammt einer der Jungen – Michael Kröger – aus eher zweifelhaften Verhältnissen«, ergänzte ihr

Vater. »Und auch die anderen Mitglieder der Gruppe sind in der Vergangenheit nicht gerade durch vorbildliches Verhalten aufgefallen.«

Martha kniff sich in den Unterarm, um zu überprüfen, ob sie wirklich wach und das hier nicht nur ein böser Albtraum war. Warum wussten ihre Eltern offenbar so genau über Micha oder den Rest der Gruppe Bescheid? »Aber an den Jungs ist absolut nichts auszusetzen!«, verteidigte sie ihre Freunde. »Wir hatten diese Schnapsidee gemeinsam. Wir waren überdreht, weil die Jungs ihren Abschluss in der Tasche haben, und …«

»Martha, es reicht«, zischte ihre Mutter. »Du hast schon genug Schaden angerichtet.«

»Geschehen ist nun mal geschehen, und man kann die Zeit nicht zurückdrehen. Wir alle machen mal Fehler, nicht wahr?« Die Schulleiterin lächelte freundlich, und Martha schöpfte Hoffnung.

»Mein Verhalten tut mir aufrichtig leid. So etwas wird sicher nie wieder vorkommen«, versprach sie.

»Das glaube ich dir natürlich.« Frau Schuberts Stimme war sanft, wie Milch mit Honig. »Aber du hast mein Vertrauen in dich verletzt, und jetzt sehe ich mich gezwungen, Konsequenzen zu ziehen. Leider kann ich dir keine Empfehlung für Moskau ausstellen.«

Während das Gesicht ihrer Mutter starr wurde, atmete Martha insgeheim auf. Sie hatte nicht gewusst, wie sie ihren Eltern schonend beibringen konnte, dass sie nicht vorhatte, in Moskau zu studieren, dass sich allein bei dem Gedanken daran ein fester Knoten in ihrem Magen bildete.

»Aber ohne Ihre Empfehlung hat Martha keine Chance, dort einen Platz zu bekommen!«

Frau Schubert fuhr fort, als hätte sie Marthas Mutter nicht gehört. »Außerdem werde ich ihr die Leitung über die Müggelsee-Freunde abnehmen.«

»Nein!«, entfuhr es Martha. »Ich verspreche, dass ich in Zukunft doppelt so hart für die Schule arbeiten werde! Geben Sie mir irgendeine Strafe, lassen Sie mich jeden Tag nachsitzen oder die Flure schrubben, von mir aus putze ich auch die Toiletten! Aber nehmen Sie mir nicht die Müggelsee-Gruppe weg!«

Ihr Vater setzte einen Blick auf, der sagte: *Wir finden doch sicher eine andere Lösung, die für uns alle zufriedenstellend ist.* »Frau Schubert, ich bitte Sie. Martha war stets eine tadellose Schülerin. Sie träumt davon, in Moskau zu studieren. Sie will sich mit aller Kraft für die Sache des Sozialismus einsetzen!«

Frau Schubert zückte ihren Füllfederhalter wie ein Messer. Ihre Lippen wurden schmal, ein Zeichen, dass die Unterhaltung beendet war und sie sich wieder ihrem Brief zuwenden wollte, an dem sie vorhin geschrieben hatte. Doch sie kannte Marthas Vater nicht, der grundsätzlich das letzte Wort hatte.

»Frau Schubert, Ihre Strenge in allen Ehren. Doch ich bin sehr der Ansicht, dass Sie Ihre Meinung noch einmal überschlafen sollten. Dank meiner *Kontakte* …« Er ließ das Wort kurz im Raum stehen. » … weiß ich, dass dies Ihr erster Posten als Schulleiterin ist. Sie haben stets vorbildliche Arbeit geleistet, da gab es keinen Grund zur Beschwerde. Aber wir wollen doch, dass dies auch so bleibt, nicht wahr, Genossin?«

Die Schulleiterin lehnte sich auf ihrem Stuhl zurück. Die Temperatur im Raum hatte sich merklich abgekühlt. »Verstehe«, sagte sie schließlich, steckte den Deckel auf ihre Füllfeder und lächelte geschlagen. »Ich werde sehen, was ich tun kann. Sie dürfen jetzt gehen.«

»Die *ganzen* Ferien über hast du Hausarrest?« Betty sah Martha mit großen Augen an.

»So ist es. Ich darf unser Haus nur verlassen, um meinen Strafdienst im Strandbad abzusitzen.« Demonstrativ zupfte Martha einen jungen Löwenzahn zwischen den Steinplatten der Terrasse heraus und warf ihn in den Eimer.

Sie versuchte, den Eindruck zu vermitteln, sich mit ihrem Schicksal abgefunden zu haben und nicht weiter unglücklich zu sein, aber es war ein Ding der Unmöglichkeit, nicht frustriert zu klingen, wenn einem der Rücken vom Unkrautzupfen schmerzte, während sich gefühlt die ganze Hauptstadt im Müggelsee erfrischte.

Clara verzog ihr Gesicht, und auch Betty schob die Unterlippe vor und sah sie mitleidig an. Dabei hatte Martha genau das verhindern wollen. Sie wollte nicht bemitleidet werden. Das raubte ihr den letzten kleinen Rest Würde, den sie noch hatte.

Sie wischte sich mit dem Handrücken den Schweiß von der Stirn. Die Sonne knallte auf sie herab und wurde von den hellen Steinplatten reflektiert. Noch nie hatte der Müggelsee so verführerisch ausgesehen. Das Lachen der Menschen, die sich im funkelnden Wasser vergnügten. Das muntere Geplauder der Strandcafé-Gäste auf der Dachterrasse über ihr.

Das leise Rauschen der Wellen. Die sanfte Brise, die Sonnenschirme flattern ließ und den See mit Rillen überzog. Es war die reine Folter.

»Ich habe schon versucht, mit meinem Vater zu reden, dass er dich wenigstens zwischendurch mal kurz ins Wasser hüpfen lässt, aber er kennt auch bei meinem Bruder keine Gnade«, sagte Betty und schob die Träger ihrer Tasche auf ihrer Schuler höher.

»Wie geht's Alex denn?«, fragte Clara.

»Na ja, wie Martha hat er Hausarrest und darf nur raus, um zu trainieren oder um seinen Strafdienst im Strandbad abzuleisten. Wobei er hin und wieder heimlich aus dem Fenster klettert und für ein paar Stunden abhaut. Ich decke ihn in der Zeit. Ich glaube, die Jungs haben einen neuen Ort für das Radio gefunden, aber Alex will mir nichts Genaues verraten.«

Martha fühlte sich, als hätte ihr jemand in den Bauch geboxt. Sie vermisste es, mit den Jungs herumzualbern, Musik zu hören und nebenbei *Radio Freigeist* zu moderieren.

Zwei junge Kerle liefen an ihnen vorbei und steuerten auf den Kiosk zu. Die beiden schienen Betty in ihrem rot gepunkteten Bikini regelrecht zu verschlingen. Dann pfiff einer von beiden sogar! Doch auch Clara schien ihnen zu gefallen. Während Betty mit den Augen rollte, war Claras Blick erfreut-neugierig.

»Ist das eigentlich neu?«, fragte Betty und deutete auf Claras Kleid.

»Mehr oder weniger. Meine Mutter schneidert doch manchmal Kleider aus Zeitschriften nach. Dieses hier hing schon seit Ewigkeiten in ihrem Schrank. Ich habe sie gefragt, ob ich es mir borgen kann.«

Clara ließ den leichten Stoff um ihre Knie schwingen. Ihre Mutter war kleiner und fester als sie, deshalb saß das Kleid locker. Trotzdem sah sie hübsch aus. Das Sonnengelb stand ihr. An den Oberschenkeln waren zwei große Taschen mit bunten Plastikblumen darauf.

»Wie kam's?«, wollte Martha wissen. »Ich dachte, Mode sei dir gleichgültig.«

Clara ließ den Blick über die bunten Strandkörbe und Sonnenschirme wandern. »Heute war mir einfach danach.« Sie zuckte mit den Schultern. »Ist doch schade, dass meine Mutti sich immer so viel Mühe macht, die schönen selbst genähten Kleider dann aber in ihrem Schrank einstauben.«

»Stimmt«, antwortete Martha, aber sie bezweifelte insgeheim, dass es Clara wirklich nur darum ging, die Kleider ihrer Mutter ungetragen den Motten zu überlassen. Konnte es sein, dass Clara darauf gehofft hatte, Alex im Strandbad zu begegnen, und sich für ihn hübsch gemacht hatte?

Betty fächelte sich mit der Hand Luft zu. »Ich fühle mich schlecht, wenn wir ins Wasser gehen, während du hier in der Sonne schwitzt.«

»Das macht mir nichts aus, wirklich.« Martha winkte ab. Unter ihren Fingernägeln saß Dreck, ihre Beine schmerzten vom Knien auf den harten Steinplatten, und der Durst brachte sie fast um. »Die Arbeit ist sogar beruhigend. Ich habe viel Zeit zum Nachdenken und …«

»Wir bleiben hier«, überhörte Betty schlichtweg den Unsinn, den Martha von sich gab, und zuckte vergnügt mit den

Schultern. »Ist doch egal, wo wir sind, Hauptsache, wir sind zusammen.«

Martha protestierte, sie wollte ihren Mädels nicht den schönen Sonnentag verderben. Doch Betty und Clara breiteten bereits ihre Strandtücher am Rand der Terrasse aus, dort, wo der Sand losging, und machten es sich darauf gemütlich. Wie so oft fragte Martha sich, womit sie ihre Freundinnen eigentlich verdient hatte. Aber sie hätte dasselbe für die beiden getan. Seit sie den alten Horst mit vereinten Kräften gerettet hatten, waren sie zu einer unzertrennlichen Einheit zusammengewachsen.

Martha zog an einem widerspenstigen Löwenzahn und lauschte dabei Bettys Neuigkeiten.

»Kurt hat mich gestern zu Kaffee und Kuchen eingeladen und mir dabei erzählt, dass er mir die Nebenrolle in seinem neuen Film gibt! Ist das zu glauben? Dabei war das Vorsprechen doch eine solche Katastrophe!«

»Herzlichen Glückwunsch!«, jubelte Clara. »Wobei ich kein bisschen daran gezweifelt habe, dass du die Rolle bekommst. Du bist einfach gut. Wie du letztens im Deutschunterricht das Brecht-Gedicht vorgetragen hast – da ist es mir eiskalt den Rücken runtergelaufen. Und du magst diesen Kurt?«

»Danke. Ich mag Kurt wirklich. Er ist ein wunderbarer Mann.« Betty nickte, wodurch ihre blonden Wellen wippten. »Ich weiß gar nicht, was er an mir findet.«

»Puh, das weiß ich auch nicht. Vielleicht deine strahlende Schönheit? Deinen Charme? Deinen Witz?«

Martha hörte die beiden kaum. Ihr Durst war inzwischen

so groß, dass sie das Gefühl hatte, Sand im Hals zu haben. Sie schluckte. »Herzlichen Glückwunsch. Das ist großartig«, brachte sie hervor und kratzte das Gras aus den Rillen zwischen den Steinplatten. »Worum geht es denn in dem Film?«

Mit leuchtenden Augen fing Betty an zu erzählen. Sie schwärmte von Kurt, seinen großen Ideen, seinem Talent und seinen Zukunftschancen – bis ihr auffiel, dass Clara gar nicht zuhörte, sondern die ganze Zeit gedankenverloren zum Ufer hinstarrte. Erst als Betty vor ihren Augen mit den Fingern schnippte, schüttelte sie sich, blinzelte ein paarmal und kam ins Hier und Jetzt zurück. »Entschuldige. Kurts Film interessiert mich wirklich, aber irgendwie … Ich weiß auch nicht. Ich bin einfach konfus in letzter Zeit.«

»Worüber hast du denn nachgedacht?«, wollte Martha wissen.

»Über alles und nichts. Über deinen Hausarrest und die Feier … Ich frage mich, was die Polizei überhaupt am Strandbad zu suchen gehabt hat. Es ist schon ein großer Zufall, dass ein Streifenwagen mitten in der Nacht außerhalb der Stadt am Müggelsee entlangfährt und dann auch noch ausgerechnet zum Strandbad. Das ist doch ein riesiges Gelände. Was, wenn uns jemand verpfiffen hat? Immerhin hatte auch Miriam den Tipp bekommen, mal bei dem Haus vorbeizuschauen, in dem Waste wohnt. Na ja, und dann habe ich auch noch über den Sommer nachgedacht. Wir werden dich kaum sehen, und die Jungs werden bald den Wehrdienst antreten oder studieren oder was auch immer. Ach, mir ist seit ein paar Tagen einfach irgendwie seltsam zumute. Als …«

»Als was?«, hakte Betty besorgt nach. So emotional und durcheinander hatten sie Clara noch nie erlebt.

»Als hätte ich Würmer im Bauch.«

Betty legte den Kopf schief. Langsam breitete sich ein Schmunzeln auf ihrem Gesicht aus. »Süße, kann es sein, dass das keine Würmer sind, sondern Larven?«

Clara runzelte die Stirn.

»Larven, aus denen bald wunderschöne Schmetterlinge werden.«

»Was redest du denn da?«

Betty legte die Hände auf Claras Schultern und sprach aus, was Martha längst schon befürchtete: »Kann es sein, dass du dich verliebt hast?«

»Was?! Nein! Ich bin nicht verliebt.«

»Wäre doch endlich mal an der Zeit!«, freute Betty sich. »Verliebt zu sein ist ein wunderbares Gefühl.«

»Ich bin aber nicht verliebt«, beharrte Clara. Noch nie hatte sie sich so sehr für die Möwen interessiert, die über dem See dahinsegelten.

»Wenn du meinst«, erwiderte Betty leichthin. Wie auch Martha wusste sie, dass man Clara nicht zu sehr drängen durfte, denn ansonsten machte sie dicht.

Clara sah sie aus dem Augenwinkel an. »Wie genau fühlt sich Verliebtsein denn an?«

»Als ob alles ganz leicht und schön wäre. Die Erdbeeren sind süßer, die Menschen freundlicher, Kuchen duftet einfach nur köstlich, gleichzeitig bekommt man kaum einen Bissen runter, weil man so aufgeregt ist. Aber erst der Himmel! Der Himmel ist voll mit rosaroten Wolken!«

Clara sah in den Himmel hinauf. »Also ich sehe nur ganz normale Wolken. Das beweist: Ich bin nicht verliebt.« Sie zupfte Gras zwischen den Steinplatten heraus und warf es in Marthas Eimer. »Seid ihr denn verliebt?«

»Na, ich schon.« Betty stützte sich hinter ihrem Rücken auf die Unterarme, strecke die Beine lang aus und wackelte mit den Zehen.

»Und du, Martha?«, fragte Clara.

Sollte Martha Clara gestehen, dass sie Alex gernhatte? Aber was brachte das jetzt noch? Ihr zuliebe würde Clara sich gewiss von Alex fernhalten, und das wollte Martha nicht. Sie hatte Alex ja sogar versprochen, für ihn ein gutes Wort bei ihr einzulegen. Und sie hatte die beiden doch gesehen, wie sie in der Nacht im Strandbad nebeneinander im Sand gesessen hatten. Schön hatte das ausgesehen. Als gehörten sie zusammen.

Aber ein Teil von ihr glaubte, ein Anrecht auf Alex zu haben, weil sie ihn schon liebte, seit sie ihn das erste Mal im Strandbad gesehen hatte. Seit er in jenem Sommer 1956 vor ihr gestanden hatte, um sich für den Ball zu entschuldigen, der sie getroffen hatte. Ja, seit diesem Tag hatte sie ihn nicht aus den Augen verloren. Im Nachhinein sah sie den Ball als eine Spielart von Amors Pfeil.

»Ich *war* verliebt«, sagte sie. »Aber ich bin es nicht mehr.«

»In wen?«, wollte Clara wissen.

Martha holte Luft. Sagte: »In Alex.«

Ein paar Atemzüge lang war es still.

»Aber du hast dich immer darüber beschwert, wie viele

Freundinnen er schon hatte und dass er sich nicht für die Schule interessiert und …«

»Ich weiß«, unterbrach Martha ihre Freundin und ließ die Hacke in ihren Eimer fallen. »Wie soll man das auch gut finden?! Aber das Herz macht eben, was es will.«

Claras Augen zuckten hastig hin und her, wie immer, wenn sie angestrengt nachdachte. Als würde sie eine mathematische Gleichung lösen. Aber das hier war keine Gleichung. Das hier war das Leben.

»Warum hast du nichts erzählt?«, fragte sie schließlich.

»Weil …« Martha breitete hilflos die Arme aus. »Weil ich mich geschämt habe! Weil er Alexander Reinhart ist und ich nur Martha Asseln.«

»Sag so etwas nie wieder! Du wirst jemanden finden, der sich glücklich schätzt, ein so wunderbares, kluges und witziges Mädchen wie dich an seiner Seite zu haben.« Betty versuchte sie aufzumuntern, aber alles, was Martha hörte, war: *Du wirst jemanden finden, und es wird nicht Alex sein. Der gehört jetzt Clara.* Dabei war Betty noch so zuversichtlich gewesen, als sie Martha vor der Abschlussfete geschminkt hatte.

»Es ist ohnehin egal. Er interessiert sich nicht für mich.« Das auszusprechen fühlte sich an, wie sich selbst ein Messer in die Brust zu rammen.

Clara wollte gerade etwas erwidern, doch auf einmal legte sich ein Schatten über sie. »Junge Dame, wenn ich mich recht erinnere, haben Sie eine Strafe abzuarbeiten«, sagte Bettys Vater zu Martha. »Und zwar allein und nicht in fröhlicher Gesellschaft.«

»Entschuldigen Sie, Herr Reinhart.«

Betty und Clara packten ihre Sachen und gingen zum Wasser hinab. Martha versuchte, sich auf ihre Strafarbeit zu konzentrieren, und doch entging ihr nicht, wie Betty eine Zeitschrift aus ihrer Tasche zog, Clara sich bei Uschis Kiosk eine Brause kaufte, wie Betty schallend über etwas lachte, wie die beiden zur Wasserinsel hinausschwammen, um sich dort genüsslich in der Sonne zu rekeln. Sie dachte an die Jungs und fragte sich, was sie wohl machten. Vor ihrem inneren Auge tauchten Bilder auf, wie sie sich gemeinsam die Nächte um die Ohren schlugen, Musik hörten, *Radio Freigeist* wieder zum Leben erweckten. Da war es wieder, dieses Gefühl, als würde jeder die Zeit seines Lebens haben, nur sie nicht.

Und was, wenn Alex Clara tatsächlich fragte, ob sie mit ihm ins Kino ging? Wenn dieses Dilemma am Ende doch eine mathematische Rechnung war, und zwar die leichteste von allen. Nämlich: »Eins plus eins ergibt zwei.«

Was, wenn Clara und Alex ein Paar werden würden? Würde sie das verkraften?

15

Betty

»Du bist die Affäre, wa?«, hatte die Frau mit dem fetzigen Kurzhaarschnitt sie gefragt.

Betty hatte im Spiegel des Schminktischs sehen können, wie ihre Wangen und Ohren geglüht hatten. Nun, eine Stunde später, steckte sie in einem knallroten Kleid mit tiefem Ausschnitt. Auch ihre vollen Lippen waren knallrot. Ihr Busen war mit Klebestreifen angehoben, ihr blondes Haar zu großen, weichen Locken gedreht.

»Da staunste, wa?«, sagte die Visagistin. »Bist ’ne richtige Lady jeworden.«

Betty kam sich eher vor, als würde sie mit ihren Reizen hausieren gehen. Sie fragte sich gerade, ob – und wenn ja, wie – sie das der Visagistin schonend beibringen konnte, da wurde sie bereits von einem jungen Kerl mit Klemmbrett in der Hand abgeholt.

Während sie ihm folgte, ging sie im Kopf noch mal ihren Text durch. Sie hatte jeden Tag mehrere Stunden geübt und sich zu ihrer Rolle eine Biografie zurechtgelegt. Sie wusste, was »die Affäre« morgens frühstückte, wovor sie Angst hatte, wovon sie träumte, wie oft sie ihre Bettwäsche wechselte und mit wem sie ihr erstes Mal erlebt hatte. Einfach alles. Betty hatte ihr Leben eingehaucht. Aber das Wichtigste war: Sie hatte der Affäre einen Namen gegeben. Lucinda Moser.

Der junge Kerl zog eine Hälfte einer hohen Flügeltür für Betty auf. Das Licht unzähliger Scheinwerfer blendete sie. Doch als ihre Augen sich daran gewöhnt hatten, erstreckte sich vor ihr ein wahr gewordener Traum. Betty hielt inne, um alles auf sich wirken zu lassen. Es ging zu wie in einem Ameisenhaufen. Überall wuselten Menschen, prüften die Technik, riefen sich Anweisungen zu, bedienten sich am Büfett und scherzten miteinander. Eine Restaurantkulisse war in der Halle aufgebaut.

Betty traute ihren Augen kaum, als Karla Runkehl in einem eleganten Abendkleid an ihr vorbeischritt. Frau Runkehl war nicht nur eine hervorragende Schauspielerin, sondern auch atemberaubend schön. Und wie gekonnt sie auf den hohen Absätzen lief! Das Wunderwerk an funkelnden Pailletten, das sich eng an ihren Leib schmiegte, hatte doch sicher Onkel Theodor entworfen.

Offenbar war Frau Runkehl für heute abgedreht, denn sie hauchte Kurt einen Abschiedskuss zu. »Bis morgen.«

Ja, das hier war das, was Betty sich für ihr Leben wünschte. Wovon sie immer geträumt hatte. Irgendwann würde sie wie Frau Runkehl in einem wunderschönen Kleid an Scheinwerfern vorbeischreiten, ihr langes Haar über die Schultern werfen und dem Regisseur einen Kuss zuhauchen.

»Wo bleibst du denn?«, rief der Kerl mit dem Klemmbrett. »Geh schon mal an der Bar auf deine Position.«

Kurt war zu beschäftigt, um Betty wahrzunehmen. Er

diskutierte gerade mit dem Mann, der den Ton angelte. Ihr entging nicht, dass die anwesenden Frauen hinter dem Büfetttisch sofort die Schultern strafften und ihre Brüste präsentierten, als er an ihnen vorbeilief. Wer konnte es ihnen verübeln? Kurt war ein attraktiver und erfolgreicher Mann.

An diesem Tag lernte Betty, dass vieles im Film mit Warten zu tun hatte. Erst wartete sie darauf, dass Kamera und Licht perfekt eingestellt waren. Dann, dass der Hauptdarsteller aus der Maske kam. Sie hätte sich in der Zwischenzeit am Büfett bedienen können, aber sie wollte, dass ihr Bauch flach war. Und was, wenn man sie genau dann zum Einsatz rief, wenn sie gerade ein Käsebrot aß? Oder noch schlimmer: wenn sie Kaffee auf ihr Kleid verschüttete? Vor Aufregung würde sie ohnehin keinen Bissen runterbekommen.

Niemand Geringeres als Bruno Carstens spielte die Hauptrolle des skrupellosen Kapitalisten aus dem Westen. Er begrüßte Betty freundlich und wechselte ein paar Worte mit ihr, und Betty konnte sich nicht zurückhalten, ihm zu sagen, wie sehr sie ihn für seine Schauspielkunst bewunderte.

»Sind wir so weit?«, rief Kurt. »Kamera?«

»Bereit!«

»Ton?«

»Bereit!«

Ein paar Atemzüge lang war es still wie in der Kirche. Betty konnte ihr Herz schlagen hören. Oh Gott, wie lautete noch mal ihr erster Satz?

Nur die Ruhe, sagte sie sich. *Du bist Lucinda Moser. Einundzwanzig Jahre alt. Du liebst Kartoffelpuffer mit Apfelmus, singst in der*

Dusche und himmelst diesen Mann an, der gerade an der Bar vor dir steht. Ein Blick von ihm, und deine Knie werden weich.

»Uuuuuund bitte!«

»Ich habe dich so vermisst«, begann sie ihren Text aufzusagen. »Wenn ich morgens aufwache, denke ich an dich, und wenn ich abends ins Bett gehe, schlafe ich mit dir in meinen Gedanken ein.«

Bruno sah sie so ernst und gleichzeitig mitleidig an, dass ihr ein kalter Schauer den Rücken hinablief. Sie ahnte Böses. Was hatte er ihr mitzuteilen? »Ich muss dir ein Geständnis machen. Ich habe jemanden kennengelernt.«

»Was?!« Betty wandte sich ab. Die Kehle wurde ihr eng. Ihre Augen schwammen vor Tränen. »Du hast jemanden kennengelernt? Wer ist sie? Seit wann?« Auf einmal kochte Wut in ihr hoch. »Oh, ihr aus dem Westen seid doch alle gleich! Alles ist austauschbar! Du wolltest, dass ich für dich mein Land verlasse, und kurz habe ich darüber nachgedacht – für dich. Aber meine Wurzeln sind hier, und Blut ist dicker als die Tinte auf den Zugtickets nach Venedig, die du gekauft hast.«

Sie glitt vom Barhocker. Doch bevor sie ging, wandte sie sich noch einmal um. »Ich habe dich geliebt, aber meine Heimat liebe ich mehr.«

Hocherhobenen Hauptes verließ sie den Set. Auf einmal wurde ihr eiskalt. Oh nein, was war nur in sie gefahren? Der letzte Satz hatte gar nicht im Drehbuch gestanden!

»Und Schnitt«, rief Kurt.

Mit hochroten Wangen kehrte Betty zur Restaurantkulisse zurück. Bestimmt hielt Kurt sie nun für unprofessionell.

Er wiegte den Kopf. Überlegte. »Das habe ich zwar so nicht geschrieben, aber es gefällt mir! Das ist dramatisch. So lassen wir es!«

»Du warst wirklich sehr präsent«, lobte auch Bruno sie. »Gute Arbeit.«

Betty konnte ihr Glück kaum fassen.

Die Szene musste noch unzählige Male aus verschiedenen Perspektiven wiederholt werden, Feinheiten wurden verändert, Varianten ausprobiert. Betty hatte bereits vermutet, dass Schauspielerei nicht so leicht war, wie es den Anschein haben konnte, wenn man als Zuschauer den fertigen Film auf der Leinwand sah. Aber es war noch viel kräftezehrender als erwartet. In der Halle gab es keine Fenster. Gut möglich, dass draußen schon der Mond am Himmel stand.

»So, die Szene ist im Kasten. Machen wir für heute Schluss!«, verkündete Kurt endlich.

»Schönen Feierabend!«, rief sie allen zu und versuchte, ebenso elegant wie Karla Runkehl auf ihren hohen Absätzen in Richtung der Umkleiden zu stolzieren. Aber bei ihr reagierte niemand. Außerdem taten ihr die Füße mörderisch weh.

Während sie sich umkleidete, hoffte sie, dass Kurt vorbeikommen und ihr anbieten würde, sie nach Hause zu fahren, aber er tauchte nicht auf. Natürlich hatte er Wichtigeres zu tun, als sie durch Berlin zu kutschieren. Ihr Magen knurrte laut. Sie würde sich ein Häppchen holen, das hatte sie sich nach dem anstrengenden Tag auch redlich verdient, und dann mit dem Bus nach Hause fahren.

Zum Glück war das Büfett noch nicht abgebaut. Sie

schnappte sich eines der kleinen Käsebrote und wollte gerade hineinbeißen, da hörte sie eine Männerstimme hinter der Kulisse sagen: »Diese Blonde war zwar überraschend gut, aber warum die hier ist, ist ja wohl klar.«

»Ist mir auch aufgefallen«, stimmte ein anderer zu. »Sie passt in sein Schema. Wobei sie für seinen Geschmack wahrscheinlich etwas zu pummelig ist.«

Redeten die etwa über sie? Von welchem Schema war die Rede? Ja, sie hatte weibliche Kurven, aber pummelig war sie ganz sicher nicht!

Oder?

Der Appetit war ihr jedenfalls vergangen.

Draußen war es sogar noch hell. Die intensive Abendsonne war ein Genuss nach den Stunden im kalten Licht der Halle. Sie atmete auf, als der Bus kam. Zu Hause würde sie erst mal heiß duschen. Ein Mann sah sie immer wieder über seine Zeitung hinweg an. Seine Blicke waren ihr unangenehm. Am liebsten hätte sie mit der Handfläche den sinnlich roten Lippenstift von ihrem Mund gewischt, aber ohne Spiegel würde sie die Farbe nur in ihrem Gesicht verteilen.

Als er sich von seinem Platz erhob, auf sie zukam und sie ansprach, drehte sich ihr der Magen um. »Na, schöne Frau? Ganz allein unterwegs?«

Sie behauptete, ihr Vater würde sie an der nächsten Haltestelle erwarten, und stieg aus, als der Bus hielt. Da stand sie nun, irgendwo in Köpenick, ein ganzes Stück von zu Hause entfernt. *Ein bisschen Bewegung an der frischen Luft wird dir guttun,* sagte sie sich. *Alles ist bestens.*

Sie war etwa zehn Minuten unterwegs, als sie auf einmal ein seltsames Geräusch hörte. Es klang, als würde jemand versuchen, eine Katze herbeizulocken. »Tzzz!«

Sie warf einen Blick über die Schulter, aber hinter ihr war niemand. Also ging sie weiter.

»Tzzz.« Schon wieder dieses Geräusch! Wahrscheinlich waren ihre Nerven überreizt von dem aufregenden Tag. Sie blickte zur Seite und entdeckte den jungen Kerl, der an einem Ahorn am Rande eines kleinen Parks lehnte. Sie erkannte ihn an seiner Mütze. »Charlie!«, rief sie freudig.

Nachdem er spurlos von der Party verschwunden war, hatte sie befürchtet, ihn nie wiederzusehen.

Er legte einen Finger an seinen Mund und sah sich misstrauisch um. Betty wollte ihn gerade auf den Fotoapparat ansprechen, der um seinen Hals hing, als er ihr mit einer Kopfbewegung bedeutete, ihm zu folgen. Er zog sich in den Schutz einer Trauerweide zurück, deren herabhängende Zweige zu einer Seite das Wasser der Müggelspree berührten.

»Was machst du hier?«, fragte sie ihn und folgte ihm unter das Geäst des Baumes. »Bei der Party warst du auf einmal weg. Und jetzt stehst du hier wie aus dem Nichts vor mir und …«

Betty stolperte über eine Wurzel und hielt sich an seiner Schulter fest. Die plötzliche Nähe ließ sie beide kurz verstummen. Er fing sich als Erster.

»Ich fotografiere.« Dasselbe Grinsen, das sie schon auf der Party fast in den Wahnsinn getrieben hatte, umspielte seine Lippen.

Sie stemmte die Hände in die Hüften. »Das ist also dein mysteriöses Hobby? Du fotografierst?«

»Ja, aber nicht irgendwas. Wart's ab.« Er runzelte die Stirn. »Was soll eigentlich dein Aufzug?«

Sie hatte die Locken und den Lippenstift ganz vergessen. »Ich hatte heute meinen ersten Drehtag.«

»Und da hast du wen genau gespielt? Du siehst aus wie …«

»Eine Möchtegern-Variante von Marilyn Monroe?«, vollendete sie den Satz für ihn. »Ich wollte eigentlich nur dezent geschminkt werden, aber für die Kamera muss man wohl immer dick auftragen.«

»Und, war es so, wie du's dir erhofft hast?«

»Ja. Schon«, sagte sie, aber sie hörte selbst, dass sie nicht wirklich überzeugend klang. Der lange Tag hatte sie erschöpft.

Charlie musterte sie, als würde er sie ergründen wollen. Wenn Kurt sie ansah, dann oft auf eine Weise, die sie all ihre Makel spüren ließ. Den Speck an den Hüften. Ihre Nase, die, im Profil betrachtet, nicht ganz gerade war.

Charlie entschied offenbar, nicht weiter in sie zu dringen. Stattdessen nahm er mit seiner Kamera einen Wagen ins Visier, der gegenüber vom Park am Straßenrand stand. »So, Ruhe jetzt. Ich muss mich konzentrieren.«

Betty richtete den Blick auf den Wagen, doch es dauerte nicht lange, und sie fing an, Charlie zu betrachten. Die dunklen Haare auf seinem Arm. Das herzförmige Muttermal über seinem Mund.

»Wenn du willst, kann ich dir auch ein Foto von mir

schießen, dann musst du mich nicht so anstarren«, sagte er, die Kamera weiterhin vor seinen Augen.

»Ich versuche nur, aus dir schlau zu werden.«

»Lass das lieber, daran sind schon viele verzweifelt.«

»Oh, ich vergaß, der Herr ist ja sarkastisch.«

»Das war kein Sarkasmus. Sarkasmus ist, wenn man etwas lächerlich machen will.«

»Da sieh mal einer an, ein wandelndes Lexikon! Ich bin beeindruckt.«

»Das war sarkastisch.« Ihm war anzusehen, dass er sich ein Grinsen verkniff. »Und jetzt sei leise, es geht los.«

Sie folgte seinem Blick und sah, dass eine Frau aus dem Mietshaus kam, vor dem das Auto parkte. *Klack*. Charlie hatte den Auslöser seiner Kamera betätigt. Ein Mann stieg aus. *Klack*. Er schloss den Wagen ab und folgte der Frau unauffällig. *Klack*.

»Komm.« Er nahm sie beim Handgelenk und wollte sie mit sich ziehen.

»Charlie, was wird das?«

»Das siehst du dann schon. Gib dir 'nen Ruck, oder hast du etwa was Besseres vor?«

Er sah gut aus, war aber nicht ihr Typ. Mit Sarkasmus konnte sie nicht viel anfangen. Außerdem war er höchstens ein oder zwei Jahre älter als sie. Vermutlich hatte er keine müde Mark in der Tasche und lebte bei Mama und Papa. Ganz sicher hatte er nicht mal die Fahrerlaubnis. Doch er machte ihr das beste Angebot, das sie abends um halb sieben bekommen konnte, wenn sie noch nicht nach Hause wollte.

»Aber nur, wenn du mir versprechen kannst, mich in nichts Illegales zu verwickeln!«

Er antwortete nicht, sondern verfolgte konzentriert, wie erst die Frau und dann der Mann ums Eck bogen.

»Verfolgt er sie etwa?«, fragte Betty mit gesenkter Stimme.

Die Antwort erübrigte sich, als die Frau an einem Kiosk haltmachte und auch der Mann stehen blieb. Sie spürte, wie Charlie sanften Druck auf ihre Schulter ausübte und sie zum Eingang eines Mietshauses lotste. »Hier sollten wir nicht zu sehen sein«, sagte er.

Wie Charlie hatte der Verfolger eine Kamera um den Hals und sah aus wie ein typischer Tourist. Sogar einen Stadtplan hatte er dabei, den er nun aus der Tasche seines Sakkos zog. Er tat so, als würde er nach dem Weg suchen.

»Charlie, langsam werde ich nervös. Was tun wir hier?« Zugegeben, sie genoss die Aufregung. Aber nach ihrem Einbruch ins Strandbad, der für sie fast auf dem Polizeirevier geendet hätte, musste sie nicht gleich schon wieder in etwas Illegales verwickelt werden. Und streng genommen kannte sie Charlie gar nicht.

»Also gut«, sagte er, ohne dabei die Frau aus den Augen zu lassen. Sie kaufte gerade eine Zeitung und eine Packung Zigaretten und wechselte noch ein paar Worte mit dem Verkäufer. »Die meinen, in unseren Leben herumschnüffeln, uns beobachten und fotografieren zu können Also können wir das auch, oder?«

»Ich verstehe nur Bahnhof«, sagte sie. »Von wem redest du? Wer sind *die?*«

»Die Stasi, Betty. Sie spioniert Menschen aus. Menschen, die ihrer Meinung nach nicht ins System passen. Die nicht in der Partei sind oder ihnen nicht nach dem Mund reden.«

Betty legte eine Hand an die Stirn und schüttelte den Kopf.

»Ich weiß, das klingt total absurd. Aber es ist die Wahrheit. Diese Frau hat etwas getan oder gesagt, was der Partei nicht in den Kram passt. Vielleicht hat sie auch nur die falsche Verwandtschaft oder die falschen Freunde. Jedenfalls wird sie beschattet, wie du sehen kannst.«

Die Frau setzte ihren Weg nun fort, woraufhin der Mann seinen Stadtplan zusammenfaltete, in die Sakkotasche steckte und ihr folgte.

Betty konnte kaum begreifen, wovon sie gerade Zeugin wurde. Sie hatte sich in ihrem Heimatland stets sicher gefühlt. Doch auf einmal erfuhr sie, dass die Stasi ihre eigenen Landsleute ausspionierte. Auch Clara hatte ein paarmal Andeutungen gemacht, aber Betty hatte nie gewusst, was sie davon halten sollte. Sie hatte sich einfach eher für die schönen Dinge des Lebens interessiert. Ein elegantes Kleid in einem Schaufenster, süßer Duft, der aus einer Bäckerei strömte.

Die Frau erreichte nun die Bushaltestelle am Ende der Straße und wartete dort. In ein paar Metern Entfernung blieb auch der Mann stehen und betrachtete die Auslage im Schaufenster eines Eisenwarenladens.

Na und?, hätte Betty am liebsten gesagt. *Was geht mich das an?*

»Ich habe eine ganze Sammlung Schwarz-Weiß-Aufnahmen«, sagte Charlie. »Ich könnte damit inzwischen eine Ausstellung füllen.«

»Seltsame Freizeitbeschäftigung. Bekommen wir denn nicht Ärger, wenn wir erwischt werden?«, fragte Betty.

Charlies Grinsen kehrte zurück. »Warum sollten wir? Wir sind doch nur ein junges Pärchen, das durch die Stadt schlendert.« Er verschränkte seine Finger mit ihren und summte leise eine Melodie, die sie nicht kannte.

Auf einmal kribbelte ihr ganzer Körper. Sie schob es auf die Aufregung. Sollte sie Charlie ihre Hand entziehen? Ihn daran erinnern, dass sie einen Freund hatte? Aber das hier war ja eh nicht echt. Es war nur eine Rolle, die sie spielte.

»Warum machst du das?«, brachte sie hervor. »Warum fotografierst du das?«

»Für die Nachwelt«, erklärte er. »Am Ende glaubt uns keiner, was in diesem Land los war.«

Betty sah zu der Frau. Die etwa Fünfzigjährige hielt sich mit beiden Händen an ihrer Tasche fest. Sie warf einen Blick über die Schulter, spürte vielleicht, dass sie beobachtet wurde.

»Aber das Beste an diesem Hobby ist …«, setzte Charlie an. Und im nächsten Moment packte er Betty, wirbelte sie herum und sah ihr tief in die Augen. Ihre Nasenspitzen berührten sich fast, so nah waren sie einander. »Dass sich auch die Stasi-Spitzel beobachtet fühlen«, vollendete er seinen Satz.

Betty konnte seinen warmen Atem an ihren Lippen spüren. Es dauerte zwei Herzschläge lang, dann schaffte sie es, den Kopf leicht zu drehen und unauffällig zu dem Mann zu lugen, indem sie so tat, als würde sie eine Locke hinter ihr Ohr klemmen. Tatsächlich sah auch er sich verunsichert um. Betty versteckte ihr Lachen an Charlies Brust.

»Du bist die schlechteste Spionin, die mir je begegnet ist«, meinte er. Sie konnte das Grinsen in seiner Stimme hören und atmete tief seinen Duft ein. Ein Duft nach Waschmittel und warmer Haut. Kurt roch markant nach Rasierwasser.

Charlie begann leise zu singen. Dabei legte er sein Kinn auf ihren Scheitel.

»But when I met that little girl,
I knew that I would fall.«

»Das ist überhaupt nicht romantisch«, meinte Betty.

»Kein bisschen.«

Sie löste sich von ihm. Sah zu ihm auf. »Wie kommt es, dass dein Englisch so gut ist?«

»Mein Vater ist Engländer.«

»Oh.«

»Genau, ich bin ein Besatzerkind. Früher habe ich meinen Vater hin und wieder noch gesehen, aber inzwischen weiß ich nicht mal, ob er noch drüben in Westberlin ist oder schon wieder in England.«

»Vermisst du ihn?«

»Ich kenne ihn ja kaum. Deshalb glaube ich, dass ich eigentlich nicht ihn selbst vermisse, sondern eher das Gefühl, einen Vater zu haben, der mir Ratschläge gibt und mir stolz auf die Schulter klopft oder Dinge sagt, wie: *Du schaffst das schon, mein Junge.*«

Betty warf einen Blick in den Himmel. Rosarote Wolken trieben gemächlich über dem inzwischen dunkelblauen Himmel Berlins dahin. Die Telefonzelle am Ende der Straße war nur noch undeutlich auszumachen.

»Ich fürchte, ich muss langsam los«, sagte sie.

»Zu deinem Freund?«

»Nein. Nach Hause.« Sie wandte sich um. Ging ein paar Schritte. Würde sie ihn wiedersehen? Und was war schon dabei, wenn er sie noch ein kleines Stück begleitete?

Sie blieb stehen und sah ihn über die Schulter an. »Ich würde wirklich gerne wissen, von was das Drehbuch handelt, an dem du gerade schreibst.«

»Na dann«, sagte er, und sein rechter Mundwinkel hob sich zu einem schiefen Lächeln. Er schob die Hände in die Hosentaschen und schloss zu ihr auf.

Während er neben ihr herging, erzählte er. Das Drehbuch handelte von einer Witwe, die kurz nach dem Zweiten Weltkrieg einen Mann davor bewahrte, sich das Leben zu nehmen. All seine Ideale waren auf einmal ausgelöscht, auf seinen Schultern lastete die Schuld, Mitläufer des NS-Regimes gewesen zu sein. Sie nahm ihn vorerst bei sich auf. Er war ein ganzes Stück jünger als sie, und doch wurde sie seine erste große Liebe. Aber auch sie trug ein Geheimnis mit sich herum …

»Und dann?«, fragte Betty. Sie waren schon fast bei ihr zu Hause angekommen. »Bleiben sie zusammen?«

»Vielleicht.«

»Weißt du es noch nicht, oder verrätst du es mir nicht?«

»Beides.«

Er war ihr ein einziges Rätsel, dieser junge Mann.

Sie standen vor dem hässlichen Wohnblock.

Im Wohnzimmer brannte Licht. Ihre Mutter war also zu Hause. Es hätte Betty auch gewundert, wenn nicht. Sie verließ die Wohnung nur noch zum Einkaufen oder um den Müll runterzubringen. Betty stellte sich vor, wie sie am Klavier saß, mit diesem entrückten Ausdruck im Gesicht, als wäre sie gar nicht wirklich hier, sondern irgendwo in der Vergangenheit oder einem Traumland, zu dem außer ihr niemand Zugang hatte.

»Aber vom Schreiben kannst du kaum leben, oder?«, rutschte Betty die Frage heraus. Am liebsten hätte sie sich auf die Zunge gebissen. Sie klang ja schon wie ihr Vater!

»Nein, nicht wirklich. Aber ich komme über die Runden. Ich habe einen ganz guten Weg gefunden, mir meine Brötchen zu verdienen.«

»Und womit?«

»Ich helfe hin und wieder in einer Bar namens *Ratskeller* aus.«

»In einer Bar? Und was ist mit deiner Zukunft?«

»Ich werde es herausfinden.« Er zuckte mit den Schultern. »Du stellst ja ganz schön viele Fragen.«

»Eine Frage hab ich aber noch. Sehen wir uns wieder?«

Er schwieg. Sah sie an.

»Es ist doch schon seltsam, dass wir uns heute wieder über den Weg gelaufen sind«, sagte sie und kam sich vor wie ein kleines Kind, das um Zuneigung bettelte. Es erschreckte sie, wie bedürftig sie offenbar war. Dabei gab es doch einen Mann in ihrem Leben.

Er ließ den Blick über den Plattenbau schweifen, das bisschen Grün, das man neben dem Fußgängerweg angelegt hatte und das irgendwie verloren wirkte. Dann schaute er wieder sie an.

»Ja, das ist es. Vielleicht bedeutet es ja was«, antwortete er.

Sie senkte das Kinn. »Glaubst du denn an Schicksal?«

»Eigentlich nicht.«

»Ich sollte dich mit meinem Freund bekannt machen«, bot sie an. »Er ist Regisseur.«

Er kniff die Augen zusammen. »Nein, danke.«

»Aber vielleicht …«

»Mach's gut, Betty Reinhart«, sagte er, verneigte sich leicht und ging davon.

»Charlie!«, rief sie ihm hinterher, doch er blieb nicht stehen.

Minuten später stand sie noch immer an Ort und Stelle und dachte darüber nach, wie er ihren Namen gesagt hatte. Sanft und vertraut.

Betty Reinhart. Darin hatte ein Versprechen gelegen. Die Aussicht auf eine Wiederholung, irgendwann in der Zukunft.

16

Clara

Clara blinzelte. Draußen war es noch tiefe Nacht, wie sie durch den schmalen Spalt zwischen den Gardinen sehen konnte. Warum war sie aufgewacht? Hatte ihr Großvater wieder mal an ihre Tür geklopft?

Ein Geräusch. Als hätte etwas gegen ihre Fensterscheibe geschlagen. Sie richtete sich im Bett auf.

Schon wieder! Konnte es sein, dass da jemand mit Kieselsteinen warf?

Sie strampelte die Bettdecke von den Beinen, schlurfte müde ans Fenster, schob die Gardinen auseinander – und traute ihren Augen kaum. Alex. Er hatte eine Rose in der Hand. Sie blinzelte, rieb sich über das Gesicht. Sie träumte, das war die Erklärung. Doch als sie nun hinuntersah, stand er immer noch da und sah zu ihr hoch.

Sein Mund bewegte sich, er sagte etwas, aber sie konnte ihn nicht hören.

Sie öffnete das Fenster. »Was machst du hier?«, flüsterte sie zu ihm hinab. Nicht dass ihre Eltern auf einmal in ihrem Zimmer standen und sich über den nächtlichen Lärm beschwerten.

»Ich will dir etwas zeigen. Komm runter!«

»Es ist mitten in der Nacht!«

»Eben! Das, was ich dir zeigen will, ist nur nachts besonders!«

»Das ist ja wie im Film«, würde Betty schwärmen. Betty mochte solche Abenteuer. Und sie selbst vielleicht auch, wie sie gerade feststellte.

Fast acht Wochen waren vergangen, seit sie ihn das letzte Mal in jener Nacht am Müggelsee gesehen hatte. Hin und wieder hatte sie an ihn gedacht. Sie hatte das Strandbad nach ihm abgesucht und Enttäuschung verspürt, wenn er nicht da war. Acht lange Wochen. Warum musste er ausgerechnet am letzten Sonntag der Ferien bei ihr aufkreuzen? Morgen würde die Schule wieder losgehen. Streng genommen in nur wenigen Stunden. Sie sollte ihn fortschicken. Aber sie war neugierig, wohin er sie entführen wollte.

Halt. Martha. Das Gespräch zwischen ihnen, als ihre Freundin dazu verdonnert worden war, das Unkraut zwischen den Steinplatten des Strandbads zu entfernen, kam ihr in den Sinn. Martha hatte mal Gefühle für Alex gehabt. Um keinen Preis der Welt wollte Clara ihre Freundin verletzen.

»Ich kann nicht …«, erwiderte sie.

»Gib dir 'nen Ruck. Oder willst du mich ernsthaft wie einen Trottel mit einer Rose in der Hand hier draußen stehen lassen?« Als sie nach wie vor zögerte, drohte er ihr: »Gut, dann singe ich eben und wecke alle, bis du endlich zu mir runterkommst.« Sprach's und fing lauthals an zu singen: »Brüder, zur Sonne, zur Freiheit, Brüder zum Lichte empor!«

»Sei leise!«, zischte sie. »Ist ja gut! Ich komme runter. Gib mir fünf Minuten.«

»Ist das dein Ernst?«, sagte sie, als sie kurz darauf in dem gelben Kleid, das ihre Mutter genäht hatte, vor ihm stand und die Arme vor der Brust verschränkte. »Du singst mitten in der Nacht unter meinem Fenster ein Arbeiterlied?«

»Du wolltest meine Überraschung verschmähen! Da musste ich zu drastischen Mitteln greifen.«

Sein schiefes Lächeln jagte ihr einen angenehmen Schauer den Rücken hinab. Zugegeben, er sah gut aus. Sie konnte nachvollziehen, was all die Mädchen an ihm fanden. Und als sie sich nachts im Strandbad mit ihm unterhalten hatte, hatte er ihr eine Seite offenbart, mit der sie nicht gerechnet hatte. Er hatte bewiesen, dass mehr in ihm steckte als nur der Schönling, dem alles in den Schoß fiel. Auch er machte sich seine Gedanken zu diesem Land, und das gefiel ihr. Es reizte sie, herauszufinden, ob nur der Zauber jener Nacht ihr Gespräch noch immer in ihr nachklingen ließ oder ob da mehr war.

Er erinnerte sich an die Rose in seiner Hand und reichte sie ihr. »Für dich.«

»Oh. Danke.«

Einen Moment lang standen sie nur da. Alex, der doch sonst so selbstsicher war, der gerade noch unter ihrem Fenster gesungen hatte, wirkte auf einmal nervös, stand stocksteif vor ihr und sagte nichts, was zu einem seltsamen Moment des Schweigens führte. Clara ließ den Blick über den dunklen Hof schweifen, in den von der Straße her Licht fiel, entdeckte zwei gelbe Augen unter einem mit Ziegeln beladenen Leiterwagen, und sah dann wieder zu Alex.

»Also, was willst du mir zeigen?«, brach sie schließlich das Schweigen.

Ihr Körper reagierte ganz von selbst. Es war geradezu faszinierend. Sie fuhr mit dem Zeigefinger am Stiel der Rose entlang, stellte einen Fuß vor den anderen, legte den Kopf leicht schief und schenkte ihm einen Augenaufschlag, wie sie ihn bei Betty beobachtet hatte. Was war denn nur los mit ihr? Sie war so gut wie volljährig und nicht gerade auf den Kopf gefallen. Sie wusste, was sie vom Leben wollte und was sie nicht wollte. Und sie wollte um keinen Preis eine dieser Frauen sein, die Männer bezirzten. Aber sie wurde den Verdacht nicht los, dass sie gerade genau das tat.

»Wart's ab«, sagte er.

Ein Käfer parkte am Straßenrand. Alex zog den Schlüssel aus seiner Nietenhose und hielt ihr dann die Beifahrertür auf.

Clara staunte nicht schlecht. »Wo hast du den denn her?«

»Den habe ich mir für heute Nacht von Wastes Bruder geliehen.«

»Und damit machen wir eine Spritztour? Das ist deine Überraschung?«

»Nur Geduld, die Dame.«

»Immerhin verlangst du gerade von mir, mitten in der Nacht in den Wagen eines Mannes zu steigen, über den ich nur sehr wenig weiß.«

»Was hast du denn schon zu verlieren?«, fragte er sie.

Mein Herz, sagte eine leise Stimme in ihr. Dann stieg sie in den Wagen.

Ihr Weg führte sie in Richtung Müggelsee.

»Ich breche nicht schon wieder ins Strandbad ein«, stellte sie gleich mal klar.

»Hältst du mich für so ideenlos?«

Sie verließen die Straße und folgten einem kleinen Waldweg, der sie ordentlich durchrüttelte. Auf einmal tauchte vor ihnen ein beeindruckender Kuppelbau auf.

»Wo sind wir hier?«, wollte sie wissen.

»Mitten in den Müggelbergen. Früher stand hier mal die Bismarckwarte, aber die Nazis haben sie am Ende des Krieges gesprengt. Vor ein paar Jahren hatte man begonnen, auf diesem Grund einen Fernsehturm zu bauen, aber nur zwei Jahre später wurde das Projekt stillgelegt.«

»Du hast also eine Nachtwanderung um die Müggelberge geplant?«, zog sie ihn auf.

»Wie gesagt: Nur Geduld!«

Als das Scheinwerferlicht erlosch, kam Clara die Nacht doppelt so dunkel vor. Sie stiegen aus. Der Ruf eines Vogels, das Rascheln der Zweige und Sträucher, hier und da ein leises Knacken und Knistern … Der Wald atmete.

»Heutzutage ranken sich viele Legenden um den Bau«, wusste Alex zu berichten, als sie sich dem hohen Zaun näherten, der das Grundstück umgrenzte. »Eine davon besagt, dass die Staatssicherheit sich hier eingenistet hat. Manche sprechen sogar von einer gewaltigen Abhörstation. Aber da ist nichts dran. Dafür habe ich eine andere Entdeckung gemacht. Komm mit.«

»Du willst über den Zaun drüber?«

»Das Gelände ist inzwischen absolut verlassen.«

Sie zögerte. Atmete hörbar aus. »Und deine Überraschung ist es auch wirklich wert?«

»Es ist das Beste, das mir für dich eingefallen ist, und ich habe mir wochenlang den Kopf zerbrochen. Tag und Nacht.«

Das war so entwaffnend ehrlich, dass sie nicht mehr anders konnte, als einzuwilligen. »Also gut.«

Alex machte Räuberleiter und half ihr, über den Zaun zu steigen. Dann zog er sich an zwei der robusten Metallmaschen hoch, stieg auf die andere Seite und kam auf beiden Beinen auf.

»Dort hinten ist ein Seiteneingang«, sagte er und klopfte sich die Hände ab. »Keine Angst, das Gebäude steht leer. Ich habe es mehrmals überprüft.«

Wochenlang den Kopf zerbrochen. Mehrmals überprüft. Clara konnte kaum glauben, wie viel Mühe er sich gegeben hatte. Für sie.

Alex zog eine Taschenlampe aus seinem Parka und knipste sie an. Die Tür war nicht abgeschlossen. Vor ihnen erstreckte sich ein Flur. Irgendwie hatten sich ihre Hände gefunden. Ihr Herz klopfte so heftig, dass Alex es bestimmt hören musste.

Sie sollte ihn bitten umzukehren. Sollte ihn bitten, sie wieder nach Hause zu fahren. Aber ihre Neugier war größer als ihre Furcht. Sie wollte wissen, was Alex ihr unbedingt zeigen wollte, hier, mitten im Nichts, mitten in der Nacht. Und sie wollte wissen, was dieses Gefühl in ihrer Brust bedeutete, dieses aufregende Kribbeln.

Sie folgten dem schwankenden Licht der Taschenlampe eine Reihe geschlossener Türen entlang, bis ans Ende des

Flurs. Währenddessen fuhr Alex fort zu erzählen: »Nachdem also das Fernsehturmprojekt gescheitert war, weil das Gelände zu dicht am Flughafen lag, überlegte man, was man mit dem Bau hier anstellen könnte.«

Sie kamen im Eingangsbereich raus, in dem eine breite Treppe zur Kuppel hinaufführte.

Alex blieb stehen. »Im Zuge der Sputnik-Euphorie kam man auf die Idee, hier ein Fernsehteleskop zu errichten, das Direktübertragungen des Sternenhimmels in den Fernseher ermöglichen sollte.«

Ihr blieb fast das Herz stehen. »Ist das wahr? Oh mein Gott, das ist großartig! Wann ist es so weit? Wann wird der Sternenhimmel im Fernsehen übertragen?«

Sie rannte die Stufen hinauf, der breiten, spitzbogenförmigen Flügeltür entgegen. Sie überlegte bereits fieberhaft, wen sie kannte, der einen Fernseher besaß, damit sie die Übertragung sehen konnte.

Alex schloss mit zerknirschtem Gesicht zu ihr auf. »Nur leider ging das Teleskop aus irgendwelchen Gründen nie in Betrieb.«

»Nicht?« Sie hörte selbst, wie enttäuscht sie klang.

»Nein. Aber schau nur …«

Alex zog einen Flügel der Tür auf. Als die Taschenlampe ihren spärlichen Lichtschein in den großen Saal unter der Kuppel warf, verschlug es ihr den Atem. Die Decke war mit einem wunderschönen Sternenhimmel und Planeten bemalt. Offenbar könnte sie geöffnet werden. Ein Streifen eines Glasdachs lag frei. Durch diesen Streifen fiel Mondlicht direkt auf ein großes Instrument. Clara glaubte zu träumen.

»Ein Teleskop!« Behutsam strich sie über das kühle Gehäuse vor ihnen und warf dann einen Blick hindurch. »Da ist Merkur! Das ist mit Abstand die beste Überraschung, die ich je hatte.« Sie hatte das Gefühl zu glühen. »Danke«, hauchte sie und strich sich eine Haarsträhne aus dem Gesicht.

»Gern geschehen.«

Sie sahen einander lange an, und es war ihr, als könnte sie die Sterne in seinen Augen leuchten sehen.

Als er sie später wieder nach Hause brachte, wurde Clara von einer Welle an Zuneigung erfasst, wurde regelrecht weggespült, als wäre ein Damm in ihr gebrochen. Nachdem er den Wagen vor dem Haus geparkt hatte, bestand er darauf, ihr die Beifahrertür öffnen zu dürfen, nahm ihre Hand und half ihr auszusteigen. Später würde sie sich fragen, was denn nur in sie gefahren war, Alex zu umarmen, so viel Nähe zuzulassen. Sie würde ununterbrochen rätseln, wie machtvoll der Zauber der Nacht nur war. Denn in dieser einen Nacht hatte sie aus dem Teufelskreis, in dem sie sonst festsaß, aussteigen können. Sie war einfach nur eine junge Frau, die vor einem Mann stand, der ihr die Sterne zu Füßen gelegt hatte.

Deshalb ließ sie es zu, dass er ihr sanft und zurückhaltend über die Wange strich. Er blickte auf ihre Lippen. Sie spürte seinen warmen Atem. Es war, als würde die Welt erzittern. Als würden sich ihre Füße vom Boden lösen, als würde sie abheben, immer höher, bis zu den Sternen hinauf – doch dann stürzte sie und schlug hart auf dem Boden auf.

Martha.

Was, wenn sie noch immer in Alex verliebt war? Sie hatte

verletzt gewirkt, als sie Clara ihre Gefühle für Bettys Bruder gestanden hatte. Für nichts in dieser Welt würde sie ihre Freundschaft aufs Spiel setzen.

Und wie sollte das mit Alex überhaupt weitergehen? Es würde nicht funktionieren. Er musste zur Fahne, das verlangte sein Vater von ihm. Und sie musste ihr Leben in den Griff bekommen, sich irgendwie eine Zukunft in diesem Land aufbauen, ihren Eltern helfen, ihrem Großvater. Vermutlich waren ihre Gefühle für Alex ohnehin rein freundschaftlich, und sie war nur vorübergehend verwirrt, weil er attraktiv war und mit seiner Überraschung bei ihr voll ins Schwarze getroffen hatte.

Er betrachtete ihr Gesicht, und sie hatte den beunruhigenden Verdacht, dass ihre Überlegungen ihr ins Gesicht geschrieben standen, denn er trat einen Schritt zurück.

»Der Abend war wirklich sehr schön, und ich danke dir«, hauchte sie, »aber ich brauche Zeit.«

Er nickte. »So viel du willst … Jetzt fahre ich mal besser.«

Schmerz in ihrer Brust. Ein Stechen, als hätte ihr Herz einen Riss bekommen.

Alex ging um den Käfer herum und stieg ein. Die Tür fiel zu. Der Motor startete. Er fuhr davon.

Ihr fiel ein, dass sie die Rose auf dem Armaturenbrett vergessen hatte.

Sie schaute ihm nach und kam sich eigenartig verlassen vor.

»Frau Vogel, möchten Sie uns vielleicht mitteilen, was da draußen so interessant ist?« Herr Kobylinsky, ihr Deutschlehrer, wippte von den Fersen auf die Fußballen und wieder zurück und klopfte dabei erwartungsvoll mit der Kreide auf seine Handfläche.

Die ganze Stunde über hatte Clara sich nicht konzentrieren können. Sie war müde, immerhin hatte sie letzte Nacht kaum geschlafen. Und es war, als wäre ein Teil von ihr noch immer in der Sternwarte. Dabei war der Stoff, den sie heute behandelten, wichtig fürs Abitur: Goethes *Faust*.

»Entschuldigung, ich …«, setzte sie an, doch zum Glück läutete es in diesem Moment zur Pause.

»Was ist denn los mit dir?«, fragte Betty. »Du siehst total erschöpft aus. War wieder etwas mit deinem Großvater?«

»Nein …« Clara rieb sich über das Gesicht. »Ich muss dir und Martha in der Pause etwas erzählen.«

Betty schaute besorgt. Clara hörte selbst, dass sie klang, als müsste sie ihren Freundinnen mitteilen, dass sie eine schwere Krankheit hatte. Aber alles in ihr sträubte sich davor, in Marthas Gesicht zu blicken und ihr zu gestehen, dass Alex in der vergangenen Nacht Kieselsteine an ihr Fenster geworfen und ihr das wohl romantischste Erlebnis beschert hatte, dass sie sich vorstellen konnte.

»Clara, putz doch bitte die Tafel, bevor du in die Pause gehst«, wies Herr Kobylinsky sie an.

Ein neues Schuljahr, und es war alles beim Alten. Auch die kleinen täglichen Schikanen.

»Wir warten im Schulhof auf dich«, sagte Betty.

Clara ging zum Waschbecken im Eck, drehte den Wasserhahn auf und hielt den Schwamm unter den Strahl.

Gerade, als sie die ersten Stichpunkte von der Tafel gewischt hatte, hörte sie jemanden hinter sich sagen: »Na, hast du dich gestern Nacht vergnügt?«

Miriam. Niemand außer ihr schaffte es, seine Stimme so sanft und wohlwollend und zugleich so gefährlich klingen zu lassen.

Sprach sie mit ihr? Clara wandte sich um. Miriam hatte sich hinter das Lehrerpult gestellt, so als würde sie zur Klasse sprechen.

»Ich weiß nicht, worauf du hinauswillst«, entgegnete Clara ruhig.

»Wirklich nicht oder tust du nur so? Ich habe euch nämlich gesehen.« Miriam stemmte eine Hand in die Taille. »Dich und Alexander Reinhart. In einem Käfer. Nachts.«

Claras Haut fühlte sich auf einmal ganz heiß an. Vor Scham, aber auch vor Wut. Obwohl es bereits zur Pause geläutet hatte, waren noch immer erstaunlich viele ihrer Klassenkameraden anwesend, wo sie es doch sonst kaum erwarten konnten, aus dem stickigen Raum zu kommen. Wie in Zeitlupe packten sie ihre Hefte, Federmäppchen und Bücher in ihre Schultaschen. Manche verfolgten sensationslüstern das Geschehen, andere schauten leicht verlegen. Clara fragte sich, ob Miriam schon vorher herumerzählt hatte, was sie offenbar beobachtet hatte. Was fiel ihr ein? Sie hatte ihren Ausflug mit Alex hüten wollen wie einen Schatz, hatte nur Betty und Martha davon erzählen wollen, und nun hatte sie das Gefühl, dass er durch den Dreck gezogen wurde. Und vor allem konnte sie es Martha nun nicht mehr schonend beibringen.

Der Schwamm tropfte auf den Boden. Clara sah zu Martha, die wie erstarrt ihre Bücher an sich drückte.

Betty fand als Erste die Sprache wieder. »Hör auf, Lügen zu verbreiten, Miriam. Mein Bruder hat keinen Käfer.«

»Ich weiß aber, was ich gesehen habe. Bist du etwa deshalb so unkonzentriert, Clara? Dabei bist du doch sonst immer so eifrig darauf bedacht, allen zu zeigen, wie klug du bist.« Miriam seufzte, hängte sich ihre Tasche über die Schulter und warf mit einer übertriebenen Geste ihr rotes Hexenhaar nach hinten.

Clara schluckte. Sie wollte etwas sagen, aber ihre Kehle war wie ausgetrocknet. Marthas Anblick traf sie mit voller Wucht. Dieser Glanz in ihren Augen … Waren das Tränen?

»Stimmt das?«, fragte sie. »Warst du nachts mit Alex unterwegs?«

Pause. Dann nickte Clara. »Er wollte mir die alte Sternwarte am Müggelsee zeigen. Das ist schon alles.«

»Autsch«, giftete Miriam. »Sieht ganz so aus, als würden dunkle Wolken über dem unzertrennlichen Kleinmädchentrio aufziehen.«

»Hör auf, Miriam!«, fuhr Betty sie an.

»Es hatte keine Bedeutung«, schwor Clara. »Es tut mir so leid …«

Wie mechanisch packte Martha ihre Schultasche und ging aus dem Klassenzimmer.

»Einen erfolgreichen Schulstart wünsche ich euch«, zwitscherte Miriam selbstzufrieden und verließ das Schlachtfeld, gefolgt vom üblichen Schwarm ihrer Anhängerinnen.

In diesem Moment hasste Clara sich selbst. »Ich bin die schlechteste Freundin der Welt …«

Betty strich über ihren Rücken. »Was ist das denn mit dir und meinem Bruder?«

»Ich weiß es nicht, ehrlich nicht.« Alles, was Clara wusste, war, dass die Sonne heute irgendwie kräftiger strahlte, die Menschen auf der Straße freundlicher wirkten und sie auf dem Weg zur Schule all die schönen Ecken ihrer Stadt wahrgenommen hatte, die sie sonst nicht sah.

»Das Letzte, was ich wollte, war, Martha zu verletzen. Sie und du, ihr seid die wichtigsten Menschen in meinem Leben.«

»Ich weiß, und das weiß auch Martha«, erwiderte Betty. »Sprich mit ihr. Ich bin mir sicher, ihr beide bekommt das hin.«

17

Martha

Den Rest des Schultages blieb Martha dem Unterricht fern. Ihre Beine trugen sie nach Hause. Noch nie war Berlin ihr so trist, so unfreundlich, so abstoßend erschienen. Da war ein alter, blinder Mann, der sich mit seinem Stock mühsam den Weg ertastete. Er zuckte zusammen, als ein Auto, dem ein Lastwagen den Weg blockierte, hupte. Zwei Krähen zerrten an einem Brotkanten. Der Himmel war trostlos grau. In den bröckeligen Häuserfassaden Einschusslöcher, als wäre der Straßenkampf um Berlin gerade eine Woche her. Baulücken klafften hier und da wie Wunden.

Zu Hause angekommen, verkroch sie sich in ihr Zimmer. Sie schloss die Tür hinter sich, sank auf die Couch und fragte sich, wie ihr Zimmer auf jemanden wirken musste, der es das erste Mal betrat. Klappcouch. Anbauwand. Daneben der praktische ausziehbare und höhenverstellbare Schreibtisch. Das war sie, Martha Asseln: anpassungsfähig, langweilig und verwechselbar. Nicht zu vergessen die Wand, voll mit Notizen und Listen der Dinge, die sie noch zu erledigen hatte. Die Zettel waren nach Farben sortiert. Ihr Leben bewegte sich in vorgeschriebenen Bahnen und war so vorhersehbar wie eine der Wundertüten vom Rummel, in denen eh immer Pfeffis, ein Luftballon und ein Geschicklichkeitsspiel waren.

Auf einmal überkam es sie. Sie stand auf und riss die Zettel von der Wand, jeden einzelnen. Es war eine Art Rausch, eine Raserei, bis sämtliche Notizen zerknüllt oder zerrissen waren und der Furor Jämmerlichkeit und Trauer wich. Sie nahm ihre Brille ab, verkroch sich unter die Bettdecke, schloss die Augen und hoffte, dass dieser Tag einfach nur endete. Einmal warf ihre Mutter einen Blick zu ihr herein, aber sie zog sich wieder zurück.

Martha wusste nicht, wie viel Zeit vergangen war, als sie auf einmal eine warme, helle Frauenstimme hörte.

Flieg, Vöglein, flieg hoch hinaus, sang sie.

Die Welt liegt dir zu Füßen.

Sie nahm den ganz speziellen Geruch von warmem Plastik wahr: ein großer Kübel, der als Planschbecken diente. Sie hörte das Plätschern von Wasser. Schemenhaft sah Martha eine Frau, die sich neben sie kniete. Sie hatte einen fransigen Pony, Sommersprossen und ein liebevolles Lächeln.

Mit Wehmut verspürte Martha einen Sog, der sie fortriss. Sie wollte dableiben. Es dauerte einen Moment, bis sie begriff, dass sie mal wieder geträumt hatte. Was war das für ein Lied gewesen? Sie konnte sich nicht daran erinnern, dass ihre Mutter es ihr früher vorgesungen hatte. Und wer war diese Frau? Warum tauchte sie immer wieder in ihren Träumen auf?

Es klingelte. Ihre Mutter sprach mit jemandem, aber Martha konnte nicht hören, mit wem. Die Haustür fiel zu. Ein kurzer Moment der Stille. Dann das leise Knarzen der alten Treppenstufen. Ihre Zimmertür ging auf.

Erneut war es ihre Mutter, doch diesmal zog sie sich nicht still und leise zurück. Martha hob die Decke etwas an und sah, wie sie einen der zusammengeknüllten Zettel vom Boden aufhob, ihn auseinanderfaltete und glatt strich. Martha erkannte genau, was für eine Notiz das war: Darauf hatte sie Ideen für Unternehmungen und Ausflüge mit den Müggelsee-Freunden gesammelt.

Die Matratze sackte am Rand nach unten, ihre Mutter hatte sich neben sie gesetzt. »Martha, Liebes, ist denn etwas vorgefallen?«

Martha schwieg. Richtete sich schwerfällig auf und rieb sich die Augen.

»Ich mache mir Sorgen. Mein Mädchen verkriecht sich doch nicht einfach so tagsüber im Bett. Du bist verändert in letzter Zeit. Ich erkenne dich kaum wieder.«

Ihre Mutter hatte recht. Martha hatte sich verändert. Sie erkannte sich ja selbst kaum wieder. Nur war sie sich nicht sicher, ob das gut oder schlecht war.

»Du verstehst doch, dass dein Vater und ich streng mit dir sein müssen, nicht wahr?«, riss ihre Mutter sie aus ihren Gedanken. »Du hast uns enttäuscht, und es braucht eine Weile, bis wir wieder Vertrauen zu dir gefasst haben.«

Bis sie wieder Vertrauen zu ihr gefasst hatten. Andere Jugendliche rauchten, schrieben schlechte Noten oder zogen nachts mit Bier um die Häuser, während Martha ihre Bücher nach Farben sortiert hatte. Wie erbärmlich.

»Kennst du dieses Kinderlied?«, fragte Martha völlig aus

dem Zusammenhang gerissen und sang ihrer Mutter vor: *»Flieg, Vöglein, flieg hoch hinaus.«*

»Nein.« Ihre Mutter nestelte am Kragen ihres Pullovers. »Wie kommst du darauf?«

»Ich träume oft von früher. In einem meiner Träume habe ich dieses Lied gehört.«

Etwas wie Angst flackerte auf einmal in den Augen ihrer Mutter. »Oh. Vielleicht hast du es mal im Kindergarten oder der Schule aufgeschnappt. Manchmal täuschen unsere Träume uns auch.« Sie erhob sich vom Bett und strich mit beiden Händen über ihren Rock. »Mach deine Hausaufgaben, und ich backe uns Birnenküchlein, ja? Sei brav.«

Zuckerbrot und Peitsche.

Als ihre Mutter rausging, ließ sie wie immer die Tür weit offen stehen.

Sei brav. Sei lieb. Tu, was man dir sagt. Jahrelang hatte Martha sich abgemüht, so zu sein, wie ihre Eltern sie haben wollten. Aber wehe, ihr unterlief auch nur der kleinste Fehler – eine einzige Drei in Mathe, ein Eintrag, weil sie den Arbeitsanzug für den Unterricht in der Fabrik vergessen hatte – dann verhängten sie gleich Hausarrest. Und was hatte es ihr gebracht, so zu sein, wie sie es von ihr verlangten? Der Junge, den sie liebte, hatte sie kaum je wahrgenommen. Weil sie nichts Besonderes war.

Clara hingegen hatte sich nie angepasst. Sie war anders und stand dazu und fürchtete sich auch nicht davor, ausgeschlossen zu werden. Sie war authentisch. Martha wusste ja nicht mal, wer sie eigentlich war. Jahrelang hatte sie einfach nur das befolgt, was man ihr vorgeschrieben hatte, und irgendwann hatte sie selbst angefangen, sich Vorschriften zu machen. *Sei gut in der Schule, damit du studieren kannst. Studiere Pädagogik, weil das vielversprechend ist, auch wenn du eigentlich keine Lust drauf hast. Sei lieb und bring der alten Frau gegenüber Kuchen vorbei und plaudere mit ihr, auch wenn du dich unwohl bei ihr fühlst, weil sie immer nur vom Tod spricht.*

Alex bewies guten Geschmack, wenn er sich in Clara verguckte. Das konnte sie ihrer Freundin nicht vorwerfen. Im Gegenteil. Sie sollte sich für sie freuen. Sich in ihr Zimmer zurückzuziehen und still zu leiden war einfach. Schwerer war es, über ihren verletzten Stolz hinwegzukommen und sich mit Clara auszusprechen.

Martha kroch aus dem Bett, stieg die Treppe hinab und ging in die Küche, wo ihre Mutter gerade Birnen schälte.

»Und hatten wir eigentlich ein Planschbecken?«, wollte sie wissen.

»Vielleicht«, antwortete ihre Mutter, ohne von ihrer Arbeit aufzusehen. Sie klang, als würde Martha ihr auf die Nerven gehen. »Ich kann mich nicht erinnern.«

»In meinem letzten Traum, da …«

»Martha«, fiel ihre Mutter ihr ins Wort. »Gerade habe ich viel zu tun. Überhaupt sollte man die Vergangenheit manchmal einfach ruhen lassen.«

Martha war gekränkt. Frau Vogel schwelgte so oft und ausführlich in Erinnerungen aus Claras Kindheit, dass es ihrer Freundin schon unangenehm gewesen war und sie nicht nur einmal gesagt hatte: »Gut, Mama, ich glaube, Martha weiß jetzt, wie niedlich ich als Baby war.« Und auch Frau Reinhart erzählte dann und wann von früher. Ihre Mutter hingegen reagierte so abweisend wie sonst nur ältere Leute, wenn man sie auf die Nazizeit ansprach.

Martha beschloss, das Thema zu wechseln. »Wer war das eigentlich gerade an der Tür?«

»Clara«, antwortete ihre Mutter. »Ich habe ihr gesagt, dass es dir nicht gut geht und sie ein andermal wiederkommen soll.«

Kurz war es still. Martha war sich nicht sicher, ob sie sich verhört hatte. »Du hast Clara weggeschickt?«

»Ich hielt es für das Beste.«

»Das ist noch immer meine Entscheidung. Clara ist meine Freundin!«

Mit etwas Glück war sie noch nicht weit gekommen, und Martha könnte sie einholen.

»Aber offenbar tun dir deine Freunde zurzeit nicht gut.«

»Und ob sie mir guttun! Betty und Clara kennen mich wie niemand sonst!«

Martha war bereits im Flur und schlüpfte in ihre Sandalen. Mit dem kleinen Absatz waren sie gewiss nicht zum Rennen gedacht, aber ihre Halbschuhe waren im Kleiderschrank oben in ihrem Zimmer.

»Dann verbiete ich dir eben, Clara nachzurennen. Um dich vor dir selbst zu schützen.«

»Mama, wir reden hier von Clara! Sie ist seit Jahren meine Freundin!« Martha schüttelte fassungslos den Kopf und schnappte sich ihren Schlüssel aus dem Schränkchen.

»Bitte, Martha …«, presste ihre Mutter hervor. Ihre Oberlippe bebte.

Eigentlich war Martha einen Kopf kleiner als ihre Mutter,

trotzdem fühlte sie sich in diesem Moment mit ihr auf Augenhöhe. Sie hielt ihren Blick, suchte nach einer Erklärung für ihr rätselhaftes Verhalten, doch ihre Mutter senkte die Lider. »Ich will dich nicht verlieren.«

Martha verstand die Welt nicht mehr. »Aber das wirst du doch nicht.«

Doch als ihre Mutter wieder zu ihr aufsah, las Martha Schmerz und Verzweiflung in ihren Augen. Kurz war Martha versucht, tatsächlich zu Hause zu bleiben. Aber sie musste sich mit Clara aussprechen. Deshalb öffnete die Haustür und trat hinaus in die kühle Abendluft.

Für gewöhnlich hatte Claras Gang etwas Tänzerisches. Nun aber lief sie langsam und gebeugt. Sie hatte die Hände in die Taschen ihres leichten Übergangsmantels vergraben.

»Warte!«, rief Martha.

Clara hielt inne. Zwei Atemzüge lang stand sie regungslos da, doch als sie sich dann umwandte, strahlte sie auf eine Weise, dass einem das Herz zersprang. Im nächsten Moment schon war sie bei Martha und hatte die Arme um sie geschlungen. »Ich bin so erleichtert, dich zu sehen! Es tut mir unendlich leid! Ich fühle mich schrecklich!«

Das war typisch Clara. Für gewöhnlich wusste sie ihre Gefühle sehr gut zu verbergen oder aber hielt ihre rationale Weltsicht wie einen Schutzschild vor sich. Doch hin und wieder überkam es sie mit voller Wucht.

Martha war überrumpelt. Und so langsam auch völlig erschöpft. Erst das Drama heute Morgen in der Schule, dann das eigenartige Gespräch mit ihrer Mutter und jetzt das …

»Du hast ja gar keine Jacke an«, stellte Clara fest, als sie sich von ihr löste.

»Vergessen in der Eile«, keuchte Martha, noch immer leicht außer Atmen.

Clara zog ihren leichten Mantel aus, um ihn Martha zu geben.

»Aber dann hast doch du …«

Clara bestand darauf. »Ich friere nicht so schnell wie du.«

Martha schlüpfte in den Mantel, der bei ihr viel zu lang war. »Tut mir leid, dass meine Mutter dich weggeschickt hat.«

»Das hatte ich wohl verdient.« Clara schüttelte den Kopf. »Ich hätte nicht zu Alex ins Auto steigen sollen. Als deine Freundin hätte ich merken sollen, dass du ihn gernhattest.« Sie sah Martha an. »Und auch noch hast, nicht wahr?«

Martha schluckte. Blickte zu Boden. Nickte leicht.

Clara fuhr mit einer Hand in ihr Haar. »Im Nachhinein ist es völlig klar. Ich muss ein Brett vor dem Kopf gehabt haben, anders kann ich es mir nicht erklären!«

»Ich habe immer abgestritten, dass ich ihn mag.«

»Aber Betty hat es geahnt, so ist es doch, oder? Sie hat dich durchschaut.«

»Betty interessiert sich auch für Jungs, du bis jetzt nicht. Wir haben über Alex geredet.«

»Ich will, dass auch wir über alles reden können.«

»Können wir ja. Aber ich war einfach noch nicht bereit dazu. Es war leichter, Alex still und leise anzuhimmeln. Jetzt weiß ich wenigstens, woran ich bei ihm bin.« Sie schaffte es zu lächeln. »Er wäre niemals auf die Idee gekommen, nachts an mein Fenster Kieselsteine zu werfen. Das ist total romantisch.«

Clara tat so, als würde sie dem Auto nachschauen, das an ihnen vorbeifuhr. »Es war neu für mich«, sagte sie leise. »Aber auf schöne Weise.«

»Habt ihr euch geküsst?«, wagte Martha zu fragen.

Clara schüttelte den Kopf. »Nein«, sagte sie.

»Willst du es denn?«

»Nein«, sagte sie noch einmal, doch diesmal hatte sie gezögert.

»Sagst du das nur deshalb, weil du mich nicht verletzen willst?«, fragte Martha vorsichtig.

»Dich zu verletzen ist wirklich das Letzte, was ich will«, erwiderte Clara eindringlich. »Aber es ist auch so, dass das mit Alex … Wohin soll das denn führen?«

»Lass es doch einfach auf dich zukommen. Schau, was passiert.« Als ob das so leicht wäre. Sie selbst hatte in ihrem Leben so gut wie noch nie etwas einfach auf sich zukommen lassen.

Clara senkte den Blick auf ihre Schnürschuhe. »Aber ich habe Angst.«

»Wovor denn?«

Hilflos zuckte Clara mit den Schultern, ihr Ausdruck hatte mit einem Mal etwas Schmerzerfülltes. »Manchmal habe ich das Gefühl, ich ziehe Unglück an.«

Es dauerte einen Moment, bis Martha die Worte ihrer Freundin verarbeitet hatte. »So etwas gibt es nicht. Niemand zieht Unglück an. Auch du nicht.«

»Doch. Warum sonst sagt man, jemand wäre vom Pech verfolgt oder hätte eine Pechsträhne.«

Martha sah hinauf zu der Wolkendecke, durch die hin und wieder ein Sonnenstrahl durchblitzte. »Weißt du, was ich glaube?«, sagte sie. »Ich glaube, wir alle erfahren schöne wie schlimme Dinge. Plus und Minus in einer ständigen Abfolge. Und am Ende der Gleichung steht eine dicke, fette Null.«

Clara legte den Kopf schief. »Dann steht Theorie gegen Theorie. Stellt sich nur die Frage, wer von uns beiden recht hat.«

»Das werden wir erst wissen, wenn wir alt und weise und lebenserfahren sind.«

Clara lachte. »Das heißt also, es wird nie etwas zwischen uns kommen?«

»Das«, erwiderte Martha und legte einen Arm um sie, »müsste schon eine Gewalt kosmischen Ausmaßes sein.«

18

Clara

Die halbe Nacht hatte Clara wach gelegen. Hatte nach einer Strategie gesucht, um den Mann auf dem Wohnungsamt dazu zu bewegen, ihren Eltern endlich eine neue und komfortablere Wohnung zu vermitteln. Sollte sie ihm Honig ums Maul schmieren? Allein bei der Vorstellung verspürte sie einen unangenehmen Druck im Bauch. Von ihrer Mutter hatte sie sich ein cremeweißes Kleid mit Bubikragen geliehen. Dazu trug sie Riemchenschuhe und dezente Ohrringe. Ihre Mutter hatte ihr dabei geholfen, ihr sonst ungezähmtes Haar mit der Rundbürste zu föhnen, sodass sich die Spitzen sanft aufrollten. Sie konnte sich nicht daran erinnern, jemals so brav und ordentlich ausgesehen zu haben. Sie hatte vor sich zugeben müssen, dass ihr der Anblick gefiel. Sie fühlte sich weiblich, schön.

Ihr Vater musste arbeiten, und ihre Mutter hatte Angst vor Behörden. Außerdem sollte auch jemand ein Auge auf den Großvater haben. Der hatte sich heute Nacht gar nicht mehr ausgekannt, nicht gewusst, wo er war, wer er war, wer die Leute um ihn herum waren, die ihn zu beruhigen versuchten. Immer wieder hatte er nach seinem Bruder gerufen, der im Ersten Weltkrieg in Frankreich gekämpft hatte und gefallen war. Deshalb saß Clara nun allein im Wartezimmer. Es roch nach Teppichboden und Kaffee, frisch aufgebrüht und stark. Genau das, was sie jetzt gebrauchen könnte, dachte sie wehmütig.

Ihr Blick fiel aus dem Fenster. Es wurde langsam Herbst. Die ersten Blätter an den Bäumen verfärbten sich. Wenn sie morgens aufstand, die Vorhänge aufzog und den dichten Nebel sah, sank ihre Laune gleich. Wo war nur der Sommer so schnell hin? Für den Bruchteil einer Sekunde wanderten ihre Gedanken zu Alex. Seit jener Nacht in der Sternwarte hatte sie ihn nicht gesehen. Wie es ihm wohl ging, nun, wo er bei der Armee war? Sie erlaubte es sich nicht, Betty nach ihm zu fragen, weil sie doch eigentlich versuchte, Alex zu vergessen. Eigentlich gestattete sie es sich nicht mal, an ihn zu denken. Sie war überzeugt davon, dass sie im Nachhinein mehr in diese Nacht hineinlegte, als eigentlich da gewesen war. Dabei brauchte sie ihre volle Aufmerksamkeit für die wirklich wichtigen Dinge in ihrem Leben, wie endlich eine bessere Wohnung für ihre Familie zugeteilt zu bekommen und einfach nicht weiter negativ aufzufallen.

Marthas Worte hatten sie nachdenklich gestimmt. Sie war nicht religiös, dennoch sandte sie ein Stoßgebet in den Himmel.

»Abjelehnt«, hieß es fünf Minuten später. Der Mann haute einen Stempel auf ein Dokument.

Hornbrille, Bierbauch. Das lichte Haar platt gedrückt vom Hut, der am Kleiderständer hing. Hinter ihm stand ein raumhohes, breites Regal, darin Ordner an Ordner. Wohnung an Wohnung, wie Clara vermutete. Auf der Kommode daneben ein begonnenes Puzzle.

Einatmen. Ausatmen. Bleib ruhig, ermahnte sie sich.

Sie faltete die Hände auf dem Schreibtisch. »Abgelehnt? Was soll das heißen?«

Er schob seinen Bleistift in den Spitzer und drehte an der Kurbel. Hinter ihm gerahmte Fotos des ersten Plattenbaus in Berlin. »Det soll heißen, det Ihnen wohl nix anderes übrig bleibt, als es sich daheim in Ihren vier Wänden gemütlich zu machen.«

»Aber es geht doch nicht um Gemütlichkeit! Es geht darum, dass mein Großvater kaum die Treppe zur Toilette runterkommt, geschweige denn bis auf die Straße …«

»Junge Dame«, fiel er ihr ins Wort. »Ick weiß nicht, wie Sie sich det vorstellen. Wat glauben Sie denn, wie viele Leute tagtäglich auf dem Stuhl da sitzen und mir die Ohren volljammern.«

Junge Dame. Er pustete den Staub von seinem frisch gespitzten Bleistift. Die Luft im Raum war stickig, als wäre das Fenster schon länger nicht geöffnet worden.

»Hören Sie, mein Großvater hat bei jedem Schritt Schmerzen. Vielleicht findet sich ja auch eine Wohnung nur für ihn und meine Eltern, Hauptsache im Erdgeschoss oder mit Aufzug. Ich komme schon irgendwo anders unter. Ich …«

»Det tut mir ja leid für Ihren Großvater«, unterbrach er sie erneut. »Aber mir sind die Hände jebunden.«

»Ein Hoch auf unsere ruhmreiche DDR«, rutschte ihr heraus.

»Na, na, na, junges Fräulein! Mit solchen Aussagen sollten Sie aber lieber mal aufpassen! Nicht, dass ick Sie noch melde.«

Jetzt bloß nicht aus Verzweiflung weinen, versuchte sie sich zu beruhigen. *Verschaff denen keinen Triumph.*

Dann eben anders. Sie war nicht besonders geübt darin, ihre Reize einzusetzen. Sie wusste ja nicht mal, worin ihre Reize bestanden. Doch in der Natur gab es ein Phänomen, über das sie vor Kurzem gelesen hatte: Mimikry. Harmlose Tiere ahmten gefährliche Artgenossen in Form von visuellen, auditiven oder olfaktorischen Signalen nach. Eine Täuschung, die funktionierte. Beispielsweise die schwarz-gelb gestreifte Schwebfliege, deren Anblick ähnlich einschüchternd wie der einer Wespe war, die aber nicht stechen konnte. Sie könnte versuchen, Betty nachzuahmen, die ganz genau wusste, wie man einen Mann um den Finger wickelte.

Sie legte den Kopf schief. Versuchte, das Grün ihrer Augen auf ihn wirken zu lassen. »Bitte. Gibt es denn gar keine Möglichkeit? Sie haben doch bestimmt einen gewissen Einfluss«, schmeichelte sie ihm.

Er rutschte auf seinem Stuhl hin und her. »Na ja, wenn Sie mich so fragen, ließe sich vielleicht doch was machen.«

Clara schöpfte Hoffnung. »Und was?«

»Wenn Sie schwanger wären, dann könnte ick was für Sie machen.«

Sie musste sich verhört haben. »Wie bitte? Ich soll ein Kind bekommen?«

»Warum nicht? Det wäre Ihr Beitrag zur Stärkung der antifaschistisch-demokratischen Ordnung.«

»Ein Kind ist kein Beitrag«, sagte sie entsetzt. »Und ich bin doch selbst noch ein halbes Kind!«

»Also so wie ick det sehe, sind Sie im besten Alter!« Er haute mit der flachen Hand auf den Tisch. »Kommen Sie wieder, wenn Ihr Bauch rund ist. Sie sind doch ein adrettes junges Ding. Da wird sich doch jemand finden! Früher oder später brauchen Sie doch eh 'nen Mann. 'Nen ordentlichen Kerl.« Er lehnte sich auf seinen Stuhl zurück und verschränkte die Hände vor dem Bauch. »Ick beispielsweise wäre ja in der Partei …«

Noch eine Sekunde länger in diesem Raum, und sie würde sich auf den Tisch übergeben.

»Ich *brauche* gewiss keinen Mann«, sagte sie und erhob sich von ihrem Stuhl.

»Ich mein's nur jut mit Ihnen«, rief er ihr nach. »Meine Tür steht Ihnen jederzeit offen.« Und dann brummte er noch: »Ledige Frauen sind immer gleich so hysterisch.«

Clara hielt inne. Wandte sich um und sagte ruhig und klar: »Nennen Sie Frauen nicht hysterisch, wenn sie wütend sind.«

Die Tür knallte hinter ihr zu.

19

Betty

Eine Stunde lang hatte sie in Kurts Büro in der Sitzecke gehockt und gewartet, und als sich endlich die Tür öffnete und er hereinkam, kein Kuss, nur Beschwerden darüber, wie begriffsstutzig die Statisten heute gewesen waren. »Und dann stand auf einmal ein Kumpel vor mir, der auch Regisseur ist. Ich konnte ihn nicht vertrösten, das wäre unhöflich gewesen.«

Aber sie eine ganze Stunde lang nach Drehschluss in seinem Büro warten zu lassen war nicht unhöflich? Immerhin war er so nett, sie nach Hause zu fahren, dachte sie, und sie wollte die Stimmung auch nicht vermiesen, deshalb schluckte sie ihren Ärger herunter und lächelte.

Aus der Vitrine holte er Rotwein sowie zwei Gläser, entkorkte die Flasche und schenkte ihnen ein. Eigentlich wollte Betty nur nach Hause, und sie trank auch nicht gern Alkohol. Mit einer Mutter, die einem tagtäglich vor Augen führte, was aus einem werden konnte, wenn man die Kontrolle über sich verlor, entwickelte man wohl so etwas wie eine natürliche Abneigung dagegen.

Kurt stieß mit ihr an. »Mit deiner Schönheit wertest du

den ganzen Film auf«, sagte er, und augenblicklich war vergessen, wie lange er sie hatte warten lassen.

Er trug ein hellblaues Hemd, darüber ein beiges Jackett. Dazu Wildlederschuhe. Und wie üblich den Schal, den sie so gerne dafür verwendete, um ihn an sich zu ziehen. Kurt war für sie der Inbegriff eines Künstlers. Während er sich mit seinem Rotwein Zeit ließ, erzählte er von dem Interviewtermin, der ihm morgen bevorstand. Er stöhnte leidvoll, aber Betty kannte ihn inzwischen gut genug, um zu wissen, dass er sich gern in Aufmerksamkeit sonnte. Konnte man ihm das verübeln? Sie selbst träumte doch auch davon, eines Tages über den roten Teppich zu schreiten und Fotografen ein strahlendes Lächeln zu schenken.

Da war etwas, das Betty auf dem Herzen lag. Seit mehreren Wochen gingen Kurt und sie miteinander aus, und Clara und Martha fragten schon immer, was das zwischen ihnen war. Sie wollte Klarheit. Oder zumindest herausfinden, wie ernst es Kurt mit ihr war. Sie überlegte, ob sie es wagen sollte, ihn darauf anzusprechen, oder ob er sich dann von ihr unter Druck gesetzt fühlen würde.

Vielleicht kam es einfach nur auf den richtigen Tonfall an, deshalb fragte sie so locker wie möglich. »Wann lerne ich denn eigentlich mal deine Eltern kennen?«

»Puh, willst du das wirklich? Die beiden sind geschieden und verbittert. Ich habe so gut wie nichts mehr mit ihnen zu tun.«

Betty konnte sich nicht vorstellen, den Kontakt zu ihrer Familie abzubrechen. Ihre Eltern und Alex waren trotz aller Ecken und Kanten die wichtigsten Menschen in ihrem Leben.

Neben Clara und Martha natürlich. Jedenfalls schien Kurt nicht abgeneigt zu sein, sie seinen Eltern vorzustellen. Das war doch ein gutes Zeichen, oder?

Kurt schwenkte die rote Flüssigkeit in seinem Glas. »Wann lerne ich denn deine Eltern mal kennen?«

»Jederzeit«, antwortete sie und erkannte, dass sie sich damit selbst ein Ei gelegt hatte. Denn wenn sie ihn mit ihren Eltern bekannt machen wollte, müsste sie ihn wohl oder übel zu sich nach Hause einladen.

Kurt war ohnehin schon wieder mit seinen Gedanken woanders. »Heute Abend muss ich das Drehbuch an ein paar Stellen umschreiben. Der Autor versteht einfach nicht, worauf es mir ankommt, was die eigentliche Aussage des Films ist!«

»Und was ist die eigentliche Aussage des Films?«

»Na, dass das Leben voller Versuchungen ist, die aber keine Erfüllung bringen. Was zählt, ist das Kollektiv, das menschliche Miteinander!«

Sie zog eine Augenbraue hoch. »Ach, du glaubst also, dass man der Versuchung besser widerstehen sollte?« Sie trat zu ihm und schob ihr Knie zwischen seine Beine.

»Nun, nicht jeder Versuchung.«

Er drückte sie gegen den Schreibtisch und küsste sie. »Du böses Mädchen«, sagte er und legte eine Hand auf ihre Brust.

Wenn er sich vor Verlangen kaum beherrschen konnte, gab ihr das ein Gefühl der Macht über ihn. Indem sie ihre Reize einsetzte, konnte sie diesen wundervollen, begehrenswerten und erfolgreichen Mann an sich binden. Das hatten ihr zumindest die Zeitschriften beigebracht, die sie so gerne las.

Er schob ihr Kleid hoch. Diesmal wanderte seine Hand an ihrem Oberschenkel höher als sonst, bis zu ihrem Schritt. Die Berührung entlockte ihm ein Keuchen, ihr war sie jedoch unangenehm. Es ging ihr zu schnell, sie brauchte noch Zeit. Aber sie hatte das Gefühl, ihm etwas schuldig zu sein, wo er sie doch in seinem Film besetzt und schon ein paarmal zum Essen ausgeführt hatte. Also ließ sie es zu, dass er sie *dort* berührte. Und sie hatte es doch gewissermaßen selbst drauf angelegt.

Seine Stimme war rau und voller Verlangen, als er sagte: »Es wird Zeit, dass du mal meine Wohnung kennenlernst, findest du nicht auch?«

»Ja«, war alles, was sie daraufhin erwiderte.

»Aber leider nicht heute. Das Drehbuch …«

Betty atmete erleichtert auf.

»Dann bringe ich mein Mädchen mal nach Hause«, sagte er und leerte sein Glas.

Nach Hause. Sie würden wieder zu der Villa am Rande von Friedrichshagen fahren, Betty würde aussteigen, langsam auf das schmiedeeiserne Gartentor zugehen und so tun, als suchte sie die Haustürschlüssel in ihrer Tasche. Und schließlich, wenn Kurts Wartburg ums Eck verschwunden war, würde sie sich auf den Weg zu ihrem eigentlichen Zuhause machen. *Wie lange willst du dieses Spiel noch spielen?*, fragte eine Stimme in ihr.

Draußen war es bereits dunkel, als sie das Gebäude verließen. Vom Auto aus erkannte Betty den Park wieder, an dem sie Charlie unerwartet begegnet war. Sie erinnerte sich daran, wie er sie nach Hause begleitet hatte. Es schien ihm völlig gleichgültig gewesen zu sein, wo und wie sie wohnte. Einerseits erhoffte sie sich von Kurt Klarheit über das, was zwischen ihnen war, aber andererseits war sie selbst nicht bereit dazu, ihm die Wahrheit über sich anzuvertrauen. Wie sollte jemals etwas Ernstes zwischen ihnen entstehen, wenn sie sich weiterhin als eine andere ausgab?

»Kurt«, sagte sie. »Wir fahren nicht dorthin, wo du mich sonst rauslässt.«

»Und wohin fahren wir?«

Sie lotste ihn durch Friedrichshagen, und schließlich wies sie ihn an, vor dem Plattenbau zu halten. Sie holte Luft, nahm innerlich Anlauf und sagte dann: »Hier wohne ich. Nicht in der alten Villa, zu der du mich immer gebracht hast. Ich habe dich angelogen, weil ich gedacht habe, dass ich dadurch begehrenswerter für dich bin. Es tut mir leid. Ich schäme mich.«

Stille. Kurt sah sie an, die Augenbrauen hochgezogen, sein Mund stand offen. Eigentlich wartete sie nur noch darauf, dass er ihr sagte, sie hätte doch nicht mehr alle Tassen im Schrank.

Da lachte er schallend auf. »Das ist genial! Das ist ja fast schon filmreif!« Er schüttelte den Kopf und küsste sie dann. »Du bist eine wahrhaft begnadete Schauspielerin, Betty Reinhart.«

»Bist du denn nicht wütend auf mich? Oder enttäuscht von mir? Ich habe dich angelogen.«

»Ach, Menschen lügen ständig.« Er winkte ab. »Und es ist doch egal, wo du wohnst. Es wird sich sogar in der Öffentlichkeit besser machen, wenn du in einem Arbeiterschließfach wohnst. Wir verkaufen dich als sozialistisches Mädchen.«

»Oh. Ja«, erwiderte sie. »Da hast du wohl recht.«

»Na, dann, Betty.« Erneut küsste er sie und fuhr dann mit dem Daumen über ihre Unterlippe. »Trotzdem bist du mir jetzt was schuldig. Und ich weiß auch schon, was«, sagte er mit rauer Stimme.

Sie stieg aus und schlang ihren Mantel fest um sich. Abends wurde es inzwischen schon ordentlich kalt. Sie ging auf den Eingang des Wohnblocks zu und fragte sich, wie es möglich war, sich erleichtert und bedrückt zugleich zu fühlen.

20

Martha

Bis vor drei Wochen hatten die Kaufhallen ihr Obst und Gemüse noch draußen in Holzkisten angeboten. Alles, was der Herbst zu bieten hatte. Äpfel, Zwiebeln und Kartoffeln. Im Zentrum sollte es sogar Kürbisse geben. Inzwischen regnete es zu oft, sodass die Waren nicht mehr draußen standen. Laut Wetterbericht sollte schon bald der erste Schnee fallen.

Es war Freitagnachmittag, und gemeinsam mit Betty und Clara erledigte Martha den Einkauf fürs Wochenende. Bis auf einen Mann, der sich vor Baumwollwindeln, Babypuder und Schnullern leicht überfordert am Kopf kratzte, gingen ausnahmslos Frauen mit ihren Einkaufskörben durch die schmalen Gänge.

Da war eine Clique junger Rebellinnen. Beim Anblick ihrer knappen Nickis und Röcke fröstelte es Martha. Dazu trugen sie hohe Stiefel und löchrige Strumpfhosen, bei deren Anblick ihre Mutter nach Luft geschnappt hätte. Sie kauften Zigaretten und Bier. Ein Regal weiter war eine adrette Hausfrau mit frischer Dauerwelle, die unter ihrem offenen Herbstmantel ein hellblaues Kleid und Schmuck trug. Als sie nach dem Mehl in Bodennähe griff, bückte sie sich nicht einfach, sondern ging elegant in die Hocke. Eine Mutter mit zwei Kindern im Schlepptau hastete an ihr vorbei. Sie hatte dunkle Ringe unter den Augen und einen Soßenfleck auf ihrem hellen Pullover. Eine junge Frau in einem schicken Kostüm, vielleicht eine Sekretärin, machte ihr Platz. Sie ließ ein Spülmittel in ihren Korb gleiten und machte zufrieden auf ihrer Liste einen Haken. An der Kasse beschwerte sich eine ganz in Schwarz gekleidete Frau mit bitteren Falten um den Mund darüber, dass es schon wieder keine Butter gab.

»Habt ihr Lust, später was zu unternehmen?«, fragte Clara. »Meine Mutter bekommt Besuch von einer Freundin, und der einzige Rückzugsort, der mir bei uns einfallen würde, wäre die Werkstatt unseres Hausmeisters. Vielleicht leiht dein Vater dir den Schlüssel fürs Strandbad, wir könnten uns auf den Steg setzen und quatschen.«

»Ich kann nicht«, sagte Betty zerknirscht. »Ich stelle meinen Eltern heute Abend Kurt vor. Meine Mutter kocht, und ich will ein Auge darauf haben, dass es nicht Makkaroni-Auflauf gibt, sondern etwas Besonderes.«

Letztes Wochenende hatten Clara und Martha Kurt kennengelernt, als er Betty vom Strandbad abgeholt hatte. Es war ein perfekter Herbsttag gewesen, wie aus dem Bilderbuch. Die Bäume hatten im schräg stehenden Licht gelb und rostrot geleuchtet. Das herabgefallene Laub des angrenzenden Wäldchens hatte unter ihren Sohlen geknistert. Jung wie Alt hatte sich am Ufer getummelt, hatte bei einem Spaziergang die Sonne im Gesicht genossen, Steine flitschen lassen oder die Picknickdecken ausgebreitet und Stullen und hart gekochte Eier vertilgt.

Kurt war sehr zuvorkommend gewesen. Er hatte darauf bestanden, sie alle ins Café auf der Dachterrasse einzuladen. Ohne dass er Notiz davon genommen hatte, hatten Betty, Clara und Martha sich bedeutungsvoll angesehen. Es war ein großer Moment gewesen. Ein Ereignis, das fast schon mit der Jugendweihe vergleichbar war. Denn obwohl Bettys Vater der Leiter des Strandbads war, hatten sie nie gewagt, sich an einen der Tische mit dem traumhaften Ausblick zu setzen. Sie hatten immer das Gefühl gehabt, dass das den Erwachsenen vorbehalten war.

Kurt war ein ziemlich guter Fang. Er hatte eine eigene Wohnung, Erfolg, ein Auto, während sie noch die Schulbank drückten. Martha hatte überlegt, ob ihr dieser Unterschied zu schaffen machen würde, wenn er ihr Freund wäre. Gut möglich, dass sie sich neben Kurt wie ein Kind fühlen würde. Es war ihr auch schwergefallen, ein Gesprächsthema mit ihm zu finden. Clara war nicht gerade eine große Hilfe gewesen. Die meiste Zeit über hatte sie einfach nur dagesessen, die Beine übereinandergeschlagen, hatte die Eiswürfel in ihrer Vita-Cola klirren lassen und nicht aufgehört, Kurt zu mustern. Unmöglich zu sagen, was ihr dabei durch den Kopf gegangen war.

In den Augen von Marthas Eltern wäre Kurt jedenfalls der perfekte Schwiegersohn. Nur war Martha sich nicht mehr sicher, ob das ein Kompliment war oder nicht.

»Das mit euch beiden wird ernst«, kommentierte Clara.

Betty lächelte, als könnte sie es selbst kaum glauben. »Ja. Wer hätte das gedacht?«

Immer wieder sah Martha zu der Gruppe junger Frauen,

die sich nicht schämten, laut zu lachen, und von den anderen Damen missbilligend beäugt wurden. So viel Selbstbewusstsein war ja fast schon unverschämt. Sie sahen aus, als würden sie jedes Wochenende bis in die frühen Morgenstunden um die Häuser ziehen. Frauen wie sie gingen mit ihren Reizen hausieren, tranken zu viel und schliefen mit Männern, mit denen sie nicht mal zusammen waren.

Martha erschrak über sich selbst. Sie klang ja schon wie ihre Mutter!

Als eine der jungen Frauen anfing zu singen und die Clique davonzog, schüttelte die Sekretärin den Kopf und gab dabei einen zischenden Laut von sich. Auf einmal verspürte Martha den Drang, zu ihr zu gehen und ihr zu sagen, dass sie nur neidisch war. Dabei hatte sie eben selbst ähnlich gedacht.

Da war sie, die nackte Wahrheit: Sie war neidisch gewesen. Sie wollte so frei und ungehemmt wie diese Frauen sein. Wollte einfach tun, wonach ihr der Sinn stand. Aber stattdessen war sie wieder voll und ganz in ihrem gewöhnlichen Alltagstrott gefangen: Schule. FDJ-Kram. Sonntags stand neuerdings stets ein Ausflug mit ihrer Familie auf dem Programm. Darauf bestand ihre Mutter, und Martha tat jedes Mal so, als würde sie sich auf die gemeinsamen Spaziergänge oder Fahrradausflüge freuen. Das hatte nämlich den angenehmen Effekt, dass ihre Mutter sie nicht mehr so besorgt ansah. Die einzige Abwechslung vom drögen Alltag brachten ihr Betty und Clara, aber Betty hatte nicht mehr so viel Zeit, seit Kurt in ihr Leben getreten war. Was, wenn Clara auch einen Freund fand und sie allein zurückblieb?

»Fragt ihr euch auch manchmal, wie unser Leben in ein

paar Jahren aussehen wird?«, fragte Martha. Welche Version von ihr würde in ein paar Jahren in der Kaufhalle einkaufen? Die adrette Hausfrau? Die Mutter? Bis vor ein paar Wochen hätte sie sich ganz klar am meisten mit der Sekretärin identifizieren können, doch seltsamerweise empfand sie es nun als abschreckend, wie eifrig die junge Frau ihre Einkaufsliste durchging, als würde ihr das Genugtuung verschaffen.

»Ja.« Betty nickte. »Ich habe mich schon oft gefragt, ob wir überhaupt so etwas wie Mitspracherecht haben oder unser Weg doch vorbestimmt ist.«

»Sprichst du von Schicksal?«, fragte Clara. »Daran glaube ich nicht. Ich glaube, dass man sein Leben selbst in der Hand hat.«

»Aber manchmal kann man einfach nichts tun«, erwiderte Betty. »Denk nur an Kriege, Katastrophen, Tragödien …«

»Man hat aber noch immer in der Hand, wie man damit umgeht. Wie die Leute auf der *Titanic*. Manche sind in Panik geraten und in den Atlantik gesprungen, andere haben Ruhe bewahrt und sich in die Boote gerettet, und wieder andere haben sich Champagner eingeschenkt, zugesehen, wie der Wasserpegel im Tanzsaal steigt, und dem Orchester gelauscht.«

Während Betty und Clara nach grünen Bohnen in der Dose suchten, schlenderte Martha ein Regal weiter. Jäh blieb sie stehen. Vor Essiggurken und Sauerkraut stand Micha.

Möglichst unauffällig wandte sie sich den Süßigkeiten zu, nahm eine Schlagersüßtafel in die Hand, sah zu ihm, dann wieder zum Regal, und gab sich schließlich einen Ruck. »Hallo.«

Als er sah, wer ihn da angesprochen hatte, strahlte er bis über beide Ohren. »Hallo Martha! Was machst du denn hier?« Er errötete ein bisschen. »Lass mich raten: Du kaufst ein?«

Sie nickte und hielt sich mit beiden Händen an ihrem Einkaufskorb fest. »Ich vermute, du auch?«

Er deutete auf eine alte Frau in rosafarbener Strickjacke und mit grauweißen Haaren, die an eine Pusteblume erinnerten. Sie prüfte kritisch die Äpfel, indem sie jeden einzelnen bis knapp vors Auge führte. »Meine Oma. Sie sieht kaum noch, backt aber trotzdem die besten Kuchen.«

»Ich liebe Apfelkuchen.« Sie klemmte sich eine Haarsträhne hinters Ohr. »Wie geht's den Jungs?«

»Gut«, antwortete er. »Sie vermissen dich.«

»Das sagst du doch nur so.«

»Doch. Ehrlich. Sie können es vielleicht nicht so zeigen.«

Sie schwiegen einen Moment, und während Martha den Blick schweifen ließ, über den rissigen Steinboden und die halb leeren Regale, spürte sie, dass Micha sie musterte. Als sich ihre Blicke wieder trafen, lächelte er scheu.

»Und ich vermisse dich auch«, sagte er. Er zuckte zusammen und fügte eilig hinzu: »Komm doch am Sonntag zu uns.«

»Sonntag?« Da begriff sie, wovon er sprach. Sie trat näher an ihn heran und flüsterte: »Heißt das, *Radio Freigeist* sendet wieder?«

Wastes Onkel besaß eine Datsche am Waldrand, gar

nicht weit vom Funkhaus Grünau entfernt, erzählte Micha. Dort hatten sie ein neues Radiostudio aufgebaut.

»Wäre schön, wenn du wieder dabei bist.«

Ihr Verantwortungsbewusstsein meldete sich zu Wort. Sie sollte dankend ablehnen. Sollte aus den Fehlern der Vergangenheit gelernt haben und nicht erneut Hausarrest riskieren. Noch dazu gerade, wo sich die Atmosphäre in ihrer Familie mehr oder weniger normalisiert zu haben schien.

»Klar«, hörte sie sich sagen. »Ich kann's kaum erwarten.«

Sonntagmorgen, kurz vor halb neun.

Martha stieg vor dem Funkhaus Grünau von ihrem Fahrrad und schloss es ab. In ihrem Campingbeutel: eine Geschichte, die sie verfasst hatte und auf Sendung vortragen wollte. Lange genug Zeit gehabt, an dem Text zu feilen, hatte sie ja. Es ging um drei Mädchen an der Schwelle zum Erwachsensein, die nicht unterschiedlicher sein könnten und die dennoch seit Jahren durch eine ganz besondere Freundschaft verbunden waren. *Zwischen ihnen gab es keine Verpflichtungen oder Erwartungen, keine Scham und keine Anstrengung. Nur Bewunderung, Respekt und Zuneigung. Sie fühlten sich einander zutiefst verbunden, denn ihre Freundschaft beruhte auf Freiheit.* So endete das erste Kapitel, aus dem sie zwei Seiten vorlesen wollte.

Rechts in den Wald rein, hatte Micha gesagt, dann etwa fünfzig Meter geradeaus. Sie könne die Datsche gar nicht verfehlen.

Sie mochte den kräftigen Geruch nach Harz, feuchter Erde, Moos und Pilzen. Das Rauschen der Straße wurde leiser, je weiter sie in das Waldesinnere wanderte, und irgendwann war nur noch das Knacken der Äste unter ihren Stiefeln zu hören und hier und da ein leises Rascheln, wenn ein Vogel aufschreckte. Und schließlich Stimmen. Da war sie, die Datsche, von der Micha gesprochen hatte. Ursprünglich mochte sie recht nett anzusehen gewesen sein. Sie hatte sogar eine schmale Veranda, deren Balustrade mit ausgestanzten Herzen verziert war. Doch über die Jahre hatte die Witterung an ihrem Holz genagt, und das Dach war dick bemoost. Aber wahrscheinlich war die Hütte genau deshalb so perfekt, weil sich niemand mehr für sie interessierte.

Martha stieg die zwei Stufen zur Veranda hinauf. Ihre Haut kribbelte vor Aufregung. Sie klopfte.

Kurz war es still.

»Ich bin's, Martha«, rief sie.

Die Tür ging auf, und da war er. Alex. Dieses Lächeln. Die leicht zerzausten Haare, dieser Blick … Es tat weh, ihn wiederzusehen, und obwohl sie wusste, dass sie keine Chance bei ihm hatte, machte ihr Herz bei seinem Anblick einen kleinen Sprung.

»Na endlich! Wurde Zeit, dass du dich mal wieder blicken lässt.« Er strubbelte ihr durchs Haar, was auch nur er sich bei ihr erlauben durfte.

Fritz fiel ihr zur Begrüßung regelrecht um den Hals, woraufhin auch Micha sie in den Arm nahm. Eine Umarmung, bei der keine Worte mehr nötig waren, die deutlich machte, wie sehr er sich freute, sie zu sehen. Hinter seinem Rücken gab Alex ihr dafür ein Daumen hoch, woraufhin Martha verwirrt die Stirn runzelte. Da erinnerte sie sich daran, dass sie ihm auf der Abschlussfeier in Fritz' Zimmer erzählt hatte, in Micha verliebt zu sein. Sie machte sich von Micha los und klemmte sich verlegen eine Haarsträhne hinters Ohr.

Waste war gerade dabei, ein paar Platten zu sortieren. Sein Haar war nun, wo er bei der Armee war, kurz geschoren. Der Anblick war ungewohnt. Er nickte ihr zum Gruß zu, aber ihm war anzusehen, dass er nicht gerade begeistert darüber war, dass sie wusste, wohin die Jungs das Radio verlegt hatten. *Sein Problem*, sagte sie sich.

Die Jungs berichteten vom Kasernenalltag. »Zu wenig zu essen, Drill, Schlafentzug und wöchentliche Rotlichtbestrahlung«, fasste Waste es knapp zusammen.

Micha war der Einzige, der sich nicht verpflichtet hatte. Martha rätselte, weshalb. Hatte er denn nicht vor zu studieren?

Während sie laut erzählten und sich mit Schreckgeschichten überboten, musterte Martha die Jungs. Sie hatten sich verändert, waren kantiger.

Um kurz vor neun Uhr klatschte Waste in die Hände: »Los, Leute, in zwei Minuten müssen wir auf Sendung! Seid ihr bereit?«

»So was von bereit«, sagte Martha und zog ihren Text aus dem Campingbeutel hervor.

»He, Micha, du wohnst doch gar nicht weit von Martha weg, nicht wahr?«, sagte Alex, als sie um kurz nach zwei aus dem Wald traten und Martha ihr Fahrrad holte. »Du solltest sie ein Stück nach Hause begleiten.«

Kein Rat, keine Bitte, sondern eine Feststellung. Er

klopfte Micha zweimal auf die Schulter und zwinkerte Martha zu. Ohne eine Antwort abzuwarten, schlenderte er mit Fritz und Waste davon.

Großartig. Ausgerechnet der Kerl, den sie liebte, versuchte sie zu verkuppeln.

Micha lachte verlegen, fuhr sich mit einer Hand über den Nacken und schob dann die Hände in die Hosentaschen. »Ist dir denn überhaupt nach Begleitung zumute?«

»Klar«, erwiderte sie. »Bist du mit dem Fahrrad da?«

Er schüttelte den Kopf. »Aber ich könnte dein Chauffeur sein, wenn du dich auf den Gepäckträger setzen magst.«

Gesagt, getan. Zunächst hielt Martha sich am Gepäckträger fest, doch einmal fuhren sie über einen Ast, den der Wind auf die Straße geblasen und den Micha zu spät gesehen hatte. Aus einem Reflex heraus schlang Martha die Arme um ihn. Ein schönes Gefühl, sich an jemandem festzuhalten. Der Fahrtwind, die Autos, die an ihnen vorbeizogen. Michas ganz eigener Geruch, schlicht, unaufdringlich, natürlich. An seiner Winterjacke haftete noch etwas Spezielles, ein Hauch von altem Holz und Mottenkugeln, und Martha vermutete, dass das Kleidungsstück den Sommer über auf einem Dachboden gelagert worden war.

Daheim angekommen, war sie hin- und hergerissen. Sollte sie ihn fragen, ob er noch mit reinkommen wollte? Sie hatte noch nie einen Jungen zu sich nach Hause eingeladen. Es reizte sie, herauszufinden, wie sich das anfühlte. Und die Tatsache, dass ihre Eltern zu Freunden aufs Land gefahren waren, musste doch genutzt werden. Lediglich Ronny war zu Hause, aber der hing meistens nur in seinem Zimmer rum. Es würde also niemand mitbekommen, dass Martha Männerbesuch hatte. Letztes Schuljahr hatte Martha eine Klassenkameradin eingeladen, um an einem gemeinsamen Vortrag zu arbeiten, und ihr Vater hatte sie erst mal ins Verhör genommen: Wie ihr die Schule gefiel, was sie später mal machen wolle, ob ihre Eltern in der Partei waren … Nicht auszudenken, wie er auf einen Jungen reagiert hätte. Nun aber saßen Mutti und Vati irgendwo hinter Erkner bei Kaffee und Kuchen und würden nicht vor dem Abend nach Hause kommen.

Martha beschloss, dass Pragmatismus eine unterschätzte Tugend war, gab sich einen Ruck und fragte ihn einfach, vielleicht würde er ohnehin ablehnen.

»Gern. Aber ich will nicht stören«, antwortete er.

»Tust du nicht.«

Sie lotste ihn direkt in ihr Zimmer und schloss die Tür. Micha sah sich um und knöpfte sich dann das schmale, hohe Regal vor, das genau neben das Fenster gegenüber von ihrem Bett passte. Darin sammelte sie ihren Bücherschatz.

»Du liest offenbar ziemlich gerne«, stellte er fest.

»Schon, ja.«

»Meine Mutter sagt immer, wer viel liest, hat was zu verbergen.«

Sie zuckte mit den Schultern. »Haben wir nicht alle was zu verbergen?«

Er wiegte den Kopf, dachte darüber nach und nickte schließlich. »Wahrscheinlich schon.« Er zog ein Buch heraus, und Martha nutzte die Chance, ihn zu betrachten. Seine Haut, die so weich aussah. Die geschwungenen Augenbrauen. Seine gepflegten Hände, die anpacken konnten. Behutsam blätterte er in dem Buch, und der Anblick überzog ihre Unterarme mit einer leichten Gänsehaut. Unauffällig warf sie einen Blick in den Spiegel an ihrem Schrank und glättete mit einer Hand ihr vom Fahrtwind leicht zerzaustes Haar.

»Willst du denn später mal was mit Literatur machen?«, fragte er, als er das Buch wieder an seinen Platz zurückstellte.

Sie erzählte ihm, dass sie Lehrerin werden wolle, Deutsch und Geschichte, aber es fühlte sich an, als würde sie einen Text aufsagen, wie in der Schule, wenn sie im Russischunterricht ein Gedicht rezitieren musste und einfach nur die Wörter aneinanderreihte, aber nichts dabei fühlte.

Als ihr das bewusst wurde, schüttelte sie den Kopf, legte eine Hand an die Stirn und lachte auf: »Weißt du was? Das stimmt gar nicht. Meine Eltern wollen, dass ich Lehrerin werde, und ich habe es lange auch geglaubt. Um ehrlich zu sein, weiß ich gar nicht mehr wirklich, was ich später mal machen will. Oder überhaupt, wie mein Leben verlaufen soll. Dabei hatte ich immer einen genauen Plan. Mit spätestens siebzehn wollte ich einen Freund haben. Ich wollte Abitur machen und in Moskau studieren. Mein eigener, perfekter Fünfjahrplan.«

»Manchmal hat das Schicksal einen besseren Plan als den, den man sich selbst zurechtgelegt hat.«

»Glaubst du daran, oder sagst du das nur, um mich aufzumuntern?«

»Ich *weiß* es.« Er lächelte. Es war dasselbe Lächeln, das er immer hatte, und dennoch war es diesmal anders. Dieses Lächeln ging ihr durch und durch.

»Ich hatte nur Fußball im Kopf, wie gefühlt jeder in meiner Klasse, nachdem Deutschland '54 die Weltmeisterschaft gewonnen hatte«, erzählte er. »Aber eines Tages ist mir ein Licht aufgegangen, und ich habe gemerkt, dass ich es eigentlich total langweilig finde, einem Ball hinterherzurennen.«

Martha war ungewöhnlich warm, ihre Brille war sogar leicht beschlagen. Sie nahm sie ab und legte sie auf ihren Nachttisch. »Und was willst du jetzt?«, fragte sie und setzte sich auf ihr Bett.

»Puh.« Er holte tief Luft und atmete wieder aus. »Jetzt muss ich wohl erst mal schauen, wie es weitergeht. Meine Mutter war mächtig sauer auf mich, weil ich mich nicht verpflichtet habe. Sie meint, damit verbaue ich mir meine Zukunft.«

»Wo sie nicht ganz unrecht hat …«

»Wahrscheinlich ja. Aber keine Ahnung, wie das zwischen den Zonen weitergeht. Ich will mich da einfach raushalten.«

»Und was hast du jetzt vor?«

»Meine Mutter will, dass ich mich in eine Klinik einweisen und mir eine psychische Erkrankung als Entschuldigung attestieren lasse.«

»Ernsthaft? Damit man es dir nicht krummnimmt, dass du nicht zur Armee gehst?«

Er nickte.

»Und das würdest du tun?«

»Mal sehen. Ich lüge nicht gern. Eigentlich will ich einfach nur eine Lehre anfangen und das tun, worauf ich Lust habe. Etwas Handwerkliches würde mir gefallen.«

Sie dachte an Clara, die auch nur das tun wollte, wovon sie träumte, und damit inzwischen ganz gut durchzukommen schien.

»Ist dir eigentlich nicht warm?«, fragte sie und stützte sich hinter ihrem Rücken auf die Hände ab.

»Ein bisschen.« Er öffnete den Reißverschluss, zog seine Jacke aus und hielt sie unschlüssig in den Händen.

»Und sonst?«, fragte sie und wurde sich selbst erst bewusst, was sie mit der Frage meinte, als sie bereits gestellt war.

»Was meinst du?«

Sie wies mit der Hand auf ihn, auf seine Nietenhose, auf seine Jacke … »Als ich dich das erste Mal sah, da warst du dieser schüchterne Junge, der kaum ein Wort herausgebracht hat. Du hast dich nicht mal getraut, mit uns nach Müggelwerder zu fahren. Und jetzt? Du brichst nachts in Strandbäder ein, machst bei einem illegalen Radiosender mit … Wahrscheinlich stehen die Mädchen bei dir Schlange.«

Er lachte verlegen. »Nein …«

»Dann hast du eine Freundin?«, wagte sie zu fragen.

»Keine Freundin. Und du?«

»Ob ich eine Freundin habe?« Sie schmunzelte und legte den Kopf leicht schief.

Erstaunt stellte sie fest, dass seine Ohren rot wurden. Hatte sie diese Wirkung auf ihn? Ein berauschendes Gefühl.

»Nein«, lachte er. »Ich meine, gibt es jemanden, den du gernhast?«

Martha schüttelte den Kopf. »Nein.«

Konnte es sein, dass sie miteinander flirteten?

Zwei Atemzüge lang überlegte er, dann traute er sich und fragte: »Und was ist mit dem Kerl, der dich auf der Party traurig gemacht hat?«

Sie spielte am Saum ihrer Bettdecke. »Ich denke, ich bin über ihn hinweg.«

Als Martha neben sich aufs Bett klopfte, zögerte Micha, und kurz befürchtete sie, dass sie zu aufdringlich gewesen war. Doch da legte er seine Jacke auf dem Boden ab und setzte sich neben sie. Ihre Blicke begegneten sich für einen Moment.

Er räusperte sich. »Das mit Müggelwerder, das war etwas anderes als *Radio Freigeist* oder unser Einbruch ins Strandbad. Mutproben sind einfach nicht meins.

»Warum nicht? Was ist verkehrt daran, mutig zu sein?«

»Nichts natürlich, aber ...« Er suchte nach den richtigen Worten. »Weißt du, für die meisten bedeutet Mut, Angst zu haben und etwas trotzdem zu tun. Aber ich finde eher, dass es mutig ist, zu sich, zu seinen Einstellungen und Gefühlen zu stehen, egal was andere von einem denken. Deshalb solltest du auch tun, was dein Bauch dir sagt, und nicht das, was deine Eltern von dir verlangen oder sich erhoffen. Manchmal muss man Menschen enttäuschen, um sich selbst nicht zu enttäuschen, wenn das irgendwie Sinn macht ...«

»Und, stehst du denn immer zu deinen Gefühlen?«, fragte sie. Atemlos. Als wäre sie gerannt. Ihr Puls war erstaunlich schnell.

»Nicht immer, fürchte ich.«

Diesmal war ihr Schweigen wie Elektrizität, die zwischen

ihnen vibrierte. Sie hätte es gebrochen, hätte sie auch nur die leiseste Ahnung gehabt, was sie hätte sagen können.

»Du hast da eine Wimper.« Micha hob den Zeigefinger an ihre Wange, zögerte kurz, und als sie nicht zurückzuckte, berührte er sie und sammelte die Wimper auf.

Eine kurze Berührung nur, und doch hob sie Marthas Welt für einen kurzen Augenblick aus den Angeln.

»Wünsch dir was«, sagte er. Seine Stimme war rau.

Ihre Lider senkten sich. Sie pustete, und als sie die Augen wieder öffnete, gab es nur noch ihn und sie und diesen Moment, in dem auf einmal alles möglich schien.

»Micha«, sagte sie. Schluckte. »Ich weiß, normalerweise soll man seinen Wunsch nicht verraten, weil er sonst nicht in Erfüllung geht. Aber ich glaube, in diesem Fall verhält es sich anders. Ich …« Sie nahm all ihren Mut zusammen. »Ich würde dich gerne küssen, wenn's für dich in Ordnung ist.«

Einen. Zwei. Drei Herzschläge lang sah er sie einfach nur an.

Sein Kehlkopf hüpfte auf und ab. Er schluckte. »Ja.«

Sie rückte näher an ihn heran, er neigte sich ihr leicht entgegen. Sie legte eine Hand auf seine Wange, er schloss die Augen.

Und dann berührten sich auf einmal ihre Lippen.

Ein zarter, unschuldiger Kuss, aber schön. Als sie sich von ihm löste, vermisste sie sofort die Berührung. Er hatte die Augen noch immer geschlossen, als würde er dem Kuss nachspüren.

Sie strich über seine Wange, wollte weitermachen, vielleicht herausfinden, wie sich seine Zunge anfühlte. Doch da ging auf einmal die Tür auf, und Ronny stand in ihrem Zimmer.

Er sah Micha an. Sah sie an. Sah, wie nah sie einander waren.

Ab da ging alles viel zu schnell. Ronny packte Micha am Kragen seines Pullovers und zog ihn vom Bett hoch. »Nimm deine schmutzigen Griffel von ihr!«

»Ronny, bist du irre? Lass ihn sofort los!« Martha sprang auf und versuchte dazwischenzugehen.

Im nächsten Moment traf etwas hart ihr Gesicht. Ein paar Sekunden lang war ihr schwarz vor Augen. Sie taumelte zurück. Sie spürte etwas Feuchtes im Gesicht. Schmeckte Blut auf ihren Lippen. Nach und nach dämmerte ihr, was geschehen war. Ronny hatte ausgeholt, um Micha eine zu verpassen, und stattdessen sie getroffen.

»Geht's dir gut?« Micha wollte zu ihr, aber Ronny schubste ihn zurück.

»Schau, was du angerichtet hast!«, schrie er. »Verschwinde von hier!«

Martha blinzelte. Betastete ihre Nase. Sah ihre Fingerspitzen an. Rot. »Mir geht's gut«, sagte sie mechanisch. »Geh nach Hause. Wir sehen uns die Tage.«

Du sagst, dir geht es gut, dabei kannst du gerade keinen klaren Gedanken fassen. Erst jetzt nahm sie den pulsierenden Schmerz wahr.

»Ich würde lieber hierbleiben und mich um dich kümmern.«

Sie hörte Micha nur von fern. Sie wich zurück, als Ronny mit einem Papiertaschentuch das Blut aus ihrem Gesicht tupfen wollte. Auf einmal überkam es sie. »Was zur Hölle ist los mit dir?!«, schrie sie ihren Bruder an.

»Was mit mir los ist? Ich frage mich eher, was in dich gefahren ist! Du wirfst dich wie ein billiges Flittchen diesem Kerl an den Hals!«

Ronny schaffte es tatsächlich, dass sie sich schmutzig fühlte. Tränen stiegen in ihre Augen. »Was erlaubst du dir?! Ich bin kein billiges Flittchen! Ich bin immer noch deine Schwester!«

»Vor allem bist du völlig ahnungslos«, zischte Ronny. Spucke flog aus seinem Mund. In seinem Blick loderte etwas, das ihr Angst machte.

»Geh«, sagte sie zu Micha. Sie hob seine Jacke vom Boden auf und drückte sie ihm in die Hand. Als er protestieren wollte, sagte sie noch einmal mit Nachdruck: »Bitte. Geh jetzt.«

Kurz darauf hörte sie, wie unten die Haustür zufiel.

»Das war die richtige Entscheidung«, sagte Ronny.

Martha sah ihn entgeistert an. »Raus aus meinem Zimmer! Sofort! Ehe ich mich vergesse!«, schrie sie.

Als auch er fort war, lief sie wie ein eingesperrtes Tier in ihrem Zimmer auf und ab. *Vor allem bist du völlig ahnungslos,* hallten Ronnys Worte in ihr nach. Was meinte er damit? Was wusste sie nicht? Was verschwieg ihr ihre Familie? Wo könnte sie eine Antwort darauf finden?

Du weißt doch eigentlich, wo du zu suchen hast, sagte eine Stimme in ihr. *Du hast es die ganze Zeit über gewusst.*

Sie hatte das Arbeitszimmer ihres Vaters nie betreten. Aufrecht trat sie in den Flur, an dessen Ende der verbotene

Raum lag, ging hinüber. Ronny schien unten in der Küche zu sein, sie hörte, wie er den Kühlschrank öffnete. Vor der Tür kniete sie sich hin und hob den Teppichboden an. Etwas in ihr hoffte, dass der Schlüssel nicht mehr in seinem Versteck lag, aber dort war er.

Martha erhob sich und schloss auf, bereit, sich den Ungeheuern zu stellen, die hinter der Tür lauerten.

21

Betty

Betty verlor sich im Anblick der Schneeflocken, die vom Himmel taumelten. Im Licht der Laterne funkelten sie golden wie Sternenstaub, ehe sie auf das friedlich dahingleitende Wasser trafen und sich darin auflösten. Der Pianist spielte *Leise rieselt der Schnee.* Im Hintergrund das sonore Rauschen zahlreicher Gespräche im voll besetzten Saal des Restaurants.

Ihre Familie, Kurt und sie waren im *Neu-Helgoland,* das an der Müggelspree lag und aufs Wasser blickte. Früher hatten sie jedes Jahr im Sommer den Geburtstag ihrer Mutter in dem Restaurant gefeiert. Dann waren sie mit dem Dampfer hierhergefahren, der direkt vor der Terrasse hielt. Betty erinnerte sich noch genau daran, wie ihre Beine jedes Mal wie Gummi gewesen waren, wenn sie vom vibrierenden Boot auf den kleinen Steg gestiegen war. Trotzdem hatte sie es immer erstaunlich schnell zur Kuchenauslage geschafft. Ihre Mutter hatte von jedem Kuchen ein Stück bestellt, das war Tradition gewesen, egal wie viele zur Auswahl standen. Dazu eine große Schale mit Schlagsahne.

Wenn der Abend sich langsam über den Fluss herabgesenkt hatte und die Mücken über dem Wasser geschwirrt waren, hatte der Dampfer sie zurück nach Hause gefahren. Das Wasser hatte im intensiven Licht kupferfarben geleuchtet, und Betty hatte sich in ihrer kindlichen Fantasie ausgemalt, sie wäre eine Fee auf dem Weg in ihr Feenreich, deren Boot auf einem Fluss aus Nektar dahinglitt.

An diesen Tagen waren sie eine glückliche Familie gewesen, die Welt war ihr gut und schön erschienen. All die Streitereien ihrer Eltern, die Wein- und Schnapsflaschen, die ihre Mutter abends zum Müll brachte, bevor ihr Mann nach Hause kam, die traurigen Klaviersonaten, das Essen, das im Ofen verbrannte, während ihre Mutter sich schlafen gelegt hatte, all das war vergessen gewesen. Kinder schalteten so leicht von Unglück auf Glück um, lebten völlig im Hier und Jetzt. Vielleicht war das ihre Art zu überleben, dachte Betty. Und vielleicht mochte sie auch deshalb die Schauspielerei so gerne, weil sie dann wieder völlig im Moment versank und die Welt mit all ihrem Kummer verschwunden war.

Sie blinzelte ein paarmal und wurde sich bewusst, dass das keine Mücken waren, die über dem Wasser schwirrten, sondern zarte Schneeflocken, die mit dem Wind tanzten. Auf einmal war Winter, sie war kein Kind mehr, und neben ihr saß ihr erster fester Freund, der unauffällig unterm Tisch eine Hand auf ihr Knie legte. *Wann ist nur all die Zeit verstrichen?*, dachte sie. Allein die letzten Monate waren wie im Flug vergangen! Als gäbe es in einem Roman einen Zeitsprung und der Autor fasst die Geschehnisse nur knapp zusammen: *Das Abschlussjahr hat begonnen, du hast dich für einen Studienplatz beworben, den du wahrscheinlich nicht bekommen wirst, weil deine No-*

ten zu schlecht sind und du zu wenig Engagement zeigst. Mit Kurt triffst du dich schon fast seit fünf Monaten, und er nimmt dich auf all die Feiern mit, die er besucht, und manchmal sogar auch zu wichtigen Geschäftsessen. Du führst ein gutes Leben. Ein Leben, wie du es dir immer erträumt hast.

Es war schön, dass auch Alex sie zu dem Essen begleitet hatte. Sie sah ihren großen Bruder nur noch selten und vermisste ihn. Er wirkte bedrückt. Für gewöhnlich blendete er einen fast mit seinem Lächeln, aber an diesem Abend war er auffallend ruhig, war mit seinen Gedanken ganz woanders. Während ihre Eltern sich mit Kurt unterhielten, faltete er wieder und wieder seine Leinenserviette. Lag es am Kasernenleben und dem täglichen Drill, dem er ausgesetzt war? Konnte er Kurt nicht leiden? Oder war da noch etwas anderes, das ihren Bruder bedrückte? Ihr war aufgefallen, dass er, wann immer sie von Clara sprach, von einer Sekunde auf die andere wie gebannt an ihren Lippen hing. Die Frage, wie es ihrer Freundin ging, stand dann regelrecht auf seiner Stirn geschrieben, er stellte sie dann doch nicht. Sollte sie ihn darauf ansprechen? Aber in ihrer Familie redete man nicht wirklich miteinander, sondern tauschte lediglich oberflächliche Informationen aus. *Was macht die Schule? Macht die Arbeit am Filmset Freude? Ja? Schön. Gut. Alles bestens.*

Das Verhältnis zu ihren Eltern würde wohl nicht besser werden, aber sie könnte zumindest dafür sorgen, dass ihr Bruder und sie sich nicht entfremdeten. Deshalb nahm sie sich fest vor, Alex zu sagen, dass sie immer ein Ohr für ihn hatte.

An den hohen Fenstern des weitläufigen Restaurants hingen Strohsterne, und ein hoher, mit roten Kugeln, Holzfiguren und Kerzen geschmückter Tannenbaum funkelte im Eck. Betty liebte den Sommer, aber auch Weihnachten hatte einen besonderen Reiz. Wenn Kinder mit Fäustlingen und selbst gestrickten Mützen und Schals vor den Schaufenstern standen, in denen eine neue Lieferung an Spielsachen ausgelegt war. Wenn ihr Atem an den Scheiben beschlug. Das laute Kratzen, wenn die Verkäuferinnen am Morgen vor den Läden Schnee schoben. Wenn es im Hausflur nach Plätzchen duftete und man selbst wieder zum Kind wurde, weil man es kaum erwarten konnte, dass endlich das lang ersehnte Paket aus dem Westen eintraf.

Betty beobachtete, wie eine Familie von draußen hereinkam und vor dem »Sie werden platziert«-Schild geduldig wartete. Die Auswahl an guten Gaststätten war in der Republik nicht gerade berauschend. Nicht umsonst wurde das *Neu-Helgoland* scherzhaft LPG genannt, letzte private Gaststätte. Wenn man vorab nicht reservierte, musste man Geduld mitbringen. Mit den Leuten war kalte Luft hereingekommen, und Betty fröstelte in dem leichten Seidenkleid mit den kurzen Ärmeln, das sie angezogen hatte, weil Kurt es an ihr mochte. Die Leute trampelten sich den Schnee von den Stiefeln, rieben sich die kalten Hände, schnieften, ihre Mäntel raschelten. Dann wurden sie zu ihrem Tisch geführt, und es kehrte wieder Ruhe ein.

Ein Schnippen holte sie ins Hier und Jetzt zurück. Kurt rief den Kellner herbei und bestellte noch eine Flasche Wein. Betty spürte den Alkohol bereits in ihrem Blut kreisen. Eigentlich schmeckte Rotwein ihr nicht besonders, aber sie wollte auch keine Spielverderberin sein.

»Normalerweise halte ich nicht viel von bulgarischen Weinen, aber der hier ist überraschend vollmundig«, sagte ihr Vater und schwenkte den Rosenthaler Kadarka in seinem Glas.

Betty zuckte innerlich zusammen. Sie hatte schreckliche Angst davor, dass ihre Eltern etwas Falsches sagten, aber ihr Freund reagierte gelassen. »Sind wir doch mal ehrlich: Weder die Bulgaren noch die Rumänen oder Ungarn haben gute Weine. Eines Tages werden wir hoffentlich an der Saale oder der Unstrut selbst Spitzenweine anbauen«, erwiderte Kurt. »Aber eh du die trinken kannst, dauert es noch ein paar Jährchen. Solange behilft man sich in Wandlitz mit den guten alten Franzosen.«

Kurt duzte ihren Vater mit einer Selbstverständlichkeit, über die man nur staunen konnte, und das, obwohl ihr Vater ihm nie das Du angeboten hatte. Und zu ihrem Erstaunen hatte ihr Vater keinen Einspruch dagegen erhoben, was zweifelsfrei bedeutete, dass er Kurt mochte.

»Wie kommt man an solche Informationen?«, fragte ihr Vater mit einer gewissen Bewunderung in der Stimme.

»Ach, Kontakte. Ich kenne den Kulturminister gut«, erzählte Kurt und machte dabei eine wegwerfende Handbewegung, als wäre das nicht weiter erwähnenswert. »Na ja, lasst uns anstoßen.«

»Auf dich, Kurt.« Ihr Vater erhob sein Glas, und sie stießen alle miteinander an. »Auf künftige Erfolge. Ich wünschte, mein Sohn würde einen ähnlichen Ehrgeiz an den Tag legen.«

Betty wollte ihren Bruder mit einem Lächeln trösten, aber sie konnte nicht mal sagen, ob er die Bemerkung ihres Vaters gehört oder innerlich eine Wand hochgezogen hatte, an der alles abprallte. Er hing mehr in seinem Stuhl, als dass er saß, und betrachtete seine Serviette.

»Die Karriereleiter immer nur rauf, nicht eine Sprosse runter. Das ist mein Motto«, verkündete Kurt und unterstrich seine Worte, indem er mit der flachen Hand ein steigendes Flugzeug nachahmte. »Wenn wir schon beim Thema sind: Es gibt gute Neuigkeiten. Die DEFA will ein neues Projekt mit mir auf die Beine stellen, diesmal sogar mit dem doppelten Etat.«

Ihre Mutter schlug vor Begeisterung die Hände vor den Mund. »Oh, Kurt!«

Der Blick ihres Vaters war voller Respekt. So hatte er Kurt noch nie angesehen. »Ich muss schon sagen, einen besseren Schwiegersohn könnte ich mir nicht vorstellen.«

Der Pianist stimmte ein neues Stück an, ausnahmsweise kein Weihnachtslied. Es war Betty, als hätte sie es schon mal gehört, konnte sich aber nicht daran erinnern, wann das gewesen sein sollte.

Kurt legte einen Arm auf ihre Stuhllehne. Wie immer ging von ihm Hitze aus, als würde sein Körper durchgehend auf Hochtouren laufen. »Hätte die Schönheit an meiner Seite Interesse an einer kleinen Rolle?«

Betty legte den Löffel mit Grießbrei und Rhabarberkompott, den sie gerade zu ihrem Mund hatte führen wollen, im Schälchen ab. Kurz befürchtete sie, sich verhört zu haben oder vielleicht nicht gemeint zu sein, aber alle sahen sie an.

Bestimmt waren ihre Augen so groß und glänzend wie Christbaumkugeln. »Ist das dein Ernst?«, hauchte sie. »Das … Oh, Kurt, das wäre wunderbar!«

Kurt zwinkerte ihr zu und ließ seine Hand auf ihrem Schenkel höher wandern. Weil der Seidenstoff ihres Kleides hauchdünn war, spürte sie die Berührung beinahe schmerzhaft auf ihrer Haut.

»Da lässt sich sicher was machen. Ich will beim Entwicklungsprozess des Drehbuchs von Anfang an dabei sein und die Richtung vorgeben. Jetzt muss nur noch ein geeigneter Autor her. Der Kerl, mit dem ich aktuell zusammenarbeite, versteht einfach nicht, was mir vorschwebt.«

Auf einmal, einer spontanen Eingebung folgend, sagte sie: »Ich kenne da vielleicht jemanden.«

»Du?« Kurt zog eine Augenbraue hoch.

»Ja. Einen jungen Autor, von dem ich viel halte. Ich könnte euch bekannt machen?«

War sie verrückt geworden? Sie wusste nicht mal, wo Charlie wohnte. Wie sollte sie Kontakt zu ihm aufnehmen?

»Hat man schon von ihm gehört?«

»Nein, aber er hat wirklich ein außerordentlich gutes Gespür. Ich finde, man sollte ihn fördern. Und stell dir nur vor, wie gut es sich in der Öffentlichkeit machen würde, wenn du ein neues Talent entdeckst.« Sie lehnte sich ganz schön weit aus dem Fenster.

Doch der Gedanke schien Kurt zu gefallen. »Ein Treffen kann nicht schaden. Dann sehe ich ja, ob seine Arbeit meinen Vorstellungen entspricht.« Etwas in Kurts Ausdruck änderte sich. So euphorisch hatte Betty ihn noch nie gesehen.

»Du und ich – gemeinsam werden wir das Spitzen-Duo der DEFA«, sagte er. »Ich sehe alles schon ganz genau vor mir. Wir beide auf dem roten Teppich. Ich im Anzug, du in einem atemberaubenden Abendkleid, das Traumpaar, das auf jeder Zeitschrift zu sehen ist. Kurt und Bettina Weiler.«

Es dauerte einen Moment, bis Betty klar wurde, was Kurt da gerade gesagt hatte. Sie begriff es erst, als ihre Mutter erneut die Hände vor den Mund schlug, nur standen diesmal Tränen in ihren Augen.

»Ups, da ist mir wohl etwas rausgerutscht.« Er zog aus seinem Jackett ein kleines Schächtelchen und ließ es aufschnappen. Darin, auf rotem Samt gebettet, lag ein silberner Ring. Ein Verlobungsring.

Auf einmal kniete Kurt vor ihr nieder. »Betty, willst du mich heiraten?«

Sogar Alex blickte nun von seiner Serviette auf.

Betty fühlte sich wie ein Reh, auf das ein Auto zuraste. Unfähig zu reagieren. Sie spürte die Blicke der anderen Gäste auf sich. Alle Gespräche schienen verstummt zu sein. Sie war doch noch nicht mal mit der Schule fertig, wie sollte sie da ans Heiraten denken!

Kurt lachte verunsichert: »Üblicherweise solltest du jetzt antworten.«

»Natürlich. Entschuldige. Ich …«

Da fiel es ihr wie Schuppen von den Augen, woher sie das Lied kannte, das der Pianist angestimmt hatte. Charlie hatte es gesummt, als sie mit ihm unterwegs gewesen war. Als sie gemeinsam den Mitarbeiter der Staatssicherheit verfolgt hatten. Sie sah Charlie vor sich. Seinen aufmerksamen Blick. Sein scheues Lächeln, das sie direkt in die Brust traf.

»Betty …«, flüsterte ihre Mutter. *Antworte ihm!*, drängte ihr Blick sie.

Aber was sollte sie ihm antworten?

»Du lächelst, das ist zumindest schon mal ein gutes Zeichen«, sagte Kurt lauter als nötig und sah sich dabei verunsichert um.

Betty bewunderte Kurt dafür, wie zielstrebig er seine Karriere verfolgte. An seiner Seite würde sich zweifellos ihr Traum erfüllen, eine anerkannte und berühmte Schauspielerin zu werden. Und ihre Eltern schätzten ihn.

Sie sah auf den Ring hinab. Sah dann Kurt an. Seine Sommersprossen, die sie so gern betrachtete. Sein rötlich blondes Haar, das ihm frech in die Stirn fiel. »Ich …«

Warum gelang es ihr nicht, dieses Lied auszublenden? Ihr Herz machte sich bemerkbar. Ein leichtes Stechen. »Gib mir Zeit, darüber nachzudenken, ja?«

Es dauerte ein paar Atemzüge, bis Kurt seine Sprache wiederfand. »Du hältst mich hin?« Er ließ die Schmuckschachtel zuklappen.

Sie nahm den Saum seines Schals, den er wie üblich zu seinem hellen Jackett trug, und zog sanft daran. »Ich will mir meine Antwort gründlich überlegen, das ist alles. Das ist kein Nein, aber auch noch kein Ja.«

Sie konnte seinen Kiefer mahlen sehen. »Gut«, sagte er schließlich. Im nächsten Moment, als wäre nichts gewesen, lächelte er und wandte sich ihren Eltern zu. »Die Dame beherrscht ihr Handwerk. Denn die Ungewissheit macht sie nur noch interessanter.«

Betty lächelte. Sie sah zu dem Pianisten hin, lauschte der Melodie und fragte sich, ob sie verrückt geworden war.

22

Martha

Mit angehaltenem Atem betrat Martha das Arbeitszimmer ihres Vaters.

Eine Weile stand sie einfach nur da und sah sich um. Der Raum wurde dominiert von einem mächtigen Schreibtisch, auf dem sich außer einem Telefon sowie einer Schreibmaschine nichts befand. Die schwarz gestrichenen Regale waren voll mit Fachliteratur über den Sozialismus. Es gab sogar einen Kamin, was Martha überraschte, denn sie hatte gedacht, dass bei ihnen nur im Wohnzimmer der Kachelofen mit Holz und Kohle beheizt wurde. Doch die Wand um die offene Feuerstelle war so makellos weiß, dass sie bezweifelte, dass dieser Kamin hier jemals angezündet worden war. Daneben stand ein bequemer Sessel, dessen Sitzfläche leicht eingedrückt war, von all den Sonntagen, die ihr Vater vermutlich zeitungslesend im Arbeitszimmer verbracht hatte, während ihre Mutter mit Ronny und Martha Ausflüge unternommen hatte. Zigarettenrauch hatte sich in den Gardinen festgesetzt.

Alles in allem war das hier ein Raum, in den man sich nach einem anstrengenden Arbeitstag zurückziehen konnte, sich Schnaps in eines der geschliffenen Gläser auf dem schmalen Serviertisch einschenkte und in dem Sessel Platz nahm.

Bis auf ein großes gerahmtes Bild von Walter Ulbricht hinter dem Schreibtisch zeigten die wenigen Fotos auf dem Sekretär neben der Tür allesamt entweder Ronny oder ihre Mutter. Kein Foto von Martha. Dass ihr Vater Ronny lieber mochte, kam nicht überraschend, trotzdem tat es weh. Auszeichnungen ihres Bruders waren hier ausgestellt, allesamt für Leistungen, die Martha nicht als solche anerkennen konnte. Das Hans-Beimler-Abzeichen. Eine Teilnehmerurkunde der GST für irgendeinen Schießwettbewerb.

Adrenalin rauschte durch ihr Blut und trug sie förmlich zum Schreibtisch. Sie zog die oberste Schublade auf, fand darin aber nur Briefpapier und einen Füllfederhalter. In der nächsten Schublade waren zwei Notizblöcke, die sie durchblätterte – nichts. Lediglich ein paar Telefonnummern, die ihr nichts sagten, sowie die Adresse eines Schuhmachers am Alexanderplatz.

Auf einmal eine Bewegung neben ihr. Martha zuckte vor Schreck zusammen. Ihr Bruder war im Türrahmen aufgetaucht.

»Ronny!« Sie legte eine Hand auf ihr Herz, wartete, bis es sich beruhigt hatte.

»Wir dürfen Vaters Arbeitszimmer nicht betreten«, sagte er.

Das Licht der Deckenlampe flackerte.

»Aber du wirst mich nicht verraten. Du bist mir etwas

schuldig.« Dem gab es nichts hinzuzufügen, das getrocknete Blut unterhalb ihrer Nase sprach für sich.

Ronny schob die Hände in die Hosentaschen und baute sich im Türrahmen auf. Ähnlich markierte er wahrscheinlich den dicken Max, wenn er auf Streife mitdurfte und sie die Papiere von irgendeinem armen Passanten kontrollierten. »Und was suchst du hier?«

»Das weiß ich nicht. Ich weiß nur, dass ihr mir etwas verschweigt.« Sie ärgerte sich darüber, wie unsicher sie klang.

»Ach, weißt du das?«

»Ja, sonst hättest du vorhin wohl kaum diese Andeutung gemacht. Mach dich nur über mich lustig, wenn du willst, aber du weißt nicht …«

»Oh, ich weiß alles!«, rief er jäh aus. »Ich weiß, dass du dich seit Wochen mit diesen Nichtsnutzen triffst. Ich weiß, dass ihr die Funkfrequenzen des Soldatensenders anzapft, ich weiß von *Radio Freigeist* und ich weiß, dass du Alexander Reinhart anbetest, er dich aber nicht erhört. Deshalb wirfst du dich nun diesem Nichtsnutz an den Hals!« Er war immer näher gekommen.

»Woher … Wie hast du davon erfahren?«, stammelte sie.

Er verzog das Gesicht zu einer Grimasse, die teils Wut und teils Kummer ausdrückte. »Ich hab dich im Auge behalten. Du hast dich verändert. Das hat mir eben Sorgen gemacht.«

Auf einmal kam ihr ein Gedanke. Sie wagte es kaum, ihn auszusprechen. »Dann warst auch du derjenige, der Miriam den Tipp gegeben hat …«

»Exakt.«

»Hast du auch die Polizei ins Strandbad geschickt?«

»Natürlich! Sollte ich tatenlos mitansehen, wie ihr nicht nur eine Straftat begeht, sondern euch auch noch mitten in der Nacht die Klamotten vom Leib reißt? Das war nur zu deinem Schutz. Wer weiß, was sonst noch passiert wäre.« Er ging um sie herum zum Serviertisch und goss sich Schnaps ein, den er in einem Zug kippte. »Ich habe mich vorher mit Vati über jeden Schritt beraten und mir seinen Segen geben lassen.«

Ihr Atem stockte. »Du hast dich mit Vater beraten? Das heißt, du hast mich ausspioniert und ihm dann Bericht erstattet?«

Ronny schenkte sich nach und setzte sich auf die Kante des Schreibtischs. »Er hat dich doch selbst im Blick behalten. Er weiß alles, Martha. Er kennt jede deiner Noten, kennt jeden deiner Schritte, weiß alles über deine Freunde.«

Sie kam sich dumm vor, fühlte sich hintergangen, als hätte man sie in eine Falle gelockt. »Warum habt ihr nicht mit mir gesprochen? Warum habt ihr uns in dieser Nacht ins offene Messer laufen lassen?«

»Man konnte gar nicht mehr mit dir reden. Vati hat es doch versucht, aber du bist mit deinen beiden Freundinnen auf und davon wie eine Furie. Hast sogar Mutti angeschrien. Nichts dringt mehr zu dir durch. Deshalb sehe ich keine andere Möglichkeit, als dich endlich mit der Wahrheit zu konfrontieren.«

Ihre Knie wurden ganz weich. Sie tastet hinter sich nach der Wand. »Dann stimmt es also.«

»Dann stimmt *was*?«, fragte er herausfordernd.

»Dass unser Vater für das MfS arbeitet.«

Er prostete ihr mit seinem Glas zu. »Herzlichen Glückwunsch, dass du endlich darauf gekommen bist. Dabei ist das nur die Spitze des Eisbergs.«

»Wie meinst du das?«

»Was denkst du denn?«

Sie war völlig verzweifelt. Fühlte sich in die Ecke gedrängt. Brachte keinen klaren Gedanken mehr zustande. »Ich … ich weiß, dass Vater dich lieber mag. Ich weiß, dass ich nie gut genug für ihn war. Und ich weiß, dass sich das hier …« Sie umfasste mit einer ausladenden Geste den Raum, das ganze Haus. »Dass sich mein Zuhause aus irgendeinem Grund falsch anfühlt.«

Er blickte sie ein paar Atemzüge lang stumm an, ehe er in Richtung des Sekretärs nickte. »Mach die Schublade auf.«

»Was ist da drin?«

»Wenn du wissen willst, was *unsere Eltern* dir verschweigen, dann sieh nach.«

Als sie sich nicht vom Fleck rührte, ging er für sie hinüber, zog die Schublade auf und holte ein Dokument daraus hervor. Mit zitternden Händen nahm sie es entgegen. Es war eine Geburtsurkunde. Sie las. *Martha Kubiki*. Nicht Asseln.

Schlaglichtartig tauchten Bilder vor ihrem inneren Auge auf. Die Bilder, die sie schon ein paarmal in ihren Träumen gesehen hatte. Eine Frau. Sie sah ihr Gesicht, das ihrem so ähnlich war. Langes braunes Haar, das nach Seife duftete. Sommersprossen auf der Nase. Eine schmale Lücke zwischen den Schneidezähnen.

Aber sie sah noch mehr. Sie sah Regen an einer Fensterscheibe. Sie hörte Klopfen an der Tür. Einmal, zweimal, immer drängender. Auf einmal wurde die Tür aufgetreten. Jemand packte sie und zerrte sie nach draußen. Martha sah ihre nackten Füße auf dem regennassen Fußgängerweg und den Teddy, an dem sie sich festzuhalten versucht hatte, der ihr aus den Händen fiel und auf dem Boden liegen blieb. Sie sah, wie man sie in einen Wagen steckte. Wie sie die Hände gegen die kalte Scheibe legte. Wie ihre Mutter den Teddy aufhob, an sich drückte und dann schluchzend auf der Straße zusammenbrach.

Der Raum begann sich um sie herum zu drehen. Sie hörte Ronny sprechen, doch die Worte wollten keinen Sinn ergeben.

»Nein …«, sagte sie mit bebender Stimme.

Nein, nein, nein. Sie wollte nicht begreifen, womit ihr Bruder sie gerade konfrontiert hatte.

Falsch. Nicht ihr Bruder …

»Ich habe Mutti und Vati immer wieder gesagt, dass sie endlich mit dir darüber reden müssen. Aber Mutti hatte zu viel Angst, dich zu verlieren.«

Auf einmal entwich sämtliche Kraft aus ihr. Innerhalb weniger Minuten war ihr ganzes Leben in Scherben zerschlagen worden. Sie hatte das Gefühl, winzig klein zu sein, als hätte der Raum sich ausgedehnt und sie verschluckt. Sie sank auf den Boden und rollte sich zusammen. Tränen liefen über ihr Gesicht und tropften auf das Holz.

»Ich bin für dich da …«, hörte sie Ronny wie von fern sagen. »Ich bin bei dir, jetzt endlich ist alles gut.«

Zeit verging. Später konnte sie nicht mehr sagen, ob es

Stunden oder Minuten gewesen waren. Ronny redete tröstend auf sie ein, aber seine Worte drangen nicht zu ihr durch. Als sie den nächsten klaren Gedanken fassen konnte, kniete er neben ihr, und sie hatte ihre Stirn an seine Brust gelehnt.

»Warum widersetzt du dich ihnen auf einmal?«, brachte sie mit erstickter Stimme hervor.

»Du hast ein Recht darauf, die Wahrheit zu erfahren.«

Aber da war noch mehr, das spürte sie. Sie sah ihn forschend an, ihre Nasenspitzen nur ein paar Zentimeter voneinander entfernt.

Ronny strich sanft über ihr Haar. »Mutti hat nicht begriffen, dass … dass ich dich durch ihr Schweigen verliere. Ich wollte … « Er brach ab.

»Was wolltest du?«

»Nichts.«

»Ronny, sag mir, was los ist«, flehte sie.

Sie schmeckte Salz und das getrocknete Blut, das ihre Tränen wieder aufgeweicht hatten.

Ronny rieb sich mit einer Hand übers Gesicht. Die Luft zwischen ihnen war plötzlich aufgeladen. »Du willst es wirklich wissen?«, fuhr er sie unerwartet an. »Alles?« Speicheltropfen trafen ihr Gesicht.

Sie erstarrte.

Doch im nächsten Moment wich jegliche Spannung aus ihm. Er wandte sich ab, aber zu spät. Sie hatte den feuchten Glanz in seinen Augen bemerkt. »Ich wollte dir sagen, dass … ich …« Er sah sie an, holte innerlich Anlauf und dann: »Ich liebe dich, Martha.«

»Was? Aber du bist mein Bruder …«

Er riss die Geburtsurkunde hoch, die neben ihnen auf dem Boden lag, und wedelte damit vor ihrem Gesicht herum. »Nein, und ich war es auch nie. Ich habe dich nie als meine Schwester gesehen. Anfangs konnte ich dich nicht mal ausstehen! Du warst ein Eindringling. Aber du hast mich nicht in Ruhe gelassen. Du hast ständig an meiner Seite geklebt, mir unzählige Fragen gestellt. Und du warst so fröhlich, so warm, so liebevoll. Ich … konnte nicht anders.«

Sie wich vor ihm zurück, doch er packte sie an den Schultern. »Ich weiß, das macht dir gerade alles Angst, aber …«

»Nichts aber! Du bist mein Bruder, verdammt!« Sie schlug mit den Fäusten gegen seine Brust, wieder und wieder. »Du bist mein Bruder!« Tränen strömten ihr übers Gesicht.

»Wir sind weder blutsverwandt, noch fühle ich etwas dergleichen!«

Sie warf sich auf ihn, wild, unkontrolliert, schreiend, hörte ihre eigene Stimme wie aus weiter Ferne. Vage war sie sich bewusst, dass ihre Fäuste auch auf sein Gesicht trafen, doch dann packten auf einmal seine starken Hände ihre Arme und hielten sie so fest, dass sie sich nicht mehr bewegen konnte.

»Fass mich nicht an«, zischte sie, die Stimme voller Ekel und Wut und Verzweiflung.

Ronny stand auf. Kippte sich noch einen Schnaps ein und trank ihn wie Wasser. Seine Augen waren geschlossen, als wäre die Szene zu unerfreulich für ihn.

Schließlich durchbrach seine Stimme das Schweigen. »Jetzt weißt du wenigstens Bescheid. Ich schlage vor, dass wir dieses Gespräch einfach vergessen und du wieder zu dir kommst.«

»Du verlangst von mir, so zu tun, als wüsste ich von nichts?«

»Was ist die Alternative? Mit Mutti und Vati darüber sprechen und alles nur unnötig schlimmer machen? Ich rate dir eines: Lass die Vergangenheit ruhen, mach dein Abitur, und dann such dir eine eigene Wohnung.«

Also schweigen. Verdrängen.

Aber das konnte sie nicht mehr. »Nein«, sagte sie. »Ich will wissen, wer meine Eltern sind.«

»So aufmüpfig bist du nicht. Das ist nur dieser Einfluss dieser Nichtsnutze. Du …«

»Ich weiß doch gar nicht mehr, wer oder wie ich bin!«, rief sie aus.

Irgendwie schaffte sie es, sich vom Boden aufzurappeln und in ihr Zimmer zu gehen. Dort stopfte sie wahllos Kleidung aus dem Schrank in eine Reisetasche. Dann ging sie die Treppe runter, zog ihre Schuhe an, ihren Mantel. Im Rücken spürte sie, dass Ronny ihr zusah, aber es gab vorerst nichts mehr zu sagen.

Gerade, als sie sich die Tasche umhängte und das letzte Mal ihren Blick über die gerahmten Fotos an der Wand schweifen ließ, wurde die Haustür aufgeschlossen. Ihre Mutter war nach Hause gekommen.

»Martha, Liebes, wie wäre es, wenn wir heute Abend mal wieder …« Sie verstummte. Sah Marthas Gesicht. Die Reisetasche, aus der ein Ärmel herausragte. Sah Ronny, der irgendwo im Hintergrund stand, und als sie wieder zu Martha blickte, schien sie um Jahre gealtert zu sein.

Spätestens da wusste Martha, dass all das, was sie gerade erfahren hatte, der Wahrheit entsprach.

»Danke, Frau Asseln«, sagte sie kalt. »Aber ich befürchte, ich muss ablehnen.«

Die Geburtsurkunde an ihre Brust gedrückt, verließ Martha das Haus.

23

Betty

Noch am selben Abend, nachdem Kurt ihr einen Heiratsantrag gemacht hatte, fand Betty sich am Boden von Alex' Zimmer wieder. Sie durchwühlte den Inhalt einer verstaubten Kiste, die sie unter seinem Schreibtisch hervorgezogen hatte. Vollgeschriebene Schulhefte, Zeitschriften und eine alte Socke, die sie angewidert in das Durcheinander zurückfallen ließ. Sie hoffte, irgendwo in diesem Chaos eine Liste mit Studentenwohnheimen zu finden. Sie war sich sicher, ihren Bruder damit vor ein paar Tagen beim Frühstück gesehen zu haben. Im Notfall würde sie sämtliche Studentenwohnheime abklappern und nach Charlie fragen. Dabei wusste sie ja nicht mal seinen Nachnamen! Doch die ganze Nacht über hatte ein Gefühl der Dringlichkeit sie wach gehalten. Es war so einnehmend, dass es ihr keinen Raum ließ, sich zu fragen, weshalb es ihr überhaupt so wichtig war, dass Charlie das Drehbuch zu Kurts neuem Film schrieb.

Bis auf einen Füller, der eigentlich ihr gehörte und den sie schon lange vermisst hatte, war ihre Suche erfolglos. Sie setzte sich auf Alex' Bett, legte den Kopf in ihre Hände und durchforstete ihre Erinnerung. Wer hatte Charlie damals noch mal zu der Fete eingeladen, auf der sie ihn das erste Mal gesehen hatte? War es nicht Waste gewesen? Sie könnte ihn fragen, ob er eventuell wusste, wo Charlie wohnte.

Sie versuchte, sich an alles zu erinnern, was Charlie ihr erzählt hatte. Suchte ihr Gedächtnis nach Anhaltspunkten ab. Dabei verirrten sich ihre Gedanken immer wieder zu dem ein wenig misstrauischen und tiefgründigen Blick seiner graugrünen Augen. Sie dachte an sein schiefes Grinsen und wie sie sich davon herausgefordert gefühlt hatte. An seine Stimme, wenn er ihr Fragen stellte. Charlie war immer ernsthaft an ihrer Antwort interessiert gewesen, und wenn sie aus irgendwelchen Gründen versuchte auszuweichen, dann hakte er nach, bis sie Farbe bekannte. Es war eine Schande, dass jemand wie er, der so viel Talent hatte, in einer Kneipe arbeitete.

Halt! Das war es doch! Hatte er nicht gesagt, dass er ganz in der Nähe dieser Bar wohnte, in der er arbeitete? Wie hieß die noch mal? *Zum Bahnhof*? Nein, das war es nicht. Irgendetwas mit Keller. *Zum Ratskeller*, fiel es ihr auf einmal wie Schuppen von den Augen.

Keine zehn Minuten später erreichte Betty die S-Bahn-Station. Im Licht der Straßenlaterne war zu sehen, dass es leicht schneite. Wie Sternschnuppen fielen die Flocken durch den goldenen Schein, um dann in der Dunkelheit zu erlöschen. Mit den hohen Stiefeln und ihrem Lieblingsmantel aus feiner Wolle mit Kunstfellbesatz fiel Betty auf. Eine ältere Dame musterte sie missbilligend. Ein paar junge Kerle, die vor der Station herumlungerten, pfiffen ihr zu. Von der schneidenden Kälte schienen sie in ihren dünnen Pullovern nichts mitzubekommen, hinter ihnen reihten sich genügend leere Bierflaschen.

Betty beschloss, sich ein Taxi herbeizuwinken. Die Reifen durchpflügten den braunen Schneematsch auf der Straße. Sie rutschte auf die Rückbank.

»Wo soll's denn hingehen, junges Frollein?«, fragte der Fahrer und nahm über den Rückspiegel Blickkontakt zu ihr auf.

»Kennen Sie eine Bar, die *Zum Ratskeller* heißt?«, fragte Betty.

Erst jetzt, wo sie es laut ausgesprochen hatte, dämmerte ihr, was sie vorhatte. Sie sollte zu Kurt fahren, sollte mit ihm ein Glas Wein trinken und sich endlich darüber klar werden, was sie für ihn empfand und ob sie seinen Antrag annehmen wollte.

»Beim Alex in der Nähe is 'ne Bar, die so heißt«, meinte der Taxifahrer. »Aber det ist bestimmt nich das, wo du hinwillst.«

»Um ehrlich zu sein, weiß ich nicht genau, wo ich hinwill. Könnten Sie mich einfach zu dieser Bar am Alex bringen?«

»Det is nix für dich, gloob mir det. Det is nich deine Kragenweite.«

Aber Betty bestand darauf.

Ihr Atem ließ die kühle Scheibe beschlagen. Sie mochte es, wie die Lichter auf der schneenassen Fahrbahn schimmerten, wie Autos an ihnen vorbeirauschten, wie die Gebäude, Litfaßsäulen und Fußgänger in der Dunkelheit an Kontur verloren, wie stattdessen die erleuchteten Wohnungen hervorgehoben wurden, sodass man nicht anders konnte, als hinzusehen wie auf eine Kinoleinwand. Fremde Leben. Betty liebte es, sich vorzustellen, wie diese Leben wohl aussahen. Warum stritt das Pärchen in der Wohnung im Erdgeschoss so erbittert? Woran dachte die alte Frau schräg über den beiden, die am Fenster stand, die Straße beobachtete und schrecklich einsam wirkte? War der Mann, der ein Stück weiter eine Zigarette aus der Packung gleiten ließ, glücklich, oder hatte er sich sein Leben anders erhofft?

Dann waren sie angekommen. In einer kleinen Seitenstraße befand sich ein Kellereingang, über dem ein halbrundes weißes Schild mit dem Namen der Bar hing. Neben dem schmiedeeisernen Geländer standen zwei angeschlagene Blumentöpfe, als hätte jemand den gut gemeinten Versuch gewagt, diesen Fleck hier etwas schöner zu gestalten. Doch in den Töpfen war nur braungelber Schnee, in dem Zigarettenstummel steckten. Im Dämmerlicht waren die Treppenstufen nur undeutlich auszumachen und schienen in ein schwarzes Loch zu führen.

Betty bezahlte den Fahrer und stieg aus. Sie schlug den Kragen ihres Mantels hoch, richtete ihren Schal und tastete sich schließlich über den rutschigen Boden voran. Sie stieg die Stufen hinab, der rockigen Musik entgegen, fragte sich ein letztes Mal, was sie hier um alles in der Welt eigentlich machte, schob dann den dicken Samtvorhang auf und trat ein.

Die Luft in der Bar war zum Schneiden. Im Vergleich zu draußen war es geradezu heiß, und Betty lockerte ihren Schal und fuhr sich übers Haar, um es zu glätten. Zigarettenrauch brannte in ihren Augen. Es gab eine Bühne für Livemusik und einen Zeitungsständer mit vergilbten Ausgaben des *Neuen Deutschland* darin. »Springflut antisemitischer Ausschreitungen über ganz Westdeutschland« lautete die Schlagzeile der Zeitung ganz oben. Das schwarze Leder der Bänke war rissig und aufgeplatzt.

Betty fühlte sich fehl am Platz mit dem schicken Mantel, dem Schmuck aus Kunstperlen und der kleinen Handtasche. Doch anstatt sich davon verunsichern zu lassen, straffte sie sich und steuerte selbstbewusst auf den Tresen zu, hinter dem ein Mann mit langem, grau meliertem Bart, schwarzem Hemd und silbernen Ringen an den Fingern gelangweilt Gläser polierte.

Sie beschloss, dass es das Beste wäre, gleich zum Punkt zu kommen. »Ich suche Charlie. Ist er hier?«

Der Mann maß sie derart lange mit seinem Blick, dass ihr unbehaglich zumute wurde. »Ick kenn keenen Charlie«, sagte er schließlich.

»Bitte.« Sie sprach sanft. »Er ist ein Freund von mir, und ich …«

Sie hielt inne, als sie einen jungen Mann am Ende des langen Tresens hinter Schwaden aus Zigarettenrauch entdeckte. Jeans. Weißer, schlichter Nicki. Sie sah gerade noch, wie er einem jungen Kerl etwas übergab und Geld dafür entgegennahm.

»Danke. Ich habe ihn gefunden.«

Wie von einer unsichtbaren Kraft gelenkt, sah er auf einmal direkt zu ihr. Er zog die Augenbrauen hoch. Mit ihr hatte er nicht gerechnet, doch freute er sich auch ein klein wenig, sie zu sehen?

Sie holte tief Luft, bereute es sofort, weil sie Rauch einatmete, und ging dann auf ihn zu. »Hier arbeitest du also.« Sie versuchte, sich ihre Unsicherheit nicht anmerken zu lassen.

»Ja«, antwortete er. »Aber heute Abend ist wenig los, deshalb habe ich mehr oder weniger frei.«

Vor ihm auf dem Tresen lag ein Blatt Papier, auf dem ein paar Zeilen geschrieben waren.

»Das gerade sah ziemlich verdächtig aus.«, sagte sie und zeigte auf das Blatt.

»Und welchen Verdacht hast du?«, fragte er ruhig.

Sie zuckte mit den Schultern. »Keine Ahnung, sag du's mir.«

»Mach dir keine Sorgen, es war nichts Schlimmes oder Verbotenes.«

»Ach ja? Dann kannst du mir ja sagen, was es war.«

Charlie schien hin- und hergerissen, aber Betty hatte ihren ganz speziellen Blick aufgesetzt, dem die meisten nur schwer standhalten konnten. Eigentlich konnte sie diesen Blick selbst nicht leiden, denn er war streng und unnachgiebig und gab ihrem Gegenüber das Gefühl, sie um keinen Preis enttäuschen zu dürfen. Sie hatte ihn sich von ihrem Vater abgeschaut. Charlie seufzte kapitulierend und schob ihr das Blatt zu.

Martina, las sie.

… sicherlich fragst du dich, weshalb ich dir einen Brief schreibe. Ich, der vorlaute Kerl aus der ML-Vorlesung, der Ärger regelrecht anzieht. Manchmal ertappe ich mich dabei, unseren Professor nur deshalb mit meinen Fragen zur Weißglut zu bringen, damit du auf mich aufmerksam wirst.

Ein Liebesbrief? Sie spürte einen Stich in der Brust. Schämte sich, Charlie genötigt zu haben, ihr zu zeigen, was er da schrieb. Es war privat, das ging sie nichts an. Dennoch konnte sie nicht anders, als weiterzulesen.

»Du bist die Einzige für mich, und das seit dem Tag, an dem du dich für mich eingesetzt hast, als ich im Seminar ›Wissenschaftlicher Kommunismus‹ lachen musste, weil unser Professor die freie Presse in unserem Land lobte. Ohne deine vermittelnden Worte wäre ich wohl exmatrikuliert worden.

Wenn du durch einen Zufall in der Vorlesung neben mir sitzt, kann ich kaum noch einen klaren Gedanken fassen. Du bringst Schönheit in meinen Alltag, gibst meinem Leben einen Sinn.«

Betty war auf den Barhocker gesunken, der neben ihr stand. Aus diesen Zeilen sprach so viel Zuneigung und Sehnsucht. Kurz kam ihr der Gedanke, dass Kurt ihr wohl niemals solche Zeilen schreiben würde. Aber es war unfair, ihm das vorzuwerfen. Er zeigte seine Zuneigung, indem er ihr Blumen schenkte und sie mit seinem Wagen nach Hause fuhr, wenn sie ihn darum bat.

»Ist dieser Brief an jemanden gerichtet, den du gernhast?«, fragte sie, obwohl das doch eigentlich klar war.

Aber Charlie schüttelte den Kopf. »Nein, ich schreibe Liebesbriefe für andere und bekomme dafür Geld.«

Erst war Betty verblüfft, dann fühlte sie sich schlecht. »Es tut mir leid, dass … Ich wollte dich nicht verdächtigen. Es war nur …«

Er winkte ab. »Schon gut.«

»Wie kommt man zu so etwas?«

»Durch Zufall«, erzählte er. »Der Junge, der im Studentenwohnheim unter mir wohnt, hat mitbekommen, dass ich schreibe, und mich gefragt, ob ich ihm bei einem Liebesbrief an seine Freundin helfen könnte. Sie hatte sich von ihm zum Geburtstag ein paar liebevolle Zeilen gewünscht. Da konnte ich nicht Nein sagen, und irgendwie hat sich das rumgesprochen.«

»Kannst du das denn so einfach? Liebesbriefe an Fremde schrieben, meine ich?«

»Ich lasse mir vorab ein paar Infos geben, frage nach, was das Besondere an der Angebeteten ist.«

»Und dann schreibst du die Briefe *hier*?«

Sie sah sich um. In einem dunklen Eck saß ein Mann allein und starrte gedankenversunken auf sein Bierglas. Zwei Tische weiter stießen ein paar Studenten lauthals mit Schnapsgläsern an und verschütteten die Hälfte der durchsichtigen Flüssigkeit auf dem Tisch. Ihnen gegenüber rekelten sich auffällig zwei stark geschminkte Frauen mit tiefen Ausschnitten und kurzen Röcken. Betty fragte sich, ob das Professionelle waren.

»Manchmal«, sagte Charlie vage.

»Und wo schreibst du sonst?«

Da war wieder dieses schiefe Grinsen, das in Bettys Bauch ein Kribbeln hervorrief, als wären ein paar Schmetterlinge aufgeflattert. »An meinem geheimen Ort.«

Betty passte sich seinem leicht mysteriösen Tonfall an, als sie fragte: »Und wo ist dieser geheime Ort?«

»Wenn ich dir das sage, ist er ja nicht mehr geheim.«

Sie rückte näher an ihn heran, legte den Kopf schief und ließ der Wirkung ihres Augenaufschlags freien Lauf. »Aber wir würden ein Geheimnis teilen.«

Charlie lachte. Es war ein schönes Lachen, und Betty ertappte sich dabei, sich noch mehr anstrengen zu wollen, um es ihm erneut zu entlocken.

»Gut, ich zeige ihn dir«, sagt er. »Bist du denn überhaupt schwindelfrei?«

»Schließ die Augen«, sagte Charlie.

Sie staunte, dass sie ihm tatsächlich bedingungslos vertraute und die Lider senkte. Sie nahm wahr, dass er einen Arm um ihre Taille legte, jedoch ohne sie dabei wirklich zu berühren. Die andere ruhte sanft auf ihrem Ellenbogen, und obwohl sie einen dicken Mantel trug, konnte sie die Berührung auf ihrer Haut spüren.

Sie mochte dieses kleine Spiel. Mochte es, auf Charlie und ihre Sinne zu vertrauen. Sie waren in dem Studentenwohnheim, in dem er untergebracht war und das nach Linoleum und Essigreiniger roch und nach noch irgendetwas, das Betty nicht ausmachen konnte. Als Charlie eine Tür aufschloss und sie sein Zimmer betraten, roch es wiederum ganz anders. Nach altem Holz und Kerzen. Sie wünschte, sie dürfte die Augen öffnen und sich umsehen.

»Achtung, jetzt kommt eine breite Leiter.« Er half ihr die

Sprossen hinauf und achtete darauf, dass sie sich nicht den Kopf stieß.

»Wo führst du mich denn hin?«, lachte sie.

»Wart's ab.«

Eine Tür quietschte. Und auf einmal wurde Betty von eisigem Wind getroffen.

»Charlie, wo sind wir?« Sie war nervös, genoss jedoch auch das kleine Abenteuer. Ein fernes Rauschen war zu hören und das Pfeifen des Windes.

»Mach die Augen auf«, sagte er.

Sie öffnete die Augen und blickte hinab auf ein goldenes Meer. Die unzähligen Lichter Berlins. Winzige Autos krochen über die schneebedeckten Straßen. Sie hatte das Gefühl, als könnte sie die ganze Stadt überblicken. Ihr Atem stockte. Sie dachte daran, wie sie sich als kleines Mädchen immer gewünscht hatte, mit einem Heißluftballon zu fliegen, um die Welt von oben bestaunen zu können.

»Unglaublich …«, brachte sie schließlich hervor. »Wie klein auf einmal alles wirkt.«

»Deshalb mag ich diesen Ort.« Er legte den Kopf in den Nacken und blickte in den Himmel hinauf. »Und wenn man diese ungeheure Weite sieht, wird alles unbedeutend.«

Sie betrachtete Charlie, und ein Schauer lief ihr den Rücken hinab. »Klingt irgendwie traurig.«

»Ist es aber nicht. Ganz im Gegenteil. Ich finde es tröstlich.«

»Du findest es tröstlich, wenn alles unbedeutend ist?«

»Ja. Ein Blick in den Nachthimmel führt mir vor Augen, dass ich nur die Asche längst verglühter Sterne bin. Ein

Mensch ist eine Ansammlung von Atomen, die für kurze Zeit eine geordnete Struktur bilden, um dann wieder zu zerfallen. Puff …« Er spreizte die Finger zu einem explodierenden Stern.

Betty schüttelte den Kopf. »Das macht doch keinen Sinn. Wer schreibt, will nicht unbedeutend sein. Er will in Erinnerung bleiben.«

»Das sehe ich anders«, erwiderte er. »Vergessen zu werden ist eine Chance. Mir gefällt die Vorstellung, mich im Nichts aufzulösen. Egal wie viel Schmerz, Angst oder Trauer wir erfahren, am Ende ist einfach alles ausgelöscht. Dieser Gedanke macht mir Mut. Wir bekommen vom Universum oder wovon auch immer einen Funken Bewusstsein geschenkt, und damit können wir anstellen, was wir wollen. Wir können lachen, trauern, lieben, wir können denken und uns ausdrücken, wir können lernen, schweigen oder rebellieren. Und am Ende müssen wir diesen Funken wieder ans Universum abgeben. Wir werden zu einem unbeschriebenen Blatt. Vergessen zu werden ist nichts Schreckliches. Es ist eine Erlösung.«

Von welchem Schmerz sprichst du?, wollte sie ihn fragen. *Was hast du durchgemacht? Wovon musst du erlöst werden?*

Sie schwiegen beide und hingen ihren Gedanken nach, bis Schneeflocken auf sie herabtaumelten.

War jetzt der Zeitpunkt gekommen, ihn zu fragen? Sie nahm innerlich Anlauf und wagte es dann: »Charlie, warum veröffentlichst du deine Texte nicht? Dann müsstest du nicht nachts nicht in dieser Bar arbeiten oder Liebesbriefe für Geld schreiben.«

Er gab ein Schnauben von sich. »Als ob jemand an meinen Texten interessiert wäre. Mein Vater ist Brite, damit stehe ich automatisch auf der Liste der Verdächtigen.«

»Zum Glück hast du nun gute Verbindungen«, sagte sie aufgesetzt munter und fühlte sich dabei wie ein Clown im Kinderkrankenhaus. »Ich würde dich gerne mit meinem Freund bekannt machen.«

»Mit dem Regisseur?«

»Ja. Sein Name ist Kurt Weiler.«

»Warte mal. *Der* Kurt Weiler? Der *aufstrebende Stern am Regiehimmel der DEFA*? Der ist dein Freund?«

»Ja«, erwiderte sie möglichst unbeeindruckt. »Er hat den Auftrag zu einem Kinofilm erhalten und sucht einen geeigneten Drehbuchautor.«

»Und du glaubst, dass ich der Richtige für so was bin? Autsch.«

»Was soll das denn heißen?« Sie war gekränkt.

»Dein Freund ist bekannt dafür, den sozialistischen Realismus in seinen Filmen über alles zu stellen, auch über die künstlerische Qualität.«

»Wenigstens ist Kurt damit erfolgreich«, wies sie Charlie in seine Schranken.

»Das freut mich für ihn. Ich hingegen lasse mir nicht vom Staat vorschreiben, was ich zu sagen habe und was nicht.«

»Ich wusste nicht, dass du so arrogant bist«, entgegnete sie schnippisch.

Er funkelte sie wütend an. Erstaunlicherweise mochte sie das. In ihrer Familie wurde nie gestritten. Ihre Mutter gab meistens sofort klein bei, und auch Betty und Alex wagten es nicht, ihrem Vater mit Widerworten zu kommen.

Inzwischen spürte sie die Kälte so intensiv, dass sie sich schon fast heiß an den Wangen und ihren Händen anfühlte. Doch die Aussicht hatte ihren Zauber verloren.

»Du blickst auf Kurts Arbeit herab«, fuhr sie fort. »Aber die Menschen schauen sich seine Filme an.«

Ein paar Schneeflocken hatten sich auf Charlies Mütze verfangen und schmolzen dort. »Ja, weil sie im Kollektiv ins Kino geschleift werden, um positive Helden zu sehen.«

»Aber was ist mit deinen Fotografien? Du hast gesagt, die Machenschaften der Stasi müssen für die Nachwelt festgehalten werden. Deine Texte in einem Film könnten so viel mehr bewirken als Fotos, die keiner sieht.«

»Ich mache nur das, was mir Spaß macht. Tut mir leid, aber ein Rädchen im Getriebe zu sein, ist dann doch gegen meine Vorstellungen. Wenn ich meine Werte und Ideale verkaufe, wer bin ich dann noch?«

»Jemand, der nicht mehr in einer Bar arbeiten muss, um etwas Warmes auf dem Tisch zu haben.« Sie erschrak selbst über ihre scharfen Worte und fügte beschwichtigend hinzu: »Ich meine es nicht böse, Charlie. Ich will dir nur helfen.«

»Du musst mir nicht helfen. Niemand muss das.«

Inzwischen fror sie. Ihr Atem wurde vor ihrem Mund zu einer grauen Wolke. »Lass uns wieder reingehen«, sagte sie.

Sie stieg die Holzleiter hinab, die in Charlies Zimmer führte, und sah sich um. Der Anblick war ernüchternd. In den kleinen Raum unter dem Dach passten gerade mal ein Bett, ein Tisch, ein Stuhl und eine Kommode hinein. Überall

Bücher und beschriebene Blätter. Sie stellte sich vor, dass Dichter früher so gelebt hatten, zu einer Zeit, in der es noch keinen Strom gab.

Auf einmal wurde ihr bewusst, dass sie sich etwas vorgemacht hatte. Sie hatte ihm gar nicht nur zu einer Arbeit verhelfen wollen, sondern hatte einen Vorwand gebraucht, ihn wiederzusehen.

»Ich weiß, ganz schön armselig«, sagte er. »Das war früher mal ein Teil des Speichers. Eine Abstellkammer. Ich muss nicht mal Miete zahlen, um hier zu wohnen. Nur einen kleinen Unkostenbeitrag, um die Waschräume mitbenutzen zu dürfen. Der Hausmeister meint es gut mit mir.«

Sie betrachtete diesen seltsamen, sturen, außergewöhnlichen jungen Mann mit seiner Mütze, dem selbst gestrickten Pullover und dem herzförmigen Muttermal und fragte sich, ob sie ihn vielleicht das letzte Mal sah.

Sie wandte sich um, doch auf einmal, aus einem Gefühl heraus, hielt sie inne, ging an ihm vorbei und schrieb etwas auf ein Blatt Papier auf seinem Schreibtisch. *DEFA, Kurt Weiler* und eine Telefonnummer.

»Wenn du es dir anders überlegst, dann kannst du jederzeit anrufen und dich ihm vorstellen. Eigentlich hast du nichts zu verlieren.«

Als sie ihre Handschuhe aus ihrer Tasche holte, fiel ihr Blick auf das Foto, das ganz oben auf dem Stapel am Rande des Tischs lag. Es zeigte einen Mann neben einem Auto. Ihr wurde kalt, als stünde sie noch immer auf dem Dach im eisigen Wind.

Sie nahm das Foto, betrachtete es genauer, in der Hoffnung, sich zu täuschen. Aber es bestand kein Zweifel, wer der Mann auf dem Foto war.

»Oh mein Gott«, brachte sie hervor. »Das wird Marthas Welt aus den Angeln heben.«

24

Clara

Gedankenversunken und die Hände tief in die Taschen ihres Mantels vergraben, ging Clara die Straße entlang. Keine ihrer beiden Freundinnen war heute in der Schule gewesen. Bei Betty war das nicht weiter bemerkenswert. Es reichte schon ein abgebrochener Fingernagel, und sie ließ sich von ihrer Mutter eine Entschuldigung schreiben. Aber Clara konnte sich nicht daran erinnern, dass Martha auch nur ein einziges Mal während ihrer Schullaufbahn gefehlt hatte. Sie beschloss, bei den beiden vorbeizuschauen, doch nun knurrte erst mal protestierend ihr Magen.

Sie betrat den Hof und merkte, wie ihr das Wasser im Mund zusammenlief, als sie an den Linseneintopf dachte, den es heute geben würde – da bemerkte sie den jungen Kerl, der vor dem Gebäude stand. Alex.

Wie erstarrt blieb sie zwei Atemzüge lang stehen. Ihn so unerwartet zu sehen, brachte sie völlig durcheinander. Sie zog sich die Mütze vom Kopf, bereute es sogleich, weil nun bestimmt ihr Haar elektrisiert abstand. Was sollte sie ihm sagen? Was wollte er ihr sagen? Ihr Herz schlug so heftig in ihrer Brust, als würde es gleich herausspringen.

Er hatte sie noch nicht bemerkt. Ehe sie sichs versah, war sie in die Werkstatt des Hausmeisters gehuscht. Von dort aus riskierte sie einen Blick. Alex sah zu ihrem Fenster hoch, überlegte und zog dann einen Brief aus der Innenseite seiner Jacke. Einen Moment lang betrachtete er den Umschlag, dann schien er sich einen Ruck zu geben und warf das Kuvert in den Briefkasten.

Verhalte dich wie eine Erwachsene. Geh zu ihm und begrüße ihn ganz locker, ermahnte sie sich selbst.

Sie schloss die Augen. So musste es sich anfühlen, wenn man in einem Flugzeug saß, beinahe die Wolken berühren konnte und sich gleichzeitig der schwindelerregenden Höhe bewusst war sowie der Tatsache, dass man sein Leben riskierte.

Als sie die Augen wieder öffnete, verließ er gerade den Hof. Ein Teil von ihr war erleichtert, davongekommen zu sein, ein anderer Teil war enttäuscht darüber, so feige gehandelt zu haben. Sie traute sich, ihren Lehrern zu widersprechen oder sich sogar beim Ministerium für Volksbildung zu beschweren, aber vor einem Gespräch mit einem Jungen, der stets nett und aufrichtig zu ihr gewesen war, drückte sie sich.

Sie löste sich aus dem Schatten der Werkstatt. Die Schlüssel für den Briefkasten hatte ihr Vater an seinem Schlüsselbund, deshalb steckte sie Zeige- und Mittelfinger in den schmalen Schlitz und schaffte es mit etwas Anstrengung, den Brief herauszufischen.

Für Clara von Alex, stand in bemüht ordentlicher und doch ungelenker Jungshandschrift darauf. Sie seufzte unwillkürlich und drückte den Brief an ihre Brust. Gerade als sie ihn öffnen wollte, nahm sie eine Bewegung hinter sich wahr.

Kurz dachte sie … hoffte sie … dass Alex zurückgekommen war, aber es war Betty. »Ich fürchte«, sagte sie, »es gibt ein Problem.«

25

Betty

Mehrere Atemzüge lang betrachtete Clara das Foto.

Sie standen am Gartentor neben dem Briefkasten, auf dem wie eine Mütze ein kleiner Haufen Schnee saß. *Asseln* stand auf dem Namensschild. Die ordentliche Mädchenhandschrift unter der Schutzfolie erkannte Betty sofort als Marthas.

»Ich bin mir zu sechsundsiebzig Prozent sicher, dass er es ist«, sagte Betty.

»Das sind mir eigentlich vierundzwanzig Prozent zu wenig«, erwiderte Clara. »Der Mann auf dem Foto *könnte* Marthas Vater sein, aber vielleicht täuschen wir uns auch. Sein Gesicht liegt halb im Schatten.«

Der Fotografierte trug einen langen, hellen Mantel mit Gürtel an der Taille und großen Knöpfen, unter dessen Kragen der Knoten einer Krawatte sowie ein weißes Hemd zu sehen waren. Er hatte eine hohe Stirn, wirkte wie jemand, der wichtig war. Der Anweisungen gab.

Charlie hatte heimlich beobachtet, wie dieser Mann und seine zwei Kollegen an einem Einfamilienhaus geklingelt, und als niemand geöffnet hatte, mittels eines kleinen Werkzeugs aus einem schmalen Koffer unauffällig die Haustür geöffnet hatten und darin verschwunden waren. Nur wenige Minuten später waren sie wieder herausgekommen, in einen Wagen gestiegen und davongefahren, als wäre nie etwas vorgefallen.

»Martha war ziemlich getroffen, als Waste behauptet hat, ihr Vater würde für die Stasi arbeiten«, sagte Clara. »Und es wird noch viel schlimmer für sie sein, wenn wir sie nun damit konfrontieren.«

»Ich weiß … Davor habe ich auch Angst. Aber sind nicht genau dafür Freundinnen da? Gehört nicht zu wahrer Freundschaft dazu, dass man sich gegenseitig alles rigoros sagt, auch wenn das manchmal unangenehm ist? Weil man eben das Beste füreinander will.« Die ganze Nacht und den ganzen Morgen über hatte Betty nachgedacht und Erinnerungen gewälzt. Sie hatte sogar die Schule geschwänzt, weil sie so durch den Wind gewesen war.

»Wir täuschen uns nicht.« Betty schüttelte entschieden den Kopf. Trotz ihrer Fäustlinge, die zusätzlich in den Taschen ihres Mantels steckten, brannten ihre Hände vor Kälte. »Mein Bauch sagt mir schon länger, dass mit dem Mann was nicht stimmt.«

Clara zeigte ihr Talent, nur eine Augenbraue hochzuziehen. Wahrscheinlich würde sie Betty jetzt erklären, dass ein Gefühl noch lange kein handfester Beweis war, doch da stieß sie hörbar Luft aus und nickte. »Na gut. Vertrauen wir deinem Bauch. Dann stellt sich nun aber die Frage, ob und wie wir es ihr sagen.«

Die Wahrheit zu erfahren würde Marthas Welt aus den

Angeln heben. Sollten sie also lieber die Füße still halten? Gerade Betty hatte eigentlich kein Recht darauf, sich einzumischen. Immerhin hatte sie Kurt glauben lassen, sie würde in einer Villa wohnen. Aber diese Lüge hatte sich nicht durch Kurts ganzes Leben gezogen.

Die Haustür ging auf, und Frau Asseln trat nach draußen. Sie zog sich ein Paar Lederhandschuhe über die schlanken Finger und tastete sich vorsichtig die zugeschneiten Stufen hinab. Jäh hielt sie inne, als sie Betty und Clara bemerkte. Sie starrte sie an, wie gelähmt. »Betty, Clara …«

Wusste sie, welcher Arbeit ihr Mann nachging, oder hatte er auch seine Frau jahrelang belogen? *Noch hast du keinen Beweis, dass es so ist,* ermahnte Betty sich.

»Ist Martha da?«, fragte sie.

»Nein …« Innerhalb von Sekunden wich sämtliche Farbe aus dem Gesicht der Frau. Betty befürchtete schon, dass sie in Ohnmacht fallen würde. »Ich dachte, dass sie … dass sie bei euch ist. Ich wollte euch gerade nach ihr fragen.«

Clara und Betty tauschten einen besorgten Blick.

»Bei uns ist sie nicht. Ist denn etwas vorgefallen?«, fragte Betty vorsichtig.

Frau Asseln hielt sich an ihrer Handtasche fest. »Martha hatte gestern Nachmittag einen heftigen Streit mit Ronny und war sehr aufgelöst. Aus ihm war nichts herauszubekommen, er hatte sich den ganzen Abend über in seinem Zimmer eingeschlossen und ist heute Morgen zur Ausbildung aufgebrochen. Er war sehr angespannt und hat nur wirres Zeug von sich gegeben, dass es so nicht weitergehen kann …« Tränen standen in ihren Augen.

Claras Blick war durchdringend, als sie fragte: »Sie haben aber eine Ahnung, um was es in dem Streit ging, nicht wahr?«

Frau Asseln senkte den Blick. Nickte.

Der Druck in Bettys Bauch nahm zu. »Aber wo ist Martha denn? Vielleicht hat sie bei mir geklingelt, aber ich war gestern bis spätabends unterwegs.«

»Die einzigen Freunde, die sie außer dir und mir noch hat, sind die Jungs«, dachte Clara laut nach. »Aber ich bezweifle, dass sie bei Fritz oder Waste Unterschlupf suchen würde.«

»Was ist mit Micha?«, schlug Betty vor. »Die beiden scheinen einen guten Draht zueinander zu haben.«

»Ja, ansonsten würde mir niemand einfallen. Weißt du, wo er wohnt?«

Betty schüttelte den Kopf. »Nein …«

»Michael Kröger?«, fragte Frau Asseln und zog die Autoschlüssel aus ihrer Handtasche. »Ich kenne seine Adresse. Ich fahre euch.«

Woher wusste Frau Asseln, wer Micha war, und noch dazu, wo er wohnte? Dieselbe Frage stand auch auf Claras Stirn geschrieben, und Betty befürchtete, dass die Wahrheit noch viel ungeheuerlicher war, als sie bisher angenommen hatten.

Die Stimmung im Auto war angespannt. Einmal übersah Frau Asseln eine rote Ampel, aber zum Glück waren die Straßen an diesem Montagabend wie leer gefegt. Inzwischen hatte sich bereits die Dämmerung über die Stadt herabgesenkt. Die Laternen gingen an, doch ihr Licht war nur schwach, da der Wind von Osten her ihr Glas mit Schnee bedeckt hatte. Clara saß schweigend auf dem Beifahrersitz. Mit dem Zeigefinger malte sie kleine Sterne auf das beschlagene Seitenfenster. Betty hockte auf der Kante der Rückbank, hielt sich an den Lehnen der beiden Vordersitze fest und schickte ein Stoßgebet in Richtung Himmel. Vor einer Bücherei, über der noch zwei weitere Stockwerke lagen, parkte Frau Asseln den Wagen am Seitenrand der Straße. Das Gebäude hatte zu einer Seite hin verzierte Erker, zur anderen wirkte es wie mit einem gigantischen Messer abgesäbelt. Eine Tram kam um die Ecke geruckelt, als Clara und Betty aus dem Auto stiegen.

Frau Asseln fuhr mit den Händen das runde Lenkrad nach: »Vielleicht ist es besser, wenn erst mal nur ihr zwei geht. Ich bin mir nicht sicher, ob Martha mich sehen will.«

Clara las bereits die Namensschilder neben der Eingangstür und klingelte Micha herunter, als Betty noch einmal den Kopf in den Wagen steckte. »Alles wird gut«, sagte sie, und Frau Asseln lächelte dankbar.

Aber auch Micha wusste nichts. »Ihr Bruder ist gestern völlig ausgerastet, als ich bei ihr war. Sie wollte, dass ich gehe.«

Frau Asseln war nun doch aus dem Wagen gestiegen und trat mit kleinen, zögerlichen Schritten näher.

»Wo steckt sie denn dann? Es ist doch bitterkalt …« Vor Bettys innerem Auge tauchten Bilder auf, wie ihre Freundin allein nachts durch die Stadt irrte, wie sie vor Kälte bibberte. »Auch wenn wir beide nicht zu Hause waren, so hätte sie doch trotzdem bei uns unterkommen können! Meine Eltern hätten sie doch nicht weggeschickt!«

»Vielleicht will sie allein sein«, sagte Micha.

Betty fühlte sich schrecklich machtlos. »Aber wo wäre

denn ein solcher Ort, wo sie ihre Ruhe und trotzdem ein Dach über dem Kopf hat?«

Clara nagte an ihrer Unterlippe und dachte angestrengt nach. Micha, der nur Pullover und Stoffhose trug, rieb sich mit beiden Händen die Oberarme. Auf einmal hielt er inne. Seine Augen weiteten sich. Er schien mit sich zu ringen. Am liebsten hätte Betty ihn gepackt und geschüttelt, dass er sofort damit herausrücken sollte! Er wusste doch was!

Sein Blick ruhte auf Frau Asseln, die ein geblümtes Taschentuch aus ihrer Tasche gezogen hatte und sich unauffällig die Augen tupfte.

Dann sagte er: »Ich glaube, ich weiß, wo sie ist.«

26

Martha

»Beobachte und notiere alles, was du siehst«, hatte Martha die Stimme ihres Vaters im Ohr.

15.41 *Uhr*: Eine Frau geht auf ein Haus zu, dessen Fassade mit Stuck verziert ist. Darunter Einschusslöcher. In die hohen Fenster sind aus Butterbrotpapier gebastelte Sonnen und Regenbogen geklebt. Die Frau geht zügig, wie jemand, der spät dran ist, sich aber nicht allzu sehr aus der Ruhe bringen lässt. Ihr langes, glattes Haar, dessen Spitzen schon lange nicht mehr geschnitten worden sind, hüpft bei jedem Schritt auf ihrem Rücken. Sie trägt ein gemustertes Kleid, das schon mehrmals geflickt worden ist. Trotzdem sieht sie hübsch aus. Sie wirkt furchtlos. Ihr Blick ist direkt. Jemand mit einem solchen Blick hat schon einiges gesehen und erlebt. Und gleichzeitig geht eine Verletzlichkeit von ihr aus. Vielleicht liegt es an den dunklen Ringen unter ihren Augen oder an ihrer blassen Haut.

15.42 *Uhr*: Die Leiterin des Kindergartens erwartet sie bereits vor der Tür. Ihre Lippen sind zu einem Strich gepresst. »Sie sind schon wieder zu spät. Martha hat bereits nach Ihnen gefragt. Ich musste sie beruhigen.«

Auf einmal ein Geräusch, das nicht in die Szene passte. Ein Knacken, als wäre jemand auf einen Ast getreten. Es war Martha, als würde etwas sanft an ihr ziehen, eine Art Sog, der sie zurück ins Hier und Jetzt riss. Sie blinzelte. Der Nebel in ihrem Kopf lichtete sich. Und auf einmal jagten Erinnerungsblitze durch ihren Kopf.

Ronny, der auf Micha losging. Blut in ihrem Gesicht. Die Urkunde. Ronnys Liebesgeständnis.

Jahrelang hatten ihre Eltern sie angelogen. Sogar Waste hatte geahnt, dass ihr Vater bei der Stasi arbeitete. Nur sie hatte es nicht wahrhaben wollen. Sie fühlte sich so dumm. Schämte sich für ihre Naivität.

Wieder ein Knacken. Wahrscheinlich nur ein Reh oder ein Fuchs. Inzwischen hatte sie sich schon fast an das Knistern und Rascheln des Waldes gewöhnt. Manchmal durchdrang auch der Ruf eines Tieres die Nacht.

Für den Bruchteil einer Sekunde glaubte sie, ein Licht zu sehen, aber wahrscheinlich waren es nur die Scheinwerfer eines Autos gewesen, die von der Straße her zwischen den Bäumen hindurchgeblitzt waren.

Nachdem sie gestern überstürzt von zu Hause geflohen war, war Martha eine Ewigkeit völlig aufgelöst und durcheinander durch Friedrichshagen geirrt. Die Verlorenheit, die sie empfunden hatte, war nahezu überwältigend gewesen.

Adoptiert …

Ihr ganzes Leben basierte auf einer Lüge. Sie musste alles infrage stellen.

Als der Mond sich bereits schwach am Himmel abgezeichnet hatte, war ihr klar geworden, dass sie irgendwo unterkommen musste. Aber sie hatte allein sein wollen. Musste das, was sie erfahren hatte, verarbeiten, ehe sie mit jemandem darüber sprechen konnte. Ansonsten würde ihr Kopf noch explodieren.

Auf einmal war ihr wie eine Eingebung die Datsche im Wald in den Sinn gekommen, in die die Jungs das Radio verlegt hatten. Dort würde sie gewiss niemand suchen.

Unheimlich war es natürlich schon, so mitten im Wald, und kalt außerdem, aber immerhin hatte sie eine Taschenlampe, eine Packung Streichhölzer und sogar ein paar Kerzen gefunden, die ihr ein wenig Wärme und Licht spendeten. So gut es ging, hatte sie es sich auf dem Sofa bequem gemacht. Zum Glück hatte sie eine Decke gefunden und zusätzlich die Klamotten, die sie eingepackt hatte, über sich ausgebreitet. Trotzdem war ihr Körper nach einer Nacht und einem ganzen Tag in der Kälte wie steifgefroren.

Sie bereute, sich nicht wenigstens heute bei Clara oder Betty einquartiert zu haben, aber inzwischen war es draußen stockdunkel und zu spät, um noch einmal loszuziehen. Die letzte Kerze in der Packung war heruntergebrannt.

In ihrer Reisetasche war ein Buch gewesen, mit dem sie sich etwas ablenken konnte. *Die Leiden des jungen Werthers.* Werthers Verlorenheit verstand sie in ihrer Lage plötzlich viel besser als vor einem halben Jahr, als sie den Roman in der FDJ-Gruppe gelesen hatten und sie ihn für einen pathetischen Deppen gehalten hatte. Leider war das Buch dünn und bald durchgelesen. Schreibzeug hatte sie nicht dabei, sonst hätte sie etwas zu den *Leiden der Martha A.* aufschreiben können.

Falsch. Ihr Nachname lautete ja gar nicht Asseln.

Immer wieder hatte sie ihre Geburtsurkunde gelesen, als würde sich der Nachname darauf auf magische Weise ändern, wenn sie die Buchstaben nur lang genug anstarrte. Adoptiert …

Martha fühlte sich seltsam leicht. Nicht auf angenehme, befreiende Weise, sondern eher so, als wäre sie nur noch eine leere Hülle, die der nächste Wind mühelos umpusten konnte. Zum Glück hatte die Erschöpfung sie immer wieder in einen ohnmachtähnlichen Schlaf gerissen. Sie hatte absolut keine Ahnung, wie spät es war. Es könnte schon nach Mitternacht sein. Noch immer fühlte sie sich benommen.

Es dauerte einen Moment, bis sie den Geruch wahrnahm, der nicht zum erdigen Duft des Waldes passen wollte. Sie richtete sich auf dem Sofa auf, rieb sich die Augen und die kalten Wangen.

Wieder ein Geräusch. Diesmal war es ein leises Knistern. In der schneidenden Kälte nahm sie auf einmal Wärme wahr.

Und dann das Flackern.

Dieser Geruch … Das war doch …

Feuer!

Flammen nagten an der Holzwand der Datsche, fraßen sich rasend schnell weiter vor. Für ein paar Sekunden war Martha wie gelähmt. Dann trieb das Adrenalin sie an. Sie sprang vom Sofa auf. Stopfte ihre Klamotten in die Tasche. Innerhalb kürzester Zeit staute sich Rauch in der kleinen Hütte und versengte ihr die Lungen. Sie hustete. Wo war nur ihre Geburtsurkunde? Verzweifelt riss Martha die Polster des Sofas hoch, doch da war sie nicht.

Das Feuer war bereits auf den Tisch übergesprungen, auf dem die Jungs die Technik aufgebaut hatten. Der giftige Geruch von geschmolzenem Plastik brannte in ihren Augen. Ihr schwindelte. Sie musste raus hier, aber nicht ohne die Urkunde! Die Hütte gab ein gefährliches Knarzen von sich. Sie schob das Sofa ein Stück vor, und tatsächlich war das Dokument dahintergerutscht.

Als Martha es sich schnappte, drehte sich alles. Sie taumelte. Fing sich gerade noch an der Sofalehne auf. Eine hefige Übelkeit überkam sie. *Halte durch,* sagte sie sich. *Es ist nicht weit bis zur Tür.*

Sie griff nach ihrer Tasche. Auf einmal gaben ihre Beine nach. *Steh auf!,* sagte sie sich. Aber sie konnte nicht … Alles verschwamm vor ihren Augen. Deshalb war sie nicht sicher, ob das, was sie wahrnahm, wirklich geschah oder ihrer Einbildung entsprang. Jemand rief ihren Namen. War das Bettys Stimme gewesen?

»Ich bin hier …« Sie konnte nicht mal sagen, ob sie wirklich geantwortet hatte.

Die Tür wurde aufgetreten.

Jemand packte sie, hob sie vom Boden auf und trug sie nach draußen.

Dann wurde es schwarz um sie herum.

27

Martha

»Ich glaube, sie wacht auf.«

Ein Stuhl kratzte über den Boden.

»Wirklich?«, fragte eine zweite Stimme. Ebenfalls die einer Frau, nur etwas tiefer.

»Ja, sie hat geblinzelt.«

Etwas in ihr weigerte sich aufzuwachen. Wollte wieder im Nichts versinken.

Doch dann begann das Pochen im Kopf. Dumpf, unbarmherzig.

Ein Vorhang wurde aufgezogen, ein Fenster geöffnet, und kalte Luft kam herein. Da war das Rauschen einer Straße. Das Hämmern einer Baustelle. Die Geräusche schmerzten sie. Wo war sie überhaupt? Es roch nach Desinfektionsmittel.

Sie nahm eine Bewegung neben sich wahr. Dann einen Duft, der ihr bekannt vorkam. Leicht süß, mit einem Hauch von Vanille.

»Sollen wir den Arzt rufen?«, fragte die hellere der beiden Stimmen.

»Sie soll lieber in Ruhe aufwachen. Die Arme muss ja völlig fertig sein.«

Eine Hand schloss sich um ihre. »Wir sind bei dir, Liebes.«

Martha öffnete die Augen einen Spaltbreit. Zwei undeutliche Schemen waren zu ihren beiden Seiten.

»He«, sagte die erste Stimme. »Da bist du ja wieder.«

Betty … Martha blinzelte zur anderen Seite. Und da war Clara. Sie wurde von Wärme durchflutet. Sie versuchte zu lächeln, war sich aber nicht sicher, ob es ihr gelang. Ihre Lippen spannten, und ihr Hals war ganz trocken. Sie schluckte ein paarmal, und Betty reichte ihr ein Glas Wasser.

Sie nahm einen kleinen Schluck, dann noch einen. »Wo bin ich?«

Clara hatte Marthas Brille vom Nachttisch genommen, polierte die Gläser mit ihrem Ärmel und setzte ihr die Sehhilfe schließlich auf die Nase. »Du bist im Krankenhaus«, antwortete sie. »Du hast fast den ganzen Tag geschlafen.«

»Oh.«

Auf einmal drängten Bilder auf sie ein. Das Arbeitszimmer ihres Vaters. Ronny. Eine Urkunde. Feuer.

Sie schloss die Augen, in der Hoffnung, dass die Bilder dann verschwinden würden. Eine Stimme in ihr sagte: *Ich bin noch nicht bereit dafür.*

»Weißt du denn, was geschehen ist?«, fragte Betty.

Die Frage traf Martha mit der Wucht einer Abrissbirne. Nun gab es kein Entkommen mehr. Sie war adoptiert. Ihre Eltern hatten sie jahrelang belogen. Ihr Vater und Ronny hatten sie beobachtet wie einen Sträfling, weil sie ihr misstrauten, obwohl sie nie etwas verbrochen hatte. Sie hatten in ihr kein vollwertiges Familienmitglied gesehen, sondern jemanden, der anderes Blut hatte, andere Gene, und den man deshalb besser im Blick behielt.

Martha hatte das Gefühl, keine Luft mehr zu bekommen. Sie nickte. »Ich weiß, dass ich in der Hütte im Wald war. Dass es auf einmal brannte. Dass ich versucht habe zu fliehen, es aber nicht geschafft habe, weil ich zusammengebrochen bin. Ich dachte, ich sterbe …«

»Micha hat dich gerettet«, sagte Betty.

»Micha?«

»Er hatte auch die Idee, wohin du dich zurückgezogen haben könntest.«

»Micha …«, sagte Martha erneut.

Das künstliche Licht der Deckenlampe war grell. Betty half ihr, sich aufzusetzen, und Martha ließ den Blick durch den Raum schweifen. Über die Blumen auf dem Nachttisch, den kleinen Plastiktisch im Eck, die geschmacklosen Vorhänge, deren Farbe irgendwo zwischen Braun und Orange lag. Dann schaffte sie es, die Frage auszusprechen, vor der sie am allermeisten Angst hatte. »Weiß man, wie es zu dem Feuer kam?«

»Als deine Mutter heute Morgen hier war, meinte sie, dass ihr Mann und sie davon ausgehen, du hättest eine Kerze angezündet und vergessen«, sagte Clara.

Martha sah vor ihrem inneren Auge, wie sie in jener Nacht den Docht mit einem Streichholz entfachte. »Das habe ich auch«, erwiderte Martha langsam, doch dann erinnerte sie sich daran, dass die Kerze aus gewesen war, als sie aufwachte. Erst dann hatte sie die Flammen wahrgenommen, die jedoch definitiv nicht im Inneren der Hütte ausgebrochen sein konnten. Und sie erinnerte sich an den Geruch von Benzin. Konnte es sein, dass jemand das Feuer gelegt hatte? Aber wer sollte das tun? Und wer außer den Jungs wusste noch von der Hütte?

Eine Person kam ihr in den Sinn. *»Ich hab dich im Auge behalten.«*

Er hatte zugegeben, sie verfolgt und ausspioniert zu haben, und *Radio Freigeist* war ihm sowieso ein Dorn im Auge.

Nein, das war unmöglich … So weit würde Ronny nicht gehen …

Aber vielleicht hatte er ihr gar nichts antun wollen? Er hatte ja nicht wissen können, dass sie in jener Nacht in der Hütte Unterschlupf gefunden hatte. Und es war dunkel gewesen, er hatte sie also auch nicht durch das kleine Fenster sehen können. Sollte sie Betty und Clara dennoch von ihrem Verdacht erzählen?

Doch das Pochen in ihrem Kopf nahm zu und wurde zu einem ohrenbetäubenden Lärm. Sie kniff die Augen zusammen. Wollte einfach nur, dass es aufhörte.

Sie musste erneut weggedämmert sein, denn als sie diesmal die Augen öffnete, waren ihre beiden Freundinnen verschwunden. Dafür stand jemand anderes neben ihrem Bett und arrangierte ein paar frische Blumen in der Vase.

»Micha!« Sie fühlte, wie sich ein Lächeln erst auf ihren Lippen ausbreitete, dann scheinbar in ihrem ganzen Körper. Ihre Haut prickelte geradezu.

»Entschuldige«, sagte er. »Ich wollte dich nicht wecken.«

»Alles gut. Ich fühle mich schon wesentlich besser.« Martha richtete sich auf und strich mit den Händen über ihr Haar. Bestimmt war es platt gelegen. »Ist der Strauß etwa von dir?«

Micha nickte und schob die Hände in die Hosentaschen. »Ich hoffe, er gefällt dir. Wie geht es dir?«

»Den Umständen entsprechend. Ich schlafe viel, um nicht daran zu denken, was geschehen ist. Aber ich freue mich sehr, dich zu sehen. Setz dich doch zu mir.« Sie zog die Beine an und klopfte vor sich auf ihr Bett.

Schüchtern, wie er war, setzte Micha sich auf die Kante. Einen Moment lang verfolgte sie staunend, wie seine Ohren rot wurden. Es war ihr unbegreiflich, wie jemand gleichzeitig so mutig und so schüchtern sein konnte.

»Danke«, sagte sie. »Dafür, dass du mich gerettet hast.«

Er zuckte mit den Schultern.

Martha nahm seine Hand. Sie war angenehm warm. »Du hast dein Leben für mich riskiert.«

»Daran hab ich in dem Moment nicht gedacht.«

Er sah sich im Krankenzimmer um, was ihr eine Sekunde verschaffte, ihn unbemerkt zu betrachten. Die haselnussbraunen Haare, von der Sonne etwas ausgebleicht. Die warmen Schokoladenaugen mit den goldenen Sprenkeln darin. Die geschwungenen Brauen, die gerade Nase, seine schönen, kräftigen Hände, die anpacken konnten, und auf einmal wurde ihr bewusst, wie besonders er war. Er war ein durch und durch guter Mensch. Jemand, auf den man sich verlassen konnte.

»Was hast du denn eigentlich nachts bei diesem kalten Wetter in der Hütte gemacht?«, fragte Micha.

Sie spürte, dass ihr Herz sich verhärtete. »Ich habe herausgefunden, dass ich adoptiert bin.«

Ihm war anzusehen, wie bestürzt er war. Dass er nach etwas suchte, das er darauf erwidern konnte.

»Weißt du, Micha«, fuhr sie fort, »eigentlich habe ich schon lange gespürt, dass etwas in meiner Familie nicht in Ordnung ist, dass ich da nicht reingehöre. Aber ich habe nicht vehement nachgehakt, aus Angst vor dem, was mich erwarten würde. Nichts zu wissen erschien mir wohl leichter. Im Nachhinein weiß ich, dass es für mich viel schwerer war, weil ich die ganze Zeit über diese Panik und Verzweiflung mit mir herumgeschleppt habe, diese innere Anspannung. Endlich die Wahrheit zu kennen, so schmerzhaft sie auch sein mag, ist für mich eine Erlösung.«

»Du bist sehr tapfer.«

Sie lächelte dankbar, doch als sie merkte, dass ihre Kehle eng wurde und sich Tränen ankündigten, beschloss sie, die Stimmung etwas aufzulockern. »Du hast doch sonst für alle Situationen einen weisen Spruch auf Lager. Heute etwa nicht?«

Micha schmunzelte. »Doch. Möchtest du ihn hören?«

Sie nickte.

»Jedes Ende ist der Beginn von etwas Neuem.«

»Dann hoffen wir mal, dass es auch etwas Gutes ist.«

Er fuhr mit dem Daumen über ihre Fingerknöchel. »Diesmal ist es so. Versprochen.«

Ihre Blicke hielten einander fest. Sie dachte daran, wie sie sich in ihrem Zimmer geküsst hatten. Obwohl erst zwei Tage seitdem vergangen waren, fühlte es sich an, als läge eine

Ewigkeit zwischen damals und jetzt. Dachte er gerne daran zurück, oder war sie zu aufdringlich gewesen? Bedeutete es etwas, dass er an ihrem Krankenbett saß, oder war er nur höflich?

»Wirst du deine leiblichen Eltern suchen?«, fragte er.

»Ja, ich denke schon. Ich bin neugierig, wie sie sind. Ob wir uns ähnlich sind.«

»Wenn du Hilfe brauchst, kannst du immer auf mich zählen«, sagte Micha.

Ihr fiel auf, dass ihre Hände noch immer miteinander verschränkt waren. Der Anblick gefiel ihr.

»Martha, ich …«

Stille.

»Ja?«

»Ich lass dich dann mal wieder in Ruhe. Du bist sicher noch erschöpft.« Er entzog ihr vorsichtig seine Hand und erhob sich vom Bett.

Nachdem Micha gegangen war, ließ Martha sich auf ihr Kissen zurückfallen und starrte an die Decke. Sie vermisste die Wärme seiner Hand, und gleichzeitig war ein Teil von ihr froh, dass sie ihre Ruhe hatte. Sie hatte weiß Gott genug zu verarbeiten, da mussten nicht auch noch ihre Hormone verrücktspielen.

Die Ruhe vor dem Sturm. Der behandelnde Arzt hatte angedeutet, dass er sie entlassen könne, sobald ihre Kopfschmerzen weg waren. Zu Hause würde Martha die beiden Menschen, die sich so lange als ihre Eltern ausgegeben hatten, zur Rede stellen. Ihr graute davor. Sie kannte sich und wusste, wie schnell sie vor ihrem Vater … ihrem Adoptivvater einknickte.

Diesmal nicht, sagte eine Stimme in ihr. *Du bist wortwörtlich durchs Feuer gegangen und hast überlebt. Ganz sicher wirst du auch ein klärendes Gespräch mit Gert Asseln überleben.* Sie würde dieses Feuer einfach als Metapher sehen. Dafür, dass man sein Leben manchmal gnadenlos niederbrennen musste, um etwas Neues, Besseres zu erschaffen. Allein nach ihren Vorstellungen.

Martha schob die Decke von den Beinen, stellte die Füße auf das Linoleum und ging mit leicht zittrigen Beinen zum Waschbecken im Eck, wo sie ihre erhitzten Wangen mit kaltem Wasser kühlte. Sie fing ihren Blick im Spiegel auf. Darin loderte Feuer.

28

Clara

Es gab Tage, die so bedeutungslos an einem vorbeizogen wie ein auf einem Fluss dahintreibendes Laubblatt.

Und dann gab es Tage, die darüber entschieden, wie die Zukunft aussehen würde. Vor allem in einem Land, das seine Augen und Ohren überall hatte und selbst Kleinigkeiten als Staatsverrat verurteilte.

Die zweite Schulstunde hatte gerade erst begonnen, und Clara war bemüht, den Spagat zu meistern, dem Unterricht zu folgen und gleichzeitig den bodenlosen Blödsinn, den ihr Lehrer von sich gab, auszublenden.

»Wie Sie mit Sicherheit wissen, war Heinrich Heine ein großer Verehrer des Kommunismus«, hörte sie Herrn Kobylinsky sagen.

Uli, versteckt in der letzten Reihe, bastelte einen Papierflieger. Betty lernte unter ihrem Tisch eine Rolle, schien sich jedoch ebenfalls nicht konzentrieren zu können, denn immer wieder sah sie aus dem Fenster und ließ sich vom Hausmeister ablenken, der im Schulhof schimpfend den Müll aufsammelte. Martha war noch im Krankenhaus, aber heute Mittag würde sie endlich entlassen werden. Es war ein Wunder, dass Micha die Eingebung gehabt hatte, sie könnte in der Hütte im Wald untergetaucht sein. Ein paar Minuten später, und Martha wäre in den Flammen umgekommen.

Clara gähnte unauffällig hinter hervorgehaltener Hand. Sie hatte nicht schlafen können und deshalb die halbe Nacht lang in dem Biologiebuch gelesen, das sie sich in der Bibliothek ausgeliehen hatte. Es befasste sich mit biochemischen Prozessen im Körper. Das Gefühl, das bei frisch Verliebten Schmetterlinge im Bauch flattern ließ, war eigentlich nur das Ergebnis eines geschickt gemixten Hormoncocktails. Die Liebe war nicht mehr als eine evolutionär nützliche Illusion, um die Fortpflanzung zu sichern.

Sie hatte gehofft, dass diese Erkenntnis sie wieder erden würde. Aber eine Stimme in ihr hatte geflüstert: *Die Liebe ist mehr als eine Illusion*. So wie das Universum, das man vermutlich nie vollends würde erforschen können. Ein nicht zu entschlüsselndes Mysterium. Ein Wunder.

Sie zog den Brief unter ihrem Deutschbuch hervor, den sie seit zwei Tagen mit sich herumschleppte. Seit Alex ihn bei ihr zu Hause eingeworfen hatte, schob sie es auf, ihn zu lesen. Eigentlich konnte sie es kaum erwarten, zu erfahren, was er ihr mitzuteilen hatte. Aber sie hatte auch Angst davor. Sie hatte gedacht, dass Alex längst keinen Gedanken mehr an sie verschwendete. Hatte sich eingeredet, dass es besser so war.

Für Clara von Alex. Ihre Lippen formten die Worte stumm. Sie lächelte. Als sie auf seine bemüht ordentliche Handschrift hinabsah, breitete sich ein warmes Gefühl in ihrer Brust aus. Als würde eine kleine Sonne darin leuchten.

Inzwischen war es schon ein halbes Jahr her, dass Alex

nachts Kieselsteine an ihr Fenster geworfen hatte. Sie vermisste die Ruhe, die er ausstrahlte. Seine Gesellschaft hatte etwas nahezu Meditatives, wie wenn sie abends auf den unbewegten Müggelsee blickte, dem leisen Plätschern lauschte und den Schwänen dabei zusah, wie sie ihre langen Hälse ins Wasser tauchten.

»Aber nun werde ich Ihnen etwas mitteilen, das Sie von den Stühlen holen wird! Denn es gibt Stimmen, die behaupten, Heine wäre eigentlich ein Gegner des Kommunismus gewesen.« Erwartungsvoll blickte Herr Kobylinsky in die Klasse. Erhoffte er sich etwa so etwas wie Bestürzung in den Gesichtern seiner Schüler zu sehen? Heine war Schriftsteller einer völlig anderen Zeit gewesen. Dass sowohl Kommunisten als auch Antikommunisten ihn für sich beanspruchten, machte deshalb in ihren Augen schlichtweg keinen Sinn.

Clara öffnete den Brief mit ihrem Lineal und faltete das Papier auf.

»Liebe Clara …«

Auf einmal hatte sie den dicken Bauch von Herrn Kobylinsky vor der Nase. »Frau Vogel, offenbar scheint es Sie nicht die Bohne zu interessieren, dass ein so wunderbarer Dichter in den Dreck gezogen wird?«

Clara blinzelte. Zwei Atemzüge, dann hatte sie den Schreck überwunden und ihre Sprache wiedergefunden. *Verhalte dich unauffällig,* hallten ihr sogleich die mahnenden Worte ihrer Eltern in den Ohren. Das Beste wäre, sich zu entschuldigen und Herrn Kobylinskys Ansicht zu Heine zuzustimmen. Aber sie hatte es so satt, immerzu ihre Meinung runterzuschlucken. Von all den ungesagten Worten hatte sich über die Jahre ein fester Knoten in ihrem Bauch gebildet, schien ihr. Und sie hatte auch nicht vor, vehement zu protestieren, sie wollte lediglich sanften Einspruch erheben. »Nun, Heine hat zwar einerseits gesagt ›Warum die Rose besingen, besing die demokratische Kartoffel‹, aber er hat auch behauptet, mit der Herrschaft des Proletariats würde das Ende der Schönheit anbrechen. Dass dann in Rosenbeeten Kartoffeln angepflanzt würden.«

Kurz war es still.

»Das ist völlig aus dem Zusammenhang gerissen«, widersprach der Lehrer.

»Ich versuche nur, Heine differenziert zu betrachten. Er hat viel geschrieben. Manches davon kann man als Befürwortung des Kommunismus auslegen, anderes ist hingegen eine Kritik. Eine leichte Kritik zumindest.«

»Und diese Kritik finden Sie am Ende auch noch gerechtfertigt?«

»Ich finde nur, dass es möglich sein sollte, einen Dichter einer vergangenen Zeit auch kontrovers zu diskutieren. Sich mit allem auseinanderzusetzen, was er sagt oder schreibt. Und sich nicht nur auf das zu konzentrieren, was einem passt«, wagte sie, zu bedenken zu geben. »Warum weicht der Sozialismus einer Auseinandersetzung auf ideologischem Gebiet aus? Warum fällt es diesem Land so schwer, Kritik zuzulassen? Ist es denn nicht möglich, ein kritischer Sozialist zu sein? Und ist es denn nicht sogar so, dass ein Land Kritiker für die Weiterentwicklung unbedingt braucht? Sie einzusperren, wie es hierzulande passiert, halte ich für keine gute Lösung.«

Im Klassenzimmer herrschte Totenstille. Da war sie wohl übers Ziel hinausgeschossen.

»Ich sehe mich gezwungen, Sie zu melden. Und das da wird konfisziert«, sagte Herr Kobylinsky, nahm den Brief an sich und ließ ihn in seiner Ledertasche irgendwo zwischen Lehrbüchern, Schüleraufsätzen, seinem Pausenbrot und der Thermoskanne verschwinden.

29

Clara

»Die Klasse soll über deine Suspendierung abstimmen«, hatte die Direktorin Clara mitgeteilt und dabei gelächelt, als würden sie darüber plaudern, wohin der nächste Wanderausflug gehen solle.

Suspendierung. Das bedeutete kein Abitur. Kein Studium. Das Ende von allem, was Clara sich für ihr Leben erträumt hatte. Es war ihr, als würde sie an einem Abgrund stehen, so tief, dass unter ihr nur Schwärze war. Kurz nach dem »Gespräch« hatte sie gedacht, sich übergeben zu müssen, hatte dann aber doch nur würgend über der Toilette gehangen.

Sie lief in Marthas Krankenzimmer auf und auf, von der Wand zum Nachttisch und wieder zurück. Verzweifelt suchte sie nach einer Lösung für diese Katastrophe. Ihr Kopf arbeitete auf Hochtouren, ihre Stirn war schon ganz heiß. Fehlte nicht mehr viel, und Rauch würde ihr aus Ohren und Nase dringen. Wie hatte sie so leichtsinnig sein können? War es denn wirklich so wichtig, ihre Meinung laut sagen zu können? Hatte sie wirklich ihre Zukunft dafür aufs Spiel setzen müssen?

»Die Direktorin allein wollte wohl nicht entscheiden, ob sie mich rausschmeißt oder nicht«, fuhr Clara aufgebracht fort. »Das würde zu sehr nach Willkür aussehen. Also müssen die Schüler ran. *Demokratisch abgestimmt* – und zwar gegen mich – wird natürlich besser vermittelbar sein.«

Die Direktorin war so dreist gewesen, diese Entscheidung kulant zu nennen. »Immerhin haben Sie nie auch nur ansatzweise den Willen gezeigt, sich ins Kollektiv einzufügen«, hatte sie getadelt und angedeutet, dass Miriam die Sache mit der Antenne gemeldet hatte.

Ihre beiden Freundinnen hockten nebeneinander im Schneidersitz auf dem Krankenhausbett.

Betty drückte Marthas Kissen an ihren Bauch. »Die Jungs und Mädels in unserer Klasse mögen dich. Sie werden zu dir halten.«

Da war Clara sich nicht so sicher.

»Ich verstehe gar nicht, was so dramatisch an dem war, was du gesagt hast«, meinte Betty. »Es war nur die Wahrheit.«

»Die wird in diesem Land nun mal nicht gern gehört!«

Clara entging nicht, dass ihre beiden Freundinnen einen besorgten Blick tauschten. Sie fuhr sich mit der Hand über das Gesicht. *Beruhige dich!* Nicht dass eine Krankenschwester oder ein Arzt sie belauschte und verpfiff. »Lasst uns über was anderes reden. Wie geht's unserem Helden Micha?«

Martha fuhr mit dem Zeigefinger eine Falte in der Bettwäsche nach. »Er war gestern kurz hier, um nach mir zu sehen und mir Blumen zu bringen«, sagte sie, ohne aufzublicken.

»Oh, das ist so romantisch!« Betty legte eine Hand auf ihr Herz.

»Er ist einfach nur sehr nett«, erwiderte Martha.

»Du hast uns noch immer nicht erzählt, was er eigentlich bei dir zu Hause gemacht hat«, erinnerte Clara sie. »Wegen ihm ist Ronny doch ausgerastet, nicht wahr?«

Es war faszinierend zu sehen, wie Martha auf die Frage reagierte. Ihr Gesicht war wie ein Sonnenaufgang. Zarte Röte stieg von ihrem Hals her in ihre Wangen. Ein Lächeln legte sich auf ihre Lippen und breitete sich nach und nach im ganzen Gesicht aus, bis in die Augen, die zu glühen schienen. »Er hat mich nach Hause begleitet, und ich habe ihn gefragt, ob er mit reinkommen will, und dann …« Sie wirkte ungemein mädchenhaft, wie sie so den Kopf schräg legte. » … und dann haben wir uns geküsst.«

Betty bestand darauf, alles im Detail zu erfahren. Als Martha davon schwärmte, wie schnell ihr Herz geschlagen hatte, als Michas Lippen die ihren berührten, wie schön es gewesen war, ihm so nah zu sein, da schweiften Claras Gedanken zu Alex. Sie stellte sich vor, wie seine Lippen zärtlich ihre Wangen streiften, ihre Augenlider, ihre Nasenspitze, ihre Mundwinkel … Wie es wäre, sich in seinem Kuss zu verlieren, allen Ballast abzuwerfen, nur im Moment zu sein. Sie hatte noch nie einen Jungen geküsst, und bis vor Kurzem hatte sie auch keinen Gedanken daran verschwendet. Aber es musste wundervoll sein, so wie Marthas Augen leuchteten. Sie wünschte, auch ihre Augen würden mal so leuchten. Nur einmal. Ein klein wenig Glück …

»Und was hast du eigentlich bei Charlie gemacht?«, wollte

Martha von Betty wissen. »Bei ihm hast du doch das Foto von meinem Adoptivvater gefunden, weshalb ihr mich überhaupt erst gesucht habt, nicht wahr?«

Betty verwendete auf einmal sehr viel Konzentration darauf, ihr rosafarbenes Haarband zu richten. »Ach, ich war bei ihm, um ihm ein Angebot zu machen. Ich dachte, er könnte vielleicht für Kurt arbeiten. Kurt sucht nämlich händeringend einen neuen Drehbuchautor, und Charlie schreibt gern und hat viel Talent.«

»Und hast du dich denn gefreut, ihn zu sehen?«, fragte Martha, die offenbar etwas auf der Spur war.

»Klar. Er ist ein interessanter Kerl. Aber ich war schockiert darüber, wie er wohnt. In einem Studentenwohnheim, noch dazu unterm Dach in einem winzigen behelfsmäßigen Zimmer.«

Clara runzelte die Stirn. »Und das stört dich?«

»Nein! Nein … Ich mache mir eher Sorgen um ihn. Er hat keinerlei Perspektive. Er ist …« Sie schien nach den richtigen Worten zu suchen.

»Er ist *was?*«, fragte Clara.

»Ist sowieso egal. Ich werde ihn nicht wiedersehen, denn er hat Kurts Angebot abgelehnt.«

Martha ließ sie nicht so leicht davonkommen. »Und enttäuscht dich das?«

»Nein. Ein bisschen vielleicht. Ich …« Betty zuckte hilflos mit den Schultern, sah auf ihre Hände hinab und sagte dabei: »Kurt hat mir einen Antrag gemacht, und ich denke, ich werde ihn annehmen.«

Einen Moment lang herrschte Schweigen. Betty würde

heiraten. Ihre Betty, die es liebte, im Wohnzimmer auf dem Sofa herumzuhüpfen, wenn ihre Eltern nicht zu Hause waren, und dabei die Schlager zu trällern, die im Radio liefen. Betty, die sich weigerte, ihre Stofftiere aus ihrem Bett zu verbannen. Die viel zu lieb und unschuldig für diese Welt war. Sie würde eine Ehefrau werden, würde Kinder bekommen und in tollen Filmen mitspielen, und wahrscheinlich würden Martha und sie ihre Freundin immer seltener zu Gesicht bekommen.

»Aber du bist erst siebzehn!«, wandte Clara ein.

»Bis dahin werde ich volljährig sein. Und es ist völlig normal, so früh zu heiraten. Ich will nicht eine dieser Frauen sein, die erst mit Mitte zwanzig Kinder bekommen.«

Nur mit Mühe konnte Clara sich zurückhalten, nicht aufzuseufzen. »Aber was ist mit deiner Karriere? Du willst doch Schauspielerin werden! Wie kannst du das aufs Spiel setzen?«

»Was redest du denn da? Ich setze meine Karriere sicher nicht aufs Spiel. Es war immerhin Kurt, der mir meine erste Rolle gegeben hat, schon vergessen?«

»Aber musst du ihn deshalb gleich heiraten?«

»Noch ist nichts entschieden. Trotzdem glaube ich, dass es das Richtige ist.«

»Du glaubst, dass es das Richtige ist«, wiederholte Clara und ließ deutlich herausklingen, was sie davon hielt.

»Herzlichen Glückwunsch«, sagte Martha. Wie konnte sie nur so ruhig bleiben? »Ich freu mich ja für dich. Mich wundert nur ein wenig, warum du uns erst jetzt davon erzählst.«

»Es ist so viel passiert, und irgendwie …« Betty zuckte hilflos mit den Schultern.

Betty hatte wohl bereits befürchtet, dass sie ihre Entscheidung nicht vorbehaltlos gutheißen würden, und wenn Betty etwas verabscheute, dann zu diskutieren oder sich zu rechtfertigen. Sie war der harmoniebedürftigste Mensch, den Clara kannte. Aber gute Freundinnen hielten mit ihrer Meinung nun mal nicht hinterm Berg, waren wenn nötig schonungslos, weil sie eben immer nur das Beste für einen wollten.

Und Clara hatte Kurt nicht besonders leiden können. Er war ein Angeber im Tarnmantel eines Sozialisten. Aber mal abgesehen davon: Sollten Bettys Augen nicht vor Freude funkeln, wenn sie an die Verlobung dachte? Immerhin lächelte sie, doch das Lächeln erreichte ihre Augen nicht.

»Kurt ist ein toller Mann«, sagte Betty. »All die Frauen am Filmset beneiden mich um mein Glück. Ich liebe ihn.«

»Bist du dir da sicher?«, fragte Clara und spürte sofort, dass sie zu weit gegangen war. Die Atmosphäre im Raum war auf einmal aufgeladen.

»Natürlich bin ich sicher! Nur weil die Liebe offenbar in deinem Leben keinen Platz hat, heißt das nicht, dass es bei uns anderen auch so sein muss! Es ist allein meine Entscheidung, ob ich Kurt heirate oder nicht.« Feuchtigkeit, die sie angestrengt fortzublinzeln versuchte, war in Bettys Augen getreten.

»Tut mir leid«, entschuldigte sich Clara. »Ich bin einfach nur sehr angespannt wegen morgen. Ich freue mich doch auch für dich. Ich will nur sichergehen, dass es dir gut geht.«

Dann war er gekommen, der Tag der Abstimmung. Clara

musste vor dem Klassenzimmer warten. Durch die Tür hörte sie Frau Schubert ein paar einleitende Worte sagen. Anschließend war die Stimme eines Mannes zu hören. Herr Kobylinsky? Nein, der klang anders.

Nach etwa zehn Minuten wurde sie hereingerufen. Clara schaute in die Runde. Zwanzig angespannte Gesichter. Die Schulleiterin. Herr Kobylinsky. Und ein Mann. Clara war nicht dumm, sie wusste genau, was hier ablief. Die Stasi im Raum – eine angsteinflößende Verschärfung der Situation für ihre Mitschüler.

Und da ahnte sie es. Sie ahnte, dass dies ihr letzter Tag an der Schule sein würde. Dass sie nie wieder mit ihren Freundinnen im Speisesaal essen würde. Ihnen nie wieder heimlich während des Unterrichts Briefchen zuwerfen würde.

Es wurde abgestimmt. Offen, per Handzeichen. Eine Abstimmung über sie, über ihre Zukunft, über ihr Leben.

»Wer ist dafür, dass Frau Vogel von der Schule suspendiert wird?«, fragte Frau Schubert.

Ein paar Hände gingen in die Luft. Dann noch ein paar. Immer mehr.

Das Resultat: Achtzehn zu zwei.

Gegen sie.

Für ihren Rauswurf.

Ein paar Atemzüge lang war Clara nicht dazu in der Lage, die Folgen dieser Abstimmung zu begreifen. Sie stand kerzengerade, war wie erstarrt. Ihre Hände waren zu Fäusten geballt. Dann traf sie die Heftigkeit ihrer Gefühle mit voller Wucht. Enttäuschung. Wut. Verzweiflung. Man hatte ihr alles genommen. Einfach so.

Nur Betty und Uli hatten sich nicht gemeldet. Martha war es nicht gestattet worden, bei der Abstimmung anwesend zu sein. Man begründete diese Entscheidung damit, dass sie ja nicht dabei gewesen wäre, als Clara die Deutsche Demokratische Republik in den Schmutz gezogen hatte, und die Situation somit nicht beurteilen konnte. Clara hielt sich an Bettys Anblick fest. Indem sie sich gemeldet hatte, riskierte auch sie Ärger.

Ihre Klassenkameraden vermieden es, sie anzusehen, als sie nacheinander den Raum verließen. Ein paar hatten wenigstens den Anstand, ihr leise Worte der Entschuldigung zuzuraunen. »Du musst verstehen, mein Vater darf seine Arbeit nicht verlieren.« – »Ich will doch unbedingt Ärztin werden …«

Clara verstand sie ja. Sie hatte auch Vater, Mutter, Freunde …

Verstand sie nicht. Sie hatte sich auf sie verlassen. Auf ihre Solidarität.

Nach und nach sickerte die Tragweite des Geschehenen zu ihr durch. Sie würde kein Abitur machen. Sie würde nicht studieren. Ihre Eltern wären schrecklich enttäuscht. Sie würde den Rest ihres Lebens an der Kasse eines HO-Ladens sitzen.

Ihr Blick fiel auf die Wandkarte des geteilten Berlin.

Und auf einmal ahnte sie, was sie tun würde, wenn nicht doch noch ein Wunder geschah.

30

Martha

Als der behandelnde Arzt im Krankenhaus ihr mitteilte, dass sie nach Hause könne, überlegte Martha, Schwindel oder Kopfschmerzen vorzutäuschen. *Ich bin noch nicht bereit,* dachte sie. *Ich kann mich noch nicht der Wahrheit aussetzen.*

»Wie fühlen sie sich?«, fragte der freundliche Doktor.

Am liebsten hätte sie ihm geantwortet: »Ich fühle absolut nichts. Als wäre ich gestorben.«

Reiß dich zusammen, sagte sie sich. *Wenn du die Wahrheit erfahren willst, dann wirst du wohl oder übel mit deinen Eltern reden müssen. Bring es einfach hinter dich.*

Ihre Mutter war ohnehin schon benachrichtigt worden, und so saß Martha eine Stunde später neben ihr auf dem Beifahrersitz und war auf dem Weg nach Hause.

Falsch. Nicht ihre Mutter, sondern Valerie Asseln.

Martha hatte sich alle möglichen Szenarien ausgemalt, wie es nun weitergehen könnte. Anfangs war sie fest davon überzeugt gewesen, ihren Eltern und Ronny nicht verzeihen zu können. Vorerst würde sie bei Betty unterkommen, aber das war keine Dauerlösung. Doch wo sollte sie sonst hin? Inzwischen erschien es ihr gar nicht mehr so abwegig, sich mit ihrer Familie zu arrangieren und wieder ihr Zimmer zu beziehen.

Die Menschen draußen eilten vorüber, die Mantelkragen gegen den kalten Wind hochgeschlagen, und wussten nicht, dass dies ein schrecklicher Tag war. Die Frauen trugen dicke Schals, die Männer hatten ihre Hüte tief in die Stirn gezogen.

»Zur Feier des Tages gibt es Kuchen«, riss Valerie Martha aus ihren Gedanken, als sie an einer Ampel hielten. Das Schweigen schien ihr unangenehm zu sein. Sie war blass, hatte dunkle Ringe unter den Augen und wirkte seltsam verletzlich. »Apfelkuchen. Den magst du doch so.«

Martha riss sich zusammen. »Ja. Danke.«

Es hatte zu regnen begonnen. Valerie stellte die Scheibenwischer an. Innerhalb weniger Minuten leerten sich die Fußgängerwege.

»Ich habe leider keine Schlagsahne bekommen. Ich war bestimmt eine Stunde lang in der Stadt unterwegs. Zum Glück hatte eine Verkäuferin ein Rezept für Sahne-Ersatz parat. Das geht wirklich ganz leicht. Man muss nur in einem Viertelliter Milch Butter zerlaufen lassen, das Ganze einen Tag stehen lassen und dann mit Zucker aufschlagen. Es ist zwar nicht so schön weiß, sondern leicht gelblich, aber es schmeckt.«

Martha konnte sich nicht daran erinnern, Valerie so viel am Stück reden gehört zu haben. Mit leiser Befriedigung bemerkte sie, dass Valerie sich mindestens so unsicher fühlte wie sie selbst.

»Ich weiß, du meinst es nur gut«, sagte Martha, »aber ich fahre nicht zu euch, um nett mit euch Kuchen zu essen. Ich will von euch die Wahrheit erfahren und ein paar Klamotten holen.«

Valerie krümmte sich hinter dem Steuer wie unter Schmerzen. »Ich dachte, du bleibst bei uns? Jemand muss sich doch um dich kümmern.«

»Ich mache das davon abhängig, wie es mir nach dem Gespräch geht. Aber eigentlich habe ich vor, erst mal bei Betty unterzukommen.«

Martha verfolgte, wie schwere Tropfen auf der Frontscheibe zerplatzten und sogleich weggewischt wurden. Sie versuchte, sich innerlich zu wappnen. Sie stellte sich all die Fallstricke vor, die zu Hause lauern würden. Das Namensschild aus Suralin neben der Haustür, das Martha im Werkunterricht angefertigt hatte. Sie hatte sich besonders viel Mühe beim Schriftzug gegeben. *Familie Asseln*. War das noch ihre Familie? Und wenn nicht, wer war sie denn, wenn sie zu niemandem gehörte?

All die Familienfotos. Die Kerben im Türrahmen zur Küche, die festgehalten hatten, wann Martha gewachsen war. All das ging sie vor ihrem inneren Auge durch und hakte es ab, damit der Schmerz nicht so heftig sein würde, wenn sie das Haus betrat.

Sie kamen an. Valerie bestand darauf, den Koffer zu tragen. »Du musst dich schonen.«

Während sie den Wagen in der Garage neben dem Haus abstellte, ging Martha langsam den Weg aus grauem Stein entlang, auf dem sie als kleines Mädchen mit Kreide gemalt hatte. Sie stieg die Stufen zur Haustür hinauf.

Es war seltsam, nicht einfach aufzuschließen, Mantel und Schal aufzuhängen und laut »Bin wieder zu Hause!« zu rufen.

Wie von Zauberhand ging die Tür auf. Da war er, der Mann, der sie als kleines Mädchen geschultert hatte. Der ihr beigebracht hatte, wie man die Schnürsenkel band. Zu dem sie so viele Jahre aufgesehen hatte, wie nur eine Tochter zu ihrem Vater aufsehen konnte.

Der Mann, der sie nicht nur jahrelang ausspioniert, sondern auch belogen hatte.

Gert Asseln.

»Martha! Schön, ihr seid schon da! Nur hereinspaziert!« Er hängte ihren Mantel auf.

Der leichte Rauchgeruch des Kachelofens erinnerte Martha an das Feuer. Sogleich beschleunigte ihr Puls. Zwei tiefe Atemzüge lang schloss sie die Augen, versuchte, sich zu beruhigen.

All die Fotos an den Wänden. Die Geburtstage. Die Weihnachtsfeste. Damals, als sie auf dem Flohmarkt in Schmöckwitz von ihrem Taschengeld ein Murmelspiel gekauft hatte.

Die Kerben im Türrahmen.

Mein Zuhause, sagte sie sich, *dort drüben ist mein Zimmer. Da stehen meine Hausschuhe.*

Dankbar stellte sie fest, dass doch ein Teil von ihr nach wie vor so etwas wie Vertrauen empfand. Ob es am leisen Knarzen der Holzdielen liegen mochte oder an dem leicht säuerlichen Geruch, der in der Luft hing? Er kam von der Einbauwand, die ihre Adoptivmutter offenbar frisch poliert hatte. Immer, wenn man mit Putzmittel drüberwischte, roch es so. Ronny hatte ihr mal erklärt, dass das mit den Bindemitteln in den Spanplatten zusammenhing. Auch diese Erinnerung versuchte sie nüchtern abzuhaken. *Gut so,* sagte sie sich. *Du schaffst das.*

Die vertrauten Geräusche, als ihre Adoptivmutter hereinkam. Das Klirren ihres Schlüsselbunds. Das Klackern ihrer Hausschuhe mit dem Absatz. Martha hatte sie vor einem halben Jahr gemeinsam mit ihr gekauft.

Es duftete nach Bohnenkaffee, und Marthas Wunsch, es möge doch einfach alles wie früher sein, wurde geradezu übermächtig.

Valerie ging voraus ins Wohnzimmer, wo der Tisch liebevoll gedeckt war mit dem guten Geschirr, das sonst nur für Gäste herausgeholt wurde, in der Mitte wie üblich eine rote Nelke in einer Vase. *Bin ich das denn nun?,* fragte Martha sich sogleich. *Ein Gast?* Auch hier überall Fotos. Ihre Familie und sie, Arm in Arm. *Ich sehe wirklich glücklich aus,* dachte Martha. Und dann: *Das hier ist meine Familie. Sicher wird es für alles eine vernünftige Erklärung geben.*

»Setzen wir uns doch«, sagte ihr Vater. Gert, verbesserte sie sich in Gedanken.

Sie nahmen die üblichen Plätze ein. Martha zwischen ihren Eltern. Der Raum kam ihr auf einmal seltsam klein vor.

Valerie lud allen Kuchen und Sahne auf den Teller und schenkte Kaffee ein. Gert nahm seine Tasse, lehnte sich auf seinem Stuhl zurück, nippte und fixierte Martha dabei unablässig. Schweigen konnte auch eine Foltermethode sein, dachte sie. Tapfer nahm sie einen Happen von dem Kuchen. Das Stück schien in ihrem Mund immer größer zu werden, je länger sie Gerts Blick auf sich spürte.

»Deine Mutter hat in den letzten Tagen kaum ein Auge zugemacht«, sagte er schließlich tadelnd.

Martha hatte das Gefühl zu schrumpfen. Sie legte die Hände in den Schoß. Bemühte sich, aufrecht zu sitzen und nicht in sich zusammenzufallen. So ruhig wie möglich erwiderte sie: »Das tut mir leid. Aber ich kann euch versichern, dass auch ich wenig geschlafen habe.«

Sie sprach die Worte aus, die sie im Krankenhaus geprobt hatte, doch in ihrem Kopf hatten sie besser geklungen. »Wie ihr euch denken könnt, habe ich viele Fragen. Ich …«

»Martha …« Gert stellte seine Tasse ab und legte die Fingerkuppen aneinander. »Fangen wir doch lieber mal damit an, dass wir dich immer behandelt haben wie unsere eigene Tochter. Alles, was du dir gewünscht hast, haben wir dir möglich gemacht.«

»Und dafür bin ich auch dankbar, aber …«

Er hob eine Hand und brachte sie zum Verstummen. »Du führst ein privilegiertes Leben in einem schönen Zuhause. Du wolltest ein Fahrrad, wir haben dir eins geschenkt. Du wolltest einen Platz im Kinderferienlager, wir haben dich fahren lassen.«

Martha blinzelte.

»Du willst studieren – wem, meinst du, wird es zu verdanken sein, dass du zugelassen wirst? Alles, was du bisher in deinem Leben erreicht hast, alles, was du noch erreichen willst, gründet sich auf dem, was Valerie und ich für dich getan haben.«

Das Stück Kuchen auf ihrem Teller war ihr viel zu viel. Sie schob den Teller von sich. »Ich weiß zu schätzen, was ihr mir ermöglicht habt. Aber all das hat seine Bedeutung verloren. Weil es auf Lügen basiert. Ihr habt mich, seit ich denken kann, angelogen!«

Er schnaubte. »Angelogen! Dann führe doch bitte mal aus, wann wir dich deiner Meinung nach angelogen haben.«

»Jahrelang hast du behauptet, bei der Post angestellt zu sein, dabei hast du die ganze Zeit über für das MfS gearbeitet.«

»Es ist in meinem Beruf üblich, eine Deckung zu haben«, sagte er langsam und deutlich, als wäre sie begriffsstutzig.

»Ihr habt mich glauben lassen, ich wäre eure Tochter. Dabei habe ich die ganze Zeit über gespürt, dass etwas nicht stimmt.«

Sie hatte die Stimme erhoben und rechnete fest damit, dass er sie maßregeln würde. Niemand außer ihm selbst hatte das Recht, laut zu werden. Doch stattdessen lächelte er. »Und was willst du jetzt tun? Willst du wirklich zu deiner Freundin Betty ziehen? Ihre Mutter ist Alkoholikerin.«

Er versuchte sie einzuschüchtern, doch es gelang ihm nicht. Im Gegenteil. Sie war jetzt ganz ruhig, hielt seinem Blick stand. »Ja, fürs Erste«, sagte sie. »Und ich werde meine leiblichen Eltern suchen.«

Er nickte herablassend. »Deine leiblichen Eltern. Soso. Und wo sind sie denn, deine leiblichen Eltern? Hast du irgendwelche Anhaltspunkte?«

Wie immer war er ihr überlegen. Sie ärgerte sich über die Tränen, die mit einem Mal in ihre Augen getreten waren. Atmete tief durch. »Ich kenne ihren Nachnamen.«

Das war schon alles.

»Und was hast du damit vor? Willst du Telefonbücher wälzen, um sie zu finden?« Es schien, als würde er die Situation geradezu genießen, sich an Marthas Ohnmacht, ihrer Verzweiflung weiden.

»Ich … ich weiß nicht. Ich hatte gehofft, ihr würdet mir helfen und mir sagen, wer meine Eltern sind. Wo ich sie finden kann.«

»Und wenn du es dann weißt, dann klopfst du an ihrer Tür und hoffst darauf, dass sie dich nach all den Jahren als deine Tochter anerkennen und ihr eine glückliche Familie seid?«

Martha schluckte. Ihre Kehle war eng geworden. »Ich weiß, dass wir die verlorene Vergangenheit nicht nachholen können, aber wir können eine Zukunft haben.«

»Das klingt aber wirklich wunderschön, nicht wahr, Valerie?« Sein Tonfall triefte vor Sarkasmus.

Valerie schwieg. Die ganze Zeit über hatte sie sich an ihrer Kaffeetasse festgehalten und keinen Laut von sich gegeben.

Martha beschlich eine böse Vorahnung. »Gibt es noch etwas, das ihr mir verschweigt?«

»Möchtest du?« Gert wies mit der flachen Hand auf seine Frau.

Es dauerte zwei Atemzüge lang, bis Valerie zu reden begann. »Wie du vielleicht weißt, habe ich kurz nach dem Krieg mit ein paar anderen Frauen eine behelfsmäßige Kinderkrippe aufgebaut.«

»Eines Tages, damals war Ronny bereits zwei Jahre alt, fiel mir ein Paar auf. Dein Vater hat nur auf die Partei geschimpft.

Und deine Mutter hatte sogar mehrmals vergessen, dich abzuholen. Überhaupt schien sie sich mehr um sich selbst als um dich zu kümmern. Die beiden waren irgendwie ... asozial.«

»Das war der Grund, weshalb ihr beschlossen habt, mich ihnen wegzunehmen?«, fragte Martha fassungslos. »Weil meine Mutter vergessen hat, mich rechtzeitig abzuholen?«

Valerie schüttelte den Kopf. »Nein, eine Weile habe ich sie nur im Auge behalten. Aber ...«

»Aber dann hat dein Vater unser Land im Stich gelassen und hat sich ins Ausland abgesetzt«, kürzte Gert die Geschichte ungeduldig ab. Er erhob sich, ging zur Schrankwand und holte eine Flasche Schnaps sowie ein Glas heraus. »Deine Mutter wäre früher oder später gefolgt. Da haben wir ihr ein großzügiges Angebot gemacht: Nämlich, dass wir uns ihrer Tochter annehmen, ihr eine bessere Zukunft bieten«, sagte er, während er sich einschenkte.

»Bei Ronnys Geburt hatte es Komplikationen gegeben, weshalb ich nicht mehr schwanger werden konnte. Dabei wollte ich unbedingt zwei Kinder. Einen Jungen und ein Mädchen.« Ein dunkler Schatten hatte sich über Valeries Gesicht gelegt.

»Da kam es euch ja ganz gelegen, dass meine Eltern sich offenbar nicht um mich kümmern konnten.«

»Nein, so war das nicht ...«

»Ach ja? Wie war es denn dann?!« Martha erschrak selbst darüber, wie laut sie geworden war.

»Du warst ein bezauberndes Kind! So lieb und fröhlich!« Tränen liefen über Valeries Wangen.

Martha konnte nicht mehr ruhig sitzen. Sie stand von ihrem Stuhl auf und lief unruhig im Wohnzimmer auf und ab. »Und meine Mutter hat mich euch einfach so überlassen?«

»So ist es«, sagte Gert.

Martha legte eine Hand auf ihre Stirn. Sie war ganz heiß. »Warum habt ihr nichts gesagt?«

»Valerie wollte dich schützen«, sagte Gert und kippte den Inhalt seines Glases auf einmal hinunter.

»Indem ihr mich jahrelang habt glauben lassen, ich wäre eine andere?«

»Du bist unsere Tochter, daran hat sich nichts geändert«, rief Valerie verzweifelt.

»Aber irgendwo in dieser Stadt ist vielleicht noch meine leibliche Mutter. Die Frau, zu der ich eigentlich gehöre. Ich wäre wahrscheinlich ein völlig anderer Mensch, wäre ich bei ihr groß geworden!«

»Aber kein besserer, das kann ich dir sagen!« Gert schenkte sich erneut ein. »Du würdest in einer winzigen Wohnung leben, ohne warmes Mittagessen oder eine Chance auf Abitur!«

»Aber ich wäre *ich*«, sagte sie. »Ist sie noch hier? Wo lebt sie?«

Gerts Blick war unerbittlich. »Das werden wir dir ganz sicher nicht sagen. Ich lasse nicht zu, dass jemand aus meiner Familie Kontakt zu Asozialen aufnimmt. Ich schlage vor, dass wir alle dieses Gespräch vergessen und zum Alltag übergehen.«

Martha schüttelte den Kopf. »Nein, das kann ich nicht. Ich will wissen, wie sie ist. Ob ich ihr ähnlich bin oder …«

»Sie ist tot, Martha!«

Nein. Das konnte nicht sein … »Tot?«

»Gert …«, ermahnte ihn ihre Mutter.

»Sie hat sich das Leben genommen. So, jetzt weißt du's. Du hast es ja nicht anders gewollt.«

Der Raum begann sich um Martha herum zu drehen. Sie hörte Gert reden, doch die Worte drangen nicht bis zu ihr durch.

»Ist das eine weitere Lüge, die ihr mir auftischt?«, schaffte sie es nach einer Weile zu fragen.

»Ich wünschte, es wäre so«, erwiderte Gert. »Aber nein. Man hat sie in ihrer Wohnung gefunden. Erhängt. Sie muss dort wohl schon eine Weile gehangen haben, ehe sie der Vermieter gefunden hat.«

»Gert«, sagte ihre Mutter nun schärfer. »Es reicht.«

Blitzartig tauchte das Bild einer jungen Frau vor ihrem inneren Auge auf. Das Gesicht blass. Die Nase spitz. Die Augen leer. »Nein …«

»Wir sind alles, was du hast«, schloss Gert mit einer gewissen Genugtuung.

Martha konnte nicht sagen, wie lange ihre Welt stehen blieb und sie keinen Ton hervorbrachte. Vielleicht waren es nur ein paar Sekunden, vielleicht Minuten. Sie nahm eine Bewegung im Türrahmen wahr. Ronny. Bei seinem Anblick fühlte sie sich, als würde es sie innerlich zerreißen. Sie hatte ihn wie einen Bruder geliebt, während seine Gefühle für sie andere gewesen waren. Er sah schlecht aus. Als hätte er nächtelang nicht geschlafen.

»So, ich werde mir jetzt eine Zigarre gönnen und schlage

vor, dass du dich wieder hinsetzt und ihr in Ruhe euren Kuchen esst.« Erneut ging Gert zur Schrankwand und holte die Schachtel mit seinen kubanischen Zigarren.

Martha sah ihn an. Sprachlos. Dann wandte sie sich um und ging.

»Wo willst du hin?«, fragte Valerie.

»Ich werde ein paar Sachen einpacken und zu Betty gehen.«

»Das kommt nicht infrage.« Gert schnitt die Spitze seiner Zigarre ab. »Deine Freunde sind kein guter Umgang für dich. Du wirst dich in Zukunft von ihnen fernhalten.«

Martha hielt seinem Blick stand. Sie hatte keine Angst mehr vor ihm. »Das kannst du nicht bestimmen.«

»Das kann ich sehr wohl. Ich bin dein Vater.«

»Bist du nicht, das wissen wir doch. Wärst du auf irgendeine Weise mein Vater, hättest du mir schonend beigebracht, dass ich adoptiert bin. Du hättest mich in den Arm genommen, getröstet und mich spüren lassen, dass du immer für mich da bist und mich lieb hast, egal was passiert. Das ist es, was einen wahren Vater ausmacht.«

Ihr ungewohntes Selbstbewusstsein schien ihn zu verunsichern. Sein Mund stand offen, als wollte er etwas entgegnen, wusste aber nicht, was.

»Stattdessen hast du mir ständig das Gefühl gegeben, weniger wert zu sein als Ronny«, fuhr sie fort. »Du hast mich heimlich ausspioniert und kontrolliert. Und am Ende war euer Kontrollwahn so groß, dass ich beinahe daran gestorben wäre.«

Die Farbe wich aus Ronnys Gesicht, was einem Schuldeingeständnis gleichkam. Rasch senkte er den Blick und hielt ihn starr auf den Boden gerichtet.

»Du sprichst von dem Brand? Das ist doch völliger Unsinn!« Ihr Vater war so laut geworden, dass Passanten auf der Straße ihn gewiss hören konnten. »Das Feuer hast du dir selbst zuzuschreiben. Man zündet nicht in Datschen Kerzen an und schläft dann ein.«

»Die Kerze war bereits aus, als das Feuer losging«, sagte sie bestimmt. Gert wollte etwas erwidern, aber Martha hob die Hand. »Ich will keinen Krieg mit euch. Ihr seid meine Familie. Die Menschen, die mich großgezogen haben. Aber solange ihr versucht, mich kleinzuhalten, will ich nichts mehr mit euch zu tun haben.«

In ihrem Zimmer packte sie ein paar frische Sachen in die Reisetasche. Als sie die Treppe hinabstieg, stand Valerie in dem Lichtfleck, der durch die zwei Glasscheiben in der Haustür in den Flur fiel. Sie schien etwas sagen zu wollen, schwieg dann aber doch.

Aus einem Gefühl heraus drückte Martha ihre Hand. Dann öffnete sie die Tür, stieg die drei Steinstufen hinab und trat hinaus ins Sonnenlicht, das wie ein Hoffnungsschimmer zwischen den Regenwolken hindurchfiel.

31

Clara

Als Clara von der Schule nach Hause kam, hörte sie aus der Küche die Stimme ihrer Mutter. Sie klang fröhlich aufgeregt. »Det muss ick morgen gleich Maria erzählen!«

In der Wohnung roch es fruchtig-süß und auch angenehm nach Zimt. Wahrscheinlich kochte ihre Mutter Apfelmus aus den schrumpeligen Äpfeln, die es im Konsum mitten im Winter in Massen gegeben hatte. In der Wohnstube lief leise das Radio. Ihr Großvater saß ganz still auf dem Sofa und lauschte andächtig einer Schnulze. Clara überlegte, ihm Gesellschaft zu leisten und so zu tun, als wäre nichts, aber früher oder später musste sie ihren Eltern sagen, dass sie von der Schule geschmissen worden war. Ihr Wundermädchen. Das es einmal besser haben sollte.

»Clärchen?«, rief ihre Mutter. »Du kommst jerade recht. Du globst ja nich, was passiert ist!«

Jacke aus. Schuhe aus und fein säuberlich nebeneinandergestellt. Dann gab's keinen Grund mehr, es länger hinauszuzögern.

Ihr Vater saß am Küchentisch und stopfte seine Pfeife, während ihre Mutter mit einem Holzlöffel in einem Kochtopf rührte. »Der Chef von deinem Vater hat doch tatsächlich angeboten, dass wir mal ein Wochenende in seiner Datsche in Müggelheim verbringen könnten!«, erzählte sie. »Was für ein großzügiger Mann!«

»Dem hat deine Erdbeermarmelade so jut geschmeckt, die du mir mal für ihn mitgegeben hast«, sagte ihr Vater. »Seitdem habe ich bei dem 'nen Stein im Brett.«

Clara setzte sich zu ihren Eltern an den Küchentisch. Der holzig-aromatische Geruch von Tabak. Das leise Blubbern der Äpfel. Ihre Mutter, die ihren Vater vom Kochlöffel probieren ließ. Lautes Gepolter im Treppenhaus, dazu aufgeregte Kinderstimmen. Das gerahmte Familienfoto an der Wand zwischen Kühlschrank und Spülbecken, das Clara sofort zurückkatapultierte an den Tag, an dem der Müggelsee so dick zugefroren war, dass sie gemeinsam auf dem Eis zum anderen Ufer spaziert waren. Der Blick in den Hof, in dem alle Parteien im Mietshaus gemeinsam Punsch getrunken und Plätzchen genascht hatten und wo sie im Juli wie jedes Jahr ein Grillfest feiern würden. Im matten Licht der Januarsonne putzte sich der schwarze Kater, der allen gehörte und mal hier, mal dort schlief. Hinter ihm die Werkstatt des Hausmeisters, aus der stets der Duft von frisch geschliffenem Holz und Leinöl drang, weil er alte Möbel restaurierte. Manchmal schaute Clara ihm dabei über die Schulter, und dann sagte er jedes Mal, welch Segen es doch war, dass sie in die Schule gehen dürfe, als Sohn eines Bauern hätte er nie die Möglichkeit gehabt, Lesen und Schreiben zu lernen. Aber das hätte sich zum Glück geändert, nun hätten alle die gleichen Chancen.

Sie spürte den aufmerksamen Blick ihres Vaters auf sich.

Ihre Mutter packte gedanklich schon den Koffer und bestand darauf, dass sie allen noch mal die Haare schneiden würde, bevor der Urlaub anstand. »Ach, ick freu mir so! Endlich mal raus aus der kleenen Wohnung.«

»Wie war dein Tag?«, fragte ihr Vater sie auf einmal.

»Gut.« Clara nickte energisch. Sah ihn nicht an. Aber da er offensichtlich nicht vorhatte, so schnell von ihr abzulassen, trat sie die Flucht an. »Ich lese bis zum Mittagessen.«

Natürlich hatte sie gewusst, dass ihr Zimmer sie mit allem konfrontieren würde. Deshalb hatte sie sich innerlich darauf vorbereitet. Auf dem Weg von der Schule nach Hause hatte sie sich all das, dessen Anblick sie treffen könnte, minutiös vorgestellt. Das Weltraum-Mobile über ihrem Bett. Die Bücher in ihrem Regal. *Übe den Schmerz, um ihn zu betäuben.*

Eigentlich hatte sie sich seit Jahren auf einen Tag wie diesen vorbereitet. *Wappne dich, denn früher oder später wird es dich treffen, weil du anders bist. Halte dich von deinen Klassenkameraden fern, vertraue dich niemandem an, dann kann dir auch niemand in den Rücken fallen.*

Sie lief in ihrem Zimmer auf und ab, vorbei an ihrem Klappbett, aus dem der Saum ihrer Tagesdecke quoll. Immer nur fünf Schritte, dann erreichte sie entweder das Fenster oder die Tür. Fiebrig ging sie ihre Möglichkeiten durch. Sie könnte eine Lehre machen, zur Facharbeiterin für Schreibtechnik oder Verkäuferin. Sie könnte zum Ministerium für Volksbildung gehen, Beschwerde einlegen und dafür kämpfen, dass man sie doch zum Abitur zuließ.

Sie könnte sich einen Ehemann suchen, eine Familie gründen und darauf hoffen, dass ihre Kinder irgendwann mal ein besseres Leben führen würden, ein Leben, in dem sie tun und lassen konnten, was sie wollten, ein Leben, in dem ihnen alle Wege offenstanden und sie frei waren.

Sie könnte einfach abhauen. Alles zurücklassen. Sich im Westen ein neues Leben aufbauen.

Sie zuckte zusammen, als es klopfte. Es war ihr Vater, der sie fragte, ob er ihr ein wenig Gesellschaft leisten dürfe.

»Deine Mutter hört nich auf, von der Datsche zu schwärmen«, lachte er. »Darf ick?« Er hob seine Pfeife an, deutete dann auf das Fenster, und Clara öffnete es. Er rauchte nur selten, aber wenn, dann hatte es immer etwas Genussvolles, so als wäre das die beste Zeit des Tages. Er steckte sich die Pfeife in den Mund, zog ein Feuerzeug aus seiner Hemdtasche, zündete den Tabak an, paffte ein paarmal und blies den Rauch schließlich nach draußen und das alles so aufmerksam, dass man das Gefühl hatte, einem besonderen Zeremoniell beizuwohnen.

»Also, wie war's wirklich in der Schule?«, fragte er.

Clara saugte sich etwas aus den Fingern, erzählte vom Stress so kurz vor dem Abitur und inkompetenten Lehrern. Ihr Vater hörte geduldig zu.

Eine Pause. Ein Zug an seiner Pfeife.

Dann: »Wir haben nie darüber jesprochen, aber es muss hart für dich jewesen sein, als Außenseiterin aufzuwachsen. Nich bei den Pionieren oder der FDJ zu sein.«

»Ich hab's überlebt.«

»Ja, du bist 'n starkes Mädchen mit einer dicken Rüstung um dich herum. Doch manchmal macht mir jenau det Sorgen.«

Sie runzelte die Stirn.

»Deine Rüstung ist so dick, dass du vieles nich an dich heranlässt und abblockst. Ick will nur nich, dass dir dadurch wichtige Erfahrungen verloren gehen.«

»Du musst dir keine Sorgen machen«, antwortete Clara. »Ich sammle Erfahrungen.«

»Ist det so? Oder was is mit dem jungen Kerl, der Steine an dein Fenster jeworfen hat?«

Clara sah ihn erstaunt an. Er wusste davon. Abstreiten war wohl sinnlos.

»Ick wünschte, ick könnte dir sagen, det dein Vater 'nen siebten Sinn für so was hat. Aber dafür bist du zu klug. Die Wände in dieser Wohnung sind einfach zu dünn.«

Claras Wangen glühten. »Das ist schon so lange her. Das hatte auch nichts zu bedeuten.«

Seit ihrem nächtlichen Ausflug hatte sie Alex nicht mehr gesehen. Als sie gemeinsam unterwegs gewesen waren, da hatte sie für diese kurze Zeit ihre Sorgen vergessen können. Ihr Leben hatte sich leicht und schön angefühlt.

Aber sie war auch klug genug, um zu wissen, dass das kein Zustand war, der ewig anhalten würde. Männer wie Alex waren wankelmütig. Es hatte Zeiten gegeben, da hatte er seine Freundinnen gewechselt wie seine Unterwäsche.

Ihr Vater zog ein paarmal an seiner Pfeife, und Clara genoss den Geruch. Es war der Geruch unzähliger Gespräche, die sie geführt hatten, über Gott und die Welt, und jedes Mal hatte sie hinterher das Gefühl gehabt, beschenkt worden zu sein.

»Ick musste vorhin an den Tag denken, an dem sie mir

jesagt haben, dass ick nicht länger als Pfarrer arbeiten darf«, fuhr er fort. »Det hat mich damals knüppelhart jetroffen. Ihr wart es, die mich aufgefangen haben.«

Clara nickte.

»Mir ist klar jeworden, det man mir alles nehmen könnte – aber so lange ick euch hätte, würde ick es überstehen. Ick will, dass du weißt, dass wir immer für dich da sind, komme, was wolle. Und du hast Betty und Martha, auf die du dich verlassen kannst. Und irgendwann wirst du dein Herz an 'nen jungen Kavalier verlieren.«

Clara wollte aufbegehren, wollte ihm sagen, dass sie nicht vorhatte, sich zu verlieben, dass sie dafür nicht den Kopf frei hatte, aber ihr Vater kam ihr zuvor. »Es ist die Liebe, egal ob romantisch, familiär, freundschaftlich oder auch religiös, die dem Leben einen Sinn gibt.«

So hatte ihr Vater noch nie mit ihr gesprochen. *Liebe. Das Herz an jemanden verlieren.* Er entwaffnete sie.

»Manchmal muss man loslassen, dem Fluss des Lebens vertrauen und sehen, wo er einen hinführt. Ick habe das Gefühl, dass du dich verzweifelt an einem Ufer festhältst. Dabei weißt du doch gar nicht, was in ein paar Jahren sein wird. Wir Menschen sind immer in Veränderung. Ick bin überraschenderweise auch nicht mehr der junge Mann, der ick mal war.«

Clara schmunzelte, aber ihr Vater fuhr fort mit seiner kleinen Predigt.

»In der Zwischenzeit gab es mit Sicherheit zehn Versionen von mir. Als kleiner Junge wollte ick Physiker werden.«

»Du?«, fragte sie erstaunt. »Aber du bist kein Wissenschaftler. Wissenschaft und Religion vertragen sich nicht besonders gut.«

Sie selbst bezweifelte, dass es einen Gott gab, auch wenn sie das ihrem Vater so nie sagen würde. Wenn vor dem Essen am Tisch gebetet wurde, faltete sie brav die Hände, und sie mochte es, ihm zuzuhören, wenn er über Religion sprach. Er glaubte wirklich an das Gute im Menschen und auf dieser Welt, und das ließ ihn mit einer gewissen Gelassenheit durchs Leben gehen, die Clara völlig fremd war, aber die sie gleichermaßen bewundernswert fand.

»Damals war ick nicht mal gläubig, ick hatte mir schlichtweg keene Gedanken über *den da oben* jemacht. Ick hatte ’nen Artikel über Wilhelm Röntgen gelesen, der ein paar Jahre zuvor einen Nobelpreis bekommen hatte. Ick wollte auch unbedingt einen Preis für irgendetwas bekommen. Und dann kam Hitler an die Macht, und alle jungen Männer mussten in den Krieg. Ick war ein Mitläufer. Ick schäme mir dafür, dass es so war, aber mir hat der Mut jefehlt, mich gegen Hitler und seine Leute zu stellen. Aber als ick begriffen habe, in was wir da hineingeraten waren, was ick durch mein Schweigen unterstützt hatte, wollte ick Pfarrer werden. Dann wurde ick Vater, was ooch wieder ’ne neue Rolle für mich war. Man kann det Leben nich planen. Wichtig ist, dass wir offen bleiben und Gott vertrauen.«

»Ich wäre gern offener, wenn man mich ließe«, erwiderte sie.

Er legte beschwichtigend eine Hand auf ihre Schulter. »Ick weeß nich, was heute in der Schule vorgefallen ist, aber ick kann es mir denken.«

»Erst mal kein frühes Aufstehen mehr. Keine Pausenbrote. Keine Hausaufgaben.«

Ihr Vater nickte schwer und legte einen Arm um sie. »Ick werde es deiner Mutter schonend beibringen, sorg dich nich darum. Wichtiger ist mir, was nun mit dir ist.«

»Ich werde mir etwas einfallen lassen.«

»Weißte, det Leben ist ein Chaos und noch dazu furchtbar schnell vorbei. Und wer weiß denn schon, wie es mit diesem Land weitergeht. Det, was uns den Kopf oben halten lässt, det is nich unsere Arbeit oder Erfolg, det is unser Glaube und die Liebe.«

Clara senkte den Blick.

»Gib dem jungen Kerl wenigstens eine Chance«, sagte ihr Vater. »Det hat er verdient.«

32

Betty

Es war ein schöner Abend gewesen. Kurts Haushälterin hatte gekocht: Gulasch, und zum Nachtisch hatte es Pudding gegeben. Danach hatten Kurt und sie sich auf das Sofa zurückgezogen, wo er ihnen Wein einschenkte, und Betty hatte ihr Glas recht schnell geleert, weil sie wusste, sie würde sich sonst nicht entspannen können. Sie schmiegte sich an Kurts Brust, die sich unter ihrer Wange regelmäßig hob und senkte, und Betty erinnerte sich daran, wie sie sich früher an ihre Mutter gekuschelt hatte. Sie vermisste diese Zeit. Die stets warmen, fast heißen Hände ihrer Mutter, die nach Lotion dufteten. Das Warten am Fenster, darauf, dass ihr Vater endlich von der Arbeit nach Hause kam, sie hochhob und seine »Prinzessin« nannte. Das unbeschreibliche Glücksgefühl, wenn sie am Wochenende einen Ausflug in den Zoo machten. Ihr Vater wusste über jedes Tier etwas zu erzählen, und Betty war sich sicher, dass niemand so klug war wie er. Wie ihre Mutter tief die Sonnenstrahlen einatmete, als wäre sie nicht von dieser Welt, eine Göttin, die sich von Licht ernährte.

Hatte es in der Ehe ihrer Eltern schon damals Risse gegeben? Manchmal hatte sich ihre Mutter im Badezimmer eingeschlossen. Das war schrecklich gewesen. Für gewöhnlich schloss sie nie ab, wenn sie duschte oder sich hübsch machte. Und sie wusste doch, dass Betty ihr gern dabei zusah, wie sie sich schminkte oder ihr Haar legte. Es erschien Betty wie eine Strafe, und sie versuchte alles, ihre Mutter glücklich zu stimmen, sie spielte auf dem Klavier, sang dazu und rief immer wieder nach ihr, und schließlich, nach ein, zwei Stunden, ging die Tür auf, und ihre Mutter trat in den Flur und sagte: »Alles gut, Liebes. Mach dir keine Sorgen.« Als wäre nichts gewesen.

Auch Martha hatte gespürt, dass etwas in ihrer Familie nicht in Ordnung war, hatte sie erzählt, aber sie hatte nicht damit gerechnet, auf einen Schlag alles zu verlieren. Dann noch Claras Suspendierung von der Schule … Mehr als je zuvor verspürte Betty Angst davor, dass alles Schöne und Gute früher oder später vergehen würde, dass nichts Bestand hatte.

Kurt mochte es, dass Betty seine Brust streichelte, aber eigentlich versuchte sie nur, sich damit selbst zu beruhigen. Sie überlegte, ihm zu erzählen, was im Leben ihrer Freundinnen vorgefallen war, befürchtete jedoch, ihn damit zu verschrecken. Er war sehr darauf bedacht, mit wem er verkehrte, damit sein Ruf als Filmemacher tadellos blieb.

Doch Betty hatte das Gefühl, als läge ein riesiger Stein auf ihrer Brust, als würde sie kaum noch Luft bekommen. »Es ist ganz schön viel passiert in letzter Zeit«, tastete sie sich vor.

»Bist du deshalb so schweigsam? Sonst schnatterst du doch immer wie ein Entchen.«

»Ich denke gerade einfach nur viel nach.«

»Zerbrich dir nicht dein hübsches Köpfchen«, sagte er und strich ihr übers Haar.

Gut möglich, dass Clara ihm für eine solche Aussage ihren Wein ins Gesicht gekippt hätte, aber er hatte es ja nicht böse gemeint. Im Gegenteil.

Kurt begann, ihr von der Filmpremiere zu erzählen, zu der er für den kommenden Abend eingeladen war. Er beschwerte sich, behauptete, eigentlich keine Lust zu haben, zu viel Arbeit außerdem. Als sie sagte, dass er ja nicht hingehen müsse, erwiderte er pikiert: »Natürlich muss ich dahin! Der Regisseur brennt schon darauf, meine Meinung zu hören, hat er gesagt.«

»Dann nimm mich mit, vielleicht ist es dann unterhaltsamer.«

»Du würdest dich langweilen.«

»Vielleicht würde ich mich aber auch amüsieren.«

Er seufzte. »Und als was soll ich dich vorstellen? Meine Halb-Freundin, Halb-Verlobte, die sich nicht entscheiden kann, ob sie mich nun heiraten will oder nicht?«

Obwohl absehbar gewesen war, dass Kurt früher oder später eine Antwort auf seinen Antrag verlangen würde, war sie überrumpelt.

Er legte eine Hand unter ihr Kinn und hob es an. Sein Blick war der eines Mannes, der Zurückweisung nicht gewohnt war. »Auch meine Geduld hat Grenzen, liebste Betty.«

Sie verstand ihn ja. Er war gut zu ihr. Er förderte sie. Er bot ihr eine Zukunft. Obwohl er ein überzeugter Sozialist war, schmeckte Kurt für sie nach Westen. Nach schicken Autos, Urlauben in Hotels am Strand, nach Scheinwerferlicht und eleganten Kleidern. Ihre Eltern hatten selbst gesagt, dass sie sich keinen besseren Schwiegersohn wünschen könnten. Und ein großer Teil von ihr sehnte sich nach Sicherheit. Nach einem Ort, an dem die Welt gut war. Kurt war der richtige Mann dafür. Was gab es also noch zu überlegen?

»Ja«, sagte sie und senkte die Lider. »Ich will deine Frau werden.«

»Das macht mich sehr glücklich.« Er küsste sie aufs Haar, nahm ihr das Glas aus der Hand und stellte es auf der Vitrine ab. »Soll ich dir die Wohnung zeigen? Dein zukünftiges Zuhause.«

Mein zukünftiges Zuhause, wiederholte sie in Gedanken, als sie ihm durch die Räumlichkeiten folgte. Das Wohnzimmer – hohe Decke, moderne Lampen, eine schicke Couch, ein Fernseher. Daneben der Durchgang zur Küche. Nur die neuesten Geräte. Die Kaffeemaschine aus dem Westen. Alles blitzblank. Fast so, als würde es nie benutzt werden. Sogar ein Arbeitszimmer hatte er, darin ein wuchtiger Tisch mit einer Schreibmaschine darauf, stapelweise Papier, Briefe, ein paar Zimmerpflanzen.

Dann das Schlafzimmer. Schlicht. Ein Schrank, ein Gemälde, Doppelbett.

»Möchtest du heute Nacht hierbleiben?«, fragte er sie.

Sie überlegte, vorzuschieben, dass Martha aktuell bei ihr daheim untergekommen war und sie sich um ihre Freundin kümmern musste. Aber sie wollte Kurt nicht enttäuschen, und deshalb nickte sie.

In diesem Bett würden sie also heute Nacht miteinander

schlafen. Das wäre das erste Mal, dass sie mit einem Mann auf diese Weise beisammen sein würde. Unsicher rieb sie über ihr Handgelenk. Vielleicht hätte sie doch noch ein Glas mehr trinken sollen, dachte sie.

»Hinter dieser Tür liegt das Bad«, erklärte Kurt. »Ich schlafe für gewöhnlich auf der rechten Seite.«

Sie nickte.

»Bist du denn müde?«

Kurt war ein Gentleman. Würde sie ihm erklären, dass sie erschöpft war, würde er das akzeptieren. Doch sie wollte nicht, dass er sich zurückgewiesen fühlte, noch dazu, da sie nun offiziell verlobt waren.

Sie schüttelte den Kopf, sodass die Wellen, die sie sich heute Morgen selbst mit Lockenwicklern gelegt hatte, wackelten. »Nein«, sagte sie.

Sein Ausdruck hatte sich verändert. Hatte nun etwas Verlangendes, Forderndes. Es war ihr, als hätten sich sogar seine Augen verdunkelt. Sie wandte sich ab, tat so, als würde sie sich in dem Raum umsehen. Spürte, dass er näher trat. Er legte eine Hand auf ihre Schulter, mit der anderen schob er ihr Haar beiseite, um sie auf den Nacken zu küssen.

Das fühlt sich doch gut an, sagte sie sich.

»Du hast heute Abend sehr schön ausgesehen«, raunte er.

»Danke.«

Sie wusste nicht, was sie zu tun hatte. Was von ihr erwartet wurde. Wünschte sich, sie hätte vorher mit irgendwem darüber gesprochen.

Er öffnete den Reißverschluss ihres Kleides. Seine Finger fuhren über ihre rechte Schulter, schoben den Träger hinab.

Sie schälte sich aus dem Stoff, setzte sich dann aufs Bett und begann, die Strümpfe auszuziehen, einfach, weil ihr das logisch erschien.

Sie hatte gerade den einen abgelegt, als Kurt sagte: »Lass mich das machen.« Er kniete sich vor ihr hin und begann, den Strumpf ihr Bein hinabzurollen.

Als er sich erhob, um sich neben sie zu setzen und den Verschluss ihres Büstenhalters zu öffnen, war sie auf einmal befangen. Sie blinzelte heftig.

Das ist mein Verlobter, redete sie sich gut zu.

»Kurt, sollten wir nicht lieber noch warten? Wir sind noch nicht verheiratet.«

»Ich wusste nicht, dass du so konservativ bist«, sagte er verwundert.

»Das bin ich auch nicht. Aber …« Hitze stieg in ihren Kopf. Das Thema war ihr unangenehm. »Was, wenn ich schwanger werde?«

»Das wirst du schon nicht. Und selbst wenn. Ich will unbedingt Vater werden!«

Bisher war er geduldig gewesen. Nun aber wurden seine Zärtlichkeiten kühner. Er warf ihren Büstenhalter auf den Boden, nahm ihr Gesicht in beide Hände und legte seine Lippen auf die ihren. Sie versuchte, das Gefühl ihres ersten Kusses mit ihm wieder in sich hervorzurufen, als sie so unendlich glücklich darüber gewesen war, dass er sich für sie interessierte.

Dann waren sie auf dem Bett. Er drückte sie aufs Laken. Legte sich auf sie. Sie schlang die Arme um seinen Hals, unsicher, was sie tun sollte, da jegliche Gefühle, auf die sie gehofft hatte, ausblieben. Fieberhaft sagte sie sich, dass das hier richtig war. *Entspann dich. Hör auf, dir Gedanken zu machen. Lass los.* Wie gelang das nur anderen Frauen?

Ihre Mutter hatte vor einiger Zeit einen unbeholfenen Versuch gestartet, mit ihr über die Intimität zwischen Mann und Frau zu sprechen. Mit einem Mann zu schlafen sei wunderschön, hatte sie gesagt und dabei geklungen, als würde sie etwas aufsagen, das sie auswendig gelernt hatte.

»Es ist, als würde ein Feuerwerk in einem explodieren«, hatte sie gesagt.

Ein Teil von Betty wusste, dass das absurd war, aber ihrem romantischen Herzen hatte die Vorstellung viel zu gut gefallen.

»Alles in Ordnung?«, fragte er sie. »Du wirkst irgendwie … verkrampft.«

»Alles gut«, erwiderte sie.

Er nickte. Schien vor Verlangen wie in einer anderen Welt zu sein, deshalb hörte er nicht, wie gedrückt ihre Stimme geklungen hatte. *Ich bin nicht bereit,* dachte sie. Aber das konnte sie ihm nicht sagen.

Er küsste ihre Brüste, wobei ihm ein wonniges Stöhnen entfuhr. Dabei zupfte er an ihrem Höschen. »Zieh das aus«, raunte er.

Er verlagerte sein Gewicht, damit sie sich die Unterhose über die Beine streifen konnte.

»Kurt, vielleicht …«, sagte sie, doch er schob bereits ihre Beine auseinander und versuchte, in sie einzudringen.

Sie verzog das Gesicht.

Dann war er in ihr. Sie kaute im Dunkeln auf der Innenseite ihrer Wange. Versuchte, den höllischen Schmerz zu ignorieren. *Du bist Schauspielerin,* erinnerte sie sich. *Du kannst aus deinem Körper schlüpfen.* Aber dieser reißende Schmerz in ihrem Unterleib war viel zu präsent. Keine Chance, ihn zu verdrängen. Immer heftiger wurde der Wunsch, es möge vorbei sein und er aus ihr heraus. Seine Bewegungen wurden schneller und drängender. Sein Gewicht erdrückte sie. Heiß und feucht lag sein Gesicht an ihrer Schulter.

Und dann war es zu Ende. Mit einem kleinen Aufschrei von ihm, der eine Verletzlichkeit erkennen ließ, die er in keinem anderen Bereich seines Lebens zeigte. Er erschlaffte und drohte, sie mit seinem Gewicht zu erdrücken. Sie bekam kaum noch Luft.

Er rollte sich von ihr, noch immer schwer atmend. Sie spürte eine klebrige Nässe zwischen ihren Schenkeln. Schmeckte Blut. Offenbar hatte sie so fest auf die Innenseite ihrer Wange gebissen.

Es ist vorbei, sagte sie sich. *Du hast es hinter dich gebracht.*

Kein Feuerwerk.

Kurt knipste das Licht aus.

Sie zog sich die Decke bis unters Kinn. War froh, dass er in der Dunkelheit nicht sehen konnte, wie sie ins Leere blickte.

33

Clara

Es war erst Nachmittag, aber draußen wurde es schon dunkel. Claras Schritte knirschten auf dem Schnee, als sie auf den Wohnblock zuhielt. Es war kalt, die Luft brannte in ihren Lungen. Ihr Atem gefror vor ihrem Mund.

Ein älterer Mann schaufelte den Weg frei. Vermutlich der Hausmeister. Einmal holte er mit der Schaufel aus und schlug mit der scharfen Kante auf eine dicke Eisplatte, die wie Glas zersprang. Das Geräusch hallte laut über den Gehweg. Dann war wieder das Kratzen und Schaben zu hören. Der Winter schien die Geräusche irgendwie intensiver zu machen. Bestimmt gab es eine logische Erklärung dafür. Vielleicht hing es mit der Luftfeuchtigkeit zusammen. Vielleicht lag es aber auch einfach daran, dass an diesem verschneiten Tag kaum jemand auf der Straße und es gespenstisch still war.

Dann stand sie vor dem Wohnblock. Eiszapfen hingen vom Eingang herab.

Du schaffst das, sprach sie sich selbst Mut zu.

Hier und da brannten in dem hohen Plattenbau Lichter. Eines der Fenster im Erdgeschoss unterschied sich dadurch, dass es am Rand mit rosafarbenen, glitzernden Sternen beklebt war. Dahinter lag Bettys Zimmer. Doch es war das erste Mal, dass Clara nicht wegen ihrer Freundin hier war, sondern wegen Alex.

»Gib dem jungen Mann wenigstens eine Chance«, hatte ihr Vater gesagt.

Als hätte Betty sich mit ihrem Vater abgesprochen, hatte sie Clara gegenüber vor einem Tag erwähnt, dass ihr Bruder endlich mal wieder vom Wehrdienst freihatte und zu Besuch war. Sie waren Schlittschuh laufen gewesen. Der Müggelsee war so dick zugefroren, dass er sogar Autos trug. Staunend hatten sie verfolgt, wie ein junges Pärchen mit einem Auto den See überquert hatte. Eine Gruppe Männer hatte Eisstockschießen gespielt, Kinder hatten Schneemänner am Ufer gebaut, und gefühlt halb Berlin hatte sich die Schlittschuhe angeschnallt und war über das glänzende Eis geglitten.

Als Martha eine Pause brauchte und sich in der Schlange vor Uschis Imbiss anstellte, um ihnen Tee zu holen, hatte Betty die Chance genutzt und gesagt: »Alex fragt jedes Mal nach dir, wenn er zu Hause ist.«

Schneidend kalte Winterluft fuhr in Claras Mantel. Sie bemerkte erst jetzt, dass sie ihn gar nicht zugeknöpft hatte. Als sie von zu Hause losgegangen war, war sie völlig in Gedanken gewesen. Sie hatte sich nur darauf konzentrieren können, was sie Alex sagen würde. Dass sie nie die Möglichkeit gehabt hatte, seinen Brief zu lesen. Dass sie nicht wusste, wie es mit ihr weitergehen sollte. Dass sie manchmal Angst vor der Zukunft hatte. Und, dass sie ihn vermisste. Selbst nach einem halben Jahr, das vergangen war, seit er nachts

Kieselsteine an ihr Fenster geworfen und ihr die schönste Nacht geschenkt hatte, die sie sich ausmalen konnte.

Gut möglich, dass er gar nicht zu Hause war, sondern sich mit Freunden traf.

Licht ging in dem Raum neben Bettys Zimmer an. Alex kam herein. Er setzte sich auf sein Bett, nahm seine Gitarre zur Hand, die an der Wand lehnte, und begann gedankenversunken die Saiten zu zupfen. *Fügung*, würde ihr Vater sagen.

Sei nicht feige. Jetzt bist du schon hier. Also zieh es auch durch.

Gerade, als sie sich in Bewegung setzen wollte, hörte sie hinter sich eine Autotür zuschlagen. Sie wandte sich um und sah zwei Männer auf sich zukommen. Ihr Instinkt sagte: lauf!

Ihre böse Vorahnung bestätigte sich, als die beiden Männer sich vor ihr aufbauten und sich als Mitarbeiter des Ministeriums für Staatssicherheit auswiesen.

»Was … was verschafft mir die Ehre?«, fragte sie stockend.

Daraufhin hieß es nur knapp: »Kommen Sie bitte mit.«

Was wollte man von ihr? Wohin würde man sie bringen?

»Meine Eltern haben mir beigebracht, nicht mit fremden Männern mitzugehen.«

»Ihnen wird nichts passieren.« *Außer, Sie kommen nicht mit*, machte der Tonfall klar.

Einer der Männer packte sie am Oberarm. Clara warf einen flüchtigen Blick über die Schulter, ob ihr jemand zu Hilfe eilen könnte. Der Hausmeister konzentrierte sich voll und ganz darauf, Salz zu streuen. *Bloß nichts sehen und hören.*

Der zweite Mann öffnete auffordernd die Tür zur Rückbank eines Wagens, der nur ein paar Schritte entfernt auf dem Parkplatz stand. Sie warf einen letzten Blick zur Eingangstür des Wohnblocks. Kurz kam ihr der verzweifelte Gedanke, nach Alex zu rufen. Und dann? So wie sie ihn einschätzte, würde er versuchen, ihr zu helfen. Er würde Ärger riskieren, und das wollte sie nicht. Sie kam alleine klar. War schon immer alleine klargekommen.

Sie zog ihren Mantel fest um sich. Stieg ein. Die Tür wurde zugestoßen.

Ein letzter Blick. Alex war aufgestanden und ans Fenster getreten. Doch alles, was er sah, war ein Wagen, der davonfuhr.

Die Reise ging zum Polizeipräsidium in der Keibelstraße. Clara wurde in ein Gebäude hineinkomplimentiert, vorbei an lauter verschlossenen Türen. Ihre Schritte hallten im Flur wider. Die Luft war abgestanden, außerdem roch es nach einem scharfen Putzmittel.

Sie schob die Hände in die Taschen ihres Mantels. Es war ihr, als würde man sie zu einer Gefängniszelle bringen. Die ganze Zeit über hielt sie sich am Anblick ihrer ausgebeulten Lederschuhe fest. Dieses Bild würde sie wohl nie mehr vergessen.

Man brachte sie in einen kleinen, schallgedämmten Raum. Ein Tisch. Zwei Stühle. Schreibmaschine. Telefon. Lampe. Das war's.

Jetzt ist es also so weit, dachte sie.

Sie dachte an Frau Kremm. Noch immer saß ihr der Nachmittag bei der ehemaligen Abteilungsleiterin des Ministeriums für Volksbildung tief in den Knochen. Diese einst so selbstbewusste und starke Frau war nur noch ein Schatten ihrer selbst gewesen.

War es nicht genug, dass man Clara der Schule verwiesen hatte? Hatte man die Absicht, sie vollends einzuschüchtern, damit sie auch ja nie mehr den Mund aufmachte? Was würden man ihr vorwerfen? Dass sie einen freien Willen hatte? Dass sie eine hoffnungsvolle junge Frau war? Eine Frau mit Träumen? Sie hatte schon von Leuten gehört, die nur ein Plakat von der Wand gerissen hatten und nach Hohenschönhausen gekommen waren.

Die Tür ging auf.

»Clara«, sagte eine ihr bekannte Männerstimme.

Als sie sich umwandte, stockte ihr der Atem. »Herr Asseln.«

»Schön, dich zu sehen.«

Er sah anders aus in dem Anzug und den Schuhen aus butterweichem Leder. Zu Hause hatte Clara ihn bisher nur am Wochenende in einem entspannten Ensemble aus Cordhose, Hemd und Pullunder gesehen. Sie blinzelte. Begriff erst jetzt, dass sie ihm automatisch, wohl aus Gewohnheit, die Hand schüttelte. Sein Händedruck war fest, sein Lächeln wie eh und je freundlich, aber auch kalt.

Er wies auf einen der beiden Stühle.

Clara beschloss, vorerst stehen zu bleiben. »Ich … ich verstehe nicht.«

Er nickte, als wäre ihre Verwirrung für ihn absolut nachvollziehbar. »Natürlich, tut mir leid. Es muss für dich befremdlich sein, mich hier anzutreffen.«

Ganz und gar nicht, dachte Clara, behielt jedoch lieber für sich, dass sie Bescheid wusste. Darüber, dass er seine Tochter jahrelang angelogen hatte. Dass ihre Freundin deshalb fast umgekommen wäre.

»Wie du siehst, arbeite ich für die Staatssicherheit«, sagte er. »Es ist üblich, dass Mitarbeiter des Ministeriums sich im Alltag nicht als solche zu erkennen geben.«

Sie schaute ihn durchdringend an und versuchte herauszufinden, ob sie in Schwierigkeiten steckte, und wenn ja, wie tief. »Und warum wurde ich hierhergebracht?«

Er spielte den Überraschten. »Ach, haben die beiden Genossen dir nichts gesagt? Ich habe sie noch angewiesen, dich vorab zu informieren. Aber das ist wohl leider untergegangen.«

»Nein, ich wurde nicht informiert. Die beiden Genossen sind mir offenbar gefolgt, ich wurde auf der Straße aufgegriffen.«

»Das muss ja ein ganz schöner Schreck für dich gewesen sein, so mir nichts, dir nichts in ein Auto verfrachtet und hierhergebracht zu werden.«

Sie schwieg.

»Nun setz dich doch endlich.« Die Weise, wie er das sagte, und die Härte in seinem Ausdruck machten ihr deutlich, dass es besser war, sich zu fügen.

Sie schlug die Beine übereinander, saß aufrecht da. *Lass dir nicht anmerken, dass dein Puls rast. Du schaffst das. Kurze Antworten geben, verhasple dich nicht. Bleib vage.*

Quälende Minuten lang blätterte Herr Asseln in einer Akte, die er mitgebracht hatte. Was stand darin? Vermerke über sie und ihre Familie?

Lass dich nicht von ihm verunsichern.

Der Gedanke, dass sie nicht mehr viel zu verlieren hatte, konnte in manchen Situationen doch tatsächlich tröstlich sein.

Herr Asseln strich sich nachdenklich über sein Kinn und klappte die Mappe zu. Und dann lächelte er gönnerhaft. »Es freut mich, dass wir endlich mal die Gelegenheit haben, uns besser kennenzulernen. Martha hat immer positiv von dir erzählt. Du scheinst sehr klug zu sein.«

Clara gestattete es sich, mit einer gewissen Arroganz zu nicken.

»Und du begeisterst dich für die Raumfahrt?«

»Ja, seit ich denken kann.«

»Eine Kosmonautin also.« Er lehnte sich in seinem Stuhl zurück, als wäre das hier ein nettes Treffen unter alten Bekannten mit Kaffee und Keksen. »Du willst also hoch hinaus. Sehr gut, sehr gut. Man kann nie genügend Ehrgeiz haben.«

»Ich weiß, dass ich das Zeug dazu habe«, sagte sie und hielt seinem Blick stand.

»Du bist für dein junges Alter sehr selbstbewusst.«

»Mein Selbstbewusstsein hat einen Kratzer bekommen, als man mich der Schule verwiesen hat.« Sie lächelte kalt. »Aber das wissen Sie ja vermutlich.«

Die Temperatur im Raum sank schlagartig. *Halt dich zurück*, mahnte sie sich. *Du hast schon genug angerichtet.*

»Du hast recht«, sagte Herr Asseln, die Augen zu Schlitzen verengt. »Ich weiß davon. Ich weiß alles über dich.« Er strich zweimal über die Akte. »Ich weiß auch alles über deine Eltern. Dass deine Mutter hin und wieder in den Westen rüberfährt und dein Vater auf der Arbeit gerne mal politische Witze erzählt.«

Ein kalter Schauer lief ihren Rücken hinab. Abstreiten machte wohl keinen Sinn. Sie beschloss, nicht darauf einzugehen. »Jetzt weiß ich aber immer noch nicht, weshalb ich hier bin.«

»Du bist hier, weil ich mir Sorgen um dich mache«, antwortete er.

Fast hätte sie aufgelacht. »Vielleicht sollten Sie sich besser Sorgen um Martha machen, die seit drei Tagen bei Betty untergekommen ist. Ich komme bestens klar.«

»Das sehe ich anders.« Er verschränkte die Finger. »Du hast die Möglichkeit vertan, dein Abitur abzulegen. Du hast dich nie engagiert, im Gegenteil. Du bist sogar auffällig geworden wegen staatsfeindlicher Aussagen. Es wird schwer für dich sein, Arbeit zu finden. Mit etwas Glück darfst du Regale einräumen oder Böden wischen.«

Er schwieg mehrere Atemzüge lang, damit seine nächsten Worte die volle Wirkung entfalten konnten: »Dein Traum ist zerplatzt.«

Sie verwendete all ihre Kraft darauf, keine Regung zu zeigen. Doch es war ihr, als hätte ein Pistolenschuss sie in die Brust getroffen und sie würde langsam verbluten.

Er sprach nun sanft, fast väterlich, zu ihr. »Ich weiß noch, als ich dich das erste Mal gesehen habe. Das war am Müggelsee, an einem Sonntag. Martha hat dich meiner Frau und mir vorgestellt. Du warst misstrauisch und scheu. Valerie hat dich gefragt, was du denn da liest. Es war ein Buch über Sternenkonstellationen. Da gab es für dich kein Halten mehr. Du hast nicht aufgehört, davon zu reden, dass du unbedingt Kosmonautin werden willst. Das war sehr rührend.«

Dieses Gespräch hatte etwas von einem Schachspiel. Jeder Zug musste wohlüberlegt sein. Sie könnte versuchen, seine Vorlage zu nutzen und mit ihm gemeinsam in Erinnerungen zu schwelgen, aber das widerstrebte ihr zu sehr. Sie zog es vor, weiterhin die Gleichgültige zu spielen. »Träume können sich ändern.«

»Und Menschen? Können die sich deiner Meinung nach auch ändern?«

»Ich weiß es nicht«, erwiderte sie. »Worauf wollen Sie hinaus?«

Er ließ Luft durch die Nase entweichen. »Dieses Land hat eine neue Chance bekommen. Es ist zu Großem bestimmt. Dafür müssen wir alle an einem Strang ziehen. Du bist klug und ehrgeizig. Wir können dich gut gebrauchen.«

Ihre Augen waren ganz ausgetrocknet. Sie blinzelte. »Das wäre mir neu.«

»Es bekümmert mich, wenn du offenbar das Gefühl hattest, hier keinen Platz zu haben. Deshalb freut es mich umso mehr, dir Arbeit anbieten zu können. Im Ministerium für Staatssicherheit.«

Sie musste sich verhört haben.

»Ich werde dir natürlich erst mal kleine Aufgaben zuteilen«, fuhr er fort, »aber mit der Möglichkeit aufzusteigen, wenn du dich bewährst. Und bei deinem Ehrgeiz schaffst du es leicht die Karriereleiter hinauf.«

Mit anderen Worten: Sie sollte ein Spitzel sein.

Er öffnete die Mappe erneut und zog ein Schreiben heraus, das er vor sie legte. Es war ein Vertrag. Hastig überflog sie die Zeilen. Sie würde sich in den Dienst des MfS stellen. Würde sich dazu verpflichten, über dieses Gespräch und ihre Arbeit Stillschweigen zu bewahren …

»Warum?«, war alles, was sie hervorbrachte.

»Weil du den nötigen Biss hast. Und du hast keine Angst.«

»Aber Sie haben doch selbst gesagt, dass ich mich nie für dieses Land engagiert habe.«

»Du bist klug und weißt, dass du es ohne uns nicht schaffst. Und du wirst es für deine Familie tun. Für deine Eltern. Und für deinen Großvater.«

Sie hatte keine Ahnung, wie viel Zeit vergangen war, ehe sie wieder einen klaren Gedanken fassen konnte.

»Du siehst blass aus, Clara. Weißt du, das Leben in diesem Land kann so schön und leicht sein – wenn man sich auf die richtige Seite stellt. Eine hübsche, größere Wohnung im Erdgeschoss, mit eigenem Badezimmer. Ein sicheres Gehalt, vielleicht sogar ein Auto, um damit mal an die Ostsee zu fahren.«

Einen kurzen Moment lang dachte Clara wirklich darüber nach. Ihren Eltern zuliebe. Vor ihrem inneren Auge tauchten Bilder auf. Wie ihre Mutter, in einem neuen Badeanzug und Badehaube, die Zehen ins Wasser der Ostsee streckte und vor Freude quiekte. Wie ihr Vater im Schutz eines Strandkorbs die Tageszeitung las. Wie ihr Großvater mit seligem Ausdruck auf einer Terrasse mit Blick aufs Meer saß. Wie sie selbst den langen, weißen Strand entlangspazierte und das Band ihres Sonnenhuts im Wind flatterte. Aber viel wichtiger war: Sie würden endlich eine neue Wohnung zugeteilt bekommen. Alles würde leichter werden.

Ein gutes Leben. Zum Greifen nah.

Aber nicht für diesen Preis.

»Ich fürchte, Sie wenden sich an die Falsche«, sagte Clara.

Sein Blick wurde hart. »Du lehnst ab?«

Sie nickte. »Ja.«

»Du begehst einen Fehler, Clara Vogel.« Er klang verächtlich.

»Ich begehe gewiss keinen Fehler, wenn ich mich weigere, für jemanden zu arbeiten, dessen Schergen meine beste Freundin fast umgebracht hätten.«

Es war, als hätte sie eine Bombe platzen lassen. Ohnmächtige Wut spiegelte sich in seinen Gesichtszügen wider, gemischt mit Angst, als hätte sie ihn auf etwas gestoßen, was er zuvor verdrängt hatte.

»Der Brand war ein schreckliches Unglück«, stieß er aufgebracht hervor, als er sich wieder etwas gefangen hatte. »Sie hat selbst gesagt, dass sie eine Kerze angezündet hat. Das ist die Brandursache.«

»Aber sie hat auch gesagt, dass die Kerze runtergebrannt war, bevor das Feuer losbrach. Und, dass es nach Benzin gerochen hat«, hielt Clara dagegen, bestärkt von seiner Unsicherheit.

»Was soll das, Clara?«, zischte er. »Willst du mir etwa drohen?«

»Nein, das würde ich niemals tun. Sie haben doch selbst gesagt, dass ich sehr klug bin.« Sie legte den Kopf schief und lächelte unschuldig. »Ich weise Sie lediglich darauf hin, dass mein Gewissen rein ist, und das soll auch so bleiben. Danke für das Angebot, aber ich lehne es ab.«

Sie nahm den Vertrag und zerriss ihn vor seinen Augen. »Darf ich jetzt gehen?«

Herr Asseln sah auf die beiden Papierhälften hinab. Sah dann sie an. Er wirkte, als würde er sie am liebsten ohrfeigen. »Du hast gerade deine Zukunft zerrissen.«

Sie fühlte sich plötzlich leicht und siegestrunken, als sie erwiderte: »Aber ich habe meine Würde bewahrt.«

34

Betty

Betty stieg aus dem Bus, der direkt vor dem DEFA-Gelände in Babelsberg hielt, und steuerte die Schranke an.

Der Wachmann begrüßte sie wie immer freundlich. »Tag, Fräulein Reinhart. Sie werden schon erwartet.«

»Ach ja?«, fragte sie verwundert. »Von wem denn?«

Der Mann nickte zu der Bank am Rande des schmalen Grünstreifens. Darauf saß Charlie, die Beine übereinandergeschlagen, ein Schmunzeln auf den Lippen.

»Er meint, Sie hätten ihm Arbeit angeboten«, sagte der Wachmann.

»Ja, das stimmt.«

Charlie erhob sich von der Bank, breitete die Arme aus und sagte »Hier bin ich«, und Bettys Herz machte einen kleinen Hüpfer.

Sein Mantel sah aus, als hätte er schon einiges erlebt. Dazu trug Charlie robuste Winterstiefel und natürlich seine Mütze, die er nie abzulegen schien. Außerdem hing seine Kamera um seinen Hals.

Ihr war nicht bewusst gewesen, wie sehr sie gehofft hatte, ihn wiederzusehen. Da begriff sie, dass das Angebot, das sie ihm gemacht hatte, nichts mit dem zu tun hatte, was sie eigentlich von Charlie wollte, nämlich schlichtweg Zeit mit ihm verbringen. Ihn besser kennenlernen.

Sie überlegte, ihm zu sagen, wie sehr sie sich darüber freute, dass er hier war. Aber sie brachte es nicht über die Lippen. Wie war es möglich, dass sie für so ziemlich jeden freundliche Worte fand – nur bei Charlie fühlte sie sich gehemmt? Vielleicht, weil sie nicht irgendwas sagen wollte, sondern etwas von Bedeutung.

»Heißt das, dass ich dich doch überzeugt habe?«, fragte sie ihn.

»Es heißt, dass ich deinen Freund ja mal unverbindlich kennenlernen kann. Und dann sehen wir weiter.«

Herrgott, wenn er sie so ansah, war es ihr, als könnte er direkt in ihren Kopf und in ihr Herz blicken. Sie wusste nicht genau, ob ihr das gefiel.

Vielleicht fragte er deshalb so zielgerichtet: »Warum ist es dir so wichtig, dass ich den Posten als Drehbuchautor deines Freundes annehme? Du warst ja regelrecht beleidigt, als ich abgelehnt habe.«

Sie wich aus, antwortete mit einer Gegenfrage: »Warum hast du es dir anders überlegt?«

»Ich wundere mich selbst darüber, Betty Reinhart.« Die Weise, wie er ihren Namen aussprach, ließ ihr die Knie zittern. »Vielleicht versuche ich einfach, endlich mal was richtig zu machen.«

Charlie ließ den Blick über das weite Gelände schweifen, über die Hallen und Bürogebäude, die parkenden Kleintransporter und das Café, in dem man dann und wann die ein oder andere Filmgröße dabei beobachten konnte, wie sie ihren Drehbuchtext durchging und dabei einen Kaffee trank.

»Nicht schlecht«, staunte er.

Betty war erleichtert über seine Reaktion. Das war eine gute Ausgangslage. »Warte mal ab, bis du drinne alles siehst.«

Sie zeigte ihm zunächst die Garderobe, damit er seinen Mantel ablegen konnte. Von seiner Kamera wollte er sich nicht trennen. Ein Stockwerk tiefer lag eine große Halle. Der Ort, an dem gezaubert wurde, wie Betty oft zu sagen pflegte.

»Heute wird eine Szene in einem Tanzlokal gedreht«, erklärte sie, als sie auf die hohe Flügeltür zusteuerten. Davor stand Uwe, dessen Aufgabe es war, dafür zu sorgen, dass niemand einfach so hereinplatzte und den Dreh störte. Uwe wies sie an, zu warten und leise zu sein, und warf einen vorsichtigen Blick in die Halle. Sie hatten Glück, gerade wurden die Schauspieler frisch gepudert, und sie durften eintreten.

Charlie zog die Augenbrauen hoch, als sie am Büfett, an den kalten Platten vorbeiliefen. Dann sah er die Kulisse. Die Scheinwerfer, die Kamera, die Tänzer und Tänzerinnen in dem extra für diesen Tag aufgebauten Ballsaal, der wirkte wie aus einem Märchen. Der Boden hatte ein Schachbrettmuster, und überall standen hohe Vasen mit üppigen Sträußen darin. Auf kleinste Details war geachtet worden, wie Stuck an der hohen Decke oder Lippenstiftränder an den Cocktailgläsern. Die Kronleuchter sahen aus, als würden unzählige Diamanten an ihnen funkeln, aber in Wahrheit war es nur Plastik.

»Und bitte«, rief Kurt.

Als hätte er ein Zauberwort gesprochen, erklang auf einmal klassische Musik. Die Frauen und Männer begannen sich zu drehen, die wunderschönen Kleider fächerten auf, die unzähligen Pailletten reflektierten das Scheinwerferlicht und ließen die Luft funkeln. Die Paare wirbelten aneinander vorbei, und in der Mitte dieser harmonischen Bewegungen tanzten die beiden Hauptdarsteller miteinander. Der Anblick war wunderschön.

All der Glanz spiegelte sich in Charlies Augen. Sein Mund öffnete sich, als wollte er etwas sagen, aber dann hielt er sich doch zurück.

»Und Schnitt! Das haben wir im Kasten«, rief Kurt und ballte die Hände zu Fäusten wie ein Fußballtrainer am Rand des Spielfelds. »Auf geht's, in die Mittagspause.« Und dann sagte er noch leise zu sich selbst: »Verdammt gute Arbeit.«

Sie wollte gerade zu ihm gehen, um ihm Charlie vorzustellen, als er Karla Runkehl zu sich winkte. Er sagte etwas, das die Schauspielerin zum Kichern brachte. Er konnte sehr charmant und witzig sein, was Betty eigentlich an ihm mochte, doch gerade hatte sie einen schalen Geschmack im Mund. Sie sah mit an, wie die beiden gemeinsam die Halle verließen.

Sie hatte das Gefühl, etwas sagen zu müssen, damit Charlie ihr nicht anmerkte, was in ihr vorging. »Kurt hat wirklich zwei exzellente Hauptdarsteller für diesen Film gewonnen.«

Inzwischen hatte das Filmteam die Halle verlassen, und auf einmal gab es nur noch ihn und sie. Betty betrat den Tanzsaal, breitete die Arme aus, drehte sich einmal und sagte dann möglichst unbeschwert: »Vor allem Karla ist wunderbar, findest du nicht auch? Sie sieht aus, als käme sie direkt aus Hollywood.«

Da war er wieder, dieser Blick, der ihr unter die Haut ging. Betty plapperte weiter, obwohl sie sich mit jedem Wort kraftloser fühlte. »Ihre schlanke Figur, das lange, glänzende Haar, ihre hohen Wangenknochen … Sie ist wirklich sehr hübsch.«

»Ja, das ist sie«, erwiderte Charlie. Mehr nicht.

Sie war enttäuscht und ärgerte sich über sich selbst. Sie hatte auf ein Kompliment gehofft. Etwas wie »du bist mindestens genauso hübsch«. Gott, war sie erbärmlich.

Erst, als sie sich abwandte und einen Faden von ihrer Strickjacke zupfte, sagte er: »Aber sie ist ja auch stark geschminkt. Und in einem solchen Kleid ist jede Frau hübsch. Das Wort ist also wenig aussagekräftig.«

Sie ärgerte sich, dass Charlie so gnadenlos war. Aber insgeheim wusste sie, dass er recht hatte. Sie legte abwehrend die Arme um ihren Leib und überlegte fieberhaft, was sie nun tun sollte. Ihre Laune war gedrückt, aber jetzt war Charlie schon mal hier, und sie wollte auch nicht, dass er dachte, sie wäre unglücklich mit Kurt.

Also setzte sie ein Lächeln auf und sagte: »Da hast du völlig recht. Komm, Kurt ist bestimmt in seinem Büro.«

Als sie klopfte, fragte sie sich kurz, wie sie reagieren würde, wenn Karla bei ihm wäre. Doch als sie ihn an seinem Schreibtisch sitzen sah, über das Drehbuch gebeugt, die Stirn auf eine Hand gestützt und die Finger im Haar vergraben, da wurde ihr bewusst, dass sie völlig überreagiert hatte. Sie musste aufpassen, dass sie nicht eine von diesen eifersüchtigen Hysterikerinnen wurde, die ihren Mann auf Schritt und Tritt verfolgten und ihm eine Szene machten, wenn er eine andere Frau nur anlächelte.

»Ah, Betty, mein Licht an diesem trüben Tag!« Er war aufgestanden und küsste sie. »Und du musst Charles sein.«

»Charlie.«

Die beiden Männer gaben einander die Hand.

»Schön, dass wir uns kennenlernen.« Kurt kam gleich zur Sache. »Betty hat dir wahrscheinlich erzählt, dass der jetzige Drehbuchautor einfach nicht nach meinen Vorstellungen schreibt, deshalb suche ich händeringend nach einem neuen Autor. Erzähl doch mal was über dich.«

»Ich schreibe gerne und hab die Struktur von Filmen studiert. Fürs Theater hab ich auch schon mal geschrieben. Recht viel mehr gibt's über mich nicht zu sagen«, sagte Charlie.

»Da spart jemand seine Worte wohl fürs Papier auf!« Kurt lachte und boxte Charlie dann leicht gegen die Schulter. »Gut, hör zu: Mein nächster Film soll die Menschen für dieses Land begeistern.« Er legte einen Arm um Bettys Taille. »Und meine Verlobte hat so von deinem Talent geschwärmt.«

»Verlobte?«, fragte Charlie mit gerunzelter Stirn.

»Ja«, sagte Betty aufgesetzt munter. »Kurt hat mir einen Antrag gemacht.« Sie präsentierte Charlie den Verlobungsring, den er ihr nach ihrer ersten gemeinsamen Nacht an den Finger gesteckt hatte.

Charlies Schweigen daraufhin war kaum auszuhalten.

Sie legte eine Hand auf Kurts Brust und sagte: »Er arbeitet gerade an einem Drehbuch, das wirklich vielversprechend klingt.«

»Ist das so? Nun, du hast Glück, ich gebe dem Nachwuchs gerne unverbindlich eine Chance. Aber dafür musst du mir beweisen, dass du was auf dem Kasten hast. Erzähl mal von der Geschichte, an der du arbeitest.«

Widerstrebend fasste Charlie ihm seine Idee zusammen: Er erzählte von der Witwe, die den jungen Mann nach dem Fall des Hitler-Regimes davon abbrachte, sich das Leben zu nehmen. Von der leidenschaftlichen Affäre der beiden. Und von dem Geheimnis, das die Frau mit sich herumtrug …

Kurt strich sich mit Daumen und Zeigefinger über das glatte Kinn. »Mhm … Ja, daraus könnte man was machen. Die Frau ist wahrscheinlich Kommunistin, nicht wahr?«

Charlie setzte ein sprödes Lächeln auf: »Selbstverständlich.«

»Sehr gut. Sobald du mit dem Drehbuch fertig bist, schick es mir, dann lese ich es mir unverbindlich durch. So, ich muss wieder an die Arbeit.« Er küsste Betty, zog seine Wohnungsschlüssel aus der Hosentasche und ließ sie vor ihr herabbaumeln. »Heute wird's später. Aber wenn du willst, dann darfst du in meiner Wohnung auf mich warten.«

»Das ist also dein Verlobter«, sagte Charlie, als sie wenig später vor dem Tor des Filmgeländes standen.

Betty trat von einem Fuß auf den anderen, vor Kälte, aber auch, weil sie eine innere Unruhe verspürte. »Ja. Ich denke, Kurt mag dich. Ich bin fest davon überzeugt, dass er dein Drehbuch toll finden wird und ihr …«

»Betty, ich werde Kurt meine Geschichte nicht schicken«, unterbrach er sie.

»Was? Aber warum nicht?«

»Weil er will, dass ich einen Propagandafilm schreibe.«

»Propaganda ist wohl etwas übertrieben ausgedrückt …«

»Lass gut sein, Betty. Aber danke für deine Zeit und Mühe.«

Charlie wollte tatsächlich gehen. Sie einfach so stehen lassen.

»Warte!« Sie hielt ihn am Unterarm fest. »Du könntest doch unterschwellige Kritik äußern. Sie zwischen den Zeilen verstecken.«

Er schüttelte den Kopf. »Es geht nicht.«

»Aber warum denn nicht? Denk doch an deine Zukunft. Eine solche Chance bietet sich dir so schnell nicht wieder.« Sie hörte, dass sie flehentlich klang.

»Ich …« Er sah sie an, und auf einmal lag in seinen Augen so viel Gefühl, dass ihr Herz einen Schlag aussetzte.

»Es geht einfach nicht. Tut mir leid«, sagte er, wandte sich um und ging hinaus.

Als sie später bei Kurt zu Hause angekommen war, legte sie sich auf sein Sofa und starrte fast eine Stunde lang an die Decke. Sie war unglücklich, weigerte sich aber einzusehen, dass sie unglücklich war. Es sollte ihr egal sein, dass Charlie Kurts Angebot ablehnte. Wenn er die Chance, die ihr Verlobter ihm bot, nicht ergreifen wollte, war das sein Problem. Aber es bedeutete nun mal auch, dass sie Charlie wohl nicht so schnell wiedersehen würde. Wahrscheinlich sogar nie mehr.

Als Kurt von der Arbeit nach Hause kam, merkte er ihr zum Glück nichts an. Sie wollte ihm nicht mit ihrer gedrückten Stimmung den Abend vermiesen. Sie aßen von der ungarischen Schmorpfanne, die seine Haushälterin vorbereitet hatte, tranken Wein, und Kurt monologisierte über DEFA-Projekte und Kollegen, die seinen Stil kopierten. Immer wieder schweiften Bettys Gedanken zu Charlie ab oder genauer gesagt zu seinem Blick. Er hatte sie angesehen, als würde er mit sich kämpfen …

Später, als sie sich im Badezimmer wusch und die Spangen aus ihrem Haar zog, ertappte sie sich dabei zu hoffen, dass Kurt zu müde wäre, um mit ihr zu schlafen. Doch kaum lagen sie im Bett, spürte sie seinen heißen Atem an ihrer Wange, und seine Hand schob sich unter ihr seidenes Nachthemd.

Am nächsten Morgen brachte Kurt sie vor der Arbeit nach Hause. Sie würde noch schnell etwas frühstücken, würde ihre Schulsachen packen und dann zur ersten Unterrichtsstunde losgehen. Sie sah, dass Post im Briefkasten war, schob die Hand in den schmalen Schlitz und fischte umständlich einen Brief heraus. *Für Betty* stand darauf. Mehr nicht. Und trotzdem ahnte sie, von wem der Brief war. Ihr Herz raste. Eilig riss sie den Umschlag auf, faltete das Papier auseinander und las die ordentlich geschriebenen Zeilen.

Liebe Betty,
ich wünschte, ich hätte heute die richtigen Worte gefunden, als ich dir gegenüberstand und du offenbar das Gefühl hattest, nicht hübsch genug zu sein. Stattdessen habe ich dich mit dem, was ich gesagt habe, nur noch trauriger gemacht. Aber die Wahrheit ist, dass mein Kopf wie leer gefegt war. Ich bin es gewohnt, meine Gedanken und Gefühle zu Papier zu bringen, jedoch nicht, über sie zu sprechen.

Deshalb, meine liebe Betty, schreibe ich sie nun für dich auf. Es ist mir wichtig, dass du eine Sache weißt: Du wirst nie die Kontrolle darüber haben, was andere von dir denken. Wenn du dich dein Leben lang fragst, ob dich jemand hübsch findet oder mag, dann wirst du auch bereit sein, dich für andere Menschen zu ändern, und dich ihrem Geschmack anpassen. Und das wird dich nicht glücklich machen, es raubt dir nur Kraft. Und, glaub mir, es wäre ein Verlust für diese Welt, wenn du dich ändern würdest.

Du bist hübsch, Betty, aber du bist noch mehr. Du bist schön. Und das ist viel bedeutender, geht es doch dabei nicht um deine äußere Erscheinung, sondern darum, woraus du gemacht bist. Ich bin in meinem Leben schon vielen hübschen Frauen begegnet, aber keine hat so gestrahlt wie du. Hübsche Frauen beschäftigen sich damit, wie sie aussehen. Schöne Frauen beschäftigen sich damit, was sie ansehen. An einer schönen Frau nimmst du nicht wahr, wie ihr Haar sitzt, ob sie schlank ist oder welche Farbe ihr Lippenstift hat. Du wirst nur wahrnehmen, welches Gefühl sie dir schenkt, ein gutes nämlich.

Und ich, liebe Betty, fühle mich in deiner Gegenwart sehr wohl.

Vielleicht bis irgendwann,
dein Charlie.

Betty schnappte nach Luft, drückte den Brief an ihre Brust und wusste nicht, warum auf einmal Tränen in ihren Augen standen.

35

Clara

Zeit aufzustehen. Sie sollte sich anziehen, die Zähne putzen und ihre Schultasche packen. Sollte kurz nach ihrem Großvater sehen, eine Tasse Kaffee trinken, der gerade aus dem Filter in die Kanne tropfte, ein paar Bissen von dem Butterbrot nehmen, das ihre Mutter schmierte, und sich dann auf den Weg zur ersten Stunde machen.

Eigentlich. Wäre sie nicht von der Schule geschmissen worden.

Clara zog sich die Decke über den Kopf, ignorierte das Morgenlicht, das durch das Rollo hindurchfiel, und die verächtliche Stimme in ihr, die sie seit Tagen auf Schritt und Tritt verfolgte: »*Erbärmlich. Einfach nur erbärmlich, wie du in Selbstmitleid versinkst.*«

Na und? Dann war sie eben erbärmlich. Selbst das war ihr inzwischen egal.

Die Wohnungstür fiel mit einem Knall zu. Sie hörte, wie ihr Vater seine Schuhe auf den Boden warf. Hörte seinen schweren Atem.

Hörte ihre Mutter sagen: »Herrgott, Heinrich, was ist denn passiert? Bist du krank? Du bist ja ganz blass.«

Es durchfuhr Clara wie ein Blitz. Sie richtete sich im Bett auf. Ahnte, was geschehen war.

»Die haben jesagt, ick wär inzwischen zu alt, um nachts Bahn zu fahren«, sagte ihr Vater. »Ick werde ab nächster Woche Müll fahren, haben die jesagt. Det haben die einfach so über meinen Kopf hinweg beschlossen. Is natürlich mies bezahlt.«

Stille.

Dann ihre Mutter: »Heißt das …«

Ein Stuhl kratzte über den Boden der Küche.

Ihre Mutter fing an zu weinen. »Unsere Familie ist vom Unglück verfolgt.«

»Sag so was nich.«

Clara verfluchte diese Papierwände, die die Worte ihrer Mutter ungefiltert in ihr Zimmer dringen ließen: »Von was soll ich einkaufen? Großvaters Medizin … Und wie soll es mit Clara weitergehen? Wie sollen wir sie unterstützen?«

Es war ihr, als schließe sich eine Faust um ihr Herz. Sie schob die Decke von den Beinen, stand auf und ging hinüber. Im Türrahmen zur Küche blieb sie stehen. Näher schaffte sie es nicht an ihren Vater heran. Er wirkte, als wäre er geschrumpft.

Seit jeher hatte Clara sich vor diesem Moment gefürchtet. Während andere Kinder draußen fröhlich gespielt hatten, hatte sie die Angst ihrer Mutter gespürt, den Druck, der auf ihrem Vater lastete. Es hatte begonnen, als man die Pfarrei des Vaters geschlossen hatte.

Die Familienkerze auf dem Tisch brannte herunter. Ihr

Flackern sagte: »Gott, gib uns Hoffnung. Steh uns bei in dieser schweren Zeit.«

»Das ist alles meine Schuld«, brachte sie hervor.

Zarter Kaffeedampf stieg von der Tasse hoch, um die ihr Vater seine großen, starken Hände geschlossen hatte, und löste sich im Nichts auf. »Ist es nicht. Rede dir das bloß nicht ein.«

Er wusste ja nicht, was vorgefallen war.

Ihre Mutter zog ein geblümtes Taschentuch aus ihrem Kittel und tupfte sich die Tränen fort. »Wie geht es denn jetzt weiter?«

Claras Blick fiel auf die Zeitung, die auf der Küchenanrichte lag. Sie setzte sich zu ihren Eltern an den Tisch und blätterte die dünnen Seiten um. »Macht euch keine Sorgen. Ich finde Arbeit.« Sie fand die Stellenanzeigen und fuhr mit dem Zeigefinger über die Zeilen, bis ihre Haut von der Druckerschwärze verfärbt war. »Schaut, in einer Schule wird eine Putzkraft gesucht. Dafür bewerbe ich mich gleich morgen. Und eine Drogerie sucht eine Verkäuferin. Oder Telefonistin, das wäre doch auch was!«

Sie nahm einen Stift zur Hand und kreiste die Anzeigen ein.

Ihre Mutter legte eine warme Hand auf Claras und tätschelte sie.

Clara schaffte es zu lächeln, doch sie erreichte ihren Vater damit nicht. Sein Blick, der sonst so voller Gefühl, Stärke und Gottvertrauen war, war leer.

»Ick hab immer jewollt, dass du mal det machen kannst, wovon du träumst«, sagte er leise, wie zu sich selbst.

»Das werde ich auch. Ich finde schon einen Weg.«

»Is det nich Irrsinn?«, fuhr er fort, als hätte er sie gar nicht gehört. »Jetzt hab ick nicht mal jemacht, wat ick wollte, und sie haben mir dennoch allet jenommen. Wie du siehst, kann man auch in dem scheitern, was man nich jerne macht. Also sollte man wohl riskieren, det zu tun, was man will. Merk dir det, Kleene. Merk dir det für dein Leben.«

Sein trüber Blick ruhte auf der Kerze. Sie war erloschen.

36

Martha

Gemächlich glitt Martha neben ihren beiden Freundinnen über den zugefrorenen Müggelsee. Am Steg hatten sie letztes Jahr einen Schneemann gebaut. Und dort drüben, vor dem Schilf, das aus der dicken, glänzenden Schicht ragte, hatten sie mit der Kamera von Bettys Vater Fotos von sich geschossen, die Teil der Collage an Marthas Wand waren. Ohne Angst waren sie über das Eis gerauscht, hatten versucht, Pirouetten zu drehen, waren auf den Hintern geplumpst, aufgestanden und weitergefahren. Schon bald hatten ihnen die Bäuche wehgetan vom vielen Lachen. Sie hatten über Hausaufgaben gestöhnt, über die Jungs an ihrer Schule gelästert, sich über ihre Eltern beschwert und waren mit vor Hunger knurrenden Mägen und so müde, wie man nur nach einem langen Tag an der frischen Luft sein konnte, nach Hause zurückgekehrt.

Seitdem schien eine Ewigkeit vergangen zu sein.

Betty hatte sich von ihrem Vater den Schlüssel zum Strandbad geliehen, das um diese Jahreszeit geschlossen war. Es war einer dieser grauen Tage, an denen alles ineinander überzugehen schien. Es gab keinerlei Konturen. Die Bäume und Gebäude des Strandbads waren geisterhafte Schemen. Nicht zu sagen, wo in der Ferne das Eis aufhörte und der Himmel anfing.

Vor zwei Wochen war Martha aus dem Krankenhaus entlassen worden. Betty tat alles, dass Martha sich wohlfühlte, und wurde nicht müde, ihr zu sagen, wie sehr sie sich darüber freute, dass Martha nun bei ihnen wohnte. Trotzdem fühlte sie sich oft wie ein Eindringling. Wo sie nur konnte, half sie Frau Reinhart im Haushalt, wischte zweimal in der Woche den Boden, putzte Fenster oder staubte die Porzellanfiguren ab, und trotzdem hatte sie das Gefühl zu stören. Sie schlief in Alex' Bett. Früher wäre ihr das wie die Erfüllung ihrer Träume vorgekommen. Gut möglich, dass sie sich heimlich einen Nicki aus seinem Schrank stibitzt und, eingehüllt in seinen Duft, darin geschlafen hätte. Doch selbst die Zeit, in der sie ihn so bedingungslos angehimmelt hatte, schien ihr fern. Der Herzschmerz. Ihr Kuss mit Micha … All das lag Jahre zurück.

Zwei-, dreimal die Woche übernachtete Betty bei Kurt, doch immer öfter hatte Martha den Eindruck, es würde ihrer Freundin eigentlich widerstreben, sich hübsch zu machen und in das Taxi zu steigen, das er ihr schickte. Gestern hatte Martha sich einen Ruck gegeben und Betty vorsichtig darauf angesprochen, aber Betty hatte nur ihre blonden Locken geschüttelt. »Das bildest du dir ein. Kurt ist der absolute Hauptgewinn.«

Doch sie kannten sich schon so lange, und Martha spürte einfach, dass Betty etwas belastete, das sie jedoch hinter ihrem tapferen Lächeln verbarg.

Auch Clara war mit ihren Gedanken woanders. In den letzten Tagen schien sie älter geworden zu sein. Seit sie vom Polizeirevier erzählt hatte und davon, dass Gert die Versetzung ihres Vaters veranlasst hatte, war Martha wie zerrissen – natürlich liebte ein Teil von ihr ihn immer noch, immerhin war er jahrelang ihr Vater gewesen, aber nun hasste sie ihn auch.

Clara schien die Landschaft gar nicht wahrzunehmen, das schwerelose Dahingleiten nicht zu genießen. Als Martha sie am Unterarm berührte, zuckte sie zusammen. »Ich würde so gerne etwas für dich tun«, sagte Martha. »Dich irgendwie aufmuntern.«

Clara straffte sich. »Danke, aber ich komme schon klar. Wisst ihr was? Eigentlich ist jetzt doch alles egal. Jetzt sind wir hier, um Schlittschuh zu laufen und Spaß zu haben. Also los!«

Clara fuhr einfach drauflos. Immer schneller, immer weiter raus. Ein paarmal zuckte Martha vor Schreck zusammen, als sie glaubte, Clara würde stolpern und stürzen, aber jedes Mal fing ihre Freundin sich und raste im nächsten Moment schon wagemutig weiter. Wollte sie rüber ans andere Ufer?

Auch Betty setzte sich in Bewegung. Sie fuhr langsamer, wagte dafür jedoch, auf einem Bein zu balancieren oder eine Pirouette zu probieren.

Nur Martha blieb zurück. Sie sah ihren beiden Freundinnen nach und fragte sich, ob das ihre Zukunft war. Ob sie alle irgendwann in unterschiedliche Richtungen ziehen würden. Ob das vielleicht einer der letzten schönen Momente war, die sie gemeinsam verbrachten.

Sie stieß sich ab und wollte ihren beiden Freundinnen hinterher, doch sie übersah eine Unebenheit im Eis und stürzte der Länge nach hin.

»Hast du dir wehgetan?«, rief Betty und kam im nächsten Moment neben ihr zum Stehen.

Kurz darauf bremste auch Clara an ihrer anderen Seite. Sie reichte Martha die Hand, um ihr aufzuhelfen, aber Martha blieb sitzen. »Ich glaube, das ist das erste Mal, dass ich dich verstehen kann«, sagte sie zu Clara hoch. »Dass du einfach nur von hier wegwillst.«

Und dann sprach sie das aus, was ihr seit Tagen im Kopf herumgeisterte: »Es hat einem niemand gesagt, wie schwer es ist, erwachsen zu werden. Früher konnte ich es kaum erwarten. Aber es fühlt sich an, als würde man aus dem Paradies vertrieben werden.«

Betty ging neben Martha in die Hocke, hob ihre Brille auf, die aufs Eis gefallen war, wischte mit ihrem Schal den Schnee von den Gläsern und setzte sie auf Marthas Nase. »Das ist nur eine Phase«, sagte sie. »Wir gehen da gemeinsam durch.«

Da bemerkte Martha die Frau, die gerade die nur notdürftig freigeschaufelte Treppe hinabstieg und sich dabei am Geländer festklammerte. Obwohl absolut nichts darauf hindeutete, dass an diesem Tag die Sonne herauskommen würde, trug sie eine große Sonnenbrille. Unten angekommen, stapfte sie über den schneebedeckten Boden entschlossen voran. Martha erkannte überrascht, wer die Frau war: Valerie Asseln steuerte direkt auf sie zu und blieb erst knapp vor dem Eis stehen.

Martha ließ sich nun doch von Clara auf die Beine ziehen.

»Weißt du, was sie von dir will?«, fragte Betty.

Martha schüttelte den Kopf. »Ich habe nicht den leisesten Schimmer.«

»Sollen wir dich begleiten?«, bot Clara an.

»Nein, ich schaffe das schon. Aber danke.«

Sie stieß sich ab und fuhr ans Ufer.

»Bettys Mutter hat mir gesagt, wo ich euch finde«, begann Valerie, als Martha vor ihr zum Stehen kam. »Darf ich kurz mit dir sprechen?«

»Ja. Natürlich«, erwiderte Martha. »Was gibt es denn?«

Valerie griff in ihre Handtasche und zog umständlich eine dicke Akte heraus. »Die ist für dich.«

Martha nahm die Aufzeichnungen entgegen, schlug sie auf und legte sogleich eine Hand auf die Blätter, die der Wind fortzuwehen drohte.

Trotz der Sonnenbrille bemerkte sie, dass Valerie erschöpft aussah, als hätte sie mehrere Nächte lang nicht geschlafen. »Darin steht alles, was du über deine Mutter wissen musst. Soweit ich weiß, ist sie nie umgezogen.«

Martha schaute auf die Sammlung von Protokollen und Vermerken und hatte das Gefühl, das Blut würde in ihren Adern gefrieren. Verständnislos schüttelte sie den Kopf.

Valerie verlor sich im Anblick der Eislandschaft und fuhr fort: »Sie war zwischenzeitlich Teil einer Künstlerkommune und ist es vielleicht noch. Abgesehen davon wechselt sie ständig ihre Arbeit. Zuletzt hat sie in einer Gaststätte gekellnert.«

Martha hatte Mühe, Valeries Worte zu verarbeiten. »Künstlerkommune? Kellnerin?«

»Wie du dir denken kannst, sind das die Protokolle, die dein Vater über sie angefertigt hat. Immerhin bestand der dringende Verdacht, dass sie versuchen würde, das Land zu verlassen.«

Martha überflog die ersten Zeilen. *12.05 Uhr: Anna Kubiki erreicht mit einer Verspätung von fünf Minuten die Gaststätte. Sie tritt ihre Zigarette auf dem Boden aus.*

Sie hob eine Hand an den Kopf. »Wie bitte? Ich komme nicht mit. Ich dachte …«

»Deine Mutter ist nicht gestorben. Das war eine schreckliche Lüge von Gert, die ich zutiefst missbillige.«

Nicht tot … Ihre Mutter lebte … Sie könnte sie tatsächlich suchen.

»Ich kann es mir nur so erklären, dass er es zu deinem Besten getan hat, weil er nicht will, dass du mit einer Staatsfeindin Kontakt aufnimmst und damit selbst ins Visier gerätst.«

Wahrscheinlicher war, dass er nicht wollte, dass seine Tochter mit einer Staatsfeindin gesichtet wurde.

»Nachdem du gegangen bist, hatten wir einen heftigen Streit deswegen. Und um ehrlich zu sein, ist die Stimmung zu Hause noch immer sehr angespannt. Deshalb weiß Gert auch nicht, dass ich hier bin«, sagte sie hastig und mit dünner Stimme.

Martha warf einen Blick zu Betty und Clara hinüber, die noch immer an Ort und Stelle standen. Nur ein kleines Zeichen, und die beiden würden ihr zur Seite eilen.

Als sie wieder zu Valerie sah, holte diese tief Luft, schlug den Kragen ihres guten Mantels hoch und sagte dann: »Und du hast recht. Der Brand ist nicht darauf zurückzuführen, dass du unvorsichtig warst. Aber ich will auch, dass du weißt, dass gewiss niemand auch nur im Entferntesten vorhatte, dir zu schaden oder gar Schlimmeres.« Sie schluckte. »Mehr möchte ich dazu nicht sagen.«

»Es war Ronny, nicht wahr?«, sagte Martha. »Ich habe Benzin gerochen. Er hat die Datsche angezündet.«

Valerie schob mit zitternder Hand die Sonnenbrille zurecht. »Er leidet sehr unter dem, was er getan hat. Er wusste nicht, dass du dich in der Datsche befindest. Er wollte dich schützen, auf seine Art.«

»Das ist ihm ja hervorragend gelungen.«

»Er hat geglaubt, wenn die Datsche mitsamt der Technik dem Erdboden gleichgemacht ist, dann gibt es auch kein staatsfeindliches Radio mehr, keine Treffen mit den Jungs, dann würdest du wieder die Alte werden.«

Ein kalter Stein schien in Marthas Brust zu liegen. »Warum sagst du mir all das? Wenn Gert herausfindet, dass du hier bist, wird er schrecklich wütend sein.«

»Oh, er wird es herausfinden. Spätestens wenn er die Akte in seinem Schreibtisch sucht und nicht findet. Aber ich dachte mir, dass du vielleicht ein winziges bisschen der verlorenen Zeit mit deiner Mutter aufholen kannst.«

»Ich glaube nicht, dass das möglich ist. Aber warum liegt dir überhaupt etwas daran?«

Valerie klammerte sich an ihrer Handtasche fest. Wirkte auf einmal ganz klein. »Weil ich schreckliche Angst davor habe, dich zu verlieren. Die einzige Chance darauf, dass du uns irgendwann verzeihen kannst, ist, dass wir dir endlich die Wahrheit sagen.«

Auf einmal wich sämtliche Kraft aus Martha. Ihre Knie drohten nachzugeben, so schwer lasteten Valeries Worte auf ihren Schultern. Sie wankte hinüber zu dem Steg, auf dem Betty, Clara und sie sich vorhin die Schlittschuhe zugebunden hatten, und ließ sich darauf sinken.

Zögerlich setzte Valerie sich neben sie, obwohl sie doch ihren guten Mantel trug. Endlich nahm sie die Sonnenbrille ab, und Martha lief ein kalter Schauer den Rücken hinab. Ihr rechtes Auge war geschwollen und blau umrandet.

»War er das?«

Sie nickte. »Er hat mich noch nie geschlagen, das war das erste Mal.«

»Aber …«

»Ich bin vorerst bei einer Kollegin untergekommen. Es ist alles gut, Martha.«

»Nichts ist gut! Er hat dich geschlagen!«

»Wie gesagt, es kam noch nie vor, und wir waren beide sehr aufgewühlt. Ich weiß mich schon zu wehren, Martha. Mach dir deshalb bitte keine Sorgen.«

Martha verspürte den Drang, sofort zu ihm zu fahren, ihn anzuschreien und mit den Fäusten auf ihn einzuprügeln.

Unerwartet legte Valerie ihre Hand auf Marthas und katapultierte sie damit erneut in eine völlig andere Gefühlslage. In ihrer Familie war Zuneigung nur selten gezeigt worden. Umarmt oder liebevoll berührt hatten sie sich eigentlich nur an Geburts- oder Feiertagen, und dann hatte es jedes Mal etwas Erzwungenes gehabt. Diese kleine Geste war Martha kostbar.

»Es tut mir alles schrecklich leid«, sagte Valerie. »Aber ich will, dass du weißt, dass du immer meine Tochter warst und auch immer sein wirst. Ich liebe dich genauso wie Ronny. Und daran wird sich auch niemals etwas ändern.«

Martha schluckte. Ihre Kehle war eng. »Danke«, brachte sie hervor.

Valerie zog einen Zettel aus ihrer Handtasche. »Für den Fall, dass etwas sein sollte oder du mich sprechen willst, habe ich dir meine aktuelle Adresse aufgeschrieben. Früher oder später werde ich mit Gert das Gespräch suchen und nach Hause zurückkehren.«

Martha wollte aufbegehren, aber Valerie fuhr so bestimmt fort, dass sie verstummte: »Er ist mein Mann, Martha, der Vater meiner zwei Kinder, und ich liebe ihn, auch wenn dir das gerade nicht nachvollziehbar scheint. Trotzdem muss noch etwas Zeit ins Land gehen.« Sie erhob sich. »Ich bin immer für dich da, Martha. Immer.«

Martha brachte ein kleines Lächeln zustande.

»Wie geht es eigentlich Michael?«, erkundigte Valerie sich noch.

»Micha? Gut, denke ich. Es ist schon eine Weile her, dass ich ihn gesehen habe. Das letzte Mal im Krankenhaus.«

Valerie nickte. »Richte ihm bitte die besten Grüße aus. Ich bin ihm zu ewigem Dank verpflichtet.«

Nachdem sie gegangen war, musste Martha erst einmal verarbeiten, was sie gerade erfahren hatte. Ihre leibliche Mutter war nicht tot. Sie lebte. Martha könnte einfach zu ihr fahren, bei ihr klingeln und mit ihr reden.

Erneut klappte Martha die Akte auf und blätterte darin. In einem Hefter aus Pappe fand sie Kontaktdaten. Straße und Hausnummer.

Vielleicht würde sie nun endlich herausfinden, wer sie eigentlich war.

37

Clara

Die Eingangstür des Postgebäudes fiel schwer hinter Clara zu, als sie hinaustrat. Die Wolken am Himmel sahen nach Weltuntergang aus.

Synchron sprangen ihre beiden Freundinnen von dem niedrigen Metallzaun auf, der den schmalen Grünstreifen umgrenzte, und erweckten den Eindruck, als wären sie Überraschungsgäste, bereit, für das Geburtstagskind zu singen.

Clara hatte Lust, etwas kaputt zu machen, und konnte sich nur mit Mühe zurückhalten, nicht gegen den Papierkorb zu treten. Wahrscheinlich würde man ihr auch das als *Angriff auf die Deutsche Demokratische Republik* auslegen.

»Oh«, sagte Martha, als sie Claras bitteren Gesichtsausdruck sah. Ihr Lächeln erlosch.

»Aber du bist doch gerade erst reingegangen«, wunderte Betty sich. »Wie ist es möglich, dass …«

»Ich wurde bereits an der Rezeption abgewimmelt«, unterbrach Clara sie. »Man würde die Stelle lieber mit einer ›qualifizierten jungen Frau‹ besetzen.«

»Oh«, sagte nun auch Betty.

Sie hatte sich für die Stelle als Telefonistin beworben.

Vielleicht würde ihr der Umgang mit Technik gefallen, hatte sie sich gesagt und sich sogar ein wenig gefreut, als sie die Zusage zum Vorstellungsgespräch per Post erhalten hatte. Aber offenbar hatte die Stasi Wind davon bekommen. Ähnlich war es vor einer Woche gelaufen, als sie sich als Sekretärin bei der Deutschen Reichsbahn beworben hatte.

Clara schnippte einen Marienkäfer von ihrem Jackenärmel. Sie hätte sich auch etwas wünschen können, aber gerade erschien ihr das wie dummer Aberglaube. »Wenn ich mich das nächste Mal irgendwo bewerbe, gehe ich besser direkt hin, ohne vorher um einen Termin zu bitten.«

»Gert muss dich in Ruhe lassen. Vielleicht kann ich versuchen, mit ihm zu reden oder …«

»Lass lieber, Martha«, sagte Clara. »Wir sollten ihn wohl besser einfach nicht weiter provozieren, vielleicht wird ihm irgendwann langweilig. Und ich finde schon eine Lösung.«

Ich finde schon eine Lösung. Das war ihre neue Durchhalteparole geworden. Gerade sah ihr Plan vor, sich einfach flächendeckend zu bewerben, in der Hoffnung, irgendwo genommen zu werden.

»Müsst ihr nicht zur Schule?«, fragte Clara. Es war kurz vor acht.

»Mir wäre jetzt eher nach Frühstück«, antwortete Betty und gähnte hinter hervorgehaltener Hand.

»Wir könnten uns was beim Bäcker holen«, schlug Martha vor.

Clara traute ihren Ohren kaum. »*Du* willst die Schule schwänzen?«

»Von wem soll ich denn Ärger bekommen?« Martha grinste und setzte sich in Bewegung. »Na, worauf wartet ihr?«

Sie nahmen die nächstbeste S-Bahn, die um diese Zeit vollgestopft war. Grenzgänger. Menschen, die im Osten wohnten, aber im Westen arbeiteten, hauptsächlich bei Siemens. Deshalb nannte man die Verbindung, in der sie gerade saßen, auch den »Siemens-Express«. Im Westen zu arbeiten, lohnte sich, denn eine D-Mark entsprach in etwa fünf Mark Ost.

Der Zug ruckelte, Betty und Martha schwelgten in Vorfreude, was sie frühstücken wollten, vielleicht mal wieder ein Kuchenbrötchen, weiß, weich und süß. Clara hörte ihren Freundinnen nur mit halbem Ohr zu. Sie musterte die Menschen im Zug. Der Mann in Mantel und Hut, der ihnen schräg gegenübersaß und Zeitung las, war er in der Partei? Und der kräftige Kerl in der robusten Arbeitskleidung mit den Ölflecken: Hatte er einst von einem anderen Leben geträumt? Oder die Frau in dem grauen Kostüm und mit den hochgesteckten Haaren, die so gedankenversunken aus dem Fenster blickte. War sie glücklich, oder hatte sie sich einfach nur ihrem Schicksal ergeben?

Wer war denn schon wirklich glücklich? Wie viel durfte man überhaupt vom Leben verlangen? Sollte sie sich nicht einfach dankbar schätzen, satt und gesund zu sein und in einer Zeit zu leben, in der Frieden herrschte?

Oder was war mit den beiden dort in der Ecke, die sich an den Händen hielten. Sie hatten zwei schmale Aktenkoffer dabei, wie so viele hier im Zug, nur schien es, als würde die Frau versuchen, ihren hinter ihren Beinen zu verstecken.

Clara sah ihr in die Augen, sah Angst darin. Und auf einmal ahnte Clara, dass in dem Koffer weder Papierkram noch Pausenbrote waren, sondern ein Pass, die nötigste Kleidung, vielleicht ein paar Fotos oder andere Erinnerungsstücke.

Fliehen. Das war für viele in diesem Land die Lösung ihrer Probleme. Alles zurücklassen. Die Familie. Freunde. Die kleinen Dinge des Alltags, den Lieblingsbäcker, die Nachbarn, mit denen man ein paar freundliche Worte wechselte, die Straßen, die man kannte wie seine Westentasche, die langen Sommertage am Müggelsee mit ihren Mädels.

Der Zug hielt an der Greifswalder Straße. Clara schüttelte benommen den Kopf. Blickte aus dem Fenster. Hier hatte sie vor ein paar Jahren mit Betty und Martha in einem kleinen Laden ihren ersten BH gekauft. Sie hatte sich schrecklich geschämt. Ein Stück weiter die Prenzlauer Allee, wo sie ganz in der Nähe mit ihrem Vater auf den Rummel gegangen war und einen Teddybären beim Dosenwerfen gewonnen hatte.

Clara sah wieder zu der jungen Frau, die das Kinn gesenkt hielt. Ihr Haar fiel ihr vors Gesicht, als würde sie hoffen, auf diese Weise unsichtbar zu werden.

Was, wenn eine Flucht in den Westen für sie die einzige Chance wäre, doch noch ein sinnvolles und glückliches Leben zu führen? Drüben könnte sie vielleicht studieren oder würde zumindest eine gute Arbeit finden. Auf die Weise müssten ihre Eltern nicht mehr für sie sorgen. Es gäbe mehr Platz in der Wohnung.

Nächste Station. Der Zug hielt.

Schönhauser Allee.

Die Türen wurden geöffnet. Menschen stiegen aus, dazwischen irgendwo im Gedränge Martha und Betty.

Clara ging zwei Schritte. War wie weggetreten.

Einfach alles zurücklassen. Ein neues Leben beginnen. Ein Leben nach ihren Vorstellungen. Sie wäre frei. Sie könnte tun und lassen, was sie wollte.

Sie blieb stehen.

Aber ihre Familie. Martha und Betty.

Alex …

Menschen drängten sich zu beiden Seiten an ihr vorbei. Rempelten sie an, aber sie nahm es kaum wahr. Es war, als wäre eine unsichtbare Mauer vor ihr, die es ihr unmöglich machte, weiterzugehen und den Zug zu verlassen. Sie sah zu der jungen Frau, die ihren Blick nun erwiderte, scheu, aber auch mit einer gewissen Neugier. Die Geräusche auf dem Bahnsteig, das Quietschen der Zugbremsen auf dem anderen Gleis, all das rückte in den Hintergrund. Sie konnte ihren Herzschlag hören.

Erst im Westen aussteigen. Hoffen, nicht kontrolliert zu werden.

Wie von fern hörte sie Bettys Stimme. »Clara? Wo steckst du?«

Es war ihr, als stünde sie an einer Wegkreuzung, die über ihr Leben entschied.

Der Schaffner pfiff.

Sie zitterte.

Und dann ging auf einmal alles ganz schnell. Sie sprang nach draußen auf den Bahnsteig. Die Türen schlossen sich hinter ihr. Der Zug setzte sich in Bewegung.

Sie blinzelte.

»Was machst du denn für Sachen?« Betty strich ihr über den Rücken.

Clara nahm ihre Wärme wahr, atmete Bettys fruchtig süßes Parfüm ein. Martha sagte etwas, doch Claras Blick war auf die runden Lichter der sich entfernenden S-Bahn gerichtet.

Als Clara an diesem Tag nach Hause kam, war sie wie benommen. Sie ließ ihren Rucksack achtlos zu Boden fallen. In der Küche holte sie die Milch aus dem Kühlschrank und trank aus der Flasche, obwohl sie wusste, dass ihre Mutter das nicht leiden konnte.

Aus dem Zimmer ihres Großvaters hörte sie Geräusche, ein leises Gemurmel und auch etwas, das wie ein Weinen klang. Sie ging nach ihm sehen. Er lief auf unsicheren Beinen zwischen dem Fenster und der Tür auf und ab, sagte panisch, er müsse endlich nach Hause, man habe seine Schuhe versteckt, und war kaum zu beruhigen. Erst als Clara ihn in seinen Sessel verfrachtet und noch eine Weile an seiner Seite gesessen hatte, wurde er ruhiger.

Sie schleppte sich zurück in die Küche, um schon mal das Mittagessen vorzubereiten. In ihrem Kopf herrschte ein einziges Durcheinander. Immer wieder sah sie sich vor ihrem inneren Auge eine Universität betreten, sah sich in einem großen Hörsaal und in einer alten Bibliothek zwischen unzähligen Regalen an einem Tisch sitzen, vor ihr eine kleine Leselampe und ein Bücherstapel. Doch sie war schlau genug, um zu wissen, dass eine Flucht in den Westen nicht automatisch ein glückliches Leben bedeutete. Sie hätte nichts und niemanden dort. Fürs Erste würde sie wohl in einem Auffanglager unterkommen. Und dann? Wie würde es dann mit ihr weitergehen?

Ihr fiel auf, dass die Schuhe ihres Vaters unter der Flurgarderobe standen. Bis auf ihren Großvater war es so still in der Wohnung, dass sie ihn gar nicht bemerkt hatte.

»Papa?«, rief sie und warf einen Blick ins Wohnzimmer. Dort saß er und schlief, sein Kopf war zur Seite gekippt.

Ein ungutes Gefühl beschlich Clara.

Ihr Vater schnarchte nicht. Dabei schnarchte er immer.

Sie begann zu zittern. Es war, als würde ihr Körper etwas wissen, was ihr Kopf noch nicht wahrhaben wollte.

Sie trat an ihn heran. Seine Haut war blass. Die Lippen blau.

»Papa?«, sagte sie. Sie stupste ihn am Oberarm an. Nichts. Sie tastete seinen Puls. Auch nichts. Sie rüttelte an ihm. »Papa! Mach die Augen auf!«

Nein. Neinneinneinnein!

Es war zu viel. Diese gewaltige Wucht an Panik, Trauer, Fassungslosigkeit und absoluter Verzweiflung ließ sie neben ihm auf die Knie sinken. Sie griff seine Hände. Eiskalt.

Tränen strömten über ihr Gesicht.

»Wir brauchen dich doch. *Ich* brauche dich doch«, schluchzte sie.

Sie brach zusammen, krümmte sich vor Schmerz und blieb auf dem Boden liegen, wo sie haltlos schluchzte.

Die nächsten Tage nahm Clara kaum wahr.

Ihre Mutter verließ das Bett so gut wie nicht mehr, was

bedeutete, dass Clara dafür sorgen musste, dass sie alle irgendwie durch den Tag kamen.

Morgens, wenn der Wecker klingelte, erwachte sie wie aus einer Ohnmacht. Sie zog sich an. Wusch sich. Versorgte den Großvater. Überredete ihre Mutter, ein paar Bissen zu essen. Dann ging sie einkaufen und kochte. Sie war eine miese Köchin und froh, wenn Frau Reinhart oder Nachbarn Essen vorbeibrachten, das sie nur auf den Herd stellen und aufwärmen musste.

Einmal stand auch Frau Asseln vor der Haustür. Clara konnte sich kaum beherrschen. Am liebsten hätte sie diese Frau geohrfeigt. Auf sie eingeprügelt. Ihr ins Gesicht geschrien, dass ihr Vater dadurch nicht mehr lebendig wurde. Ihr Mann war schuld an seinem Tod. Sie empfand so tiefen Hass auf Herrn Asseln, dass es ihr schon fast Angst machte. Wortlos nahm sie den Kuchen entgegen.

Martha und Betty waren jeden Tag bei ihr. Sie halfen ihr, die Beerdigung zu organisieren. Sie suchten einen Sarg aus, von dem Clara nicht wusste, wie sie ihn bezahlen sollten. Sie ließen Trauerkarten drucken und verschickten sie.

Claras Großvater hatte aufgehört zu sprechen. Fast den ganzen Tag lang saß er in seinem Sessel und starrte aus dem Fenster, manchmal erbarmte sich seiner der Schlaf. Er weigerte sich zu essen, schüttelte stumm den Kopf, wenn sie ihn zu füttern versuchte. Unvorstellbar, wie es sein musste, wenn das eigene Kind vor einem starb. Ebenso unvorstellbar war es, wie sie den Rest ihres Lebens ohne ihren milden, klugen Vater bestreiten sollte. Er hatte immer die richtigen Worte gefunden, um sie aufzubauen und ihr Mut zu machen. Ihr Leben kam ihr auf einmal viel zu lang vor. Endlos.

Dann die Beerdigung.

Clara hatte die meiste Zeit über die Augen geschlossen. Sie konnte den Sarg nicht anschauen, ohne den reglosen Körper ihres Vaters darin vor Augen zu haben. Noch konnte sie sich nicht der Tatsache stellen, dass er wirklich nie wiederkommen würde. Ihre Mutter schluchzte neben ihr und musste von zwei Straßenbahnkollegen ihres Mannes gestützt werden.

Clara blieb stark. Eine von ihnen musste stark bleiben. Musste dafür sorgen, dass sie das hier irgendwie überlebten.

Und so fand Clara sich schließlich mit einem großen Karton in den Händen in ihrem Zimmer wieder. Sie ließ alles verschwinden, was sie an ihren Traum erinnerte. Das Weltraum-Mobile. Weg damit. All ihre Bücher über das Universum. Weg damit. Alles weg. Als sie fertig war, sah sie sich um. Die Wände waren kahl, ihr Zimmer sah nicht mehr aus wie ihres.

Nicht weinen.

Sie trug die Kiste hinab in den Hinterhof und warf sie dort in den Müll.

38

Martha

Claras Vater war einer der großherzigsten Menschen gewesen, die Martha kannte. Er hatte sie immer gefragt, wie es ihr ging, was die Schule machte und ob zu Hause alles in Ordnung war, und beim nächsten Mal erinnerte er sich an alles, was sie ihm erzählt hatte. Und er hatte die beste heiße Schokolade der Welt zubereitet, denn er rührte sie mit Speisestärke an, das machte sie dickflüssig, fast wie Pudding. Dass er nicht mehr da sein sollte, dass sie ihn nie wiedersehen würde, lag außerhalb jeglicher Vorstellung.

Wenn sie Clara umarmte, spürte sie ihre Freundin kaum noch, dann war es, als würde sie Luft umarmen. Ihr Anblick machte Martha Angst. Sie sah schrecklich müde aus, ihre Haut war bleich. Aber am erschreckendsten waren ihre leeren Augen.

Betty und Martha waren gerade auf dem Weg nach Hause. Bis vor zwei Wochen wäre es um diese Uhrzeit schon dunkel gewesen, nun aber senkte sich gerade erst die Dämmerung herab, ließ alles unwirklich werden, die Litfaßsäule, die Straßenschilder, die Bank mit dem Busplan daneben.

Die ersten Schneeglöckchen und hier und da gelbe Krokusse kündigten den Frühling an. Am schönsten war es jedoch, morgens das fröhliche Zwitschern der Vögel zu hören. Wenn Martha sich darauf konzentrierte und alles andere ausblendete, dann war es ihr, als gäbe es nichts Böses, nichts Hässliches auf der Welt. Die Sonne wurde von Tag zu Tag kräftiger, und Martha konnte es kaum erwarten, dass endlich wieder Sommer war und sie mit ihren Mädels auf dem Steg im Strandbad sitzen und Eis schlecken würde. Sie sehnte sich so sehr zu dieser Zeit zurück, in der alles gut gewesen war, in der sie keine Sorgen gekannt hatte.

»Gut, dass Clara Arbeit gefunden hat«, sagte Betty.

Clara hatte sich am Vormittag in einer Drogerie vorgestellt, an der Betty vor kurzem vorbeigelaufen war, und in der ein Zettel hing, dass man eine Aushilfe suchte. Sie waren mit Clara spontan zu dem Laden gefahren, und sie hatte die Stelle doch tatsächlich bekommen. Ein winziges Licht in all dem Dunkel.

»Ja«, erwiderte Martha. »Dann kommt sie auch mal von zu Hause raus. Das tut ihr sicher gut.«

Manchmal hatte Martha das Gefühl, dass sie nur redeten, um nicht zu schweigen. Denn wenn sie schwiegen, hingen sie beide ihren Gedanken nach, und dann dachte Martha jedes Mal daran, dass sie so lange mit diesem Mann unter einem Dach gewohnt hatte, der das Leben ihrer Freundin zerstört hatte. Für den sie inzwischen nur noch abgrundtiefen Hass empfand. Wie viel Boshaftigkeit konnte in einem Menschen schlummern, oder war er am Ende erschrocken darüber gewesen, welch tödliche Folge seine Intrige gehabt hatte? Sie wünschte, sie hätte etwas in der Hand gegen ihn.

Etwas, mit dem sie ihn erpressen könnte, damit er sie alle endlich in Ruhe ließ.

Martha blieb stehen. »Ich muss noch mal kurz los.«

»Soll ich mit dir kommen?«, fragte Betty und schob die Hände in die Taschen ihrer Übergangsjacke.

»Nein. Es wird nicht lange dauern.«

Martha ging nach Hause oder, treffender ausgedrückt, zu dem Ort, an dem sie aufgewachsen war, nachdem man sie ihrer Mutter fortgenommen hatte. Vielleicht würde sich ja in seinem Arbeitszimmer belastendes Material finden …

Es war kurz nach Mittag, was bedeutete, dass ihre Eltern und Ronny bei der Arbeit waren. Sie klingelte dennoch vorsichtshalber, und als sich nichts regte, schloss sie die Haustür auf und trat ein. Alles beim Alten. Das leise Ticken der Wanduhr im Flur. In der Küche tropfte der Wasserhahn. Die Schuhe alle sorgsam aufgereiht im dafür vorgesehenen Regal. Der Geruch, der im Haus herrschte, traf sie mit voller Wucht. Früher hatte sie ihn kaum wahrgenommen, weil er an ihr gehaftet hatte, nun aber hatte sie offenbar den Geruch von Bettys Zuhause angenommen.

Sie hatte dieses Haus so sehr geliebt. Sie war immer fest davon überzeugt gewesen, dass sie das schönste Zuhause in ganz Berlin hatte. Nun aber erschien es ihr kalt und dunkel.

Im Flur waren die Fotos, auf denen sie zu sehen war, abgenommen worden. Die Stellen an der Wand waren heller, klafften dort wie Wunden. Martha versuchte, den Schmerz wegzuatmen, aber er saß zu tief. Sie stieg die Treppe hinauf und stellte fest, dass das Arbeitszimmer nicht mehr abgeschlossen war, wahrscheinlich, weil es nichts mehr zu verbergen gab. Der Raum, den sie nur ein einziges Mal betreten hatte und den sie nach dem heutigen Tag auch nie wieder betreten wollte.

Das, was geschah, hatte sie nicht geplant oder sich vorher auch nur ansatzweise vorgestellt. Sie hatte eigentlich nach etwas gesucht, womit sie Gert in die Knie zwingen könnte. Nur wusste sie leider nicht, was genau das sein sollte. Immerhin arbeitete er für die Republik – er war so viel mächtiger als sie. Er hatte ohnehin gründlich aufgeräumt, wie es schien. Natürlich könnte sie aussagen, dass er und Ronny hinter dem Brand der Datsche steckten und ihr Leben aufs Spiel gesetzt hatten, aber wer würde ihr schon glauben?

Sie sah sich um. Der große Schreibtisch, hinter dem sich Gert wichtig fühlen konnte. Das Regal, voll mit Büchern über den Sozialismus. Der Sessel mit dem Zierkissen. Die Fotos von Ronny. Zwischen Regal und Fenster befand sich die Jagdausrüstung. Das Gewehr hing in einer Halterung an der Wand, im Eck lehnte ein Wanderstock, den ihr Vater vor ein paar Jahren von Kollegen geschenkt bekommen hatte. Er hatte einen versilberten Knauf, der einen Hund darstellte.

Ein fester, harter Knoten saß in Marthas Brust. Sie konnte kaum atmen.

Sie schloss die Augen, und als wäre ein Damm in ihr gebrochen, kochte auf einmal eine unbändige Wut in ihr hoch. Eine Urgewalt, und sie war nicht fähig, sie im Zaum zu halten, und selbst wenn, sie hätte es nicht getan.

Sie nahm den Wanderstock und ging damit in die Mitte des Raumes. Sie holte noch einmal tief Luft, sammelte ihre Kräfte, hob den Stock über den Kopf und schlug mit voller

Wucht gegen die Karaffe mit Schnaps. Splitter flogen durch das Zimmer. Erneut holte sie aus. Schlug gegen die Bilder an der Wand, zertrümmerte die Rahmen und die feinen Glasscheiben, hinter denen Ronny und ihr Vater selbstzufrieden lächelten. Die gravierten Pokale wurden von ihren Sockeln gestoßen. Sie fegte die Bücher aus den Regalen, war wie im Rausch, schlug wieder und wieder zu, attackierte den Schreibtisch, lachte dabei, als wäre sie verrückt geworden. Vielleicht war sie das auch. Der Pressspan splitterte. Besonders viel Spaß machte es, das Zierkissen, das auf dem Sessel gelegen hatte, zu zerstören. Sie schlug so lange darauf ein, bis es aufplatzte und unzählige Federn durch den Raum wirbelten.

Erst als ihre Arme schmerzten und Schweiß ihre Stirn bedeckte, hielt sie inne. Ihr Atem ging in kurzen, heftigen Stößen. Sie wischte sich die Hände am Rock ab und betrachtete zufrieden ihr Werk.

Unter einem Stück Pressspan ragte ein Foto hervor, das Valerie zeigte. Das zerbrochene Glas knirschte unter ihren Schuhen, als sie darauf zuging. Sie strich sich eine feuchte Haarsträhne aus dem Gesicht und hob es dann vom Boden auf, betrachtete die schöne, makellose Frau darauf, und steckte es in ihre Jackentasche.

Ein paar Federn hatten sich auf den Kaminsims gelegt. Martha pustete sie fort. Betrachtete milde lächelnd, wie sie durch die Luft wirbelten und schließlich zu Boden sanken, und es war ihr, als habe sich auch in ihr etwas herabgesenkt und sei endlich zur Ruhe gekommen.

In einer Spiegelscherbe auf dem Boden sah sie ihr Gesicht. Die reizende Martha. Die brave Martha. Immerzu ausgeglichen. Freundlich. Beherrscht.

Jahrelang hatten ihre Eltern sie kontrolliert. Und irgendwann war es so in ihr Fleisch und Blut übergegangen, dass sie begonnen hatte, sich selbst zu kontrollieren.

Sie wollte nie wieder unter Kontrolle sein. Das Leben war ohnehin nicht zu planen, das hatte sie innerhalb eines halben Jahres auf vielseitige, sehr schmerzhafte Weise gelernt. Ab jetzt würde sie einfach dorthin gehen, wohin es sie trieb.

Sie hatte die Fesseln endgültig abgestreift.

Ihren Schlüssel legte sie fein säuberlich auf die Schwelle des Arbeitszimmers. Dann stieg sie die Treppe hinab, schloss die Haustür hinter sich und trat hinaus ins intensive Abendlicht des Frühlings.

39

Martha

Es regnete in Strömen. Die Tropfen zerplatzten auf der Straße und trommelten auf die Dächer der parkenden Autos. Zu dritt hatten sie sich unter einen Regenschirm gedrängt. Die Wärme ihrer beiden Freundinnen zu ihren Seiten hatte etwas Beruhigendes, ein Gefühl, als würde man sich unter eine weiche Decke kuscheln.

Erneut las Martha die Adresse, die sie aus der Akte über ihre Mutter abgeschrieben hatte. Sie sah von dem Zettel auf und betrachtete skeptisch das graue dreistöckige Gebäude auf der gegenüberliegenden Straßenseite. Es lag in Grünau, einem Ortsteil am Rande Berlins, und wirkte, als wäre es über die Jahre hinweg vergessen worden. Die Fassade war von der Witterung dunkel verfärbt und teilweise abgebröckelt.

»Das ist es?«, rief Clara über den Lärm eines vorbeidonnernden Lkw hinweg.

Martha nickte. Hier lagen ihre Wurzeln. Dieses Gebäude, das vor ihnen lag, sah nach Leben am Rande der Gesellschaft aus – »asozial«, würde Gert das nennen –, nach weinenden Kleinkindern, Zigarettenrauch und ungesundem Essen.

In den letzten Wochen hatte sie versucht, es zu vermeiden, doch nun dachte Martha an ihr altes Zuhause, in dem nach Jahreszeiten dekoriert und täglich frisch gekocht wurde und es zu jedem Essen Salat gab. In dem die ungetragene Kleidung nach jeder Saison ordentlich in beschrifteten Kisten verstaut wurde.

Martha schwitzte so, dass ihre Brille beschlug.

Betty nahm sie ihr von der Nase und polierte das Glas mit dem Ärmel ihres rosafarbenen Strickpullovers. »Wir begleiten dich wie versprochen bis zur Tür und warten draußen auf dich.«

Sie warteten ein Auto ab und eilten dann zur anderen Straßenseite, wobei Clara sich bemühte, den Schirm über Martha zu halten.

Im unteren Stock des Gebäudes lag ein Friseursalon. Eine Frau mit roter Dauerwelle und bunter Kleidung lehnte im Eingang, zog an einer Zigarette und beobachtete sie so auffällig, dass es fast schon unverschämt war.

Martha war erleichtert, dass erst mal Betty die Regie übernahm. »Entschuldigen Sie«, sagte sie. »Wir würden …« Sie warf einen Blick auf das Papier in Marthas Händen. » … Wir würden Anna Kubiki suchen. Wohnt sie hier?«

Die Frau ließ sich Zeit. Nahm einen weiteren Zug und blies den Rauch langsam aus. »Kommt drauf an, was ihr von ihr wollt.«

»Ich … ich bin verwandt mit ihr«, sagte Martha.

Wieder dieser misstrauische Blick. Dann: »Hast ihre Nase und die Sommersprossen. Und auch das Haar. Dachte eben kurz, dass eine jüngere Version von ihr dort drüben steht. Hab mich richtig erschreckt. Ist sie deine Tante oder was?«

»Ja«, sagte Martha, die es für klüger hielt, nicht allzu viel zu verraten.

»Der Eingang ist dort hinten.« Die Frau deutete mit der glimmenden Spitze ihrer Zigarette auf den schmalen Weg, der zum Seiteneingang des Gebäudes führte.

Die Eingangstür stand offen, gehalten von einem großen Mülleimer, der bis zum Rand gefüllt war mit Bauschutt, heruntergerissenen Tapeten, zerkratzten Pfannen und leeren Schnapsflaschen. Rostige Fahrräder wurden hier sorglos abgestellt, und ein Stück weiter vergammelte im Eck ein altes Bügelbrett. Ein Wirrwarr aus Kabeln hing neben der Regenrinne hinab, es war nicht genau zu sagen, wo sie endeten. Sie verschwanden einfach hinter der bemoosten Wellplatte aus Metall, die den Eingang überdachte.

Drei Klingeln. Drei Namen.

»Da. Kubiki«, las Martha.

Sie spürte eine Hand auf ihrer Schulter. »Du schaffst das«, sagte Betty. »Wir sind bei dir.«

Was, wenn ihre Mutter sie nicht erkannte? Oder wenn sie sie nicht mochte? Wenn sie sie wegschickte?

»Wie sehe ich aus?«, fragte Martha und versuchte, ihr vom Regen krauses Haar mit beiden Händen zu glätten. Wirkte sie in ihrem Rock und der schlichten weißen Bluse spießig?

»Wie eine Tochter aus dem Bilderbuch«, antwortete Clara und faltete den Schirm zusammen.

Martha zog eine Grimasse. »Also langweilig.«

»Nein. So, dass man dich einfach sofort ins Herz schließen muss«, sagte Betty. »Wahrscheinlich wird sie dich gar nicht mehr gehen lassen.«

Martha umarmte ihre Freundinnen. »Drückt mir die Daumen.«

Und dann stieg sie die knarzenden Stufen hinauf, auf denen sich Zeitungen stapelten. Es roch modrig. Hinter der Tür im zweiten Stock stritten ein Mann und eine Frau lauthals. Als Martha oben ankam, war sie außer Atem, ihr Herz schlug heftig.

In der letzten Nacht hatte sie kein Auge zugetan, weil sie sich alle möglichen Varianten ausgemalt hatte, wie ihre Mutter reagieren würde. Sie hatte sich vorgestellt, wie sie eine Hand vor den Mund schlug und in Tränen der Freude ausbrach. Wie sie Martha in ihre Wohnung winkte, unsicher, wie sie miteinander umgehen sollten. Wie sie beide verlegen lachten, und ihre Mutter dann vorschlug, vielleicht spazieren zu gehen, irgendwo ein Stück Kuchen zu essen, und zum Abschied würden sie einander umarmen, erst zögerlich und dann ganz fest, als würden sie sich nie wieder loslassen wollen. Als stünde die Welt still, weil das, was zusammengehörte, endlich zueinandergefunden hatte. Aber Martha bezweifelte, dass die Person, die in dieser Wohnung lebte, gerne spazieren ging. Sie hatte ja offenbar nicht mal Interesse daran, ihre Klingel zu reparieren. Mit Kugelschreiber war darüber auf einen Papierschnipsel geschrieben: »Kaputt. Bitte klopfen.«

Martha hob die Hand, holte ein letztes Mal tief Luft und schlug dann mit den Fingerknöcheln dreimal gegen die Tür.

Es dauerte einen Moment, bis etwas zu hören war. Ein Geräusch, als wäre jemand gegen etwas gestoßen, gefolgt von einem leisen Fluchen. Dann ein ruppiges »Wer ist da?«, das klarmachte, dass Martha störte.

Das sollte die Stimme sein, die ihr die Kinderlieder vorgesungen hatte, die sie hin und wieder in ihren Träumen gehört hatte? Ihr war nach Heulen zumute, und ein Teil von ihr wäre am liebsten weggerannt. *Bleib da. Du schaffst das. Egal, was dich erwartet, du bist stark genug dafür. Das haben die letzten Wochen doch bewiesen,* sagte sie sich.

»Hallo«, rief Martha. »Entschuldigen Sie die Störung. Ich würde gern Anna Kubiki suchen.«

Schritte, dann ging die Tür auf. Das also war Anna Kubiki. Ihre Mutter.

Es war Martha, als stünde sie einer älteren Version von sich selbst gegenüber, nur ohne Brille und mit wesentlich mehr Falten. Ihr Pullover war ihr ein paar Nummern zu groß. Martha vermutete, dass er einem Mann gehörte. Darunter trug sie nicht mehr als eine dunkelrote Strickstrumpfhose. Ihr langes, braunes Haar war zerzaust, als hätte sie gerade geschlafen.

Martha wartete darauf, dass die Frau sie erkannte, aber keine Reaktion.

»Mein Name ist Martha. Ich …« Sie verstummte.

Hundertmal war sie dieses Gespräch im Kopf durchgegangen, und trotzdem war sie nicht darauf vorbereitet, wie schwer es war, das auszusprechen, weshalb sie hier war. Aber was hatte sie schon zu verlieren?

Und dann sagte sie es einfach. »Ich bin deine Tochter.«

Die Frau starrte Martha an. Unmöglich zu sagen, wie viel Zeit verging, vielleicht nur Sekunden, vielleicht aber auch Minuten. Dann stieß sie die Tür vor Marthas Nase zu.

Erst wollte Martha nicht begreifen, was gerade geschehen war. Sie spürte die Kälte in dem zugigen Flur. Dann wurde ihr heiß, gleichzeitig überzog Gänsehaut ihre Arme. Verschiedene Gefühle ergriffen in schneller Folge von ihr Besitz: Enttäuschung. Scham. Aber auch Wut. Fieberhaft überlegte sie, was sie nun tun sollte. Sollte sie noch mal klopfen? Rufen? Martha befürchtete, dass ihr nichts anderes übrig blieb, als wieder zu gehen.

Sie war bereits ein paar Stufen die Treppe hinabgestiegen, als die Tür erneut aufging. Licht fiel durch das kleine Fenster oberhalb der Treppe und zerschnitt Annas Gesicht in zwei Hälften, eine erhellte und eine, die im Schatten lag. »Komm rein«, sagte sie, wandte sich um und ließ die Tür offen stehen.

Martha folgte ihr in die Wohnung, die – positiv ausgedrückt – Charakter hatte. Im Wohnzimmer stand ein fleckiges grünes Sofa mit Plüschbezug und bunten Kissen darauf. Dann gab es noch einen Schaukelstuhl sowie einen langen Tisch, an dem offenbar nicht nur gegessen, sondern auch gemalt wurde, denn er war bunt getupft mit getrockneter Farbe. Die Wände zierten leere Leinwände, und Martha fragte sich, ob das etwas bedeuten sollte. Knallig bunte Bilder mit geometrischen Formen lehnten an der Wand, daneben standen Farbtöpfe und Becher mit Pinseln. Die kleine Wohnung war vollgestopft mit Krimskrams. Ein altes Grammofon. Eine Kamera, die noch aus der Vorkriegszeit stammen musste. Blechdosen, eine Porzellankaraffe, der eine Ecke fehlte. Ein Modellflugzeug aus Plastik. Dazwischen wucherten Pflanzen, und zwar ein und dieselbe Sorte, als hätte diese Frau jahrelang Ableger gezogen. Bis auf die Bücher, die in einem alten Leiterwagen lagerten, gab es nichts, womit Martha sich identifizieren konnte.

Ihre Mutter bot Martha das Sofa an, ließ aus der Packung auf dem Tisch eine Zigarette gleiten und zündete sie sich an. »Meine Tochter …«, sagte sie und nahm einen Zug. Die Spitze glomm rötlich auf. »Ich weiß nicht, was ich sagen soll. Kann ich dir etwas anbieten? Wasser? Kaffee? Bier?«

»Nein, danke. Es tut mir leid, dass ich so unerwartet vor deiner Tür stehe. Das muss ziemlich heftig für dich sein.«

Ihre Mutter nickte auf eine Weise, die wohl hieß: *Das kannst du laut sagen*, und nahm einen tiefen Zug an ihrer Zigarette.

»Du malst?«, fragte Martha.

»Ja.« Sie pustete sich eine Strähne ihres ungepflegten Haars aus dem Gesicht. »Ich habe mal Kunst studiert, ehe sie mich von der Akademie geschmissen haben.«

»Verdienst du dir mit deiner Malerei deinen Lebensunterhalt?«

Fast wollte sie sich für die dreiste Frage entschuldigen, da antwortete Anna: »Früher war das so, da habe ich hin und wieder ein Bild verkauft. Aber ich male nicht mehr. Ich habe es versucht, doch es ist wie verhext. Malst du gerne?«

Kurz überlegte sie zu lügen und zu behaupten, dass Kunst eines ihrer Lieblingsfächer war, aber Martha war es leid, sich zu verstellen. »Nein. Aber ich schreibe und lese gerne.«

»Und was schreibst du?«

»Meistens nur Kurzgeschichten. Aber ich würde gerne mal einen Roman schreiben.«

Anna nickte und schnippte die Asche ihrer Zigarette in eine Tasse, die auf dem Tisch stand. »Ist nur leider nicht selbstverständlich in diesem Land, das zu malen oder zu schreiben, was man möchte. Deshalb kellnere ich jetzt. Du hast ja keine Ahnung, für wie viele Stellen ich mich beworben habe. Immer wurde ich abgelehnt.«

Davon hatte Martha allerdings eine Ahnung. Kurz überlegte sie, ihr von Clara und deren Schwierigkeiten bei der Arbeitssuche zu erzählen, aber dann sagte sie nur: »Das tut mir leid.«

Martha fiel auf, dass ihre Mutter an den Fingernägeln kaute, wenn sie nicht gerade an der Zigarette zog. Sie sah sich um und versuchte angestrengt, sich an irgendetwas zu erinnern, vielleicht an das auffällige Sofa oder das Orange der Schränke in der kleinen Küche. Aber da war nichts. Keine Erinnerung. Nicht mal der Hauch einer Ahnung. Es war, als würde sie das erste Mal in dieser Wohnung sein. Sie war enttäuscht. Wahrscheinlich war es kindisch, aber sie hatte gehofft, sich sofort zu Hause zu fühlen.

Sie schob die Hände in die Taschen ihrer Jacke. »Hatten wir ein kleines Planschbecken?«

»Ja«, antwortete ihre Mutter. Ein Lächeln. Eine Erinnerung, die sich auf ihrem Gesicht abspielte, und auf einmal konnte Martha in ihr die hübsche, junge Frau sehen, die sie mal gewesen sein musste. »Eigentlich war's nur ein alter, großer Plastikkübel, den ich wie durch ein Wunder zwischen den Trümmern gefunden hatte. Er stand im Sommer auf dem Balkon.«

Dort rottete nun ein Klappstuhl vor sich hin, außerdem ein Blumentopf, der zu einer Art übergroßem Aschenbecher umfunktioniert worden war.

»Ich glaube, daran kann ich mich erinnern«, sagte Martha. »Und auch an ein Lied. *Flieg, Vöglein, flieg hoch hinaus*«, sang sie. »*Die Welt liegt dir zu Füßen.*«

Anna setzte sich auf die Tischkante. »Ja, das habe ich dir oft vorgesungen. Das hat dir immer gut gefallen.« Auf einmal legte sich ein dunkler Schatten über ihr Gesicht. »Aber das ist lange her. Martha, was willst du hier?«

Martha hatte gedacht, dass das völlig klar war, und war deshalb verunsichert, was sie erwidern sollte. »Ich … ich würde mir wünschen, dich kennenzulernen«, stammelte sie.

»Nach so vielen Jahren?«

»Ja, ich … ich wusste doch vorher von nichts! Ich habe erst vor kurzem erfahren, dass ich adoptiert wurde.«

»Adoptiert …«, wiederholte sie verächtlich. »Es sei das Beste, haben sie gesagt. Auch danach haben die da oben mich nie in Ruhe gelassen. Und das nur, weil ich mit meiner Kunst ausgedrückt habe, was ich denke und fühle. Weil sie die Wahrheit nicht vertragen.« Sie war wütend geworden.

»Hast du deshalb aufgehört zu malen?«, fragte Martha.

»Vielleicht. Es ist nicht so, dass ich aufhören wollte. Aber es geht einfach nicht mehr. Ich kann nicht mehr malen.«

Vielleicht wird das anders, wenn deine Tochter ein Teil deines Lebens ist, wagte Martha zu denken.

Anna stand auf, schüttete in der angrenzenden Küche die

Kippen in den Müll und stellte die Tasse ins Spülbecken, ließ Wasser hineinlaufen. »Martha«, sagte sie, den Rücken ihr zugewandt, »ich weiß nicht, was du dir erhoffst, aber ich kann nicht deine Mutter sein oder so.«

Das Rauschen des Wasserhahns war laut, vielleicht hatte Martha sich verhört, doch als Anna sich erneut zu ihr umdrehte, war das runde Gesicht dieser Frau mit den fröhlichen Sommersprossen auf Nase und Wangen zu einer abweisenden Maske erstarrt.

»Wir kennen uns ja auch gar nicht. Aber ich dachte, du könntest zumindest ein Teil von meinem Leben sein.«

»Nein, ich kann das nicht.« Sie stellte das Wasser ab und schüttelte vehement den Kopf, als sei diese Vorstellung völlig absurd.

Stille. Dann fand Martha ihre Stimme wieder.

»Dann soll ich gehen?« Sie kämpfte gegen Tränen der Ohnmacht an.

Anna nickte. »Ja. Bitte.«

Martha konnte spüren, wie etwas in ihrem Herzen sich verhärtete. »Ich habe mir selbst noch gesagt, mir besser nicht zu große Hoffnungen zu machen, am Ende würde ich nur enttäuscht werden. Aber natürlich habe ich trotzdem gehofft. Ich habe gehofft, dass diese Leere in mir, die ich so oft verspürt habe, endlich gefüllt wird. Dass ich mich nicht mehr fehl am Platz fühle. Ich war so dumm! Du hast mich ja sogar freiwillig fortgegeben!«

»Das stimmt nicht«, entgegnete ihre Mutter scharf. »Zunächst habe ich zugestimmt, aber dann konnte ich mich einfach nicht von dir trennen. Auf einmal waren diese Männer in der Wohnung und haben dich fortgebracht, und ich habe nie erfahren, wohin.«

Martha konnte kaum glauben, was sie da hörte. Sie war ihrer Mutter gewaltsam fortgenommen worden. Deshalb die Albträume, die sie immer wieder gequält hatten.

»Warum hast du dich nicht gewehrt? Warum hast du nicht gekämpft?« Martha war laut geworden.

»Ich konnte nichts tun. Dein Vater war wohl damals schon ein hohes Tier in der Partei. Und ich habe auch gehofft, dass es dir bei ihnen besser gehen würde. Was konnte ich dir denn schon bieten?« Ein kleines Lächeln breitete sich auf ihrem Mund aus. »Hast ja doch Temperament. Siehst gar nicht so aus.««

Es klopfte an der Tür. Anna warf Martha noch einen letzten Blick zu, dann ging sie, um zu öffnen. »Du bist früh«, sagte sie. »Ich bin nicht allein.«

Auf einmal stand ein Mann in der Tür, so groß und breit, dass der ohnehin kleine Raum winzig wirkte. Er hatte einen dichten Bart und Hände, die anpacken konnten. Ein Mann, an dessen Seite eine Frau sich behütet und sicher fühlen konnte.

Er legte ein Netz mit Einkäufen auf dem Tisch ab. »Nanu«, sagte er. »Wer bist du denn?«

Anna trat neben ihn und begann, Lebensmittel auf den Tisch zu sortieren. Es war offensichtlich, dass das hier das Ende ihrer Unterhaltung war.

»Ich gehe dann besser«, sagte Martha. »Es war ein Fehler, herzukommen.«

Vier Schritte, und dann war sie bei der Tür. Die Hand bereits auf der Klinke, hörte sie Anna sagen: »Ich bin keine gute Mutter. Ich wär's vielleicht gewesen. So viele Jahre habe ich gehofft, dich irgendwann wiederzusehen. Ich habe dich in jedem jungen Mädchen gesucht, und daran wäre ich fast zerbrochen. Und dann ist das aus mir geworden.« Sie breitete die Arme aus, zupfte an ihrem weiten Pullover. »Ich habe aufgegeben. Es ist das Beste für dich, wenn du dich von mir fernhältst.«

Ihre Mutter sah sie mit einem schmerzlichen Ausdruck an. Martha riss die Tür auf und rannte die Treppe hinab.

Natürlich wollten Betty und Clara sofort wissen, was vorgefallen war.

Martha strich sich über das Gesicht. »Ich erzähle es euch später. Lasst uns irgendetwas Schönes machen.«

Es hatte aufgeklart, und die Pfützen am Rinnstein schimmerten bläulich. Sie fuhren zum Strandbad. Im Kreis setzten sie sich ins Licht der untergehenden Sonne, und Martha beschrieb ihren Freundinnen Anna Kubiki und das Chaos, das in der Wohnung geherrscht hatte. Sie berichtete, wie Anna ihr gesagt hatte, dass Martha ohne sie besser dran wäre.

»Wahrscheinlich hat sie recht.«

»Vielleicht war sie überrumpelt«, meinte Betty, die wie immer versuchte, für alle Verständnis aufzubringen.

»Oh ja, sie war überrumpelt«, erwiderte Martha. »Deshalb hat sie mir ja auch erst mal die Tür vor der Nase zugeschlagen.«

»Dann war's das?«, fragte Clara.

»Ja. Das war's. Ich werde sie sicher nicht noch mal aufsuchen.« Martha war erstaunlich gefasst. So gefasst, wie sich wohl nur jemand fühlen konnte, der nicht mehr viel zu verlieren hatte.

Sie schwiegen eine Weile, hingen ihren Gedanken nach. Uschi drehte das Radio in ihrem Kiosk etwas lauter, so wie sie es immer tat, wenn ein Lied lief, das ihr gefiel. Bärbel Wachholz mit *Erster Kuss, erste Liebe*. Es duftete nach Kartoffelsalat und Grillwurst. Ein Fisch sprang aus dem Wasser. Der Dampfer fuhr vorbei. Es dauerte eine Weile, bis die kleinen Wellen den Steg erreichten.

»Ich habe nachgedacht«, sagte Betty und nahm zunächst Marthas Hand, dann Claras. »Wir drei haben in letzter Zeit viel durchgemacht, ihr natürlich um ein Vielfaches mehr als ich. Egal, was ist: Von allen Leuten, die ich lieb habe, seid ihr mir immer die größte Stütze.« Sie sah Clara an. »Seit dem Tod deines Vaters verbringt deine Mama den ganzen Tag im Bett, und du musst auf einmal alles alleine stemmen.« Dann sah sie Martha an. »Von Herrn und Frau Asseln will ich gar nicht anfangen, und nun enttäuscht dich auch noch deine leibliche Mutter so sehr. Mein Vater schert sich nicht um seine Frau und die Kinder, und meine Mutter trinkt seit Jahren, aber niemand spricht darüber. Irgendwie leben wir alle nebeneinanderher. Man könnte sterben, ohne dass es jemand mitkriegt.«

Das war das erste Mal, dass Betty über das Trinken ihrer Mutter sprach. Clara und Martha hatten es geahnt, und in den letzten Wochen, in denen Martha bei der Familie Reinhart untergekommen war, hatte sich diese Ahnung bestätigt. Aber sie hatte es nicht gewagt, ihre Freundin darauf anzusprechen.

Bettys Stimme hatte gegen Ende leicht gezittert, und sie holte tief Luft. »Deshalb dachte ich …« Sie machte eine kleine Pause. Wirkte unsicher, als hätte sie Angst davor, etwas Dummes zu sagen. »Deshalb dachte ich, dass wir drei vielleicht füreinander eine Familie sein könnten.«

Martha wurde warm ums Herz, als könnte sie das rotgoldene Glühen der Sonne direkt in der Brust spüren. »Das hast du schön gesagt.«

Da waren sie nun, die Tränen, die sie vorhin bei Anna Kubiki zurückgehalten hatte. Es hatte etwas Erlösendes zu weinen, als könnte sie so die Enttäuschung und den Schmerz aus sich herausschwemmen.

Clara brach nicht in Tränen aus, aber ihre Augen verrieten, dass ihre Gefühle sie überwältigten. »Es wäre mir eine Ehre, ein Teil dieser Familie zu sein.«

Sie hakten sich beieinander ein und blickten gemeinsam auf den See hinaus, und für den Moment, so chaotisch und traurig ihre verschiedenen Leben zurzeit waren, war alles gut. Sie dachte daran, wie sie im letzten Sommer mit ihren beiden Freundinnen auf der Wasserinsel gelegen hatte und rundum glücklich und zufrieden gewesen war. Sie hatte gehofft, dasselbe Wohlbefinden, dieselbe Seligkeit auch bei Anna zu verspüren, aber vielleicht war dieses Gefühl einzigartig, und sie konnte es gar nicht anderswo finden.

Das Gefühl, zu Hause zu sein.

Ja, zu Hause war ein Gefühl und kein Ort, an den man gehen konnte, dachte Martha. Und nur ihre beiden Freundinnen schenkten ihr dieses Gefühl.

Betty und Clara waren ihr Zuhause.

40

Clara

Clara drehte den Kopf von rechts nach links und massierte mit einer Hand ihren verspannten Nacken. Die letzten zehn Minuten hatte sie damit verbracht, die Seifenlieferung von heute Morgen zwischen Rasierwasser und Lotion ins Regal zu sortieren. Sie vermied es, in einen der beiden großen Spiegel zu schauen, die im Verkaufsraum so platziert waren, dass man gar nicht anders konnte, als beim Hereinkommen einen Blick hineinzuwerfen. Als ob die Kundinnen dann über ihre Falten oder ihr Haar erschrecken und eine der Cremes oder ein Shampoo kaufen würden. Clara musste einen rosafarbenen Kittel tragen, was ihr zutiefst widerstrebte. Die Farbe fühlte sich falsch an ihr an.

»Clara, würdest du, wenn du fertig bist, bitte feucht durchwischen?« Kerstin, ihre Chefin, deutete mit ihrer manikürten Hand auf den Boden. Ihre Armreife klapperten. »Der Dackel der Dame, die vorhin hier war, hat mit seinen dreckigen Pfoten Spuren hinterlassen. Ich bin ab jetzt im Behandlungsraum und trage Frau Kleinhans ihre Gesichtsmaske auf.«

»Mache ich«, erwiderte sie und lächelte artig.

Die Metallösen des Vorhangs schepperten, als Kerstin den Vorhang zum Nebenraum zuzog, in dem eine junge Frau mit einem schlimmen Ausschlag auf der mit einem strahlend weißen und von Clara frisch geplätteten Laken bedeckten Pritsche lag. »Ich mache Ihnen einen meiner speziellen Kräuterwickel, und dann ist das schreckliche Jucken weg.«

Clara atmete schwer aus und machte sich wieder ans Werk. Sie hatte mal gelesen, dass jeder Mensch täglich achtzig- bis neunzigtausend Gehirnzellen verlor, aber es war schwer davon auszugehen, dass bei ihr mindestens doppelt so viele Zellen dahinschmolzen, seit sie in der Drogerie in Friedrichshain arbeitete. Die Aufgaben, die Kerstin ihr gab, waren schrecklich stupide. *Polier den Tresen. Staub die Regale ab. Sortier die neue Ware ein. Putz das Schaufenster.*

Sie sollte dankbar dafür sein, Geld zu verdienen, damit ihre Mutter, ihr Großvater und sie etwas Warmes auf dem Tisch hatten. *Denk nicht daran, dass Martha und Betty schon seit einer Stunde über ihrem Abiturbogen sitzen und wunderbar knifflige Mathegleichungen lösen. Konzentrier dich auf deine Arbeit.*

Sie warf einen Blick auf den Kalender. Der fünfzehnte Juni. Kaum zu glauben, wie schnell die Zeit verflogen war. Seit vier Monaten war Clara in der Drogerie angestellt. Morgens schloss sie pünktlich um acht den Laden auf, wischte feucht durch, bügelte die frisch gewaschenen Handtücher, die über Nacht getrocknet waren, und bereitete die Pritsche vor. Da war es wieder, dieses Gefühl, das falsche Leben zu führen … festzustecken …

Doch noch ein weiteres Gefühl trieb sie fast in den Wahnsinn, seit sie das Angebot von Herrn Asseln abgelehnt hatte:

das Gefühl, beobachtet zu werden. Beweise dafür hatte sie nicht. Sie versuchte, es auszublenden, was ihr mal mehr, mal weniger gelang. Im Laden oder zu Hause fühlte sie sich sicher, nur wenn sie auf der Straße unterwegs war oder im Bus oder in der Tram saß, spürte sie eine unsichtbare Bedrohung. Vielleicht wurde sie aber auch einfach nur langsam verrückt.

Ihr war leicht schwindelig, was wohl an dem penetranten Vanilleduft lag, den sie die ganze Zeit über einatmete. Vielleicht aber auch daran, dass sie seit Tagen kaum etwas gegessen hatte. Sie hatte einfach keinen Appetit. Die Arbeit lenkte sie tagsüber ab, aber nachts, wenn sie im Bett lag, holte die Trauer über den plötzlichen Tod ihres Vaters sie mit einer Heftigkeit ein, die ihr den Atem raubte. Dann krümmte sie sich im Bett, schluchzte stumm in ihre Decke.

Sie hatte ihren Vater noch so viel fragen wollen, ob seine Kindheit erfüllt oder seine Erziehung, wie oft zu dieser Zeit, militärisch streng gewesen war. Als kleines Mädchen war sie einfach davon ausgegangen, dass ihre Eltern selbst nie Kinder gewesen, sondern als vernünftige Erwachsene auf die Welt gekommen waren. Erst das Gespräch, in dem er ihr erzählt hatte, dass er als junger Mann davon geträumt hatte, Physiker zu werden, hatte ihr vor Augen geführt, dass er und ihre Mutter vielleicht mal völlig andere Menschen gewesen waren. Und wie hatte er die heiße Schokolade zubereitet, nach der Betty und Martha süchtig waren? Einmal hatte sie versucht, das Rezept nachzuempfinden, aber es war einfach nicht dasselbe gewesen.

Sie wusste nicht mal, was das Letzte war, das er zu ihr gesagt hatte.

Hatte sich nicht von ihm verabschieden können.

Die Türglocke läutete, und eine adrette Frau mittleren Alters kam herein. »Hallo. Ich suche ein neues Parfüm.«

Sollte sie Kerstin rufen? Aber die war gerade dabei, hinter dem Vorhang eine Maske auf Wangen und Stirn der Kundin zu streichen. Viel Parfüm gab es ohnehin nicht zur Auswahl, ein Beratungsgespräch würde Clara schon meistern. Eine kleine, nette Abwechslung zum Sortieren und Putzen.

»Wie wäre es mit dem Parfüm *Souvenir*, das sehr beliebt bei unseren Kundinnen ist? Es duftet nach Rose, glaube ich.« Clara versuchte, sich dem ganz speziellen Tonfall ihrer Chefin anzupassen, den sie bei Beratungsgesprächen immer auflegte. Wie eine gute Freundin, aber gleichzeitig seriös. »Darf ich?«

Die Frau streckte Clara ihr Handgelenk hin und hielt es sich dann unter die Nase, nachdem Clara ihr etwas Parfüm daraufgesprüht hatte. Sie verzog das Gesicht. »Rose? Was für eine Rosensorte soll das bitte sein?«

Auch Clara schnupperte an ihrem Handgelenk. »Mhm. Stimmt, riecht eher nach Baumharz.«

»Nun, das ist nicht das, was ich mir erhofft habe. Aber danke. Ich … ich komme dann lieber ein andermal wieder.«

Sie wandte sich zum Gehen, doch da kam Kerstin aus dem Nebenraum geeilt. »Frau Meierhofer, schön, dass Sie uns mit einem Besuch beehren!« Dabei warf sie Clara einen vielsagenden Blick zu. Offenbar gehörte die Dame zu den »besonderen Kundinnen«. Clara hatte noch nicht herausfinden können, was damit gemeint war.

»Ich höre, Sie suchen ein Parfüm? Ich hätte da einen ganz

außergewöhnlichen Duft für Sie, der letzte Woche ankam. *Schwarzer Samt* nennt er sich.« Kerstin bückte sich hinter dem Tresen, zog ein Fläschchen aus einem Fach hervor und sprühte Frau Meierhofer einen Hauch davon auf das andere Handgelenk. »Bereits nach zwei Tagen war er wieder vergriffen. Aber selbstverständlich habe ich einen Flakon für Sie zurückgelegt.«

Frau Meierhofer war selig. »Wunderbar! Diesen Duft kaufe ich!«

»Sehr gerne. Wenn Ihr Mann mal wieder ein Rinderfilet hat, wäre es toll, wenn Sie an mich denken würden.«

Daher wehte also der Wind. Clara verkniff sich ein Seufzen und machte sich wieder daran, die Seife einzusortieren. Da bemerkte sie, dass sich auf der gegenüberliegenden Straßenseite Menschen vor einem Laden versammelt hatten, als gäbe es Apfelsinen. Sie alle schienen konzentriert etwas zu verfolgen. Manche stellten sich sogar auf die Zehenspitzen, um besser sehen zu können. Waren dort drüben im Schaufenster nicht Fernseher und Radios ausgestellt?

»Was geht denn da vor sich?«, sprach Kerstin die Frage aus, die auch Clara sich stellte.

»Das werden wir leider nicht erfahren, denn du hast ja gerade eine Kundin im Nebenraum.«

Clara hatte inzwischen genügend Stunden mit Kerstin verbracht, um zu wissen, wie neugierig sie war. Ihre Chefin würde es nicht aushalten, nicht darüber informiert zu sein, was dort drüben vor sich ging.

Kerstin rollte mit den Augen, grinste dabei jedoch. »Na

los! Rüber mit dir, du Plagegeist! Aber bring ja Informationen mit!«

Es war drückend heute. Einer dieser Tage, an denen einem der Kopf schwirrte und man bereits bei der kleinsten Tätigkeit in Schweiß ausbrach.

»Was ist denn hier los?«, fragte Clara einen Mann am Rande der Menschentraube.

»Psst«, machte er und legte den Zeigefinger an den Mund.

Zum Glück war sie für eine Frau recht groß und fand eine Stelle, an der sie zwischen all den Köpfen und Schultern hindurch ins Schaufenster blicken konnte. Auf den drei Fernsehern, die ausgestellt waren, war eine Pressekonferenz zu sehen. Eine Journalistin erhob sich von ihrem Platz. Durch die offene Ladentür konnte Clara hören, wie sie mit ruhigen und wohlgewählten Worten ihre Frage vortrug: »Doherr, *Frankfurter Rundschau*. Herr Vorsitzender, bedeutet die Bildung einer freien Stadt Ihrer Meinung nach, dass die Staatsgrenze am Brandenburger Tor errichtet wird? Und sind Sie entschlossen, dieser Tatsache mit allen Konsequenzen Rechnung zu tragen?«

Schnitt auf Ulbricht, der sich über seinen Bart strich und antwortete: »Ich verstehe Ihre Frage so, dass es Menschen in Westdeutschland gibt, die wünschen, dass wir die Bauarbeiter der Hauptstadt der DDR mobilisieren, um eine Mauer aufzurichten, ja? Mir ist nicht bekannt, dass eine solche Absicht besteht, da sich die Bauarbeiter der Hauptstadt hauptsächlich mit Wohnungsbau beschäftigen und ihre Arbeitskraft dafür voll ausgenutzt wird, voll eingesetzt wird. Niemand hat die Absicht, eine Mauer zu errichten. Ich habe vorhin schon gesagt: Wir sind für vertragliche Regelungen der Beziehungen zwischen Westberlin und der Regierung der Deutschen Demokratischen Republik. Das ist der einfachste und normalste Weg zur Regelung dieser Frage.«

Gänsehaut überzog Claras Arme. Sie betrachtete die Gesichter der anderen Anwesenden, versuchte, darin zu lesen, ob es ihnen ähnlich ging wie ihr. Das Wort »Mauer« war gefallen. Das war doch völlig absurd! Es würde doch niemand auf die Idee kommen, Ost und West mit einer gigantischen Mauer zu trennen!

Oder doch?

Die Stimmung in der Republik war angespannt. Immer mehr Menschen machten rüber, wie es im Volksmund hieß, inzwischen an die zwei Millionen. Die Genossen da oben wurden sicher unruhig. Die SED würde gewiss nicht tatenlos mitansehen, wie ihr Land ausblutete.

Trotzdem: Ulbricht wird keine Mauer bauen, versuchte sie sich selbst zu beruhigen. Das war schlichtweg undenkbar. Eine Mauer baute sich nicht so schnell, das musste lange geplant werden. Und das Augenmerk lag gerade auf dem Wohnungsbau, wie er selbst betont hatte. Er könnte die Grenzen höchstens über die Luft dichtmachen … Aber auch das würden die Alliierten doch niemals zulassen.

Ihr Kopf drohte zu zerspringen. Sie wurde von einer dunklen Furcht gepackt, die sie den ganzen Nachmittag über nicht losließ.

Als sie sich an diesem Abend auf den Weg zur Tramhaltestelle machte, meinte sie erneut, Blicke im Rücken zu spüren.

Doch hinter ihr war niemand, das hatte sie mehrmals überprüft.

In der Warschauer Straße herrschte Gedränge. Hektik. So viele Stimmen … Ihre Welt schwankte. Den ganzen Tag lang hatte sie noch nichts gegessen, dazu der Druck der letzten Wochen, und nun noch dieses Unbehagen, das sie seit der Pressekonferenz verspürte … Einmal erschrak sie, weil sie dachte, jemand würde sie packen und festhalten, aber sie war nur mit dem Ärmel ihrer Strickjacke an einem Geländer hängen geblieben. *Reiß dich zusammen,* sagte sie sich. *Bis nach Hause schaffst du es noch. Dort kannst du still und leise zusammenbrechen.* Aber sie konnte nicht mehr klar sehen, bekam kaum noch Luft …

Auf einmal rannte sie in einen Mann hinein, der aus einem Laden getreten war. Er trug Uniform.

Sie sah zu ihm auf.

Glaubte zu träumen.

»Alex …«, hauchte sie noch.

Und dann wurde alles schwarz um sie herum.

Licht … Sie blinzelte. Über ihr schwankten Äste im Wind. Sonnenstrahlen sprenkelten zwischen ihnen hindurch. Sie lag auf hartem Untergrund, nur ihr Kopf war auf etwas Weichem gebettet.

Eine warme Hand an ihrem Gesicht …

»Da bist du ja wieder«, sagte jemand.

»Alex«, formten ihre Lippen stumm.

Wie bei einer Kamera, die neu fokussiert, zeichnete sich sein Gesicht immer deutlicher vor ihren Augen ab. Die Sonnenstrahlen umgaben seinen Kopf wie einen Heiligenschein. Könnte sie malen, dann würden sie diesen Augenblick für immer festhalten.

Sie hatte geglaubt, ihr Herz in den letzten Monaten mit einer robusten Schicht ummantelt zu haben, aber seine Nähe spürte sie durch und durch, mit jeder Faser ihres Köpers, mit jedem Herzschlag.

Als sie sich auf die Ellenbogen stützte, pochten ihre Schläfen schmerzhaft. Sie sah sich um und stellte fest, dass sie auf einer Bank in einem Park lag. Es war eine recht hübsche Anlage mit hohen Linden, sodass der Lärm der Straße nur als fernes Rauschen zu hören war. Offenbar hatte Alex die Jacke seiner Uniform zusammengefaltet und als Kissen unter ihren Kopf gelegt.

»Ich … ich bin umgekippt.«

»Ja, du bist in mich hineingelaufen. Ich dachte, ich sehe nicht richtig«, erzählte er. »Du warst total blass, und im nächsten Moment haben deine Beine einfach nachgegeben. Zum Glück konnte ich dich noch auffangen.«

»Und dann hast du mich hierhergetragen?«

Er nickte. »Ich wusste nicht, was ich sonst tun soll …«

»Danke.« Sie stellte die Beine auf den Boden und rieb sich mit beiden Händen über das Gesicht. »Wie lange war ich weg?«

»Ich weiß nicht …« Er trug nur noch sein Unterhemd, und als er den Arm hob, um sich über den Nacken zu streichen, konnte sie das Spiel seiner Muskeln sehen. »Ich habe dich hierhergetragen, das hat etwa eine Minute gedauert, dann lagst du hier vielleicht noch eine Minute … Wie geht es dir denn jetzt? Ist dir noch schwindelig? Oder schlecht?«

»Etwas schwindelig vielleicht, aber nicht schlimm.«

Das konnte aber auch daran liegen, dass er ihr eine Haarsträhne aus dem Gesicht strich.

»Dann bleib lieber noch ein bisschen sitzen«, sagte er.

Clara richtete den Blick auf ihre Knie. Sie hätte die Stille gerne durchbrochen, hätte sie auch nur die leiseste Ahnung gehabt, was sie hätte sagen können. Alex sah anders aus mit den raspelkurzen Haaren.

»Darf ich?« Er deutete auf die Jacke seiner Uniform, die noch zusammengefaltet neben ihr lag.

»Oh. Natürlich. Entschuldige.« Sie reichte sie ihm, und er zog sie trotz der Hitze an diesem Abend über.

»Erzähl, wie ist die Armee?«

»In Ordnung.« Sie konnte in seinen Augen die Wahrheit sehen und legte eine Hand auf seine.

Er zuckte mit den Schultern. »Na ja. Immerhin weiß ich jetzt zu schätzen, wie schön es zu Hause ist.« Pause. Dann: »Ist schon eine ganze Weile her, dass wir uns gesehen haben. Fast ein Jahr.« Er betrachtete ihr Gesicht, wie um zu sehen, welche Wirkung diese Worte auf sie haben würden, doch sie sah dem Postboten nach, der auf seinem Fahrrad gemächlich die Straße entlangfuhr.

»Elf Monate«, sagte sie leise. »Dreihundertfünfunddreißig Tage.«

»Du hast mitgezählt?«

Sämtliche Geräusche der Stadt – das Brummen der Autos, die Stimmen der Menschen, ja sogar das Zwitschern der Vögel – rückten in den Hintergrund.

Sie nickte langsam. »Seitdem ist viel passiert.«

»Ja. Betty hat mir davon erzählt«, sagte er. »Es tut mir alles so schrecklich leid für dich.« Ihm war anzusehen, dass er seine Worte aufrichtig meinte. Als hätte er in den vergangen Monaten mit ihr gelitten. »Ich hätte dir persönlich mein Beileid ausgesprochen, aber ich wusste nicht, ob du mich sehen willst.«

»Ob ich dich sehen will …« Auf einmal war ihr zum Heulen zumute. Sie hatte jeden Tag an ihn gedacht. Dreihundertfünfunddreißig Tage lag. Dreihundertfünfunddreißig verdammte Tage … Sie stützte sich mit den Ellenbogen auf die Knie, vergrub das Gesicht hinter den Händen. »Ich weiß einfach nicht mehr weiter. Offenbar will man mich in diesem Land nicht haben. Jedenfalls nicht so, wie ich bin. Aber ich kann mich auch nicht verbiegen.«

»Tu's auch bitte nie. Verbieg dich nicht. Bleib genau so, wie du bist.« Sie sah ihn an, und ihr stockte der Atem, so voller Gefühl waren seine Augen.

Doch jäh sprang er von der Bank auf. Er schüttelte den Kopf, fuhr sich mit einer Hand durchs Haar. »Warum hast du nie auf meinen Brief geantwortet?«

»Ich konnte ihn nicht lesen, er wurde mir in der Schule weggenommen! Deshalb wollte ich zu dir, ich war sogar schon vor deinem Fenster, aber dann waren da auf einmal diese zwei Männer, die mich gezwungen haben, in ihren Wagen zu steigen.«

»Was? Was wollten die von dir?«

»Das tut doch nichts zur Sache …«

»Doch, Clara! Was wollten diese Männer?«

Clara schilderte ihm knapp, was geschehen war.

»Am liebsten würde ich das Büro von Herrn Asseln stürmen und ihn bewusstlos schlagen! Was er Martha angetan hat, und nun das …«

Auch sie erhob sich nun von der Bank, nahm seine Hand und verschränkte ihre Finger mit seinen. »Du wirst besonnen bleiben. Versprich mir das.«

Sie sah ihn so lange an, bis er nickte. »Du warst also auf dem Weg zu mir …«, sagte er dann.

»Was stand denn nun eigentlich in dem Brief?«

»Ich habe dich um ein letztes Treffen gebeten, eine letzte Chance … Und als ich keine Reaktion darauf erhielt, dachte ich, dass du mich nicht mehr sehen willst. Was wolltest du mir denn sagen, als du bei mir zu Hause warst?«

»Ist das jetzt noch wichtig?«

»Für mich ist es wichtig.«

Sie schluckte. Nahm all ihren Mut zusammen. »Ich wollte dir sagen, dass … dass irgendwie alles ein einziges Chaos ist, schon immer war … und dann auf einmal bist da du. Wir kennen uns schon so lange, und vermutlich könnten wir nicht unterschiedlicher sein, aber auf einmal, in dieser Nacht in der Sternwarte, da war es, als …« Sie suchte nach den richtigen Worten, sagte eilig: »Als wären wir zwei Galaxien, die kollidiert sind, und dadurch sind Tausende von Sternen entstanden.«

Lange sahen sie einander an. Und dann küsste er sie.

Nur eine kurze Berührung ihrer Lippen. Mehr eine Frage. Clara hatte nicht mal die Augen schließen können.

Als sie nichts sagte, entschuldigte er sich. »Verzeih mir, aber ich musste es wissen. Ich wollte nur einmal …«

»Ich doch auch«, hauchte sie. »Ich habe nur nicht damit gerechnet. Ich meine, ich war noch nicht bereit.«

Er musterte sie stumm.

»Jetzt wäre ich aber bereit.« Sie brachte ihr Gesicht ganz nah an seins. Und dann berührten sich ihre Lippen erneut. Diesmal überraschte sie der Kuss nicht. Aber womit sie nicht gerechnet hatte, war die Heftigkeit der Gefühle, die auf einmal in ihr tobten. Ihre Knie wurden weich. Sie stellte sich auf die Zehenspitzen, legte eine Hand an seinen Hals. Als er mit der Zunge ihre Lippen öffnete und den Kuss vertiefte, glaubte sie zu schweben. Sie vergaß alles um sich herum, vergaß Raum und Zeit. Etwas in ihrer Brust dehnte sich aus. Und dann: zwei Galaxien, eine Kollision, Tausende von Sternen.

41

Betty

Wieder und wieder hatte Betty Charlies Brief gelesen, bis sie ihn auswendig kannte. *Und ich, liebe Betty, fühle mich in deiner Gegenwart sehr wohl.* Warum meldete er sich dann nicht bei ihr? Wie konnte man so etwas Wundervolles schreiben, und dann – nichts. Nicht mal ein kleines Lebenszeichen.

Es ging sogar so weit, dass sie an ihn dachte, wenn sie mit Kurt schlief. Wenn sie ihn schwer auf sich spürte, sein Keuchen an ihrem Ohr hörte, kniff sie die Augen fest zusammen und war wieder in dem Park, in dem das Schicksal ihren Weg erneut mit Charlies gekreuzt hatte. Sie sah den tiefgründigen Blick seiner Augen, in denen aufrichtiges Interesse an ihr lag, aber auch Neugier und manchmal eine gewisse Überraschung, wenn sie bewiesen hatte, dass sie sich im Weltgeschehen auskannte. Sie war eben nicht nur das kleine Blondchen, sondern hatte auch etwas im Kopf – was hauptsächlich Martha und Clara zu verdanken war, denn die beiden ließen sie nie einfach so davonkommen, sondern diskutierten so lange mit ihr, bis sie sich zu einer Meinung bekannte, egal über welches Thema sie sprachen. Während ihr Vater den Wert einer Frau allein an ihrem Aussehen maß und ihre Mutter sich seit Jahren aufgegeben hatte, hatten Clara und Martha ihr beigebracht, dass Frauen ebenso klug, interessiert, ambitioniert und erfolgreich wie Männer sein konnten. Wenn sie mit Kurt über einen Zeitungsartikel zu reden versuchte, den sie gelesen hatte, sprach entweder nur er, oder aber er erklärte ihr, dass sie falschlag. Gestern hatte sie von ihm wissen wollen, wie er zu der Pressekonferenz stand, die Ulbricht gegeben hatte. Betty hatte sich gesorgt, dass die Fronten zwischen Ost und West sich mehr und mehr verhärteten, woraufhin Kurt gesagt hatte: »Ach, ihr Frauen und eure ewigen Sorgen! Ihr seid viel zu weich. Ulbricht soll ruhig eine Mauer bauen. Ja, einen antifaschistischen Schutzwall! Da würden die Imperialisten da drüben aber dumm gucken!«

Die Dreharbeiten zu Kurts Film waren nun abgeschlossen, die Abiturprüfungen waren bestanden, wenn auch nicht mit Glanz und Gloria, und Betty war voll und ganz mit den Vorbereitungen für die Hochzeit beschäftigt. Wie am Fließband bastelte sie mit ihrer Mutter die Einladungskarten und für die Tischdekoration Blumen aus Seidenpapier sowie mit romantischen Sprüchen verzierte Windlichter, die sie nach einem Bastelbuch aus der Nachkriegszeit aus Marmeladengläsern fertigten. Sie plante die Sitzordnung und machte sich Gedanken zur Musikauswahl. Eine Band war für den Abend gebucht, und zwischendurch würde ihre Mutter Klavier spielen, was Betty ungemein freute.

All diese Dinge beschäftigten vielleicht ihre Hände, aber nicht ihren Kopf, und so wanderten ihre Gedanken immer wieder zu Charlie, während sie Herzen aus Pappe ausschnitt und mit Lametta verzierte. Sie begann, sich Sorgen zu machen. Was, wenn ihm etwas zugestoßen war? In der Nacht, als er sie auf das Dach des Studentenwohnheims geführt hatte, war er geradezu schwermütig gewesen. Oder was, wenn er vorhatte, still und leise aus ihrem Leben zu verschwinden? Das würde sie schlichtweg nicht zulassen. Und so fand sie sich schließlich vor seiner Zimmertür im Wohnheim wieder.

Du bist nur hier, weil du dich bei ihm bedanken möchtest, sagte sie sich. Für den Brief, den er ihr geschrieben und der sie so stark berührt hatte. Aber auch dafür, dass er ihr einst das Foto von Herrn Asseln überlassen hatte, das Marthas Adoptivvater als Mitarbeiter des MfS überführte.

Das Seidenpapier, mit dem sie das Geschenk für ihn eingepackt hatte, knisterte leise, als sie es aus ihrer Handtasche zog. Ursprünglich waren darin die roten Lederhandschuhe eingeschlagen gewesen, die Onkel Theodor ihr zur Verlobung geschenkt hatte. Sie hatte das Papier gemocht, denn es war mit zarten Blumen bedruckt. Nun, wo sie vor Charlies Tür stand, fragte sie sich, ob es unpassend für einen jungen Kerl war. Sie hatte jeden Schreibwarenladen der Stadt durchforstet, ehe sie etwas gefunden hatte, mit dem sie Charlie eine Freude machen konnte. Obwohl er sie kaum kannte, hatte er ihr vertraut und geholfen. Das würde sie ihm nie vergessen.

Du bist hübsch, Betty, aber du bist noch mehr. Du bist schön.

Auch das würde sie ihm nie vergessen.

Sie straffte sich, hob eine Hand und klopfte. Es blieb still. War er ausgegangen? Es war schon nach sechs Uhr abends. Oder arbeitete er heute in der Bar? Hatte er sie am Ende einfach nicht gehört? Ihr Klopfen war von den Lederhandschuhen gedämpft gewesen.

»Charlie?«, rief sie.

Nichts. Enttäuschung machte sich in ihr breit. Sie könnte das Geschenk vor seine Tür legen und ihm eine Notiz dazu hinterlassen. Aber ihr Gefühl sagte ihr, dass er nicht oft Geschenke bekam, deshalb wollte sie unbedingt dabei sein und sein Gesicht sehen, wenn er das Seidenpapier aufriss und sah, was sie für ihn gefunden hatte. Sollte sie also warten?

Nein. Sie wollte nicht aufdringlich erscheinen, und eine Dame wartete nicht auf einen Mann, erst recht nicht auf einen, für den sie keinerlei romantische Gefühle hegte. Außerdem hatte sie sich für heute Abend mit ihrem Verlobten verabredet, um im *Neu-Helgoland* die Speisenfolge für die Hochzeitsfeier auszuwählen. Ende August würden sie heiraten. Nur noch zwei Monate, dann wäre sie Bettina Weiler. Es war geradezu erstaunlich, wie gut vernetzt Kurt war. Er kannte die Redakteurinnen sämtlicher Frauenzeitschriften. *»Märchenhochzeit in Vorbereitung: Star-Regisseur Kurt Weiler heiratet aufstrebende Jungschauspielerin, Nichte des berühmten Designers Theodor Kaiser«*, hatte die *Sibylle* in einer kurzen Notiz bereits angekündigt.

Betty verstaute das Geschenk in ihrer Tasche. Ihr blieb wohl nichts anderes übrig, als noch einmal wiederzukommen. Langsam stieg sie die Treppe hinab.

In der Eingangshalle roch es nach Linoleumboden und Essiglösung, und als eine Gruppe Studenten hereinpolterte, auch noch nach Zigaretten und Bier. In einem Einkaufsnetz klirrten Flaschen. Einer der Männer machte seine Freunde auf Betty aufmerksam. »Die reiß ick uff wie'n Westpaket!«, prahlte er und pirschte sich an. »Na, Kleene, haste auf uns jewartet?«

Gelächter hallte in dem hohen Treppenhaus wider.

»Ich habe nur jemanden gesucht. Einen Freund.« Betty wollte an der Gruppe vorbei, doch der Typ, der sie angesprochen hatte, stellte sich ihr in den Weg.

»Das bricht mir das Herz.«

Einer seiner Kumpels pfiff.

»Seht zu, dass ihr in eure Zimmer kommt«, sagte auf einmal jemand. Eine tiefe Männerstimme, ruhig, aber bestimmt. »Das Bier da in dem Netz hab ich nicht gesehen.«

Betty fuhr herum und sah einen älteren Mann mit einem Besen in der Hand im schwach beleuchteten Flur stehen, der an den Eingangsbereich angrenzte. Vermutlich der Hausmeister.

Der junge Kerl hob abwehrend die Hände. »Allet jut, war ja nur Spaß.«

Nachdem die Gruppe unter viel Getöse die Treppe hinauf verschwunden war, dankte Betty dem Mann. Sie lächelte tapfer und ließ sich nicht anmerken, dass die Kerle ihr einen Schreck eingejagt hatten.

»Du suchst Charlie?«, fragte der Mann.

»Ja. Er war nicht auf seinem Zimmer.«

Er musterte sie. »Bist du Betty?«

»Die bin ich«, sagte sie überrascht. »Woher …«

»Komm mit«, sagte er, lehnte den Besen an die Wand und ging langsam und schleppend voran. Betty fiel auf, wie abgestoßen der Saum seiner braunen Cordhose war. »Na los, wird's bald, Mädchen!«

Er führte sie in den Keller. Ihr war etwas unbehaglich zumute, zumal das Licht der wenigen Leuchtstoffröhren hier unten kaum reichte, um den langen Flur auszuleuchten, geschweige denn all die dunklen Ecken. Es flackerte auch noch gespenstisch, und die Röhren gaben ein leises Surren von sich. Bestimmt lauerten hier überall dicke schwarze Spinnen in den Winkeln.

Schließlich blieb der Hausmeister vor einem durch Holzlatten abgetrennten Kabuff stehen. Während der Mann einen Bund mit unzähligen Schlüsseln daran aus seiner Hosentasche zog und nach dem passenden suchte, wunderte Betty sich, warum um alles in der Welt er sie hierhergeführt hatte. Zwischen den Brettern hindurch sah sie Möbel einer längst vergangenen Zeit, in denen teilweise auch Kleidung hing. Daneben fristeten Koffer ein sinnloses Dasein, ein Stück weiter lagerten Bretter. Gegenüber davon waren an der Wand allerlei Werkzeuge aufgehängt. Sägen, Hämmer und Schraubenzieher. Auf der Arbeitsfläche standen Kisten mit Nägeln und Schrauben in unzähligen Ausführungen. Und erst all die Geräte, deren Namen sie nicht mal wusste.

Stellte sich nur eine Frage: Wo war Charlie?

»Stammen die Möbel und die Kleidung von ehemaligen Studenten?«, fragte sie.

»Nö, det is alles Kram, den ick irgendwo uffjetrieben habe. Ick bewahre det für Studenten uff, die hierherkommen, ohne einen Pfennig in der Tasche. Die freuen sich, wenn sie nich auf dem Boden schlafen müssen.«

Der Hausmeister hatte nun endlich den passenden Schlüssel gefunden, schloss auf und hielt ihr die Tür auf.

»Woher kennen Sie eigentlich meinen Namen?«, fragte Betty.

»Der Junge spricht nur von dir«, sagte er. »Er mag dich.«

Betty verstand nicht, warum sie errötete. Der Hausmeister wies mit dem klimpernden Schlüsselbund ans Ende der Werkstatt, wo im Halbschatten die Tür zu einem zweiten Raum lag. Ein kleiner Raum im auch schon nicht großen Raum sozusagen, wie bei den Matrjoschkas, dachte Betty.

»Det is seine Dunkelkammer. Ruf ihn lieber, bevor du rinjehst.« Damit ging der alte Mann weg.

Betty näherte sich der Tür. Sie gab sich Mühe, mit ihren Absätzen auf dem Steinboden keinen Lärm zu machen. Als ein leises Rascheln zu hören war, sagte sie: »Charlie? Ich bin's. Betty.«

Das Rascheln verstummte. Kurz war es still. Dann Schritte. Der blickdichte Vorhang, der als Tür diente, wurde aufgeschoben. Und da war er.

Erstaunt zog er die Augenbrauen hoch. »Du schon wieder.«

»Ich hoffe, ich störe nicht«, erwiderte sie.

»Nein, gar nicht. Überhaupt nicht.«

Verlegen stand sie vor ihm. Ihr fiel auf, dass er keine Mütze trug. Das erste Mal konnte sie sein schwarzes Haar richtig sehen. Es war zerzaust, als wäre er ein paarmal mit den Händen hindurchgefahren. Der Anblick gefiel ihr. Erstaunlich, wie verletzlich er auf einmal wirkte. Als hätte sie etwas Intimes gesehen, wandte sie den Blick ab. Zum Glück erinnerte sie sich an den Grund ihres Besuchs, zog das Geschenk aus ihrer Tasche und reichte es ihm. »Das ist für dich.«

»Für mich?«

»Nur eine Kleinigkeit.«

Sie spürte ein freudiges Prickeln in sich aufsteigen und faltete vor Aufregung die Hände unter dem Kinn, als er mit dem Finger behutsam unter die Klebestreifen fuhr, um sie abzulösen.

»Wo bekommt man bei uns so schönes Papier her?«, fragte er. Dann holte er das Notizbuch hervor.

Ihr war bewusst, dass ihr Geschenk kaum aufwiegen konnte, was er für sie – oder wohl eher für Martha – getan hatte. Aber es war ein besonders schönes Notizbuch, das etwas hermachte. Es war aus hellbraunem Leder und hatte seitlich eine Halterung, in die man einen Füllfederhalter stecken konnte.

Als wäre es das Wertvollste, das er jemals in den Händen gehalten hatte, strich Charlie über den Ledereinband.

»Schreib alles auf«, sagte sie. »Schreib über dieses Land, schreib über die Menschen hier, schreib über Martha und die Machenschaften ihrer Eltern. Schreib über uns.«

Der letzte Satz war ihr so herausgerutscht. Ihr Herz setzte einen Schlag aus. Sie sah ihn an, erschrocken über das, was sie gerade offenbart hatte, nicht nur ihm, sondern auch sich selbst. Auf einmal war ihr bewusst geworden, warum sie eigentlich hier war. Warum sie nicht einen Tag länger hatte warten können, um ihm sein Geschenk zu überreichen. Sie hatte ihn unbedingt sehen müssen, denn etwas in ihr wollte Gewissheit.

Sie strich mit der freien Hand über ihren Rock. »Es ist nur ein kleines Dankeschön.« Ihr Tonfall war förmlich, fast abweisend. Sie fühlte sich wie ein Pendel, das zu viel Schwung hatte und von dem einen Extrem ins andere ausschlug. Sie stand völlig neben sich. »Dass du mir das Foto anvertraut hast, bedeutet mir … bedeutet Martha wirklich viel. Das war mutig von dir. Dein Vertrauen …«

»Schon gut«, fiel er ihr ins Wort, wahrscheinlich weil er genau merkte, wie sehr sie sich innerlich abkämpfte. Ein kleines, ungläubiges Schmunzeln umspielte seine schönen Lippen. »Du bringst mich ja sonst noch in Verlegenheit.«

Kurz herrschte Schweigen. Betty hielt sich an ihrer Handtasche fest. Luft staute sich schmerzhaft in ihrer Lunge. Sie hatte vergessen zu atmen. »Ich sollte dann mal wieder …«

In derselben Sekunde sagte er: »Magst du reinkommen?«

Sie lachten beide unbeholfen.

Betty klemmte sich eine Haarsträhne hinters Ohr. »In deine Dunkelkammer?«

Er nickte.

Und wie sie das wollte. Charlie hielt den Vorhang zur Seite und ließ sie eintreten. Im roten Licht einer Lampe war ein Tisch auszumachen. Darauf lagen mehrere entwickelte Fotos. Als Betty das Bild einer jungen Mutter betrachtete, die einen Säugling an ihre Brust hielt, fuhr er sich verlegen über den Nacken. Sie erhaschte einen flüchtigen Blick in seinen kurzen Ärmel, sah sein dunkles Achselhaar, und ihr stockte der Atem.

Sie wandte sich um, lenkte sich mit den Fotos an der Leine ab, die von einer Wand zur nächsten gespannt war.

Eine Frau, die an der Spree Wäsche wusch. Ein paar Haarsträhnen hingen aus ihrem lockeren Haarknoten, sie wirkte erschöpft. Ein Fischer, der seine Angel auswarf. Eine Zigarette steckte in seinem Mund. Ein Liebespaar am Bahnhof, versunken in einer innigen Umarmung. Eine alte Frau, die auf einer Bank saß, sich mit einer Hand auf einen Gehstock stützte und mit der anderen für ein paar Hühner Körner auf den Boden streute. Betty fragte sich, was sie in ihrem Leben alles erlitten haben mochte. Charlies Bilder erzählten Geschichten. Sie berührten.

»Ich habe den ganzen Tag auf ihrem Bauernhof verbracht.« Er deutete auf das Foto mit der alten Frau darauf. »Du glaubst gar nicht, was sie alles zu erzählen hatte.«

Betty war kaum dazu in der Lage, ihm zuzuhören. Sie betrachtete seine blassen Arme. Sein Profil, während er mit kritischem Blick auf die aufgehängten Fotos schaute. Es war ihr, als hätte sie eine unsichtbare Grenze überschritten. In dem dämmrigen Rot waren ihre Sinne geschärft. Es gefiel ihr, dass das Licht in der Kuhle seines Schlüsselbeins dunkler war, dunkelrote Schatten. Sie nahm seinen Duft wahr, eine Mischung aus Seife und etwas, das an Papier und Bücher erinnerte. Sie nahm seine Körperwärme wahr, wie als Antwort darauf ihren eigenen Körper, der wie elektrisiert war.

Die plötzliche Nähe hatte sie beide verstummen lassen. Betty fing sich wieder und sagte: »Du trägst deine Mütze heute gar nicht.«

»Ich habe ja auch nicht damit gerechnet, dass jemand vorbeikommt.«

»Warum hast sie immer auf?«

Er zögerte, und Betty wollte sich schon dafür entschuldigen, zu neugierig gewesen zu sein. Da sagte er: »Mein Vater hat sie mir geschenkt. Das ist alles, was ich von ihm habe. Ich glaube, sie ist so eine Art Schutzschild für mich. Ich fühle mich sicher, wenn ich sie trage.«

»Versteckst du dich hinter ihr?«

Er schnaubte. »Ich verstecke mich nicht.«

»Ach ja?« Sie zog eine Augenbraue hoch und forderte ihn mit ihrem Blick heraus. »Warum machst du nichts aus deinen Fotos? Versuchst wenigstens sie auszustellen? Sie sind wirklich gut. So ehrlich.«

»Die Schönheit im Wahrhaftigen«, sagte er gedankenversunken. »Das ist es, was ich zeigen will. Nichts Künstliches. Keine Lügen, wie so manche Filme.«

Betty vermutete, dass er auf Kurt anspielte, und hatte das Gefühl, ihren Verlobten verteidigen zu müssen. »Lügen … Das klingt schrecklich. Dabei schenken diese Filme den Menschen kleine Ausflüchte aus dem Alltag. Sie schenken ihnen Sehnsuchtsmomente. Laden sie zum Träumen ein.«

»Und was bringen diese flüchtigen Momente, wenn man am Ende mit dem Abspann doch wieder nur auf dem harten Boden der sozialistischen Realität aufschlägt? Oder wenn man auf ewig Träumen hinterherrennt?«

»Aber ohne Träume …«, sagte sie, »was wäre die Welt da noch? Was, wenn den Träumenden die Zukunft gehört?«

»Und was, wenn Träume verletzen, weil sie nie wahr werden?«

Etwas in seinem Blick warf in ihr die Frage auf, ob sie wirklich noch über Kurts Film sprachen.

»Und was, wenn die Träume doch wahr werden?«, fragte sie ihn.

Ihre Blicke trafen sich, und in diesem unbedachten Moment erstarb ihr Lächeln. Weil sie sein Gesicht in die Hände nehmen wollte, mit ihren Lippen über seine streichen, ihn schmecken wollte. Sie wollte hören, wie er ihren Namen wisperte, wollte das rote Licht auf seinem ganzen Körper sehen.

Er fing an, die Fotos von der Leine abzuhängen. »Ganz schön viele *Wenns*. Zu unsicher für mich.«

Sie trat zurück und stieß mit der Hüfte gegen in Papier gehüllte Fotos. Das Päckchen fiel zu Boden, ein paar Bilder segelten heraus.

»Oh, Charlie! Das tut mir leid!« Sie ging in die Hocke, um sie aufzulesen.

Auch Charlie bückte sich schnell, doch zu spät. Betty hielt inne. Die Fotos zeigten sie. Auf einem strich sie sich eine Haarsträhne hinter das Ohr. Auf einem anderen war sie völlig in Gedanken versunken. Er hatte sie an dem Tag aufgenommen, an dem das Schicksal ihre Wege ein zweites Mal gekreuzt hatte. Obwohl sie stark geschminkt gewesen war, wirkte sie auf den Fotos irgendwie … verletzlich.

Sie hörte, dass Charlie sich entschuldigte. »Manchmal kann ich einfach nicht widerstehen.«

Ihr stockte der Atem. Ihre Arme berührten einander, so dicht war er neben ihr. Sein Blick suchte den ihren. Sie fühlte sich wie betrunken. Sie betrachtete sein Gesicht, seine Haut, bewunderte das herzförmige Muttermal über seinem Mund, die feinen Rillen auf seinen Lippen. Und auf einmal spürte sie, wie etwas in ihr nachgab. Sie musste an sich halten, nicht ihre Lippen auf die seinen zu pressen. Sie war noch nie in ihrem Leben erregter gewesen. Nun bekam sie eine Ahnung davon, dass es doch mehr geben konnte zwischen Mann und Frau, etwas, das sie mit Kurt nicht erlebte und das sich anfühlte, wie eine andere Welt zu betreten, einen Ort, wo der Verstand keinen Einfluss mehr hatte, sondern nur Gefühl herrschte.

Oh Gott, dachte sie noch.

Sie legte eine Hand auf seine Brust, spürte das warme Kitzeln seines Atems. Doch als sie ihm ihre Lippen darbot, wandte er sein Gesicht leicht ab.

»Betty«, sagte er.

Sie zögerte. Versuchte sich darüber klar zu werden, was gerade geschehen war. Nahm zur Kenntnis, wie mitleidig seine Stimme geklungen hatte. Und dass er sie noch immer nicht ansehen konnte.

Sie fuhr zusammen. Ihr Kopf wurde ganz heiß. Sie legte eine Hand vor den Mund. »Entschuldige«, brachte sie hervor. »Entschuldige …« Dann schnappte sie sich ihre Tasche und eilte aus der Dunkelkammer.

»Betty, lass es mich dir erklären!«, rief er ihr nach, doch die Tür zur Werkstatt fiel bereits hinter ihr zu.

42

Clara

So muss sich fliegen anfühlen, dachte Clara, als Alex' Lippen die ihren streiften. Sein Atem, der sich mit ihrem verwob. Ihre Hände, die sich miteinander verschränkten. Ihr Rücken an der rauen Hauswand. Er wusste genau, dass er sie fast um den Verstand brachte, wenn er sie zärtlich in die Unterlippe biss und sich ihr wieder leicht entzog, dabei jedoch nie die Stirn von ihrer löste. Süße Folter.

Dann: seine Lippen auf ihren. Diese Schwerelosigkeit, die Welt ganz klein und bedeutungslos.

Sie legte eine Hand auf seinen Nacken und zog ihn näher an sich heran, öffnete mit ihrer Zunge seinen Mund und vertiefte den Kuss. Sie war neugierig. Wagte sich ein Stück weiter vor. Ließ ihre Hand unter sein Hemd wandern. Schlang ein Bein um seine Hüfte. Keuchte seinen Namen an seinem Ohr, weil sie wusste, dass sie wiederum ihn dadurch um den Verstand brachte.

Es war ein heißer Julitag, der Asphalt reflektierte die flirrende Mittagshitze, doch sie hatten im Hinterhof des Blocks, in dem die Drogerie lag, Schatten gefunden. Clara hatte gerade Pause, oder eigentlich war die garantiert schon vorbei.

»Ich muss wieder zurück in den Laden«, murmelte sie, ohne ihren Mund von seinem zu lösen.

»Noch nicht …« Er hielt sie fest. »Ich will dich noch nicht gehen lassen.« Er küsste sie erneut, aber diesmal nicht stürmisch, sondern sanft und nur kurz, als würde er die unvermeidliche Trennung proben und sich langsam darauf vorbereiten. *Ja, das hier ist was Ernstes,* wischte sie ihre leisen Zweifel beiseite und merkte, wie sich ein Lächeln auf ihren Lippen ausbreitete.

Das war auch so ein Wunder an Alex: Er brachte sie zum Lächeln. Sie hatte nicht gedacht, dass sie das noch konnte. Hatte sich wie lebendig begraben gefühlt in den letzten Wochen. Doch wenn sie mit ihm zusammen war, dann vergaß sie ihre Mutter, die vor sich hindämmerte, vergaß ihren Großvater, der seit dem Tod seines Sohnes so gut wie nicht mehr gesprochen hatte, vergaß die stupide Arbeit in der Drogerie und ihre Zukunftsängste. An seiner Seite konnte sie durchatmen. Das erste Mal glaubte sie zu spüren, dass das Leben es auch gut mit ihr meinen konnte.

Betty und Martha entging diese Veränderung an ihr natürlich nicht, aber Clara war noch nicht bereit, mit ihnen darüber zu reden. Sie hatte Angst. Indem sie ihnen sagte, dass Alex und sie ein Paar waren, wurde das zwischen ihnen offiziell. Es wurde *real.* Und dann würde man es ihr auch nehmen können, so wie man ihr fast alles genommen hatte, was ihr etwas bedeutete. Lieber sollte es wie ein vager Traum bleiben.

Aber da steckt noch mehr dahinter, und das weißt du, flüsterte eine Stimme in ihr. Sie ahnte es, seit Alex sie eines Abends nach Ladenschluss nach Hause begleitet hatte.

Er hatte ihnen gerade im Gemüseladen eine Tüte Erdbeeren geholt, die Kerstin dank ihrer Kontakte für Clara hatte zurücklegen lassen, als Clara den Spielzeugladen neben sich bemerkte. Im Schaufenster war das Modell des Raumschiffs von Juri Gagarin ausgestellt gewesen. Sie war stehen geblieben. Hatte ihren Blick nicht davon lösen können.

Da war es wieder, das Gefühl, das falsche Leben zu führen. Für den Rest ihres Lebens in einer Sackgasse festzustecken.

»Hier, frisch vom Feld, hat der Verkäufer gesagt, und er dankt für die Zigaretten.« Sie hatte Alex nur wie von fern gehört. »Clara? Ist was? Du bist ganz blass.«

»Nein. Nichts …« Sie machte sich los. Wollte weitergehen.

Doch zu spät. Alex hatte schon begriffen, was los war: ihr zerplatzter Traum, ausgestellt in einem Schaufenster.

Er sah sie durchdringend an, und Clara schämte sich, weil er in ihren Augen lesen musste, dass sie nicht zufrieden war, und das, obwohl er alles für sie tat.

Wenn er wieder zurück in die Kaserne musste, begleitete sie ihn zum Bahnhof. Dann küssten sie sich, bis die Lok pfiff und Dampf ausstieß. Erst wenn sich der Zug in Bewegung gesetzt hatte, sprang er hinein und wurde ihr entrissen. Dann stand sie am Gleis und sah ihm nach, während das Zischen und Rattern der Lok immer leiser wurde, dafür das Ticken der großen Uhr umso lauter, denn jetzt ging das Warten wieder los. Das Warten darauf, dass er zu ihr zurückkommen würde. Alex war zu ihrem Lebensinhalt geworden. Natürlich hatte sie auch Martha und Betty – aber sie hatte keine Leidenschaft mehr, nicht mal ein Hobby. Die eine Sache, für die ihr Herz einst geschlagen hatte, hatte sie aufgegeben. Sie war von anderen Menschen abhängig geworden, und dieses Gefühl verabscheute sie.

Eines Tages Ende Juli war Clara gerade damit beschäftigt, das Schaufenster zu putzen, als sie eine Frau mittleren Alters auf die Drogerie zusteuern sah. Zu ihrer Überraschung war es Frau Reinhart. Beklommenheit überkam sie, immerhin war Frau Reinhart nicht mehr einfach nur Bettys Mutter, sondern neuerdings eben auch die Mutter ihres Freundes. Als die Glocke über der Tür läutete, hatte Clara ihr Aussehen im Schaufenster geprüft und sich gewünscht, sie hätte eine Spange, um ihr dickes Haar zu bändigen.

Bettys Mutter sah sehr elegant aus, ein bisschen wie aus einer anderen Zeit. Sie trug ein cremefarbenes, locker geschnittenes Kleid, dazu hohe Schuhe und einen fliederfarbenen Hut mit breiter Krempe. Außerdem hatte sie eine Handtasche aus weißem Leder bei sich, die vermutlich ihr Bruder entworfen hatte. Mit beiden Händen hielt sie sich daran fest, die Arme waren leicht angewinkelt. »Betty hat mir erzählt, dass du hier arbeitest«, sagte sie mit einer reizenden Schüchternheit, die erkennen ließ, wie sie als junges Mädchen gewesen sein musste. »Ich bräuchte Seife. Da dachte ich mir, das wäre doch ein netter Anlass, einmal zu sehen, wie du dich als Verkäuferin machst.«

Clara warf einen Blick zu ihrer Chefin, die hinter dem Tresen auf einem Hocker saß und in der *Sibylle* las. Es war Mittwochnachmittag, da war nie viel los. Kerstin sah von der Zeitschrift auf, und Clara dachte schon *Oh Gott, jetzt kommt's,* aber da schmunzelte ihre Chefin und sagte: »Clara macht sich sehr gut.«

Frau Reinhart lächelte ein bisschen und wirkte dabei, als würde sie die Luft anhalten.

»Aber sie muss noch lernen, wie man Fenster putzt«, fügte Kerstin trocken hinzu.

Jetzt, wo sie es sagte, fiel auch Clara auf, dass die Scheibe im schräg stehenden Sonnenlicht Streifen aufwies. Clara stöhnte entmutigt.

Bettys Mutter schien etwas aufzutauen. »Zeitungspapier eignet sich meiner Erfahrung nach sehr gut zum Fensterputzen. Und wenn man die Scheibe anschließend mit einem Damenstrumpf poliert, bleiben auch keine Streifen.«

»Danke für den Tipp.«

»Ich habe ihn von unserer Nachbarin. Anfangs war ich auch eine totale Katastrophe im Haushalt. Jedes Rezept musste ich nachschlagen, jeder Kuchen ist mir verbrannt, ich hatte keine Ahnung, wie man weiße Wäsche rein bekommt oder die Armatur entkalkt. All das hatte ich zuvor nie gelernt, ich hatte ja immer nur Klavier spielen im Kopf.«

Clara ließ den Schwamm in den Eimer mit Wasser fallen, stieg von der Trittleiter und trocknete sich die Hände an dem Tuch ab, das über ihrer Schulter hing. »Seife also. Da hätten wir einmal Florena für die Hände oder aber auch parfümierte Körperseife, Maiglöckchen wird gern genommen. Was darf's denn sein?«

»Eine Seife für die Hände bitte. Vielleicht habt ihr ja etwas Hübsches, in dem ich sie im Badezimmer aufbewahren kann. Eine Schale oder eine Box.«

»Letzte Woche hatten wir Seifenschalen, aber die waren schnell vergriffen.«

»Oh«, sagte Frau Reinhart enttäuscht.

»Aber wenn das nächste Mal welche geliefert werden, denke ich an Sie. Versprochen. Macht dann fünfundneunzig Pfennig.« Clara nahm die Seife aus dem Regal, tippte den Betrag in die Kasse ein, und die Geldkassette sprang mit einem *Ping* auf.

Frau Reinhart bezahlte und steckte das in Papier eingehüllte Seifenstück in ihre Tasche. »Danke.« Sie sah Clara an, wobei ihr Mund offen stand und sie Luft holte, als würde sie noch etwas loswerden wollen, aber dann lächelte sie nur aufgesetzt. »Danke«, sagte sie noch einmal und wandte sich zum Gehen.

Hatte Alex ihr von ihnen erzählt? Aber das hätte er erwähnt. Und warum sollte Frau Reinhart Clara deshalb extra aufsuchen?

Clara trommelte mit den Fingern auf dem Tresen. Sie wurde das Gefühl nicht los, dass Bettys Mutter etwas auf dem Herzen hatte. Sollte sie sie deswegen ansprechen?

Eine Hand bereits auf der Türklinke, wandte Frau Reinhart sich auf einmal um. »Es ist nicht richtig, dass man dir Steine in den Weg legt. Betty hat immer davon geschwärmt, wie klug und interessiert du bist. Sie hat sich von deinem Kampfgeist anstecken lassen. Eine jede Frau braucht eine Freundin wie dich, die ihr Selbstvertrauen und Ehrgeiz vorlebt. Ohne dich hätte sie vielleicht sogar nie Kurt kennengelernt, der ihr ihren großen Traum ermöglicht, Schauspielerin zu werden. Einer jungen Frau wie dir sollte die Welt offen stehen.«

Innerhalb von Sekunden wurde Clara von den verschiedensten Gefühlen überwältigt. Schmerz. Unbehagen. Solche Dinge sagte man nicht in der DDR. Schon gar nicht, wenn noch eine Person im Raum war, die man kaum kannte. Dankbarkeit. In diesem Land fand man nur selten Menschen, die sich solidarisch mit einem zeigten, auf welche Weise auch immer. Die meisten waren zu eingeschüchtert.

»Danke«, war alles, was sie hervorbrachte.

»Es ist wirklich eine Schande!«, stimmte Kerstin ihr zu und pustete sich eine Haarsträhne aus dem Gesicht. »Dieses Mädchen ist klüger als Einstein! Seit sie hier arbeitet, habe ich keinen Taschenrechner mehr benutzt.« Sie deutete auf Clara. »Du gehörst auf eine Universität, nicht in diesen Laden.«

Das kam so unerwartet, dass Clara zwei Atemzüge brauchte, bis sie etwas darauf erwidern konnte. »Danke, Kerstin.«

»Ich mache mich mal wieder auf den Weg«, sagte Frau Reinhart und blieb dann doch noch einmal stehen. »Oder ich könnte auf dich warten, und du begleitest mich ein Stück? Bis wann musst du arbeiten?«

Eigentlich würde Clara erst in einer halben Stunde Feierabend haben, aber Kerstin winkte ab und sagte: »Ach, hau schon ab!«

»Wie geht es dir?«, fragte Frau Reinhart, als sie draußen langsam die Straße entlangspazierten.

Sie musste nichts hinzufügen, Clara wusste auch so, dass sie den plötzlichen Tod ihres Vaters meinte. »Na ja …« Innerhalb von Sekunden war ihre Kehle so eng, dass sie glaubte, keine Luft mehr zu bekommen. »Mutti, Opa und ich machen irgendwie weiter, etwas anderes bleibt uns nicht übrig. Betty und Martha sind mir eine große Stütze.« Clara schob die Hände in die Taschen ihrer Strickjacke. »Was Sie vorhin gesagt haben, war nett. Danke. Es bedeutet mir viel.«

»Ich war nur ehrlich.«

»Eben. Ehrlich zu sein, ist in diesem Land nicht ohne Risiko.«

Feine Falten umfächerten ihre Augen, als sie schmunzelte. »Ich habe es gern getan. Sag, wie ist die Arbeit in der Drogerie? Du scheinst gut mit deiner Chefin auszukommen.«

»Ja, Kerstin ist in Ordnung.« Clara versuchte, das Positive zu sehen. »Und unsere Kunden sind nett. Ich habe auch schon viel über die richtige Anwendung von Gesichtsölen gelernt oder darüber, wie man aus Kaffee oder Zucker selbst Rubbelmasken herstellt.«

Unerwartet blieb Frau Reinhart stehen. »Clara, ich mache mir Sorgen um dich. Das erfüllt dich doch nicht.«

»Nein«, erwiderte Clara. »Aber ich denke einfach nicht darüber nach.«

»Das solltest du aber. Du hast so viel Talent, das darfst du nicht verschwenden! Und in dir brennt ein Feuer! Eine Weile wirst du es im Zaum halten können, aber nicht ewig. Ansonsten verbrennt es dich innerlich, und am Ende wird nur noch deine Asche übrig sein.«

Clara schluckte. Sie wurde das Gefühl nicht los, dass es nicht mehr nur um sie ging. »Sie kennen das?«, wagte sie zu fragen.

Frau Reinhart sah zu Boden. »Es ist alles schon so lange her … Aber manchmal, wenn ich nachts die Augen schließe, dann höre ich noch immer den tosenden Applaus.« Sie lächelte mit gesenkten Lidern, als würde sie vor ihrem inneren Auge den großen Konzertsaal und die Blumen sehen, die man auf die Bühne warf. »Dann schlägt mein Herz kräftig, und ich fühle mich lebendig.« Langsam hoben sich ihre Lider, als würde sie widerwillig aus einem schönen Traum erwachen. »Ich hatte die Hoffnung, dass ich meine Liebe zur Musik einfach vergessen würde. Dass ich die Lücke füllen könnte, mit meiner Ehe, mit meinen Kindern. Versteh mich nicht falsch, meine Familie bedeutet mir alles, ich würde sie um keinen Preis missen wollen. Aber gleichzeitig leide ich unablässig an dem, was ich verloren habe. Mein Mann hat das gespürt, und es hat ihn verletzt. Er hat nie verstanden, was ich aufgegeben habe. In seinen Augen war es selbstverständlich, dass ich meine Karriere beende. Selbstaufgabe ist die wohl größte Tugend einer Frau.«

Sie hatten nun die Spree an der Mühlenstraße erreicht.

»Und warum erzählen Sie mir das?«

»Weil du das Talent, das dir geschenkt wurde, nutzen musst. Vergeude es nicht.«

»Ich weiß nicht, wie.«

»Doch, das weißt du«, sagte Frau Reinhart und sah zum anderen Ufer rüber.

Clara hatte das Gefühl, als säße ein dicker Knoten in ihrer Brust. »Ich würde so viele Menschen enttäuschen. Meine Mutter, meinen Großvater, Betty und Martha …«

Alex …

»Sollen sie lieber mitansehen, wie du still und leise zugrunde gehst? Sie würden mit dir leiden. Deshalb ist es sogar deine *Pflicht*, diese Menschen zu enttäuschen, um dich selbst nicht zu enttäuschen und dir treu zu bleiben. Damit du weiterhin in den Spiegel schauen kannst.«

Aus einem spontanen Gefühl heraus umarmte Clara Bettys Mutter. »Danke.«

Frau Reinhart schloss fest und herzlich die Arme um sie. »Warte nicht zu lange. Wer weiß, wie es mit diesem Land weitergeht.«

Ehe ihre Wege sich trennten, fragte Frau Reinhart noch: »Sag, geht es meiner Betty gut? Ist sie glücklich?«

Clara überlegte einen Moment, was sie darauf erwidern sollte. »Fragen Sie Betty doch einfach. Ich denke, das würde sie freuen.«

Frau Reinhart nickte und hielt ihre kleine Tasche wie einen Schutzschild vor den Bauch. »Weißt du, es ist nicht immer leicht, eine gute Mutter zu sein und seinem Kind das Richtige zu raten.«

»Ich persönlich finde die Hochzeit etwas übereilt«, wagte Clara zu sagen.

Frau Reinhart sah gedankenversunken einer Möwe nach, die knapp über dem Wasser dahinflog. »Ich befürchte nur, Betty hat keine andere Wahl.«

Clara verstand nicht, worauf Frau Reinhart anspielte.

Sie wollte nachhaken, doch da legte Frau Reinhart eine Hand auf Claras Wange. »Mach's gut, Mädchen. Pass auf dich auf.«

43

Betty

Sie sollte sich schick machen, sie war schon spät dran. Aber die Vorstellung, in ein eng anliegendes Kleid zu schlüpfen, sich die Haare zu frisieren und Lippenstift sowie Wimperntusche aufzutragen, widerstrebte ihr seltsamerweise. Stattdessen lag sie in ihrem kuscheligen Schlafanzug auf ihrem Bett und schob sich eine Knusperflocke nach der anderen in den Mund. Doch inzwischen war die Tüte leer. Auch die zwei Marmeladenbrote, die sie sich geschmiert hatte, waren ratzfatz weg gewesen.

Ihre Zimmertür ging auf.

»Oh«, sagte ihre Mutter ertappt und nahm die brennende Zigarette, die in ihrem Mund steckte, zwischen Zeige- und Mittelfinger. »Du bist zu Hause. Ich dachte, du wärst bei Kurt … Feiert er nicht heute den Abschluss der Dreharbeiten?«

Betty strich sich gedankenversunken über den Bauch. »Es ist eigentlich mehr ein ungezwungenes Beisammensein. Es werden Regisseure dort sein, ein paar Schauspieler und Schauspielerinnen, alle möglichen Leute. Kurt und ich treffen uns vor Ort.«

Ihre Mutter erinnerte sich daran, dass eine Zigarette in ihrer Hand brannte, drückte sie auf dem Teller neben Betty aus, auf dem Marmeladenreste trockneten, und fügte als Erklärung hinzu: »Manchmal brauche ich einfach ein Zigarettchen.«

»Schon gut.« Immerhin schien sie nüchtern zu sein.

Ihre Mutter ließ Bettys Anblick auf sich wirken: Schlafanzug. Ungeschminkt. Vermutlich klebte Schokolade an ihren Mundwinkeln. Nur zu gerne hätte Betty gewusst, was ihrer Mutter durch den Kopf ging. Sie nahm es sich heraus, sie ebenso zu mustern. Zwei Frauen, die voneinander Bestandsaufnahme machten. Ihr ausgewaschener Hausfrauenkittel und die fliederfarbenen Pantoffeln verrieten, dass sie heute nicht mehr vorhatte, vor die Tür zu gehen, geschweige denn, sie zu öffnen, sollte jemand klingeln. Früher war Mona Reinhart eine richtige Schönheit gewesen. Es gab Fotos von ihr, da war sie wie ein amerikanisches Pin-up-Girl, mit Wespentaille, üppigem Dekolleté und einer Ausstrahlung, die jeden Mann in die Knie gehen ließ.

Bettys Magen rumorte von all dem Süßkram. Sie bereute ihren Heißhunger, aber es hatte sich gut angefühlt, haltlos Essen in sich hineinzustopfen. Es war wie ein Rausch gewesen. *Einfach mal loslassen. Die Beherrschung verlieren.* Nun aber kam das schlechte Gewissen. Erst letzte Woche hatte Kurt sie spielerisch in die Seite gekniffen und dann fast erschrocken gesagt: »Nanu, da ist aber jemand weich geworden.« Und bei der Vorstellung, heute Abend noch mal etwas essen zu müssen, wurde ihr übel.

»Kurt kann ruhig ein wenig auf dich warten«, sagte ihre

Mutter, die nun aktiv wurde, die Tüte aufhob, mit der Hand die Brotkrümel von der Decke auf den Teller fegte und schließlich das Fenster öffnete, um frische Luft hereinzulassen. »Du gehst jetzt erst mal in Ruhe duschen, während ich dir ein hübsches Kleid raussuche. Danach sieht die Welt schon ganz anders aus, und du wirst es kaum erwarten können, deinen zukünftigen Ehemann zu sehen.«

Die Dusche wirkte tatsächlich Wunder, und als Betty eingehüllt in ihren flauschigen Bademantel und einem Handtuchturban auf dem Kopf aus dem Badezimmer kam, fühlte sie sich schon fast wieder gut. In der Zwischenzeit hatte ihre Mutter ihr ein Kleid und dazu passenden Schmuck herausgelegt.

»Setz dich, ich kämme dein Haar.«

Betty genoss es, umsorgt zu werden. »Was wolltest du eigentlich in meinem Zimmer, wenn du doch dachtest, ich wäre gar nicht hier?«, fragte sie irgendwann.

Ihre Mutter wirkte hin- und hergerissen, schließlich zog sie einen Brief aus der Kitteltasche. »Der ist für dich gekommen.«

Betty nahm den Brief und legte ihn auf ihrem Schminktisch ab, ohne den Absender gelesen zu haben. Das musste sie auch nicht. Ihr Herz hatte einen Schlag ausgesetzt und ihr damit verraten, von wem der Brief war.

Das Kleid, in das ihre Mutter ihr hineinhalf, war aus einem mitternachtsblauen, samtigen Stoff und reichte fast bis zum Boden. Es hatte einen außergewöhnlichen Meerjungfrauenschnitt, lag an den Beinen eng an und fächerte sich unten an den Waden auf.

Ihre Mutter zog den Reißverschluss hoch und steckte den mit Samt überzogenen Knopf am Kragen in die Öse. »Wer ist Charlie?«, fragte sie.

Bettys Atem stockte. Offenbar hatte ihre Mutter den Absender gelesen. »Niemand von Bedeutung.«

Was wollte Charlie von ihr? Hatte er nicht deutlich genug gemacht, dass er kein Interesse an ihr hatte? Im Nachhinein konnte sie selbst nicht sagen, was in sie gefahren war. Wahrscheinlich hatte ihre Verlobung mit Kurt sie durcheinandergebracht. Ein Glück, dass nichts passiert war. Das Beste wäre, wenn sie einander nicht wiedersehen würden.

»Wie sehe ich aus?«, fragte Betty.

»Wunderschön. Wie ein richtiger Filmstar.«

Sie verlieh ihren Wangen mit etwas Rouge eine unschuldige Röte, betonte mit Lidstrich ihre Augen und mit einem dunklen Lippenstift ihren vollen Mund. Ihr Haar fiel in weichen Wellen über ihre Schultern. Noch etwas Parfüm an den Hals, dann war sie bereit, an Kurts Seite zu strahlen.

Sie legte sich eine Stola um die Schultern, schnappte sich ihre kleine Handtasche und wollte schon aus dem Zimmer, da fiel ihr Blick auf den Brief. Das Beste wäre, ihn ungelesen in den Müll zu werfen, und doch hob sie ihn von ihrem Schminktisch auf und steckte ihn in ihre Handtasche.

Ein Platz im *Ganymed* am Schiffbauerdamm war in etwa so schwer zu bekommen wie eine Ausreisegenehmigung. Nur nicht, wenn man Kurt Weiler hieß und die halbe Stadt kannte.

Als Betty das Restaurant in der Nähe des *Berliner Ensembles* betrat, wurde ihr schnell klar, weshalb das *Ganymed* so beliebt war. Mit seiner hohen, mit Stuck verzierten Decke hatte es etwas Vornehmes, ohne dabei einschüchternd zu wirken. Zu ihrer Rechten bedeckte ein Gemälde fast die ganze Wand. Es zeigte eine ausgelassen feiernde Gesellschaft, die Damen trugen Stirnbänder mit Federn daran und funkelnde Kleider. An einer der drei langen Tafeln würde gleich das Essen serviert werden. Noch aber tummelte sich die Gesellschaft an der Bar, und dort entdeckte sie auch Kurt, der gerade dabei war, etwas zu erzählen, und dabei ausladend gestikulierte. Der Boden bestand aus altem Parkett, und Betty spürte das Knarzen unter ihren hohen Schuhen, nur hören konnte sie es nicht, denn die Jazzmusik und das Durcheinander unzähliger Stimmen waren zu laut.

»Betty!« Kurt ergriff ihre Hand und küsste sie. »Darf ich dir Max Voigt vorstellen? Er ist ebenfalls Regisseur.«

Betty funktionierte hervorragend. Sie schüttelte Hände, plauderte leicht über die Unterschiede zwischen der Schauspielerei auf der Bühne oder vor der Kamera und lachte an den richtigen Stellen glockenhell auf, sodass die Männer, die sich schon bald um sie scharten, dazu animiert waren, ihr noch einmal dieses Lachen zu entlocken.

Als alle saßen, wurde das Essen gebracht. Kassler auf Kraut. Ihr Magen rebellierte, weshalb sie kaum etwas von dem deftigen Fleisch anrührte und mehr vom Wein trank, als sie sich vorgenommen hatte. Das Licht war gedimmt. Die Kerzen auf dem Tisch verbreiteten einen flackernden Schein. Sie begegnete Kurts Blick und lächelte ihn an. Er erwiderte ihr Lächeln.

Die Gespräche am Tisch nahmen an Fahrt auf, und es war Betty, als würde ein jeder versuchen, den anderen zu übertrumpfen. Alles geschah aus dem Kalkül heraus, wahrgenommen zu werden. Sie sah eine junge Schauspielerin, die sich von einem Regisseur Feuer geben ließ und sich dabei tiefer als nötig beugte, damit er einen Blick auf ihr Dekolleté erhaschen konnte. Sie verfolgte, wie ein Drehbuchautor, der bestimmt schon über fünfzig war, sich aber nachlässig kleidete wie ein Student, auf seinen Stuhl kletterte, um eine kleine Ansprache zu halten. Sie bemerkte mit einem gewissen Entsetzen, wie ein Pärchen in Richtung der Toiletten verschwand.

Und auf einmal beschlich dieses Gefühl sie. Sie sollte woanders sein. Sie fühlte sich wie in einer Glaskugel, weit weg von all den anderen um sie herum.

Betty ließ sich gerade Wein nachschenken, als sie hörte, wie Kurt dem Mann neben ihm von seinem neuen Film erzählte. »Natürlich vergesse ich auch meine Betty nicht und werde ihr eine Nebenrolle darin geben.«

»Was? Für mehr reicht es wohl nicht?«, lachte der Mann. Markus war sein Name.

Und da sagte Kurt es. Er sagte: »Na, für die Hauptrolle muss sie noch ein bisschen abspecken.«

Betty wurde heiß und kalt zugleich. Kurts Worte waren wie Gift, das sich langsam in ihr ausbreitete und sie schwindelig werden ließ. *Er ist betrunken,* versuchte sie sich zu beruhigen. Auch sie lachte. Warum lachst du?, empörte sich eine Stimme in ihr. Warum nimmst du nicht dein Wasserglas und schüttest ihm den Inhalt ins Gesicht? *Alles wird gut,* beschwor sie sich. *Du bist die Frau, die er heiraten will. Bis zur Hochzeit wirst du die paar Pfunde zu viel runter haben.*

»Entschuldigt mich kurz«, sagte sie und erhob sich. Sie hörte noch, wie Kurt ihr etwas nachrief, aber es ging im Lärm unter, und dann war sie auch schon auf dem Gehweg vor dem Restaurant.

Draußen war die Luft angenehm kühl. Sie wünschte, sie würde rauchen, dann würde sie hier nicht so verloren herumstehen. Da fiel ihr der Brief in ihrer Tasche ein. Sie holte ihn hervor, riss den Umschlag auf und las.

Falls überhaupt jemand die absolute Reglosigkeit der jungen blonden Frau in dem mitternachtsblauen Abendkleid bemerkte, so war er vermutlich zu sehr damit beschäftigt, sich vor den anderen mit lustigen Anekdoten, Karriereerfolgen und einflussreichen Freunden zu profilieren, um sich weiter darum zu kümmern.

Als sie den Brief zu Ende gelesen hatte, streckte sie eine Hand aus, um sich an der Straßenlaterne festzuhalten, die die tiefdunkle Nacht mit ihrem orangegelben Licht erhellte. Darunter schwirrten ein paar Nachtfalter. Sie blieb noch eine Weile stehen, bevor sie den Brief mit zitternder Hand in ihre Tasche steckte und dann langsam und ein wenig unsicher an die Straße trat und ein Taxi herbeiwinkte.

44

Betty

Im Nachhinein erschien Betty das, was in dieser Nacht geschah, seltsam surreal und verschwommen. Als würde sie sich an einen Traum erinnern und wäre nicht sicher, was davon sich wirklich zugetragen hatte und was ihrer Fantasie entsprang. In dieser Nacht war sie eine andere Frau gewesen, dachte sie später.

Während das Taxi durch das triste nächtliche Berlin rauschte, hatte sie versucht, sich in ihrer letzten Rolle zu verankern. Die Femme fatale. Selbstsicher. Verführerisch. Eine Frau, die sich genommen hatte, was sie wollte.

Sie las den Brief erneut, hinterfragte jedes Wort, um sicherzugehen, dass sie Charlie nicht falsch verstanden hatte.

Liebste Betty,
irgendwo dort draußen schlägt ein Kirchturm gerade drei Uhr, und eine weitere Nacht verstreicht, in der ich kein Auge zumache.
Denn irgendwo dort draußen bist du vermutlich gerade bei ihm, und der Gedanke daran zerreißt mein Herz in zwei Hälften. Die eine möchte sofort zu dir eilen und dich ihm wegneh-

men. Die andere weiß, dass ich nicht das Recht dazu habe. Vielleicht ahnte ich es von Anfang an, aber als du das letzte Mal bei mir warst, meine liebe Betty, als ich tatsächlich hoffen durfte, dass auch du Gefühle für mich hast, da wurde mir klar, dass das mit uns beiden in einer Katastrophe enden würde. Denn du gehörst einem anderen Mann, und ich schleppe ein Geheimnis mit mir herum, das ich noch niemandem anvertraut habe.

Deshalb kann ich nicht für deinen Verlobten arbeiten. Und deshalb konnte ich dich auch nicht küssen, obwohl ich mir nichts Schöneres hätte vorstellen können. Es war schrecklich, zu sehen, wie sehr dich meine Zurückweisung verletzt hat. Das war das Letzte, das ich wollte. Du sollst wissen: Seit ich dich das erste Mal sah, träume ich davon, dir nah zu sein, neben dir aufzuwachen, dich zu lieben.

Das zu schreiben ist wie eine Erlösung, denn ich hatte nicht geglaubt, überhaupt für die Liebe gemacht zu sein. Du bist die erste Frau für mich. Und deshalb ist das der erste Liebesbrief, den ich nicht im Auftrag anderer verfasse. Mein Gefühl sagt mir, dass es auch der letzte sein wird, denn ich bezweifle, dass ich in diesem Leben noch einmal einer Frau wie dir begegnen werde.

Für immer,
dein Charlie.

Als sie blinzelte, lösten sich zwei Tränen aus ihren Augen, die sie schnell fortwischte. Im Rückspiegel sah sie den Blick des Taxifahrers. Sorgsam verstaute sie den Brief wieder in ihrer Tasche und zog einen kleinen Spiegel heraus, den sie aufklappte, um ihr Gesicht zu überprüfen. Ihre Wangen waren gerötet. In ihren Augen lag Unsicherheit, aber auch ein herausforderndes Blitzen. Immer wieder hatte sie auf ihre Unterlippe gebissen, weshalb sie leicht geschwollen war. Auch das hatte etwas Herausforderndes.

Das Taxi hielt. Sie bezahlte, wartete, bis der Wagen fort war, und drückte dann die Eingangstür des Studentenheims auf. Noch immer bestand die Möglichkeit, dass Charlie nicht da war, dass ihr niemand aufmachen und sie wieder nach Hause fahren würde. *Schicksal,* würde sie sich dann sagen.

Als sie an Charlies Tür im obersten Stock ankam, die Hand hob und klopfte, waren all die Vorbereitungen, die sie innerlich getroffen hatte, dahin. Sie atmete flach. Ihr Herz raste.

Die Tür öffnete sich. Und auf einmal stand er vor ihr. Charlie. Dieser rätselhafte junge Kerl. Sein Hemd war weit aufgeknöpft, sein Haar zerzaust. Keine Mütze.

»Betty.« Er klang überfordert. Dankbar. Und ein klein wenig ängstlich. Sein Mund war leicht geöffnet, und sie konnte ihn atmen hören.

»Hier bin ich«, brachte sie hervor.

»Da bist du«, sagte er.

Bei seinem Anblick schüttelte sie leicht den Kopf, als könne sie nicht glauben, dass sie nun wirklich hier war, bei ihm, mit ihm. Ihnen beiden war klar, was passieren würde, obwohl sie gleichzeitig wusste, dass sie noch eine ganze Weile so tun würde, als hätte sie keine Ahnung, warum sie gekommen war. Sie musste an sich halten, sich nicht auf diese Lippen zu stürzen.

Sie bewegten sich so lange nicht, bis das Licht im Flur ausging. Erst dann schien er aus seiner Starre zu erwachen, trat beiseite und ließ sie herein.

Sie begann damit, dass sie ihm sagte, dass sein Brief sie überrascht, aber auch sehr berührt hätte. »Danke für deine ehrlichen Worte.«

»Es war mir wichtig, dass du all das weißt«, erwiderte er. »Und warum bist du hergekommen?«, wollte er wissen.

Es dauerte ein paar Atemzüge, ehe sie eine Antwort darauf fand. Sie hätte etwas Lockeres erwidern können wie »Weil mir gerade danach war.« Aber sie sagte: »Du bist der erste Mann, der wirklich mit mir spricht.«

Das nun folgende Schweigen erschien ihr wie eine Ewigkeit. Sie überlegte, ob sie ihm ein paar belanglose Fragen stellen sollte, aber sie wäre ohnehin nicht in der Lage, die Antworten zu hören, denn alles, was sie wollte, war, ihn zu spüren, zu riechen, zu schmecken. Da war ein Kribbeln zwischen den Beinen. Aber sie schien verlernt zu haben, wie man flirtete, wie sie ihren Körper einsetzte, die Rundungen, die Augen, die Hände … Ein erster Schritt war, ihre Tasche auf der Fensterbank abzustellen. Als sie sich wieder umwandte, hatte er sich nicht von der Stelle bewegt.

Sie ließ den Blick durch das Zimmerchen schweifen, über das schmale Bett, den Tisch unter der Dachschräge mit beschriebenen Blättern darauf, die kleine Kommode. Auf dem Boden Bücherstapel.

»Betty, ich …«, setzte er an, aber sie legte den Zeigefinger auf ihre Lippen. »Schhh … Es ist alles gut.«

»Ist es nicht, und das weißt du. Ich will nicht, dass du leidest. Du sollst die Wahrheit erfahren, ich …«

»Lass uns heute Nacht alles vergessen, ja? Bitte.«

Sein Atem ging heftig. So viel Gefühl in seinen Augen, wo doch sonst sein Blick eher kühl war. Er hatte seinen Schutzschild abgelegt, und das ließ sie vor Erregung erschauern. Sie machte einen Schritt auf ihn zu, dann noch einen. Sein Kehlkopf bewegte sich, er schluckte.

»Charlie«, sagte sie.

Im nächsten Moment lagen ihre Lippen auf seinen. Erst drängend. Gierig. Eine Explosion, ein Sturz in die Tiefe. Es war, als würde ihr Innerstes leuchten. Als würden all ihre Sinne erwachen. Noch nie zuvor hatte sie so intensiv gefühlt. Seine Haut an ihrer, sein Atem, seine Zunge.

Dann wurden ihre Küsse sanfter, zärtlicher. Sie *spürten* einander.

Sie schob eine Hand in sein Haar. Seine Berührungen, seine Nähe fühlten sich an, als würde etwas in ihr heilen. Als sie versuchte, seinen Gürtel zu öffnen, stellte sie sich ungeschickt an, also half er ihr. Dann knöpfte sie sein Hemd auf, streifte es von seinen Schultern, warf es auf den Boden. Sie drehte sich um, und er öffnete den Knopf ihres Kragens, den Reißverschluss ihres Kleides, und sie ließ den Stoff an ihrem Körper hinabgleiten, wo er um sie herum wie eine mitternachtsblaue Pfütze liegen blieb.

Er war sanft und zurückhaltend, aber sie wollte ihn wie nichts sonst auf dieser Welt, also nahm sie seine Hände und legte sie auf ihre Brüste. Sie küsste ihn mit einer Leidenschaft, die ihm den Atem raubte.

Inzwischen waren sie auf dem Bett gelandet, beide nackt, aber sie fühlte sich nicht so. Er legte sich auf sie, und kurz hatte sie Angst vor seinem Gewicht, aber er stützte sich zu ihren Seiten ab. Er ließ ihr Luft zum Atmen. Sie bewegte ihre Hüften, was ihm ein leises Keuchen entlockte.

»Sei gut zu mir«, wisperte sie auf einmal.

Sie sah ihr Gesicht in seinen Augen gespiegelt und dahinter tiefe Schluchten, von denen sie nichts wusste. Und dennoch vertraute sie ihm, gab sich ihm hin, während er Zentimeter für Zentimeter ihren Körper erforschte und sie zum Seufzen brachte, indem er ihre Brüste mit seinen Händen und seiner Zunge liebkoste.

Dann spürte sie ihn in sich. Auch jetzt nahm er sich Zeit, bewegte sich langsam. Sie empfand das erste Mal die Innigkeit, die sie sich zuvor ersehnt hatte. Sie versank völlig im Moment, spürte etwas in sich erwachen, eine Lebendigkeit, eine Ungezähmtheit, die sie nicht von sich kannte. Sein Blick war reine Verletzlichkeit. Er strich ihr das Haar von der Stirn, und ein Keuchen entrang sich ihr, sodass er es wagte, fester zu stoßen. Sie krallte sich in seinem Rücken fest, biss in seine Schulter. Er hob ihr Becken an, und sie schrie auf vor Verlangen, war wie losgelöst von sich selbst. Und auf einmal explodierte etwas in ihr. Ihr ganzer Körper ein einziges wohliges Zittern. Sie spürte auch ihn erschauern, spürte, wie er auf sie sank, wie er sich an ihr festhielt, nahm den leichten Duft von Schweiß wahr, kam wieder im Hier und Jetzt an. In Charlies Armen hatte sie ihre Seele gespürt. Sie hatte sich in ihm verloren und er sich in ihr. Wie losgelöst von allem. Als wären sie gemeinsam einen kleinen Tod gestorben, dachte Betty, und hätten den Himmel berührt.

Als sie am nächsten Morgen aufwachten, war es einen Moment lang seltsam zwischen ihnen. Oder vielleicht hatte auch nur Betty dieses Gefühl. Was dachte Charlie nun von ihr, wo sie nachts derart ungehemmt gewesen war? Hätte er jetzt, wo sie miteinander geschlafen hatten, das Interesse an ihr verloren, weil er bekommen hatte, was er wollte? Hielt er sie für eine Art Ehebrecherin? Bestimmt sah sie furchtbar aus, die Wimperntusche verschmiert, das Haar zerzaust und das Gesicht verquollen vom Alkohol des gestrigen Abends …

Doch da lächelte er schlaftrunken und strich ihr eine Strähne hinters Ohr. »Gott, bist du schön …« Er küsste sie. Kurt verweigerte ihr so lange einen Gutenmorgenkuss, bis sie sich frisch gemacht hatte.

Charlie bestand darauf, sie zur Bahn zu begleiten. Auf dem Weg zur Station berührten sich immer wieder ihre Hände, und als sie an einem kleinen Park vorbeikamen, zog er sie zu einer alten Linde, drückte sie gegen den Stamm und küsste sie erneut. Betty war trunken vor Glück. Als seine Lippen ihren Hals hinabwanderten, legte sie den Kopf in den Nacken und sah den rosafarbenen Wattewolken dabei zu, wie sie über den Dächern der Stadt hinwegzogen.

Und gleichzeitig, wie ein Gewitter, das man schon in der Luft spürt, bevor die Wolken sich überhaupt erst verdunkeln, ahnte sie, dass es nicht mehr lange dauern würde, bis alles über ihr zusammenbrach.

»Ich muss los«, sagte sie und wollte ihn sanft von sich schieben, aber Charlie hielt ihre Hände fest.

»Bitte, bleib noch ein bisschen. Ich kann dich noch nicht gehen lassen …«

»Es geht nicht«, hauchte sie. Ihre Lider senkten sich herab. Sie konnte ihn nicht ansehen.

»Willst du zu ihm?«, fragte er.

Mit einem Mal fühlte sie sich schmutzig. »Ich muss. Er wird mich gestern Abend vermisst haben. Am Ende macht er sich Sorgen.«

Sein Griff wurde fester. »Bitte, bleib bei mir … Geh nicht zu ihm.«

»Charlie, er ist mein Verlobter. Wir werden bald heiraten.«

»Und was war das heute Nacht zwischen uns?«

»Das hat mir viel bedeutet! Aber es ist nicht so einfach …«

»Doch, ist es. Liebst du ihn, oder liebst du ihn nicht?«

Sie fühlte sich in die Ecke gedrängt. »Ja, ich liebe ihn. Weil er mir Chancen bietet und Sicherheit schenkt.«

»Und das tue ich nicht.« Ihm war anzuhören, wie sehr sie ihn damit verletzt hatte.

»Charlie, wir kennen uns kaum.«

»Na und? Ich weiß, was ich für dich empfinde, und das ist alles, was zählt.«

Sie sah auf ihre Hände hinab, die den Henkel ihrer Tasche umklammerten.

Aber er ließ sie nicht so leicht davonkommen. Legte eine Hand unter ihr Kinn und hob es an. »Was empfindest du für mich, Betty?«

»Charlie, bitte, hör auf …«

»Nein, denn es ist mir ernst.«

»Wie kannst du von mir verlangen, Kurt zu verlassen und alles aufzugeben, was ich mir mühsam erarbeitet habe? Meinen Traum aufzugeben?«

»Das müsstest du nicht. Du könntest doch weiterhin als Schauspielerin arbeiten.«

»Als ob! Nur ein schlechtes Wort von Kurt über mich, und ich würde vor keiner Kamera mehr stehen.«

Stille.

Dann auf einmal: »Lass uns gemeinsam rübergehen.«

»Was?« Sie wollte zurückweichen, aber der Stamm der Linde in ihrem Rücken war unerbittlich. War Charlie verrückt geworden? »Ich kann nicht mit dir in den Westen abhauen«, flüsterte sie. »Das wäre Wahnsinn.«

»Ich habe Kontakte drüben. Ich habe vielleicht meinen Vater ausfindig gemacht. Ich …«

Auf einmal fiel es ihr wie Schuppen von den Augen. »Ist das dein Geheimnis?«, schnitt sie ihm das Wort ab. Es kostete sie Mühe, ihre Stimme gesenkt zu halten. »Planst du schon länger rüberzumachen?«

Er nickte. »Es ist alles vorbereitet. Ich werde mich bis nach München durchschlagen und nicht mehr zurückkommen.«

Tränen der Ohnmacht stiegen in ihre Augen. »Nein … Davon will ich nichts wissen.«

»Betty, komm mit mir! Ich glaube dir nicht, wenn du sagst, dass du deinen Verlobten liebst.«

»Aber meine Familie. Betty und Martha …« Sie hatte das Gefühl, ihre Beine würden jeden Augenblick nachgeben.

»Bitte, Betty … Wie soll es sonst für uns weitergehen? Du sagst, du kannst dich hier, in diesem Land, nicht von deinem Verlobten trennen, ohne alles zu verlieren. Und ich habe hier keine Zukunft. Und wie soll ich hier weiterleben, wenn ich weiß, dass du bei ihm bist?«

»Wann?« Sie war wütend auf ihn. Was erlaubte er sich? Er konnte nicht erst mit ihr schlafen und ihr dann sagen, dass er vorhatte abzuhauen! Ihre gemeinsame Nacht hatte sie schrecklich verletzlich gemacht, und nun war es ihr, als würde er ihr ein Messer in die Brust rammen.

»Mitte August.«

»Schon so bald …«

»Vielleicht auch früher, wenn ich auch nur den leisesten Verdacht habe, dass sie die Grenzen dichtmachen. Die Stimmung ist in letzter Zeit seltsam, wenn du mich fragst.«

In ihrem Kopf herrschte ein solches Durcheinander, dass ihr schwindelte. »Charlie … Ich kann gerade nicht klar denken. Ich muss das alles erst mal verarbeiten.«

Er nahm ihre Hände. »Bitte, Betty. Wenn du nur ein klein wenig das Gefühl hast, dass das, was heute Nacht zwischen uns geschehen ist, sich richtig für dich angefühlt hat, dann komm mit mir.«

Als sie ihn diesmal von sich fortzuschieben versuchte, ließ er sie gewähren. In der Bahn fühlte sie sich, als würde sie hochexplosives Material mit sich herumtragen. Heftig genug, ihr ganzes Leben zu Trümmern zu zerschlagen.

45

Martha

Die Leitung der Grundorganisation ihrer Schule hatte Martha beauftragt, die Abiturrede zu halten. Erst hatte Martha gedacht: *Ausgerechnet ich.* Was sollte sie den Abschlussklassen schon erzählen? Eine Rede sollte Mut machen, Hoffnung schenken, inspirierend sein … Sie war in den letzten Wochen durch die Hölle gegangen. Doch dann dachte sie: *Wenn jemand etwas zu sagen hat, dann ja wohl du.*

Als der große Tag gekommen war, stand Martha seitlich von der Bühne im Verborgenen, hörte, wie der Lärmpegel in der großen Aula immer weiter anstieg, zahlreiche Gespräche, zwischendurch Lachen oder Husten oder das *Klack, Klack, Klack* hoher Absätze. Stühle schabten über den Steinboden des Saals. Zu dem stickigen Geruch, den Martha wohl für den Rest ihres Lebens mit Schule verbinden würde, mischten sich an diesem Tag Parfüm und Zigarettenrauch. Marthas Herz schlug so kräftig, dass ihr ganzer Körper zu beben schien. Ihre Hände waren eiskalt.

Sie schob den Vorhang ein Stück beiseite. Da war die Bühne, auf der vor etwa einem Jahr der Wissenswettbewerb stattgefunden hatte. Als wäre es gestern gewesen, erinnerte sie sich daran, wie Clara vor der gesamten Jahrgangsstufe bloßgestellt worden war. Ein Pult mit Mikrofon war mittig unter den Scheinwerfern platziert. Dahinter das unvermeidliche riesige Bild von Otto Grotewohl. Davor die sich langsam füllenden Stuhlreihen. So viele Menschen … Eltern sowie Lehrer und irgendwelche Anzugträger mit SED-Bonbon am Revers. Sie alle hatten sich an diesem Tag in der Aula versammelt, um feierlich zwei Abschlussklassen von der Schule zu verabschieden.

Marthas Körper war bereit zur Flucht. Sämtliche Muskeln waren angespannt. Ihr Hals war trocken, ihr Atem flach, als wäre sie kurz davor, zu hyperventilieren. Sie blickte auf die Notizblätter in ihrer Hand und fragte sich, ob sie völlig verrückt geworden war. Was tat sie nur? Sie sollte ihre Rede hier und jetzt in winzige Fetzen zerreißen, damit niemand lesen konnte, was ihr durch den Kopf gegangen war. Damit es keinen Ärger gab und sie hier unbeschadet rauskam. Auf der Bühne würden ihr schon spontan ein paar aufmunternde Worte einfallen …

Eine Hälfte der Flügeltür der Aula fiel zu, und Valerie kam herein. Sie sah hübsch aus in ihrem schlichten hellblauen Kostüm und mit der Hochsteckfrisur. Sie stellte sich auf die Zehenspitzen und suchte in der Menschenmenge nach jemandem, vermutlich nach Martha. Sie wusste ja nicht, dass sie die Rede halten würde und eine kleine Revolution geplant hatte. Ronny war bei ihr. Sein Anblick erfüllte Martha mit gemischten Gefühlen. Sie glaubte ihm, wenn er sagte, er hätte nicht gewusst, dass sie sich in jener fatalen Nacht in der Datsche aufgehalten hatte. Doch nach wie vor standen ihr die

Haare zu Berge bei der Vorstellung, ihm noch einmal gegenüberzustehen. Während sie ihn geliebt hatte wie einen Bruder, hatte er die ganze Zeit romantische Gefühle für sie gehegt. Was hatte er empfunden, wenn er sie berührt hatte? Vielleicht würde sie ihm irgendwann verzeihen können, einfach deshalb, weil sie müde war. Weil sie Frieden finden und neu beginnen wollte, und das ohne hässliche Gefühle in der Brust, wie Hass und Wut.

Ihre Mutter entdeckte Herrn und Frau Reinhart, winkte ihnen und bedeutete Ronny dann, ihr zu den beiden zu folgen. Natürlich war auch Bettys Freund Kurt anwesend, neben ihm saß Alex und zu Marthas freudiger Überraschung Micha. Ihr Blick wanderte weiter. War ein Polizist zu sehen, außer Ronny? Einige der Bonbonträger sahen nach Stasi aus. So freundlich und unauffällig, dass sie garantiert auffielen. Marthas Blick blieb an Miriam haften, die nicht nur, wie sie alle, ihr FDJ-Hemd trug, sondern sich auch noch eine rote Nelke an den Kragen gepinnt hatte. Daneben ihre Eltern, die unbeteiligt guckten. Es hätte Martha kein bisschen gewundert, wenn auch die beiden für das Ministerium für Staatssicherheit arbeiteten.

Damit war die Sache doch klar. Hier ging es nicht um eine ehrliche Bilanz ihrer Schulzeit und kühne Visionen einer Zukunft für sie alle. Es wimmelte von Spitzeln. Das Beste wäre, einfach ein paar nette Worte über Freundschaft und Solidarität zu verlieren, vielleicht noch ein nettes Zitat von Lenin, Johannes R. Becher oder Pawel Kortschagin einfließen zu lassen, dem Helden der Pflichtlektüre *Wie der Stahl gehärtet wurde.* Am Ende ihrer Rede würde sie noch der Direktorin danken, dass sie sich um die marxistisch-leninistische Weltanschauung ihrer Schüler verdient gemacht hatte. Alle würden ihr Abiturzeugnis in Empfang nehmen und munter und zufrieden nach Hause gehen, wo die Festtafeln schon mit dem gedeckt waren, was sich die Familien in den letzten Wochen oder gar Monaten vom Munde abgespart hatten.

Also ein weiteres Mal runterschlucken, was ihr auf dem Herzen lag. Wieder nicht in den Spiegel schauen können, weil er ihr doch nur eine Marionette zeigte, die nach dem Willen anderer tanzte.

Hinter Martha herrschte nun Tumult. Die Jungs und Mädels vom Chor warteten auf ihren Einsatz, wärmten ihre Stimmen auf und plauderten aufgeregt miteinander. Notenblätter raschelten. Ein letztes Mal überflog Martha ihre Rede. Fast hätte sie die Blätter tatsächlich zerrissen, da bahnte sich jemand durch die Gruppe hindurch den Weg zu ihr.

Martha traute ihren Augen kaum. »Was machst du denn hier?« Kurz vergaß sie sogar ihre Aufregung. »Dass du dieses Gebäude noch mal betreten würdest, hätte ich nicht gedacht.«

Clara grinste. »Ich auch nicht. Aber wenn eine meiner besten Freundinnen eine große Rede hält, dann lasse ich mir das doch nicht entgehen!«

Neben ihr stellte sich Betty auf die Zehenspitzen, um in den Saal zu linsen, und Martha verstand einmal mehr, warum Männer bei ihrem Anblick stets verträumt lächelten. Ihre Wangen waren zauberhaft gerötet, und sie schien regelrecht von innen heraus zu strahlen. »Bist du aufgeregt?«

Das Kleid, das sie trug, war cremeweiß und gab einen

Vorgeschmack darauf, wie sie als Braut aussehen würde. So locker-leicht wie der Rock um ihre Knie schwang, trug sie vermutlich einen Petticoat darunter. An der Taille saß das Kleid eng, der Ausschnitt war herzförmig und betonte ihr beeindruckendes Dekolleté. Es schien, als wären ihre Kurven in den letzten Wochen noch weiblicher geworden.

»Ob ich aufgeregt bin?« Martha lachte auf und stellte erschrocken fest, dass sie klang wie am Rande des Wahnsinns. »Ich habe das Gefühl, als würde mein ganzes Leben von dieser einen Rede abhängen.«

Streng genommen war es ja auch genau so.

»Wir könnten dir noch schnell einen Schnaps besorgen«, sagte Clara, woraufhin Betty losprustete, jedoch schlagartig verstummte, als sie begriff, dass es ihrer Freundin ernst war.

»Kein Schnaps«, protestierte Betty. »Martha schafft das schon.«

Betty hatte ja keine Ahnung, was Martha heimlich geplant hatte … Dass sie in wenigen Minuten ihre gesamte Zukunft aufs Spiel setzen würde. Sie musste tatsächlich völlig verrückt sein.

Betty schob sich an Clara vorbei, legte die Hände auf Marthas Schultern und sah sie fest an. »Jemand hat mal zu mir gesagt: *Eigentlich sind wir alle nur eine Ansammlung von Atomen, die am Ende unseres Lebens zu Staub zerfallen.*«

»Wie aufmunternd …«, murmelte Clara.

»Ich bin noch nicht fertig. Also: *Wir bekommen vom Universum oder von was auch immer einen Funken Bewusstsein geschenkt, und damit können wir anstellen, was wir wollen. Dieser Funke in uns lässt uns lachen, trauern, lieben, lässt uns unsere Gedanken und Ge-*

fühle ausdrücken, er lässt uns lernen, schweigen oder rebellieren. Und am Ende unseres Lebens müssen wir diesen Funken wieder ans Universum abgeben. Dieser Jemand wollte damit sagen, dass alles, was wir getan oder gesagt haben, bedeutungslos wird, weil wir irgendwann wieder im Nichts verschwinden. Aber ich glaube, er wollte eigentlich etwas anderes sagen, nämlich, dass wir *leben* sollen, und zwar richtig, ohne Angst davor, zu scheitern, uns zu blamieren oder etwas Falsches zu tun.« Sie nahm Marthas Hände. »Also nutze den Funken in dir.«

Weil daraufhin sowohl Clara als auch Martha erst mal schwiegen, fragte Betty verlegen: »Habe ich etwas Dummes gesagt?«

»Nein«, murmelte Martha. »Du hast völlig recht. Danke.«

Sie umarmten einander, und dann gingen Clara und Betty zu ihren Plätzen. Clara setzte sich neben Alex, und Martha sah, wie sich ihre Hände verschränkten. Sie lächelte. Ein Teil von ihr würde vielleicht immer Gefühle für ihn haben, wenn sie ihn sah, so wie einem warm ums Herz wurde, wenn man ein Fotoalbum vergangener Zeiten durchblätterte. Aber es waren eben vergangene Zeiten. Seitdem war so viel geschehen.

Es ging los. *Wir sind des Friedens Soldaten* sang der Chor, anschließend betrat Frau Schubert im Stechschritt die Bühne. Sie sprach darüber, dass die Schüler und Schülerinnen der Abschlussklassen zu vorbildlichen sozialistischen Menschen herangereift waren, die mit aller Kraft und voller Elan diesem Land dienen würden. Natürlich fielen die Stichworte *fortschrittliche Haltung, gefestigtes Bewusstsein* und *Imperialismus.* Martha konnte das süße Parfüm der Frau bis zum Bühnenrand riechen. Kaum zu glauben, dass sie sie mal geschätzt hatte. Sie hatte regelrecht um ihre Anerkennung gekämpft. Es war ihr eine Ehre gewesen, in ihr Büro gerufen und mit Aufgaben betreut zu werden. Jedes Mal hatte Martha der Direktorin in allem zugestimmt, auch wenn sie anderer Meinung gewesen war. Die brave, liebe Martha, die nur das sagte, was man von ihr hören wollte. Die schwieg, um andere nicht vor den Kopf zu stoßen, ohne zu begreifen, dass sie sich mit ihrem Schweigen und ihrer Anpassung selbst verletzte.

»Liebe Schüler, liebe Eltern, liebe Genossen«, hallte Frau Schuberts Stimme mittels Mikrofon im Saal wider. »Bevor der Chor das Lied *Unsere Heimat* vorträgt und wir zur Zeugnisübergabe kommen, wird eine unserer verdienstvollsten Schülerinnen eine Rede halten. Martha Asseln.«

Beifall setzte ein. *Los,* sagte Martha sich. Adrenalin rauschte durch ihr Blut und trug sie zum Pult. Ihre Hände zitterten so heftig, dass sie Mühe hatte, ihre Notizen darauf abzulegen. Erwartungsvolle Gesichter blickten ihr entgegen.

Ich kann das nicht …

Doch dann machte sie in der ersten Reihe Clara aus, die ihr aufmunternd zulächelte. Ihre Freundin hatte so viel durchgemacht. Es war an der Zeit, dass endlich jemand das Wort für sie ergriff.

»An diesem bedeutenden Tag ist es mir ein großes Anliegen, über Solidarität zu sprechen«, begann sie.

Ein paar der Leute in der ersten Reihe nickten. Weiter hinten verdrehten die Jungs aus der Parallelklasse die Augen. *Solidarität. Ein* Schlagwort, das einem seit dem Kindergarten vorgebetet wurde.

»Als kleines Mädchen war ich mal mit meinen Eltern im Zirkus«, fing sie mit zittriger Stimme an und wischte sich die schweißigen Hände am Rock ab. »Ein Schild hatte groß angekündigt, dass ein sibirischer Tiger Kunststücke vorführen würde, das wollten wir uns natürlich nicht entgehen lassen. Gitterstäbe trennten das Publikum von der Manege. Das Licht wurde gedimmt, Musik setzte ein. Zuerst betrat der Dompteur unter großem Applaus den runden Platz, auf dem mehrere Reifen in unterschiedlicher Höhe aufgebaut waren.« Inzwischen war ihre Stimme sicherer. Sie hielt sich mit ihrem Blick an Clara fest und fuhr fort: »Die Peitsche hielt er wie eine stumme Drohung in der Hand. Dann war der Moment des Tigers gekommen. Artig nahm er Anlauf und sprang durch die Reifen, wieder und wieder und wieder, bis der Dompteur befand, dass es genug war. Nun musste der Tiger zurück in seinen Käfig, wo ihm ein Stück Fleisch zugeworfen wurde. Das Publikum klatschte begeistert. Ich klatschte nicht. Mir war mulmig zumute. Die Dressur des Tigers kam mir irgendwie … vertraut vor. Ich sah dem Tiger dabei zu, wie er an dem Fleisch kaute, und stellte mir sein Leben vor – wie er Tag für Tag in seinem Käfig eingesperrt ist und durch die Reifen springt, wenn man es ihm befiehlt. Jeden Tag dasselbe. Er funktioniert einfach, ohne einen Blick nach links oder rechts zu werfen. Er gehorcht den Befehlen des Dompteurs, weil er gelernt hat, dass sonst die Peitsche droht, und ahnt nicht, dass er eigentlich die Stärke besäße, den Dompteur in Stücke zu reißen.

Ich fragte meinen Vater, ob es nicht grausam ist, den Tiger einzusperren. Er meinte daraufhin, dass er doch dankbar sein könnte. Er hätte alles, was er brauchte. Ein sichereres und warmes Zuhause, Futter … Was sollte er mehr wollen? *Was sollte er mehr wollen …*«

Martha ließ die Frage ein paar Atemzüge lang wirken.

»›Und der Tiger kennt es doch nicht anders‹, meinte mein Vater. Er hätte sich angepasst. Anpassung ist nicht unbedingt etwas Verwerfliches. Sich den Umständen anzupassen gilt als klug. Es ist eine Überlebensstrategie. Aber ich meine, wir müssen uns vor Augen halten, welchen Preis wir dafür bezahlen. Ich selbst habe mich jahrelang angepasst, habe Dinge gesagt, an die ich nicht geglaubt habe, habe geschwiegen, wenn ich eigentlich Widerworte geben wollte, und alles, weil meine Angst zu groß war. Aus Angst habe ich mich selbst verleugnet.

Als wir den Zoo verließen, kamen wir am Käfig des Tigers vorbei. Ich blieb stehen, denn mir war eine Veränderung an ihm aufgefallen. Majestätisch stolzierte er die Stäbe seines Käfigs entlang, vor und zurück, immer wieder, die Muskeln angespannt. ›Wie ein Tanz von Kraft um eine Mitte, in der betäubt ein großer Wille steht‹, wie Rilke es in seinem Gedicht *Der Panther* beschrieben hat. Etwas loderte im Blick des Tigers. Ich las darin die Frage: »Ist das wirklich schon alles? Sollte das Leben nicht schöner sein?« Es war, als würde er sich erinnern. Als würde er ahnen, dass etwas nicht stimmte, dass dies nicht seine Bestimmung war. Als könnte er sich vorstellen, wie sein Leben eigentlich sein sollte. Als würde er den Dschungel vor seinem inneren Auge sehen. Die würzige Luft wittern. Das Rascheln der Blätter hören. Die Freiheit in seinem Herzen fühlen.

Noch heute erinnere ich mich an diesen Blick. Manchmal ist das, wonach wir uns sehnen, was wir uns vorstellen, realer als das, was wir vor uns haben. Damit meine ich: Vorstellungskraft und Fantasie haben wir nicht, um der Realität zu entfliehen. Unsere Vorstellungskraft ist der Ort, an den wir gehen, um unser tiefstes Selbst zu finden. Das, was richtig für uns ist. Wenn wir unsere Fantasie und unsere Vorstellungskraft nicht hätten, würden wir tagein, tagaus nur das bekommen, was wir immer schon bekommen haben.

Oft hält uns die Angst davor zurück, visionär zu sein und zu träumen. Es gibt Dompteure, die mit der Peitsche knallen. Es gibt Käfige, die uns aufhalten. Aber wann immer wir das Gefühl haben, nicht stark genug zu sein, sollten wir uns eines in Erinnerung rufen: Wir sind viele. Dort draußen sind Menschen, denen es ähnlich oder genauso geht wie uns. Wenn wir uns selbst befreien, befreien wir auch andere damit. Wenn wir uns selbst erlauben, das Leben zu führen, das wir uns erträumen, erlauben wir das automatisch auch anderen – indem wir ihnen die Möglichkeit aufzeigen. Das ist für mich wahre Solidarität. Nur zusammen können wir etwas erreichen. Ich danke Ihnen.«

Stille. Es war so leise, dass Martha ihren Herzschlag hören konnte.

Dann ein einsames Klatschen. Clara. Betty stimmte in ihren Beifall ein. Die beiden erhoben sich sogar von ihren Plätzen. Mit nervösen Blicken über seine Schultern versuchte Kurt, seine Verlobte am Arm auf ihren Platz zurückzuziehen, aber sie schüttelte seine Hand ab und pfiff sogar laut. Immer mehr Menschen waren aufgestanden, darunter natürlich

Alex und Micha, aber auch Valerie, die sich mit einem Taschentuch Tränen aus den Augenwinkeln tupfte.

Die Vielzahl der Leute aber war sitzen geblieben. Lehrer, Anzugträger, Eltern. Empörte Stimmen wurden laut. »Was erlaubt sie sich?! Das muss Folgen haben!«

Doch erstaunlicherweise war das Martha gleichgültig. Sie fühlte sich wie befreit. Streng genommen hatte sie ja nicht mal etwas Ketzerisches gesagt. Wie angekündigt hatte sie über Solidarität gesprochen. Sie hatte den poetischen Freiraum der Worte genutzt, um zu protestieren.

Auf einmal war Frau Schubert neben ihr und drängte sie vom Mikrofon fort. »Und nun der Chor.«

Martha sammelte ihre Notizen ein, verbeugte sich tief und ging von der Bühne.

Abends fand eine kleine Fete im Strandbad statt, der Bettys Vater überraschenderweise zugestimmt hatte. Vermutlich wollte er so verhindern, dass sie irgendwo heimlich feierten und erneut auf der Polizeiwache landeten. Vielleicht aber auch, weil Kurt Feuer und Flamme gewesen war. Er hatte die Organisation regelrecht an sich gerissen, um, wie er sagte, »schon mal für die Hochzeitsfeier zu üben«, und das Strandbad seinen Kollegen als Filmkulisse schmackhaft machen zu können. Sogar einen seiner Ausstatter hatte er abgestellt, ihnen beim Dekorieren zu helfen. Natürlich hatten auch die Jungs tatkräftig geholfen. Die letzten Tage hatten sie mit vereinten Kräften gebastelt und gebaut und das Strandbad nach und nach in eine Art tropisches Eiland im Osten verwandelt.

Uschis Kiosk war zu einer Tiki-Bar umfunktioniert worden, verziert mit bunten Lampions, mannshohen Palmen aus bemalter Pappe und pinken Flamingo-Pompons aus Seidenpapier. Waste hatte Uschi beigebracht, wie man Cocktails mixte. Anfangs hatte er ihr noch auf die Finger geschaut, doch Uschi hatte Talent bewiesen und mixte leidenschaftlich, während sie ihre ausladenden Hüften zur Musik schwingen ließ. Unerwartet hatte Waste sich im Verlauf des Abends bei Martha für sein Misstrauen entschuldigt und ihr gesagt, wie leid ihm tat, was geschehen war.

»Du kannst ja nichts dafür«, hatte sie erwidert. »Du hattest ja sogar recht mit deiner Vermutung, dass mein Adoptivvater für das MfS arbeitet.«

Der rötlich goldene Schein der Fackeln schimmerte auf dem Sand. Der Duft nach Holzkohle und gegrilltem Fleisch ließ einem das Wasser im Mund zusammenlaufen. Auf zusammengeschobenen Tischen hatten sie das Büfett aufgebaut. Jeder hatte etwas beigesteuert: Käsespieße, Buletten, Kartoffelsalat, gefüllte Eier.

Sie tanzten auf der Terrasse, bis sie müde wurden, aßen heißhungrig die Reste des Kartoffelsalats, und schließlich gingen die Ersten nach Hause. Betty wich den ganzen Abend nicht von der Seite ihres Verlobten, der sich mit seinen zwei Kollegen unterhielt. Nicht nur einmal dachte Martha sich, dass ihre Freundin irgendwie leer wirkte. Sollte sie nicht vor Glück sprudeln, wo sie doch nun ihr Abitur in der Tasche hatte und noch dazu in wenigen Wochen heiraten würde?

Unten am Strand waren inzwischen nur noch knutschende Pärchen. Unter anderem Clara und Alex, die kaum die Hände voneinander lassen konnten. Martha musste schmunzeln, weil sie sich noch sehr gut daran erinnern konnte, wie vehement Clara früher immer betont hatte, Jungs würden sie nicht die Bohne interessieren. Ein Stück weiter hatten Waste und Fritz es sich auf einer Decke im Sand gemütlich gemacht. Waste sagte etwas, woraufhin Fritz laut auflachte, eine Hand vor den Mund presste und das Gesicht an Wastes Schulter vergrub.

Früher wäre es Martha wahrscheinlich unangenehm gewesen, allein zwischen lauter Turteltauben zu sitzen. Aber nun sagte sie sich, dass sie gewiss keinen Mann brauchte, um es sich in einem Strandkorb gemütlich zu machen. Es war durchaus möglich, allein den Sternenhimmel zu bewundern.

Nur war sie nicht lang allein, denn es dauerte keine fünf Minuten, bis Micha sie fragte, ob er ihr Gesellschaft leisten dürfe.

»Klar«, antwortete sie und rückte ein Stück zur Seite.

Micha setzte sich und schob die Hände zwischen die Knie. »Das war heute in der Schule ganz schön mutig von dir.«

»Weißt du, jemand hat mal zu mir gesagt, dass Mut bedeutet, zu seinen Gedanken und Gefühlen zu stehen, egal was andere davon halten.«

Micha schmunzelte. »Kluger Mann.« Kurze Pause. Dann folgte die Frage, die Martha sich selbst schon seit Wochen stellte. »Wie geht es denn jetzt bei dir weiter?«

»Puh, ich habe nicht den leisesten Schimmer.« Sie erzählte ihm, dass sie ihre leibliche Mutter gefunden hatte, dass die sich aber keinen Kontakt wünschte. »Ich habe kein wirkliches Zuhause mehr. Und streng genommen auch keinen Plan, was ich eigentlich will.«

»Bei mir hast du immer einen Platz.« Seine Art, sie anzusehen, die Wärme und Sanftheit in seiner Stimme – all das verstärkte noch den Effekt dieser Nacht, die ein wahres Meisterwerk war. Wie schwarzer Samt lag der See vor ihnen, und wie Samt war auch der Himmel, hier und da mit funkelnden Diamanten versehen.

»Also … ich meine, bei meinen Großeltern hast du immer einen Platz«, begann er zu stammeln, und in seinen Augen sah sie ihre eigene Unsicherheit gespiegelt. »Wobei ich gerade dabei bin, mir eine eigene Wohnung zu suchen. Nur ist das leider nicht einfach.«

Martha lächelte dankbar. »Mal sehen, wohin es mich zieht. So traurig auch gerade alles sein mag, habe ich dennoch das erste Mal in meinem Leben das Gefühl, dass alles möglich ist. Ich kann komplett neu anfangen.«

Sie wandte ihm den Oberkörper zu und winkelte die Beine seitlich an. »Warum hast du mich eigentlich nie gefragt, ob ich mal mit dir ausgehen möchte?«

Ein. Zwei. Drei Herzschläge vergingen.

Dann antwortete er: »Ich dachte, du würdest nicht wollen.«

»Vielleicht hätte ich Ja gesagt und mich gefreut.«

Micha schluckte. »Und was, wenn ich dich jetzt frage?«

»Willst du mich denn überhaupt fragen?«

Er nickte. Suchte nach den richtigen Worten. »Ich weiß, dass ich eher ruhig und zurückhaltend bin. Ich wünschte, ich könnte so gut mit Worten umgehen wie du, denn dann …

dann würde ich dir sagen, wie absolut hinreißend du bist, wenn du lachst. Dann kräuselst du die Nase leicht, und deine Sommersprossen scheinen auf deiner Wange zu tanzen.« Er redete immer schneller, als würden sich die Gedanken und Gefühle in ihm regelrecht überschlagen. »Und ich wünschte, ich könnte …«

Auf einmal nahm er ihr Gesicht in die Hände und küsste sie. Erst presste er seine Lippen stürmisch auf die ihren, doch als er merkte, dass sie sich ihm nicht entzog, wurde sein Kuss zart, tastend, als hätten sie alle Zeit der Welt. Genau darauf hatte sie gehofft, und doch stellte sie enttäuscht fest, dass die Schmetterlinge in ihrem Bauch ausblieben.

Eigentlich hatte sie immer geglaubt, dass die Liebe einen wie ein Pfeil traf. So hatte es sich zumindest angefühlt, als Alex das erste Mal vor ihr gestanden hatte. Und auch danach hatte sein Anblick jedes Mal Gefühle in ihr wachgerufen, die so heftig waren, dass sie nicht mehr klar hatte denken können. Vielleicht war das gar keine Liebe gewesen, sondern Schwärmerei? Was, wenn wahre Liebe sich langsam anbahnte wie die Flut – man merkte sie kaum, aber auf einmal stand man mitten im Wasser.

Sie wusste nicht, was das zwischen Micha und ihr war. Sie hatte ihn aufrichtig gern, und sie sehnte sich nach seiner Nähe. Aber ihr Gefühl sagte ihr, dass sie erst einmal ihr Leben ordnen musste, um sich voll und ganz auf ihn einlassen zu können. Als sie heute in der Schule den Mut gefunden hatte, ihre Rede zu halten, da hatte sie über sich selbst gestaunt, sich mit völlig neuen Augen gesehen. Es war an der Zeit herauszufinden, wer sie eigentlich war.

Dafür würde sie alles unter die Lupe nehmen. Ihre Überzeugungen. Ihre Bekanntschaften. Ihre Ziele und Vorhaben. Sie würde sich fragen: Wie viel davon entsprach ihr eigentlich? Wollte sie das wirklich, oder war sie von der Gesellschaft und ihrer Familie dorthin gelenkt worden? Alles kam auf den Prüfstand. Selbst ihr Aussehen, ihre Kleidung. Wie viel von ihrer Art zu sprechen und sich zu benehmen war antrainiert? Wer war sie, wenn sie nicht die sein wollte, zu der dieser Staat sie geformt hatte?

Nun musste sie das Micha schonend beibringen … Doch gerade, als sie dazu ansetzen wollte, sah sie eine junge Frau in einem cremeweißen Kleidertraum den Steg entlangkommen. Unauffällig wischte sie sich Tränen von den Wangen, eilte über den Strand und verschwand in Richtung der Umkleiden.

Es war Betty.

46

Betty

Wie wirst du dich entscheiden?

Eine Frage. Darin ihre ganze Zukunft.

Obwohl der Abend angenehm lau war, fröstelte sie. Sie schlang ihre Stola fester um sich.

»Ist diese Feier nicht *großartig* geworden?«, riss Kurt sie aus ihren Gedanken. Er hatte die Hände erhoben wie ein Orchesterdirigent.

Für Kurt hatte immer alles »ganz großartig« oder »außergewöhnlich« zu sein. Obwohl er kaum Freizeit hatte, hatte er dennoch die Planung der Abiturfeier im Strandbad an sich gerissen. Betty bewunderte ihn für seine unerschöpfliche Energie und seinen Tatendrang. Nur manchmal wünschte sie sich, er würde auch einfach mal Ruhe geben, einen Abend lang nicht auf einer Premiere Hände schütteln oder bei einem wichtigen Essen Kontakte festigen. Sie fühlte sich immer schlecht, wenn er erzählte, was er in der anstehenden Woche alles zu erledigen hatte, während sie sich darauf freute, mit Martha und Clara zum Strandbad zu fahren und dort einfach nur die Sonne zu genießen.

»Für meine Betty will ich nur das Beste!«, hatte er gesagt,

und wahrhaftig: Es war ihm gelungen, das Strandbad unter Verwendung etlicher DEFA-Materialien zu einer märchenhaften Kulisse umzuwandeln.

Fackeln umrahmten die Terrasse, Ketten aus bunten Lampions zierten die Dachrinnen des Eingangsgebäudes und die Balustrade. Hohe, weiße Kerzen führten die Freitreppe hinab, sogar Schwimmkerzen trieben auf dem Wasser. Und über ihnen der Sternenhimmel.

Betty nippte an ihrer *Prärie-Auster,* einem pfeffrigen Cocktail aus Tomatensaft, einem Schuss Weinbrand und einem ganzen Eigelb, der aufregend nach Erwachsensein schmeckte. Kurt genoss den Abend in vollen Zügen, und das, obwohl er größtenteils von Schülern umgeben war. Betty war erleichtert. Sie hatte das Gefühl, für seine Stimmung verantwortlich zu sein, und alles daransetzen zu müssen, dass er sich amüsierte. Einmal nahm Kurt ihr sogar ihren Cocktail ab, stellte ihn auf einen der Tische, nahm sie an den Händen und wirbelte sie zur Musik herum. Er war ein guter Tänzer, und Betty lachte, bis ihr der Bauch schmerzte. Auch mit den beiden Kollegen, die er eingeladen hatte, tanzte sie, obwohl einer von ihnen ihrem Empfinden nach seine Hand etwas zu tief wandern ließ. Die meiste Zeit aber redeten die Männer über Drehbücher und Filmstoffe. Betty stand daneben und war mit ihren Gedanken woanders.

Wie wirst du dich entscheiden …

Sie ließ den Blick über die Tanzenden schweifen – und auf einmal hielt die Welt so ruckartig inne, dass sie taumelte.

Charlie. Er stand unter den Lichtern des Eingangs und sah direkt zu ihr herüber. Ihr Atem stockte. *Oh Gott,* dachte sie noch, ehe sie die Kontrolle über sich verlor. Im nächsten Moment hörte sie ein Klirren. Ihr Glas war zu Boden gefallen.

Kurt sagte etwas, seine Kollegen lachten. Jemand machte sich daran, die Scherben aufzukehren.

»Betty, los, mach mal 'nen Schritt zur Seite«, wies Uschi sie mit Nachdruck an, als hätte sie das schon einmal gesagt.

»Entschuldigung«, stammelte sie, fasste sich wieder und kniete sich neben die Besitzerin des Kiosks, um ihr zu helfen.

Was machte Charlie hier? Wer hatte ihn eingeladen? Seit ihrer gemeinsamen Nacht und dem darauffolgenden Morgen hatten sie einander nicht mehr gesehen. Betty fühlte sich schuldig, und sie hatte Angst. Angst vor der Ungeheuerlichkeit von Charlies Bitte, mit ihr in den Westen zu gehen. Angst davor, es tatsächlich zu tun … Alles zu verlieren für einen Mann, den sie kaum kannte …

Wie wirst du dich entscheiden …

Charlies Anblick tat weh … Sie sehnte sich so sehr nach seiner Berührung, nach seiner Art, sie anzusehen, sie *wahrhaftig* zu sehen …

»Vorsicht«, sagte Uschi noch, aber zu spät. Betty hatte sich an einer der Scherben geschnitten. Blut quoll aus der Wunde und tropfte auf ihr weißes Kleid.

In ihrem Kiosk reinigte Uschi die Wunde mit klarem Wasser, wickelte ein Pflaster um den Finger und rieb den Fleck aus dem Kleid. Als Betty wieder nach draußen trat, befürchtete sie schon, dass Charlie gegangen war. Nahezu panisch suchte sie unter all den Anwesenden nach ihm. Da bemerkte sie eine Gestalt am Ende des langen Stegs.

Wie in Trance setzte sie sich in Bewegung, als würde eine

magische Kraft sie zu ihm ziehen. Am Strand schlüpfte sie aus ihren hohen Schuhen, spürte den erkalteten Sand unter ihren nackten Füßen. Dann das Holz des Stegs. Langsam schritt sie den von Fackeln gesäumten Steg entlang.

Dort stand er, dieser junge Mann, dessen Berührungen sich in ihre Haut gebrannt hatten. Sein Anblick genügte, und Gänsehaut überzog ihre Unterarme. Weißes Hemd, bis zur Mitte der Brust aufgeknöpft. Die Ärmel locker umgeschlagen. Schwarz gefärbte Jeans. Er hatte auf seine Mütze verzichtet.

Sie konnte sehen, wie ihr Anblick ihm die Sprache verschlug. Er verschränkte die Hände, und auf einmal sah sie vor ihrem inneren Auge, wie er es war, der vor dem Standesamt auf sie wartete. Sie sah, wie sie in dem wunderschönen weißen Kleid, das Haar kunstvoll hochgesteckt und mit Perlen und winzigen Blumen aus zartem Stoff verziert, langsam auf ihn zuschritt.

Wie schwarzer Samt lag der See zwischen ihr und den Lichtern am anderen Ufer. Der Mond schimmerte auf dem Wasser, sein Licht gebündelt zu einem silbernen Strahl, der auf Charlie zu weisen schien. *Das mit uns hat keine Zukunft*, ermahnte sie sich. Aber sollten sich ihre Wege tatsächlich trennen, dann würde sie ihn immer genau so in Erinnerung behalten, wie er jetzt dastand.

Dann war sie bei ihm. »Was machst denn du …«, begann sie, doch er legte den Zeigefinger auf seinen Mund und brachte sie damit zum Verstummen. Während er ein paarmal tief ein- und ausatmete, als wäre er nervös, zog er ein beschriebenes Papier aus seiner Hosentasche, faltete es auseinander und gab es ihr.

Liebste Betty, las sie leise vor, *als wir uns das letzte Mal gesehen haben, warst du verzweifelt, und ich trug die Schuld daran. Verzeih mir. Aber auch ich war verzweifelt, Betty, denn ich liebe dich, obwohl ich weiß, dass du einen anderen Mann heiraten wirst. Der Gedanke daran, dass er dich in seinen Armen halten darf, raubt mir den Schlaf.*
Ich hatte schon länger darüber nachgedacht, mir irgendwo ein neues, besseres Leben aufzubauen. Das, was mich zurückgehalten hat, war der Glaube, dass ich es gar nicht verdiene. Du aber hast mich fühlen lassen, dass ich etwas wert bin.
Als ich dich das erste Mal sah, ahnte ich, dass du die Macht hast, mich aus der Bahn zu werfen. Deshalb bin ich auf der Fete abgehauen, ohne mich von dir zu verabschieden. Aber das Schicksal hat unsere Wege erneut gekreuzt. Und jetzt ist es so weit: Am zwölften August verlasse ich dieses Land, wohl auch deshalb, weil ich es nicht schaffen werde, dir so nah zu sein und mich doch von dir fernzuhalten. Ich bin nicht so stark wie du.
Ich weiß, du träumst davon, Schauspielerin zu werden, und Kurt kann dir diesen Traum ermöglichen. Wahrscheinlich wirst du auch eine gewisse Zuneigung für ihn empfinden, und das mag genügen, um bei ihm zu bleiben. Ich verstehe das, Betty, auch wenn es mich in die Verzweiflung treibt. Doch sollte dein Herz sich bemerkbar machen und dir sagen, dass du Kurt nicht heiraten kannst, dann komm mit mir. Gemeinsam bauen wir uns im Westen ein Leben auf. Ich weiß, das ist

viel verlangt, aber sag mir nur, dass du es zumindest in Betracht ziehst, und ich werde drüben auf dich warten.

Wenn du nicht kannst, Betty, wenn deine Gefühle nicht stark genug sind, so werde ich dich dennoch für immer in meinem Herzen tragen.

In Liebe,

dein Charlie.

Betty merkte erst, dass sie aufgehört hatte zu atmen, als sie jetzt tief Luft einsog.

»Ich habe noch nie für jemanden so empfunden wie für dich«, sagte Charlie leise. »Komm mit mir …«

Sie sollte ihm sagen, dass er verrückt war. Sollte ihm sagen, dass sie Kurt liebte und heiraten würde.

Sie hielt eine Spitze des Briefs in die Feuerzunge einer Fackel. Langsam fraß sich ein schwarzer Rand durch das Papier und ließ es zu Asche zerfallen, die der nächtliche Wind fortwehte. Immerhin konnte dieses Schriftstück ihnen zum Verhängnis werden. Schwarz auf weiß stand darauf, dass Charlie vorhatte rüberzumachen und sie auch noch bat, mit ihm zu gehen.

Doch Charlie verstand die Geste falsch. Sein Kehlkopf hüpfte auf und ab. Er nickte einmal. Tapfer. Geschlagen. »Ich verstehe dich. Ich musste es nur noch einmal versuchen. Ich …«

»Ich habe mich bereits nach einer Zugverbindung erkundigt«, wisperte Betty.

»Was?« Charlie blinzelte heftig. Er machte einen Schritt auf sie zu, wollte ihre Hand nehmen, aber Betty wich zurück.

»Nicht hier. Kurt …«

»Entschuldige.« Charlie fuhr sich durchs Haar. »Ich …« Auch er zitterte. Ihm war anzumerken, wie schwer es ihm fiel, sich zu beherrschen. Tränen standen in seinen Augen. »Ich bin so unfassbar glücklich. Ich …« Er fuhr sich mit beiden Händen über das Gesicht. »Ich werde niemals dazu imstande sein, auszudrücken, was ich in diesem Moment fühle …«

»Das ist noch kein Ja«, sagte Betty.

Er nickte. »Aber es gibt mir Hoffnung.«

Alles in ihr sehnte sich danach, ihn zu umarmen, seine beruhigende Wärme zu spüren, die ihr versicherte, dass alles gut werden würde.

»Sollte ich mich dafür entscheiden, so werde ich einen Tag nach dir in den Zug steigen. Um halb vier Uhr nachmittags würde ich in München ankommen.«

»Ich werde dich am Bahnhof erwarten.«

Betty gab ein Keuchen von sich, wie jemand, der nach einem langen Lauf endlich ins Ziel kommt. »Ich muss zurückgehen.«

Sie wollte sich schon abwenden, doch da sagte er leise, sodass der Wind seine Worte fast wie die Asche davongetragen hätte: »Ich liebe dich, Betty.«

Sie schloss die Augen. Flüsterte: »Ich liebe dich auch.«

Als sie über den Steg zurücklief, fühlte sie sich, als würde sie ein paar Zentimeter über dem Boden schweben. Aber auf angsteinflößende Weise. Sie strich über den Rock ihres Kleides und kämpfte um ein Lächeln, doch sie beging dabei den großen Fehler, dabei nach ihren Freundinnen Ausschau zu halten. Sie sah Clara, die sich an Alex' Schulter schmiegte. Ein Stück weiter war Martha mit Micha in einen innigen Kuss versunken. Ihre beiden Freundinnen. Ihre Familie.

Mit jedem Schritt, den sie den langen Steg entlanglief, schnürte sich ihre Kehle mehr zu. Erinnerungen an gemeinsame Erlebnisse überfluteten sie. Die langen Nachmittage auf der Wasserinsel. Der nächtliche Einbruch ins Strandbad …

Und auf einmal weinte sie. Egal, wie sie sich entscheiden würde, sie würde daran zerbrechen. *Ich bin nicht stark, Charlie.*

Sie schaffte es zu den Toiletten, stützte sich auf eines der Waschbecken im Vorraum, sah im Spiegel zu, wie sich zwei schwarze Bahnen von ihren Augen aus senkrecht über ihre Wangen zogen. Sie spritzte sich kaltes Wasser ins Gesicht und tupfte die Wimperntusche mit Klopapier fort. Dann betrachtete sie wieder die junge Frau im Spiegel. Sie war blass, aber ansonsten sah sie annehmbar aus. *Alles wird gut,* sagte sie sich immer wieder. Sie würde zur Vernunft kommen und sich daran erinnern, was Kurt alles für sie getan hatte. Innerhalb kurzer Zeit waren zwei Träume für sie in Erfüllung gegangen. Sie arbeitete als Schauspielerin. Und sie heiratete einen guten Mann. Ihr stand ein wunderbares Leben bevor. Ihre Eltern würden stolz auf sie sein. Doch warum fühlte sich dann die zarte Silberkette um ihren Hals an wie eine Schlinge?

»Betty?«, hörte sie Martha rufen.

»Ich bin hier.«

Die Tür ging auf, und Martha kam herein.

Hinter ihr war Clara. »Was ist denn los?«, fragte sie. »Hast du dich mit Kurt gestritten?«

Betty schüttelte den Kopf und schluckte ein paarmal, ehe sie sich dazu in der Lage fühlte, einen klaren Satz hervorzubringen. »Nein. Es ist alles in Ordnung. Ich bin nur etwas aufgewühlt.«

Clara überprüfte die Kabinen, nicht dass ein Spitzel anwesend war und sie belauschte, dann lehnte sie sich mit ihrer schlanken Hüfte gegen das zweite Waschbecken, verschränkte die Arme vor der Brust und betrachtete Betty eindringlich. »Ist es wegen der Hochzeit?«

Zu lächeln kostete sie ungemein viel Kraft. Also zog sie eine Puderdose aus ihrer kleinen Handtasche, tupfte mit dem Schwamm unter ihrem Auge herum und befasste sich dann intensiv mit ihrer geröteten Nase, und das alles nur, um ihren Freundinnen nicht ins Gesicht sehen zu müssen. »Wahrscheinlich«, sagte sie. »Es ist ja alles so aufregend! Es wird die Märchenhochzeit des Jahres. ›Der neue Star am Regiehimmel heiratet seine Muse‹, hat schon eine Zeitschrift angekündigt. Ist das zu glauben? Das ist alles so … surreal.«

Sie ließ die Puderdose wieder zuschnappen und wollte dazu übergehen, so zu tun, als müsste sie ihren Büstenhalter zurechtzupfen, als sie Salz schmeckte. Sie erstarrte. Sah im Spiegel, dass Tränen ihre Wangen hinabliefen. Ihr eigener Körper verriet sie und enttarnte ihr Schauspiel. Wie sollte sie ihren Freundinnen die Wahrheit sagen? Sie schämte sich so sehr für das, was sie getan hatte. Sie verachtete sich. Gute Frauen waren ihrem Mann stets treu. Gute Frauen taten, was man von ihnen erwartete.

»Oh Betty …« Martha legte einen Arm um sie und zog Betty an sich. »Ist es wegen Charlie?«

Betty holte tief Luft, und dann sagte sie es einfach: »Ja. Ich habe mit ihm geschlafen, und ich fühle mich schrecklich deswegen.«

Stille.

Sie ließ sich mit dem Rücken gegen die Wand sinken und rutschte daran zu Boden. Ihr weißes Kleid plusterte sich um sie herum auf. Sie sagte: »Und als wäre das nicht schon alles schlimm genug, befürchte ich, dass … dass ich mich in Charlie verliebt habe.«

Sie schloss die Augen, spürte, wie ihre Freundinnen sich neben sie setzten, stellte sich vor, wie die beiden einen entsetzten Blick austauschten.

Doch zu ihrem Erstaunen war Claras Stimme voller Mitgefühl. »Wie lange schleppst du das denn schon mit dir herum?«

»Ein paar Wochen. Ich würde es verstehen, wenn ihr schockiert oder enttäuscht von mir seid. Ich …«

»Betty, wir haben dich lieb«, unterbrach Martha sie. »Wir urteilen sicher nicht über dich. Wir helfen dir. Was ist denn mit Kurt? Hast du noch Gefühle für ihn?«

Betty schniefte und wischte sich mit dem Handrücken über die Nase. »Ja. Ich denke schon. Er ist gut zu mir. Er glaubt an mich und unterstützt mich.« Warum klang sie, als würde sie versuchen, sich selbst zu überzeugen?

Clara legte den Kopf schief. »Und wie fühlst du dich, wenn du bei Charlie bist?«

»Das mit Charlie … das ist anders. Bei ihm habe ich das Gefühl, dass er mich wirklich sieht.«

»Ein schöner Schlamassel«, sagte Martha.

»Dabei ist das noch nicht mal alles«, fuhr Betty fort. Sie nahm innerlich Anlauf, wohl wissend, dass das, was sie nun sagen würde, am Fundament ihrer Freundschaft rütteln würde. »Charlie will in den Westen, und er hat mich gebeten, mit ihm zu gehen.«

Es war ihr, als könnte sie die Herzschläge ihrer Freundinnen hören.

Clara fasste sich als Erste wieder. »Und … und wirst du es tun?«

»Ich weiß es nicht«, erwiderte Betty. »Ich weiß es einfach nicht …«

»Aber das heißt, du denkst darüber nach«, sagte Martha.

Betty nickte. »Ich habe mich sogar schon nach einer Zugverbindung erkundigt.«

»Wann?«, wollte Martha wissen. Sie hatte sich vom Fußboden erhoben, lief vor ihnen auf und ab.

»Mitte August. Eine Woche vor der Hochzeit.« Sie lehnte den Kopf gegen die kalte Wand, drehte ihn von links nach rechts und wieder zurück, ein erschöpftes Kopfschütteln. »Ich denke nicht, dass ich gehen werde. Meine Familie ist hier. Ihr seid hier. Ein Leben ohne Freundinnen ist kein Leben, wie schön und behaglich es auch sein mag. Mit euch verbindet mich nicht nur Freundschaft. Ihr seid mir so nah wie meine Haut.«

Aber Martha schien sie nicht zu hören. »Ich dachte immer, wenn eine von uns in den Westen geht, dann Clara«, sagte sie. »Und jetzt bist es vielleicht du …«

Clara meldete sich nun wieder zu Wort. »Um ehrlich zu sein, denke ich auch darüber nach.«

»Was?« Martha legte sich eine Hand auf die Stirn. »Das geht nicht. Ihr könnt mich nicht beide allein lassen«, sagte sie jämmerlich.

»Wir könnten zu dritt gehen«, sagte Clara leise.

Sie schwiegen, starrten vor sich hin.

Auf einmal schluchzte Martha auf. »Ich habe so schreckliche Angst, euch zu verlieren. Wenn ihr beide geht, wen habe ich denn dann noch?«

Betty schaffte es, vom Boden aufzustehen und Martha in die Arme zu schließen. »Du wirst uns nie verlieren. Nie. Selbst wenn uns eine Landesgrenze trennt, werden wir einen Weg finden, in Kontakt zu bleiben.«

»Warum fühlt es sich an wie ein Abschied?«, fragte Martha.

Weil es einer ist, dachte Betty.

Sie hielten einander in den Armen, als wäre es das letzte Mal.

47

Betty

Der Regen hörte einfach nicht auf. Grauschwarze Wolken zogen über die Dächer der Stadt, bis die Nacht sie verschluckte. Die Straßen waren wie leergefegt, der unablässige Regen verbannte die Menschen in ihre Häuser. Nur hin und wieder war das Rauschen von Autoreifen auf nasser Fahrbahn zu hören oder das Gurgeln überfüllter Gullys. Ansonsten war es so still, dass Betty ihren Herzschlag hören konnte.

Wie eine Kamera, die neu fokussierte, sah sie auf einmal sich selbst in der Fensterscheibe. Sie betrachtete ihr Gesicht, aber nicht wie jemand, der prüfte, ob das Haar saß oder noch Puder aufgelegt werden musste, sondern wie jemand, der eine Bestandsaufnahme seines gesamten Lebens machte.

Was wirst du tun? Wie wirst du dich entscheiden?

Sie wandte sich ab und sank mechanisch auf das Sofa, die Beine ordentlich angewinkelt, den Rücken durchgedrückt. Sie war in Kurts Wohnung und hatte bereits ihr drittes Glas Rotwein getrunken. Ihr brummte der Schädel, teilweise vom Alkohol, aber wohl mehr davon, dass sie seit Stunden im Kopf ihre Möglichkeiten wälzte. Gehen oder bleiben. Ein sicheres Leben führen und ihre Karriere vorantreiben. Oder alles verlieren, dafür jedoch die wahre Liebe erfahren.

Weißt du denn wirklich, dass Charlie deine wahre Liebe ist? Du kennst ihn doch kaum. Und wenn du rübermachst, wird das Konsequenzen für deine Familie haben. Dein Vater verliert vielleicht seine Arbeit. Willst du dafür verantwortlich sein?

Eine Träne tropfte auf ihren Unterarm. Sie schniefte und wischte sie mit der Hand ab. Eine schicke Wohnung. Ein erfolgreiches Leben als Schauspielerin. Einen Mann zu haben, der etwas darstellte – genau so hatte sie sich doch immer ihre Zukunft ausgemalt. Was also war los mit ihr?

Sie schenkte sich Wein nach. Sie wusste, sie sollte nichts mehr trinken, aber auf einmal war sie aufgebracht, fast wütend, weil Charlie sie vor diese Wahl stellte. Es war ihr, als stünde sie vor einer Wand. Sie nippte an der roten Flüssigkeit, die ihr eigentlich nicht schmeckte, aber sie ertrug das Gefühl der absoluten Überforderung nicht länger.

Die Tränen strömten nun über ihre Wangen. Sie schluchzte. Ihr Körper bebte, sodass sie das Glas auf dem niedrigen Tisch abstellte, um das weiße Sofa nicht zu ruinieren. Sie weinte, weil sie ahnte, dass niemand sie jemals so lieben würde wie Charlie. Und sie weinte, weil sie so jung schon vor solch eine Entscheidung gestellt wurde. Eine Entscheidung, die ihr ganzes Leben betraf.

Von draußen waren die Schritte von jemandem zu hören, der versuchte, schnell nach Hause zu kommen. Kurz darauf das Klimpern eines Schlüsselbunds, dann fiel die Wohnungstür zu. Das Rascheln einer Jacke. Dazu munteres Pfeifen.

»Was für ein ekelhaftes Wetter!«, sagte Kurt, als er ins

Wohnzimmer trat. »Zum Glück habe ich meine liebe Betty, die mich wärmt.« Er küsste sie auf die Wange. Seine kalte, klamme Hand fuhr in ihren Ausschnitt und blieb auf ihrer Brust liegen. »Hast du mich vermisst?«, raunte er an ihrem Ohr.

»Natürlich«, antwortete sie ohne Energie, wie wenn sie bei den Proben einfach nur den Text aufsagte und sich die Gefühle für den Dreh aufsparte. »Kurt«, hörte sie sich plötzlich sagen. »Findest du mich eigentlich nur hübsch oder auch schön?«

»Ist das nicht dasselbe?«, erwiderte er.

»Nein, ist es nicht.«

»Mhm … Nun ja, du bist vieles. Du bist hübsch. Elegant. Begehrenswert.« Bei dem Wort hatte er angefangen, mit dem Daumen ihre Brustwarze zu umkreisen.

Sie schloss die Augen und versuchte es. Versuchte, seine Berührung zu genießen. Versuchte, dasselbe Feuer in sich heraufzubeschwören, das Charlie in ihr entfacht hatte. Sie sagte sich, dass sie Kurt gernhatte. Dass er gut zu ihr war. Aber erst, als sie sich vorstellte, es wären Charlies Lippen an ihrem Hals, konnte sie sich entspannen.

Ihr Verlobter und zukünftiger Ehemann kam um das Sofa herum, setzte sich neben sie und küsste sie. Seine Zunge drang gierig in ihren Mund ein. Er schob eine Hand zwischen ihre Beine. Ihr Körper verkrampfte sich. *Nein, ich will das nicht,* dachte sie auf einmal.

Und dann: *Reiß dich zusammen. Du bist Schauspielerin.*

Erst breitete sich ein saurer Geschmack in ihrem Mund aus. Von einer Sekunde auf die andere merkte sie nur noch, dass sie ganz schnell ins Bad musste. »Weg!«, rief sie, stieß Kurt von sich und sprang vom Sofa.

Gerade noch rechtzeitig erreichte sie das Badezimmer und übergab sich in die Toilette. Als ihr Magen sich wieder beruhigt hatte, sank sie neben der Toilette auf den Boden. Der säuerliche Geruch von Erbrochenem hing in der Luft. Sie war zu erschöpft, um sich zu ekeln.

Schwer zu sagen, wie viel Zeit vergangen war, als sie die Kraft fand, vom Boden aufzustehen. Vielleicht zehn oder fünfzehn Minuten. Kurt hatte nur einmal nach ihr gerufen: »Alles in Ordnung da drin?«

»Ja«, war alles gewesen, was sie darauf geantwortet hatte.

Sie wusch sich das Gesicht und spülte den Mund mehrmals mit Wasser aus. Wahrscheinlich roch sie leicht nach Erbrochenem, weshalb Kurt meinte, es wäre wohl besser, wenn sie zu Hause schlafen würde.

»Da hast du recht«, sagte sie. »Das ist wohl besser.«

Er bot ihr an, sie zu fahren, aber sie lehnte ab. »Nicht nötig. Ich komme klar.«

Eine wilde Entschlossenheit machte sich in ihr breit. Sie nahm ihre Handtasche und trat nach draußen in die Nacht. Ihre Entscheidung war gefallen.

Die Luft schimmerte graublau. Der Tag brach an. Und mit ihm ein neues Leben.

Aus dem Schlafzimmer ihrer Eltern war das Schnarchen ihres Vaters zu hören, das ihre Mutter oft als Vorwand benutzte, um auf dem Sofa zu nächtigen. Der Nachbar, der über ihnen wohnte, rauchte am Küchenfenster eine Zigarette. Ansonsten schlief die Stadt noch tief und fest. Es war ja auch Sonntag, noch dazu erst sechs Uhr morgens. Viel zu früh würde sie am Bahnhof sein, ihr Zug ging erst um elf. Aber später würde sie sich nicht unbemerkt aus der Wohnung schleichen können.

Sie überlegte, Martha zu wecken, die nebenan in Alex' Bett lag, aber sie hatte Angst, dass ihre Freundin versuchen würde, sie aufzuhalten. Und sie befürchtete, einen Abschied nicht zu ertragen. Es war alles gepackt. Die Hemden, Röcke und Kleider fein säuberlich gefaltet. Außerdem noch ein paar Strümpfe und Unterwäsche für etwa eine Woche. In ihrer Handtasche zwei Ausgaben der *Sibylle* und Käsebrote für die Fahrt. Ihr Pass sowie all ihr Geld. Auf ihrem Schminktisch lagen die Porzellanscherben des Sparschweins, das sie gestern zerschlagen hatte, das Geräusch gedämpft von einer Lage Handtücher.

Als sie gestern um elf Uhr nachts von Kurt nach Hause gekommen war, hatte ihre Mutter noch im Wohnzimmer gesessen und gelesen. Betty hatte sich neben sie gesetzt, kurz mit ihr über Belangloses geredet, sie dann lange und fest umarmt und sich innerlich von ihr verabschiedet. Sie stellte sich vor, wie ihre Familie und Martha mit dem Frühstück auf sie warteten. Wie sich ihre Eltern zu wundern begannen, während Martha ahnte, was los war. Wie sie schließlich ihr Bett leer vorfanden und sich fragten, ob sie vielleicht doch noch bei Kurt übernachtet hatte. Sie stellte sich vor, wie ihr Verlobter sie zu Hause suchte, weil er ein paar Tage nichts von ihr gehört hatte und die Hochzeit nahte. Wie wütend er sein würde, wenn ihm dämmerte, dass sie ihn im Stich gelassen hatte und damit in der Öffentlichkeit bloßstellte. Sie spürte den Schmerz ihrer Mutter über den Verlust eines Kindes.

Blick auf die Uhr. Zeit zu gehen.

Sie knöpfte die Jacke ihres Kostüms zu und steckte den Seidenschal in den Ausschnitt. So würde sie hoffentlich nicht frieren, bis die Sonne ihre Kraft entfaltete. Sie wollte gerade ihren Koffer schließen, als die Klinke hinabgedrückt wurde und ihre Mutter hereinkam. Vorsichtig drückte sie die Tür hinter sich zu, darauf bedacht, kein Geräusch zu verursachen.

Sie betrachtete den Koffer. Dann sah sie Betty an. Ihr Blick, ihr Schweigen ein stummer Vorwurf. »Ist es wegen des jungen Mannes, der dir den Brief geschrieben hat?«, fragte sie schließlich.

Betty senkte beschämt den Blick.

»Und dieser Bursche ist es wert, dass du alles wegwirfst, was du dir aufgebaut hast? Dass du deinen Traum aufgibst?« So aufgebracht hatte Betty ihre Mutter noch nie erlebt. Es war schwer zu sagen, ob sie wütend oder kurz davor war, in Tränen der Verzweiflung auszubrechen. Vermutlich beides.

»Ja«, antwortete Betty. »Das ist er.«

Das Brummen eines Motors. Betty musste nicht aus dem Fenster schauen, um zu wissen, dass das Taxi vorgefahren war, das sie für halb sieben bestellt hatte.

»Er wird nicht reichen, Betty«, sagte ihre Mutter, und in ihren Augen stand der Schmerz der letzten Jahre. Die innere Leere. Der vergebliche Wunsch, die Zeit zurückdrehen zu können.

»Ich muss es versuchen, Mutti. Sonst werde ich mich

mein Leben lang fragen, ob ich glücklicher wäre, wenn ich mich für die Liebe entschieden hätte.«

»Die Liebe vergeht, Betty.«

»Nicht jede Liebesgeschichte endet wie deine.«

»Das denkst du, weil du glaubst, das Leben wäre wie im Film. Aber Filme erzählen nie die ganze Geschichte. Sie hören da auf, wo der Alltag einsetzt. Wenn die ersten Krisen zwischen dem Paar aufkommen. Sie zeigen nicht, dass die Frau älter wird und ihr Mann sie nicht mehr begehrenswert findet. An Kurts Seite kannst du deinen Traum leben, eine erfolgreiche Schauspielerin zu sein. Willst du das wirklich riskieren?«

»Aber wenn ich bei Kurt bin, fühlt sich das jetzt schon falsch an. Ich wünschte, es wäre anders. Aber ich kann mein Herz nicht ignorieren. Ich würde es ewig bereuen.«

»Du wirst es dein Leben lang bereuen, wenn du gehst.« Und dann sagte sie es: »Du bist schwanger, Betty.«

Du bist schwanger. Drei Wörter mit der Macht, ein ganzes Leben zu verändern.

Sie war nicht so schockiert, wie sie es vielleicht hätte sein müssen, was vermutlich daran lag, dass sie es insgeheim geahnt hatte. Deshalb lag ihre Hand auf ihrem Bauch, als würde sie versuchen, das Kind, das in ihr heranwuchs, vor diesem Streit zu schützen. Sie hatte die Anzeichen ignoriert. Die Morgenübelkeit, die in den letzten Tagen schlimmer geworden war. Den ständigen Schwindel und die Müdigkeit. Ihre Büstenhalter, die kaum noch passten. Ihre Periode, die ausgeblieben war.

Tränen liefen über ihre Wangen. Sie schüttelte den Kopf. Wollte es nicht wahrhaben. *Ich bin schwanger …*

Ihre Mutter kam auf sie zu und nahm ihre Hand. »Soll dein Kind dort drüben im Westen aufwachsen? Du weißt doch gar nicht, was dich dort erwartet. Vielleicht findet ihr nicht mal ein Dach über dem Kopf. Und wovon wollt ihr leben? Hier hat das Kind seinen Vater. Hier hat es seine Familie. Und hier hast du uns und deine Freundinnen, die dich unterstützen. Die für dich da sind.«

Betty fühlte sich schrecklich, weil sie sich nicht freute. Weil sie nicht vor Glück sprudelte, wie man es von einer Frau erwartete, die gerade erfahren hatte, dass ein Kind in ihr heranwuchs. Dabei hatte sie sich immer gewünscht, irgendwann Mutter zu werden. Gerade aber war es ihr, als würde diese Neuigkeit ihr Leben ruinieren. Sie hatte sich unter Qualen zu einer Entscheidung durchgerungen, und nun wurde diese mit nur drei Wörtern zerschlagen.

Betty krümmte sich vor Verzweiflung. Ihr Körper schmerzte. Erst als ihre Mutter sie umarmte, bekam sie wieder Luft. »Alles wird gut, Betty. Wenn du nur hierbleibst.«

Bettys Blick fiel auf ihren gepackten Koffer. Sie schloss die Augen. Horchte in sich hinein.

Ihre Mutter kannte Charlie nicht. Ihr Gefühl sagte Betty, dass er sie niemals im Stich lassen würde. Komme, was wolle. Sie vertraute ihm. Die Angst, die sie spürte, war nicht ihre. Es war die Angst ihrer Mutter.

Betty löste sich von ihr. »Ich verstehe, dass meine Entscheidung ein Schock für dich sein muss. Aber bitte vertrau mir. Ich weiß, was das Richtige für mich ist. Charlie wird dem Kind ein guter Vater sein. Ich liebe ihn. Und er liebt mich.«

Sie schloss den Koffer und hob ihn vom Bett auf. »Ich werde dich immer lieb haben. Immer.«

»Und ich dich auch, mein Engel.« Ihre Mutter gab ihr einen Stups auf die Nase, wie sie es schon getan hatte, als Betty noch ein kleines Mädchen gewesen war.

Sie umarmte ihre Mutter ein letztes Mal. Noch nie hatte sie eine Umarmung so bewusst wahrgenommen. Die erstaunlich starken Arme ihrer Mutter. Ihre Wärme. Ihren Duft. Betty versuchte, all das in ihrem Herzen abzuspeichern, um sich an Tagen, an denen sie mit ihrer Entscheidung haderte, daran erinnern zu können. Und diese Tage würden zweifelsfrei kommen. Und dennoch musste sie gehen. Es war noch viel schwerer als erwartet, ihre Mutter zu verlassen. Sie würde wahrscheinlich noch mehr trinken und ganz und gar in ihrer Melancholie versinken. Aber Betty konnte nicht ihr eigenes Glück für sie aufgeben.

Sie verließ die Wohnung. Trat hinaus in die frische Morgenluft, die der Regen nachts reingewaschen hatte. Dann stieg sie in das Taxi.

Es war der Morgen des dreizehnten August.

Am Ostbahnhof herrschte Hektik. Nicht die übliche Art von Betriebsamkeit, die Betty so gerne beobachtete: Menschen, die am Kiosk ein *ND* oder eine *NBI* kauften, die zu ihrem Zug eilten, einander umarmten oder küssten.

Schon als sie aus dem Taxi gestiegen war, hatte sie die Spannung gespürt, die in der Luft hing. Oder bildete sie sich das nur ein, weil sie gerade ihr gesamtes bisheriges Leben über Bord warf? Züge warteten auf den Gleisen, aber es regte sich nichts. Keine Reisenden, die ein- oder ausstiegen. Kein Dampf, der aus den Schornsteinen drang. Keine Lokführer, die den Kopf aus dem Fenster streckten und auf das Abfahrzeichen des Schaffners warteten. Eine Traube von Menschen tummelte sich neben dem Gleis, auf dem eigentlich der Interzonenzug bereitstehen sollte. Sie wirkten aufgeregt. Nervös. Ein Mann beschwerte sich und gestikulierte heftig, schräg hinter ihm weinte eine junge Frau. Zwei Kinder blickten mit großen Augen auf die Erwachsenen. Ihnen ging es wie Betty. Sie wussten nicht, was hier gerade los war, ahnten nur, dass etwas nicht stimmte, und das machte ihnen Angst.

»Die mauern uns bei lebendigem Leib ein«, schrie die Frau.

»Was ist denn hier los?«, fragte Betty einen Schaffner, der den Bahnsteig entlangkam.

»Na, die Züge stehen still«, brummte er.

»Was? Wie lange denn noch?«

»So wie ick det sehe, jeht die nächsten Tage jar nischt. Befehl von janz oben, kam heute Nacht.«

Betty wurde kalt. »Aber warum?«

»Ja, hören Sie denn kein Radio? Die bauen irgend 'nen Schutzwall.«

»Bitte was?« Sie sah sich um. Das hier war doch nicht real. Sie musste träumen. »Ich muss nach München. Ich …«

»Junge Dame, die Züge fahren nich. Die bauen eine Mauer!«

»Eine Mauer …?«, wiederholte sie, ohne wirklich zu begreifen, was dieser Mann ihr gerade sagte. »Was denn für eine

Mauer?« Sie befürchtete, in Ohnmacht zu fallen, und schloss kurz die Augen, aber dadurch wurde es noch schlimmer.

»Gibt es denn nicht noch einen Zug, der fährt? Egal wohin? Ich schlage mich dann schon durch. Ich … ich *muss* nach München.«

»Ne, junges Frollein. Sie müssen hierbleiben. Und jetzt entschuldigen Sie mich.«

Er ließ sie einfach stehen.

Sie stellte sich vor, wie Charlie am Bahnhof in München auf sie wartete. Wie sie nicht kam. Wie er annahm, dass sie sich für Kurt entschieden hatte.

Im nächsten Moment gaben ihre Knie nach. Sie spürte, wie sie auf dem Boden aufschlug. Dann war alles schwarz um sie herum.

48

Clara

Ein hauchzarter Lichtstrahl fiel zwischen den Vorhängen hindurch. Zeit aufzustehen. Claras Körper fühlte sich zentnerschwer an. Jede einzelne ihrer Zellen wollte im warmen, kuscheligen Bett bleiben, aber sie musste das Frühstück zubereiten.

Blick auf den Wecker. Clara blinzelte. Es war ja gerade mal fünf Uhr! Was hatte sie geweckt? Hatte ihr Großvater nach ihr gerufen? Sie richtete sich auf und merkte, dass Gänsehaut ihre Arme überzog. Schlagartig waren all ihre Sinne wach. Irgendetwas stimmte nicht, deshalb war sie aufgewacht. Es war die Stille, die ihr Unbehagen bereitete. An einem Sonntagmorgen war es für gewöhnlich ruhig, weil die meisten Menschen ausschliefen, nun aber war es, als wäre jegliches Leben auf dieser Welt erloschen. Kein Bus, der über die Pflastersteine rumpelte. Nicht mal das ferne Surren der S-Bahn war zu hören.

Clara schob die Decke von den Beinen, kroch aus dem Bett und zog die Vorhänge auf. In der Nacht hatte es geregnet, ein feuchter Schimmer glänzte auf dem Asphalt des Hofs. Noch hingen graue Wolken am Himmel, doch dahinter war die Sonne zu erahnen. Die Luft, die durch das angelehnte Fenster hereinströmte, war frisch und klar.

Wie jeden Tag putzte Clara sich erst mal in der Küche die Zähne, dann sah sie nach ihrem Großvater und machte sich schließlich daran, Brot zu schneiden und den Tisch zu decken. Wie jeden Morgen tat sie so, als würde sie sich Mühe geben, leise zu sein, um ihre Mutter nicht zu wecken. Das eine oder andere Mal machte sie die Schranktür lauter zu als unbedingt nötig. Während Clara den letzten Rest Kaffeepulver in den Filter häufte, hoffentlich würde sie nächste Woche welches ergattern, lief im Hintergrund leise das Radio. Nur mit einem Ohr hörte sie dem Nachrichtensprecher zu. Was im Radio kam, war eh Propaganda, hatte ihr Vater immer gesagt.

Als sie zwei Tassen aus dem Schrank nahm, hielt sie jäh in der Bewegung inne. Da war die Rede von »Schutzmaßnahmen«. Gegen die »aggressiven Bestrebungen« des Westens. Sie drehte das Radio lauter. »*Zur Unterbindung der feindlichen Tätigkeit der revanchistischen und militaristischen Kräfte Westdeutschlands und Westberlins wird eine solche Kontrolle an den Grenzen der Deutschen Demokratischen Republik einschließlich der Grenze zu den Westsektoren von Groß-Berlin eingeführt, wie sie an den Grenzen jedes souveränen Staates üblich ist*«, hieß es. Und: »*Starke Verbände der Volkspolizei haben in der Nacht zum Sonntag die Sektorengrenze zwischen Ost- und Westberlin abgeriegelt …*«

Ihr wurde eiskalt.

Die machten die Grenzen zum Westen dicht. Die sperrten sie ein!

Ein Klirren. Die Tassen waren ihr aus den Händen geglitten und auf dem Boden zerschellt.

Ulbricht hatte gelogen. *Die bauen doch eine Mauer.*

Adrenalin jagte durch ihr Blut. Sie vergaß die Scherben, ging ins Schlafzimmer ihrer Mutter und kniete sich neben das Bett. »Mama, du musst aufstehen. Jetzt. Heute musst du Opa Frühstück machen, ja?«

Ihre Mutter stöhnte und versuchte, unter ihrer Bettdecke zu verschwinden, aber Clara zog sie ihr gnadenlos weg. »Da draußen geht was vor sich. Ich will nachsehen, was da los ist«, sagte sie. »Ich glaube, die machen alles dicht nach Westen hin.«

Natürlich führte man eine solche Aktion in der Nacht auf den Sonntag aus. Sonntags schliefen die Menschen länger und unternahmen dann einen Ausflug aufs Land, die Geschäfte waren zu. Es strömten keine Massen ins Zentrum. Da konnte man eine Stadt abriegeln, ja, eine ganze Republik.

Auf der Straße der Schock: Überall Polizei und Militär, als wäre Erster Mai, nur stand niemand am Straßenrand und schwenkte Fähnchen. Clara traute sich, einen Vopo anzusprechen und zu fragen, was vor sich ging, aber er sagte nur: »Bleiben Se lieber zu Hause. Ick darf Sie eh nicht ins Zentrum lassen.«

Clara log, behauptete, ihre Schwester im Krankenhaus besuchen zu wollen, die gestern ihr Kind zur Welt gebracht hatte.

»Na jut«, brummte der Polizist.

Im S-Bahnhof schallte aus den Lautsprechern immer wieder die Ansage, die DDR habe die Grenze geschlossen.

Heftige Gefühle tobten in ihr – Ungewissheit, Verzweiflung, Wut. Wo blieb nur die verdammte S-Bahn?! Ihr fiel auf, dass sie nicht mal ihre Schultertasche dabeihatte, an der sie sich hätte festhalten können. Neben ihr diskutierte eine Gruppe wahllos zusammengewürfelter Menschen.

»Det wird ja wohl nich von Dauer sein«, lallte ein junger Kerl, der offenbar erst jetzt nach einer durchzechten Nacht auf dem Weg nach Hause war. »Det können die doch nich machen. In ner Woche ist wieder alles beim Alten.«

»Mein Gefühl sagt mir da was anderes …«, meinte eine ältere Dame, und ihr sorgenvoller Blick drückte all die Erfahrungen aus, die sie in ihrem Leben gesammelt hatte. Es war ein Blick, dem Clara vertraute.

»Wenn ihr mich fragt, dann sollen die ruhig 'ne Mauer bauen. Die im Westen drüben haben nix anderes als Profit und Macht im Kopf. Wat will man denn schon mit denen zu schaffen haben? Lieber hab ich 'ne Mauer vor der Nase, als dass die Schweine da drüben auf die Idee kommen, wieder 'nen Krieg anzuzetteln!«

Endlich kam die Bahn. Zum Glück, denn ansonsten hätte Clara sich noch eingemischt, und so angespannt, wie sie war, hätte sie kein Blatt vor den Mund genommen, um wenigstens etwas Dampf abzulassen. Über das Ostkreuz schaffte sie es bis zum Alex. Dort ging erst mal nichts mehr. Ein einziges Bombardement an Eindrücken. Unzählige Menschen, dicht an dicht, aufgebracht. Wieder Panzer. Geballte Wut. Panik. Ein riesiges Gewühl. Clara kämpfte sich zum Bahnsteig vor. Immer wieder wurde sie angerempelt. Einmal wurde sie so heftig zur Seite geschubst, dass sie fast auf die Gleise gestürzt wäre. Geistesgegenwärtig hielt einer der Vopos sie fest.

Eine Frau war völlig verzweifelt. »Aber mein Mann ist doch drüben!«, schrie sie. Das kleine Mädchen an ihrer Hand weinte.

Claras ganzer Körper schlotterte.

Du musst irgendwie zur Grenze, sagte sie sich. Brandenburger Tor.

Wie durch ein Wunder fuhr im selben Moment eine S-Bahn ein, in die die Menge sie drückte. Am Grenzbahnhof Friedrichstraße blieb der Zug stehen, Endstation. Gnadenlos wurde sie aus dem Zug hinausgestoßen. Auch hier unfassbares Chaos. Massenpanik. Draußen auf der Straße angeblich Militär mit Panzern. »Schießbefehl«, hörte sie jemanden sagen. »Ausnahmezustand.«

Verzweifelt versuchte sie, dem Menschenstrom zu entkommen, bevor sie noch hinfiel und totgetrampelt wurde. Sie klammerte sich am Treppengeländer fest. Warf einen Blick durch die Halle. Sie fragte sich, ob Alex hier irgendwo war. Das Gewehr im Anschlag. Bereit zu schießen, wenn nötig.

»Die mauern uns bei lebendigem Leib ein«, schrie eine Frau weiter vorn.

Zwei Atemzüge lang drehte sich alles vor Claras Augen. Sie fühlte sich tatsächlich wie lebendig begraben, als würde ihr der letzte Sauerstoff ausgehen. Am liebsten hätte sie die Frau, die da vorn immer noch schrie und wimmerte, gepackt, geschüttelt und ihr ins Gesicht geschrien, sie solle sich verdammt noch mal zusammenreißen!

Oberirdisch gab es drei Bahnsteige. Zwei für die S-Bahnen. Eine davon ging Richtung Westen, die andere in den Osten. Das dritte Gleis war für die Interzonenzüge. Kein Zug in Sicht.

Auf einmal die Frage: *Was wirst du tun, wenn eine Bahn Richtung Westen einfährt? Wirst du einsteigen? Was, wenn das deine letzte Chance ist, in den Westen zu kommen? Bist du nicht deshalb überhaupt hier?*

Plötzlich hatte sie so eine Ahnung. »Betty …«, hauchte sie.

Dann rannte sie. Machte sich frei aus der Menge, in der sie steckte, und hechtete die Treppe hinab. In den Katakomben des Bahnhofs drängelte sie sich durch eine Kette von Soldaten. Ein Vopo versuchte sie aufzuhalten, ein anderer richtete sein Gewehr auf sie. Sie huschte ihnen davon, tauchte einfach ein in eine Menschenmenge. Sie dachte nicht mehr nach über das, was sie tat, handelte instinktiv. Sie stürmte die Treppe hinauf zum Gleis der Interzonenzüge, stürzte sich mitten zwischen die Wartenden auf dem Bahnsteig nach Westen. Auch hier gingen Weinen und Geschrei durch die Menge. Wut entlud sich gegen zwei Vopos, die die Menschen dazu anhielten, den Bahnhof zu verlassen und nach Hause zu gehen. Ein Schaffner versuchte vergeblich, ein Ehepaar zu beruhigen, aber als der Mann die Faust hob, machte er, dass er wegkam …

Am Rand der Menschenmenge eine einzelne, einsame Gestalt. Betty. Ihr Gesicht war fahl, die Augen blickleer. Im nächsten Moment gaben ihre Beine nach, und sie sackte zu Boden. Eine Frau schrie auf, wurde nun völlig hysterisch. Im nächsten Moment schon war Clara bei der Freundin. Sie legte Bettys Kopf auf ihre Knie. »Ich bin's. Clara. Ich bin bei dir.«

Betty blinzelte. Dann sagte sie drei Wörter: »Ich bin schwanger.«

In Notsituationen entwickelt der Mensch unglaubliche Kräfte, heißt es, vermutlich schaffte Clara es nur deshalb, ihre Freundin vom Boden hochzuwuchten und zur nächstgelegenen Sitzbank zu bringen, wo Betty zusammenbrach und haltlos schluchzte. Clara hielt sie in ihren Armen und strich ihr das zerzauste Haar aus dem Gesicht.

Erst jetzt drang zu ihr durch, was ihre Freundin ihr gerade gesagt hatte. *Ich bin schwanger.* »Alles wird gut. Ich bin bei dir. Ich lasse dich nicht im Stich.«

Auf einmal erneuter Tumult. Ein Zug fuhr ein. Ein Interzonenzug.

»Ein Wunder!«, rief jemand.

Kaum hatte er gehalten, drängten Menschen ins Innere. Clara spürte Bettys Gewicht auf ihrer Schulter.

Das ist deine Chance. Vielleicht deine einzige. Was wirst du tun?

Betty sah sie an. »Du kannst es noch schaffen.«

Der Zug setzte sich langsam in Bewegung. Die Türen standen offen. Menschen kamen angerannt und sprangen hinein. Man reichte ihnen die Hände, zog sie ins Innere. Eine Frau stürzte, und kurz dachte Clara, sie würde unter die Räder geraten. Ein Wunder, dass nichts geschah. Bilder, die sie ihr Leben lang nie vergessen würde.

Du kannst es noch schaffen …

Es war ihr, als würde sich ihr ganzes Leben in diesen Sekunden entscheiden.

49

Martha

Das gnadenlose Ticken der Wanduhr war kaum auszuhalten. *Ticktack. Ticktack. Ticktack.*

Seit Stunden ein und dasselbe.

»Die Erhaltung des Friedens erfordert, dem Treiben der westdeutschen Revanchisten und Militaristen einen Riegel vorzuschieben«, verlas der Sprecher nüchtern die Erklärung der Warschauer Vertragsstaaten und des Ministerrats der DDR.

Anschließend kurze Interviews mit Passanten, die alle kaum erwarten konnten, dass eine Grenze um die Deutsche Demokratische Republik gezogen wurde. *Ein Hoch auf die neutrale Berichterstattung*, dachte Martha.

»Ich bin Mutter. Seit ich von den Menschenhändlern und Kindesentführern aus dem Westen gehört habe, lebe ich in ständiger Sorge um meine Tochter«, sagte eine Frau. »Es ist einfach nur abscheulich, dass man versucht, kleine Kinder aus unserem sozialistischen Vaterland zu entführen, um die Eltern zur Republikflucht zu verleiten. Ich bin unendlich erleichtert über die Maßnahmen unserer Regierung.«

Dann das Wetter: »Freundlich, aber kühl.«

Ticktack. Ticktack. Ticktack.

Wie ein Geist wanderte Frau Reinhart durch die Wohnung. Martha hatte den Überblick verloren, wie viele Gläser Schnaps sie gekippt hatte.

»Hab ein Auge auf sie«, sagte Herr Reinhart, als er seine Jacke vom Haken nahm. »Ich suche Betty.«

Martha hatte nie viel mit Herrn Reinhart zu tun gehabt. Wann immer sie ein paar Worte mit ihm gewechselt hatte, war er freundlich gewesen, hatte jedoch gleichzeitig den Eindruck erweckt, als würde er das, was sie erzählte, bereits in ein paar Minuten wieder vergessen haben. Auch zu Betty hatte er nicht wirklich einen Draht. Er schien sich ausschließlich für sein Strandbad zu interessieren. Nun jedoch war er völlig durch den Wind. Erst suchte er seine Schlüssel, dann musste Martha ihn darauf aufmerksam machen, dass es vielleicht klug wäre, seinen Personalausweis einzustecken, um sich ausweisen zu können. An seiner Zerstreutheit merkte Martha, dass er Angst um seine Tochter hatte, und sie wünschte, Betty wäre hier und würde ihn so erleben, weil sie doch glaubte, sie wäre ihm egal.

Ticktack. Ticktack. Ticktack.

Wieder der Sprecher, wieder dieselben Worte. *Die Erhaltung des Friedens* und so weiter und so fort. Dann: *Chaos im Bahnverkehr. Das Wetter – freundlich, aber kühl.*

Eine weitere Stunde, die vergangen war. Eine weitere Stunde der Ungewissheit. Je mehr Zeit verstrich, desto unwahrscheinlicher wurde es, dass Betty nur schnell beim Bäcker Brötchen holte oder die Nacht bei Kurt verbracht hatte, wie Martha es sich einzureden versuchte. Wo steckte sie nur?

War sie Charlie tatsächlich in den Westen gefolgt? Hatte sie es noch geschafft, bevor die Grenze dichtgemacht worden war? Und was war mit Clara? Vor ihrem inneren Auge spielten sich Szenen ab. Sie sah, wie Clara im Radio hörte, dass die Grenzen dichtgemacht worden waren. Sah, wie sie wahllos Kleidung in ihren Rucksack stopfte. War Clara auch drüben?

Immer wieder die Frage: War sie nun völlig allein?

Nein. Nicht nach allem, was sie durchgemacht hatte. Das wäre zu viel. Das würde sie nicht überleben.

Martha beschloss, nach Frau Reinhart zu sehen. Inzwischen hatte sie sich ins Bett gelegt und schien tief und fest zu schlafen. Auf dem Nachttisch fand Martha Schlaftabletten. Kurz kam ihr der schreckliche Gedanke, dass Bettys Mutter zu viele genommen haben könnte, doch als Martha sicherheitshalber ihren Puls tastete, ging er zu ihrer unendlichen Erleichterung regelmäßig und kräftig.

Ticktack. Ticktack. Ticktack.

Im Wohnzimmer wieder dasselbe: *Die Erhaltung des Friedens … Antiimperialistischer Schutzwall … Chaos im Bahnverkehr … Das Wetter.*

So langsam hatte Martha das Gefühl, in der Vorhölle festzustecken. Der Kragen ihrer Bluse schnürte ihr die Luft ab. In ihrem Kopf herrschte ein einziges Durcheinander. Sie lief auf und ab und zupfte dabei an ihrer Nagelhaut, bis es blutete. Wie sollte sie allein klarkommen, wenn Betty und Clara wirklich weg waren?

Auf einmal herrschte draußen Tumult. Eine Familie eilte über den Parkplatz vor dem Wohnblock. Der Vater schleppte einen Koffer. Die Mutter hatte die Tochter an der Hand, die völlig in Tränen aufgelöst war.

»*Was hast du noch zu verlieren?*«, hallten auf einmal Claras Worte in Marthas Kopf.

Keine Sekunde länger würde sie es in der Wohnung aushalten. Sie beschloss, den Versuch zu wagen, sich zur Grenze durchzuschlagen und sich selbst davon zu überzeugen, was dort draußen vor sich ging. Es war doch unmöglich, in nur einer Nacht eine Mauer zu bauen und ein ganzes Land abzuschotten!

Chaos auf den Straßen. Überall Polizei. Auf dem Gehweg grölte ein Betrunkener: »Is doch ein janz normaler Tag. Die Regierung beschließt, was det Beste für die Bevölkerung is!«

Martha wusste gar nicht, wohin. Sie ließ sich von der Menge mitschleifen, stieg am Bahnhof Köpenick ein, am Ostkreuz aus. Und jetzt? Sie nahm den Bus zum Brandenburger Tor, das erschien ihr irgendwie logisch. Dann direkt vor ihr, nur ein paar Schritte entfernt: der britische Sektor. Wie oft war sie einfach hindurchspaziert? Nun: Betriebskampfgruppen und Einheiten der Volkspolizei. Maschinengewehre. Panzer. Stacheldraht. Eine Gruppe junger Kerle brüllte: »Schämt euch! Weg mit dem Stacheldraht! Spitzbart muss weg! Schämt euch!« Auch auf der Westseite Soldaten und Menschen, die mitansahen, wie die Grenze dichtgemacht wurde.

Der Anblick der Uniformen, Panzer und Waffen war völlig surreal. Das Blut gefror Martha in den Adern. Herrschte offiziell Krieg mit dem Westen? Oder war die Munition für die eigenen Landsleute gedacht, falls sie gegen die Schließung der Grenzen protestierten? Es gab keine Chance, irgendwie rüberzukommen. Da dämmerte ihr, weshalb sie eigentlich hergekommen war. Sie hatte rübergewollt. Sie hatte schreckliche Angst davor, auf einmal allein zu sein. Ohne ihre beiden Freundinnen, die alles waren, was sie noch hatte.

Weiter. Überall Stacheldraht, Polizei und Militär. Es musste doch noch irgendwo ein Schlupfloch geben. Wie sollte es möglich sein, in nur einer Nacht eine ganze Stadt einzuzäunen?! Oder was war mit den Gebäuden, die direkt an der Grenze standen? Man konnte doch nicht sämtliche Türen und Fenster zumauern! Ihr kam der verzweifelte Gedanke, einfach Anlauf zu nehmen, über den Stacheldraht zu springen und ein Stoßgebet in Richtung Himmel zu schicken, dass niemand auf sie schoss.

Auf einmal hielt sie inne. War sie wirklich bereit, ihr Leben zu riskieren, aus Angst davor, allein zu sein? Stumme Tränen liefen ihre Wangen hinab.

»Oh Gott«, sagte sie leise. Alles drehte sich. Sie musste sich setzen.

Das Nächste, was sie wahrnahm, war, wie sie auf den Stufen eines Mietshauses kauerte. Vor ihrem inneren Auge spulte sich ihr Leben ab. Der Tag, an dem sie Betty und Clara kennengelernt hatte. Als sie den alten Horst vor dem Ertrinken gerettet hatten. Sonnenbaden am Müggelsee. Uschis Kiosk. Die Bölschestraße. Der Weg an der Müggelspree, den sie mit Micha mit den Rädern entlanggefahren war, als er sie nach Hause begleitet hatte. Sie sah vertraute Gesichter. Der Fleischer, der ihr hin und wieder eine Scheibe Aufschnitt geschenkt hatte. Daneben die Wohnung von Bernhard, der

Hühner schlachtete und an die HO-Läden verkaufte und damit nebenbei ein nettes Sümmchen erwirtschaftete. Die griesgrämige Chorleiterin, die es den alten Leutchen gestattete, bei den Proben zuzuhören und insgeheim doch ein gutes Herz hatte. Die raue Herzlichkeit der Menschen hier.

Das hier war ihre Heimat. Ihr Zuhause.

Es dämmerte bereits, als Martha den Heimweg antrat. Es zog sie zu dem Ort, an dem sie Ruhe fand. Zu ihrem Seelenort. Das Strandbad am Müggelsee. Wie ausgestorben lag es da. Keine Menschenseele weit und breit. Auf der Tafel war mit Kreide angeschrieben: *Fassbrause sechzig Pfennig*, aber der Kiosk hatte geschlossen, auch Musik lief nicht. Der Wind trieb die Wolken über den Himmel. Das Wasser war aufgewühlt. Spitze kleine Wellen rollten über den See. Dann und wann sprang ein Fisch und schnappte nach einem Insekt.

Wie würde ihr Leben ohne ihre Freundinnen aussehen? Würde sie auch allein auf der Wasserinsel liegen? Sich allein ein Eis am Stiel kaufen? Oder würden ihr diese Dinge keine Freude mehr bereiten? Vielleicht wäre ihr Leben ohne Clara und Betty nicht mehr ganz so schön. Aber sie würde klarkommen. Irgendwie. In den letzten Monaten hatte sie bewiesen, dass sie stark war. Stärker, als sie geahnt hatte. In den Westen zu fliehen hätte nichts an ihrer Lage geändert. Es hätte ihre Probleme nur an einen anderen Ort verlagert. Es würde nur ein neues Chaos in ihr heraufbeschwören und sie von dem abhalten, was sie eigentlich verfolgte: endlich herausfinden, wer sie eigentlich war. Freiheit bedeutete nicht, sich für oder gegen etwas zu entscheiden, sondern sich eine von Grund auf eigene Existenz zu erschaffen.

Und wenn jeder abhaute, würde sich nie etwas ändern in diesem Land. Wenn sie blieb, könnte sie vielleicht etwas bewegen.

Sie schloss die Augen. Atmete ein paarmal tief ein und aus und horchte tief in sich hinein. Und auf einmal wurde ihr ganz warm, als breitete sich ein Licht in ihr aus. Als sich ihre Lider wieder hoben, war die Wolkendecke aufgebrochen. Sonnenlicht lag hellgelb auf dem Müggelsee.

»Dachten wir uns doch, dass du hier bist«, rief auf einmal jemand hinter ihr.

Martha fuhr herum. War das möglich? Sie kniff sich in den Unterarm – kein Traum.

Ihre beiden Freundinnen kamen langsam den Steg entlang. Betty hatte sich bei Clara eingehakt, und es schien, als würde Clara sie leicht stützen.

Ehe sie sichs versah, war Martha vom Steg aufgesprungen und hatte ihre beiden Freundinnen in eine stürmische Umarmung geschlossen. »Ich war noch nie so froh, euch zu sehen!« Ihr ging so viel gleichzeitig durch den Kopf, dass es ihr schwerfiel, einen klaren Satz zu formulieren. »Ich dachte … Ich war mir sicher, dass …«

»Setzen wir uns erst mal«, unterbrach Clara das Gestammel. »Betty ist noch leicht schwindelig.«

Die beiden schilderten ihr, was vorgefallen war. Wie Betty vorgehabt hatte, sich frühmorgens unbemerkt aus der Wohnung zu schleichen. Wie ihre Mutter versucht hatte, sie aufzuhalten, und sie mit dem konfrontierte, was Betty eigentlich schon selbst wusste. Nämlich, dass sie schwanger war.

Das musste Martha erst mal verarbeiten. Betty war schwanger … »Heißt das, du wirst Kurt doch heiraten?«

»Noch kannst du es dir anders überlegen«, sagte Clara.

»Kann ich das?«, erwiderte Betty. »Ich will, dass mein Kind wohlbehütet aufwächst, also braucht es einen Vater.«

»Und dafür willst du dein eigenes Glück opfern?«

»Welches Glück habe ich denn noch? Zwischen Charlie und mir ist eine Mauer.« Kurze Pause. Dann: »Ich bin nicht stark genug, das alleine durchzustehen.«

»Du bist nicht allein. Du hast uns.«

Wieder eine Umarmung. Dann schilderte sie, wie sie das Gefühl gehabt hatte, der Himmel würde über ihr zusammenstürzen, als sie am Bahnhof von der Schließung der Grenzen erfahren hatte. Auf einmal hatte Clara wie eine Erscheinung vor ihr gestanden.

»Du bist also auch am Bahnhof gewesen …«, sagte Martha, aber was sie damit eigentlich sagte, war: »Du hattest also vor, in den Westen abzuhauen.«

Clara nickte. »Ja. Und das habe ich auch immer noch vor. Ich weiß, dass du mich vermutlich dafür verurteilst, aber …«

»Ich verstehe dich«, unterbrach Martha sie. »Und ich will dir helfen.«

»Nein, ich will euch da nicht mit reinziehen. Betty schon gar nicht, jetzt, wo sie schwanger ist.«

»Bitte, Clara! Wie willst du es alleine schaffen? Du brauchst einen Plan, du brauchst Unterstützung … Du kriegst hier kein Bein auf die Erde, das hast du doch inzwischen mitbekommen.«

Clara schüttelte entschieden den Kopf. »Keine Widerrede.

Ich mach das allein. Es kann sein, dass man euch verhören wird. Dann dürft ihr absolut nichts wissen. Es ist nur zu eurem Schutz.«

Martha gab sich geschlagen. Sie wusste, dass Clara recht hatte. Schweigen senkte sich zwischen ihnen herab.

Weil die Angst und die Verzweiflung nun endgültig von ihr abfielen, weil sie unfassbar erleichtert und dankbar war, ihre Freundinnen bei sich zu haben, weil einfach alles in diesem Moment viel zu viel war, brach Martha in Tränen aus. »Du bist noch hier … Ich war mir sicher, dass du weggehst. Was, wenn wir uns nicht wiedersehen?«

Clara umarmte sie fest. »Das werden wir aber, das weiß ich. Eines Tages, egal ob Monate oder Jahre vergehen, werden wir uns wiedersehen. Wie früher werden wir hier im Strandbad auf der Wasserinsel liegen.«

Martha wischte sich die Tränen aus dem Gesicht. »Versprich mir das.«

In Claras Blick stand Entschlossenheit, als sie erwiderte: »Das verspreche ich dir.«

50

Betty

Und dann war er gekommen, der wohl schönste Tag ihres Lebens. Der Tag ihrer standesamtlichen Hochzeit. Der Tag, an dem Betty Kurts Frau werden würde.

In der Nacht hatte sie kaum geschlafen. Mit offenen Augen hatte sie neben ihrem zukünftigen Ehemann im Bett gelegen, wie im Grab, die Hände auf der Brust gefaltet, hatte seinem Schnaufen gelauscht und in die Dunkelheit über sich gestarrt. Erst in den frühen Morgenstunden war sie in einen tiefen, traumlosen Schlaf gefallen. Als der Wecker geklingelt und auch noch Kurt vor Energie nur so strotzend an ihr gerüttelt hatte, hatte sie sich gefühlt, als wäre sie niedergeschlagen worden und würde nun aus der Ohnmacht erwachen.

Betty war zu nichts anderem in der Lage, als einfach nur zu funktionieren. Als Onkel Theodor sie nach dem Frühstück mit seinem Wartburg abholte, lächelte sie, wie es von ihr erwartet wurde. Er brachte sie zu seinem Atelier in die Friedrichstraße, wo eine Assistentin Betty in das märchenhaft schöne Hochzeitskleid half. »Du sollst aussehen wie eine Prinzessin«, hatte Onkel Theodor bei den Anproben immer wieder gesagt, und das war ihm wahrhaftig gelungen. Das

Kleid war schulterfrei, hatte jedoch pompöse Ballonärmel. An der Taille saß es eng, der Rock aus Tüll war weit aufgefächert.

Während die Assistentin den Stoff zurechtzupfte, dachte Betty daran, wie sie Kurt gestanden hatte, dass sie schwanger war. Einen Tag nach ihrem gescheiterten Versuch, zu Charlie in den Westen zu gelangen. Sie hatten gemeinsam zu Abend gegessen und dabei über den Bau der Mauer gesprochen. Oder eigentlich hatte Kurt eher darüber monologisiert, wie dringend notwendig eine solche Maßnahme zum Schutz der Bevölkerung war. Sie hatte nur dann und wann genickt. Er erwartete ohnehin nicht von ihr, dass sie ihre Meinung äußerte.

Sie fühlte sich schrecklich, weil eine werdende Mutter doch eigentlich erblühen und vor Freude und Glück nur so sprühen sollte. Sie jedoch hatte panische Angst. In ihrem Kopf die ganze Zeit ein und derselbe Gedanke: *Du bist noch nicht bereit, Mutter zu sein. Du bist doch selbst noch ein halbes Kind, wie willst du dich um einen Säugling kümmern?*

Weil du dieses Kind schon jetzt unfassbar liebst, hatte eine Stimme in ihr geantwortet. *Weil du alles dafür geben wirst, dass es behütet und sicher aufwächst.*

Auf einmal hatte sie ihre Gabel beiseitegelegt und es einfach ausgesprochen: »Kurt, ich bin schwanger.«

Stille.

Dann: »Ist das dein Ernst?« Er hatte sich von seinem Stuhl erhoben und ihr den Rücken zugewandt.

Betty fühlte sich, als hätte er ihr in den Bauch geboxt. Angst machte sich in ihr breit. Freute er sich denn nicht?

Doch als er sich wieder zu ihr umgedreht hatte, hatten

Tränen in seinen Augen gestanden. »Das ist … das ist unglaublich! Das habe ich mir immer gewünscht.«

Noch nie hatte sie ihn so bewegt erlebt, und Hoffnung keimte in ihr auf: Sie würde mit ihm ein gutes Leben führen. Er kniete sich neben sie und legte das Ohr auf ihren Bauch. Und obwohl sie noch immer schrecklich traurig war, weil sie Charlie wohl nie wiedersehen würde, brachte er sie damit tatsächlich zum Lächeln.

Sie solle sich setzen, sie würde nun geschminkt werden, riss die junge Assistentin sie aus ihren Gedanken. Puder. Ein Hauch von Rosa auf die Wangen. Silberner Lidschatten, der ihre Augen zum Strahlen brachte. Wimperntusche sowie ein dezenter Lippenstift. Umgeben von allerlei wunderschönen Kleidern, Hüten und Schuhen verwandelte Betty sich nach und nach in eine strahlende Braut in einem wogenden weißen Kleidertraum. Betty betrachtete die Frau, die ihr der goldumrahmte Spiegel zeigte. Das Haar hochgesteckt und mit zierlichen, weißen Stoffblüten verziert. Zwei Strähnen fielen heraus und umrahmten ihr Gesicht. Sie fuhr mit beiden Händen über den Stoff, befühlte vorsichtig den Perlenbesatz am Ausschnitt. Sie sah wirklich hübsch aus.

Du bist noch mehr, kamen ihr Charlies Worte in den Sinn. *Du bist schön. Das ist viel bedeutender.* Sie schloss die Augen, atmete ein und schob die Erinnerung mit aller Gewalt beiseite. *Kurt liebt mich,* sagte sie sich wieder und wieder. *Wir werden eine Familie sein.*

»Bereit?«, fragte ihr Onkel und hielt ihr den Arm hin.

Betty zog den Schleier vors Gesicht. »Ja. Ich bin bereit.«

Sie hatte Mühe, die ganze Pracht auf der Rückbank des

Wartburg unterzubringen. Noch ehe sie das Standesamt in Friedrichshagen erreicht hatten, hatte sie Kopfschmerzen von den unzähligen Spangen in ihrem Haar. Schließlich hielt der Wagen vor dem Gebäude aus hellem Sandstein. Ihr Puls raste.

»Einen Moment«, sagte sie zu ihrem Onkel und sah zum Eingangsportal des Gebäudes.

»*Noch kannst du es dir anders überlegen*«, hallten Claras Worte in ihrem Kopf wider.

Betty schloss die Augen und legte eine Hand auf ihren Bauch. In ihr wuchs ein Kind heran. Ein kleines Wunder. Es verdiente, in einer glücklichen Familie aufzuwachsen.

Sie nickte. Ihr Onkel stieg aus, ging um den Wagen herum und öffnete ihr die Tür. An seinem Arm schritt sie die Stufen zum Eingangsportal hinauf, und sie betraten das Gebäude. Betty hatte das Gefühl, in dem vielen Stoff zu ertrinken. Auf einmal stand sie schon vor der breiten Flügeltür, hinter der Kurt, ihr zukünftiger Ehemann, auf sie wartete. Ruhige Geigenmusik war zu hören.

Wie durch Zauberhand öffnete sich die Tür. Zwei, drei Kamerablitze blendeten sie. Ein Fotograf der *Sibylle* war anwesend, wusste sie von ihrem Onkel. Wie sehr sie die Frauen in der Modezeitschrift stets bewundert hatte. Nun würde sie selbst darin abgelichtet sein. Eigentlich war Heiraten ja gar nicht mehr modern, fast schon peinlich. Viele Eheschließungen wurden unspektakulär vollzogen, keine Ringe, keine Blumen, keine Feier. Aber bei ihnen war das etwas anderes. Kurt war in der Filmbranche inzwischen eine Berühmtheit. Die Menschen interessierten sich für ihn.

Wieder Blitze. Als die kleinen Sterne aufhörten, vor ihren Augen zu tanzen, sah sie ihn. Er sah gut aus in seinem hellen, maßgeschneiderten Anzug. Bei ihrem Anblick war er so gerührt, dass er die Hände unter dem Kinn faltete und den Kopf schüttelte, als könne er sein Glück kaum glauben. Sie sollte dankbar sein, dass dieser Mann sich für sie entschieden hatte.

Betty wurde ihrem Vater übergeben, der sie den schmalen Gang zu dem Tisch am anderen Ende des Raumes führte. So viele Eindrücke. Sie konnte kaum alles verarbeiten. Überall Blumenschmuck. Die Stuhlreihen waren voll besetzt, die meisten der Anwesenden waren Freunde von Kurt. Ganz vorne links entdeckte sie ihre Mutter, die schon jetzt die feuchten Augen mit einem Tüchlein betupfte. Als ihre Tochter nach Hause zurückgekehrt war, hatte sie Betty einfach nur in eine feste Umarmung geschlossen. Vorne rechts saßen ein Mann und eine Frau, vermutlich Kurts Eltern, die sie erst heute kennenlernen würde.

Am Rande des Tischs ihre beiden Trauzeuginnen, Martha und Clara. Der Anblick der beiden schenkte ihr Kraft. Wie viel Mühe sie sich auch gab, es gelang ihr nicht, diese leise Stimme in sich abzustellen, die sagte: *Das fühlt sich nicht richtig an.*

Und trotzdem sank sie neben Kurt auf den Stuhl, legte artig die Hände in den Schoß und schwieg. Diese Hochzeit wurde von ihr erwartet. Mit einer Absage würde sie viele Menschen enttäuschen. Ihre Eltern. Ihren Onkel. Die Journalistinnen, die eifrig über diesen Tag berichten würden. Sie selbst gab es nur einmal, also enttäuschte sie stattdessen lieber sich.

Von der Zeremonie bekam Betty kaum etwas mit. Als es von ihr erwartet wurde, sagte sie: »Ja, ich will«, während ihr Herz eigentlich sagte: »Nein, ich liebe einen anderen.«

Aus dem Augenwinkel nahm sie eine Bewegung wahr. Dann fiel die Tür zu. Alle wandten sich um. Jemand hatte sich von seinem Platz in der letzten Reihe erhoben und den Raum verlassen.

Es traf Betty wie ein Blitz.

Dunkle Nietenhose. Schwarzes Haar. Mütze.

Charlie.

Das konnte nicht sein. Das war unmöglich ... Spielte ihr Herz ihr einen grausamen Streich?

Ein kleines Schluchzen entfuhr ihr, das Kurt als Zeichen der Rührung deutete und ihr entzückt mit dem Zeigefinger auf die Nasenspitze stupste.

»Dann erkläre ich Sie hiermit zu Mann und Frau«, hörte sie den Standesbeamten sagen.

Und damit war ihr Schicksal besiegelt.

51

Clara

So also fühlte es sich an, sich das eigene Herz rauszureißen und langsam zu verbluten, dachte Clara, als sie am Tag von Bettys Hochzeit Alex sah. In dem alten, mit Holz verkleideten Saal des Standesamts stand er zwischen zwei hohen Blumenvasen und schien auf sie zu warten. Ein zärtliches Lächeln breitete sich auf seinen Lippen aus, als er sie unter den Gästen entdeckte. Das Licht der Kerzen schimmerte in seinen Augen. Obwohl sie doch eigentlich keinen Sinn für Kitsch und Romantik hatte, glühte ihr Herz bei diesem Anblick. *Das ist mein Mann,* dachte sie. *Der Mann, den ich liebe.*

Es schnürte ihr die Kehle zu. *Du musst ihm die Wahrheit sagen.* Nämlich, dass sie ihn verlassen würde. Morgen schon wäre es so weit. Einen Tag nach Bettys Hochzeit.

Seit über einer Woche hatte Clara Alex nicht gesehen. *Gut so,* hatte sie sich gesagt, *übe die unvermeidliche Trennung. Dann wird der Schmerz am Ende nicht so groß sein.* Auch ihm würde sie nicht sagen, was sie vorhatte. In den Westen zu fliehen war allein ihre Angelegenheit. Sie würde da niemanden mit reinziehen. Ihr Plan war, es über die Schrebergärten in Treptow zu versuchen. Von Uschi wusste sie, dass man da nur über die Straße musste, um in den Westen zu gelangen. Jahrelang hatte die Kiosk-Leiterin mit ihrem Schwager Lebensmittel aus dem Westen rüber in die Kiefholzstraße geschmuggelt, wo sie eine Laube hatte. Auch dort wäre inzwischen alles voll mit Stacheldraht, aber mit etwas Glück wären zumindest weniger Grenzsoldaten vor Ort.

»Wie geht es dir?«, fragte sie Alex.

»Ich komme klar«, antwortete er, aber in seinen Augen sah sie die schlaflosen Nächte an der Grenze. Die Angst davor, schießen zu müssen, sobald der Verdacht auf einen Fluchtversuch bestand. Menschen töten zu müssen.

Alles in ihr sehnte sich danach, sich an ihn zu schmiegen und ihn zu küssen, aber noch wussten seine Eltern nicht, dass sie ein Paar waren, deshalb stellte sie sich nur dicht neben ihn und begnügte sich damit, hin und wieder wie zufällig seine Hand zu berühren.

Nach der Trauung zog die Hochzeitsgesellschaft zum Strandbad um, wo alle auf einen Dampfer stiegen. Dieser brachte sie zum Restaurant *Neu-Helgoland*, das sehr idyllisch am Rande eines kleinen Wäldchens an der Müggelspree lag. Die langen Tische waren mit weißen Decken, bunten Sommerblumen und Kerzen geschmückt.

Betty spielte ihre Rolle der glücklichen Braut überzeugend, aber Martha und Clara kannten sie seit ihrem dreizehnten Lebensjahr. Ihnen konnte sie nichts vormachen.

»Wisst ihr, wer das war, der da am Ende der Zeremonie gegangen ist?«, fragte sie in einer ruhigen Minute, als die Gäste ihre Plätze für Kaffee und Kuchen einnahmen.

»Leider nein, wir saßen mit dem Rücken zur Tür«, antwortete Martha.

»Es ist ohnehin nicht wichtig …«, erwiderte Betty gedankenversunken.

Die Hochzeitstorte wurde angeschnitten, Reden wurden gehalten, Musik kam vom Band, die Gäste tanzten. Der Nachmittag plätscherte so gemächlich dahin wie die Müggelspree. Die ganze Zeit über wich Alex nicht von ihrer Seite. Sein Blick ging ihr unter die Haut. Es war, als wüsste er ganz genau, was in ihr vorging. Nämlich, dass sie versuchte, Abstand zu gewinnen, weil sie seit nun fast einer Woche ununterbrochen sämtliche Möglichkeiten durchging, dieses Land zu verlassen.

Frische Luft, sie musste dringend raus hier …

»Ich begleite dich«, sagte er, nahm sie an der Hand und führte sie hinaus in den weitläufigen Garten des Restaurants. Durchs offene Fenster war das ruhige Stück zu hören, das Bettys Mutter auf dem Klavier spielte, auf der anderen Seite des Anwesens rauschte der Fluss dahin. Über ihnen der wolkenlose Sommerhimmel. Es war viel zu schön, um wahr zu sein …

Und dann forderte Alex sie auch noch zum Tanz auf. *Ein letztes Mal ihm so nah sein, ihn ein letztes Mal spüren …* Sie schmiegte das Gesicht an seine Brust, schloss die Augen und fragte sich, wie es möglich war, so glücklich und unglücklich zugleich zu sein.

Nein, nein, nein! Was tust du denn da? Du musst ihm sagen, dass du ihn verlassen wirst. Noch heute. Jahrelang hatte Clara es nicht gewagt, Gefühle zuzulassen. Sie hatte ihr Herz mit einer festen Schicht ummantelt, und eisern ihren Weg verfolgt, hatte dabei nicht nach links oder rechts geschaut.

Doch Alex hatte die Schicht aufgebrochen, und nun hatte sie das Gefühl, ohne ihn nicht mehr überleben zu können. Manchmal hasste sie ihn dafür, wie verletzlich er sie gemacht hatte. Denn nun wäre Schmerz unvermeidlich.

Bring es hinter dich!

Sie konnte nicht widerstehen, gab sich dem Moment vollkommen hin. *Nur noch einmal …* Sie umarmte ihn so fest, dass kein Lufthauch mehr zwischen sie passte. Nach einer Weile sah sie zu ihm auf und war wieder fasziniert von seinem markanten Gesicht. Mit dem Zeigefinger fuhr sie über seine Augenbrauen, dann über seine Unterlippe und küsste ihn, erst sanft, dann drängend. Ihr Körper wurde weich wie Wachs, passte sich dem seinen an, und sie taumelten gemeinsam gegen das Geländer. Sie spürte seinen heißen Atem an ihrem Hals, seine Hände an ihren Oberschenkeln, vergaß die Menschen, die in dem Restaurant feierten, vergaß, was sie vorhatte, was sie ihm eigentlich hatte gestehen wollen …

»Ich habe vor, meinen Eltern heute Abend zu sagen, dass wir ein Paar sind«, murmelte er an ihren Lippen. »Ich weiß, dass sie sich freuen werden.«

Erst erfasste sie Glück. Dann Panik. Schließlich Verzweiflung. »Was?«

»Ich liebe dich, Clara«, sagte er leise.

Ich dich auch, hätte sie fast geantwortet.

Das hier lief völlig falsch …

Verlegen fuhr er sich mit einer Hand über den Nacken. »War das zu früh? Tut mir leid, das ist mir so rausgerutscht.

Aber es ist die Wahrheit.« Er zuckte hilflos mit den Schultern. »Ich liebe dich.«

Sie schüttelte den Kopf. Fühlte sich wie ein Reh, auf das ein Auto zuraste. Unfähig zu reagieren.

»Ich habe noch nie so intensiv für jemanden empfunden. Irgendwie hat sich in meinem Leben immer alles falsch angefühlt, als wäre das nicht wirklich ich. Aber seit ich dich kenne, ist alles leicht. Als …« Er suchte nach den richtigen Worten. » … als wäre alles an seinem richtigen Platz.« Er zog aus seiner Hosentasche ein kleines Schächtelchen. »Für dich.«

Nein. Nein, nein, nein.

»Alex, ich …«

»Na los, mach schon auf.«

Sie ließ die Schachtel aufschnappen. Darin lag eine zarte silberne Kette mit einem Herzanhänger daran. C+A war darin eingraviert. Sie musste ihn ein Vermögen gekostet haben. »Sag doch was …«

»Ich …« Clara schluckte. Wich seinem Blick aus. »Ich wusste nicht, dass man etwas so Schönes bei uns finden kann.«

Tu es. Jetzt.

Sie schloss die Augen. Holte Luft. »Alex, ich kann dein Geschenk nicht annehmen.« Sie ließ die Schachtel zuklappen, legte sie in seine Hände und schloss seine Finger darum.

Schockstarre. Mehrere Atemzüge lang. Alex biss die Zähne zusammen und sah auf den Fluss hinaus. Dann holte er Luft und schaffte es zu fragen. »Habe ich etwas falsch gemacht?«

Brich ihm das Herz. Es ist besser, wenn er dich hasst, das macht es für ihn leichter.

»Wir sind zu unterschiedlich«, sagte sie. »Es tut mir leid.«

Er schüttelte den Kopf. »Nein, das ist Unsinn …«

Sie schwieg.

»Clara, ich versteh's nicht. Heißt das, das war's?«

Sie nickte.

Er wandte sich ab. Waren das etwa Tränen in seinen Augen? *Oh Gott.* Sie hatte damit gerechnet, dass sie ihn kränken würde. Dass er wütend werden würde. Sie hatte sicher nicht damit gerechnet, ihn zum Weinen zu bringen.

Auf einmal schüttelte er den Kopf. Sein Blick war unnachgiebig. »Ich glaube dir nicht.«

»Alex, ich …«

»Sag mir, was los ist. Das hier, das bist nicht du.«

Warum machte er es ihr so schwer? Warum war er nicht einfach wütend auf sie?

»Du kennst mich doch kaum! Du weißt doch gar nicht, wie ich bin!« Sie war laut geworden.

»Oh doch. Ich kenne dich, Clara. Ich weiß, dass du die größten, schönsten und intensivsten Augen hast, die ich je gesehen habe. Ich weiß, dass du immer leicht die Lippen spitzt, wenn du angestrengt nachdenkst. Und ich weiß, wie klug und ehrgeizig du bist und dass du allemal das Zeug dazu hast, dir in der Kosmonautik einen Namen zu machen und es all den Männern dort zu zeigen.« Er schluckte. Holte Luft. Sagte: »Und ich weiß, dass du dafür fortgehen musst. Das ist es doch, was du vorhast, nicht wahr?«

Stille.

Wie hatte er sie durchschaut? Kannte er sie wirklich so gut?

»Ich kann nicht hierbleiben«, sagte sie leise.

»Aber ich bin egoistisch und kann das nicht zulassen«, erwiderte er.

Jetzt, wo die Wahrheit heraus war, war es ihr, als öffne sich ein Ventil in ihr. »Ich kann nicht in einem Land leben, das mir so viel genommen hat. Ein Land, in dem man nicht frei sagen kann, was man denkt und fühlt.«

»Ich sage dir freiheraus, was ich für dich fühle. Ich liebe dich, Clara. Ich würde alles dafür tun, dass du glücklich bist.«

»Dann lass mich gehen …«

Er fuhr sich mit beiden Händen über das Gesicht. »Das kannst du nicht von mir verlangen«, sagte er.

»Bitte, Alex.« Sie hörte selbst das Flehen in ihrer Stimme. »Ich muss hier weg.«

»Clara, offenbar hast du keine Ahnung, wie das an den Grenzen abläuft! Die haben Sicherungsanlagen, Wachhunde … Du hast keine Chance. Die werden dich erschießen.«

»Wenn ich hierbleibe, sterbe ich auch, nur langsamer.«

Mit beiden Armen stützte er sich auf das Geländer. Sein Jackett spannte an seinen breiten Schultern. Er schwieg lange, und sie konnte sehen, wie es in ihm arbeitete. »Dann gehe ich mit dir«, sagte er schließlich.

»Du weißt, dass ich das nicht zulassen werde.« Sie stellte sich neben ihn. Ihre Oberarme berührten sich.

»Das ist meine Entscheidung.«

»Aber du würdest unglücklich werden. Du würdest deine

Familie vermissen, deine Freunde. Irgendwann würdest du mir vorwerfen, was du alles für mich aufgegeben hast, und wir würden nur noch streiten und uns verlieren. Unsere …« Sie wollte nicht von Liebe reden, das Wort erschien ihr ungemein groß. »Unsere Gefühle füreinander würden verblassen.«

Mit einer schnellen Bewegung wischte er sich eine Träne von der Wange. »Und was soll ich deiner Meinung nach jetzt tun?«

»Wenn du mich wirklich liebst, dann lass mich gehen.«

Er schwieg. Sah zum Himmel hinauf, als würde er dort nach einer Antwort suchen. »Ich helfe dir«, brachte er schließlich hervor.

»Nein, Alex, das kann ich nicht …«

»Du brauchst meine Hilfe. Du schaffst das nicht allein. Und ich kenne mich an der Grenze aus. Also lass mich dir helfen. Das ist alles, worum ich dich bitte.«

Auch wenn es ihr widerstrebte, wusste sie doch, dass er recht hatte. Ihr Plan war unausgereift. Sie hatte keine Ahnung, wie stark bewacht die Grenze war. Was sie erwarten würde. Sie schloss die Augen. »Einverstanden.«

»Man hört ja so dies und das«, sagte er. »Es gibt eine Stelle am Teltowkanal, da kommt man bis zum Ufer vor. Auf der anderen Flussseite beginnt der Westen. Kaum jemand lebt dort.«

Sie bettete den Kopf auf seine Schulter, atmete seinen Duft ein, der ihr inzwischen vertraut war, und versuchte, ihn in ihrem Herzen zu bewahren.

Sie hatte gewusst, dass es schwer werden würde, Abschied zu nehmen. Aber das, was sie an ihrem letzten Tag zu Hause empfand, war kaum auszuhalten. Das Wissen, ihre Familie, ihre beiden Freundinnen und Alex vielleicht nie wiederzusehen, war fast so quälend wie die Angst davor, erwischt und erschossen zu werden. Deshalb tat sie das, worin sie es über die Jahre zu ungeheurer Meisterschaft gebracht hatte: Sie verschloss ihr Herz, ließ nichts an sich heran.

Nur so war es ihr möglich, ein letztes Mal durch Köpenick zu schlendern. Wenn sie später auf diesen etwa zweistündigen Spaziergang zurückblickte, erinnerte sie sich daran, dass sie das Viertel, in dem sie aufgewachsen war, mit den Augen einer Touristin betrachtet hatte. Eines Menschen, der alles zum ersten Mal sah. Die um diese Uhrzeit lebendigen Straßen. Sekretärinnen, die ihre Mittagspause in der Sonne genossen. Vor einem HO-Laden eine lange Schlange. Es wurde gelacht und gezetert, und eine Frau erzählte, dass sie schon jetzt anfing, die Zutaten für Weihnachtsstollen zu kaufen, damit sie zum ersten Advent auch sicher alles beisammenhatte. Unter den Wartenden waren mehrere Kinder, was Clara zum Schmunzeln brachte. Offenbar waren nicht nur ihre Eltern auf die Idee gekommen, ihren Nachwuchs zu schicken, um selbst das lästige Anstehen zu umgehen. Ein Stück weiter wurde ein Fenster geöffnet, und eine ältere Frau schüttelte einen Teppich aus. Hausstaub funkelte im Sonnenlicht wie Sternenstaub.

Clara betrachtete die Treppenaufgänge der baufälligen zwei- bis dreigeschossigen Gebäude und die mit Kreide gemalten Hüpfspiele auf dem Gehweg. Sie bemerkte kleine Details wie ein Herz, das jemand in einen Baumstamm geritzt hatte. Darunter die Initialen *F + W*. Sie nahm die Stimmung in sich auf, die Vertrautheit der Straßen und kleinen Gassen, die sie mit verbundenen Augen entlanggehen könnte. Nie wieder würde sie ihren Kiez so erleben, denn selbst wenn sie eines Tages zurückkehren sollte, hätte sich im Lauf der Zeit gewiss einiges verändert. Etliche Häuser brauchten dringend einen neuen Anstrich.

So verabschiedete sich Clara von ihrem früheren Leben. Von den Tagen, an denen sie sich bei Betty und Martha untergehakt hatte und gemeinsam mit ihren zwei besten Freundinnen durch die Straßen geschlendert war. Wie sie beim Bäcker Kuchenbrötchen geholt und sich die Bäuche damit vollgeschlagen hatten. Das Gefühl, auf Marthas Gepäckträger zum Müggelsee zu fahren, den Fahrtwind zu genießen und dann jedes Mal zu staunen, wenn der See rechts von ihr durch die Bäume hindurchblinkte. Die langen Sommertage, die sie mit ihren Freundinnen dort verbrachte, das freudige Geplauder der Menschen, Uschis Imbiss, das einschläfernde Schaukeln der Wasserinsel, das leise Plätschern, die Süße von Eis am Stiel noch auf den Lippen.

Warum hatte sie sich nicht schon früher Zeit genommen, um genauer hinzusehen? Sie wünschte sich, sie könnte all diese Eindrücke in einem Marmeladenglas sammeln und mitnehmen. Hätte ihr vorher jemand gesagt, dass es ihr schwerfallen würde, all das hier zurückzulassen, hätte sie gelacht. Jetzt lachte sie nicht mehr. Sie trat den Weg nach Hause an, eilig, floh geradezu vor den Gefühlen, die sie hinterhältig überfallen hatten. Ihre Mutter schien genau zu spüren, dass etwas vor sich ging. Es war das erste Mal seit dem Tod ihres Mannes, dass sie von allein das Bett verließ und zu Clara in die Küche kam, wo das Abendessen bereits auf dem Tisch stand. Clara schmierte ihrem Großvater eine Stulle und zerteilte sie in mundgerechte Stücke. Es erfüllte sie immer mit einer gewissen Ruhe, ihm dabei zuzusehen, wie er langsam, wie in Zeitlupe, aß und hin und wieder einen Schluck von der frischen Milch nahm. Es wurde kein Wort gesprochen.

Clara betrachtete auch ihre Mutter eingehend. Die kleinen Hände, die immer warm waren, selbst im Winter. An denen stets ganz leicht ein Hauch von Zwiebeln haftete, als hätte sie in ihrem Leben so viel gekocht, dass sie den Geruch nicht mehr loswurde. Die feinen Falten um die warmherzigen Augen, in denen so viel Schmerz stand. Clara wünschte sich, sie wäre stark genug, ihre Mutter ein letztes Mal zu umarmen.

»Frühstücken wir morgen zusammen?«, fragte ihre Mutter, als Clara aufstand, um sich um den Abwasch zu kümmern.

Clara erstarrte, den Blick auf die schmutzigen Teller gerichtet. *Lass den Schmerz nicht zu.*

»Ich fürchte, morgen früh bin ich nicht da.«

Aus dem Augenwinkel nahm sie wahr, wie ihre Mutter ihrem Vater das Gesicht abwischte, denn er hatte sich Leberwurst auf die Wange geschmiert. Auf einmal stützte sie sich am Tisch auf, erhob sich und ging raus. Als sie zurückkam, hatte sie eine kleine Schmuckschatulle in der Hand. »Für dich.«

Mit zitternden Fingern öffnete Clara die Schatulle. Darin lag ein goldener Ring.

»Der hat deiner Oma gehört«, sagte ihre Mutter. »Vielleicht kannst ihn gebrauchen. Verkauf ihn, wenn nötig.«

Clara schluckte ein paarmal. *Nicht weinen. Halte durch. Du überlebst das nicht, wenn du deine Gefühle zulässt. Der Schmerz ist zu heftig.*

»Danke«, brachte sie hervor.

Und dann tat sie es doch: Sie umarmte ihre Mutter ein letztes Mal.

»Ich hab dich sehr lieb, vergiss das nicht«, sagte ihre Mutter, und Clara konnte deutlich die Tränen in ihrer Stimme hören.

»Ich hab dich auch lieb. Du musst jetzt stark sein.«

Clara umarmte auch ihren Großvater, der verdutzt zu ihr hochguckte, dann flüchtete sie in ihr Zimmer, bevor sie es sich noch anders überlegte. Sie würde nur ihren Pass und das Geld, das sie von ihrem Gehalt in der Drogerie beiseitegelegt hatte, mitnehmen. Hundert Mark Ost, das waren nicht mal fünfundzwanzig Mark West. Sowohl Pass als auch Geld verpackte sie wasserfest. Sie zog sich um. Eine schwarze Hose, die sie aus dem Schrank ihres Vaters genommen und gekürzt hatte. Ein schwarzes Hemd, auch von ihrem Vater. Schwarze Mütze, schwarze Schuhe. Sie musste eins werden mit der Dunkelheit. Es war Neumond, kaum ein Stern am Himmel.

Zuletzt steckte sie sich den Ring ihrer Mutter an den Finger und legte Alex' Kette an. Dann hieß es warten.

Pünktlich um Mitternacht hielt unten ein Auto. Zeit zu gehen. Ein letztes Mal stieg sie die knarzenden Holztreppen hinab. Ein letztes Mal nahm sie im Erdgeschoss den intensiven Geruch von Alkohol wahr, weil der Hausmeister im Keller Schnaps brannte. Ein letztes Mal sah sie die Augen der Hauskatze in der Nacht leuchten. Alex hatte sich den Käfer von Wastes Bruder geliehen. Damit würde er sie zur Bahnbrücke am Teltowkanal bringen. Dort würde sie ins Wasser gehen und versuchen, unter den Grenzanlagen hindurchzutauchen. Sie war eine gute Schwimmerin, sie konnte es schaffen.

Clara öffnete die Beifahrertür und stieg ein. Auf einmal nahm sie hinter sich eine Bewegung wahr. Sie fuhr herum und blickte in zwei Gesichter, die ihr vertrauter waren als ihr eigenes. Betty und Martha.

Sie wollte protestieren, aber Betty hob mahnend den Zeigefinger. »Denk nicht, dass wir dich nicht bis zur letzten Sekunde begleiten.«

Sie sah Alex an. Er hob abwehrend die Hände. »Ich habe nichts verraten. Die beiden haben mich verfolgt.«

Clara schwieg. Ihre Kehle war wie zugeschnürt. Hätte sie nur ein Wort gesagt, hätte sie die Beherrschung verloren und wäre haltlos in Tränen ausgebrochen.

»Bereit?«, fragte Alex.

Sie nickte.

Sie war bereit, eine Welt hinter sich zu lassen, in der sie nichts sagen, nichts tun konnte, ohne fürchten zu müssen, bestraft oder gar eingesperrt zu werden.

Sie war bereit für ein Leben in Freiheit.

Nach einer etwa dreißigminütigen Fahrt kamen sie in Teltow an. Vor der Kneipe *Schwarzer Adler* stellte Alex den Motor ab und zog die Handbremse an. Ab hier würde sie zu Fuß gehen und wäre auf sich allein gestellt.

Sie schickte ein Stoßgebet in Richtung Himmel und stieg aus. Blick über die Schulter: Die Luft schien rein zu sein.

Nun hieß es Abschied nehmen.

Ein letztes Mal umarmte sie ihre Freundinnen, ein letztes Mal spürte sie Alex an sich. Es war nicht auszuhalten, sie befürchtete zusammenzubrechen. Deshalb wich sie ein paar Schritte zurück. Brachte kein Wort hervor.

Sie war bereits ein paar Meter gegangen, als sie doch noch einmal innehielt. Sie hatte ein Schluchzen gehört.

Auf einmal stürzte die Schutzmauer, die sie innerlich hochgezogen hatte, ein. Sie wandte sich um. Sah die drei Menschen, die ihr die liebsten auf der ganzen Welt waren. Betty, die ihr Gesicht mit den Händen bedeckt hielt. Martha, die einen Arm um Betty gelegt hatte. Alex, der verzweifelt versuchte, sich nicht anmerken zu lassen, dass auch er gegen Tränen ankämpfte.

Und dann rannte sie. Rannte zurück. Warf sich gegen ihn. Küsste ihn. Schmeckte seine Tränen.

»Ich liebe dich«, wisperte sie an seinen Lippen.

Sie umarmte ihre beiden Freundinnen und schluchzte ungehemmt, wie sie es sich nur ein einziges Mal erlaubt hatte, nämlich als sie ihren Vater tot aufgefunden hatte. »Ich liebe euch beide.«

»Wir lieben dich auch«, weinte Betty.

»Du hast versprochen, dass wir dich eines Tages wiedersehen«, sagte Martha. »Vergiss das nicht.«

»Niemals. Ich werde mein Versprechen halten, komme, was wolle.«

Eine Weile hielten sie einander in den Armen, und Clara spürte eine tiefe Verbundenheit zu ihren Freundinnen und zu Alex. Schmerz war tragisch, aber er war auch magisch, denn er ließ sie spüren, wie sehr sie diese Menschen hier liebte, wie sehr sie geliebt wurde.

Nichts im Leben war umsonst. Der Schmerz, den sie in diesem Moment empfand, war die Hölle, aber er war nun mal der Preis der Liebe. Er war der Preis für ein Leben, wie sie es sich erträumt hatte. Und sie war bereit, ihn zu zahlen.

52

Martha

Nie würde sie vergessen, wie Clara in jener Nacht in der vollkommenen Dunkelheit verschwunden war. Martha fühlte sich schrecklich hilflos. Sie war wie betäubt. Gleichzeitig hatte sie ihre Hand mit Bettys verschränkt, um sich zurückzuhalten. Am Ende wäre sie noch ihrer Freundin nachgerannt und hätte sie zurückgeholt. Wie konnten sie Clara gehen lassen, ohne die Gewissheit zu haben, sie jemals wiederzusehen? Wie konnten sie tatenlos hinnehmen, dass sie ihr Leben riskierte?

In dieser Nacht bekam sie zu spüren, dass Abschied wie Sterben war, denn als sie mit Betty und Alex die Fahrt nach Hause antrat, fühlte sie sich wie begraben unter der Last der Ungewissheit. Nicht zu wissen, ob Clara es geschafft hatte oder ob sie ertrunken war oder erschossen worden, war kaum auszuhalten. Immer wieder sah sie ihre Freundin vor sich, wie sie im Stacheldrahtzaun der Sicherungsanlage hing und langsam verblutete. Als gleißend helle Blitze schlugen die Bilder wieder und wieder in sie ein. Die leeren Augen. Das weiße Gesicht …

Martha wurde schlecht, sie schrie, Alex solle anhalten.

Als er am Straßenrand hielt, schaffte sie es gerade noch, aus dem Wagen zu springen, ehe sie sich übergab.

Alex setzte sie vor der Wohnung ab und brachte den Käfer zu Wastes Bruder, dann musste er zurück in die Kaserne. Martha machte sich Sorgen um ihn. Sein Gesicht war schrecklich blass, die Augen rot gerändert. In der Kaserne hatte er doch niemanden zum Reden, er wäre mit seinen Sorgen völlig allein …

Betty und sie setzten sich ins Wohnzimmer, und Betty schenkte ihnen je ein Glas Rotwein ein, dann noch eins und noch eins, und flüsternd redeten sie über Kurts nächsten Film, über Clara, dann über die *Möwe*, einen Künstlerclub in der Luisenstraße, dann wieder über Clara, ob sie es schon geschafft hatte, wie es wohl im Auffanglager sein würde, wann sie mal nach ihrer Mutter sehen sollten … Das Letzte, was Martha wahrnahm, war, wie Betty sie zudeckte, dann sank sie in einen ohnmachtsähnlichen Schlaf.

Irgendwann in den frühen Morgenstunden, als die ersten Sonnenstrahlen durchs Fenster fielen, wachte Martha auf. Sie beschloss, Kaffee zu kochen. Das wäre zumindest ein Anfang. Ein Versuch, diesen Tag irgendwie zu überstehen.

Der Duft weckte auch Betty. Als Martha mit zwei dampfenden Tassen ins Wohnzimmer zurückkam, richtete sie sich gerade auf und fuhr sich mit beiden Händen über das Gesicht. »Wie spät ist es?«

»Kurz vor sieben.«

Im Nachhinein konnte Martha nicht sagen, wie sie diesen Tag überstanden hatten. Sie hatten einfach weitergemacht.

Sie hatten sich im Bad flüchtig gewaschen, ein paar Bissen der Butterbrote runtergezwungen, die Frau Reinhart ihnen geschmiert hatte. Waren spazieren gegangen, hatten eingekauft, beim Wohnungsputz geholfen … Dazwischen immer wieder dieses Schweigen, wenn sie beide ihren Gedanken nachhingen.

Martha wartete. Worauf genau, wusste sie nicht, denn Clara könnte ihnen unmöglich ein Zeichen schicken, das wäre viel zu gefährlich. Was, wenn die Stasi Briefe aus dem Westen kontrollierte?

Frau Reinhart merkte ihnen an, dass etwas nicht stimmte. Zweimal hakte Bettys Mutter sogar nach, deshalb beschlossen sie zu flüchten. Sie setzten sich auf ihre Räder und fuhren zum Strandbad. Dort setzten sie sich auf den Steg. Wieder senkte sich Schweigen zwischen ihnen herab.

»Es fühlt sich seltsam ohne Clara an«, sagte Betty.

Martha nickte. »Wie eine Säule, die weggebrochen ist. Irgendwie ist die Statik im Eimer. Der Vergleich hätte ihr sicher gefallen. Sie ist so eine Klugscheißerin.«

»Das stimmt.«

Wieder Stille.

Dann die Frage: »Glaubst du, sie hat es geschafft?«

Martha zögerte. Horchte in sich hinein. »Ja«, antwortete sie schließlich. »Ich bin mir sicher. Clara lebt. Sonst hätten wir doch etwas gespürt.«

Betty atmete schwer aus. »Auch mein Gefühl sagt mir, dass sie es geschafft hat. Irgendwann wird sie uns ein Lebenszeichen schicken, und bis dahin müssen wir einfach weitermachen.«

Sie nahmen sich bei den Händen und blickten gemeinsam auf den Müggelsee, auf dessen glatter Oberfläche das Licht der Sonne funkelte. Zwei Schwäne glitten an ihnen vorüber. Dazu dieser Duft nach Algen und Natur, den Martha immer mit dem Strandbad verbinden würde. Auf einmal überkam es Martha, sie zog ihre Strümpfe aus und streckte die Füße ins wunderbar kalte Wasser. Sie hörte das leise Plätschern, als auch Betty mit den Zehen durch die Wasseroberfläche fuhr. Und plötzlich spürte sie eine tiefe Ruhe, eine Gewissheit, dass alles gut werden würde. Das Leben war nicht dazu bestimmt, einfach zu sein, dachte Martha. Von der Vorstellung musste sie sich endlich verabschieden. Das Leben war brutal und traurig und dramatisch. Aber dann war es eben auch immer wieder wunderschön.

Eines Tages würden sie wieder zu dritt das Strandbad am Müggelsee besuchen. Sie würden nebeneinander auf der Wasserinsel liegen, in Erinnerungen schwelgen und sich austauschen, was ihnen widerfahren war. Wahrscheinlich hätte sich vieles verändert. Betty wäre in der Zwischenzeit Mutter geworden. Vielleicht hatte Clara es tatsächlich geschafft und war eine richtige Astronautin! Und sie selbst? Vielleicht war auch sie verheiratet und Mutter, vielleicht würde sie studieren oder irgendwo angestellt sein, vielleicht hätte sie sich völlig neu entdeckt. Sie würden über schöne wie traurige Tage reden. Über den Wandel der Zeit. Über Dinge, die vergangen waren, aber auch über die unvergänglichen Dinge wie Freundschaft und Liebe.

Sie konnte es kaum erwarten.

Rezepte

In diesem Roman tauchen ein paar Gerichte auf, die typisch für die Küche der DDR sind. Vielleicht haben Sie ja während des Lesens Appetit darauf bekommen? Dann habe ich hier drei Rezepte für Sie zusammengefasst. Guten Appetit!

Soljanka

Die russische Soljanka ist eine scharfe Fleisch-, Fisch- oder Pilzsuppe. Für eine Fleisch-Soljanka für vier Personen brauchen Sie:

Zubereitung: 30 Minuten

Zutaten:

500 g gemischte Fleisch- und Wurstreste: klein geschnittene Stücke von Wurst, Schinken oder Gulaschfleisch. Gerne können Sie auch Fleisch und Wurst mischen.
100 g Speck

1 große Zwiebel
2 Knoblauchzehen
1 ½ l Fleischbrühe
100 g Tomatenmark
1 EL Paprikapulver
etwa 3 saure Gurken
Salz, Pfeffer
Dill
Petersilie
1 EL Kapern
Zitronenscheiben
2–3 EL saure Sahne

Die Zwiebel schälen, halbieren und fein hacken. Den Speck klein würfeln, gemeinsam mit der Zwiebel in einen Topf geben und bei nicht zu starker Hitze anbraten, bis die Zwiebeln glasig sind.

Währenddessen die Knoblauchzehen schälen und reiben beziehungsweise klein schneiden.

Das Fleisch, die Wurst und die Gurken nacheinander in Würfel schneiden.

Den Knoblauch unter die Zwiebel und Speckwürfel rühren und mit Paprikapulver würzen. Das Tomatenmark hinzugeben und etwas mitbraten.

Dann die Gurken, Fleisch- und Wurststreifen einige Minuten mitdünsten. Währenddessen die Brühe erhitzen und schließlich das angebratene Fleisch/Wurst/Gurken-Gemisch damit angießen.

Die Suppe leicht köcheln lassen und mit Salz, Pfeffer, Dill und Petersilie abschmecken.

Die Soljanka in Teller füllen und mit den Kapern bestreuen. Die Zitronenscheiben hineinlegen und einen Klecks saure Sahne in die Mitte geben.

Skuwanki

Zubereitung: 40 Minuten
Rezept für 4 Personen

Zutaten:

500 g mehlig kochende Kartoffeln
100 g Mehl
20 g Butter
2–3 Prisen Salz
Fett für die Pfanne (wahlweise Schmalz)
2–3 EL gemahlener Mohn
Puderzucker

Die Kartoffeln schälen, putzen, in Viertel schneiden, waschen und schließlich in einen Topf geben. Die Stücke knapp mit Wasser bedecken und kochen.

Wenn die Kartoffeln beginnen, weich zu werden, die Hälfte des Kochwassers abgießen. Das Mehl abwiegen und über die Kartoffeln streuen.

Die Mehl-Kartoffeln bei niedriger Hitze weitere 10 Minuten garen. Den Topf vom Herd nehmen, Butter und Salz dazugeben, und alles so lange rühren beziehungsweise stampfen, bis es einen Brei ergibt.

Mit einem Löffel kleine Klöße aus der Kartoffelmasse ausstechen und auf ein Brett legen. Tipp: Die Klöße mit einem leicht feuchten Küchenhandtuch abdecken.

In einer Pfanne das Fett zerlassen und die Skuwanki darin braten, bis sie goldbraun sind. In einer zweiten Pfanne die Butter zerlassen.

Die fertig gebratenen Klöße anschließend auf Teller geben, mit Mohn und Puderzucker bestreuen und mit der zerlassenen Butter übergießen.

Prasselkuchen

Zubereitung: 15 Minuten
Rezept für 4 Personen

Zutaten:

1 Päckchen Blätterteig (tiefgefroren)
250 g Mehl
125 g Zucker
125 g Margarine
Salz
Fein gehakte Mandeln
1 Zitrone
Puderzucker

Den Blätterteig etwa 5 mm dick ausrollen und in 5 bis 10 cm große Rechtecke schneiden.

Ein Backblech mit Wasser besprenkeln oder Backpapier auslegen. Die Rechtecke aus Teig drauflegen, mit einer Gabel mehrfach einstechen und mit Wasser bestreichen.

Den Backofen auf 180 Grad vorheizen (Ober-Unterhitze).

Inzwischen die Streusel vorbereiten: Mehl, Zucker, Margarine und Salz in eine Rührschüssel geben. Zunächst 2/3 der Mandeln hinzufügen und daraus Streusel kneten. Solange die Streusel noch feucht sind, nach und nach die restlichen Mandeln einarbeiten.

Die Streusel auf den Blätterteig streuen und im vorgeheizten Backofen bei 180° C etwa 20 Minuten backen.

Währenddessen die Zitrone halbieren und auspressen. Den Saft mit dem Puderzucker zu einem dickflüssigen Brei rühren. Den Prasselkuchen aus dem Ofen nehmen und noch heiß mit der Zitronenglasur überziehen.

Tipp: Den Prasselkuchen können Sie leicht variieren, indem Sie den Blätterteig mit Marmelade bestreichen oder mit Beerenobst belegen, bevor Sie die Streusel daraufstreuen.

Danksagung

Während meiner Recherchen zu *Die Freundinnen vom Strandbad* durfte ich tolle Menschen kennenlernen, die sich für mich Zeit genommen, mir ihre Vergangenheit anvertraut und von früher erzählt haben.

Sehr dankbar bin ich Jörg Moser-Metius, Gründer und Geschäftsführer des Museums »Die Mauer« in Berlin. Er führte mich durch seine Ausstellung und ließ mich an seinem erstaunlichen Wissen teilhaben. Auch seinem Sohn Luc möchte ich von Herzen danken.

Bei meinem Besuch der Gedenkstätte Hohenschönhausen lernte ich Lutz Hildebrandt kennen, der die Führung leitete. Auch während meiner Arbeit am Roman durfte ich ihm Fragen stellen, wofür ich ihm sehr dankbar bin.

Ebenfalls danken möchte ich Gerlind Brügemann und Brigitte Uhl für ihre Informationen zum Leben in der DDR.

Liebe Susann Rehlein – tausend Dank! Mein Roman war bei dir in besten Händen, und das ist wahrlich ein Geschenk. Mein Dank gilt auch Heinz Rehlein, der für Rückfragen zur Verfügung stand.

Mit dem Ullstein Verlag habe ich ein wunderbares Zuhause für die Geschichte der drei *Freundinnen vom Strandbad* gefunden. Liebe Wiebke, ich danke dir für deinen Glauben an mich!

Danken möchte ich auch meinem Agenten Kai Gathemann, mit dem ich nun schon zehn Jahre zusammenarbeite und der mich seit meinem ersten Roman unterstützt und berät.

Meine Familie unterstützt mich ungemein mit ihrem Glauben an mich. Madeleine, du bist eine wunderbare Erstleserin, die sich trotz unzähliger Nachtschichten und Überstunden dennoch meiner Geschichten annimmt und mitdenkt.

Und zu guter Letzt danke ich meinen wunderbaren Freunden, die mich schon seit Jahren begleiten und meine Inspiration zu diesem Roman über wahre Freundschaft waren.

Leseprobe aus Band 2:

Die Freundinnen vom Strandbad

Wogen der Freiheit

(erscheint am 28.07.2022)

Betty

»Wohin entführst du mich denn?«, fragte sie, als sie den Müggelseedamm entlangfuhren. Zu ihrer Rechten begann die Bölschestraße, wo Jung und Alt in der Nachmittagssonne flanierte. Zwei Vopos gönnten sich vor der Bäckerei einen Liebesknochen und bissen herzhaft in den mit Schokolade überzogenen Brandteig.

»Wir machen einen kleinen, netten Ausflug«, antwortete Kurt. »Aber wohin, verrate ich nicht.«

Betty kurbelte ihr Fenster runter, nahm ihren Strohhut ab, streckte die freie Hand hinaus und ließ sie vom Fahrtwind streicheln. Verschiedene Gerüche streiften sie. Warmer Asphalt. Der malzige Geruch des Berliner Bürgerbräu, aus dessen hohem, schmalem Turm grauer Rauch stieg und über die Dächer der Vorstadtidylle hinwegzog. Doch als ein Auto an ihnen vorbeibrummte, kurbelte sie schnell das Fenster wieder hoch, denn der Gestank des Zweitakters schlug ihr auf den leeren Magen.

Die Fahrt dauerte etwa eine halbe Stunde, und Kurt erzählte, dass er das Drehbuch für sein nächstes Projekt selbst schreiben würde. »Dieser Bekannte von dir hat sich nie wieder bei mir gemeldet. Er war mir von Anfang an suspekt.«

»Wirklich seltsam«, antwortete Betty mechanisch.

»Hast du ihn seitdem mal wieder gesehen?«

Betty schüttelte den Kopf. »Nein«, hauchte sie, während sich Bilder vor ihrem inneren Auge abspulten: Haut an Haut. Seine Lippen auf ihren. Sein heißer Atem an ihrem Hals.

Dann sah sie sich selbst im Brautkleid, das Gesicht starr vor Entsetzen. Irgendjemand war, Sekunden nachdem sie Kurt das Jawort gegeben hatte, von seinem Platz in der letzten Reihe aufgestanden und gegangen. Sie konnte es nicht beschwören, aber sie glaubte, dass dieser Jemand eine Mütze aufgehabt hatte.

Charlie ist in München, ermahnte sie sich. *Er kann es nicht gewesen sein.* Warum sollte Charlie zu ihr zurückgekommen sein, wo doch eine Mauer gebaut worden war? Jeder vernünftige Mensch wäre drüben im Westen geblieben. So viel konnte sie ihm nicht bedeuten.

Und das ist besser so. Du bist bald Mutter, du trägst Verantwortung. Und Kurt war ein guter Mann. Erfolgreich, charmant, attraktiv. An seiner Seite würde sie ein Leben führen, wie sie es sich immer erhofft hatte.

Nach wie vor war den maroden Häusern der Stadt der Krieg anzusehen. Manche Gemäuer waren übersät mit Einschusslöchern. Hier und da klafften Lücken zwischen den Gebäuden. Die Trümmer, die bereits fortgeschafft worden waren, wurden auf riesigen Brachen gelagert. Aber es gab auch Lichtblicke, wie beispielsweise den Wohnblock an der

Weberwiese, das erste Hochhaus auf dem Boden der DDR, vor dem sie gerade hielten.

Kurt parkte den Wartburg am Straßenrand. »Ich befürchte, ich habe mich verfahren. Ich muss kurz nach dem Weg fragen.«

»Hier?«, wunderte Betty sich, aber Kurt war schon aus dem Wagen gestiegen und hielt ihr die Tür auf. »In einem Wohnhaus?«

Betty sah an dem Gebäude hinauf. Sie zählte neun Geschosse. In den Zeitungen war zur Eröffnung, oder eigentlich schon während des Baus, viel darüber berichtet worden. »Es wächst in Berlin, in Berlin an der Spree ein Riese aus Stein in der Stalinallee«, hatte man gereimt.

Als sie die von Säulen gerahmten Treppen des Portals hinaufstiegen und das Vestibül betraten, straffte Betty sich unwillkürlich und betastete ihr Haar, das von ihrem Strohhut und dem Nachmittag im Strandbad sicher zerzaust war. In der Eingangshalle hallten ihre Absätze auf dem Steinboden wider. Betty hatte fast das Gefühl, in ihrem schlichten Sommerkleid, dessen Farbe schon etwas ausgewaschen war, nicht angemessen gekleidet zu sein. Alles in diesem Gebäude war picobello. Keine Fahrräder standen im Eingangsbereich herum, und bestimmt lag die Toilette auch nicht auf halber Treppe, sondern jede Wohnung verfügte über ein eigenes Badezimmer. Im Erdgeschoss gab es ja sogar Ladenflächen! Wenn die Milch mal ausging, musste man also nicht den Wohnblock verlassen, sondern konnte sie hier kaufen. Es war nicht so, dass Betty sich besonders für die Fortschrittsparolen der SED interessierte, aber als sie mit der Hand über das frisch polierte Treppengeländer fuhr, musste sie zugeben, dass das Hochhaus an der Weberwiese etwas hermachte und auch sie auf einmal einen gewissen Enthusiasmus verspürte.

»Wir können doch nicht einfach so in ein Wohnhaus eindringen«, zischte sie Kurt zu.

Doch wie immer, wenn er sich etwas in den Kopf gesetzt hatte, hörte er sie gar nicht. »Blöd, jetzt ist hier niemand. Schauen wir mal, ob wir oben jemanden finden.«

»Du willst hochfahren? Aber …«

Ping – der Fahrstuhl öffnete sich. Kurt nahm sie an der Hand und zog sie ins Innere.

Zugegeben, ein klein wenig genoss sie das Abenteuer, nicht zu wissen, was geschehen würde, und in diesem modernen Hochhaus zu sein, über das so viel berichtet worden war, in dem es nicht nach scharfen Reinigungsmitteln und im Winter vermutlich auch nicht nach Kohle roch. In einem Fahrstuhl, der ausnahmsweise nicht angsteinflößend knarzte, als würde er jeden Moment auseinanderfallen.

Im neunten Stock lag der gläserne Wintergarten, der wohl zur allgemeinen Benutzung diente. Hier standen Tomatenpflanzen, Gurkensträucher wanden sich an speziellen Gerüsten hoch, und sogar auch ein paar exotische Blumen gab es, die in speziellen Behältnissen von der Decke hingen. Außerdem konnte man es sich auf gepolsterten Liegen oder an einem runden, schmiedeeisernen Tisch bequem machen.

Das Beste war jedoch, dass der Wintergarten umgeben von einer großen Dachterrasse war. Betty hatte das Gefühl, von hier oben die ganze Stadt überblicken zu können.

Erinnerungsblitze schlugen auf sie ein. Das Dach des Studentenwohnheims, Charlie neben ihr, über ihnen der Sternenhimmel wie mit Diamanten besetzt.

Stopp. Wie konnte sie an Charlie denken, wenn ihr Ehemann direkt neben ihr stand? Sie keuchte, was Kurt offenbar als Zeichen ihrer Begeisterung deutete. Er verschränkte ihre Finger miteinander. »Muss toll sein, hier zu wohnen«, sagte er.

»Ja. Bestimmt ist es wunderbar.«

»Du willst also an irgendeiner Wohnung klingeln und nach dem Weg fragen«, sagte Betty ein wenig ungehalten, als sie die Treppe hinunterstiegen. »Nur zu! Die Leute werden dich für verrückt erklären. Sag hinterher nicht, dass ich dich nicht gewarnt habe.«

»Ich habe nicht vor zu klingeln«, entgegnete Kurt selbstzufrieden und zog einen Schlüssel aus der Hosentasche.

Betty blieb stehen. »Ist es das, was ich denke?«

Er zwinkerte ihr zu. »Dreiunddreißig Wohnungen, und eine davon gehört nun uns«, erwiderte er, während er die Tür aufschloss. »Nach Ihnen, die Dame. Willkommen in Ihrem neuen Zuhause, einer Wohnung für die Familie.«

Betty legte eine Hand vor den Mund. Sie war sprachlos. Der fein gemaserte Holzboden knarzte leise unter ihren Schritten, als Betty andächtig den schmalen Flur entlanglief und dabei Kurts Ausführungen lauschte.

Er hatte die Hände in die Hosentaschen geschoben und folgte ihr lässig. »Drei Zimmer sowie Küche und Bad. Modern ausgestattet mit Einbauschränken und einem Telefonanschluss, dazu angenehmer Schnickschnack wie Müllschlucker auf jeder Etage.«

Die Wohnung war vielleicht nicht die wunderschöne Jugendstilvilla, von der sie immer geträumt hatte, aber wer bekam im Leben schon genau das, was er sich erhofft hatte? Und eine Wohnung wie diese zu ergattern, das war etwa wie … wie ein Lottogewinn! Sie sah alles schon ganz genau vor sich. Hier würde sie das Wohnzimmer einrichten. In die Mitte des Raums käme das Sofa, so wie es sich gehörte, ausgerichtet auf die Schrankwand, in der der Fernseher, die Spirituosen und das gute Geschirr untergebracht sein würden. Die Wohnung war hell und lichtdurchflutet dank der hohen Fenster. »Davor stellen wir den Tisch, dann können wir beim Essen hinaus in den Park sehen.«

»Was kochst du mir Leckeres?«, fragte Kurt amüsiert.

Betty hatte nun vollends Feuer gefangen und eilte regelrecht in die Küche, um sich dort umzusehen. Cremefarbene Schränke. Weiße Keramikfliesen an der Wand. Es gab einen Gasboiler für das heiße Wasser, und der Elektroherd hatte drei Platten. Wenn sie kochte, könnte sie aus dem Fenster gucken, und in ein paar Jahren würde sie ihrem Kind beim Spielen im Park zuschauen und ihn.

»Hier koche ich dir alles, was du willst!«

Ein paar Relikte der Vormieter waren noch zu sehen. Die gemusterten Gardinen oder die Fliegenfalle aus einer Mischung aus Zucker, Apfelessig und Spülmittel, wie sie auch bei ihrer Mutter in der Küche stand. »Wer hat denn vorher hier gewohnt?«

»Ein Lehrer mit Frau und Kind. Die Familie war von einem Tag auf den anderen verschwunden, haben wohl rübergemacht.« Es war deutlich herauszuhören, was er davon hielt. »Gut für uns. Dank meiner Kontakte sind wir nun stolze Mieter dieser Traumwohnung.«

Er zog sie an sich, und ihr wurde warm beim Anblick seiner gesprenkelten Haut. Kurt wurde nicht braun, er bekam einfach nur mehr Sommersprossen, was faszinierend war. Sie wollte ihm zeigen, wie dankbar sie ihm war für diese Wohnung, wusste aber nicht recht, wie. Also küsste sie ihn leidenschaftlich. Sie schloss die Augen und versuchte das Gefühl in sich heraufzubeschwören, das sie bei Charlie gehabt hatte. Dieses Gefühl, als wäre die Welt ganz leicht. Als würde sie ein paar Zentimeter über dem Boden schweben. Aber es blieb aus. Dafür wusste sie inzwischen, wie sie Kurt zu küssen hatte, um ihm ein wohliges Seufzen zu entlocken.

»Ich muss los«, sagte er dann und schob sie von sich. »Die Arbeit wartet.«

»Wann gehen die Dreharbeiten los?«

»In zwei Wochen. Bis dahin müssen noch ein paar Drehorte ausfindig gemacht werden.«

Betty traute sich: »Ist denn auch wieder eine Rolle für mich vorgesehen?« Eigentlich hatte er ihr fest versprochen, ihr eine Nebenrolle zu geben, aber sie hatten schon länger nicht mehr darüber geredet …

»Natürlich«, antwortete er, aber er hatte kurz gezögert.

»Und was für eine Rolle?«

»Nun, wir brauchen noch jemand, der die Putzfrau spielt.«

»Die Putzfrau«, wiederholte sie. »Hat sie denn auch einen Namen?«

Wieder dieses Zögern. »Nein«, sagte er schließlich.

»Hat sie Text?«

Diesmal antwortete er nicht, sein zerknirschter Gesichtsausdruck sagte alles.

»Ich soll eine Komparsin sein? Ist das dein Ernst?«

Kurt schob sie brüsk von sich. »Betty, du bist schwanger. Du darfst dich keinem Stress aussetzen. Wenn unser Kind auf der Welt ist, sehen wir weiter. Abgesehen davon dachte ich, du hättest Freude daran, dich voll und ganz in die Einrichtung der Wohnung zu stürzen. Und hin und wieder wollen drei Zimmer, Bad und Küche auch geputzt sein. Da bietet man seiner Frau schon so viel, und sie will noch mehr.«

»Ich bin dir doch auch dankbar für das, was du mir bietest. Aber ich will auch arbeiten. Noch sieht man gar nichts.« Sie legte die Hände auf den Bauch. »Viele Frauen arbeiten bis kurz vor der Niederkunft. Und du hattest es mir versprochen!«

»Also gut, wenn du unbedingt willst, dann sehe ich, was ich für dich machen kann. Vielleicht können die Damen am Büfett ja Unterstützung gebrauchen.«

Betty sah ihn entgeistert an. »Kurt, ich will nicht Stullen schmieren und Kaffee kochen. Ich will vor der Kamera stehen!«

»Du wirst auch wieder vor der Kamera stehen.« Er atmete schwer aus und rieb sich die Augen. »Also gut, du zwingst mich dazu, ein ernstes Wörtchen mit dir zu reden. Erst mal musst du ein paar überflüssige Kilos loswerden, bevor ich dich wieder besetze.«

Betty wusste nicht, ob sie in Tränen ausbrechen oder ihn ohrfeigen sollte. Aber sie hatte tatsächlich ein bisschen zugenommen.

»So, jetzt muss ich aber wirklich los. Ist es in Ordnung, wenn du mit der S-Bahn nach Hause fährst?«

Nachdem Kurt verschwunden war, sah Betty sich noch einmal in der Wohnung um. Sie versuchte, sich vorzustellen, wo sie die Bilder aufhängen würden, überlegte, wo sie Stoff für Gardinen ergattern könnte und was sonst noch angeschafft werden müsste. Aber sie empfand die Leere der Wohnung auf einmal als so niederschmetternd, dass sie nicht mehr in der Lage war, auch nur einen klaren Gedanken zu fassen.

Ihr Blick fiel auf die Fliegenfalle. *Reiß dich zusammen, das ist nur eine Phase,* sagt sie sich und legte eine Hand auf ihren Bauch. Und doch wurde sie das Gefühl nicht los, dass ihre Ehe mit Kurt doch nicht so vielversprechend sein würde, wie sie es sich erhofft hatte.